CB141854

# O Paraíso das Damas

Émile Zola

# O Paraíso das Damas

Tradução
Joana Canêdo

Prefácio
Jeanne Gaillard

Estação Liberdade

Título original: *Au Bonheur des Dames*
© 2007 Editora Estação Liberdade, para esta tradução
© 1980 Éditions Gallimard para o prefácio de Jeanne Gaillard

| | |
|---|---|
| *Preparação* | Antonio Carlos Soares |
| *Revisão* | Fabiano Calixto |
| *Composição* | Johannes C. Bergmann / Estação Liberdade |
| *Ilustração e projeto gráfico de capa* | Natanael Longo de Oliveira |
| *Editores* | Angel Bojadsen e Edilberto Fernando Verza |

CIP-BRASIL. CATALOGAÇÃO-NA-FONTE
Sindicato Nacional dos Editores de Livros, RJ.

Z77p
Zola, Émile, 1840-1902
O Paraíso das Damas / Émile Zola ; [prefácio de Jeanne Gaillard] ; tradução de Joana Canêdo. – São Paulo: Estação Liberdade, 2008.
504p.

Tradução de: Au bonheur des dames
ISBN 978-85-7448-147-0

1. Romance francês. I. Canêdo, Joana. I. Título. II. Título.

08-3494. CDD 843
CDU 821.133.1-3

*Todos os direitos reservados à*

Editora Estação Liberdade Ltda.
Rua Dona Elisa, 116 | 01155-030 | São Paulo-SP
Tel.: (11) 3661 2881 | Fax: (11) 3825 4239
editora@estacaoliberdade.com.br
www.estacaoliberdade.com.br

# SUMÁRIO

# PREFÁCIO

*Jeanne Gaillard**

*O Paraíso das Damas*[1] é a história de uma loja de departamentos que teve sua origem numa lojinha de bairro instalada desde o início do século XIX na rua Neuve-Saint-Augustin. Sob a direção de seu proprietário, Octave Mouret, a pequena loja se amplia e acaba por devorar todo o quarteirão onde nasceu. Em 1869, alcança a rua do Dix-Décembre (atualmente rua do Quatre-Septembre), uma das belas ruas abertas por Haussmann[2] no bairro da Ópera, em Paris.

Zola escreve aqui um documentário romanceado sobre o nascimento do novo comércio? Pode-se acreditar... Ainda que os trabalhos preparatórios para o romance não digam nada, o Paraíso das Damas em seu apogeu tem muitos traços em comum com a loja de departamentos de la Paix, que existiu de fato em Paris. Ambas têm a fachada principal voltada para a rua do Dix-Décembre com as laterais nas ruas Monsigny

---

* Historiadora francesa com vasta pesquisa sobre a história de Paris e dos movimentos operários e sociais no século XIX, inclusive a Comuna de Paris. Foi colaboradora constante da revista *La Pensée* entre 1944 e 1954. Faleceu em 1983.

1. *Au Bonheur de Dames* foi publicado em folhetim na revista *Gil Blas* de dezembro de 1882 a março de 1883. No mês seguinte saiu em volume pela editora Charpentier. [N.T.]

2. Georges-Eugène Haussmann (1809-1891) foi o responsável pelo planejamento urbano de Paris entre 1853 e 1870, alargando ruas, criando novas avenidas, bulevares e parques. [N.T.]

e de la Michodière; foram igualmente inauguradas em 1869, uma em 30 de abril e a outra em fevereiro; desde a abertura, lançaram-se da mesma forma nas extravagâncias do luxo e da publicidade. Até mesmo a arquitetura das lojas é semelhante: a rotunda de ângulo das lojas de la Paix, com suas arcadas que deixam adivinhar a perspectiva perpendicular das galerias — como é possível ver numa antiga fotografia[3] — tem seu equivalente na descrição em que Zola evoca o átrio principal "iluminado por vidros claros" de onde partem as galerias do Paraíso.

Catedral, naves, vitrais, os mesmos termos se encontram na crônica da revista *Monde Illustré*, que relata as belezas da nova loja de la Paix em 1869, e na descrição de Zola de 1882. Conforme um estereótipo fixado pelos edifícios anteriores, as grandes lojas da década de 1860 visam à grandiosidade, porém a arquitetura não é nada arrojada. "O seu sonho sublime de um grande bazar moderno não se aplica à minha loja", escreve Zola a Frantz Jourdain, futuro arquiteto da loja Samaritaine, em 18 de maio de 1882, dez dias antes de dar início à redação de seu romance; "minhas cenas se passam antes de 1870", acrescenta, "e não posso fazer anacronismo sem amotinar toda a crítica."[4]

De fato, as lojas do Paraíso, como as de la Paix, se atêm a uma arquitetura quase clássica. Instaladas ambas — como as lojas do Louvre — num edifício de pedra esvaziado até a altura do segundo andar[5], suas coberturas de vidro são reduzidas ao espaço do antigo pátio interno, transformado em saguão central.

Existem diferenças entre as duas lojas: as "grandes cidades industriais e manufatureiras", cujos nomes apareciam nas cártulas do saguão de entrada das lojas de la Paix, inspiraram, na nova fachada do Paraíso, na rua do Dix-Décembre, "uma legião de estátuas [...] que destacavam em pleno céu suas finas silhuetas"; Zola portanto engrandeceu a realidade.

3. Cf. Marrey, Bernard. *Les Grands Magasins*. Paris: Picard, 1979, p. 53. [N.A.]

4. Zola, Émile. *Correspondance*, tomo IV. Les Presses de l'Université de Montréal e CNRS. [N.A.]

5. Para as lojas de la Paix, cf. a descrição cadastral nos Arquivos do Sena, DP 4, 1876, 8, rue de la Michodière. [N.A.]

Entretanto, as lojas de la Paix se tinham limitado, ao menos na fachada, ao luxo abastado e sem surpresas de uma rua onde bancos e companhias de seguros instalados em peso buscavam na pedra de cantaria um testemunho visível de seu poder. E não podiam impressionar muito o leitor de 1883, uma vez que tinham acabado de fechar suas portas em 1881, depois de treze anos de uma administração sem glória.

Desejoso de compartilhar com seus leitores a admiração que os contemporâneos do Segundo Império haviam sentido pelo "início sublime" das lojas de la Paix, à medida que escreve, Zola acaba por incorporar sistematicamente em suas descrições o anacronismo, de que recusara o princípio no início de seu trabalho. Não apenas antecipa sem escrúpulos a introdução da iluminação elétrica nas grandes lojas, a compra dos tapetes do Oriente nos países de origem, a instalação de galerias de arte, etc., mas ainda coloca a arquitetura do Paraíso das Damas ao gosto da época no capítulo XIV e último de seu romance.

Em que Zola se inspirou para embelezar sua descrição do Paraíso? Em todas as lojas, é claro. Mas para agregar empréstimos tão disparates, teve de escolher entre as duas estéticas que lhe propunha a arquitetura do tempo. Uma, conforme os cânones haussmannianos, apegava-se a um luxo por vezes ousado, porém sempre solene. "Lanço olhares à minha volta", escreve Charles Garnier, o arquiteto da Ópera de Paris, "vejo o céu acinzentado e escuro, vejo edifícios renovados, vejo sombras negras que se agitam nos bulevares intermináveis. Vejo enfim Paris como ela é e, de meu sonho de artista, volto à realidade burguesa."[6] O imponente edifício construído na praça da Ópera para abrigar conjuntamente o Grand Hôtel e a Grande Maison de Blanc justifica a visão de Charles Garnier. Mas desde a época em que este escreve, uma nova estética já começa a irromper. Com efeito, quase todas as lojas de departamentos, em plena prosperidade, rejuvenescem seus prédios antigos e constroem novos para os quais adotam

6. *À travers les arts, Causeries et mélanges*, 1879. [N.A.]

um estilo mais moderno de arquitetura. Ao acinzentado das pedras, à uniformidade das fachadas prescrita pelas regras de Haussmann, tendem a opor a liberdade de um estilo colorido que transforma a fachada, "com seu luxo multicor e resplandecente de bazar" em "um reclame vivo", e enriquece os grandes saguões interiores.

Escolhendo essa nova estética para embelezar o Paraíso, Zola não segue apenas sua própria inclinação. Ele percebe que a arte de viver insuflada pela festa imperial modificou a arte de ver, e que as novas construções do grande comércio anunciam uma arte vitoriosa antes de se tornar dominante.

Ainda que tenha recusado, como vimos, as sugestões de Frantz Jourdain, Zola se inspira no entanto amplamente nas quatro páginas de descrição condensadas, e complementadas com croquis, que este lhe enviara.[7] Reproduz a substância, e às vezes até mesmo os termos, no capítulo XIV do romance, no qual são descritas as novas construções do Paraíso. Frantz Jourdain, que não tardaria a ir trabalhar para a Samaritaine, sonhava com um palácio de vidro e de metal cuja decoração daria destaque aos materiais ao invés de escondê-los.[8] Além disso, para alegrar ainda mais o ambiente, preconizava superfícies com materiais coloridos, alguns dos quais de proveniência industrial, como os tijolos esmaltados de que a química estava renovando os tons.

Zola arrisca-se ainda mais no anacronismo por causa da admiração que suscitam as lojas do Printemps, incendiadas em março de 1881 e reconstruídas no ano seguinte pelo arquiteto Paul Sédille com base em princípios análogos aos de Frantz Jourdain.[9] Não é impossível que Zola tenha visitado o novo Printemps, aberto ao público antes mesmo

7. Dossiê preparatório do romance. Biblioteca Nacional, Manuscritos, Novas Aquisições Francesas, 10278. [N.A.]

8. Na carta que escreve a Zola, ele desenha volutas de ferro e de ferro-gusa. [N.A.]

9. Como podemos constatar em uma conferência de Paul Sédille: "A arquitetura contemporânea e as indústrias da arte que a ela se ligam", proferida no Palácio da Indústria, em 23 de outubro de 1884. [N.A.]

de estar completamente concluído, em outubro de 1882, enquanto estava em plena redação.[10]

No Paraíso, portanto, o ferro não imita "pedra ou madeira" e o saguão central, que nas lojas de la Paix tinha apenas as dimensões do pátio interno, tornou-se no romance uma "enorme nave", atravessada por passarelas e "escadarias suspensas".[11] Estas últimas podem ser de fato encontradas em todas as grandes lojas da época, e Zola havia admirado sua ousadia no Bon Marché. Mas talvez as passarelas lançadas por Paul Sédille através do espaço da grande nave do Printemps estejam na origem das estruturas metálicas que, no romance, atravessam por cima das galerias do Paraíso.

Zola também adere à policromia que caracteriza a nova arquitetura comercial. As novas instalações do Paraíso anunciam portanto, desde o lado de fora, uma "frescura alegre", que se exprime nos revestimentos de mármore colorido, realces de tijolo esmaltado e motivos de terracota. Dentro da loja, as vidraças clássicas se tornam um imenso vitral com "vidros nigelados" cujas cores suavizam a luz zenital do dia.

O partido arquitetônico adotado por Zola ilustra a evolução dos gostos. Um dos problemas essenciais para Frantz Jourdain, quando descreve a loja de departamentos de seus sonhos, para Paul Sédille, quando reconstrói o Printemps, assim como para Octave Mouret, quando compõe uma vitrine, é a "boa distribuição das superfícies coloridas", mais do que a discrição ou a nuança. Eles são de um tempo em que as paletas estão se iluminando, tanto a do arquiteto e a do pintor, como a da costureira; a cor e o brilho não assustam mais.

10. A primeira alusão indireta ao Printemps aparece no capítulo VIII do *Paraíso*: Mouret faz seus operários trabalharem à noite nas obras de sua loja, como havia feito Paul Sédille no ano anterior. Nos capítulos seguintes, o Printemps aparece como a loja Quatre Saisons (nome do grupo de estátuas que orna a porta principal do novo Printemps na rua do Havre). Acontece, inclusive, de Zola escrever Printemps no lugar de Quatre Saisons no dossiê preparatório do romance, op. cit., na página 191, por exemplo. [N.A.]

11. Dossiê preparatório, op. cit. [N.A.]

Produto tardio do Império, o novo estilo arquitetônico faz sistematicamente descer a festa para a rua. De acordo com a *Encyclopédie d'architecture*, o Printemps "se acentua do lado de fora por aspectos capazes de fixar a atenção e de tal forma que o estrangeiro ou o provinciano podem levar para casa a lembrança".[12] Eis a festa urbana — Zola diz a "alegria da rua"[13] — oferecida pelas grandes lojas a todo mundo, um universo que não se confunde nem com a alta-roda parisiense, nem com a arraia-miúda. Não é mais a festa aristocrática dos belos dias do Império, mas uma festa da burguesia, que desabrochará plenamente no fim do século, na Belle Époque.

* * *

A importância concedida por Zola à arquitetura não é um simples efeito de seus gostos, mas uma conseqüência dos métodos de venda utilizados pelos "bazares", como se dizia então.

As lojas de departamentos haviam surgido em Londres antes de Paris. Tratava-se para os ingleses de impor a vitória dos têxteis industriais — flanelas de Manchester, casimiras de Leeds — escoados num ritmo insuficiente pelas lojinhas de bairro. Os parisienses, contudo, ensinaram aos londrinos que a venda não era simplesmente uma habilidade técnica, mas um cerimonial que incluía uma decoração cuidada, maneiras corteses, solicitude para com a clientela. Um ritual com uma coreografia regrada como a do balé: designação do vendedor pelo chefe da seção, escolha da mercadoria, clientes acompanhadas pelo vendedor que carrega os pacotes através da loja, pagamento no caixa, etc. Pois a distribuição de chitas e lãs não é o negócio central das lojas parisienses como é o caso nas lojas londrinas. É verdade que as "lãs da Inglaterra, sarjas de Flandres, chitas da Alsácia" guarnecem as prateleiras

12. *Encyclopédie d'architecture*, série três, 1885. [N.A.]

13. A expressão no romance se aplica não à arquitetura, mas à decoração externa da loja, mostruários, flâmulas, etc. [N.A.]

do Paraíso, mas o comércio do luxo e do meio-luxo em grande escala ocupa Mouret muito mais, pois ele deve criar a necessidade.

Foi-se o tempo em que, no bulevar Bonne-Nouvelle, um grande bazar oferecia simplesmente quinquilharias produzidas pela nova indústria do ferro esmaltado para substituir os utensílios de cozinha de estanho e de barro.[14] O Paraíso das Damas, como indica o nome, oferece antes de tudo um sonho, assim como o Paradis des Dames, sito no nº 8 da rua de Rivoli, ou o Printemps "onde tudo é novo, fresco e bonito como o título", segundo o *Bottin* (anuário) de 1869 — e é provável que se não tivesse herdado sua insígnia de uma mercearia fundada em 1808, o Bon Marché teria escolhido um outro nome...

Desde as portas de entrada, portanto, a decoração anuncia o reino da ilusão. É um salão oriental criado com uma prodigalidade de tapetes que acolhe as visitantes na grande venda de outono do Paraíso no capítulo IV. Uma decoração de "festões [...], guirlandas [...], lanternas venezianas [...], estrelas" desenhada com sombrinhas que as aguarda para a exposição das novidades de verão no capítulo IX. Quantas mulheres se verão com uma sombrinha de 39 centavos por terem sido seduzidas pela decoração de festa? Quantas com um reposteiro de Diyarbakir, "rude" como um "saio de pastor", por ter admirado a "estranha composição floral de peônias e palmas" num tapete de Isfahan? Outras armadilhas, variadas e por vezes sutis, espreitam a clientela no interior da loja, como a seção de confecções infantis, criada por Mouret com o propósito de capturar as mulheres de cabeça fria mas de coração maternal!

Porém é o papel representado pela seda que esclarece melhor a estratégia conquistadora de Mouret. O dono do Paraíso conta com a seda, ele precisa da seda para conquistar as pequenas burguesas.

---

14. Bazar instalado nos números 18-20, construído em 1837. O edifício, com três grandes arcadas enquadrando dois pórticos no térreo e dois andares com vidraças, anunciava a arquitetura das grandes lojas de departamentos. Um comércio de artigos de casa se instalou ali por volta de 1850. [N.A.]

Os "tecidos pesados"[15] (adamascados, brocados, sedas peroladas e lamês) são custosos e faustuosos demais para as mulheres de condição média e de orçamento limitado. A pedido das grandes lojas, portanto, os ateliês de Lyon se põem a fabricar "tecidos-reclame"[16], que equilibram a produção irregular dos tecidos de luxo. Os chefes de seção passam os pedidos, pagam à vista ou com um prazo de um mês (diferentemente dos três meses do pequeno lojista), a mercadoria é rapidamente liquidada e o ciclo recomeça.

No entanto, a vitória da loja de departamentos sobre a lojinha de bairro não se explica apenas por questões de preço e de abastecimento. O reinado ao mesmo tempo mutante e contínuo das sedas se deve ao poder de exaltação que elas exercem sobre a clientela feminina. Não se pode esperar dos tecidos de uso comum, que compreendem a maior parte das mercadorias do Velho Elbeuf, uma encenação análoga àquela que Mouret realiza com as sedas do Paraíso. No átrio central que lhes pertence de direito, as sedas são o coração do espetáculo em cada grande venda. Enquanto Zola consagra seis tristes linhas às lãs da grande loja: "maré montante de matizes neutras, tons surdos [...] solo negro de dezembro", cada solenidade comercial lhe é uma ocasião de celebrar as sedas: caindo em cascata evocam a beleza colorida de uma paisagem impressionista; inspiram um poema dedicado aos esplendores amáveis do corpo feminino. Porém, mais que tudo, celebram a glória do Paraíso, que não é apenas o nome da loja, mas também o da faille batizada Paris-Paraíso, à qual Mouret confia sua fortuna e sua reputação num dia de grande venda no capítulo IV do romance.

---

15. No comércio de atacado, o preço das sedas é determinado pelo peso da peça de tecido, o corte e a origem da seda. Os tecidos da China e do Japão são menos caros, mas o catálogo do Bon Marché de 1866 as oferece ainda assim "pelo que são". [N.A.]

16. Pariset, Ernest. *Histoire de la fabrique lyonnaise*, 1901. [N.A.]

Mais do que expressar a sensibilidade quase carnal do autor, esse lirismo traduz os efeitos de uma política comercial que visa a "surpreender", no sentido forte da palavra, mulheres protegidas delas mesmas por hábitos de contenção e de decência. No Paraíso, essas mulheres ficam "pálidas de desejo" diante de sedas cujo brilho é a imagem dos prazeres proibidos, ali são "levadas pelo transbordamento de tamanho luxo, e ao mesmo tempo [têm] o irresistível desejo de se lançarem e se perderem em tal mar de tentações".

O sucesso das grandes lojas dá motivo, no início dos anos 1880, a uma literatura bem conhecida de Zola.[17] "Exibições inebriantes [...], cócegas de tecidos [...], miragens extraordinárias [...], seduções implacáveis", escreve Pierre-Louis Giffard num livro sobre as lojas de departamentos publicado em 1882.[18] Com pequenas diferenças, essas são as expressões de Zola. E Pierre-Louis Giffard ainda evoca o papel corruptor das grandes lojas, as epidemias de furtos e as neuroses atribuídas aos "Grandes Bazares", os costumes devassos das vendedoras, todos os elementos que encontramos no Paraíso das Damas.

No entanto as analogias de linguagem e de descrição não devem camuflar diferenças de pensamento fundamentais entre Zola e seus contemporâneos. O concerto de imprecações que a loja de departamentos provoca é o concerto do medo. Como preservar as mulheres da tentação? Como prevenir a ruína dos lares e as virtudes de economia tradicionais na pequena burguesia? São essas as questões que se colocam os moralistas improvisados diante do espetáculo das grandes lojas... "Se fosse preciso escolher um culpado", escreve Pierre-Louis Giffard, "decidindo entre o bazar que arrebanha a mulher e a mulher que se precipita para o Grande Bazar, eu acusaria, a priori, a mulher..." E conclui: "É preciso instruir a mulher" — sobre as virtudes

17. As lojas de departamentos estão na moda por causa de sua prosperidade, da lei sobre as patentes de 1880, do incêndio do Printemps em 1881, do medo que a concorrência dos "grandes bazares" provoca entre os pequenos lojistas. [N.A.]

18. Livro indicado a Zola por pelo menos três pessoas, entre as quais seu amigo Paul Alexis em uma carta de 3 de junho de 1882. [N.A.]

da economia, evidentemente. Solução cândida, e explicável, nesses tempos em que Camille Sée funda os primeiros liceus femininos; mas que não convence Zola. Não se pode acusar uma "máquina" comercial, nem mesmo a mulher em geral.

Para ele, os malefícios da loja de departamentos são primeiramente imputáveis ao apego às aparências, à vaidade das burguesas "de chapéu" que formam a maior parte da clientela. Além disso, se a loja de departamentos é para o autor do *Paraíso*, como para Giffard, o "minotauro", com uma "força incalculável", um "monstro irresistível", é também, e sobretudo, a vida para Zola. Na vivacidade do relato, no lirismo das descrições, sobressaem uma simpatia pelo futuro e a aceitação de uma nova ordem moral, cujos traços estão ainda a ser definidos.

* * *

A encenação da qual a loja de departamentos é o palco, no romance como na realidade, encontra sua conclusão menos em si mesma do que na busca pelo lucro. *O Paraíso das Damas* é a primeira obra de Zola na qual os mecanismos capitalistas representam um papel de primeiro plano. O autor abandona a visão romântica que, em *O regabofe* (*La Curée*), associava o sucesso de Saccard a negócios escusos, a personagens duvidosos. A moralidade de Mouret não está em causa. Seu sucesso, fundado na observância estrita das regras do comércio, não tem nada de duvidoso.

Não se pode tampouco explicar o sucesso das lojas de departamentos por complacências políticas. Em 1869, a imprensa republicana acusava Chauchard[19], o protegido dos Pereire[20], de conivência com o

19. Hippolyte François Alfred Chauchard (1821-1909) foi um dos fundadores da loja de departamentos do Louvre. [N.T.]

20. Os irmão Emile (1800-1875) e Isaac (1806-1880) Pereire foram banqueiros que participaram de operações imobiliárias ligadas à modernização de Paris na época do Barão Haussmann. [N.T.]

regime por ter distribuído violetas (emblema bonapartista) em período pré-eleitoral. No entanto, quando o Império cai, Jaluzot[21] — republicano moderado, mas republicano ainda assim — continua a distribuir violetas às clientes do Printemps. É preciso portanto procurar outra causa às larguezas de Chauchard e de Jaluzot: o sistema de vendas.

No centro desse sistema está a renovação rápida das mercadorias, cuja venda a loja de departamentos acelera por meio da distribuição de brindes, as violetas por exemplo. Zola se informou: enquanto na lojinha de bairro o estoque se renova duas vezes por ano em média, no Louvre, a seção de modas renova seu estoque cinqüenta e quatro vezes ao ano, enquanto a de sedas quatro vezes.[22] O barão Hartmann, aliás Pereire, a quem Mouret vem de explicar a renovação das mercadorias, resume nestes termos o método de venda das grandes lojas: vender "barato para vender muito" e vender "muito para vender barato". Esse sistema, dito "à americana" (?) por Pierre-Louis Giffard, é a base da superioridade da loja de departamentos sobre a lojinha de bairro, obrigada a vender caro porque não pode vender muito.

Destinada ao crescimento pelo princípio mesmo em que se funda, a loja de departamentos se esforça para ampliar sua clientela ao conjunto da burguesia, desde a mulher rica que quer luxo a bom preço, até a trabalhadora que compra a ilusão do luxo. Mouret — de quem Zola quis fazer um chefe exemplar, um desses "rapazes" que "compreendem sua época à perfeição" — joga com toda a gama de seduções de que as grandes lojas de seu tempo dispõem para aumentar as vendas. Ao contrário das lojas de departamentos atuais, que contam com um número reduzido de modelos para abaixar seus preços, ele aposta na diversidade de artigos e de seções para seduzir uma clientela também diversificada.

Entretanto, o pequeno comércio da vizinhança estremece quando vê "mascates" se meterem a "vender sabonetes e galochas". A grande

21. Jules Jaluzot (1834-1916) foi o fundador da loja de departamentos Printemps. [N.T.]

22. Dossiê preparatório do romance. Biblioteca Nacional, Manuscritos, Novas Aquisições Francesas, 10277. [N.A.]

loja o ameaçava pouco quando se limitava a vender "panos"[23], como era o caso por volta de 1860. Mas acaba por coligar os pequenos lojistas contra si ao se tornar um bazar que vende de tudo. A lista das "vítimas", fornecida no capítulo XIII, na ocasião do enterro de Geneviève Baudu e sua mãe, dá a grandeza da concorrência sofrida pelas lojinhas. Zola cita um malheiro, peleteiros, um artesão de bibelôs, vendedores de móveis, uma comerciante de lingerie, um luveiro, um perfumista, um florista, sem esquecer, é claro, Baudu e Bourras, que vendem respectivamente lãs e flanelas, e sombrinhas e bengalas.

Esses dados diversos mostram ao mesmo tempo o imperialismo do novo comércio e sua margem estreita de sucesso. A loja de departamentos prospera apenas em Paris até o final do século XIX porque Paris é então a única cidade da França a oferecer uma concentração burguesa e um apego às aparências suficientemente grandes para o comércio da moda se arriscar em tal escala. Nas capitais da Europa central e do sul, o obstáculo é o mesmo que no interior da França: uma burguesia pequena e uma mentalidade de resistência às despesas não rentáveis. A loja de departamentos não é portanto nem possível nem facilmente compreensível. A tal ponto que um crítico alemão, Theophil Zolling, achou importante explicar aos leitores germânicos o que era uma loja de departamentos parisiense de modo a tornar o romance de Zola mais acessível.[24]

* * *

23. Poucas lojinhas de bairro vendem seda, pois esse tipo de mercadoria exige um investimento muito alto. Robineau, antigo chefe de seção do Paraíso, investe "quarenta mil francos", ou dois terços de seu capital, no departamento de sedas de sua pequena loja. [N.A.]

24. Zolling, Theophil. *Die Gegenwart* (23-12, 24 de março de 1883, p. 185-187). Informação comunicada por Yves Chevrel, autor de uma tese defendida em junho de 1979: *Le Roman et la nouvelle naturalistes français en Allemagne (1870-1913)*. [N.A.]

Todavia, a epopéia que opõe a loja de departamentos à lojinha de bairro em *O Paraíso das Damas* não se apóia apenas nas diferenças entre os sistemas de vendas ou na desigualdade dos capitais.

Que existe uma aliança entre a Paris moderna e a loja de departamentos, não há a menor dúvida para Zola; que a estética da loja de departamentos caminha juntamente com uma admiração precoce pelo urbanismo do Segundo Império, não faz dúvida para o leitor. Já em 1871, em *O regabofe*, numa época em que o desprezo pela obra haussmanniana é regra junto aos republicanos, Zola descreve como um poeta a "fenda clara" das grandes avenidas, bordejadas de um "duplo e ininterrupto alinhamento de grandes lojas". "Os passos e os rumores da multidão", acrescenta Zola, "enchiam pouco a pouco [René e Maxime] de uma sensação de perfeição da vida da rua". Essa descrição anuncia aquela da rua do Dix-Décembre no dia da inauguração dos novos prédios do Paraíso.

A oposição sobre a qual se funda *O Paraíso das Damas*, entre a Paris antiga com suas lojinhas de bairro de um lado e a Paris moderna com suas lojas de departamentos do outro, seria no entanto tão absoluta como ele faz acreditar? Não é bem assim.

As ruas de doze metros de largura, que haviam feito o orgulho dos governos anteriores, foram destronadas pelas vias haussmannianas, pelas quais, como na rua do Dix-Décembre, seis carroças podiam passar de frente.[25] No romance, elas insuflam um "ar úmido", que dá calafrios em Denise na tarde de sua chegada em Paris — pois deixam o próprio Zola petrificado. A ler as descrições do Paraíso, poder-se-ia acreditar que essas ruas ignoravam a vida, a alegria, a inovação. De forma alguma. É verdade que eram vias estreitas, mas de grande passagem, que atraíram o comércio de luxo e de meio-luxo até o início do Segundo Império. Com o apoio dos especuladores da época, os Pereire em particular, que renovam faustuosamente os arredores da

25. As ruas Rambuteau e de Richelieu, por exemplo, têm 12 metros de largura, a rua Saint-Augustin tem dez metros. Já a nova rua do Dix-Décembre chega a 20 metros. [N.A.]

Ópera, o Segundo Império quer fazer de Paris a capital da moda e do luxo, da mesma forma como Londres era a capital das finanças e dos entrepostos. Contudo, é preciso para tanto que o comércio se deixe ver. Com seus edifícios abastados mas "desprovidos da estética e das decorações exigidas pelas construções modernas"[26], com suas ruas estreitas e suas lojinhas escuras, o bairro Gaillon tornou-se impróprio para esse papel.

O alto comércio começa portanto a desertar as velhas ruas do 2º distrito (*arrondissement*). Para fundar a primeira casa de costura francesa, em 1857-1858, antes da reurbanização portanto, Worth[27] não abandona apenas Gagelin, seu antigo patrão que mantinha um comércio de frivolidades diversas na rua de Richelieu.[28] Abandona também o coração do 2º distrito e se instala na rua de la Paix, num bairro rico e cosmopolita que faz então os belos dias e as noites alegres da "vida parisiense".

Quanto às lojas de departamentos, elas buscam a vizinhança dos bulevares e da estação de trem Saint-Lazare. Nem tudo é fácil para elas nas novas vias: a loja de la Paix, protótipo do Paraíso, espremida na rua do Quatre-Septembre entre bancos e companhias de seguro, teve de deixar o lugar, em 1881, para uma certa Banque Foncière. Quem poderia imaginar, por outro lado, ao ler o *Paraíso*, que o bairro Vivienne, limítrofe do bairro Gaillon, é assinalado nos guias de 1860 como o coração do comércio de luxo? Que a rua "Neuve"-Saint-Augustin, sítio primitivo do Paraíso, atraía o comércio de moda antes de ser suplantada pela rua do Dix-Décembre que lhe é paralela? Como imaginar ainda que proprietários engenhosos haviam perfurado nesse bairro os compactos quarteirões de casas, criando passagens cobertas de vidros, com as quais as lojas de "luxo um pouco caro", segundo um guia de 1828, encantaram os elegantes da primeira metade do século?

26. Cadastro da rua de la Michodière, Arquivos do Sena, DP4, 1876. [N.A.]

27. Charles Frederick Worth (1826-1895) foi o principal costureiro do Segundo Império e predileto da imperatriz Eugênia, mulher de Napoleão III. [N.T.]

28. Gagelin havia sido a única casa francesa de sua categoria a obter uma medalha de ouro na Exposição de Londres de 1851. [N.A.]

É preciso saber enfim que as velhas ruas do 2º distrito de Paris não ignoravam a loja de departamentos sob sua forma mais moderna, como testemunha o Coin de Rue, fundado na rua Montesquieu sob a Monarquia de Julho, e que cria ao longo dos anos 1860 um grande galpão aéreo de um modernismo muito mais vigoroso que o do Paraíso das Damas.

A crise descrita por Zola atinge portanto um bairro em plena vida por volta de 1880. Os pequenos lojistas acusaram a concorrência das lojas de departamentos e as grandes obras que continuam pelo bairro até a abertura da avenida da Ópera em 1877. Mas obras públicas e lojas de departamentos apenas manifestam uma intenção que desestrutura todo o comércio do 2º distrito, destruindo um equilíbrio anterior. "Em torno da Ópera", exclama na Assembléia o deputado conservador Adolphe Thiers em 23 de fevereiro de 1869, "foram abertas três grandes vias sem nenhuma necessidade. Por que as abriram então? Talvez para arruinar a rua de Richelieu? Para diminuir a circulação e os negócios da rua de la Paix?" A rua de la Paix, mais larga e melhor situada como acabamos de dizer, conseguiria sobreviver, mas não a Richelieu.

Com efeito, uma loja que morre em uma das recentes avenidas é imediatamente substituída; nas velhas ruas do 2º distrito, a morte é definitiva. A falência, em 1866, do Grand Colbert da rua Vivienne com dívidas de quase um milhão, o desaparecimento do Coin de Rue no número 8 da rua Montesquieu, em 1881, beneficiam apenas as grandes lojas instaladas nas vias haussmannianas, que são agora as ruas passantes.

E a ruína dos Bourras e dos Baudus então? A presença desse tipo de comércio nas velhas ruas retalhadas pelas obras de Haussmann, desertadas pelo belo comércio, tem doravante ainda menos razão de ser. O bairro mudou de configuração, sua sombra atrai agora toda uma população de embaladores, fornecedores, costureiras, modistas, empregados do comércio sobretudo, que vivem mais ou menos das lojas de departamentos estabelecidas nas avenidas vizinhas. Isso é a ruína das antigas lojinhas, pois os novos habitantes e freqüentadores precisam de hospedagem, de vendedores de sopa, de padarias, de sapateiros. As portas que se fecharam sobre a vitrine do Velho Elbeuf têm grande chance de se abrirem novamente para um restaurante barato ou um ateliê de tapeçaria, satélite do "grande bazar". Não há portanto morte do comércio, mas mutação, e é a lojinha tradicional quem paga o preço. Antes mesmo da crise econômica que se desencadeia em 1882, ano em que é lançado o romance de Zola, falências e fechamentos se multiplicam no 2º distrito. Nem todos concernem as lojinhas de bairro, mas esses fazem número e suas vítimas sabem se fazer ouvir.

A manifestação contra o Paraíso das Damas, de que o enterro de Geneviève é a ocasião no capítulo XIII do romance, deixa pressagiar a ação concertada dos comerciantes de moda alguns anos mais tarde. Em 1881, três mil habitantes do 2º distrito reunidos no cabaré Alcazar exigem leis contra as lojas de departamentos.[29] Em 1887-1888, os lojistas do 2º distrito fundam um "liga sindical do comércio e da indústria" que fará um certo barulho. Seu jornal, *La Revendication*, reproduz de maneira quase alucinante os tipos de homens, as mentalidades e até mesmo a linguagem dos lojistas de Zola. Ele troveja contra as "lojas monstruosas" ou "Grandes Bazares", contra o "novo regime feudal", contra a torre Eiffel — símbolo dispendioso de uma idade de ferro da qual o pequeno comércio atesta a dureza —, contra as "roupas coloridas" para os homens, manifestação de uma moda mutante que faz o jogo das grandes lojas, contra "o silêncio da imprensa escrava" dos Grandes Bazares, aos quais é vendida a quarta página dos jornais, contra a construção eventual de um metrô: "O que será de nós quando, graças ao metropolitano, em cinco minutos as pessoas estiverem em suas casas?"[30]

A tal ponto que o leitor de *O Paraíso das Damas* poderá se perguntar o que Zola quis fazer: apenas pintar um ambiente? Ou analisar a

---

29. Biblioteca Histórica da Cidade de Paris, série 1929. [N.A.]

30. Cf. os números de *La Revendication*, na ordem das citações: 06/12/1890, 30/05/1888, 09/02/1890, 07/02/1889, 02/05/1889, 07/11/1888 e 11/10/1888. [N.A.]

crise da sociedade cujos efeitos agitam particularmente o 2º distrito de Paris, o mais transformado da capital pelas obras de Haussmann[31]?

* * *

Contrariamente ao que poderia fazer acreditar uma documentação meticulosa, Zola encobriu sua fidelidade ao real com uma demarcação de conjunto. Operação necessária: a mutação do bairro Gaillon, cujos croquis mostram que ele conhecia bem, era para ele o ponto de partida de uma epopéia sobre um tema fascinante: o fim e o nascimento de um mundo.

Zola não se limitou portanto a concentrar a ação no duelo que opõe as grandes lojas às lojas de bairro. Ele envelheceu a lojinha e, apesar das recusas de anacronismo que ele opunha às sugestões de Frantz Jourdain, rejuvenesceu a loja de departamentos. O crítico Louis Desprez tinha razão de escrever a Zola em 1883 que achava o Velho Elbeuf "1820 demais". É claro que é; se Zola se inspirou no *Chat qui pelote* de Balzac lançado em 1829, é para que a lojinha de Baudu não aparecesse como o ancestral e protótipo da loja de departamentos, mas como sua antítese. O rejuvenescimento que, na realidade, assegurará à loja de bairro uma bela sobrevida, é assim apresentado no romance como inútil e ruinoso.

A loja de bairro e o passado que ela representa ocupam aliás bem menos Zola que a loja de departamentos e o futuro. Os anos 1880, durante os quais Zola escreve *O Paraíso das Damas*, são anos de fundação. A Terceira República está criando leis essenciais, trazendo o pessoal republicano à cena, resta-lhe apenas realizar a harmonia social que o Segundo Império não soube criar.

Ao longo do *Paraíso das Damas*, o leitor caminha sobre a via de um progresso que obriga o autor a corrigir suas metáforas e a desviar-se de seu objetivo inicial. O "monstro" devorador se transforma em

31. Sutcliffe, Anthony. *The Autumn of Central Paris*. Londres: E. Arnold Ed., 1970. O autor oferece estatísticas convincentes sobre a amplitude das transformações das quais o 2º distrito e o bairro Gaillon foram palco. [N.A.]

bem-feitor, a loja de departamentos modela o progresso comercial como estraçalhou o antigo: o lirismo "ofuscante" da exposição de brancos ganha espaço sobre as imagens infernais. Assim, os primeiros papéis são também invertidos. No projeto primitivo de Zola, o herói do romance é Octave Mouret, o homem que "compreende" seu tempo. No romance, a personagem de Denise toma pouco a pouco uma importância que corresponde ao desvio da ação. Mouret cria a mecânica comercial, Denise a conforma para o bem-estar de todos e prepara a passagem para o "falanstério do comércio". Zola não inventou nem a idéia nem a coisa. Por volta dos anos 1880, as iniciativas sociais das grandes lojas despertaram a utopia. É evidentemente de Madame Boucicaut[32] que Zola empresta as diversas iniciativas graças às quais Denise procura fazer do Paraíso das Damas uma "cidade do trabalho", que se basta em seus "prazeres e necessidades". A política de Madame Boucicaut, porém, não era única; Ruel, fundador do Bazar de l'Hôtel de Ville, cria na rua de la Verrerie um restaurante cooperativo análogo ao restaurante falansteriano aberto em Grenoble por volta de 1848; Jaluzot, do Printemps, gerencia a "Caixa de Previdência das Senhoras e Senhoritas do Comércio".

E não é que as "raparigas" (as vendedoras) do Paraíso, grosseiras e de modos devassos, como se conta no início do romance, aprendem a falar inglês e se põem a enfeitar seus quartos, que os vendedores abandonam os cafés-concerto pelos círculos musicais... No final das contas, poder-se-ia dizer que Zola, com o *Paraíso das Damas*, cauciona a utopia e a ilusão dos filantropistas de seu tempo.

Emburguesamento ou "socialismo no bom sentido do termo", como escreve uma charmosa agenda publicitária do Bon Marché datando do anos 1900[33]? A distinção não é muito clara para o autor do *Paraíso das Damas*. Mas o anseio otimista que levou Zola a fazer de seu romance um "poema da atividade moderna", leva-o também a

32. Marguerite Boucicaut, proprietária do Bon Marché com seu marido Aristide. [N.T.]

33. Biblioteca Nacional, Fol. Z. Le Senne, 412. [N.A.]

apostar nas "grandes sociedades operárias" de que as lojas de departamento são o "embrião". O mecanismo darwinista segundo o qual "a obra da vida quer a morte para continuar a semeadura", ao qual Zola parecia aderir, seria portanto interrompido por uma harmonia social sem falhas... Ilusão que a sociedade francesa dos anos 1880, à qual a República começa a ensinar não o progresso mas a religião do progresso, ainda alimenta.

# O Paraíso das Damas

# I

Denise vinha a pé da estação Saint-Lazare, onde desembarcara de um trem de Cherbourg com seus dois irmãos, depois de passar uma longa noite na dura banqueta de um vagão de terceira classe. Ela dava as mãos a Pepe, e Jean a seguia, todos os três esgotados pela viagem, intimidados e perdidos no meio da vasta Paris, os olhares atônitos diante dos altos edifícios, perguntando a cada esquina onde ficava a rua de la Michodière, onde residia o tio Baudu. Então, ao desembocar na praça Gaillon, a moça, surpresa, parou subitamente.

— Oh! — disse ela. — Olha, Jean!

E eles ficaram ali plantados, apoiados uns nos outros, os três vestidos de preto, acabando de gastar os velhos trajes do luto pelo pai. A moça, miúda para seus vinte anos, de aspecto pobre, levava consigo um pequeno pacote; o irmão mais novo, com cinco anos de idade, pendurava-se em seu braço; e às suas costas, o irmão mais velho, cujos sublimes dezesseis anos desabrochavam, parara teso com as mãos abandonadas ao longo das pernas.

— Isso sim que é uma loja! — retomou ela depois de um silêncio.

Diante deles, na esquina da rua de la Michodière com a rua Neuve-Saint-Augustin, havia uma loja de modas cujas vitrines resplandeciam em tons vivos na doce e pálida manhã de outubro. Oito horas soavam na igreja de Saint-Roch. Nas calçadas, havia apenas a Paris matinal: trabalhadores apressando-se para seus escritórios e donas de casa correndo às lojas. À porta, dois caixeiros trepados numa escada dupla penduravam um arranjo de peças de lã, enquanto diante de um mostruário da rua Neuve-Saint-Augustin um outro caixeiro, ajoelhado e de costas para a rua, plissava delicadamente uma peça de seda azul. O magazine, ainda vazio de clientes, e cujos funcionários iam aos poucos chegando, zunia em seu interior como uma colméia que começa a despertar.

— Puxa! — exclamou Jean. — Isso aí acaba com Valognes... A tua não era tão bonita.

Denise abanou a cabeça. Ela passara dois anos na loja de Cornaille, o primeiro comerciante de modas da sua cidade; e esse magazine encontrado bruscamente, esse edifício gigantesco para ela, enchia-lhe o coração, deixava-a paralisada, emocionada, curiosa, esquecida do resto. Na fachada que dava para a praça Gaillon, a alta porta de vidro alcançava o mezanino em meio a uma multiplicidade de ornamentos carregados de douraduras. Duas figuras alegóricas, duas mulheres sorrindo com os pescoços nus jogados para trás, portavam a inscrição: Paraíso das Damas. Depois, as vitrines continuavam ao longo da rua de la Michodière e da rua Neuve-Saint-Augustin, onde ocupavam quatro outros prédios além da casa da esquina, dois à esquerda, dois à direita, recentemente adquiridos e renovados. Era um prolongamento que parecia sem fim na longa perspectiva de vitrines no térreo e vidraças polidas na sobreloja, atrás das quais via-se toda a vida interior dos balcões. No andar de cima, uma vendedora vestida em seda apontava um lápis, enquanto perto dela duas outras dobravam mantôs de veludo.

— Paraíso das Damas — leu Jean, com seu riso meigo de belo adolescente que já tivera uma experiência com mulher em Valognes. — Hein! É simpático, é isso que deve atrair todo mundo!

Mas Denise permanecia absorta diante do mostruário da entrada principal. No meio da calçada havia uma cascata de mercadorias a preços baixos, o chamariz da porta, belas barganhas que faziam parar as mulheres que passavam por ali. Ela partia do alto: peças de lã, merinos, cheviotes e moletons despencavam do mezanino, flutuando como bandeiras cujos tons neutros — cinza-chumbo, azul-marinho, verde-oliva — eram respingados pelas papeletas brancas das etiquetas. Enquadrando a soleira da porta, pendiam, em faixas estreitas, tiras de peles para adornar vestidos: a cinza fina das costas dos esquilos, a neve pura do ventre dos cisnes, os pêlos do coelho, do falso arminho e da falsa marta. Além disso, em estojos dispostos em mesas à entrada, junto de uma pilha de cortes avulsos, acumulavam-se acessórios anunciados por um nada: luvas e xales de lã tricotados, toucas, coletes, todo um mostruário de inverno em cores vivas, estampadas, matizadas, listradas, ou salpicadas de um vermelho sangrento. Denise viu uma fazenda escocesa por quarenta e cinco centavos, tiras de vison da América por um franco e mitenes por cinco soldos. Era uma exposição gigante de feira livre, a loja parecia estar explodindo e lançando todo o excesso para a rua.

O tio Baudu fora esquecido. O próprio Pepe, que não largava a mão da irmã, arregalava olhos enormes. Um fiacre forçou os três a saírem do meio da praça; e sem se darem conta eles entraram na rua Neuve-Saint-Augustin acompanhando as vitrines, detendo-se de novo diante de cada mostruário. Primeiro foram seduzidos por um arranjo complexo: no alto, guarda-chuvas dispostos obliquamente pareciam formar o teto de uma cabana rústica; embaixo, meias de seda penduradas em triângulos exibiam os perfis arredondados das pernas, sendo umas semeadas de buquês de rosas e outras multicoloridas, pretas em malha aberta, vermelhas com as bainhas bordadas, cor da pele com grãos acetinados e a suavidade da tez das louras; finalmente, sobre o veludo da mesa, luvas haviam sido deitadas simetricamente, os dedos estendidos, tal a palma esguia de uma virgem bizantina, numa graça rija e juvenil de vestuário feminino que ainda não fora usado. Mas foi principalmente a última vitrine que os reteve. Uma exposição de sedas, cetins e veludos desabrochava, numa gama leve e vibrante, os tons mais delicados de flores: no cume, os veludos, de um negro profundo, de um branco de leite talhado; logo abaixo, os cetins, rosas, azuis, com as pregas marcadas, descolorindo-se em palências de uma sutileza infinita; na base, as sedas: toda a banda do arco-íris, algumas arranjadas em coques, outras em pregas como em torno de uma cintura que se deixa mostrar, tornadas vivas sob os dedos sábios dos caixeiros; e, entre cada motivo, entre cada frase colorida do mostruário, corria um acompanhamento discreto, uma leve tira plissada de fular creme. E de cada lado, em pilhas colossais, encontravam-se as duas sedas que eram propriedade exclusiva da casa: a Paris-Paraíso e a couro-de-ouro, artigos excepcionais que vinham revolucionar o comércio de modas.

— Oh! Esta faille por cinco francos e sessenta centavos! — murmurou Denise, espantada diante da Paris-Paraíso.

Jean, que começava a se entediar, deteve um passante.

— A rua de la Michodière, por favor, senhor?

Quando esta lhe foi indicada, a primeira à direita, os três voltaram sobre seus passos, dando mais uma volta em torno do magazine. Mas assim que embicou na rua, Denise foi atraída por uma nova vitrine, na qual estavam expostas as confecções femininas. Na loja de Cornaille, em Valognes, ela era especialmente encarregada das confecções. Porém, nunca vira aquilo, e uma admiração aguda a pregava à calçada. Ao fundo, uma grande echarpe em renda de Bruges, de um preço considerável, distendia-se num véu de altar, como duas asas abertas de uma brancura acastanhada; volantes de ponto de Alençon caíam em guirlandas; depois, borbotando de todos os lados, vinha, como uma avalanche de neve, uma efusão de todas as rendas: malinas, valencianas, aplicações de Bruxelas, pontos de Veneza. À esquerda e à direita, peças de lã criavam colunas escuras, que tornavam ainda mais misterioso esse longínquo tabernáculo. E as confecções se encontravam ali, nessa capela erguida ao culto das graças femininas: ocupando o centro havia uma peça única, um mantô de veludo adornado com uma pele de raposa prateada; de um lado, um balandrau de seda recoberto de pele de esquilo; do outro, um paletó de lã bordado com plumas de galo; enfim, saídas-de-baile, em casimira ou matelassê brancos, recheadas com plumas de cisne ou chenile. Havia opções para todos os gostos, desde as saídas-de-baile a vinte e nove francos, até o mantô de veludo anunciado por mil e oitocentos. Os pescoços arredondados dos manequins enchiam os tecidos, os largos quadris exageravam a estreiteza das cinturas, as cabeças ausentes haviam sido substituídas por grandes etiquetas presas com alfinetes no moletom vermelho do colo. Enquanto isso, de cada lado da vitrine, por meio de um jogo ótico calculado, espelhos refletiam os manequins e os multiplicavam infinitamente, povoando a rua com essas belas mulheres à venda que, no lugar das cabeças, ostentavam seus preços em números enormes.

— Elas são notáveis! — murmurou Jean, que não encontrou nada melhor para exprimir sua emoção.

Ele mesmo voltara a se imobilizar, de boca aberta. Todo esse luxo feminino o deixava corado de prazer. Ele tinha uma beleza de moça, uma beleza que parecia ter roubado da irmã, com a pele reluzente, cabelos ruivos e frisados, os lábios e os olhos úmidos de candura. Perto dele, em meio a seu embevecimento, Denise parecia ainda mais frágil com seu rosto longo, uma boca grande demais e sua pele com sinais de fadiga sob uma cabeleira pálida. E Pepe, igualmente louro, de um louro de infância, apertava-se contra ela, como se tomado de uma necessidade inquieta de carinhos, apreensivo e maravilhado com as belas damas da vitrine. Esses três jovens pálidos, vestidos pobremente de preto — a mocinha triste entre a bela criança e o rapaz imponente — pareciam tão singulares e encantadores parados ali na calçada, que os passantes se voltavam com sorrisos para olhá-los.

Havia algum tempo, um homem gordo de cabelos brancos, com um rosto grande e amarelado, observava-os da soleira de uma lojinha. Encontrava-se ali com olhos injetados, a boca contraída, fora de si a fitar os mostruários do Paraíso das Damas, quando a vista da jovem e seus irmãos acabou de exasperá-lo. O que faziam aqueles três parvos assim boquiabertos diante daquelas extravagâncias ridículas?

— E o tio? — lembrou bruscamente Denise, como se despertasse em sobressalto.

— Estamos na rua de la Michodière — disse Jean. — Ele deve morar por aqui.

Eles ergueram a cabeça e voltaram-se para trás. Então, bem na frente deles, logo acima do homem gordo, avistaram uma placa verde com letras amarelas desbotadas pelas intempéries: "Ao Velho Elbeuf, casimiras e flanelas — Baudu, sucessor de Hauchecorne." A casa, caiada com uma velha tinta escorrida, completamente desataviada em meio às grandes mansões no estilo Luís XIV que a avizinhavam, tinha apenas três janelas na fachada; e essas janelas, quadradas, sem persianas, eram simplesmente guarnecidas com uma trave de ferro, duas barras em cruz. Todavia o que nessa nudez chocou sobretudo Denise, cujos olhos permaneciam ainda cheios das brilhantes vitrines do Paraíso das Damas, foi a loja do térreo, esmagada sob um pé-direito baixíssimo, sobrelevada de um mezanino apertado, com respiradouros de prisão em forma de meia-lua. As esquadrias de madeira, da cor da placa, de um verde-garrafa que o tempo matizara de ocre e betume, enquadravam à esquerda e à direita duas vitrines profundas, sombrias, poeirentas, nas quais distinguiam-se vagamente peças de tecido empilhadas. A porta parecia abrir-se para a obscuridade úmida de um porão.

— É ali — retomou Jean.

— Vamos, precisamos ir — disse Denise. — Anda, Pepe.

Os três estavam, no entanto, inquietos, tomados de timidez. Quando o pai morrera, levado pela mesma febre que tomara a mãe um mês antes, o tio Baudu, na emoção desse duplo luto, escrevera à sobrinha dizendo que sempre teria em sua casa um lugar para eles no dia em que quisessem tentar a fortuna em Paris. Essa carta, porém, já datava de quase um ano, e a moça se arrependia agora de ter abandonado Valognes num impulso, sem prevenir o tio. Este nunca os vira, pois não mais voltara a colocar os pés naqueles cantos da província desde que partira como caixeiro da loja do fanqueiro Hauchecorne, cuja filha depois viria a desposar.

— Senhor Baudu? — perguntou Denise, decidindo-se enfim a se dirigir ao homem gordo, que continuava a observá-los, curioso com as maneiras dos jovens.

— Eu mesmo — respondeu.

Então Denise corou fortemente e balbuciou:

— Ah! Que bom!... Eu sou Denise, e este é Jean, e este Pepe... Como o senhor vê, nós viemos, meu tio.

Baudu pareceu atônito de estupefação. Seus grandes olhos vermelhos vacilavam no seu rosto amarelo, palavras lentas se embaraçavam para sair. Ele estava evidentemente a mil léguas dessa família que lhe caía assim entre os braços.

— Como?! Como?! Vocês estão aqui?! — repetiu várias vezes. — Mas vocês estavam em Valognes!... Por que não estão em Valognes?

Com sua voz suave, um pouco trêmula, Denise teve de se explicar. Depois da morte do pai, que consumira até o último tostão em sua tinturaria, ela se tornara a "mãe" dessas duas crianças. O que ganhava na loja de Cornaille estava longe de ser suficiente para alimentar os três. Jean começara a trabalhar com um ebanista, um reparador de móveis antigos, mas não ganhava nada como aprendiz. Contudo, estava tomando gosto por velharias, e também talhava figuras de madeira. Um dia, ele estava esculpindo por diversão uma cabeça num pedaço de marfim que encontrara, quando um senhor que passava o notou; e foi justamente esse senhor que os fez decidir deixar Valognes, pois encontrara uma vaga para Jean em Paris, na oficina de um artesão local.

— O senhor entende, meu tio, Jean entrará amanhã em aprendizagem na oficina de seu novo patrão. Não estão me pedindo dinheiro, ele terá casa e comida... Então eu pensei que Pepe e eu poderíamos nos arranjar de uma maneira ou de outra. Não ficaremos pior do que em Valognes.

O que ela não contou foi a escapada amorosa de Jean, as cartas escritas a uma mocinha nobre da cidade, os beijos trocados por cima do muro, todo um escândalo que a determinara a partir; e ela queria acompanhar o irmão a Paris sobretudo para zelar por ele, tomada de temores maternais diante desse meninão, tão belo e tão alegre, com o qual todas as mulheres se encantavam.

O tio Baudu não conseguia se recompor e voltava sempre às mesmas perguntas. Entretanto, depois de tê-la ouvido falar assim dos irmãos, passou a tratá-la com mais familiaridade.

— O pai de vocês, portanto, não lhes deixou nada? Eu pensava que ele ainda tinha uns trocados guardados. Ah! Como eu o aconselhei em minhas cartas para que não pegasse essa tinturaria! Um grande coração, mas dois tostões de cabeça!... E tu que ficaste com esses meninos entre os braços, e com a responsabilidade de alimentar esse pequeno mundo!

Sua face biliosa havia-se iluminado, ele não tinha mais os olhos injetados com os quais fixara o Paraíso das Damas. Súbito, deu-se conta de que estava barrando a porta.

— Vamos — disse —, entrem, já que vieram... Entrem, pelo menos é melhor do que ficar perambulando por aí diante de bobagens.

E depois de dirigir às vitrines do outro lado da rua uma última careta de raiva, abriu a passagem às crianças e penetrou na loja chamando pela mulher e a filha.

— Elisabeth, Geneviève, venham logo, tem gente aqui para vocês!

Mas Denise e os pequenos hesitaram um momento diante da escuridão da loja. Cegos pela luz da rua, eles piscavam como se estivessem no limiar de algum antro desconhecido, tateando o chão com os pés, com o medo instintivo de um degrau traiçoeiro. E ainda mais agarrados por causa desse vago temor, apertando-se ainda mais uns contra os outros, o pequeno sem sair de entre as saias da jovem e o grande atrás dela, faziam sua entrada com uma graça sorridente e inquieta. A claridade matinal recortava a negra silhueta de suas roupas de luto, uma luminosidade oblíqua dourava seus cabelos louros.

— Entrem, entrem — repetia Baudu.

Com algumas frases breves, ele colocou a senhora Baudu e a filha a par da situação. A primeira era uma pequena mulher desgastada pela anemia, toda branca, com os cabelos brancos, os olhos brancos, os lábios brancos. Geneviève, na qual a degenerescência da mãe parecia ainda mais grave, tinha a debilidade e a descoloração de uma planta que cresceu na sombra. No entanto, cabelos negros magníficos, espessos e pesados, crescidos como por milagre nessa carne pobre, davam-lhe um charme triste.

— Entrem — disseram por sua vez as duas mulheres. — Vocês são muito bem-vindos.

E elas fizeram Denise se sentar atrás do balcão. Imediatamente Pepe montou nos joelhos da irmã, enquanto Jean, encostado a uma estante, mantinha-se perto dela. Eles procuravam afastar a ansiedade estudando a loja, dentro da qual seus olhos se habituavam à obscuridade. Agora eles a viam, com seu pé-direito baixo e esfumaçado, seus balcões de carvalho polidos pelo uso, seus armários seculares com enormes fechaduras. Pacotes escuros de mercadoria se elevavam até as vigas. O cheiro das lãs e das tinturas, um odor acre de produto químico, parecia decuplicado pela umidade do assoalho. Ao fundo, dois balconistas e uma vendedora arrumavam algumas peças de flanela branca.

— Quem sabe esse pequeno senhorzinho não quer beber alguma coisa? — disse a senhora Baudu sorrindo para Pepe.

— Não, obrigada — respondeu Denise. — Nós tomamos uma xícara de leite num café em frente da estação.

E, como Geneviève observava o pequeno pacote que ela colocara no chão, acrescentou:

— Deixei nossa mala lá.

Ela enrubesceu, sabia perfeitamente que não se aparecia assim na casa de ninguém. Já no vagão, desde que o trem deixara Valognes, ela se sentira completamente arrependida; e foi por essa razão que ao chegar deixara a mala e tomara o café da manhã com as crianças.

— Pois bem — disse de repente Baudu —, vou falar pouco, mas com sinceridade... Eu te escrevi, é verdade, mas isso foi há um ano; e, tu entendes, minha filha, os negócios não têm andado muito bem de um ano para cá...

Ele se interrompeu, sufocado por uma emoção que não queria revelar. A senhora Baudu e Geneviève, com ares resignados, tinham abaixado os olhos.

— Mas — continuou — é uma crise que passará, estou tranqüilo quanto a isso... Só que tive de diminuir meu pessoal, agora só tenho três pessoas comigo, e definitivamente não é o momento de contratar uma quarta. Enfim, não posso tomar-te a meus serviços como oferecera, minha pobre menina.

Denise o escutava, trêmula, cada vez mais pálida. Ele insistiu, acrescentando:

— Não serviria para nada, nem para ti, nem para nós.

— Entendo, meu tio — ela terminou por dizer penosamente. — Tentarei me arranjar de outra maneira.

Os Baudus não eram más pessoas. Mas queixavam-se de nunca ter tido boas oportunidades. Na época em que o comércio ia bem, tiveram de criar seis filhos, dos quais três haviam morrido antes dos vinte anos, o quarto seguira mau caminho e o quinto acabara de partir para o México como capitão. Só lhes restava Geneviève. Essa família custara muito caro, e a recente compra de uma grande casa de campo em Rambouillet, região de seu sogro, acabara de depauperá-los. Assim, crescia nele um azedume que o consumia em sua lealdade maníaca de velho comerciante.

— É preciso comunicar essas coisas... — retomou ele, irritando-se pouco a pouco com sua própria dureza. — Tu podias ter me escrito, eu teria respondido para vocês ficarem por lá... Quando soube da morte do pai de vocês, céus!, eu falei o que se diz nessas ocasiões. Mas então tu apareces assim, sem mais nem menos... É embaraçoso.

Ele começava a erguer a voz, deixava-se levar pela emoção. A mulher e a filha continuavam a olhar para o chão, como pessoas submissas que nunca se permitiriam intervir. Ouvindo isso, Jean empalideceu, enquanto Denise apertava contra seu peito o aterrorizado Pepe. Ela deixou correr duas lágrimas pesadas.

— Entendo, meu tio — repetiu ela. — Nós vamos embora.

Com isso, ele se conteve. Um silêncio constrangedor reinou. Então ele retomou num tom ríspido:

— Eu não vou despachá-los assim... Já que vieram, agora vão dormir esta noite aqui em cima. Depois veremos.

Então a senhora Baudu e Geneviève entenderam com um olhar que podiam arrumar as coisas. Tudo foi acertado. Não era preciso se preocupar com Jean. Quanto a Pepe, ele ficaria bem na casa da senhora Gras, uma velha senhora que morava num grande apartamento térreo da rua das Orties, onde aceitava crianças pequenas em pensão completa, ao custo de quarenta francos por mês. Denise declarou que tinha como pagar o primeiro mês. Só faltava, portanto, encontrar algo para ela mesma. Eles acabariam descobrindo uma vaga para ela no bairro.

— O senhor Vinçard não estava procurando uma vendedora? — lembrou Geneviève.

— É verdade! — exclamou Baudu. — Vamos ter com ele depois do almoço. É preciso malhar o ferro enquanto está quente.

Nenhuma cliente viera distrair essa conversa de família. A loja permanecia vazia e escura. No fundo, os dois balconistas e a vendedora continuavam seu serviço entre palavras cochichadas. Entretanto, três senhoras chegaram e Denise foi deixada só por um instante. Ela beijou Pepe com o coração partido devido à idéia de uma separação tão próxima. O menino, meigo como um gatinho, escondia a cabeça no peito da irmã sem pronunciar uma única palavra. Quando a senhora Baudu e Geneviève voltaram, elas o acharam bem comportado, e Denise assegurou que ele nunca fazia mais barulho do que isso: permanecia assim quieto dias inteiros, vivendo de carinhos e atenções. Então, até a hora do almoço, as três falaram de crianças, do serviço de casa, da vida em Paris e na província entre frases curtas e vagas, como parentes embaraçados por não se conhecerem. Jean se pusera na soleira da loja e não se mexia mais, interessado pela vida das calçadas, sorrindo para as moças bonitas que passavam.

Às dez horas uma criada apareceu. Normalmente a mesa era servida para Baudu, Geneviève e o primeiro balconista. Havia uma segunda mesa às onze para a senhora Baudu, o outro balconista e a vendedora.

— À mesa! — gritou o comerciante, voltando-se para a sobrinha.

E quando todos já estavam sentados na estreita sala de jantar, na parte de trás da loja, ele chamou o primeiro balconista, que se demorava.

— Colomban!

O jovem se desculpou, pois quisera acabar de arrumar as flanelas. Era um rapaz gordo de vinte e cinco anos, pesado e maroto. Seu rosto honesto, com uma grande boca mole, exibia olhos argutos.

— Que diabo! Tem tempo para tudo — disse Baudu, que, pesadamente instalado, cortava um pedaço de vitela fria com o cuidado e a habilidade de bom patrão, medindo de um relance as finas fatias grama por grama.

Ele serviu todo mundo e cortou o pão. Denise trouxera Pepe para perto de si, de maneira a ajudá-lo a comer sem se sujar. Mas a sala escura a perturbava; e ela a observava com o coração constrangido, estando habituada aos cômodos amplos, claros e despojados de sua província. Apenas uma janela se abria sobre um pequeno pátio interno que comunicava com a rua pelo corredor sombrio da casa; e esse pátio, encharcado, empestado, era como o fundo de um poço onde caía um círculo de claridade quase indistinta. Nos dias de inverno, era preciso acender o gás de manhã à noite. Quando o tempo permitia deixá-lo apagado, era ainda mais triste. Foi necessário um instante para Denise acostumar os olhos e distinguir suficientemente os pedaços de carne em seu prato.

— Aí está um rapaz com bom apetite — disse Baudu, ao constatar que Jean terminara sua vitela. — Se trabalha tanto quanto come, vai me sair um belo homem... Mas tu, minha filha, não estás comendo?... Conta-me, agora que podemos conversar, por que não te casaste em Valognes?

Denise soltou o copo que estava levando à boca.

— Ah! Meu tio, me casar? O senhor não fala sério!... E os pequenos?

A idéia lhe parecia tão extravagante que ela acabou rindo. Aliás, que homem a teria querido, sem um tostão, magra como uma cotovia, e ainda por cima nem um pouco bonita? Não, não, ela não se casaria nunca, as duas crianças já lhe bastavam.

— Estás enganada — repetia o tio —, uma mulher sempre precisa de um homem. Se tivesses encontrado um rapaz de bem, não terias caído nas ruas de Paris com teus irmãos, como uns boêmios.

Ele se interrompeu para distribuir agora, com uma parcimônia cheia de justiça, uma travessa de batatas com toucinho que a criada acabara de trazer. Depois, designando com a colher Geneviève e Colomban, retomou:

— Aqui, por exemplo! Esses dois vão se casar na primavera se a estação do inverno for boa.

Era o hábito patriarcal da casa. O fundador, Aristide Finet, dera sua filha Desirée a Hauchecorne, seu primeiro balconista; Baudu, desembarcado na rua de la Michodière com sete francos no bolso, desposara a filha de Hauchecorne, Elisabeth. Agora ele pretendia, por sua vez, ceder a filha, Geneviève, e o comércio a Colomban assim que os negócios retomassem o rumo. Se estava retardando assim um casamento decidido havia três anos, era por um escrúpulo, uma teimosia de probidade: ele recebera o comércio próspero, não queria passá-lo às mãos de um genro com uma clientela inferior e operações duvidosas.

Baudu, então, apresentou Colomban, que era de Rambouillet, como o pai da senhora Baudu; havia inclusive uma ascendência comum entre as duas famílias. Este era um rapaz honesto que dava duro na loja havia dez anos e que ganhara sua posição com o suor de seu trabalho! Aliás, ele não era qualquer um; tinha como pai esse brejeiro de Colomban, um veterinário conhecido em toda a região de Seine-et-Oise, um artista em sua profissão, mas que se deixava levar pelo estômago.

— Graças a Deus — disse o comerciante para concluir —, se o pai bebe e corre atrás de um rabo de saia, o filho soube aprender aqui o preço do dinheiro.

Enquanto ele falava, Denise examinava Colomban e Geneviève. Eles estavam sentados um ao lado do outro, mas permaneciam quietos, sem qualquer rubor, sem um sorriso. Desde o dia que ali entrara, o rapaz contava com esse casamento. Ele passara por todas as etapas, de contínuo a vendedor assalariado, e fora depois finalmente admitido nas confidências e nos prazeres da família; tudo isso pacientemente, levando uma vida de relógio, considerando Geneviève como um excelente e honesto negócio. A certeza de ter a moça o impedia de desejá-la. E a jovem, da mesma forma, se acostumara a amá-lo, mas com a gravidade de sua natureza contida, e com uma paixão profunda, que ela própria ignorava em sua existência árida e regrada de todos os dias.

— Já que se gostam e podem... — Denise acrescentou sorrindo, para se mostrar amável.

— Sim, termina-se sempre assim — declarou Colomban, que, mastigando com lentidão, ainda não soltara nenhuma palavra.

Geneviève, depois de ter lançado sobre ele um olhar longo, disse por sua vez:

— É preciso se entender, depois as coisas vão sozinhas.

Seu amor pelo balconista germinara neste apartamento sombrio da velha Paris. Era como uma flor de porão. Havia dez anos que ela conhecia apenas ele, vivia cada dia a seu lado, atrás das mesmas pilhas de tecido, na escuridão da loja; e de manhã e de noite os dois se encontravam ombro a ombro na estreita sala de jantar, fria como um poço. Eles não teriam ficado mais escondidos, mais perdidos, em pleno campo, sob folhagens. Somente alguma estranha suspeita, algum receio ciumento fariam a jovem descobrir que se entregara tão completamente, nessa sombra cúmplice, devido apenas a um coração vazio e uma mente entediada.

No entanto, Denise pareceu notar uma inquietação nascente no olhar lançado por Geneviève a Colomban. Por isso, respondeu com um ar cortês:

— Ora! Quando duas pessoas se amam, sempre se entendem.

Mas Baudu vigiava a mesa com autoridade. Ele distribuíra as fatias de queijo brie e, para festejar os parentes, pediu uma segunda sobremesa, um pote de geléia de groselha, extravagância que pareceu surpreender Colomban. Pepe, até então bastante comportado, deixou -se abandonar diante da geléia. Jean, tomado de interesse durante a conversa sobre casamento, fitava a prima Geneviève, que achava mole demais, pálida demais, e que comparava em seu íntimo a um coelhinho branco, com longas orelhas pretas e olhos vermelhos.

— Chega de conversa e deixemos o lugar aos outros! — concluiu o comerciante, dando o sinal para levantarem da mesa. — Não é razão para abusar quando a gente se permite um extra.

A senhora Baudu, o outro balconista e a vendedora vieram por sua vez se sentar à mesa. Denise ficou novamente só, sentada junto à porta, esperando que o tio pudesse conduzi-la até a casa de Vinçard; Pepe brincava a seus pés; Jean retomara seu posto de observação na soleira da loja. E durante quase uma hora ela se interessou pelas coisas que aconteciam à sua volta. De tempos em tempos alguma cliente entrava: veio uma senhora, depois duas outras. A loja conservava seu odor rançoso, à meia-luz na qual todo o antigo comércio, simples e honesto, parecia chorar de abandono. Porém, o que a apaixonava era, do outro lado da rua, o Paraíso das Damas, cujas vitrines conseguia avistar através da porta aberta. O céu continuava encoberto, uma chuva suave amornava o ar apesar da estação, e nesse dia branco, que parecia coberto por uma espécie de poeira difusa pelo sol, o grande magazine se animava na atividade da venda.

Denise teve a sensação de estar diante de uma máquina funcionando em alta pressão, cujo movimento ritmado se espalhara por todos os andares. Não eram mais as vitrines frias da manhã; elas pareciam agora vibrantes e aquecidas por uma trepidação interior. Passantes as esquadrinhavam; detidas pela profusão de cores, mulheres se prensavam diante dos vidros formando uma multidão feroz de cobiça. E os tecidos ganhavam vida nessa efervescência da calçada: as rendas pareciam estremecer, caíam dissimulando as profundidades da loja, criando um ar inquieto de mistério; até mesmo as peças de lã, espessas e quadradas, respiravam, insuflavam um hálito tentador; enquanto os paletós se acomodavam ainda mais sobre os manequins, que ganhavam assim uma alma, e o grande mantô de veludo se estufava, morno e macio, como sobre ombros de carne, com os batimentos do colo e o estremecimento das costas. Mas o calor de usina com o qual a casa queimava vinha sobretudo da venda, do acotovelamento dos balcões que era possível sentir através das paredes. Havia ali o ronco contínuo de uma máquina em plena atividade, que enfornava as clientes amontoadas nas diversas seções, aturdidas diante das mercadorias, e depois as lançava em direção aos caixas. E tudo isso era regrado, organizado com um rigor mecânico, toda uma população de mulheres passando pela força e pela lógica das engrenagens.

Denise fora desde cedo submetida à tentação. Esse grande centro de vendas, tão vasto para ela, onde via entrar em uma hora mais gente do que vinha à loja de Cornaille em seis meses, deixava-a atônita e a atraía; e havia em seu desejo de ali penetrar um vago temor que acabava por seduzi-la. Ao mesmo tempo, a loja de seu tio causava-lhe um sentimento de mal-estar. Era um desprezo irracional, uma repugnância instintiva a esse antro glacial do antigo comércio. Todas as sensações — sua chegada turbulenta, a acolhida acrimoniosa de seus parentes, o almoço triste à luz de uma masmorra, sua espera em meio à solidão adormecida dessa velha casa agonizante — sintetizavam-se num protesto mudo, numa paixão pela vida e pela luz. E, apesar de seu bom coração, seus olhos voltavam-se sempre para o Paraíso das Damas, como se a vendedora que existia nela tivesse necessidade de se aquecer na incandescência daquela grande máquina.

— Pelo menos eles têm fregueses! — deixou escapar.

Mas logo se arrependeu dessas palavras ao perceber os Baudu a seu lado. A senhora Baudu, que acabara de almoçar, encontrava-se ali parada, toda pálida, com seus olhos brancos fixados no monstro; e, embora resignada, não podia vê-lo, dar com ele assim do outro lado da rua, sem que um desespero mudo lhe inchasse as pálpebras. Quanto a Geneviève, ela vigiava com uma inquietação crescente Colomban, que, não atinando que estivesse sendo espreitado, permanecia em êxtase, com os olhos erguidos em direção às vendedoras das confecções, cuja seção podia-se avistar através do vidro da sobreloja. Baudu, o rosto tomado de bile, contentou-se em dizer:

— Nem tudo que reluz é ouro. Paciência!

A família evidentemente reprimia o rancor que subia à garganta de cada um. Um sentimento de amor-próprio os impedia de se abrirem tão de imediato diante dessas crianças recém-chegadas. Finalmente o comerciante fez um esforço e virou-se para fugir ao espetáculo da venda do outro lado da rua.

— Pois bem — retomou —, vamos ver Vinçard. As vagas estão concorridas, amanhã talvez seja tarde demais.

Mas antes de saírem ele deu ordem para que o segundo balconista fosse à estação buscar a mala de Denise. A senhora Baudu, a quem a jovem confiara Pepe, decidiu que aproveitaria um momento tranqüilo para levar o pequeno à rua das Orties, na casa da senhora Gras, a fim de conversarem e se entenderem. Jean prometeu à irmã não sair da loja.

— Não vai demorar mais de dois minutos — explicou Baudu, enquanto descia a rua Gaillon com a sobrinha. — Vinçard criou uma especialidade de seda, com a qual ainda faz bons negócios. Ah! Ele tem dificuldades como todo mundo, mas é um finório, fecha suas contas com uma avareza de cachorro... Creio, no entanto, que esteja querendo se retirar por causa de seus reumatismos.

A loja ficava na rua Neuve-des-Petits-Champs perto da passagem Choiseul. Era limpa e clara, de um luxo todo moderno; pequena, todavia, e pobre em mercadorias. Baudu e Denise encontraram Vinçard em grande conferência com dois senhores.

— Não se incomodem por nós — exclamou o fanqueiro. — Não estamos com pressa, podemos esperar.

E, virando-se por discrição em direção à porta, inclinou-se à orelha da moça e acrescentou:

— O magro é o segundo da seda no Paraíso, o gordo é um fabricante de Lyon.

Denise entendeu que Vinçard estava tentando empurrar sua loja para Robineau, o caixeiro do Paraíso das Damas. Com o ar franco, a expressão aberta, ele dava sua palavra de honra com a facilidade de um homem cujos juramentos não afetam em nada. Segundo ele, seu comércio era um negócio de ouro; e, infelizmente, sua saúde debilitada — ele se interrompia para gemer, para se lamentar de suas terríveis dores — forçava-o a abandonar sua fortuna. Mas Robineau, nervoso e apreensivo, o interrompia com impaciência. Ele conhecia a crise que o comércio de tecidos atravessava, citou um especialista em seda destruído pela vizinhança do Paraíso. Vinçard, inflamado, ergueu a voz.

— Por Deus! A queda daquele grande parvo de Vabre era fatal. Sua mulher devorava tudo o que tinham... Depois, estamos aqui a mais de quinhentos metros, enquanto Vabre estava porta a porta com o outro.

Então Gaujean, o fabricante de seda lionês, interveio. Novamente as vozes baixaram. Ele acusava os grandes magazines de arruinarem a manufatura francesa; três ou quatro queriam lhe fazer a lei, agiam como reis do mercado; e ele dava a entender que a única maneira de combatê-los era favorecendo o pequeno comércio, sobretudo os especialistas, aos quais o futuro pertencia. Por isso, oferecia créditos bastante generosos a Robineau.

— Veja como o Paraíso se conduziu com o senhor! — repetia ele. — Nenhuma compensação pelos serviços prestados, essas máquinas de explorar o mundo!... Fazia muito tempo que a posição de primeiro lhe estava prometida, e de repente esse Bouthemont, que chegou não se sabe de onde, sem nenhum título, obteve-a de cara.

A chaga dessa injustiça ainda sangrava em Robineau. Contudo ele hesitava em se estabelecer, explicava que o dinheiro não vinha dele, era de sua mulher, que herdara sessenta mil francos, e ele se mostrava cheio de escrúpulos diante de tal soma. Teria preferido, repetia, cortar os dois pulsos de saída a comprometê-la em maus negócios.

— Não, ainda não estou decidido — acabou por concluir. — Deixe-me refletir um tempo, voltaremos a nos falar.

— Como quiser — disse Vinçard, escondendo seu desapontamento sob um ar bonachão. — Meu interesse não é vender. Não fossem minhas dores...

E voltando-se para a entrada da loja:

— Em que lhe posso ser útil, senhor Baudu?

O comerciante de lãs, que ouvia a conversa, apresentou Denise, contou o que achou melhor da história da moça e acrescentou que ela trabalhara dois anos na província.

— E como, pelo que me disseram, o senhor estava procurando uma boa vendedora...

Vinçard afetou uma grande decepção.

— Ah! Mas que falta de sorte! É verdade que procurei por uma vendedora durante oito dias. Porém acabei de arrumar uma, não tem sequer duas horas.

Um silêncio reinou. Denise parecia consternada. Então Robineau, que a observava com interesse, apiedado sem dúvida por sua expressão pobre, permitiu-se uma informação.

— Eu sei que em nossa loja estão precisando de alguém na seção de confecções.

Baudu não pôde reprimir esse grito de seu coração:

— Na sua loja! Ah, não! Essa não!

Depois, sentiu-se embaraçado. Denise ficou toda vermelha: entrar nesse magazine, ela não ousaria nunca! Mas a idéia de estar lá a enchia de orgulho.

— E por quê? — retomou Robineau, surpreso. — Seria ao contrário uma bela oportunidade para a senhorita... Eu a aconselharia a se apresentar amanhã de manhã à senhora Aurélie, a primeira da seção. O pior que poderá acontecer é não ser aceita.

Para esconder sua revolta interior, o fanqueiro se lançou em frases vagas: ele conhecia a senhora Aurélie, ou pelo menos seu marido, Lhomme, o caixa central, um homem gordo que tivera o braço direito cortado por um bonde. Então, voltando-se de repente para Denise:

— Aliás, isso é com ela, não é problema meu... Ela é livre para fazer como bem entender.

E saiu para a rua depois de saudar Gaujean e Robineau. Vinçard o acompanhou até a porta, renovando suas expressões de desolação.

A jovem permanecera no meio da loja, intimidada, desejosa de obter do caixeiro do Paraíso informações mais completas. Mas não ousou, despediu-se por sua vez, e disse simplesmente:

— Obrigada, senhor.

Na calçada, Baudu não dirigiu a palavra à sobrinha. Ele caminhava rápido, forçava-a a correr, como se levado por suas reflexões. Na rua de la Michodière, ele já ia entrando em sua loja quando um comerciante vizinho chamou-o com um sinal. Denise parou para esperá-lo.

— O que há, seu Bourras? — perguntou Baudu.

Bourras era um grande velho com cara de profeta, cabeludo e barbudo, os olhos penetrantes sob grossas sobrancelhas emaranhadas. Ele tinha um comércio de bengalas e guarda-chuvas, fazia reparos e esculpia todos os cabos, o que lhe deu a fama de artista no bairro. Denise passou os olhos pelas vitrines da loja, onde os guarda-chuvas e as bengalas se alinhavam em filas regulares. Mas ao erguer o rosto ficou espantada com o edifício: um cortiço entre o Paraíso das Damas e uma grande mansão no estilo Luís XIV, encaixado não se sabia como nessa fenda estreita, na qual seus dois andares baixos se comprimiam. Sem os apoios da direita e da esquerda, certamente despencaria; as ardósias do telhado estavam quebradas e apodrecidas, fendas recortavam as duas janelas da fachada, manchas de ferrugem escorriam pela madeira carcomida da tabuleta da entrada.

— Sabe que ele escreveu para o meu proprietário dizendo que queria comprar a casa? — informou Bourras, observando fixamente o fanqueiro com seus olhos inflamados.

Baudu empalideceu ainda mais e encurvou os ombros. Houve um silêncio, os dois homens permaneciam face a face, com ares profundos.

— Tem de se estar pronto para tudo — murmurou enfim.

Então o velho se exasperou, sacudindo os cabelos e a longa barba de neve.

— Que compre a casa! Pagará quatro vezes seu valor!... Mas eu lhe juro que, enquanto viver, ele não terá nem uma pedra. Ainda tenho mais doze anos no meu contrato... Isso é o que veremos! Veremos!

Era uma declaração de guerra. Bourras virava-se em direção ao Paraíso das Damas, que nem um nem o outro haviam nomeado. Por um instante Baudu abanou a cabeça em silêncio; depois, atravessou a rua para voltar para casa, sem força nas pernas cansadas, repetindo apenas:

— Ah! Meu Deus!... Ah! Meu Deus!...

Denise, que ouvira tudo, seguiu o tio. A senhora Baudu também estava voltando com Pepe e imediatamente disse que a senhora Gras pegaria a criança quando quisessem. Jean, porém, desaparecera, causando imensa preocupação na irmã. Quando enfim voltou, com o rosto todo animado, falando do bulevar com paixão, ela o fitou com um olhar tão triste que o fez corar. Haviam trazido sua mala, eles iriam dormir no último andar, sob a mansarda.

— A propósito, como foi lá com Vinçard? — perguntou a senhora Baudu.

O comerciante contou a diligência inútil, depois acrescentou que haviam indicado uma vaga para a sobrinha; e, com o braço estendido em direção ao Paraíso das Damas, soltou essas palavras acompanhadas de um gesto de desprezo:

— Mas que idéia! Logo lá!

Toda a família sentiu-se ferida. À noite, a primeira mesa era às cinco horas. Denise e as crianças retomaram seus lugares com Baudu, Geneviève e Colomban. Um lampião iluminava a pequena sala de jantar onde se sufocava com o cheiro da comida. A refeição foi silenciosa. Mas, à sobremesa, a senhora Baudu, que não se agüentava no lugar, abandonou a loja para vir se sentar atrás da sobrinha. E então o drama contido desde a manhã estourou, e todos desabafaram, fustigando o monstro.

— É a tua vida, és livre para tomar tuas decisões — repetiu primeiro Baudu. — Nós não queremos te influenciar... Somente... se soubesses que casa é aquela!

Por meio de frases entrecortadas, ele contou a história desse Octave Mouret. Ele, sim, tivera todas as oportunidades! Um rapaz que viera do interior da França para Paris com a audácia amável de um aventureiro; desde o dia seguinte à sua chegada já tinha histórias de mulher para contar, uma permanente exploração do sexo feminino, o escândalo de um flagrante de que o bairro ainda falava; depois veio a conquista repentina e inexplicável da senhora Hédouin, que lhe entregara o Paraíso das Damas.

— Essa pobre Caroline! — interrompeu a senhora Baudu. — Ela era um pouco minha parenta. Ah! Se tivesse sobrevivido as coisas seriam bem diferentes agora. Ela não nos deixaria assassinar assim... E foi ele que a matou. Sim, em suas construções! Uma manhã, visitando as obras, ela caiu num buraco. Três dias depois estava morta. Ela, que nunca ficava doente, que era tão saudável, tão bela!... Tem sangue dela sob as pedras daquele edifício.

Através das paredes, ela indicava o grande magazine com uma mão pálida e trêmula. Denise, que ouvia as histórias como se escuta um conto de fadas, sentiu um leve arrepio. O temor que experimentava desde a manhã, acoplado à tentação que o magazine exercia sobre ela, talvez viesse do sangue dessa mulher, que visualizava agora no cimento vermelho do subsolo.

— Parece até que isso lhe trouxe sorte — acrescentou a senhora Baudu, sem nomear Mouret.

Mas o fanqueiro sacudia os ombros, desdenhando essas fábulas de comadre. Ele retomou sua história, explicando a situação do ponto de vista comercial. O Paraíso das Damas fora fundado em 1822 pelos irmãos Deleuze. À morte do primogênito, a filha, Caroline, casara-se com o filho de um fabricante de tela, Charles Hédouin. Mais tarde, após ficar viúva, desposara esse Mouret. Ela lhe trouxe, portanto, a metade da loja. Três meses depois do casamento, o tio Deleuze faleceu sem deixar filhos. Assim, quando Caroline deixou seus ossos nas fundações, esse Mouret era então o único herdeiro, o único proprietário do Paraíso. Todas as oportunidades!

— Um homem cheio das idéias, um desregrado perigoso que, se deixarmos, virará o bairro de cabeça para baixo! — continuou Baudu.

— Acho que Caroline, um pouco romanesca também, deve ter sido levada pelos projetos extravagantes do rapaz... Ele a convenceu de comprar a casa da esquerda, depois a casa da direita; e ele mesmo, quando ficou só, comprou duas outras casas. Desse jeito, a loja cresceu, e cresceu a ponto de ameaçar nos devorar a todos agora!

Ele se dirigia a Denise, mas falava para si mesmo, ruminando novamente essa história que o assustava, numa necessidade febril de se desabafar. Na família, ele era o bilioso, o violento de punhos sempre cerrados. A senhora Baudu não intervinha, imóvel em sua cadeira; Geneviève e Colomban, com os olhos baixos, catavam e comiam migalhas de pão por distração. Estava tão quente, tão sufocante, no pequeno cômodo, que Pepe adormecera sobre a mesa, e os olhos de Jean estavam se fechando.

— Paciência! — retomou Baudu, invadido por uma súbita cólera. — Os bufões serão os primeiros a cair! Mouret está atravessando uma crise, eu sei disso. Ele teve de colocar todos os seus lucros em suas loucuras de expansão e de reclames. Além disso, para conseguir capital, resolveu por bem persuadir grande parte de seus empregados a investir na empresa dele o que tinham de dinheiro. Pois agora está sem um tostão, e se um milagre não acontecer, se não conseguir triplicar suas vendas como está esperando, vocês vão ver a derrocada!... Ah! Não quero o mal de ninguém, mas nesse dia eu baterei palmas, palavra de honra!

Ele prosseguiu com uma voz vingadora, tinha-se a impressão de que a queda do Paraíso das Damas iria reabilitar a dignidade comprometida do comércio como um todo. Onde já se vira isso? Uma loja de modas onde se vendia de tudo! Um bazar então! E além de tudo os funcionários eram metidos a serem amáveis: um bando de janotas que manobravam como numa estação de trem, que tratavam as mercadorias e as clientes como pacotes, que largavam o patrão ou eram largados por ele com uma palavra, sem afeto, sem modos, sem arte! E de repente ele tomou Colomban como testemunha: o rapaz, via-se bem, fora educado na boa escola, sabia de que maneira lenta e certa chegava-se às finezas, às astúcias do ofício. A arte não era vender muito, mas vender caro. Além disso, ele podia dizer como fora ali tratado, como se tornara parte da família, como era cuidado quando ficava doente, com a roupa limpa e passada, paternalmente vigiado, amado, enfim!

— Claro — repetia Colomban, depois de cada exclamação do patrão.

— És o último, meu grande — declarou Baudu, enternecido. — Depois de ti, não farão mais... Apenas tu me consolas; pois, se é essa balbúrdia o que chamam agora de comércio, eu não entendo mais nada, prefiro abandonar tudo.

Geneviève, com a cabeça inclinada sobre um ombro, como se sua espessa cabeleira negra pesasse demais em sua fronte pálida, examinava o balconista sorrindo; e em seu olhar havia uma suspeita, um desejo de ver se Colomban, tomado de algum remorso, não coraria sob tais elogios. Mas, como era um rapaz adestrado nas comédias do velho negócio, ele mantinha sua corpulência tranqüila, seu ar bonachão, com um sorriso maroto nos lábios.

Então Baudu gritou mais forte, acusando aquela feira livre ali da frente, aqueles selvagens, que se massacravam entre si em sua luta pela vida, de destruir a instituição familiar. E ele citava os vizinhos de Rambouillet, os Lhommes, a mãe, o pai e o filho, todos os três empregados naquela barraca, gente sem lar, sempre na rua, comendo em casa apenas aos domingos, uma vida de hotel e de prato feito, enfim! É claro que sua sala de jantar não era grande, poder-se-ia inclusive desejar mais claridade, mais ar, mas ao menos sua vida era ali, ele vivia ali em meio ao carinho dos seus. Falando assim, seus olhos davam a volta em torno do pequeno cômodo; e um estremecimento o tomava à idéia inconfessa de que os selvagens poderiam um dia, se acabassem por destruir seu comércio, desalojá-lo desse buraco onde sentia o calor da vida, entre sua mulher e sua filha. Apesar da segurança que afetava, quando anunciou esse golpe final, fora cheio de um terror profundo, pois percebia muito bem o bairro invadido, devorado pouco a pouco.

— Não é para te desencorajar — retomou, procurando manter-se calmo. — Se é de teu interesse entrar lá, eu serei o primeiro a te dizer: entra.

— Sei bem disso, meu tio — murmurou Denise, atordoada, e cujo desejo de estar no Paraíso das Damas crescia em meio a toda essa paixão.

Ele colocara os cotovelos na mesa e encarava-a com um olhar pesado.

— Mas, vejamos, tu, que também és do ramo, diz-me se é sensato que uma simples loja de modas se ponha a vender de tudo e qualquer coisa. Outrora, quando o comércio era honesto, os artigos de moda compreendiam os tecidos, não mais do que isso. Hoje, só lhes passa pela cabeça montar nas costas dos vizinhos e engolir tudo o que vêem pela frente... Pois é disso que o bairro reclama, porque as lojas pequenas começam a sofrer terrivelmente. Esse Mouret as arruína... Veja! Bedoré e irmã, a malharia da rua Gaillon, já perdeu metade de sua clientela. Na butique da senhorita Tatin, a comerciante de roupas brancas da passagem Choiseul, estão tendo que baixar todos os preços para ficarem um pouco mais competitivos. E o efeito dessa calamidade, dessa peste, se faz sentir até na rua Neuve-des-Petits-Champs, onde ouvi dizer que os irmãos Vanpouille, os peleteiros, não estão mais agüentando o golpe... Hein! Uns feirantes que vendem até peles, essa é muito boa! Mais uma idéia desse Mouret!

— E as luvas — disse a senhora Baudu. — Não é monstruoso? Ele ousou criar uma seção de luvaria!... Ontem, quando eu passava pela rua Neuve-Saint-Augustin, Quinette, na porta de sua loja, tinha um ar tão triste que não tive coragem de perguntar se os negócios estavam indo bem.

— E os guarda-chuvas — retomou Baudu. — Isso foi o cúmulo! Bourras tem certeza de que Mouret está simplesmente querendo afundá-lo; pois, enfim, é um disparate, guarda-chuvas com tecidos?... Mas Bourras é sólido, ele não vai se deixar sangrar. Nós vamos rir um dia desses.

Ele falou de outros comerciantes, passou o bairro todo em revista. Algumas vezes, umas confissões lhe escapavam: se Vinçard vendesse sua loja, restava aos outros apenas empacotar suas coisas, pois Vinçard era como os ratos, que fogem das casas quando sentem que elas vão desmoronar. Logo em seguida, no entanto, ele se desmentia, sonhava com uma aliança, um entendimento entre os pequenos varejistas para enfrentar o colosso. Por algum tempo hesitou em falar de si mesmo; tinha as mãos agitadas, a boca repuxada por um tique nervoso. Finalmente decidiu-se.

— Até agora eu não tenho muito do que reclamar. Ah! Ele me prejudicou, o tratante! Mas por enquanto oferece apenas lãs para senhoras, casimiras leves para vestidos e mais fortes para os mantôs. Ainda vêm a mim para comprar artigos masculinos, veludos de caça, tecidos para fardas; sem falar das flanelas e dos moletons, dos quais eu o desafio a ter uma variedade tão completa... Mas ele me enerva! Ele acha que vai me fazer ferver o sangue só porque colocou sua seção de lã logo ali defronte. Você viu seu mostruário, não foi? Ele sempre coloca ali as mais belas confecções, no meio de um enquadramento de peças de casimira, um verdadeiro desfile de saltimbancos para fisgar as moças... Palavra de homem honesto! Eu morreria de vergonha de empregar tais meios. Há mais de cem anos o Velho Elbeuf é conhecido, e ele não precisa de semelhantes embustes à sua porta. Enquanto eu viver, a loja permanecerá tal e qual a peguei, com suas quatrocentas peças de amostra, à direita e à esquerda, nada mais!

A emoção ganhou toda a família. Geneviève permitiu-se tomar a palavra, depois de um silêncio.

— Nossa clientela nos ama, papai. É preciso acreditar... Ainda hoje a senhora Desforges e a senhora de Boves vieram. Estou esperando a senhora Marty para as flanelas.

— Ontem eu recebi uma bela encomenda da senhora Bourdelais — declarou Colomban. — Mas é verdade que ela mencionou uma cheviote inglesa marcada ali na frente dez soldos mais barata. A mesma que a nossa ao que parece.

— E dizer — murmurou a senhora Baudu com a voz cansada — que nós vimos essa loja aí grande como um lenço de bolso! Perfeitamente, minha querida Denise, quando os Deleuze fundaram o estabelecimento, ela tinha apenas uma vitrine dando para a rua Neuve-Saint-Augustin, um verdadeiro armário, onde duas peças de calicô ficavam espremidas entre duas peças de chita. Não dava para se virar dentro da lojinha, tanto aquilo era pequeno... Nessa época, o Velho Elbeuf, que existia havia mais de sessenta anos, já era como o vês hoje... Ah! Tudo isso mudou, mudou bastante!

Ela sacudia a cabeça, suas palavras lentas contavam o drama de sua vida. Nascida no Velho Elbeuf, ela amava até as pedras úmidas, vivia apenas para ele e por ele. Outrora gloriosa nessa casa, a mais forte, a mais ricamente provida do bairro, ela sentiu na pele o contínuo sofrimento de ver crescer pouco a pouco a casa rival, no início menosprezada, depois de igual importância, em seguida exuberante, ameaçadora. Para ela, era como uma ferida sempre aberta, ela sucumbia com o Velho Elbeuf, humilhada, vivendo apenas, assim como ele, pela força da inércia, mas sentindo perfeitamente que a agonia da loja era a sua, e que no dia em que esta fechasse ela também se apagaria.

Reinou um silêncio. Baudu marcava seu desalento com a ponta dos dedos na toalha encerada. Ele sentia uma lassidão, quase um arrependimento por ter desabafado mais uma vez. Nessa prostração, toda a família aliás continuava a remexer com olhos vagos as amarguras de sua história. A sorte nunca lhes sorrira. As crianças haviam sido educadas, e quando a fortuna parecia querer bater-lhes à porta a concorrência bruscamente trazia a ruína. E ainda havia a casa de Rambouillet, a casa de campo para a qual o fanqueiro sonhava em se retirar havia dez anos; uma oportunidade sem igual, dizia ele, uma antiga construção que exigia reparos constantes, e que ele finalmente decidira alugar, ainda que os locatários não lhe pagassem nunca. Tudo o que ganhava perdia-se ali. Em sua probidade meticulosa e obstinada aos velhos hábitos, esse era seu único vício.

— Ora! — declarou ele bruscamente — é preciso deixar a mesa aos outros... Chega de palavras inúteis!

Foi como um despertar. O lampião assobiava no ar morto e sufocante do pequeno cômodo. Todos se levantaram em sobressalto, rompendo o triste silêncio. Contudo, Pepe dormia tão bem que deitaram-no sobre algumas peças de moletom. Jean, que bocejava, retornara à porta da rua.

— E, para concluir, tu farás como quiser — repetiu novamente Baudu à sobrinha. — Nós te contamos as coisas como elas são, só isso... Mas teus negócios são teus negócios.

Ele a pressionava com o olhar, esperando uma reposta decisiva. Denise, que tais histórias haviam deixado ainda mais interessada pelo Paraíso das Damas, no lugar de evitar o olhar, mantinha seu ar tranqüilo e doce, que no fundo expressava sua determinação obstinada de normanda. Ela se contentou em responder:

— Veremos, meu tio.

Falou então em subir para se deitar cedo com as crianças, pois os três estavam muito cansados. No entanto, seis horas mal haviam soado, e ela concordou em ficar mais um momento na loja. A noite se fechara, e ela reencontrou a rua escura, toda molhada por uma chuva fina e persistente que caía desde o pôr-do-sol. Foi para ela uma surpresa: alguns instantes haviam bastado e a via estava agora toda semeada de poças, fios d'água suja corriam por entre as pedras, uma lama espessa, pisada, turvava as calçadas; e, sob o aguaceiro, via-se apenas o desfile confuso dos guarda-chuvas, encontrando-se, sucedendo-se desordenadamente, semelhantes a grandes asas sombrias no meio das trevas. Teve o ímpeto de recuar, tomada de frio, o coração ainda mais oprimido pela loja mal iluminada, lúgubre a essa hora. Um sopro úmido, o hálito do velho bairro, vinha da rua; parecia que a torrente que passava pelos guarda-chuvas escorria sobre os balcões, que o pavimento, com sua lama e suas poças d'água, infiltrava-se, terminando de mofar o velho piso, enbranquecido por salitre. Era toda uma visão da antiga Paris encharcada, que a fazia tiritar com um calafrio aflito ao divisar a grande cidade tão glacial e tão feia.

Contudo, do outro lado da rua, o Paraíso das Damas acendia suas extensas fileiras de lampiões a gás. E ela se reaproximou da porta, novamente atraída pela rua e como que aquecida por esse foco de luz ardente. A máquina ainda roncava, ainda em atividade, soltando seu vapor num último bramido, enquanto os vendedores dobravam os tecidos e os caixas contavam a receita. Através dos vidros empalidecidos por um bafo quente, notava-se um pulular vago de claridades, todo um interior confuso de usina. Por trás da cortina de chuva que caía, essa aparição afastada, embaralhada, era como uma fornalha gigante, dentro da qual se viam passar as sombras escuras de foguistas sobre o ferro vermelho de caldeiras. As vitrines pareciam naufragar; distinguia-se apenas, logo defronte, a neve das rendas, cuja brancura era avivada pelos vidros brilhantemente iluminados por uma fila de lampiões. E, naquela pretensa capela, as confecções avultavam-se em vigor, o grande mantô de veludo, ornado de uma pele prateada de raposa, levava o perfil de uma mulher sem cabeça, que parecia correr sob a chuva para alguma festa, para as sombras desconhecidas de Paris.

Cedendo à sedução, Denise chegara até a porta, sem se preocupar com os respingos de chuva que a molhavam. A essa hora da noite, com seu brilho de fornalha, o Paraíso das Damas acabava de capturá-la por inteiro. Na grande cidade, negra e muda sob a chuva, nessa Paris que ela ignorava, ele incendiava como um farol, parecendo irradiar toda a luz e a vida do bairro. Ela sonhava seu futuro ali, com muito trabalho para educar as crianças, mas também muitas outras coisas. Ela não sabia bem o quê, entrevia apenas coisas longínquas, cujo desejo e o temor faziam-na estremecer. A idéia daquela mulher morta nas fundações voltou-lhe; ela sentiu medo, imaginou ver todas aquelas luzes sangrarem; então, a brancura das rendas a acalmou, uma esperança subia-lhe ao coração, toda uma certeza de felicidade. Enquanto isso, a névoa de água volante esfriava-lhe as mãos e acalmava sua febre da viagem.

— É o Bourras — disse uma voz atrás de suas costas.

Ela se inclinou, avistou Bourras imóvel no fim da rua diante da vitrine onde notara, pela manhã, aquela engenhosa construção de guarda-chuvas e bengalas. O ancião deslizara pelas sombras para encher os olhos com aquele mostruário triunfante; e, com a face dolorida, nem mais sentia a chuva que batia em sua cabeça nua, cujos cabelos brancos respingavam.

— É um tolo — anunciou a voz —, vai ficar doente.

Então, virando-se, Denise viu novamente os Baudus atrás dela. Sem se darem por si, como Bourras, que consideravam tolo, acabavam sempre voltando para aquele ponto, diante do espetáculo que lhes fendia o coração. Era uma ânsia de sofrer. Geneviève, muito pálida, constatara que Colomban fitava, na sobreloja, as sombras das vendedoras passando atrás dos vidros; e, enquanto Baudu sufocava com um rancor retraído, os olhos da senhora Baudu se enchiam de lágrimas, silenciosamente.

— Vais te apresentar lá amanhã, não é? — perguntou o fanqueiro, atormentado pela incerteza e sabendo perfeitamente que a sobrinha fora conquistada como os outros.

Ela hesitou, mas em seguida disse, delicada:

— Sim, meu tio, a menos que isso lhe cause muito desgosto.

# II

No dia seguinte, às sete e meia, Denise estava diante do Paraíso das Damas. Ela decidira se apresentar à loja cedo, antes de conduzir Jean a seu novo patrão, que vivia longe, no alto do faubourg do Temple. Porém, devido a seus hábitos matinais, saíra de casa cedo demais: os vendedores mal começavam a chegar. Com medo de parecer ridícula, tomada de timidez, ela ficou perambulando de um lado para o outro na praça Gaillon.

O vento frio que soprava secara o pavimento. Caixeiros irrompiam vivamente por todas as ruas, levemente iluminadas por um amanhecer pálido sob o céu cinzento; apareciam com a gola de seus paletós levantada, as mãos nos bolsos, surpreendidos por esse primeiro calafrio de inverno. A maior parte vinha só e se esgueirava para dentro da loja sem dirigir uma palavra ou mesmo um olhar a seus colegas, que alargavam o passo ao lado deles; outros seguiam em grupos de dois ou três, falando rápido, ocupando toda a calçada; e antes de entrar, com o mesmo gesto, cada um jogava na sarjeta o cigarro ou o charuto.

Denise notou que muitos desses homens a encaravam ao passar. Então sua timidez aumentou, ela não se sentiu mais com forças para segui-los, e resolveu só entrar quando o desfile cessasse, corando à idéia de ser empurrada ao passar pela porta no meio de todos esses homens. Mas o desfile continuava, e para escapar aos olhares ela deu uma lenta volta pela praça. Quando voltou, encontrou, plantado diante do Paraíso das Damas, um grande rapaz pálido e desengonçado que, havia quinze minutos, parecia esperar como ela.

— Senhorita — perguntou-lhe com a voz balbuciante —, é por acaso uma vendedora da casa?

Ela ficou tão abalada ao ouvir esse rapaz desconhecido lhe dirigir a palavra que não respondeu de início.

— É porque — continuou ele se embaralhando ainda mais — pensei em ver se não poderiam me empregar, e a senhorita poderia me dar alguma informação.

Ele era tão tímido quanto ela, e só se arriscara a abordá-la porque a sentira tão vacilante quanto ele.

— Daria com prazer — respondeu Denise finalmente —, mas não estou em melhor situação que o senhor. Também estou aqui para me apresentar.

— Ah, sim! — murmurou o jovem, totalmente desconcertado.

E ambos enrubesceram fortemente, dois tímidos face a face por um instante, enternecidos pela fraternidade de suas situações, não ousando todavia se desejar boa sorte em voz alta. Então, como não tinham nada a acrescentar e se sentiam cada vez mais constrangidos, separaram-se nervosamente e recomeçaram a esperar, cada um de um lado, a alguns passos um do outro.

Os caixeiros continuavam a entrar. Agora Denise podia ouvi-los gracejar quando passavam por ela lançando-lhe um olhar enviesado. Seu embaraço aumentava por estar servindo de espetáculo; e quando se decidia a dar uma volta de meia hora pelo bairro, a vista de um rapaz bem-apessoado, que chegava rapidamente pela rua Port-Mahon, reteve-a por mais um minuto. Devia certamente ser um chefe de seção, pois todos os caixeiros o cumprimentavam. Ele era grande, de tez clara, a barba bem tratada; e tinha olhos cor de ouro velho, de uma suavidade de veludo, que fixou um instante sobre ela no momento em que atravessava a praça. Logo entrou na loja, indiferente, deixando-a ali, imóvel, atordoada por esse olhar, cheia de uma emoção singular, na qual havia mais mal-estar do que encanto. Sem dúvida, estava atemorizada; e pôs-se a descer lentamente a rua Gaillon, depois a rua Saint-Roch, esperando a coragem voltar.

O rapaz era muito mais que um chefe de seção, era Octave Mouret em pessoa. Ele não dormira naquela noite, pois, após uma noitada na casa de um funcionário do ministério, fora cear com um amigo e duas senhoritas que colheram nos bastidores de um teatro de bairro. Seu sobretudo abotoado escondia um terno de noite e uma gravata branca. Subiu então apressadamente para seu apartamento, lavou o rosto e se trocou. Assim, quando se sentou à sua mesa, em seu escritório da sobreloja, mostrava-se em forma, de olhos vivos, a pele fresca, pronto para a labuta, como se tivesse passado dez horas na cama.

A vasta sala, mobiliada em carvalho velho e forrada de repes verde, tinha como único ornamento um retrato da senhora Hédouin, de quem o bairro ainda falava. Desde que ela se fora, Octave guardava dela uma lembrança doce, mostrando-se reconhecido à sua memória pela fortuna com que lhe brindara ao desposá-lo. Assim, antes de se pôr a assinar as notas colocadas sobre seu mata-borrão, dirigiu ao retrato um sorriso de homem feliz. Afinal, não era sempre para junto dela que ele voltava para trabalhar depois de suas escapadas de jovem viúvo, ao sair das alcovas para onde a necessidade do prazer o desviava?

Bateram na porta e, sem esperar, entrou um homem grande e magro, de lábios finos e nariz pontudo, muito correto aliás, com seus cabelos penteados para trás, nos quais já se viam mechas cinzentas. Mouret ergueu os olhos e, continuando a assinar, perguntou:

— Dormiu bem, Bourdoncle?

— Muito bem, obrigado — respondeu o homem, que andava a passos curtos, como se estivesse em sua casa.

Bourdoncle, filho de um fazendeiro pobre dos arredores de Limoges, começara havia muito tempo no Paraíso das Damas, na mesma época que Mouret, quando a loja ocupava apenas a esquina da praça Gaillon. Muito inteligente, muito ativo, parecia então poder facilmente suplantar seu camarada, menos sério, que fazia todos os tipos de escapada, tinha uma desatenção aparente e inquietantes aventuras amorosas. Mas ele não tinha o gênio brilhante desse provençal cheio de paixão, nem sua audácia, nem sua graça vitoriosa. Aliás, por um instinto de homem sábio, preferira desde o início inclinar-se diante dele, sem luta. Quando Mouret aconselhou seus funcionários a investir suas economias no magazine, Bourdoncle foi um dos primeiros a fazê-lo, confiando-lhe inclusive a herança inesperada de uma tia; e, pouco a pouco, depois de ter passado por todos os escalões, começando como balconista, depois como segundo, em seguida chefe de seção na seda, tornou-se um dos tenentes do patrão, o mais estimado e o mais ouvido, um dos seis diretores que o auxiliavam no gerenciamento do Paraíso das Damas, formando algo como um conselho de ministros sob um rei absoluto. Cada um deles era responsável por uma província.

Bourdoncle era encarregado da inspeção geral.

— E você — retomou em tom familiar —, dormiu bem?

Quando Mouret respondeu que não tinha ido para a cama, ele abanou a cabeça murmurando:

— Não é saudável.

— E por quê? — retrucou o outro com alegria. — Estou menos cansado que você, meu caro. Você está com os olhos inchados de sono, e está engordando por ser tão certinho... Vá se divertir um pouco, isso lhe dará um tranco nas idéias!

Era sempre a mesma disputa amigável. Bourdoncle, de início, malhava suas amantes, porque, como dizia, elas o impediam de dormir. Agora odiava as mulheres de modo geral, tendo sem dúvida, em algum lugar, encontros de que nunca falava, tão pouco elas ocupavam espaço em sua vida. E contentava-se em explorar as freguesas da loja, com um enorme desprezo pela frivolidade dessas mulheres que se arruinavam por qualquer pedaço de pano.

Mouret, ao contrário, afetava êxtases, ficava embevecido e fagueiro diante das mulheres, sendo constantemente arrebatado por novos amores. E essas paixões passageiras eram como um reclame para suas vendas, como se abraçasse todo o sexo feminino num mesmo afago, para melhor atordoá-lo e mantê-lo à sua mercê.

— Vi a senhora Desforges a noite passada — retomou. — Ela estava deliciosa no baile.

— Não foi com ela que você ceou em seguida? — perguntou o diretor.

Mouret protestou.

— Ora, só me faltava essa! Ela é honesta demais, meu caro... Não, ceei com Heloïse, a pequena do teatro das Folies. Estúpida como uma galinha, mas tão divertida!

Ele pegou um outro pacote de letras de câmbio e continuou a assinar. Bourdoncle ainda andava a passos curtos de um lado para o outro; lançou um olhar para a rua Neuve-Saint-Augustin pelos grandes vidros da janela e depois voltou dizendo:

— Você sabe que elas lhe darão o troco.

— Quem? — perguntou Mouret, que perdera o rumo da conversa.

— Ora, as mulheres!

Então ele se alegrou ainda mais, e deixou aflorar uma certa brutalidade que escondia sob seu habitual ar de adoração sensual. Com um muxoxo, pareceu declarar que as abandonaria, como sacos vazios, no dia em que cessassem de ajudá-lo a edificar sua fortuna. Bourdoncle, determinado, repetiu com seu ar frio:

— Elas se vingarão... Haverá uma que vingará as outras, é fatal.

— Não tenha medo! — exclamou Mouret, exagerando seu sotaque provençal. — Essa aí ainda não nasceu, meu bom. E, se ela vier, eu...

Ele ergueu seu porta-penas e empunhou-o, apontando para o ar como se quisesse perfurar com uma faca um coração invisível. O diretor retomou sua marcha, inclinando-se como sempre diante da superioridade do patrão, cujo gênio, cheio de pequenas falhas, o desconcertava. Ele, tão sistemático, tão lógico, sem paixão, sem queda possível, tentava ainda entender o lado feminino do sucesso, compreender como Paris se entregava assim num beijo ao mais valente.

Um silêncio reinou; ouvia-se apenas a pluma de Mouret. Então, para as breves questões colocadas por ele, Bourdoncle forneceu as informações concernentes à grande venda de inverno, que deveria acontecer na segunda-feira seguinte. Era um negócio imenso, a casa estava apostando sua fortuna, pois os rumores do bairro tinham um fundo de verdade: Mouret se lançava como um poeta na especulação, com um tal fausto, uma tal necessidade do colossal, que tudo parecia estar prestes a ceder sob seu peso. Era uma visão toda nova dos negócios, uma aparente fantasia comercial, que outrora inquietara a senhora Hédouin, e que hoje ainda, apesar dos primeiros sucessos, assustava os membros do conselho. Repreendiam o patrão à meia-voz por agir demasiado rápido; acusavam-no de ter expandido a loja perigosamente, antes de poder contar com um aumento suficiente da clientela; tremiam sobretudo ao vê-lo colocar todo o dinheiro do caixa num lance de dados, encher as prateleiras com um amontoado de mercadorias sem guardar nem um tostão de reserva. Assim, para essa grande venda, depois das somas consideráveis pagas aos operários das obras, o capital inteiro encontrava-se comprometido: mais uma vez tratava-se de vencer ou perecer. E, em meio a essa comoção, Mouret mantinha uma alegria triunfante, a certeza de virem milhões, como um homem adorado pelas mulheres que não pode ser traído. Quando Bourdoncle expressou seus temores a propósito do crescimento exagerado de certas seções cujo volume de negócios permanecia duvidoso, ele soltou uma bela risada confiante, exclamando:

— Deixe estar, meu caro, a casa ainda é pequena demais!

O outro pareceu perplexo, invadido de um temor que não tentava mais esconder. A casa era pequena demais! Um comércio de modas onde havia dezenove seções, e que contava quatrocentos e três empregados!

— Sem dúvida — retomou Mouret —, seremos forçados a crescer antes de dezoito meses... Estou pensando seriamente nisso. Na noite passada, a senhora Desforges prometeu apresentar-me uma pessoa amanhã na casa dela... Enfim, falaremos disso quando a idéia estiver madura.

E, tendo terminado de assinar as notas, levantou-se e foi dar uns tapinhas amigáveis nos ombros do diretor, que se recuperava com dificuldade. Esse pavor das pessoas prudentes à sua volta o divertia. Num acesso de brusca franqueza, que infligia às vezes a seus familiares, declarou que no fundo era mais judeu que todos os judeus do mundo: ele puxara a seu pai, com quem se parecia física e moralmente, um homem que conhecia o valor dos tostões; e, se tinha de sua mãe essa pitada de fantasia nervosa, talvez isso fosse o mais valioso de sua sorte, pois graças a ela sentia a força invencível de sua paixão em tudo ousar.

— Você sabe que de qualquer maneira o seguiremos até o fim — disse Bourdoncle.

Então, antes de descer à loja para a inspeção habitual, os dois resolveram ainda alguns assuntos. Primeiro examinaram um modelo de talonário que Mouret acabara de inventar para as notas de débito. Ao notar que as mercadorias fora de moda e os artigos ultrapassados eram vendidos mais rapidamente quando a comissão dos caixeiros era maior, o diretor erigiu sobre essa observação um novo tipo de comércio. Passou a estimular seus balconistas a vender toda e qualquer mercadoria concedendo-lhes uma porcentagem sobre o menor pedaço de pano, o menor objeto vendido por eles. Era um mecanismo que revolucionava o comércio de modas, criando entre os vendedores uma luta pela existência da qual os patrões se beneficiavam. Aliás, essa luta tornara-se sua fórmula favorita, harmonizando-se perfeitamente ao princípio de organização que gostava de aplicar. Com ela, ele liberava as paixões, colocava forças em choque, deixava os grandes sacrificarem os pequenos, e o negócio prosperava com essa batalha de interesses.

O modelo do talonário foi aprovado: no alto do canhoto e da nota a destacar encontravam-se a indicação da seção e o número do vendedor; em seguida, também repetidas dos dois lados, havia colunas para a metragem, a designação do artigo e o preço; e o vendedor simplesmente assinava a nota antes de entregá-la ao caixa. Dessa maneira, o controle era dos mais fáceis, bastando comparar as notas entregues pelo caixa ao escritório de contagem com os canhotos que ficaram nas mãos dos balconistas. Toda semana, estes últimos recebiam assim sua porcentagem sobre as vendas e seu salário, sem erro possível.

— Seremos menos roubados — notou Bourdoncle com satisfação. — Essa foi uma excelente idéia.

— E pensei ainda numa outra coisa na noite passada — explicou Mouret. — Sim, meu caro, nessa noite, nessa ceia... Estou com vontade de dar aos empregados da contagem um pequeno bônus para cada erro que descobrirem ao conferir as notas de débito... Dessa forma, teremos imediatamente certeza de que não vão negligenciar nem uma, preferindo ao contrário inventar novas.

Ele se pôs a rir enquanto o outro o observava com um olhar admirado. Essa nova aplicação da luta pela existência o encantava, ele tinha o gênio da mecânica administrativa, sonhava em organizar a casa de maneira a explorar os apetites de cada um, para o contentamento tranqüilo e completo de seus próprios apetites. Quando se quer retribuir às pessoas todo o seu esforço, dizia ele com freqüência, e mesmo tirar delas um pouco de honestidade, é preciso inicialmente atiçá-las com seus desejos.

— Pois bem! Vamos descer — retomou Mouret. — Precisamos nos ocupar dessa grande venda... A seda chegou ontem, não foi? Bouthemont deve estar na recepção.

Bourdoncle o seguiu. O serviço de recepção de mercadorias se encontrava no subsolo, do lado da rua Neuve-Saint-Augustin. Ali, na beira da calçada, abria-se uma gaiola envidraçada na qual os caminhões descarregavam as entregas. Elas eram pesadas e em seguida lançadas em uma rampa rápida, cujo carvalho e as ferragens brilhavam, polidos sob o atrito dos pacotes e caixas. Todas as mercadorias entravam por esse alçapão aberto; era um engolfamento contínuo, uma torrente de tecidos que despencavam com um ronco de rio. Nas épocas de grande venda, sobretudo, a rampa despejava no subsolo uma corrente inesgotável de sedas de Lyon, lãs da Inglaterra, sarjas de Flandres, chitas da Alsace, calicôs de Rouen. Às vezes, os caminhões tinham de formar fila; e, ao descer, os pacotes faziam, no fundo daquele abismo, um barulho surdo de pedra lançada nas águas profundas de um poço.

Ao passar diante da rampa, Mouret parou um instante. Ela estava funcionando. Filas de caixas desciam sozinhas sem que se vissem os homens cujas mãos as empurravam; pareciam se precipitar por conta própria, transbordar de uma fonte superior. Então os pacotes surgiam, girando sobre eles mesmos como pedregulhos levados pela correnteza.

Mouret observava sem pronunciar uma palavra. Mas, em seus olhos claros, essa torrente de mercadorias que caía em suas mãos, esse borbotão que trazia milhares de francos por minuto, fazia brilhar uma leve chama. Nunca antes tivera a consciência tão clara da batalha iniciada. Tinha de lançar aos quatro cantos de Paris toda essa aluvião. Sem abrir a boca, continuou sua inspeção.

Sob a claridade cinzenta que entrava pelos grandes respiradouros, uma equipe de homens recebia as entregas, enquanto outros despregavam as caixas e abriam os pacotes na presença dos chefes de cada seção. Uma agitação de canteiro de obras enchia esse porão, esse subsolo onde colunas de ferro sustentavam as abóbadas e cujas paredes nuas eram cimentadas.

— Recebeu tudo, Bouthemont? — perguntou Mouret, aproximando-se de um jovem de ombros fortes que verificava o conteúdo de uma caixa.

— Sim, tudo parece estar aqui — respondeu este último. — Mas ainda vou demorar a manhã inteira para contar.

O chefe de seção consultava a fatura de pé diante de um balcão, sobre o qual um de seus vendedores colocava, uma a uma, as peças de seda que ia tirando da caixa. Atrás deles, alinhavam-se outros balcões, igualmente recobertos de mercadorias, que todo um mundo de caixeiros examinava. Esse desempacotamento em massa formava uma confusão aparente de tecidos, que eram estudados, revirados, marcados, em meio a um zunido de vozes.

Bouthemont, que estava se tornando famoso na praça, tinha um rosto redondo de alegre camarada, com uma barba de um negro de nanquim e belos olhos castanhos. Nascido em Montpellier, pândego, prosador, era medíocre na venda; mas, para a compra, não se conhecia ninguém como ele. Enviado a Paris por seu pai, que lá dirigia uma loja de modas, ele se recusara terminantemente a retornar a sua cidade quando o velho considerou que o rapaz já sabia o suficiente para lhe suceder no comércio. Desde então, uma rivalidade crescera entre pai e filho: o primeiro, que tinha um negócio provinciano, ficava indignado de ver um simples empregado ganhar o triplo do que ele mesmo ganhava; o segundo troçava da rotina do velho, bradando seus ganhos e transtornando a casa a cada visita. Como os outros chefes de seção, ele recebia, além de seus três mil francos de salário fixo, uma porcentagem sobre as vendas. Toda Montpellier, admirada e respeitosa, repetia que o filho Bouthemont tinha embolsado, no ano anterior, quase quinze mil francos. E isso era apenas o início: alguns prediziam ao pai exasperado que esse número cresceria ainda mais.

Entrementes, Bourdoncle pegou uma peça de seda e lhe examinou o grão com um ar atento de homem competente. Era uma faille listrada de azul e prata, a famosa Paris-Paraíso, com a qual Mouret contava ganhar o assalto decisivo.

— Ela é realmente muito boa — murmurou o diretor.

— E parece ainda melhor do que é realmente — disse Bouthemont. — Só mesmo Dumonteil para nos fabricar isso... Em minha última viagem, quando briguei com Gaujean, este até se dispôs a colocar cem teares para este modelo, mas exigia vinte e cinco centavos a mais por metro.

Quase todos os meses, Bouthemont ia às fábricas; passava dias em Lyon, hospedando-se em pequenos hotéis, com a ordem de tratar os fabricantes com a bolsa aberta. Ele gozava, aliás, de uma liberdade absoluta, comprava como bem lhe aprouvesse, desde que, a cada ano, aumentasse o balanço de vendas de sua seção em uma proporção fixada antecipadamente; e era exatamente sobre esse aumento que ele tirava sua porcentagem. Em suma, sua situação no Paraíso das Damas, como a de todos os chefes de seção, seus colegas, era a de um comerciante especial num conjunto de comércios diversos, uma espécie de vasta cidade de negócios.

— Então está decidido — retomou —, marcaremos a cinco francos e sessenta centavos... É quase o preço de compra.

— Sim, sim! Cinco francos e sessenta! — disse vivamente Mouret. — E se eu estivesse sozinho, a venderia por um valor inferior a seu custo.

O chefe de seção soltou uma bela gargalhada.

— Ah! Não pediria mais... Vai triplicar as vendas, e como o meu único interesse é alcançar grandes receitas...

Mas Bourdoncle permaneceu grave, com os lábios pinçados. Ele recebia sua porcentagem sobre o benefício total, e seu negócio não era abaixar os preços. O controle que ele exercia consistia justamente em verificar a marcação de preços, para que Bouthemont, cedendo ao único desejo de aumentar o balanço de negócios, não vendesse com um ganho muito baixo. Além disso, estava tomado por suas antigas inquietações, diante das estratégias publicitárias que lhe escapavam. Ousou manifestar sua contrariedade, dizendo:

— Se nós a colocarmos a cinco francos e sessenta, é como se a vendêssemos com prejuízo, já que devemos subtrair nossos custos, que são consideráveis... Em qualquer outro lugar, ela seria vendida por sete francos.

Com isso Mouret se enraiveceu. Bateu com a mão aberta sobre a seda, gritando nervosamente:

— Pois sei muito bem disso, e é por isso mesmo que desejo dá-la de presente a nossas clientes... Na verdade, meu caro, você nunca entenderá a alma das mulheres. Elas vão se digladiar por essa seda!

— Sem dúvida — interrompeu o outro, que teimava. — E quanto mais elas a disputarem, mais nós perderemos.

— Perderemos alguns centavos sobre este artigo, que seja. E depois? Que infelicidade! Se conseguirmos atrair as mulheres para dentro da loja, elas ficarão à nossa mercê, seduzidas, desarvoradas diante de todas as nossas mercadorias, vão esvaziar suas carteiras sem perceber!

O negócio, meu caro, é atiçá-las, e para isso é preciso um artigo que sirva de isca, que chame atenção, que faça época. Em seguida, podemos vender os outros artigos tão caros como em qualquer outro lugar, e elas pensarão que estão pagando mais barato aqui. Por exemplo, nosso couro-de-ouro, esse tafetá a sete francos e cinqüenta, que se vende em toda parte pelo mesmo preço, vai passar igualmente por uma barganha extraordinária, e isso bastará para cobrir a perda da Paris-Paraíso... Você verá, você verá!

Ele se tornava eloqüente.

— Veja! Quero que daqui a oito dias a Paris-Paraíso revolucione a praça. É a nossa grande chance, e é o que nos salvará e nos lançará ainda mais adiante. Só se falará dela, essa seda azul e prata será conhecida de um canto a outro da França... E você ouvirá o lamento furioso de nossos concorrentes. O pequeno comércio perderá mais uma asa. Todos esses bricabraquistas que sucumbem de reumatismo serão enterrados em suas cavernas!

Em torno do patrão, os caixeiros que verificavam os envios escutavam e sorriam. Ele amava falar e ter razão.

Bourdoncle cedeu mais uma vez. Nisso, a caixa se esvaziou, e dois homens se puseram a despregar uma outra.

— São os fabricantes que não estão rindo! — disse então Bouthemont. — Em Lyon, estão furiosos com o senhor. Eles insistem que os preços baixos que pedimos os estão arruinando... Sabe que Gaujean me declarou guerra de uma vez por todas? Pois sim, jurou que prefere abrir longos créditos aos pequenos comerciantes a aceitar meus preços.

Mouret deu de ombros.

— Se Gaujean não for sensato — respondeu —, vai ficar a ver navios... Mas do que estão reclamando? Nós pagamos à vista, pegamos tudo o que fabricam, que trabalhem pelo menos por um pouco menos... E, aliás, o importante é que o público tire proveito.

Um balconista esvaziava a segunda caixa, e Bouthemont voltou a verificar as peças, consultando a fatura. Um outro caixeiro, do outro lado do balcão, marcava-as em seguida com números determinados, e quando a verificação terminava, a fatura assinada pelo chefe de seção seria enviada ao caixa central. Por mais um tempo Mouret observou o trabalho, toda essa atividade em torno das mercadorias que se acumulavam e ameaçavam afogar o subsolo. Depois, sem acrescentar uma palavra, com o ar de um capitão satisfeito com suas tropas, afastou-se seguido de Bourdoncle.

Lentamente os dois atravessaram o subsolo. Os respiradouros, a alguma distância uns dos outros, lançavam uma claridade pálida; e nos cantos escuros, ao longo dos estreitos corredores, lampiões a gás queimavam continuamente. Era nesses corredores que se encontravam os estoques, depósitos fechados com grades onde as diversas seções entulhavam seu excesso de artigos. Ao passar por ali, o patrão deu uma olhada no calorífero, que deveriam acender pela primeira vez na segunda-feira, e no pequeno posto de bombeiros, fechado em uma gaiola de ferro, que guardava um medidor de gás gigante. A cozinha e os refeitórios, antigas adegas transformadas em pequenas salas, ficavam à esquerda, do lado da praça Gaillon.

Finalmente, chegaram ao serviço de remessas, no outro canto do subsolo. Os pacotes que as freguesas deixavam no magazine eram levados para ali, triados sobre mesas e classificados em compartimentos que representavam cada bairro de Paris; depois, por uma grande escada que dava bem em frente ao Velho Elbeuf, eram colocados em carros estacionados perto da calçada. No funcionamento mecânico do Paraíso das Damas, essa escada da rua de la Michodière cuspia sem descanso as mercadorias abocanhadas pela rampa da rua Neuve-Saint-Augustin, depois de terem passado, em cima, pelas engrenagens das seções.

— Campion — disse Mouret ao chefe das remessas, um antigo sargento de aspecto magro —, por que seis metros de casimira, comprados ontem por volta das duas horas por uma senhora, não foram entregues ontem à tarde?

— Onde reside essa senhora? — perguntou o funcionário.

— Na rua de Rivoli, na esquina com a rua d'Alger... A senhora Desforges.

Naquela hora matinal, as mesas de triagem estavam nuas, os compartimentos só continham alguns pacotes que tinham sobrado da véspera. Enquanto Campion remexia entre os pacotes, depois de ter consultado o registro, Bourdoncle fitou Mouret, pensando que esse diabo de homem sabia de tudo, ocupava-se de tudo, até mesmo nas mesas dos restaurantes noturnos e nas alcovas de suas amantes. Enfim, o chefe das remessas descobriu o erro: o caixa dera um número inexistente e o pacote voltara.

— Que caixa debitou isso? — perguntou Mouret. — Hein? Você disse caixa dez...

E voltando-se para o diretor:

— O caixa dez é o de Albert, não é?... Vamos dizer duas palavras a ele.

Mas antes de dar uma volta pela loja, ele quis subir para o serviço de expedições, que ocupava várias salas do segundo andar. Era ali que chegavam todos os pedidos de compra das províncias e do estrangeiro; e todas as manhãs ele ia conferir o número de cartas. Fazia dois anos que essa correspondência crescia a cada dia. O serviço, que no início ocupara uma dezena de empregados, já necessitava mais de trinta. Uns abriam as cartas e outros as liam, sentados de cada lado de uma mesma mesa; outros então as classificavam e davam a cada uma um número de ordem equivalente a um dos escaninhos da estante; depois de distribuir as cartas para as diversas seções e de as seções subirem com os artigos, colocavam estes últimos nos compartimentos apropriados, de acordo com os números de ordem. Faltava então apenas conferir e finalmente embalar, o que se fazia na sala contígua por uma equipe de auxiliares que pregavam e amarravam pacotes de manhã à noite.

Mouret fez sua pergunta habitual:

— Quantas cartas esta manhã, Levasseur?

— Quinhentas e trinta e quatro, senhor — respondeu o chefe do serviço. — Depois da venda de segunda-feira, estou com medo de não ter gente suficiente. Ontem, quase não conseguimos terminar.

Bourdoncle balançou a cabeça com satisfação. Ele não contava com mais de quinhentas cartas numa terça-feira. Em torno da mesa, os empregados cortavam e liam, fazendo um barulho constante de papel manipulado, enquanto, diante dos escaninhos, começava o vaivém dos artigos. Era um dos serviços mais complicados e mais consideráveis da casa: vivia-se ali numa febre permanente, pois, segundo as regras, era preciso que as comandas da manhã fossem todas expedidas à tarde.

— Nós lhe daremos quantas pessoas precisar, Levasseur — respondeu Mouret, que constatara de um relance o bom funcionamento do serviço. — Você sabe, quando há trabalho, não recusamos homens.

Na parte de cima do prédio, sob a mansarda, situavam-se os quartos onde as vendedoras dormiam. Ele, então, desceu novamente e entrou no caixa central, instalado perto de seu gabinete. Era uma sala fechada por um guichê de vidro e um balcão de cobre na qual avistava-se um enorme cofre-forte selado à parede. Dois funcionários centralizavam ali as receitas — que Lhomme, o primeiro caixa da venda, subia a cada noite — e lidavam com as despesas, pagando fornecedores e o pessoal, todo o pequeno mundo que vivia da casa. O caixa central se comunicava com uma outra sala, guarnecida de compartimentos verdes, onde dez empregados verificavam as faturas. Adiante havia mais um escritório, o serviço de contagem, onde seis rapazes, curvados sobre escrivaninhas pretas, tendo atrás de si enormes coleções de registros, fechavam as contas da porcentagem dos vendedores, conferindo as notas de débito. Esse serviço, totalmente novo, ainda funcionava mal.

Mouret e Bourdoncle atravessaram o caixa e o escritório de verificação de faturas. Quando passaram à terceira sala, os funcionários, que gargalhavam com os narizes empinados, levaram um grande susto. Então, sem repreendê-los, Mouret explicou-lhes o sistema do pequeno bônus que pensara em lhes pagar por cada erro descoberto nas notas de débito. Quando saiu da sala, os rapazes, que tinham parado de rir, sentindo-se como se tivessem sido chicoteados, se entregaram apaixonadamente ao trabalho, procurando por erros.

No térreo, Mouret foi direto ao caixa dez, onde Albert Lhomme lixava as unhas esperando a clientela. Era costume se referir à "dinastia dos Lhommes" desde que a senhora Aurélie, a primeira das confecções, depois de ter levado seu marido ao posto de primeiro caixa, conseguira obter um caixa de clientes para o filho, um grande rapaz pálido e buliçoso, que não conseguia se fixar em lugar nenhum e que dava à mãe as mais vivas preocupações. Porém, diante do jovem, Mouret se retraiu: ele repugnava a idéia de comprometer sua graça num ofício de policial, preferindo manter, por gosto e por tática, seu papel de imperador amável. Discretamente, deu uma cotovelada em Bourdoncle, a quem habitualmente encarregava das execuções.

— Senhor Albert — disse Bourdoncle severamente —, o senhor mais uma vez anotou errado um endereço, o pacote voltou... Isso não pode mais ser tolerado.

O jovem, achando que devia se defender, chamou o contínuo que fizera o pacote para testemunhar. Esse rapagote, chamado Joseph, também pertencia à dinastia dos Lhommes, sendo irmão de leite de Albert, e devia igualmente sua vaga à influência da senhora Aurélie. Como Albert queria lhe fazer dizer que o erro vinha da cliente, ele gaguejava, retorcia a barbicha que alongava seu rosto marcado de cicatrizes, num conflito entre sua consciência de ex-soldado e a gratidão por seus protetores.

— Deixe Joseph tranqüilo — exclamou por fim Bourdoncle — e pare de tentar se explicar... Ah! Sorte sua termos em alta conta os bons serviços prestador por sua mãe!

E nesse exato momento Lhomme acorreu. De seu caixa, situado perto da porta, ele avistava o de seu filho, que ficava na seção de luvas. Já grisalho, pesado em razão de sua vida sedentária, ele tinha uma figura mole, apagada, parecendo ter se gastado como o dinheiro que passava o dia a contar. Seu braço amputado não atrapalhava em absoluto essa tarefa, e havia inclusive gente que ia por curiosidade vê-lo verificar a receita, fazendo as notas e moedas escorregarem rapidamente por sua mão esquerda, a única que lhe restava. Filho de um preceptor de Chablis, viera para Paris como empregado na contabilidade de um negociante do Port-aux-Vins. Mais tarde, quando morava na rua Cuvier, desposara a filha de seu zelador, um pequeno alfaiate alsaciano; e, desde esse dia, submetera-se diante dessa mulher, cujas faculdades comerciais despertavam nele profundo respeito. Ela fazia mais de doze mil francos nas confecções, embora seu salário fixo fosse de apenas cinco mil. E sua deferência por uma mulher que trazia tais somas para o lar estendia-se a seu filho, que era parte dela.

— O que houve? — murmurou. — Albert fez algo errado?

Então, segundo seu hábito, Mouret voltou à cena para encenar o papel do bom príncipe. Enquanto Bourdoncle se fazia temer, ele cuidava de sua popularidade.

— Uma besteira — respondeu. — Meu caro Lhomme, seu filho Albert é um cabeça-de-vento que deveria aprender mais com o seu exemplo.

Depois, mudando de assunto, mostrou-se ainda mais amável:

— E aquele concerto no outro dia?... Sentou-se num bom lugar?

Um rubor subiu às faces brancas do velho caixa. Esse era seu único vício: a música. Um vício secreto que satisfazia solitariamente, correndo os teatros, os concertos, as audições. Apesar de seu braço amputado, ele tocava trompa, graças a um sistema engenhoso de pinças que criara. E, como a senhora Lhomme detestava barulho, à noite recobria o instrumento com um lençol, e ainda assim encantava-se até o êxtase com os sons estranhamente surdos que conseguia tirar. No meio da desordem forçada de seu lar, ele fizera da música um oásis para si. Afora isso e o dinheiro de seu caixa, não enxergava mais nada além da admiração por sua esposa.

— Um excelente lugar — respondeu com os olhos brilhantes. — O senhor é muito bom.

Mouret, que experimentava um prazer pessoal em satisfazer paixões, dava às vezes a Lhomme ingressos que as senhoras de caridade lhe empurravam goela abaixo. E acabou de encantar seu funcionário, acrescentando:

— Ah! Beethoven! Ah! Mozart... Que música!

Sem esperar por uma resposta, afastou-se e foi se encontrar com Bourdoncle, que já fazia a ronda das seções. No saguão central, um antigo pátio interno que fora coberto por um teto de vidro, ficava a seda. Os dois seguiram primeiro a galeria da rua Neuve-Saint-Augustin, que a seção de brancos ocupava de uma ponta a outra. Nada de anormal lhes chamou a atenção enquanto passavam lentamente por entre os caixeiros respeitosos. Depois, entraram na seção de estampados e na malharia, onde a mesma ordem reinava. Mas nas lãs, ao longo da galeria que vinha perpendicularmente da rua de la Michodière, Bourdoncle retomou seu papel de grande algoz ao perceber um rapaz sentado num balcão, com o ar aquebrantado por ter passado a noite em claro. O rapaz, chamado Liénard, filho de um rico comerciante de modas de Angers, inclinou a cabeça diante da advertência, tendo como único temor, em sua vida de preguiça, displicência e prazeres, ser chamado pelo pai de volta para o interior. A partir de então, as reprimendas caíram duras como granizo. A galeria da rua de la Michodière recebeu a borrasca: nas casimiras, um caixeiro residente, desses que estavam começando e ainda dormiam sob os balcões, voltara depois das onze na noite anterior; nos aviamentos, o segundo fora surpreendido no subsolo terminando um cigarro. Mas foi sobretudo na luvaria que o temporal estourou, e foi sobre a cabeça de um dos raros parisienses da casa, o belo Mignot, como o chamavam, bastardo de uma professora de harpa: seu crime foi ter feito um escândalo no refeitório, reclamando da comida. Como o almoço era servido em três mesas, uma às nove e meia, a outra às dez e meia e a seguinte às onze e meia, ele quis explicar que, por estar na terceira mesa, sobravam-lhe sempre restos de molho e porções diminuídas.

— Como? A comida não é boa? — perguntou Mouret com um ar ingênuo, resolvido a se manifestar.

Ele dava apenas um franco e meio por dia e por pessoa ao chefe da cozinha, um homem repulsivo, originário de Auvergne, que preferia encher seus bolsos; a comida era realmente execrável.

Mas Bourdoncle deu de ombros: um chefe que tem quatrocentos almoços e quatrocentos jantares para servir, ainda que divididos em três séries, não estava em condições de se demorar nos refinamentos de sua arte.

— Não importa — retomou o patrão complacente —, quero que todos os nossos empregados tenham comida saudável e abundante... Falarei com o chefe.

E a reclamação de Mignot foi enterrada. Então, tendo voltado ao ponto de partida, perto da porta principal, entre os guarda-chuvas e as gravatas, Mouret e Bourdoncle receberam o relatório de um dos quatro inspetores encarregados da vigilância da loja. O senhor Jouve, um antigo capitão condecorado em Constantine, ainda belo homem, com um grande nariz sensual e uma majestosa calvície, reclamou com eles que um dos vendedores o tratara de "velho amolecido" depois de uma simples reprimenda de sua parte; o vendedor foi imediatamente demitido.

Até então a loja permanecia vazia de clientes. Apenas algumas donas de casa do bairro atravessavam as galerias desertas. À porta, o inspetor que controlava a chegada do empregados acabara de fechar seu registro e inscrevia o nome dos retardatários à parte.

Era a hora em que os caixeiros se instalavam nas seções que os contínuos acabavam de limpar, tendo varrido e espanado desde as cinco da manhã. Cada um guardava seu chapéu e casaco, tentando esconder um bocejo, a cara ainda lívida de sono. Alguns trocavam uma palavra ou outra, olhavam para o vazio, pareciam se desenferrujar para um novo dia de trabalho; outros, sem se apressar, retiravam as sarjas verdes com as quais haviam coberto as mercadorias na véspera. E as pilhas de tecido iam reaparecendo, dispostas simetricamente. A loja toda estava limpa e em ordem, reluzindo na alegre tranqüilidade matinal, à espera que a agitação da venda voltasse a entupi-la, e como que encolhê-la, sob o aluvião de malhas, lãs, sedas e rendas.

Sob a luz viva do saguão central, na seção das sedas, dois rapazes conversavam em voz baixa. O primeiro, pequeno e simpático, com os ombros sólidos e a pele rosada, tentava combinar cores de seda para um mostruário interno. Ele se chamava Hutin, era filho do dono de um café de Yvetot, e conseguira se tornar, em dezoito meses, um dos primeiros vendedores da casa, graças a uma flexibilidade de natureza e uma constante adulação que escondia um apetite furioso, atacando tudo, devorando o mundo, mesmo sem fome, pelo simples prazer.

— Juro, Favier, que no seu lugar eu o teria estapeado, palavra de honra — dizia ao outro, um grande rapaz bilioso, seco e amarelado, que nascera em Besançon de uma família de tecelões, e que, sem nenhuma graça, escondia sob um ar insípido uma inquietante determinação.

— Não adianta nada estapear as pessoas — murmurou Favier com flegma. — É melhor esperar.

Os dois falavam de Robineau, o segundo, que supervisionava os caixeiros enquanto o chefe da seção estava no subsolo. Hutin minava-o secretamente, desejando tomar sua vaga. Para feri-lo e fazê-lo ir embora, no dia em que a posição de primeiro que lhe havia sido prometida se encontrara livre, Hutin teve a idéia de apresentar Bouthemont ao magazine. No entanto, Robineau agüentara firme, e agora era uma batalha contínua, jogada minuto a minuto. Hutin sonhava em amotinar a seção inteira contra o segundo; queria expulsá-lo a força de má-vontade e vexações. Aliás, com seu ar amável, estava constantemente maquinando, excitando principalmente Favier, que vinha depois dele como vendedor, e que parecia se deixar levar, ainda que com grandes reservas, em que se sentia toda uma campanha pessoal levada em silêncio.

— Psiu! Dezessete — disse vivamente ao colega para preveni-lo, com esse código preestabelecido, da aproximação de Mouret e Bourdoncle.

Esses dois, com efeito, continuavam sua inspeção atravessando o saguão. Pararam na seção e pediram explicações a Robineau a propósito de um estoque de veludo cujas caixas entulhavam uma mesa. E como este respondia que estava faltando espaço:

— Era o que eu estava dizendo, Bourdoncle — exclamou Mouret sorrindo —, a loja já está pequena demais! Um dia será preciso abater as paredes até a rua Choiseul... Você verá o empurra-empurra na segunda-feira que vem.

E, a propósito dessa grande venda que estava sendo preparada em todos os balcões, ele interrogou novamente Robineau e deu-lhe ordens. Entretanto, sem cessar de falar, havia alguns minutos que seguia com os olhos o trabalho de Hutin, que se demorava arrumando as sedas azuis ao lado das cinzas e das amarelas, recuando em seguida para melhor julgar a harmonia dos tons. Bruscamente Mouret interveio:

— Mas para que poupar os olhos? — disse. — Não tenha medo, pode cegá-los... Veja: vermelho, verde, amarelo!

Ele pegava as peças e jogava-as sobre o balcão, amassando-as, criando gamas radiantes. Todos concordavam, o patrão era o melhor vitrinista de Paris, um vitrinista revolucionário na verdade, que fundara a escola do brutal e do colossal na ciência da vitrine. Ele pregava grandes quedas, como se as peças despencassem ao acaso das estantes; e ele as queria chamejantes, com as mais ardentes cores, umas avivando as outras. Ao sair da loja, ele dizia, as clientes tinham que sentir os olhos queimarem.

Hutin, que era, ao contrário, da escola clássica da simetria e da melodia encontradas nas nuanças, observava-o atear esse incêndio de tecidos sem fazer a menor crítica, mas com os lábios pinçados e fazendo uma careta de artista cujas convicções eram feridas por tal depravação.

— Pronto! — gritou Mouret ao terminar. — E deixe assim... Diga-me depois como isso vai atrair as mulheres na segunda-feira!

Justamente nessa hora, ao voltar-se para Bourdoncle e Robineau, uma moça se aproximava, ficando alguns segundos plantada e embevecida diante do mostruário. Era Denise. Depois de ter hesitado por quase uma hora na rua, vítima de uma terrível crise de timidez, ela finalmente se decidira a entrar. Mas estava perdendo a cabeça com a enormidade do magazine, a ponto de não entender as explicações mais claras; por mais que os caixeiros a quem perguntava gaguejante pela senhora Aurélie lhe indicassem perfeitamente a escada da sobreloja, ela agradecia e então virava à esquerda, se lhe tivessem dito para virar à direita; de tal maneira que, dez minutos mais tarde, ela ainda estava no térreo, indo de seção em seção, no meio da curiosidade maldosa e da indiferença mofina dos vendedores. Ela experimentava ao mesmo tempo uma vontade de fugir e uma necessidade de admirar que a retinha. Sentia-se perdida, minúscula dentro do monstro, da máquina ainda em repouso, temendo ser pega pelo movimento da engrenagem que já fazia tremer as paredes. E a lembrança da lojinha do Velho Elbeuf, escura e estreita, aumentava ainda mais para ela este vasto magazine, e ela o enxergava dourado de luz, como uma cidade, com seus monumentos, suas praças, suas ruas, parecendo-lhe impossível jamais encontrar seu caminho.

Entretanto, não ousara até então se arriscar na galeria das sedas, cujo alto teto de vidro, os balcões luxuosos, o aspecto de igreja a amedrontavam. Quando finalmente ali entrou, para escapar dos balconistas da seção de brancos que riam dela, deu de cara com o mostruário de Mouret; apesar de sua perturbação, a mulher despertou nela, e com as faces subitamente vermelhas esqueceu-se de si mesma ao ver arder o incêndio das sedas.

— Veja só — disse cruamente Hutin na orelha de Favier —, a rapariga da praça Gaillon.

Mouret, fingindo ouvir Bourdoncle e Robineau, orgulhava-se no fundo pelo embevecimento dessa moça pobre, da mesma forma que uma marquesa é arrebatada pelo desejo brutal de um charreteiro que passa. Mas, erguendo os olhos, Denise ficou ainda mais perturbada ao reconhecer o jovem que tomara por um chefe de seção. Teve a impressão que ele a observava com severidade. Então, não sabendo mais por onde ir, totalmente perdida, dirigiu-se ao primeiro vendedor que avistou, Favier, que se encontrava perto dela.

— A senhora Aurélie, por favor?

Favier, desagradável, contentou-se em responder com a voz seca:

— Na sobreloja.

E Denise, impaciente para fugir ao olhar de todos esses homens, agradeceu e virou novamente as costas à escada, quando Hutin cedeu naturalmente a seu instinto galante. Ele a tratara de rapariga um minuto antes, mas foi com seu ar amável de belo vendedor que a deteve.

— Não, senhorita, por aqui... Se me permite...

Ele deu alguns passos à sua frente e conduziu-a ao pé da escada, que se encontrava à esquerda do saguão. Ali, inclinou a cabeça e sorriu-lhe com o sorriso que usava para todas as mulheres.

— No alto, vire à esquerda... As confecções ficam na parte da frente.

Essa cortesia atenciosa enterneceu Denise profundamente. Era como um socorro fraterno que lhe chegava. Ela ergueu os olhos, contemplou Hutin, e tudo nele a tocou: o belo rosto, o olhar cujo sorriso dissipava qualquer medo, a voz que lhe parecia de uma ternura consoladora. Seu coração se encheu de gratidão, e ela devolveu sua amizade nas poucas palavras desordenadas que a emoção lhe permitiu balbuciar.

— O senhor é muito bom... Não se preocupe... Mil vezes obrigada.

Hutin já voltava para o lado de Favier, cochichando com sua voz crua:

— Nossa, que tábua!

No alto, a jovem caiu direto na seção de confecções. Era uma vasta sala cingida de enormes armários de carvalho esculpido e cujas janelas envidraçadas davam para a rua de la Michodière. Cinco ou seis mulheres vestidas em seda, muito graciosas com seus coques frisados e suas crinolinas jogadas para trás, conversavam agitadas. Uma delas, grande e magra, com a cabeça longa demais e um aspecto de cavalo fugido, encostara-se a um armário, como se já estivesse morta de cansaço.

— A senhora Aurélie? — repetiu Denise.

A vendedora encarou-a sem responder, exibindo um ar de desdém por sua aparência pobre. Depois, dirigindo-se a uma de suas colegas, uma moça pequena, com a pele branca malcuidada e um aspecto inocente e aborrecido, perguntou:

— Senhorita Vadon, sabe onde está a primeira?

Esta, que estava arrumando os balandraus por ordem de tamanho, nem ao menos se deu ao trabalho de erguer a cabeça.

— Não, senhorita Prunaire, não sei — disse, mal articulando as palavras.

Fez-se um silêncio. Denise permaneceu imóvel e ninguém mais se ocupou dela. Contudo, depois de ter esperado um instante, ela se atreveu a fazer uma nova pergunta.

— As senhoritas pensam que a senhora Aurélie voltará logo?

Então, a segunda da seção, uma mulher magrela e feiosa que Denise não notara antes, uma viúva com o queixo saliente e cabelos grossos, gritou-lhe de um armário onde verificava as etiquetas.

— Espere aí se deseja falar com a senhora Aurélie em pessoa.

E, questionando uma outra vendedora, acrescentou:

— Ela não estaria na recepção?

— Não, senhora Fredéric, acho que não — respondeu esta. — Ela não disse nada, não deve estar longe.

Denise, assim informada, permaneceu ali parada. Havia algumas cadeiras para as clientes, mas, como não lhe ofereceram uma, não ousou se sentar, apesar da aflição que lhe fazia tremer as pernas. Evidentemente, essas moças haviam percebido a vendedora que vinha se apresentar, e elas a encaravam, despiam-na com o canto dos olhos, sem benevolência, com a hostilidade de pessoas que não querem se apertar numa mesa para dar lugar aos famintos de fora. Seu embaraço aumentou, ela atravessou a sala com passos curtos e foi olhar a rua a fim de se controlar. Exatamente em frente, o Velho Elbeuf, com sua fachada enferrujada e suas vitrines mortas, pareceu-lhe tão feio, tão infeliz, visto assim do luxo e da vida onde se encontrava agora, que uma espécie de remorso lhe apertou o coração.

— Olhe aquilo — cochichava a grande Prunaire à pequena Vadon —, você viu as botas dela?

— E o vestido então! — murmurou a outra.

Com os olhos ainda voltados para a rua, Denise se sentia devorada. Mas não estava com raiva. Ela não achara nenhuma das duas bonita;

nem a grande, com seu coque de cabelos ruivos despencando sobre o pescoço de cavalo, nem a pequena, com sua cor de leite coalhado que amolecia um rosto achatado e como que desossado. Clara Prunaire, filha de um tamanqueiro dos bosques de Vivet, desencaminhada pelos pajens do castelo de Mareuil quando a condessa a empregara para algumas costuras, viera mais tarde de uma loja de Langres; e, agora em Paris, ela se vingava nos homens dos pontapés com os quais o pai Prunaire lhe arroxeara o lombo. Marguerite Vadon, nascida em Grenoble, onde sua família tinha um comércio de tela, fora enviada ao Paraíso das Damas para esconder um deslize, uma criança feita sem querer; em Paris ela se conduzia bem, devendo retornar à província para dirigir a loja de seus pais e desposar um primo que a esperava.

— Pois bem — retomou Clara à meia-voz —, aí está uma que não vai pesar muito por aqui!

Mas elas se calaram. Uma mulher de aproximadamente quarenta e cinco anos entrava na sala. Era a senhora Aurélie, muito forte, cilhada num vestido de seda preta, cujo corpete, tendido sobre seus massivos ombros arredondados, luzia como uma armadura. Sob seu pesado penteado, revelavam-se grandes olhos imóveis, uma boca severa, faces largas e ligeiramente caídas; e, em sua majestade de primeira, seu rosto ganhava a altivez de uma máscara empastada de César.

— Senhorita Vadon — disse ela com a voz irritada —, não mandou ontem para o ateliê o modelo do mantô acinturado?

— Havia um retoque para fazer, senhora — respondeu a vendedora —, e a senhora Fredéric ficou com ele.

Então a segunda tirou o modelo de um armário e a explicação continuou. Todas tinham de se dobrar diante da senhora Aurélie quando ela pensava ter de defender sua autoridade. Muito vaidosa, a ponto de não querer ser chamada de Lhomme, seu nome de casada que a incomodava, e de renegar a profissão de seu pai, de quem falava como de um alfaiate de loja, ela só era boa para as vendedoras dóceis e bajuladoras, que caíam de admiração por ela. Outrora, no ateliê de confecções que montara por conta própria, ela se azedara, pois fora continuamente perseguida pela má sorte; sentindo-se à altura de conquistar fortuna, ela se exasperara por só ter colhido catástrofes. Ainda hoje, mesmo depois de seu sucesso no Paraíso das Damas, onde ganhava doze mil francos por ano, parecia guardar rancor contra o mundo, mostrando-se excessivamente dura com as iniciantes, do mesmo jeito que a vida fora dura com ela no passado.

— Chega de explicações! — disse por fim secamente. — Não está sendo mais razoável que as outras, senhora Fredéric... Façam o reparo imediatamente.

Durante essa conversa, Denise continuava a fitar a rua. Adivinhara por certo que aquela era a senhora Aurélie; mas, inquieta com os estouros de sua voz, permanecia em seu canto e continuava a esperar. As vendedoras, encantadas por terem promovido a desavença entre a primeira e a segunda da seção, voltaram ao trabalho com um ar de profunda indiferença.

Alguns minutos se passaram e ninguém teve a caridade de tirar a jovem de seu embaraço. Enfim, foi a própria senhora Aurélie quem a notou e, espantada de vê-la assim plantada contra a janela, perguntou o que ela desejava.

— A senhora Aurélie, por gentileza?

— Sou eu.

A boca de Denise estava seca, suas mãos frias, e sentia-se tomada por um de seus antigos medos de criança, quando tremia diante dos golpes de vara. Ela gaguejou seu pedido, tendo de repeti-lo para torná-lo inteligível. A senhora Aurélie a observava com grandes olhos fixos, sem que nenhuma dobra em sua máscara de imperador desdenhasse se sensibilizar.

— Que idade tem?

— Vinte anos, senhora.

— Como? Vinte? Mas sequer parece ter dezesseis!

Novamente as vendedoras ergueram a cabeça. Denise apressou-se em completar:

— Ah! Mas sou muito forte!

A senhora Aurélie sacudiu os largos ombros. Então, declarou:

— Por Deus! Estou disposta a inscrevê-la. Inscrevemos todas que se apresentam. Senhorita Prunaire, traga-me o registro.

Não o encontraram imediatamente: devia estar com o inspetor Jouve. Quando a grande Clara saiu para buscá-lo, Mouret apareceu, ainda acompanhado de Bourdoncle. Eles acabavam a ronda nas seções da sobreloja — tinham atravessado as rendas, os xales, as peles, os móveis e a lingerie —, terminando nas confecções. A senhora Aurélie se aproximou e conversou um momento com os senhores sobre uma encomenda de paletós que contava fazer com um dos grandes fabricantes de Paris. De hábito ela comprava diretamente e sob sua responsabilidade, mas para as compras mais importantes preferia consultar a direção.

Então Bourdoncle lhe contou a nova negligência de seu filho Albert, que pareceu afligi-la enormemente: esse filho a mataria; o pai ao menos, se não era forte, conduzia-se bem. Essa dinastia dos Lhommes, da qual ela era a cabeça incontestada, dava-lhe às vezes boas dores de cabeça.

Entretanto, surpreso de encontrar novamente Denise, Mouret inclinou-se para perguntar à senhora Aurélie o que a mocinha estava fazendo ali. E, quando a primeira respondeu que ela se apresentava como vendedora, Bourdoncle, com seu desdém pelas mulheres, ficou estupefato com a pretensão.

— Mas, ora vejam! — murmurou. — Que brincadeira é essa?! Ela é muito feia.

— O fato é que ela não tem nada de belo — replicou Mouret, não ousando defendê-la, porém ainda tocado pelo êxtase da jovem diante do mostruário das sedas.

Nesse momento, trouxeram o registro e a senhora Aurélie se voltou novamente para Denise. Esta decididamente não fazia uma boa impressão. Estava limpa, é verdade, em seu vestido ralo de lã preta; contudo, não se detinham apenas nessa pobreza de indumentária, pois o magazine fornecia um uniforme, um vestido de seda regulamentar.

O problema é que ela parecia muito franzina e seu rosto acusava uma profunda tristeza. Sem exigir moças bonitas, queriam-nas agradáveis para as vendas. E, sob os olhares dessas senhoras e desses senhores que a estudavam, que a mediam, como um jumento negociado por camponeses numa feira, Denise acabava de perder sua compostura.

— Seu nome? — perguntou a primeira, com a pluma na mão, pronta para escrever apoiada no balcão.

— Denise Baudu, senhora.

— Idade?

— Vinte anos e quatro meses.

E ela repetiu, aventurando-se a erguer os olhos em direção a Mouret, o suposto chefe de seção que ela encontrava em toda parte e cuja presença a perturbava.

— Eu não pareço, mas sou muito sólida.

Sorriram. Bourdoncle fitava suas unhas com impaciência. A frase caíra, aliás, no meio de um silêncio desencorajador.

— Em que loja de Paris já trabalhou? — retomou a primeira.

— Mas, senhora, acabo de chegar de Valognes...

Foi um novo desastre. Normalmente o Paraíso das Damas exigia de suas vendedoras um estágio de um ano em uma das pequenas lojas de Paris. Denise então se desesperou; e, se não tivesse seus irmãos na cabeça, teria fugido, pondo um fim a esse interrogatório inútil.

— Onde trabalhou em Valognes?

— Na loja de Cornaille.

— Eu conheço, boa casa — deixou escapar Mouret.

Normalmente ele não intervinha na contratação dos empregados, os chefes de seção responsabilizavam-se por seu pessoal. Mas, com sua percepção delicada das mulheres, sentia nessa mocinha um encanto dissimulado, uma força de graça e de meiguice, ignorada por ela mesma. A boa notoriedade da loja era um grande peso em favor da candidata; freqüentemente, era o que decidia a aceitação. A senhora Aurélie continuou com uma voz mais suave:

— E por que saiu da loja de Cornaille?

— Razões de família — respondeu Denise, corando. — Nós perdemos nossos pais, eu tive de seguir com meus irmãos... Aliás, tenho uma carta de referência.

Era excelente. Ela voltou a ter esperanças, quando uma última questão a incomodou.

— A senhorita tem outras referências em Paris? Onde mora?

— Na casa de meu tio — murmurou, hesitando em nomeá-lo, temendo que nunca aceitassem a sobrinha de um concorrente. — Na casa do meu tio Baudu, ali na frente.

Com isso, Mouret interveio uma segunda vez.

— Como? A senhorita é sobrinha de Baudu?... Foi Baudu quem a enviou?

— Oh! Não, senhor!

E ela não pôde se impedir de rir, tanto a idéia lhe pareceu singular. Foi uma transfiguração. Ela ganhou cor, e o sorriso, numa boca farta para o pequeno rosto, pareceu iluminá-la. Seus olhos cinzentos ganharam uma chama meiga, suas faces abriram-se com duas adoráveis covinhas, e até mesmo seus cabelos sem brilho queriam esvoaçar na alegria boa e corajosa de todo o seu ser.

— Mas ela é bonita! — disse baixinho Mouret a Bourdoncle.

Este último recusou-se a concordar soltando um gesto de tédio. Clara mordera os lábios, enquanto Marguerite dava as costas. Apenas a senhora Aurélie aprovou Mouret com a cabeça quando este retomou:

— O seu tio fez mal em não trazê-la, sua recomendação teria bastado... Dizem que ele não gosta de nós. Mas nós temos a mente aberta, e se ele não pode ocupar a sobrinha em sua loja, ora, nós lhe mostraremos que a sobrinha só precisou bater à nossa porta para ser acolhida... Repita-lhe que ainda gosto muito dele, que não deve me culpar pelas mudanças: são as novas condições do comércio. Diga-lhe ainda que ele acabará afundando se continuar a teimar com um monte de velharias ridículas.

Denise empalideceu novamente. Era Mouret. Ninguém dissera o seu nome, mas seu discurso falava por si, e ela adivinhava agora, compreendia por que este jovem havia-lhe causado tal emoção na rua, na seção das sedas e mais uma vez neste instante. Essa emoção, cujos sinais ela não reconhecia, pesava cada vez mais em seu coração, como um fardo difícil de carregar. Todas as histórias contadas pelo tio voltavam à sua memória, dando mais vulto à figura de Mouret, envolvendo-o numa espécie de lenda fantástica, fazendo dele o mestre de uma terrível máquina predadora, que a abocanhara desde a manhã entre os dentes de ferro de suas engrenagens. E por trás de seu belo rosto — emoldurado por uma barba bem cuidada e avivado por olhos cor de ouro velho — ela via a mulher morta, essa senhora Hédouin, cujo sangue selara as fundações do magazine. Então ela foi tomada pelo mesmo calafrio da véspera, e acreditou sentir um intenso medo dele.

A senhora Aurélie fechara entretanto o registro. Ela precisava de apenas uma vendedora e já tinha dez inscritas. Mas estava por demais desejosa de agradar o patrão para hesitar. A solicitação seguiria, no entanto, seu curso: o inspetor Jouve buscaria informações, faria seu relatório, e a primeira decidiria.

— Muito bem, senhorita — disse majestosamente, para preservar sua autoridade. — Nós a informaremos.

O constrangimento manteve Denise imóvel durante ainda alguns instantes. Ela não sabia como sair dali em meio a toda essa gente. Finalmente agradeceu a senhora Aurélie e, ao passar diante de Mouret e Bourdoncle, fez uma leve saudação. Estes, aliás, já não se ocupavam mais dela e sequer lhe retribuíram o cumprimento, atentos demais em examinar com a senhora Fredéric o modelo do mantô acinturado. Clara fez um gesto vexado, fitando Marguerite como querendo dizer que a nova vendedora não seria muito aprovada na seção. Denise sentiu sem dúvida essa indiferença e esse rancor às suas costas, pois desceu as escadas com a mesma perturbação com a qual a subira anteriormente, vítima de uma angústia singular, perguntando a si própria se devia desesperar-se ou se regozijar por ter vindo.

Poderia contar com a vaga? Ela começava a duvidar, em meio ao mal-estar que a impedira de compreender claramente o que se passara.

De todas as sensações que a invadiam, duas persistiam e apagavam pouco a pouco todas as outras: o golpe recebido pela revelação de Mouret, profundo até o medo, e a amabilidade de Hutin, a única alegria da manhã, a lembrança de uma doçura encantadora que a enchia de gratidão. Quando atravessou a loja para sair, procurou pelo rapaz, feliz com a idéia de lhe agradecer com o olhar, e ficou triste por não vê-lo.

— E então, senhorita, conseguiu? — perguntou-lhe uma voz contida quando ela se encontrou finalmente na calçada.

Ela se virou e reconheceu o rapazote pálido e desengonçado que lhe dirigira a palavra pela manhã. Ele também estava saindo do Paraíso das Damas e parecia ainda mais apavorado que ela, completamente desnorteado pelo interrogatório ao qual acabara de ser submetido.

— Meu Deus! Não tenho idéia — respondeu ela.

— Então é como eu. Lá dentro eles têm uma maneira de olhar para você e de lhe dirigir a palavra... Eu vim para as rendas, estou saindo da loja Crève-cœur, na rua do Mail.

Eles estavam novamente face a face, um diante do outro; e, não sabendo bem como se despedir, coraram. Então, para dizer algo no excesso de sua timidez, o rapaz ousou perguntar com seu ar bondoso e canhestro:

— Como se chama, senhorita?

— Denise Baudu.

— Eu me chamo Henri Deloche.

Agora eles sorriam. Cederam então à fraternidade de suas situações e estenderam-se as mãos.

— Boa sorte!

— Sim, boa sorte!

## III

Todos os sábados à tarde, das quatro às seis horas, a senhora Desforges oferecia um chá com bolinhos às pessoas de sua intimidade que quisessem comparecer. O apartamento ficava no terceiro andar de um edifício localizado na esquina das ruas de Rivoli e d'Alger, e as janelas dos dois salões abriam-se para o Jardim das Tuileries.

Naquele sábado, quando um criado o introduzia no grande salão, Mouret avistou, através de uma porta aberta da antecâmara, a senhora Desforges atravessando o pequeno salão. Ela se deteve ao vê-lo, e ele entrou por ali, cumprimentando-a com cerimônia. Então, tendo o criado fechado a porta atrás de si, Mouret tomou vivamente a mão da jovem anfitriã e beijou-a com delicadeza.

— Cuidado, tem gente em casa! — disse ela à meia-voz, designando com um gesto a porta do grande salão. — Fui buscar este leque para mostrar a eles.

E, com a ponta do leque, deu uma alegre batidinha no rosto de Mouret. Ela era morena, forte e dotada de grandes olhos ciumentos. Mas ele não soltou sua mão, e perguntou-lhe:

— Ele virá?

— Certamente — respondeu ela. — Ele me prometeu.

Os dois falavam do barão Hartmann, diretor do Crédito Imobiliário. A senhora Desforges, filha de um conselheiro de Estado, era viúva de um homem da Bolsa que lhe deixara uma fortuna — negada por uns, exagerada por outros. Enquanto ele ainda vivia, diziam, ela se mostrara grata ao barão Hartmann, cujos conselhos de grande homem de finanças foram de grande proveito para o lar. Mais tarde, após a morte do marido, a ligação teria continuado, mas sempre discretamente, sem imprudências, sem estrondo. A senhora Desforges não se pavoneava, e, na alta burguesia em que nascera, era recebida por toda parte. Mesmo agora que a paixão do banqueiro, homem cético e fino, se transformara numa simples afeição paternal, quando ela se permitia ter amantes — o que ele tolerava —, dava a seus flertes uma medida e um tato tão delicados, uma ciência do mundo tão habilmente aplicada, que as aparências mantinham-se salvas e ninguém ousava duvidar em voz alta de sua honestidade. Ela conheceu Mouret na casa de amigos comuns, mas o detestara de início. Mais tarde, no entanto, entregara-se, arrebatada pelo brusco amor com o qual ele a acometia. E desde que ele começara a manobrar para atingir através dela o barão, ela se sentia cada vez mais tomada de uma paixão densa e profunda, adorando-o com a violência de uma mulher de trinta e cinco anos — que confessava apenas vinte e nove — desesperada por ele ser mais jovem, tremendo à idéia de perdê-lo.

— E ele está a par? — retomou Mouret.

— Não, o senhor mesmo lhe explicará o negócio — respondeu ela de maneira mais formal.

Ela o fitava, pensando que ele não devia saber de nada para empregá-la assim junto ao barão, fingindo considerá-lo apenas como um velho amigo. Mas Mouret ainda segurava sua mão, e chamou-a pelo seu nome de Henriette, fazendo-a sentir o coração derreter. Silenciosamente, ela estendeu os lábios e os encostou aos dele; depois, com a voz baixa:

— Psiu! Estão me esperando... Entre atrás de mim.

Vozes leves vinham do grande salão, ensurdecidas pelas tapeçarias. Ela empurrou a porta, deixando os dois batentes abertos, e entregou o leque a uma das quatro senhoras sentadas no centro da sala.

— Pronto! Aqui está! — exclamou. — Não sabia mais onde o colocara. Minha criada nunca o teria encontrado.

E, virando-se, acrescentou com seu ar jovial:

— Mas entre, senhor Mouret, passe pelo pequeno salão. Será menos solene.

Mouret cumprimentou as senhoras, que ele conhecia. O salão, com seu mobiliário estilo Luís XVI, forrado de um brocado a buquês, seus cobres dourados, suas grandes plantas verdes, tinha uma intimidade feminina aconchegante apesar da grande altura do pé-direito; e pelas duas janelas avistavam-se as castanheiras das Tuileries, das quais o vento de outubro varria as folhas.

— Mas este chantili não é nada mal! — exclamou a senhora Bourdelais, segurando o leque.

Era uma pequena loura de trinta anos, de nariz fino, olhos vivos, uma amiga de pensionato de Henriette que desposara um chefe adjunto do Ministério das Finanças. De antiga família burguesa, ela comandava seu lar e seus três filhos com uma energia, uma boa graça e um notável tino da vida prática.

— E pagaste vinte e cinco francos a peça? — retomou, examinando cada malha da renda. — Hein? Na cidade de Luc? Com uma operária da região?... Não, não, não é caro... Mas foi preciso montá-lo depois...

— Sem dúvida — respondeu a senhora Desforges. — A armação não custou duzentos francos.

Então a senhora Bourdelais pôs-se a rir. Se era isso o que Henriette chamava de barganha! Duzentos francos por uma simples armação de marfim com um monograma! E por um pedacinho de chantili com o qual economizara alguns tostões! Podia-se encontrar os mesmos leques, já montados, por cento e vinte francos. Ela citou uma loja na rua Poissonière.

Entrementes, o leque era passado entre as senhoras. A senhora Guibal mal lhe concedeu um olhar. Ela era grande e magra, tinha cabelos ruivos e um rosto que exibia apenas indiferença, no qual olhos cinzentos lançavam vez por outra, sob um ar displicente, terríveis lampejos de cupidez. Ela nunca era vista em companhia do marido, um advogado conhecido no Palácio de Justiça que, diziam, levava por seu lado uma vida livre, toda dedicada a lazeres e prazeres.

— Oh! — murmurou ela passando o leque à senhora de Boves. — Nunca comprei dois em toda a minha vida... Ganho sempre tantos...

A condessa respondeu com uma voz finamente irônica:

— Você é feliz, minha cara, em ter um marido galanteador.

E, inclinando-se para sua filha, uma grande jovem de vinte anos e meio:

— Pois olha só o monograma, Blanche. Que belo trabalho! É o monograma que deve ter aumentado assim o preço da armação.

A senhora de Boves acabava de passar dos quarenta. Era uma mulher sublime, com um colo de deusa, um grande rosto harmonioso e belos olhos dormentes, que o marido, inspetor geral dos haras, desposara pela beleza. Ela parecia completamente enternecida pela delicadeza do monograma, como se invadida por um desejo cuja emoção empalidecia seu olhar. E bruscamente retomou:

— Mas dê-nos a sua opinião, senhor Mouret. Duzentos francos é caro demais por esta armação?

Mouret permanecera de pé no meio das cinco mulheres, sorrindo, interessando-se pelo que lhes interessava. Ele pegou o leque e o examinou. Estava a ponto de se pronunciar, quando o criado abriu a porta anunciando:

— A senhora Marty.

Entrou no salão uma mulher magricela, devastada pelas bexigas, ataviada com uma elegância singular. Ela parecia não ter idade, seus trinta e cinco anos podiam valer quarenta ou trinta, conforme a febre nervosa que a animasse. Uma bolsa de couro vermelho, que fizera questão de manter consigo, pendia de sua mão direita.

— Minha cara — disse a Henriette —, queira me desculpar, eu aqui com minha bolsa... Imagine que vindo vê-la passei no Paraíso e, como fiz loucuras mais uma vez, não quis deixá-la embaixo, na carruagem, com medo de ser roubada.

Mas ela acabava de avistar Mouret, e retomou rindo:

— Ah! Senhor Mouret, não foi para fazer sua propaganda, pois não sabia que estava aqui... O senhor está com umas rendas realmente extraordinárias estes dias.

Isso desviou a atenção do leque, que o jovem empresário colocou sobre uma mesinha de canto. As senhoras estavam curiosas para ver o que a senhora Marty comprara. Ela era conhecida por sua sanha de gastar, perdendo todas as forças diante da tentação. De uma honestidade rigorosa, incapaz de ceder a um amante, tinha a carne fraca, e era incontrolavelmente covarde diante do menor pedaço de pano. Filha de um pequeno funcionário, ela hoje arruinava o marido, professor da sexta série do Liceu Bonaparte, que era obrigado, para cobrir o orçamento do lar que se avultava a cada dia, a acrescer seus seis mil francos de salário dando aulas particulares. Contudo ela não abria a bolsa, apertava-a sobre os joelhos e falava da filha Valentine, de quatorze anos, uma de suas mais caras vaidades, que gostava de vestir como a si própria com todas as novidades da moda, pela qual sofria uma irresistível sedução.

— Sabem — explicou ela — que neste inverno estão fazendo para as mocinhas vestidos ornados com uma pequena renda ... Naturalmente, quando vi uma valenciana tão bonita...

Ela decidiu enfim abrir a bolsa. As senhoras esticavam os pescoços, quando, no meio do silêncio, ouviu-se a campainha da antecâmara.

— É meu marido — balbuciou a senhora Marty, toda inquieta. — Ele viria me buscar ao sair do Bonaparte.

Vivamente ela fechou a bolsa, fazendo-a, num movimento instintivo, desaparecer sob uma poltrona. Todas as senhoras riram. Então ela corou com sua precipitação e retomou a bolsa sobre os joelhos, dizendo que os homens não entenderiam nunca e que, portanto, não precisavam saber.

— Os senhores de Boves e de Vallagnosc — anunciou o criado.

Foi um espanto, a própria senhora de Boves não esperava o marido. Este último, belo homem de bigodes a imperial, com ar militarmente correto, apreciado nas Tuileries, beijou a mão da senhora Desforges, que conhecera jovem na casa de seu pai. Em seguida, afastou-se para que o outro visitante, um grande rapaz pálido, de uma pobreza de sangue distinta, pudesse por sua vez saudar a dona da casa. Porém, mal a conversa foi retomada, duas exclamações sobressaíram:

— Como! É você Paul?

— Veja! Octave!

Mouret e Vallagnosc se apertavam as mãos. A senhora Desforges, por sua vez, manifestou sua surpresa. Quer dizer que eles se conheciam? Por certo, já que haviam crescido lado a lado no colégio de Plassans; e o curioso era que ainda não tivessem se encontrado na casa dela.

Então, dando-se ainda as mãos, passaram gracejando para o pequeno salão, no momento em que o criado trazia o chá, num serviço da China sobre uma bandeja de prata, colocando-o no centro de uma mesinha de mármore bordejada de cobre, perto da senhora Desforges. As senhoras se aproximaram, falando alto, soltando palavras sem fim que se cruzavam no ar. O senhor de Boves, de pé atrás delas, inclinava-se de tempos em tempos e dizia algo com sua galanteria de funcionário exemplar. O vasto salão, com a mobília tão graciosa e tão jovial, alegrava-se ainda mais com essas vozes animadas, entrecortadas de risos.

— Ah! Esse velho Paul... — repetia Mouret.

Ele se sentara num sofá ao lado de Vallagnosc. Sozinhos no pequeno salão, um toucador muito coquete forrado de seda amarela, longe dos ouvidos das senhoras — vendo-as apenas através da grande porta aberta —, eles riam, olhos nos olhos, dando-se tapinhas nos joelhos. Toda a juventude dos amigos despertava: o velho colégio de Plassans com seus dois pátios, suas salas de estudo úmidas, o refeitório onde se comia tanto bacalhau, o dormitório onde os travesseiros voavam de cama em cama assim que o bedel começava a roncar. Paul, de uma antiga família parlamentar, de pequena nobreza arruinada e vilipendiosa, era um estudante brilhante, sempre o primeiro da turma, dado continuamente como exemplo pelo professor, que lhe predizia o mais belo futuro. Octave, por seu lado, entre os últimos da classe, apodrecia-se entre os vagabundos, gordo e feliz, usando toda a sua energia em prazeres violentos fora da escola. Apesar da diferença de natureza, uma camaradagem estreita os tornara, no entanto, inseparáveis até as provas finais, das quais se saíram bem, um com honras e o outro apenas de maneira suficiente, depois de duas provas desagradáveis. Então, a existência os levara cada um para um lado, e eles se reencontravam dez anos mais tarde envelhecidos e mudados.

— E então — perguntou Mouret —, o que tens feito?

— Não tenho feito nada.

Vallagnosc, mesmo na alegria do reencontro, mantinha seu ar lasso e desencantado. Espantado, o amigo, no entanto, insistia indagando:

— Mas, enfim, tens feito alguma coisa, não? O que fazes?

— Nada — respondeu o outro novamente.

Octave riu. Nada não era suficiente. Frase após frase, acabou por obter a história de Paul, história comum dos rapazes pobres, que acreditam ter de permanecer nas profissões liberais em razão de seu nascimento, e que acabam por se enterrar no fundo de uma mediocridade orgulhosa, felizes quando não morrem de fome, mas com as gavetas transbordantes de diplomas. Ele estudara direito por tradição familiar; então tivera de cuidar de sua mãe viúva, que já não sabia como casar as duas filhas. Tomado então de vergonha, deixou as três mulheres vivendo como podiam com os restos da fortuna familiar e acabou vindo ocupar um pequeno posto no Ministério do Interior, onde se mantinha enfiado como uma toupeira em seu buraco.

— E quanto ganhas? — retomou Mouret.

— Três mil francos.

— Mas isso é uma vergonha! Ah! Meu pobre velho, como sinto por ti... Como? Um rapaz tão inteligente, que nos deixava todos para trás! E eles só te dão três mil francos, depois de te mortificares por cinco anos! Não, não é justo!

Ele se interrompeu então e passou a falar de si.

— Eu, por meu lado, disse-lhes adeus e parti para outra... Sabes o que me tornei?

— Sim — respondeu Vallagnosc. — Contaram-me que estás no comércio. És o dono desse grande magazine da praça Gaillon, não é?

— Isso mesmo... Caixeiro, meu velho!

Mouret ergueu a cabeça e lhe deu mais um tapinha no joelho, repetindo com a jovialidade sólida de um rapaz que não tem vergonha do ofício que o enriquece:

— Caixeiro, nada menos!... Quem diria, hein? Lembra-te como eu não gostava de nada do que estudávamos, ainda que nunca me tenha julgado mais estúpido que qualquer outro. Quando passei nos meus exames de fim de curso, apenas para contentar minha família, poderia perfeitamente ter me tornado um advogado ou um médico, como os outros camaradas; mas essas profissões me assustavam, vemos tantos passar a vida com a língua para fora... Então, meu Deus!, deixei de fingir ser o que não sou e, sem arrependimentos, lancei-me de cabeça nos negócios.

Vallagnosc sorria com um ar embaraçado. E então murmurou:

— É verdade que o teu diploma de secundário não deve te servir muito para vender sarja.

— Minha Nossa! — respondeu Mouret alegremente. — Tudo o que peço é que ele não me atrapalhe... Quando se fez a besteira de se atravancar com tais coisas, não é fácil se desembaraçar. A gente vai em passo de tartaruga pela vida, enquanto os outros, os que vão descalços, correm como loucos.

Então, notando que seu amigo parecia ressentir-se, tomou suas mãos e continuou:

— Ora, não quero te causar pena, mas hás de confessar que teus diplomas não satisfizeram nenhuma de tuas necessidades... Sabes que meu chefe de seção de seda ganhará mais de doze mil francos este ano? Isso mesmo! Um rapaz de uma inteligência muito viva, que se limitou porém à ortografia e às quatro operações... Os vendedores comuns na minha loja fazem de três a quatro mil francos — mais do que tu ganhas. E eles não tiveram os teus custos de instrução, não foram lançados ao mundo com uma promessa assinada de conquistá-lo... Sem dúvida, ganhar dinheiro não é tudo. Porém, entre os pobres diabos envernizados de ciência que enchem as profissões liberais, sem dar de comer à sua fome, e os rapazes práticos, armados para a vida, que sabem profundamente o ofício que exercem, ora!, não hesito, estou mais para estes do que para aqueles. Acho que estes rapazes compreendem sua época à perfeição!

Sua voz se inflamara. Henriette, que servia o chá, virou a cabeça em direção a eles. Quando ele a viu sorrir do outro lado do grande salão, e notou duas outras senhoras prestando atenção, foi o primeiro a se encantar com suas próprias palavras.

— Enfim, meu velho, todo caixeiro iniciante está hoje na pele de um milionário.

Vallagnosc se remexia molemente no sofá. Ele semicerrara os olhos, numa pose de cansaço e desdém, na qual uma ponta de afetação se acrescentava ao real enfastiamento de sua raça.

— Bah! — murmurou. — A vida não vale tanto a pena. Nada é divertido.

E como Mouret, revoltado, o observava com um ar de surpresa, ele acrescentou:

— Tudo acontece e nada acontece. Assim, o melhor é ficar de braços cruzados.

Então ele contou o seu pessimismo, as mediocridades e os malogros da existência. A certa altura ele sonhara com literatura, e o que sobrara de seu convívio com os poetas foi uma desesperança universal. Por fim, concluiu com a inutilidade do esforço, com o tédio das horas igualmente vazias, com a estupidez fundamental do mundo. Os prazeres não existiam, não havia nem ao menos satisfação em se comportar mal.

— Por exemplo, por acaso tu te divertes? — perguntou.

Mouret, com um estupor de indignação, exclamou:

— Como? Se me divirto? Ah! Mas do que estás falando? Já estás nesse ponto, meu velho? É claro que me divirto, e até mesmo quando as coisas arrebentam, porque então fico furioso de ouvi-las estourar. Eu tenho paixão no sangue, não levo a vida tranqüilamente. Talvez seja justamente o que me interessa nela.

Ele lançou um olhar para o salão e abaixou a voz.

— Ah! Houve mulheres que realmente me aborreceram, isso eu confesso. Mas, quando eu tenho uma, ela á minha, que diabo! E em geral vale a pena e não dou minha parte a ninguém, asseguro-te... E depois, não se trata apenas de mulheres, às quais não dou à mínima, na realidade. É mais uma questão de querer e agir, de criar, enfim... É ter uma idéia, lutar por ela, fincá-la a golpes de martelo na cabeça das pessoas, vê-la crescer e triunfar... Ah! Sim, meu velho, eu me divirto!

Todo o prazer da ação, toda a alegria da existência vibravam em suas palavras. Ele repetiu que era um homem da sua época. Realmente, era preciso ser malformado, ter o cérebro e os membros doentes, para se recusar ao trabalho num tempo de tamanha atividade, quando o século inteiro se lançava para o futuro. E ele zombava dos desesperançados, dos desgostosos, dos pessimistas, de todos esses seres doentes das ciências nascentes, que tomavam ares chorosos de poetas e faziam caras desdenhosas de céticos plantados no meio do imenso canteiro de obras contemporâneo. Que belo papel, e distinto, e inteligente, esse de bocejar de tédio diante da labuta dos outros!

— É meu único prazer: bocejar diante dos outros — disse Vallagnosc, sorrindo do seu jeito pesaroso.

Com isso, a paixão de Mouret cedeu. Ele se tornou novamente afetuoso.

— Ah! Este velho Paul, sempre o mesmo, sempre paradoxal... Hein? Não nos reencontramos para discutir. Cada qual com suas idéias, felizmente. Mas terei de te mostrar minha máquina funcionando, e tu verás que não é tão destituída de interesse... Vamos, conta-me as novidades. Tua mãe e tuas irmãs estão bem, espero. E não ias te casar em Plassans, seis meses atrás?

Um movimento brusco de Vallagnosc o interrompeu; e, como este vasculhava o salão com um olhar inquieto, Mouret virou-se e notou que a senhorita de Boves não tirava os olhos do rapaz. Grande e forte, Blanche parecia-se com a mãe; só que nela a máscara já estava engrossando, tinha os traços marcados, inchados com uma gordura mal distribuída. Paul, a uma pergunta discreta de Mouret, respondeu que nada ainda estava feito; talvez até nem se fizesse nada. Ele conhecera a moça na casa da senhora Desforges, aonde viera muito no outro inverno; mas agora só retornava ali raramente, o que explicava o fato de não ter se encontrado com Octave. Por sua vez, os de Boves o recebiam, e ele gostava sobretudo do pai, um velho folgazão que estava prestes a se aposentar na administração pública. Sem fortuna, de resto a senhora de Boves só trouxera ao marido sua beleza de Juno, e a família vivia de uma última fazenda hipotecada; a essa pequena renda se juntavam felizmente os nove mil francos recebidos pelo conde como inspetor geral dos haras. Assim, mãe e filha, muito apertadas de dinheiro, que os amores passageiros do conde iam devorando aos poucos, eram às vezes reduzidas a remendarem elas mesmas seus vestidos.

— Então por quê? — perguntou simplesmente Mouret.

— Meu Deus! Uma hora tem de se resolver — disse Vallagnosc, com um movimento cansado das pálpebras. — E depois, há esperança, estamos aguardando a morte próxima de uma tia.

No entanto, Mouret, que não tirava os olhos de cima do senhor de Boves — sentado perto da senhora Guibal, solícito, com o riso gracioso de um homem em campanha —, voltou-se para o amigo e piscou os olhos com um ar tão significativo que este último acrescentou:

— Não, ela não... Não agora pelo menos... O problema é que ele é convocado por seu serviço para os depósitos de cavalos dos quatro cantos da França, tendo assim sempre um pretexto para desaparecer. No mês passado, enquanto sua mulher pensava que ele estava trabalhando em Perpignan, ele estava vivendo num hotel, em companhia de uma professora de piano, num bairro perdido de Paris.

Houve um silêncio. Então, o jovem, que vigiava as galanterias do conde à senhora Guibal, retomou baixinho:

— Ora, tens razão... Ainda mais que a prezada senhora não é nem um pouco arisca, ao que dizem. Aliás, conheço uma história bem engraçada, dela com um oficial... Mas olha! Como ele é cômico tentando magnetizá-la com o canto do olho! A velha França, meu caro! Eu simplesmente adoro esse homem, poderiam até dizer que é por ele que desposo a filha!

Mouret ria, divertindo-se. Questionou novamente Vallagnosc e, quando soube que a primeira idéia de um casamento entre ele e Blanche viera da senhora Desforges, achou a história ainda melhor. Essa boa Henriette gozava de um prazer de viúva em casar as pessoas, tanto que, enquanto arranjava marido para as filhas, deixava os pais escolherem alguma amiga do seu círculo; mas isso naturalmente com uma boa graça discreta, sem que o mundo nunca visse ali matéria para escândalo.

E Mouret, que a amava como um homem ativo e apressado, habituado a contabilizar seus afagos, esquecia então qualquer cálculo de sedução e sentia por ela uma sincera amizade.

Justo nesse momento, ela surgiu na porta do pequeno salão acompanhada de um senhor mais idoso, de aproximadamente sessenta anos, cuja entrada os dois amigos não haviam notado. As senhoras na sala ao lado erguiam por momentos vozes agudas, que eram acompanhadas pelo leve tilintar das colheres nas taças da China; e ouvia-se de tempos em tempos, no meio de curtos silêncios, o barulho de um pires colocado descuidadamente sobre o mármore da mesa de centro. Um brusco raio do sol que se punha, e que acabava de aparecer por detrás de uma grande nuvem, dourava as copas das castanheiras do jardim e entrava pelas janelas do salão numa poeira de ouro vermelho, cujo incêndio iluminava o brocado e o cobre dos móveis.

— Por aqui, meu caro barão — dizia a senhora Desforges. — Gostaria de lhe apresentar ao senhor Octave Mouret, que tem o mais vivo desejo de lhe testemunhar sua grande admiração.

E, virando-se em direção a Octave, completou:

— O senhor barão Hartmann.

Um sorriso pinçava levemente os lábios do velho senhor. Era um homem pequeno porém vigoroso, com uma grande cabeça alsaciana e um rosto largo, que se iluminava com uma faísca de inteligência ao menor movimento da boca, ao mais leve piscar das pálpebras. Ele resistia havia quinze dias ao desejo de Henriette, que lhe pedia esta entrevista; não porque sentisse um ciúme exagerado, pois, culto e espirituoso como era, resignara-se ao papel de pai; mas porque era o terceiro amigo que Henriette lhe apresentava, e ele temia, um pouco, o ridículo. Assim, ao abordar Octave, exibia o sorriso discreto de um rico protetor que, dispondo-se a se mostrar cortês, não consentia em ser ludibriado.

— Ah! Senhor — disse Mouret com seu entusiasmo de provençal —, a última operação do Crédito Imobiliário foi tão espantosa! O senhor não pode imaginar o quanto estou feliz e orgulhoso em apertar-lhe a mão.

— Muito amável, meu caro, muito amável — repetia o barão ainda sorrindo.

Henriette os fitava com seus olhos claros, sem nenhum constrangimento. Permanecendo entre os dois, ela erguia seu belo rosto, olhava de um para o outro; e, num vestido de renda que descobria o colo e os punhos delicados, mostrava-se encantada em vê-los entendendo-se tão bem.

— Senhores — disse —, vou deixá-los conversar.

Então, voltando-se para Paul, que se pusera de pé, acrescentou:

— Deseja uma xícara de chá, senhor de Vallagnosc?

— Certamente, senhora.

E os dois voltaram ao grande salão.

Quando Mouret retomou seu lugar no sofá, perto do barão Hartmann, desfez-se em novos elogios às operações do Crédito Imobiliário. Depois, resolveu atacar o assunto que o interessava: falou da nova via que planejavam abrir entre a praça da Bolsa e a praça da Ópera, no prolongamento da rua Réaumur, e que iriam nomear rua do Dix-Décembre. A obra fora declarada de utilidade pública havia dezoito meses, a comissão de expropriação acabava de ser nomeada, o bairro todo se exaltava em torno dessa abertura descomunal, preocupando-se com a época das obras, interessando-se pelas casas condenadas. Havia quase três anos que Mouret esperava essa intervenção, primeiramente prevendo um movimento mais ativo dos negócios, em seguida em razão de suas ambições de expansão, que não ousava confessar em voz alta de tanto que seu sonho crescia a cada dia. Como a rua do Dix-Décembre devia cortar a rua de Choiseul e a rua de la Michodière, ele vislumbrava o Paraíso das Damas invadindo todo o quarteirão compreendido entre essas ruas e a rua Neuve-Saint-Augustin; já o imaginava com uma fachada de palácio abrindo-se para a nova via, dominadora, mestre da cidade conquistada. E dali nascera seu vivo desejo de conhecer o barão Hartmann, quando soubera que o Crédito Imobiliário, por meio de um acordo com a administração, engajara-se a perfurar e a construir a rua do Dix-Décembre, com a condição de que a propriedade dos terrenos da testada lhe fosse concedida.

— Realmente — repetia Mouret, procurando exibir um ar ingênuo —, o senhor vai entregar para eles a rua toda pronta, com os esgotos, as calçadas, os lampiões? E os terrenos das bordas serão suficientes para indenizá-lo? Ah! É curioso, muito curioso!

Enfim chegou ao ponto delicado. Ele soubera que o Crédito Imobiliário estava, secretamente, comprando as casas do quarteirão onde se encontrava o Paraíso das Damas; não apenas as que deviam cair sob a picareta dos demolidores, mas também as outras, as que iam permanecer de pé. Ele pressentia ali o projeto de algum estabelecimento futuro, e estava extremamente inquieto quanto às expansões de seu magazine, que não cessavam de aumentar em seus sonhos, apavorado com a idéia de um dia se chocar contra uma empresa poderosa, proprietária de imóveis, que certamente não cederia sem uma boa razão. Fora justamente esse temor que o decidira a estabelecer o mais cedo possível uma ligação com o barão pelo elo amável de uma mulher, tão estreito entre homens de natureza galante. Ele poderia sem dúvida ter recebido o banqueiro em seu escritório para discutir à vontade o grande negócio que lhe queria propor; contudo, ele se sentia mais forte na casa de Henriette, sabendo como a posse comum de uma amante aproxima e sensibiliza. O fato de estarem os dois na casa dela, em meio a seu perfume amado, de tê-la ali pronta para convencê-los com um sorriso, parecia-lhe uma certeza de sucesso.

— O senhor não comprou a antiga mansão Duvillard, a velha construção encostada a mim? — perguntou repentinamente.

O barão Hartmann teve uma curta hesitação, depois negou. Fitando-o de frente, Mouret riu, e passou a encenar o papel de bom rapaz, com o coração na mão, franco e direto.

— Veja, senhor barão, já que tenho a honra inesperada de encontrá-lo, preciso confessar... Ah! Não lhe peço seus segredos. Porém, vou confiar-lhe os meus, certo de que não poderia colocá-los em mãos mais sábias... Aliás, preciso dos seus conselhos, há muito tempo acalentava a ousadia de ir vê-lo.

E ele de fato se confessou: contou como começara, sequer escondeu a crise financeira que atravessava em meio a seu triunfo. Tudo desfilou, as sucessivas expansões, os ganhos que eram continuamente reinvestidos no negócio, as somas trazidas pelos empregados, a casa arriscando sua existência a cada nova grande venda, nas quais o capital inteiro era apostado como sobre uma mão de cartas. No entanto, não era dinheiro que pedia, pois tinha uma fé fanática em sua clientela. Sua ambição era mais alta: ele propunha ao barão uma associação, na qual o Crédito Imobiliário daria o palácio colossal que ele vislumbrava em sonho, enquanto Mouret, por seu lado, entraria com seu intelecto e o fundo de comércio já criado. Estimariam o valor das contribuições, nada lhe parecia mais fácil de realizar.

— O que os senhores pretendem fazer com seus terrenos e seus imóveis? — perguntava com insistência. — O senhor tem sem dúvida uma idéia. Mas estou bem certo de que a sua idéia não vale a minha. Pense nisso. Podemos construir uma galeria de vendas nos terrenos, demolir ou remodelar os imóveis existentes, e abrir assim o magazine mais amplo de Paris, um bazar que fará milhões.

E deixou escapar esse grito do coração:

— Ah! Se eu pudesse prescindir dos senhores! Mas agora o Crédito Imobiliário possui tudo. E depois, eu nunca conseguiria os adiantamentos necessários... Vamos, precisamos nos entender, seria um crime não conseguirmos.

— Mas como vai longe, meu caro! — contentou-se em responder o barão Hartmann. — Que imaginação!

Ele sacudiu a cabeça e continuou a sorrir, decidido a não trocar confidência por confidência. O projeto do Crédito Imobiliário era de criar na rua do Dix-Décembre uma concorrência para o Grand-Hôtel, um estabelecimento luxuoso, cuja localização central atrairia os estrangeiros. De resto, como o hotel deveria ocupar apenas os terrenos das bordas, o barão poderia acolher a idéia de Mouret e fazer algum trato para o resto do quarteirão, uma superfície ainda muito vasta. Mas ele já se associara a dois amigos de Henriette, e estava se cansando um pouco do seu fasto de protetor obsequioso. Depois, apesar de seu fascínio pela ação, que o fazia abrir sua bolsa para todos os rapazes inteligentes e de coragem, o golpe de gênio comercial de Mouret o assustava mais do que o seduzia. Essa loja gigantesca não era uma operação fantasiosa e imprudente? Não estaria se arriscando a uma catástrofe certa, querendo expandir assim o comércio de modas fora de toda proporção? Enfim, ele não acreditava, recusava a idéia.

— Certamente, a idéia pode seduzir — disse ele. — Mas é a idéia de um poeta... De onde o senhor tiraria a clientela para encher tamanha catedral?

Mouret o observou um momento em silêncio, como estupefato com sua recusa. Seria possível? Um homem com tal faro, que sentia o dinheiro a qualquer distância! De repente, teve um gesto de grandiloqüência e, apontando para as senhoras no salão, exclamou:

— A clientela? Mas aí está ela!

O sol ia empalidecendo, a poeira de ouro vermelha já não era mais que uma leve claridade loura cuja energia se dissolvia na seda das tapeçarias e no forro dos móveis. Com essa aproximação do crepúsculo, uma intimidade envolveu o grande salão com uma morna suavidade. Enquanto o senhor de Boves e Paul de Vallagnosc conversavam diante de uma das janelas, os olhos perdidos no jardim, as senhoras haviam se reaproximado e faziam um círculo estreito de saias no centro da sala, de onde se erguiam risos, palavras sussurradas, perguntas e respostas ardentes, toda a paixão da mulher pelo gasto e pela moda. Elas conversavam sobre roupas, a senhora de Boves descrevia um vestido de baile.

— Primeiro uma camada transparente de seda lilás, depois, por cima, volantes de Alençon velhos, com trinta centímetros de altura...

— Oh! Isso tudo! — interrompeu a senhora Marty. — Tem mulheres que são felizes!

O barão Hartmann, que acompanhara o gesto de Mouret, observava as senhoras através da porta que permanecera aberta. Ele as escutava com um ouvido, enquanto o rapaz, inflamado pelo desejo de convencer, abandonava-se ainda mais, explicando-lhe o mecanismo do novo comércio de modas. Esse comércio era agora baseado no giro contínuo e rápido do capital, que devia se transformar em mercadorias o máximo de vezes possível no mesmo ano. Assim, naquele ano, seu capital, que era de apenas quinhentos mil francos, fora empregado quatro vezes em sua totalidade, produzindo assim um negócio de dois milhões. Uma miséria, aliás, que poderia ser decuplicada, pois ele confiava que futuramente faria o capital reaparecer quinze ou vinte vezes em certas seções.

— O senhor entende, prezado barão, toda a mecânica está aí. É bem simples, mas era preciso descobrir. Não temos necessidade de uma grande injeção de dinheiro. Nosso único esforço é de nos desfazer rapidamente da mercadoria comprada e substituí-la por outra, o que faz o capital render rapidamente, gerando lucro. Dessa maneira podemos nos contentar com um pequeno lucro. Como nossos custos gerais se elevam à enorme cifra de dezesseis por cento, mesmo com apenas vinte por cento de ganho sobre os produtos temos um lucro de quatro por cento. Porém, isso acabará por gerar milhões quando começarmos a operar sobre quantidades de mercadorias mais consideráveis e constantemente renovadas... O senhor acompanha o raciocínio, não? Nada mais claro.

O barão sacudiu novamente a cabeça. Ele, que acolhera empreitadas mais ousadas, das quais ainda comentavam as temeridades, como as primeiras tentativas de iluminação a gás, permanecia inquieto e inflexível.

— Entendo bem — respondeu. — O senhor vende barato para vender muito, e o senhor vende muito para vender barato... Porém é preciso vender, e eu volto à minha questão: a quem vender? Como o senhor espera sustentar uma venda tão colossal?

Um brusco estrondo de vozes, vindo do salão, cortou as explicações de Mouret. Era a senhora Guibal, que preferia os volantes de Alençon somente em avental.

— Mas, minha cara — dizia a senhora de Boves —, o avental também era coberto. Nunca vi nada tão rico.

— Oh! Acaba de me dar uma idéia — retomou a senhora Desforges. — Já tenho alguns metros de Alençon... Preciso agora procurar algo para enfeitar.

E as vozes abaixaram, não eram mais que um murmúrio. Cifras soavam, toda uma negociação fustigava os desejos, as senhoras compravam rendas a granel.

— Ora — disse enfim Mouret, quando conseguiu falar —, vende-se qualquer coisa quando se sabe vender! Nosso triunfo está nisso.

Então, com sua eloqüência provençal, em frases quentes que evocavam as imagens, ele mostrou o novo comércio na prática.

Primeiramente, era a potência decuplicada do acúmulo, todas as mercadorias amontoadas em um ponto, sustentando-se e se empurrando, nenhuma folga. Os artigos da estação estavam sempre disponíveis. E a cliente era fisgada de seção em seção, comprando um pedaço de tecido aqui, mais longe um rolo de linha, adiante uma sobrecasaca; ela se vestia, depois se via diante de encontros imprevistos, e ia assim cedendo à necessidade do inútil e do belo. Em seguida, Mouret celebrou a marcação dos preços. A grande revolução do comércio de moda partia dessa descoberta. Se o antigo comércio estava agonizando, era porque não conseguia sustentar a luta dos preços baixos introduzida pela exibição nua e crua das cifras. Agora a concorrência acontecia sob os olhos do público; um passeio diante das vitrines estabelecia os preços; as lojas acabavam abaixando, contentando-se com o menor lucro possível. Não havia assim roubalheira ou algum golpe de fortuna longamente meditado sobre um tecido vendido pelo dobro do seu valor, apenas operações correntes, com uma porcentagem regular retirada dos artigos, a fortuna ao dispor do bom funcionamento da venda, que era ainda maior já que se fazia em plena luz do dia. Não era uma criação espantosa? Ela revolucionava o mercado, transformava Paris, pois era feita com o sangue e a carne da mulher.

— Eu tenho a mulher, não dou a mínima para o resto! — disse ele numa confissão brutal, que a paixão lhe arrancou.

A esse grito, o barão Hartmann pareceu se abalar. Seu sorriso começava a perder a pontada irônica, ele fitava o jovem, convencido pouco a pouco por sua fé, tomado de um início de simpatia pelo rapaz.

— Psiu! — murmurou ele paternalmente. — Elas vão ouvi-lo.

No entanto, as senhoras falavam agora todas ao mesmo tempo, tão excitadas que não se ouviram nem mais entre elas. A senhora de Boves terminava a descrição de sua roupa de baile: uma túnica de seda lilás, drapeada e presa com nós de renda; o corpete com um decote baixo, e mais nós de renda nos ombros.

— As senhoras verão — dizia ela. — Mandei fazer um outro corpete igual, mas com cetim.

— Eu — interrompeu a senhora Bourdelais — escolhi um veludo. Ah! Um belo preço!

A senhora Marty perguntou:

— Como? Quanto pela seda?

Então, todas as vozes retomaram ao mesmo tempo. A senhora Guibal, Henriette e Blanche mediam, cortavam, desperdiçavam. Era um despojamento de tecidos, uma pilhagem das lojas, um apetite de luxo que se ampliava em vestes invejadas e sonhadas, uma tal felicidade em estar na moda que elas pareciam respirar os tecidos como o ar morno necessário à sua existência.

Mouret, entrementes, lançou um olhar para o salão. E dizendo algumas frases no ouvido do barão Hartmann — como se fizesse a ele uma dessas confidências amorosas às quais os homens se arriscam às vezes entre si —, terminou de explicar o mecanismo do grande comércio moderno. Mais importante que os fatos até agora mencionados, no pico da mecânica mercantil vinha a exploração da mulher. Tudo convergia para isso: o capital incessantemente renovado, o sistema de acúmulo de mercadorias, os preços baixos que atraem, a marcação em cifras conhecidas que tranqüiliza. Era a mulher que os magazines disputavam, a mulher que capturavam na armadilha de seus preços, depois de tê-las atordoado diante das vitrines. Os grandes magazines haviam despertado novos desejos na carne feminina, eram uma tentação constante, à qual a mulher sucumbia fatalmente, cedendo inicialmente a suas compras de boa dona de casa, conquistada em seguida pela vaidade, e finalmente devorada. Ao decuplicar as vendas, ao democratizar o luxo, essas lojas se tornavam um terrível agente de gastos, devastavam os lares, tirando proveito da loucura da moda, cada vez mais cara. E, se no Paraíso das Damas a mulher era tratada como rainha, adulada e lisonjeada em suas fraquezas, envolta em pequenas atenções, ela reinava como uma rainha dócil, de quem os súditos se aproveitam, e que paga com uma gota de seu sangue cada um de seus caprichos. Sob a graça de sua galanteria, Mouret deixava assim entrever a brutalidade de um judeu que vende mulheres por quilo: ele lhes erguia um templo, incensava-as com uma legião de atendentes, criando o ritual de um novo culto; ele só pensava nelas, procurava sem descanso imaginar seduções cada vez maiores; e no final, quando conseguira lhes esvaziar os bolsos e perturbar os nervos, sentia apenas o secreto desdém do homem ao qual a amante acaba de fazer a tolice de se entregar.

— Domine a mulher — disse baixinho ao barão — e venderá o mundo!

Agora o barão compreendia. Algumas frases haviam bastado, ele adivinhava o resto, e uma exploração tão elegante aquecia sua alma, remexia nele seu passado de belo amante. Ele piscava os olhos com um ar de entendimento, e acabou admirando o inventor dessa máquina de sangrar mulheres. Era bom demais. Mas as palavras de Bourdoncle lhe vieram à boca, palavras que sua velha experiência lhe assoprava.

— O senhor sabe que elas darão o troco.

Mas Mouret sacudiu os ombros num gesto de infinito desdém. Todas lhe pertenciam, eram suas coisas, e ele não era de nenhuma. Quando graças a elas tivesse acumulado toda a fortuna e o prazer que sonhasse, ele as lançaria aos montes na sarjeta, isto é, as que ainda tivessem um sopro de vida. Era um desdém racional de meridional e de especulador.

— Pois bem, caro barão — perguntou para concluir —, o senhor gostaria de tratar comigo? O negócio dos terrenos lhe parece possível?

O barão, quase conquistado, hesitava no entanto a se engajar dessa forma. Uma dúvida subsistia no fundo do encanto que se operava pouco a pouco nele. Ele estava a ponto de responder de maneira evasiva quando um apelo urgente das senhoras poupou-lhe o esforço. Vozes chamavam em meio a leves risos:

— Senhor Mouret! Senhor Mouret!

E como este, contrariado por ser interrompido, fingia não ouvir, a senhora de Boves, de pé havia alguns instantes, veio até a porta do pequeno salão.

— Está sendo chamado, senhor Mouret... Não é nada galante se enfurnar nos cantos para falar de negócios.

Então ele decidiu atendê-las, com uma boa vontade evidente, com um ar de deslumbramento que deixou o barão maravilhado. Os dois se ergueram e passaram para o grande salão.

— Estou à sua disposição, minhas senhoras — disse ao entrar, com um sorriso nos lábios.

Um murmurinho de triunfo o acolheu. Ele teve de avançar um pouco mais, as senhoras lhe deram um lugar entre elas. O sol acabava de se esconder por trás das árvores do jardim, o dia se apagava, uma sombra fina envolvia pouco a pouco o vasto cômodo.

Era a hora enternecedora do crepúsculo, esse minuto de discreta voluptuosidade nos apartamentos parisienses, entre a claridade da rua que vai morrendo e as lâmpadas que começam a se iluminar nas casas. O senhor de Boves e Vallagnosc, ainda de pé frente à janela, lançavam sobre o tapete uma sombra difusa; enquanto o senhor Marty, que entrara discretamente alguns minutos antes, imóvel diante do último raio de luz que atravessava a outra janela, projetava um perfil pobre, um redingote limpo e apertado, e um rosto desbotado pelo professorado, que a conversa das senhoras sobre vestuário acabava de transtornar.

— Ainda é para segunda-feira essa grande venda? — perguntava justamente a senhora Marty.

— Sem dúvida, cara senhora — respondeu Mouret com uma voz de flauta, uma voz de ator que usava quando falava com as mulheres.

Henriette interveio então.

— Sabe que todas nós iremos... Dizem que está preparando maravilhas.

— Ah! Maravilhas... — murmurou ele com um ar de fatuidade modesta. — Eu simplesmente procuro ser digno da aprovação das senhoras.

Mas elas o aterravam de perguntas. A senhora Bourdelais, a senhora Guibal, e mesmo Blanche, queriam saber tudo.

— Vamos, dê-nos mais detalhes — repetia a senhora de Boves com insistência. — O senhor nos faz morrer.

E elas o cercavam, afoitas, quando Henriette as fez notar que ele não tinha nem ao menos tomado uma xícara de chá. Foi uma desolação; quatro dentre elas se puseram a servi-lo, mas com a condição de ele responder em seguida. Henriette colocava o chá, a senhora Marty segurava a xícara, enquanto as senhoras de Boves e Bourdelais disputavam a honra de pôr o açúcar. Então, quando ele se recusou a sentar e começou a tomar o chá lentamente, de pé no meio delas, todas se aproximaram e o aprisionaram no círculo estreito de suas saias. As cabeças erguidas, os olhares radiantes, elas sorriam.

— Essa seda, a Paris-Paraíso de que todos os jornais falam? — retomou a senhora Marty impaciente.

— Ah! — respondeu ele. — Um artigo extraordinário, um crepe de trama grossa, macia e sólida... As senhoras verão. E só a encontrarão em nossa loja, pois a compramos com exclusividade.

— Realmente! Uma bela seda por cinco francos e sessenta! — disse a senhora Bourdelais entusiasmada. — É difícil acreditar.

Essa seda, desde que os reclames foram lançados, ocupava um lugar considerável em suas vidas cotidianas. Elas conversavam sobre ela, prometiam-na para si imbuídas de desejo e de dúvida. E, sob a curiosidade tagarela com a qual assediavam o jovem empresário, apareciam seus temperamentos particulares de compradoras: a senhora Marty, impregnada de sua sanha de gastar, pegando ao acaso dos mostruários, sem escolher, tudo o que via na frente; a senhora Guibal, passeando horas sem nunca fazer nem uma comprinha sequer, feliz e satisfeita de oferecer um simples regalo a seus olhos; a senhora de Boves, apertada de dinheiro, sempre torturada de cobiça, guardando rancor pelas mercadorias que não podia levar; a senhora Bourdelais, com um faro de burguesa prática e sensata, indo diretamente para as promoções, usando os magazines com uma tal habilidade de boa dona de casa, isenta de paixão, que realizava grandes economias; Henriette, enfim, que, muito elegante, só comprava alguns artigos selecionados, luvas, malharia, roupas de baixo e de casa.

— Temos ainda outros tecidos espantosos no preço e na riqueza — continuava Mouret com sua voz cantante. — Eu lhes recomendo nosso couro-de-ouro, um tafetá de um brilho incomparável... Nas sedas de imitação, há estampas encantadoras, desenhos escolhidos entre mil por nosso comprador; e entre os veludos as senhoras encontrarão a mais rica coleção de nuanças... Eu as advirto que este ano vai se usar muita casimira. As senhoras verão nossos matelassês, nossas cheviotes...

Elas não o interrompiam mais, apertavam ainda mais o círculo, as bocas entreabertas por um vago sorriso, os rostos aproximados e tensos, como num arrojo de todo o ser em direção ao tentador. Seus olhos empalideciam, um leve estremecimento corria por suas nucas. E Mouret mantinha sua calma de conquistador em meio aos odores atordoantes que subiam de suas cabeleiras. Ele bebia, entre cada frase, um pequeno gole de chá, cujo perfume amornava os cheiros amargos, nos quais havia um quê de animal selvagem. Diante de uma sedução tão senhora de si, suficientemente forte para mistificar as mulheres sem se perder na embriaguez exalada por elas, o barão Hartmann, cujo olhar não abandonava mais Mouret, sentia sua admiração crescer.

— Então vai se usar casimira? — retomou a senhora Marty, cujo rosto bexiguento embelezava-se de paixão coquete. — Terei de ver.

A senhora Bourdelais, com o olhar brilhante, indagou:

— É verdade que a venda dos cortes que sobrarem será na quinta-feira? Eu esperarei, tenho todo o meu pequeno mundo para vestir.

E virando sua delicada cabeça loura para a anfitriã:

— E tu, ainda é Sauveur que te veste?

— Por Deus, sim — respondeu Henriette. — Sauveur é bem cara, mas é a única em Paris que sabe fazer um corpete... O senhor Mouret pode dizer o que quiser, mas ela tem as estampas mais bonitas, estampas que não se vêem em lugar nenhum. Eu não suporto encontrar um vestido meu nos ombros de todas as mulheres.

Mouret primeiro esboçou um sorriso discreto. Depois, deu a entender que a senhora Sauveur comprava os tecidos em sua loja; certamente pegava algumas estampas diretamente com o fabricante, das quais assegurava a exclusividade; mas para as sedas pretas, por exemplo, ela espreitava as promoções do Paraíso das Damas, fazia provisões consideráveis, que revendia dobrando ou triplicando o preço.

— Assim, estou certo que os funcionários dela vão levar toda a nossa Paris-Paraíso. Por que acham que ela pagaria mais caro por essa seda na fábrica do que vai pagar conosco? Palavra de honra: estamos vendendo por um valor inferior ao custo!

Foi o primeiro grande golpe sobre as senhoras. Essa idéia de ter a mercadoria por um valor inferior a seu custo fustigava nelas a avidez feminina, cujo prazer de comprar duplica quando acredita estar tirando vantagem do comerciante. Ele sabia que elas seriam incapazes de resistir aos preços baixos.

— Mas nós vendemos tudo por um nada! — exclamou alegremente, pegando atrás de si o leque da senhora Desforges que ficara sobre a mesinha. — Vejam este leque por exemplo... A senhora disse que ele custou...?

— O chantili, vinte francos, e a armação, duzentos — disse Henriette.

— Pois bem! O chantili não está caro. No entanto, temos o mesmo por dezoito francos... Quanto à armação, cara senhora, é um roubo abominável. Eu não ousaria vender a mesma por mais de noventa francos.

— Bem que eu dizia! — exclamou a senhora Bourdelais.

— Noventa francos! — murmurou a senhora de Boves. — É preciso realmente não ter um tostão para não comprar.

Ela pegou o leque e o examinou de novo com sua filha Blanche; e em seu grande rosto regular, em seus largos olhos dormentes, crescia um desejo contido e desesperado do capricho que não poderia contentar. Então, uma segunda vez, o leque fez a volta das senhoras, em meio a comentários e exclamações. O senhor de Boves e Vallagnosc, entrementes, haviam deixado a janela. Enquanto o primeiro voltava a se colocar atrás da senhora Guibal, cujo corpete revistava com o olhar, mantendo seu aspecto correto e superior, o segundo se inclinou na direção de Blanche, procurando encontrar alguma palavra amável.

— É um pouco triste, não, senhorita? Esta armação branca com esta renda preta.

— Oh! — respondeu a moça muito gravemente, sem que um rubor colorisse sua figura inchada. — Já vi um de madrepérola com plumas brancas. Algo virginal!

O senhor de Boves, que surpreendera sem dúvida o olhar desolado com o qual sua mulher acompanhava o leque, acrescentou finalmente sua palavra à conversa.

— Isso quebra logo, esses aparelhinhos.

— Nem me fale! — declarou a senhora Guibal, com seu trejeito de bela ruiva, fingindo indiferença. — Estou cansada de mandar consertar os meus.

Havia um momento que, muito excitada pela conversa, a senhora Marty revirava febrilmente sua bolsa de couro vermelho nos joelhos. Ela ainda não pudera mostrar suas compras e ardia de vontade de espalhá-las, numa espécie de necessidade sensual. Bruscamente esqueceu-se do marido, abriu a bolsa e tirou alguns metros de uma estreita renda enrolada em torno de um cartão.

— Essa valenciana é para minha filha — começou. — Tem três centímetros e é deliciosa, não acham?... Um franco e noventa.

A renda passou de mão em mão. As senhoras exclamavam de prazer. Mouret afirmou que vendia esses pequenos ornamentos a preço de fábrica. Contudo, a senhora Marty havia fechado a bolsa, como para esconder coisas que não se mostram. Mas, diante do sucesso da valenciana, não pôde resistir ao impulso de tirar mais um lenço.

— Tinha também este lenço... Aplicação de Bruxelas, minha cara... Oh! Um achado! Vinte francos!

E a partir daí a bolsa se tornou interminável. A senhora Marty corava de prazer, um pudor feminino que se desnuda a tornava encantadora e embaraçada a cada novo artigo que retirava. Era uma gravata em abadágio espanhol por trinta francos; ela não ia comprá-la, mas o atendente lhe jurara que era a última e que os preços iriam subir. Em seguida foi um alfareme em chantili: um pouco caro, cinqüenta francos; se não o usasse, faria algo para a filha.

— Meu Deus! Quantas rendas, tudo tão bonito! — repetia com um riso nervoso. — Quando estou lá dentro sou capaz de levar a loja toda.

— E isso? — perguntou a senhora de Boves examinado um corte de guipura.

— Isso — respondeu — é uma faixa de renda... Tem vinte e seis metros. A um franco o metro, entende?

— Incrível! — disse a senhora Bourdelais surpresa. — O que pretende fazer com ela?

— Não sei ainda... Mas o desenho era tão interessante!

Nesse momento, como erguia os olhos, notou bem na sua frente seu marido aterrorizado. Ele empalidecera ainda mais, toda a sua pessoa exprimia a angústia resignada de um pobre homem que assiste à dilapidação de seus vencimentos, tão duramente obtidos. Cada novo pedaço de renda era para ele um desastre, amargos dias de professorado tragados, deprimentes aulas particulares devoradas, o esforço contínuo de sua vida se transformando num constrangimento secreto, no inferno de um lar carente. Diante do desespero crescente de seu olhar, ela quis retomar o lenço, o alfareme e a gravata; e, remexendo suas mãos febris, repetia com risinhos embaraçados:

— As senhoras vão fazer meu marido ralhar comigo... Eu lhe asseguro, meu amigo, fui muito razoável, pois havia ainda um grande fichu por quinhentos francos, oh!, maravilhoso!

— Por que a senhora não o comprou? — disse tranqüilamente a senhora Guibal. — O senhor Marty é o mais galante dos homens.

O professor teve de se inclinar, declarando que sua mulher era livre. Mas, à idéia do perigo desse grande fichu, um frio glacial escorreu por suas costas; e, como Mouret afirmava justamente que os novos magazines aumentavam o bem-estar dos lares da média burguesia, ele lhe lançou um olhar terrível, carregado de ódio, o olhar de um homem tímido que não ousa estrangular as pessoas.

Aliás, as senhoras não tinham largado as rendas; deixavam-se inebriar. As peças eram desenroladas, iam e vinham de uma a outra, aproximando-as ainda mais, unindo-as com fios leves. Sobre seus joelhos, sentiam a carícia de um tecido de admirável finura, sobre o qual suas mãos culpadas se remexiam. E elas aprisionavam Mouret ainda mais estreitamente, atormentando-o com novas perguntas. Como o dia continuava a sumir, ele tinha por instantes de abaixar a cabeça, roçando suas cabeleiras com sua barba, a fim de examinar um ponto, indicar um desenho. E nessa voluptuosidade mole do crepúsculo, em meio ao odor aquecido de seus ombros, sob o deslumbramento que afetava, era o mestre. Ele se tornava mulher com elas; e elas se sentiam possuídas e penetradas pelo sentido delicado que ele tinha de participar do seu segredo, e, seduzidas, abandonavam-se; enquanto ele, certo de tê-las à sua mercê, aparecia, tronava brutalmente acima delas, como o rei despótico da chita.

— Ah! Senhor Mouret! Senhor Mouret! — balbuciavam vozes sussurradas e esvaecidas nas sombras do salão.

As luzes minguantes do céu se apagavam no cobre dos móveis. Apenas as rendas guardavam um reflexo de neve sobre os joelhos agora escuros das senhoras, cujo grupo confuso parecia fazer em torno do empresário vagas genuflexões devotas. Uma última claridade luzia no flanco da chaleira, um brilho curto e vivo de vela queimando em uma alcova amornada pelo perfume do chá. Mas, de repente, o criado entrou com duas lâmpadas, e o encanto foi quebrado. O salão despertou, claro e alegre. A senhora Marty colocava as rendas de volta no fundo de sua bolsa; a senhora de Boves ainda comia um doce; enquanto Henriette, que se levantara, conversava à meia-voz com o barão no vão de uma janela.

— Ele é encantador — disse o barão.

— Não é? — deixou ela escapar, num grito involuntário de mulher apaixonada.

Ele sorriu e olhou para ela com uma indulgência paternal. Era a primeira vez que a sentia conquistada a esse ponto; e, sério demais para sofrer com isso, sentia apenas uma grande compaixão de vê-la nas mãos desse rapaz tão gracioso e tão perfeitamente frio. Então ele pensou que deveria preveni-la, e murmurou em tom de brincadeira:

— Preste atenção, minha cara, ele devorará todas vocês.

Uma chama de ciúmes clareou os belos olhos de Henriette. Ela adivinhava, sem dúvida, que Mouret tinha simplesmente se servido dela para se aproximar do barão. E ela jurava torná-lo louco de paixão, ele, cujo amor de homem apressado tinha o charme fácil de uma cantiga lançada aos ventos.

— Oh! — respondeu ela, em tom de brincadeira. — É sempre o cordeiro que acaba comendo o lobo.

Então, muito interessado, o barão a encorajou com um sinal da cabeça. Talvez fosse ela a mulher que vingaria as outras.

Quando Mouret, depois de ter repetido a Vallagnosc que queria muito lhe mostrar sua máquina em funcionamento, aproximou-se para se despedir, o barão o reteve no vão da janela, diante do jardim negro de escuridão. Ele cedera finalmente à sedução do rapaz, a fé nascera nele ao ver Mouret reinar entre as senhoras. Os dois conversaram um instante em voz baixa. Então o banqueiro declarou:

— Pois bem! Examinarei o negócio... Ele será fechado se sua venda de segunda-feira alcançar a importância que está anunciando.

Eles se apertaram as mãos, e Mouret, encantado com o resultado da conversa, retirou-se, pois jantava mal quando não ia dar uma espiada na receita do Paraíso das Damas.

# IV

Naquela segunda-feira, 10 de outubro, um claro sol de vitória rompeu as nuvens cinzentas que escureciam Paris havia uma semana. Garoara, durante toda a noite, um fino véu d'água cuja umidade turvava as ruas; mas de manhãzinha, sob vivas aragens que afastavam as nuvens, as calçadas haviam secado, e o céu azul tinha uma alegria límpida de primavera.

Assim, desde as oito horas o Paraíso das Damas se inflamava à luz dos raios desse sol claro, na glória de sua grande venda de inverno. Bandeiras flutuavam à porta, peças de lã se agitavam no ar fresco da manhã, animando a praça Gaillon com uma algazarra de arraial. Ao longo das duas ruas, as vitrines desenvolviam sinfonias de mostruários, cujos tons radiantes eram avivados pela limpeza dos vidros. Era um excesso de cores, a alegria da rua rebentando ali, toda uma exuberância de consumo impavidamente exposta para o grande deleite dos olhos.

Mas àquela hora pouca gente entrava no magazine. Viam-se apenas algumas raras clientes apressadas, donas de casa da vizinhança, mulheres desejosas de evitar o esmagamento da tarde. Por trás dos tecidos que a pavoneavam, sentia-se a loja vazia, preparando-se para a batalha, com seus assoalhos encerados, seus balcões submersos em mercadorias. A multidão impaciente da manhã dava apenas uma olhadela nas vitrines, sem diminuir o passo.

Às nove horas, na rua Neuve-Saint-Augustin e na praça Gaillon, onde os carros estacionavam, havia apenas duas carruagens. Somente os moradores do bairro e sobretudo os pequenos comerciantes, remoídos por uma tal prodigalidade de bandeirolas e penachos, formavam grupos sob as portas, com os narizes erguidos, fazendo comentários amargos. O que os indignava sobremaneira era o que se via parado na rua de la Michodière, diante do serviço de remessas: um dos quatro carros que Mouret acabava de lançar em Paris. Eram carros verdes, decorados de amarelo e vermelho, e cujos painéis fortemente envernizados ganhavam ao sol reflexos de ouro e púrpura. Com uma pintura multicolorida ainda fresca, esquartelado com o nome da loja em cada uma das faces, e ainda levando no alto um enorme cartaz que anunciava a grande venda do dia, o carro se afastou ao trote de um cavalo sublime quando terminaram de enchê-lo com os pacotes que haviam sobrado da véspera. E Baudu, que empalidecia na soleira do Velho Elbeuf, ficou observando-o até o bulevar, enquanto o carro levava através da cidade o odiado nome do Paraíso das Damas com um brilho de astro.

Entrementes, algumas carruagens chegavam e iam formando uma fila. Cada vez que uma cliente se apresentava havia um movimento entre os contínuos enfileirados sob a alta porta, vestidos de libré, o casaco e a calça verde-claro, o colete listrado de amarelo e vermelho. E o inspetor Jouve, o antigo capitão aposentado, estava ali de redingote e gravata branca, com sua condecoração no peito como um símbolo de velha probidade, recebendo as senhoras que entravam com um ar gravemente cortês, inclinando-se para lhes indicar as seções. Então elas desapareciam no grande saguão, transformado em salão oriental.

Era um deslumbramento desde o primeiro passo através da porta, uma surpresa que encantava todas elas. Mouret tivera a idéia: fora o primeiro a comprar no Levante, em condições excelentes, uma coleção de tapetes antigos e novos, tapetes raros que apenas os comerciantes de curiosidades vendiam, muito caro, até então. Pretendia inundar o mercado, por isso os cedia quase a preço de custo, tendo como lucro simplesmente uma decoração esplêndida, que devia atrair para a loja a alta clientela da arte. Do meio da praça Gaillon avistava-se esse salão oriental, feito unicamente de tapetes e reposteiros que os contínuos haviam pendurado sob sua direção. Do teto estendiam-se tapetes de Esmirna, cujos desenhos complicados se destacavam sobre um fundo vermelho. Logo abaixo, nos quatro cantos, dependuravam-se reposteiros: os da Karamania e da Síria, zebrados de verde, amarelo e vermelhão; os de Diyarbakir, mais comuns, rudes ao tato, como saios de pastor; tapetes que podiam servir como tapeçarias; longas peças de Isfahan, de Teerã e de Kirmanchar; e tapetes ainda maiores de Shumaka e de Madras, com uma estranha composição floral de peônias e palmas, fantasia abandonada no jardim dos sonhos.

No chão, jaziam mais tapetes, parecendo formar uma grossa manta de velo. Havia no centro um tapete de Agra, uma peça extraordinária com fundo branco e larga bordadura azul claro pela qual corriam ornamentos violetas de uma imaginação requintada. E em torno dele espalhavam-se maravilhas: tapetes de Meca com reflexos de veludo, tapetes de prece do Daguestão com a ponta simbólica; tapetes do Kurdistão semeados de flores desabrochadas; e, finalmente, num canto, via-se um amontoado barato de tapetes de Gheurdes, de Coula e de Kircheer, empilhados por preço, a partir de quinze francos. Essa suntuosa tenda de paxá era mobiliada com poltronas e divãs feitos com sacos de camelo, alguns recortados de losangos coloridos, outros recobertos de ingênuas rosas. A Turquia, a Arábia, a Pérsia, as Índias, via-se de tudo ali. Era como se tivessem esvaziado os palácios, saqueado as mesquitas e os bazares. O ouro velho dominava no desgaste dos tapetes antigos, cujas cores embaciadas mantinham um calor sombrio, como brasas extinguindo-se numa fogueira apagada, uma bela cor cozida de velho mestre. E visões do Oriente flutuavam sob o luxo dessa arte bárbara, no meio do cheiro forte que as velhas lãs haviam guardado dos países do sol.

Ao atravessar esse salão oriental às oito horas da manhã, Denise, que começava justamente nessa segunda-feira, ficou estupefata por não reconhecer a entrada da loja e, plantada na porta, perturbou-se ainda mais ao encontrar esse cenário de harém.

Um contínuo a conduziu para o último andar, sob a mansarda, e entregou-a nas mãos da senhora Cabin, a encarregada da limpeza e da vigilância dos quartos da vendedoras, que a instalou no número sete, para onde já haviam levado sua mala. Era um cubículo estreito que se abria para o telhado por uma janela basculante, e simplesmente mobiliado com uma pequena cama, um armário de nogueira, uma mesa de toalete e duas cadeiras. Vinte quartos como aquele se alinhavam ao longo de um corredor de convento pintado de amarelo; e das trinta e cinco vendedoras da casa, as vinte que não tinham família em Paris dormiam ali, enquanto as outras quinze alojavam-se fora, algumas na casa de tias ou primas postiças.

Imediatamente Denise retirou seu leve vestido de lã, gasto pela escova e com as mangas remendadas, o único que trouxera de Valognes. Vestiu então o uniforme de sua seção, um vestido de seda preta que haviam ajustado para ela e que a esperava sobre a cama. Esse vestido estava ainda um pouco grande, largo demais nos ombros, mas Denise estava tão ansiosa que não hesitou diante de um tal detalhe de coqueteria. Ela nunca vestira seda antes. Quando desceu novamente, domingueira, pouco à vontade, observava a saia brilhar e sentia-se constrangida ao ouvir o farfalhar espalhafatoso do tecido.

Já em seu andar, quando entrava na seção das confecções, uma discussão acabava de estourar. Ela ouviu Clara protestar com uma voz cortante:

— Senhora, eu cheguei antes dela.

— Isso não é verdade — replicava Marguerite. — Ela me empurrou na porta, mas eu já tinha colocado o pé no salão.

Tratava-se da inscrição que regulava os turnos de venda. As vendedoras se inscreviam num quadro negro em ordem de chegada, e cada vez que atendiam uma cliente recolocavam seu nome na fila. A senhora Aurélie acabou dando razão a Marguerite.

— Sempre as injustiças! — murmurou furiosamente Clara.

Mas a entrada de Denise reconciliou as moças. Elas a observaram e depois sorriram uma para a outra: como podia alguém se vestir assim tão mal! A jovem foi desajeitadamente se inscrever no quadro, ficando no último lugar, enquanto a senhora Aurélie a examinava com uma careta desaprovadora. Não pôde se impedir de dizer:

— Minha cara, duas como você caberiam nesse vestido. Vamos precisar ajustá-lo... Além disso, você não sabe se vestir. Venha cá um momento, vou dar um jeito nessa aparência.

E ela a levou para a frente de um dos altos espelhos que se alternavam às portas dos armários onde guardavam as confecções. A vasta sala, envolta por esses espelhos e madeiramentos de carvalho esculpido, forrada com um carpete vermelho com grandes ramagens, parecia uma recepção de hotel atravessada por um galope contínuo de passantes. As vendedoras completavam a semelhança, vestidas em sua seda regulamentar e passeando suas graças comerciais sem nunca se sentar na dezena de cadeiras reservadas apenas às clientes. Todas tinham, entre duas botoeiras do corpete, como se alfinetado ao peito, um grande lápis que se erguia com a ponta para o ar; notava-se também, saindo pela metade de um bolso, a mancha branca de um caderno de notas. Várias arriscavam bijuterias, anéis, broches, correntinhas; mas sua vaidade, o luxo que as acirrava na uniformidade imposta de sua toalete, eram os cabelos nus, cabelos exuberantes — aumentados com tranças e coques quando não eram suficientes — penteados, frisados.

— Puxe o cinto para frente — repetia a senhora Aurélie. — Assim, pelo menos você não fica com um bolo nas costas ... E esse cabelo, como é possível massacrá-lo dessa forma? Seria maravilhoso se você o tratasse melhor.

Era de fato a única beleza de Denise. De um louro acinzentado, caía-lhe até os tornozelos; e quando se penteava atrapalhava-se tanto com seu comprimento que se contentava em enrolá-lo e prendê-lo num monte sob os dentes fortes de um pente de chifre. Clara, cheia de inveja de tal cabeleira, zombava da maneira como estava amarrada de qualquer jeito, com uma graça selvagem. Com um sinal, chamara uma vendedora da seção de lingerie, uma moça larga, de ar agradável. As duas seções, que se avizinhavam, estavam em permanente hostilidade, mas as moças se entendiam vez por outra para rir de alguém.

— Senhorita Cugnot, veja esta crina! — repetia Clara, que Marguerite cutucava com o cotovelo, fingindo também sufocar de rir.

Só que a vendedora de lingerie não estava rindo. Ela observava Denise havia um momento, e lembrava-se do que ela mesma sofrera nos primeiros meses em seu local de trabalho.

— E daí? — disse ela. — Nem todo mundo tem uma crina dessas! — E voltou à sua seção, deixando as outras duas sem saber o que dizer.

Denise, que ouvira o comentário, acompanhou-a com um olhar de agradecimento, enquanto a senhora Aurélie entregava-lhe um caderno de notas de débito em seu nome, dizendo:

— Vamos, amanhã você se arrumará melhor... E agora procure se acostumar com os hábitos da casa, espere o seu turno de venda. O dia será difícil, poderemos julgar sua capacidade.

Até então a seção estava deserta, poucas clientes subiam para as confecções nessa hora matinal. As vendedoras se poupavam, eretas e lentas, preparando-se para o que viria à tarde. Então, intimidada pela idéia de que vigiavam tudo o que faria, Denise apontou seu lápis para disfarçar seu constrangimento; depois, imitando as outras, enfiou-o no peito, entre duas botoeiras. Ela tomava coragem: era preciso conquistar seu lugar. Na véspera lhe haviam dito que começaria sem salário fixo; teria apenas uma porcentagem e uma comissão sobre as vendas que fizesse. Mas a jovem esperava chegar assim a mil e duzentos francos no ano, pois sabia que as boas vendedoras faziam até dois mil quando se esforçavam para tal. Seu orçamento estava fechado, cem francos por mês lhe permitiriam pagar a pensão de Pepe e sustentar Jean, que não ganhava nada; ela mesma poderia comprar algumas roupas. Porém, para alcançar essa cifra enorme, ela deveria se mostrar trabalhadora e forte, não se entristecer com a má vontade à sua volta, e, se fosse preciso, bater-se e arrancar sua parte às colegas. Enquanto se incitava assim à luta, um grande rapaz que passava diante da seção lhe sorriu.

Ao reconhecer Deloche, que entrara na véspera na seção das rendas, devolveu-lhe o sorriso, feliz com essa amizade que reencontrava, vendo nesse cumprimento um bom presságio.

Às nove e meia, um sino anunciou a primeira mesa de almoço. Um pouco mais tarde, um novo tanger chamou a segunda mesa. E as clientes ainda não chegavam. A segunda da seção, a senhora Frédéric, que em sua rigidez amarga de viúva adorava cultivar idéias de desastre, jurava em frases breves que o dia estava perdido, não viria vivalma, podiam fechar os armários e ir embora. Essa predição escurecia o rosto chato de Marguerite, muito avara ao ganho, enquanto Clara, com seus ares de cavalo fugido, já sonhava com um passeio pelo bosque de Verrières se a casa desmoronasse. Quanto à senhora Aurélie, muda e grave, ela passeava sua máscara de César pela seção vazia, como um general responsável pela vitória ou derrota da batalha.

Por volta das onze, algumas senhoras apareceram. O turno de venda de Denise chegara e uma cliente lhe foi assinalada.

— A gorda da província — murmurou Marguerite.

Era uma mulher de quarenta e cinco anos que desembarcava de tempos em tempos dos confins de uma província perdida. Lá ela colocava tostões de lado durante meses; ao chegar em Paris, mal descia do trem e já estava no Paraíso das Damas, onde gastava tudo. Era raro que fizesse um pedido por carta, pois queria ver, ter a alegria de tocar nas mercadorias. Fazia até provisões de agulhas, que, como dizia, custavam os olhos da cara em seu vilarejo. A loja inteira a conhecia, sabia que ela se chamava senhora Boutarel e que morava em Albi, sem se ocupar do resto, nem de sua situação nem de sua existência.

— A senhora vai bem, madame? — perguntou graciosamente a senhora Aurélie, que avançara. — O que deseja? Estamos à sua disposição.

Então, virando-se:

— Senhoritas!

Denise se aproximou, mas Clara se precipitara. De hábito ela se mostrava preguiçosa na venda, não ligando para o dinheiro, que ganhava mais fora da loja e sem se cansar. Porém, a idéia de surrupiar uma boa cliente à recém-chegada a excitava.

— Perdão, é o meu turno — disse Denise revoltada.

A senhora Aurélie afastou-a com um olhar severo, murmurando:

— Não tem turno, eu sou a única mestra aqui... Espere para aprender a servir as clientes conhecidas.

Denise recuou, e como lágrimas lhe subiam aos olhos, procurou esconder esse excesso de sensibilidade virando-se para as vidraças e fingindo olhar para a rua. Iriam impedi-la de vender? Todas teriam combinado tirar dela as vendas sérias? O medo do futuro a tomava, sentia-se esmagada entre tantos interesses mesquinhos. Cedendo ao amargor de seu abandono, a testa apoiada no vidro frio da janela, contemplou defronte o Velho Elbeuf pensando que deveria ter suplicado a seu tio para que a deixasse trabalhar com ele. Talvez ele mesmo desejasse voltar atrás em sua decisão, pois lhe parecera muito emocionado na véspera. Agora ela estava sozinha, nessa loja enorme, onde ninguém gostava dela, onde se via perdida e ferida; Pepe e Jean estavam morando com pessoas estranhas, eles que nunca haviam largado suas saias; era um dilaceramento, e as duas grandes lágrimas que tentava conter faziam dançar a rua em uma névoa.

Atrás dela, durante esse tempo, vozes zuniam:

— Este me deixa muito empertigada — dizia a senhora Boutarel.

— A senhora se engana — repetia Clara. — Os ombros estão perfeitos... A menos que a senhora prefira uma peliça a um mantô.

De repente, Denise estremeceu. Uma mão pegara em seu braço: a senhora Aurélie a interpelava com severidade.

— Ora, resolveu não fazer mais nada? Fica aí olhando o tempo passar? Assim as coisas não vão funcionar!

— Mas, senhora, se me impedem de vender...

— Tenho outros trabalhos para você, senhorita. Comece pelo começo... Vá cuidar das roupas.

A fim de contentar as poucas clientes que haviam aparecido, todos os armários tinham sido revirados; e sobre as duas longas mesas de carvalho, à esquerda e à direita do salão, espalhava-se um amontoado de mantôs, peliças, vestidos, roupas de todos os tamanhos e de todos os tecidos. Sem responder, Denise se pôs a separá-las, a dobrá-las com cuidado e a organizá-las novamente dentro dos armários. Era a tarefa inferior das iniciantes. Ela não protestou mais, sabendo que lhe era exigida uma obediência passiva, esperando que a primeira se decidisse enfim a deixá-la vender, assim como parecia ter tido a intenção de início. E Denise estava ainda dobrando peças de roupa quando Mouret apareceu. Foi um abalo; a jovem corou, sentiu um estranho temor pensando que ele viria falar com ela. Mas Mouret nem a notou, não se lembrava mais da mocinha cuja impressão encantadora de um minuto o fizera defender.

— Senhora Aurélie! — chamou com a voz breve.

Ele estava ligeiramente pálido, os olhos, no entanto, claros e resolvidos. Ao dar sua volta pelas seções, encontrara-as vazias, e a possibilidade de um fracasso erguera-se bruscamente contra sua fé obstinada na boa fortuna. É verdade que onze horas mal haviam soado; e Mouret sabia por experiência que a multidão só chegava à tarde. Porém, alguns sintomas o inquietavam: nas grandes vendas anteriores, um certo movimento se produzia desde a manhã; além disso, ele não via sequer mulheres sem chapéu, as clientes do bairro que vinham para a loja sem se arrumarem. Como acontece com todos os grandes capitães, no momento da batalha uma fraqueza supersticiosa o tomara, apesar de sua habitual energia de homem de ação. Aquilo não iria funcionar, estava perdido e não sabia dizer por quê: acreditava ler seu fracasso nos rostos das poucas freguesas que passavam.

Justamente a senhora Boutarel, que tudo comprava, estava indo embora dizendo:

— Não tem nada que me agrade aqui... Vou ver, vou pensar um pouco.

Mouret a observou partir. E, como a senhora Aurélie acorria a seu chamado, ele a conduziu a um canto, onde trocaram algumas palavras rápidas. Aurélie fazia gestos de desolação, respondia visivelmente que não estavam vendendo quase nada. Por um momento eles ficaram face a face, invadidos por uma dessas dúvidas que os generais escondem de seus soldados. Então Mouret disse em voz alta, com seu ar valente:

— Se precisarem de mais gente, peguem uma moça do ateliê... Elas poderão ajudar um pouco.

Ele continuou sua inspeção desiludido. Desde cedo evitava Bourdoncle, cujos comentários inquietos o irritavam. Saindo da lingerie, onde a venda estava ainda pior, tropeçou no entanto em seu diretor e teve de ser submetido à expressão de seus temores. Então enviou-o francamente ao diabo, com uma brutalidade que não reservava sequer a seus altos funcionários nas más horas.

— Deixe-me em paz! Tudo vai bem... Vou acabar mandando os espavoridos para a rua.

Mouret se plantou sozinho no alto da escada do saguão. De lá dominava toda a loja, planando sobre as seções do térreo e tendo à sua volta as seções do mezanino. O vazio no andar de cima era desolador: nas rendas, uma velha senhora remexia todas as caixas sem comprar nada, enquanto três desocupadas, na lingerie, escolhiam longamente golas a dezoito soldos. Embaixo, através dos raios de luz que vinham da rua sob as galerias cobertas, ele notou que as clientes começavam a entrar mais numerosas. Era um desfile lento, um passeio espaçado, cheio de vazios; nos aviamentos e na malharia, mulheres de avental se cruzavam; porém, quase não havia ninguém na seção de brancos ou nas lãs. Os contínuos, com suas roupas verdes cujos grandes botões de cobre brilhavam, esperavam as freguesas com as mãos pendentes. De vez em quando, constrito em sua gravata branca, um inspetor passava com ar cerimonioso. E o coração de Mouret cerrava-se sobretudo com a paz morta do saguão central: a luz do dia infiltrava-se ali por cima, através de uma clarabóia de vidros polidos que abrandava a claridade numa poeira branca, difusa e como que suspensa, sob a qual a seção das sedas parecia dormir em meio a um silêncio esmagador de capela. Os passos de um caixeiro, algumas palavras sussurradas, um farfalhar de saia eram as únicas fontes de ruídos leves, sufocados no calor do aquecedor.

No entanto, alguns carros começavam a chegar: ouvia-se a parada brusca dos cavalos e portas batendo violentamente. Do lado de fora, um longínquo murmurinho erguia-se aos poucos: curiosos acotovelando-se diante das vitrines, carruagens estacionando na praça Gaillon; podia-se enfim sentir a aproximação da turba. Entretanto, ao notar os caixas desocupados acomodarem-se atrás dos guichês, ao constatar as mesas de pacotes ainda vazias, com as caixas de papelão e as folhas de papel de seda ali abandonadas, Mouret, indignado com seu próprio medo, tinha a impressão de estar testemunhando sua poderosa máquina imobilizar-se e esfriar a seus pés.

— Olhe ali, Favier — murmurou Hutin —, espie o patrão lá em cima... Ele não está com cara de festa.

— Mas que situação! — respondeu Favier. — E pensar que ainda não vendi nada!

Espreitando as clientes, os dois assopravam-se assim frases curtas sem se olharem. Os outros vendedores da seção se ocupavam em empilhar peças de Paris-Paraíso sob as ordens de Robineau; enquanto Bouthemont, em grande conferência com uma jovem magricela, parecia estar recebendo uma encomenda importante à meia-voz. Em torno deles, sobre estantes de uma frágil elegância, as sedas cuidadosamente dobradas se amontoavam como brochuras de um formato inusitado. E, recobrindo os balcões, sedas de imitação, chamalotes, cetins e veludos pareciam platibandas de flores recém-colhidas, toda uma seara de tecidos delicados e preciosos. Era a seção mais elegante do magazine, um verdadeiro salão de palácio, onde as mercadorias tão leves pareciam parte de uma decoração de luxo.

— Preciso de cem francos no domingo — retomou Hutin. — Se não fizer minha média de doze francos por dia, estou quebrado... Estava contando com esta grande venda.

— Caramba! Cem francos é bastante — disse Favier. — Eu só peço cinqüenta ou sessenta... Quer dizer que agora você só sai com mulheres chiques?

— Não, meu caro. Veja você, uma besteira: apostei e perdi... Agora, devo um almoço a cinco pessoas, dois homens e três mulheres... Que manhã! A primeira que passar eu farei engolir vinte metros de Paris-Paraíso!

Conversaram mais um pouco, contando-se o que haviam feito na véspera e o que fariam no domingo seguinte. Favier apostava nas corridas, Hutin passeava de canoa e entretinha cantoras de café-concerto. Mas uma mesma necessidade de dinheiro os fustigava: pensavam apenas em dinheiro, batiam-se por dinheiro de segunda a sábado para poder devorar tudo no domingo. Sua única preocupação tirânica na loja era essa, uma luta sem trégua nem piedade. E aquele esperto do Bouthemont acabava de pegar para si a enviada da senhora Sauveur, aquela magricela com quem conversava num canto! Um senhor negócio, duas ou três dezenas de peças, pois a grande costureira resolvia tudo em grandes levas. E naquele mesmo instante Robineau também resolveu surrupiar uma cliente de Favier!

— Ah! Esse aí, vamos ter de acertar as contas com ele — retomou Hutin, que se aproveitava dos menores incidentes para amotinar a seção contra o homem cuja vaga ele cobiçava. — Você acha que os primeiros e segundos deveriam vender? Palavra de honra! Meu caro, se um dia eu me tornar segundo, verá como agirei gentilmente com todos.

E toda a sua pequena pessoa normanda, amável e gorda, mostrava um forte ar de grande camaradagem. Favier lhe lançou um olhar atravessado e, mantendo sua flegma de homem bilioso, contentou-se em responder:

— Sim, eu sei... Não peço mais do que isso.

Então, ao ver uma senhora se aproximar, acrescentou em voz baixa:

— Atenção! Ali vem uma para você.

Era uma senhora espinhenta, de chapéu amarelo e vestido vermelho. Imediatamente Hutin adivinhara ser uma cliente que não compraria nada. Abaixou-se rapidamente atrás do balcão fingindo estar amarrando o sapato; e, escondido, murmurava:

— Ah, não! Só me faltava essa! Que outro a atenda... Muito obrigado! Só me falta perder o meu turno com isso!

Entrementes, Robineau chamava:

— Quem é o próximo? Senhor Hutin? Onde está o senhor Hutin?

E, como este decididamente não respondia, foi o vendedor inscrito na seqüência que atendeu a senhora espinhenta. De fato, ela queria apenas amostras e os respectivos preços; segurou o vendedor por mais de dez minutos, atormentando-o com questões. Então, o segundo viu Hutin se levantar detrás do balcão. Assim, quando uma nova cliente se apresentou, interveio com o ar severo, detendo o rapaz que se adiantava.

— O seu turno passou... Eu o chamei, e como você estava ali atrás...

— Mas, senhor, eu não ouvi...

— Basta! Inscreva-se na fila... Vamos, senhor Favier, é a sua vez.

No fundo bastante divertido com a aventura, Favier desculpou-se com o amigo com um olhar. Hutin, com os lábios pálidos, virara a cabeça. O que o enraivecia era que ele conhecia bem essa cliente, uma adorável loura que vinha freqüentemente à seção e que os vendedores chamavam entre si de "a bela dama", não sabendo nada sobre ela, sequer seu nome. Ela comprava bastante, pedia que levassem tudo para seu carro e depois desaparecia. Grande, elegante, vestida com um charme requintado, ela parecia muito rica e da melhor sociedade.

— E então? E sua cocote? — perguntou Hutin a Favier quando este voltou do caixa aonde acompanhara a senhora.

— Ah! Uma cocote — respondeu este. — Não, ela tem um jeito muito certinho. Deve ser a mulher de um homem da Bolsa ou de um médico, enfim, não sei, qualquer coisa do gênero.

— Deixe disso, é uma cocote... Com seus ares de mulheres distintas, como se pode saber hoje em dia?

Favier olhava para seu caderno de notas de débito.

— Tanto faz! — retomou. — Eu lhe arranquei duzentos e noventa e três francos. Isto vai me dar quase três francos de comissão.

Hutin mordeu os lábios e extravasou seu rancor nos cadernos de nota de débito: mais uma invenção esdrúxula que só lhes servia para encher os bolsos! Havia entre os dois uma luta dissimulada. Favier, em geral, fingia se apagar, reconhecer a superioridade de Hutin — pronto no entanto para apunhalá-lo pelas costas. Por isso, este último sofria pelos três francos levados de uma maneira tão fácil por um vendedor que não reconhecia como sendo à sua altura. Que belo dia, realmente! Se continuasse assim, não ganharia o suficiente para pagar a água mineral a seus convidados. E na batalha que esquentava, pôs-se a perambular ao longo dos balcões com os dentes de fora: ele queria a sua parte, e a raiva crescia ao ver seu chefe conduzir a mulherzinha magra com quem vinha tratando e a quem repetia:

— Perfeitamente! Está acertado. Diga-lhe que farei todo o possível para obter esse favor do senhor Mouret.

Mouret deixara seu posto de observação do mezanino fazia algum tempo. De súbito, no entanto, reapareceu no alto da grande escada que descia para o térreo e dali dominou novamente toda a loja. Seu rosto se coloria, a fé renascia e o elevava diante do fluxo de gente que pouco a pouco enchia a loja. Era enfim o ímpeto esperado, o empurra-empurra da tarde pelo qual, em sua febre angustiada, desesperara por um instante. Todos os caixeiros encontravam-se em seus postos, o sino acabara de soar o fim da terceira mesa. A desastrosa manhã, sem dúvida em virtude de um pé d'água que caíra por volta das nove horas, podia ainda ser resgatada, pois o céu azul do amanhecer retomara sua alegria de vitória. As seções do mezanino se animavam, e Mouret teve de se encostar à balaustrada para deixar passar as freguesas que subiam em pequenos grupos à lingerie e às confecções. Atrás de si, nas rendas e nos xales, ele ouvia grandes cifras se elevarem. Mas foi a visão das galerias no térreo que o tranqüilizou: clientes acotovelavam-se diante dos aviamentos, as seções de branco e de lãs haviam sido invadidas, o desfile das compradoras se cerrava, quase todas agora de chapéu, e algumas toucas de donas de casa que se delongavam. No saguão das sedas, sob a luz loura do fim da manhã, as freguesas haviam tirado as luvas para apalpar delicadamente peças da Paris-Paraíso enquanto conversavam à meia-voz. E os ruídos vindos de fora agora só confirmavam o movimento: carruagens estacionando, portas batendo, o zunzum crescente da multidão. Ele sentia a seus pés a máquina se pôr em marcha, se esquentar e reviver: desde os caixas, onde o ouro soava, passando pelas mesas, onde os contínuos se apressavam para empacotar as mercadorias, até as profundezas do subsolo, no serviço de remessas já cheio de pacotes que não paravam de descer, e cujo ruído subterrâneo fazia vibrar o edifício. No meio de tal efervescência, o inspetor Jouve perambulava gravemente à espreita de ladras.

— Ora! Tu vieste! — disse Mouret de repente ao reconhecer Paul de Vallagnosc, que um contínuo lhe trazia. — Não, não me atrapalhas... Aliás, é só me seguir se quiseres ver tudo, pois hoje não pararei um minuto.

Ele guardava para si suas inquietações. Não havia dúvida de que as pessoas estavam vindo, mas a venda seria mesmo o triunfo esperado? Contudo ele ria com Paul e acompanhava-o alegremente.

— Parece que vai acender um pouco — disse Hutin a Favier. — Só que estou sem sorte, tem dias que é só inhaca, verdade! Acabo de fazer um Rouen, aquela telha[1] não comprou nada.

E ele indicava com o queixo uma senhora que ia embora lançando olhares de desprezo para todos os tecidos. Não seria com seus mil francos de salário que se daria bem se não vendesse nada. Normalmente, ele fazia sete ou oito francos de porcentagem e de comissão, o que lhe dava em média, com seu fixo, uma dezena de francos por dia. Favier mal chegava a oito; e eis que esse palerma lhe tirava os pedaços da boca, pois acabava de debitar um novo vestido. Um garoto frio que nunca soubera fazer sorrir uma cliente! Era enervante.

1. "Fazer um Rouen", "telha": expressões catalogadas por Zola em suas pesquisas sobre as grandes lojas (como o Bon Marché e o Louvre), que serviram de base para sua composição do romance. "Fazer um Rouen" significa não ter vendido nada; "telha" era como eram chamadas as más clientes. [N.T.]

— Os boneteiros e bobineiros estão com cara de estarem atrás duns tostões — murmurou Favier, referindo-se aos vendedores da malharia e dos aviamentos.

Mas Hutin, que vasculhava a loja com o olhar, disse bruscamente:

— Conhece a senhora Desforges, a amiguinha do patrão? Olhe! Aquela morena na luvaria, aquela em quem Mignot está experimentando as luvas.

Ele se calou e retomou baixinho, como se falasse a Mignot, o qual não largava de vista:

— Vai, vai, meu campeão, esfrega bem os dedos dela para a gente ver até onde isso te leva! A gente conhece bem as tuas conquistas!

Havia entre ele e o luveiro uma rivalidade de belos homens que os dois afetavam desfrutar entre as clientes. Nem um nem outro, no entanto, podiam se gabar de nenhuma real boa fortuna; Mignot vivia a fantasia de que uma mulher de um comissário de polícia era caída de amores por ele, enquanto Hutin havia realmente conquistado para a sua seção uma rendeira cansada de rodar pelos hotéis de má reputação do bairro; mas eles se contavam histórias, dando a entender que viviam aventuras misteriosas, que tinham, entre duas compras, encontros marcados com condessas.

— Você deveria vender para ela — disse Favier mantendo sua cara de anjo.

— É uma idéia! — exclamou Hutin. — Se ela vier para cá, eu a dobro, preciso de cem soldos!

Na luvaria, uma fila de senhoras estava sentada diante do estreito balcão forrado de veludo verde com os cantos de metal niquelado. Os caixeiros sorridentes acumulavam diante delas caixas baixas de um rosa vivo que tiravam de dentro do móvel, e que se assemelhavam às gavetas etiquetadas de um fichário. Mignot, em particular, inclinava seu belo rosto de boneca e dava suaves inflexões a sua voz gutural de parisiense. Ele já vendera à senhora Desforges doze pares de luva de cabrito, as luvas Paraíso, a especialidade da casa. Em seguida, ela pedira três pares de luvas de camurça. E agora ela experimentava as luvas de Saxe, temendo que o tamanho não fosse exato.

— Ah! Ficou perfeito, senhora! — repetia Mignot. — O número 6¾ ficaria grande demais para sua mão.

Semi-inclinado sobre o balcão, ele segurava a mão dela, pegava os dedos um a um, fazendo escorregar a luva com uma carícia longa, doce e marcada; e ele a observava como se esperasse ver em seu rosto o desfalecimento de uma alegria voluptuosa. Mas ela, com o cotovelo apoiado na borda de veludo, o punho erguido, livrava os dedos com o mesmo ar fleumático com o qual dava o pé à sua criada de quarto para que esta lhe abotoasse as botas. Ele não era um homem, ela o empregava para seus usos íntimos com o desdém familiar destinado às pessoas a seu serviço, sem sequer olhá-lo.

— Eu não a estou machucando, senhora?

Ela respondeu que não com um aceno de cabeça. O cheiro das luvas de Saxe, um cheiro selvagem e como que açucarado de almíscar, normalmente a perturbava; e ela às vezes ria disso, confessando seu gosto por esse perfume ambíguo, no qual se sente o cheiro de uma besta louca caída na caixa de pó-de-arroz de uma donzela. Mas diante desse balcão banal ela não sentia as luvas, elas não despertavam nenhum calor sensual entre ela e esse vendedorzinho exercendo o seu ofício.

— Mais alguma coisa, senhora?

— Nada, obrigada... Queira mandar entregar tudo no caixa dez, para a senhora Desforges, está bem?

Como era freguesa habitual da casa, ela apenas dava seu nome a um caixa e mandava para lá cada uma de suas compras, sem se fazer seguir por um caixeiro. Quando se afastou, Mignot piscou os olhos para seu vizinho, procurando deixar claro que coisas extraordinárias tinham acabado de acontecer.

— Eu a enluvaria até o fim! — murmurou cruamente.

Entrementes, a senhora Desforges continuava suas compras. Ela virou à esquerda e parou na seção de brancos para pegar alguns panos de prato; em seguida, deu a volta e dirigiu-se às lãs no fundo da galeria.

Como estava contente com sua cozinheira, queria presenteá-la com um vestido. Contudo, uma multidão compacta transbordava da seção de lãs: todas as pequenas burguesas se delongavam por ali, apalpavam os tecidos, absorviam-se em mudos cálculos; e ela teve de se sentar por um momento. Nas estantes, amontoavam-se grandes peças que os vendedores iam trazendo para baixo, uma a uma, com bruscos esforços dos braços. Assim, eles começavam a não mais se reconhecer atrás dos balcões invadidos, sobre os quais rolos de tecidos se misturavam e despencavam. Era uma maré montante de matizes neutras, tons surdos de lã, como cinza-ferro, cinza amarelado, cinza azulado, nos quais irradiavam aqui e lá variantes escocesas ou um fundo vermelho-sangue de flanela. E as etiquetas brancas com os preços eram como uma revoada de raros flocos brancos salpicando o solo negro de dezembro.

Atrás de uma pilha de popeline, Liénard gracejava com uma grande moça sem chapéu, uma operária do bairro enviada por sua patroa para se reabastecer de merino. Ele abominava os dias de grande venda, que lhe destruíam os braços, e tentava se esquivar da labuta, já que era liberalmente sustentado por seu pai, lixando-se para vender e fazendo apenas o bastante para não ser mandado embora.

— Escute, senhorita Fanny — dizia. — Você está sempre apressada... Aquela vicunha do outro dia não caiu bem? Sabe que vou ganhar toda a minha comissão graças a vocês?

Mas a operária escapou sorrindo e Liénard encontrou-se diante da senhora Desforges, à qual teve de perguntar:

— Em que posso servi-la, senhora?

Ela queria um vestido não muito caro, porém resistente. Liénard, com o objetivo de salvaguardar seus braços, o que era sua única preocupação, manobrou para fazê-la escolher um dos tecidos já desdobrados do balcão. Havia ali casimiras, sarjas, vicunhas, e ele jurava que não existia nada melhor. Mas nenhum parecia satisfazê-la. Ela avistou então uma sarja preta azulada numa prateleira. O caixeiro enfim decidiu se mexer e trouxe para baixo a sarja, que ela julgou rude demais. Em seguida, foram uma cheviote, diagonais, grisetes, todas as variedades de lã que ela teve a curiosidade de tocar, pelo simples prazer de senti-las, decidida no fundo a pegar qualquer coisa. O rapaz teve assim de desalojar as prateleiras mais altas; seus ombros estalavam, o balcão desaparecera sob a trama sedosa das casimiras e das popelines, sob o pêlo tosco das cheviotes, sob a penugem fina das vicunhas. Todos os tecidos e todos os tons passavam por ali. Mesmo sem ter a menor vontade de comprar, ela fez com que ele lhe mostrasse uma grenadina e uma gaze de Chambéry. Então, quando se deu por satisfeita:

— Oh! Meu Deus! A primeira é ainda a melhor. É para a minha cozinheira... Sim, a sarja de pintinhas, essa de dois francos.

E quando Liénard a mediu, pálido de uma cólera contida, ela completou:

— Queira enviar ao caixa dez... Para a senhora Desforges.

Enquanto se afastava, ela reconheceu perto de si a senhora Marty, acompanhada de sua filha Valentine, uma moça alta de quatorze anos, magra e ousada, que já lançava sobre as mercadorias olhares culpados de mulher feita.

— Ora! Também veio, minha cara?

— Pois sim, minha cara... Que horda!

— Oh! Nem me fale, estou sufocando. Um sucesso! Viu o salão oriental?

— Sublime! Extraordinário!

E, em meio a cotoveladas, empurradas pelo fluxo crescente de pequenas bolsas jogadas sobre as lãs baratas, elas ficavam pasmadas com a explosão de tapetes. Então a senhora Marty explicou que estava procurando um tecido para um mantô; porém, não sabia ainda ao certo o que queria e desejava dar uma espiada no matelassê de lã.

— Olha bem, mamãe — murmurou Valentine —, é comum demais.

— Venha para as sedas — disse a senhora Desforges. — Precisamos ver a famosa Paris-Paraíso.

A senhora Marty hesitou um instante. Ia ser muito caro, ela havia formalmente jurado a seu marido que seria sensata! Havia já uma hora que estava às compras, todo um lote de artigos a acompanhava, um regalo de babados para ela, meias para sua filha. Então, ela disse ao caixeiro que estava lhe mostrando o matelassê:

— Ah, não! Vou para as sedas... Nada disso me agrada.

O caixeiro pegou as compras e caminhou na frente das senhoras.

A multidão também invadira as sedas. Era uma aglomeração compacta de pessoas, sobretudo diante do mostruário erguido por Hutin e no qual Mouret dera seu toque de mestre. Ao fundo de um corredor, em torno de uma das colunas de ferro que sustentavam a vidraça, havia como uma cascata de tecido, uma corrente borbulhante despencando do alto e espalhando-se pelo assoalho. Cetins claros e sedas macias jorravam primeiro: cetins de rainha, cetins renascimento, em tons nacarados de água de nascente; sedas leves com transparências de cristal, verde-Nilo, céu indiano, rosa de maio, azul-Danúbio. Em seguida, vinham tecidos mais fortes: cetins maravilha, sedas duquesa, tonalidades quentes, tombando em fluxos cheios. E embaixo, como numa bacia de chafariz, repousavam os tecidos pesados: adamascados, brocados, sedas peroladas e lamês, no meio de um leito profundo de veludos — todos os veludos, negros, brancos, coloridos, *côtelés*, com fundo de seda ou de cetim —, cavando com suas manchas movediças um lago imóvel no qual pareciam dançar reflexos de céu e de paisagem. As freguesas, lívidas de desejo, inclinavam-se como se quisessem se ver refletidas. Todas ficavam pasmadas diante dessa catarata inesperada, com o temor surdo de serem levadas pelo transbordamento de tamanho luxo, e ao mesmo tempo com o irresistível desejo de se lançarem e se perderem em tal mar de tentações.

— Também vieste! — exclamou a senhora Desforges ao deparar-se com a senhora Bourdelais instalada diante de um balcão.

— Bom dia! — respondeu esta, que cumprimentou as senhoras com apertos de mão. — Sim, entrei para dar uma olhada.

— Este mostruário é prodigioso, não? Que sonho... E o salão oriental, viram o salão oriental?

— Sim, sim, extraordinário!

Mas sob esse entusiasmo, que seria decididamente a nota elegante do dia, a senhora Bourdelais guardava seu sangue-frio de dona de casa pragmática. Ela examinava uma peça de Paris-Paraíso com cuidado, pois viera exclusivamente para aproveitar o preço excepcional dessa seda, se a julgasse realmente vantajosa. Contentou-se sem dúvida com o que viu e pediu vinte e cinco metros, imaginando cortar um vestido para si mesma e um casaco para a sua filhinha.

— Como! Já vais? — retomou a senhora Desforges. — Por que não vens dar uma volta conosco?

— Não, obrigada, estão me esperando em casa... Não quis arriscar as crianças nesta multidão.

E ela se foi, precedida pelo vendedor que carregava os vinte e cinco metros de seda e que a conduziu ao caixa dez, onde o jovem Albert estava a ponto de perder a cabeça em meio aos pedidos de fatura que o sitiavam. Quando o vendedor conseguiu se aproximar, chamou sua venda em voz alta após tê-la debitado em seu caderninho com um risco de lápis para que o caixa a inscrevesse no registro; em seguida, recebeu uma contrachamada e a folha destacada do caderno foi fincada num espeto de ferro próximo ao carimbo de pagamento.

— Cento e quarenta francos — disse Albert.

A senhora Bourdelais pagou e deu seu endereço, pois estava a pé e não queria embaraçar suas mãos. Atrás do caixa, Joseph já empacotava a seda; e o pacote, lançado em uma cesta rolante, foi descido ao serviço de remessas, onde todas as mercadorias da loja pareciam agora querer se engolfar com um rebôo de represa.

Entretanto, o empurra-empurra era tal na seda que a senhora Desforges e a senhora Marty não conseguiam encontrar um caixeiro livre. Elas ficaram de pé, misturadas à horda de mulheres que estudavam os tecidos, os apalpavam, estacionadas ali por horas, sem se decidirem. Mas um grande sucesso se anunciava para a Paris-Paraíso, em torno da qual crescia um desses elãs de entusiasmo cuja febre brusca decide a moda em um dia. Todos os vendedores estavam ocupados apenas em medir essa seda; por cima dos chapéus via-se irradiar o brilho pálido dos festos, desdobrados em um vaivém incessante de dedos ao longo dos metros de carvalho suspensos em hastes de cobre; ouvia-se sem parar o barulho das tesouras mordendo o tecido à medida que as peças eram desembaladas, como se não houvesse braços suficientes para as mãos estendidas e ávidas das clientes.

— Por cinco francos e sessenta, até que não é feia — comentou a senhora Desforges, que conseguira se apoderar de uma peça na beirada de uma mesa.

A senhora Marty e sua filha Valentine estavam desiludidas. Os jornais haviam falado tanto que esperavam algo mais forte e mais brilhante. Mas Bouthemont acabava de reconhecer a senhora Desforges e, desejoso de fazer a corte a uma bela pessoa que seria toda poderosa sobre o patrão, adiantou-se com sua amabilidade um tanto grosseira. Como! Ninguém a estava servindo? Era imperdoável! Ela deveria se mostrar indulgente, pois não se sabia mais para onde se virar. E ele procurava cadeiras entre as saias vizinhas, e ria com seu riso de bom rapaz, no qual havia um amor brutal pela mulher que não parecia desagradar Henriette.

— Ora, vejam — murmurou Favier indo buscar uma caixa de veludos numa prateleira atrás de Hutin —, Bouthemont está ali servindo a sua preferida, meu caro.

Hutin havia se esquecido da senhora Desforges. Estava fora de si por causa de uma velha senhora que, depois de tê-lo segurado por quinze minutos, comprou apenas um metro de cetim preto para um colete. Nos momentos de pressa, ninguém mais levava em conta a fila; os vendedores serviam as clientes ao acaso. E ele estava respondendo algo à senhora Boutarel — que concluía ali sua tarde no Paraíso das Damas, onde permanecera três horas desde a manhã — quando o aviso de Favier lhe causou um sobressalto. Estaria ele a ponto de perder a amiguinha do patrão, da qual ele jurara tirar cem soldos? Seria o cúmulo da falta de sorte, pois ainda não tinha conseguido três francos, com todas essas operárias do bairro a ocupar o espaço!

Bouthemont, justamente, repetia bem alto:

— Vamos, senhores, alguém por aqui!

Então, Hutin passou a senhora Boutarel a Robineau, que estava desocupado.

— Cara senhora, talvez seja melhor dirigir-se ao segundo... Ele lhe responderá melhor do que eu.

Precipitou-se então em direção às senhoras e fez o vendedor das lãs que as acompanhava entregar-lhe os artigos da senhora Marty.

Naquele dia uma excitação nervosa devia estar perturbando a delicadeza de seu faro. De hábito, ao primeiro olhar lançado sobre uma mulher, podia dizer se ela compraria e quanto. Então dominava a cliente e apressava-se a despachá-la para passar a outra, impondo-lhe seus gostos, persuadindo-a de que sabia melhor do que ela o tecido de que precisava.

— Senhora, que tipo de seda? — perguntou com o seu ar mais galante.

A senhora Desforges mal abriu a boca, e ele retomou:

— Já sei, eu tenho o que deseja.

Quando a peça de Paris-Paraíso foi desdobrada em um canto estreito do balcão, no meio de um amontoado de outras sedas, a senhora Marty e sua filha se aproximaram. Hutin, subitamente inquieto, compreendeu que se tratava de uma venda para elas. Palavras à meia-voz eram trocadas, a senhora Desforges aconselhava sua amiga.

— Oh! Sem dúvida — murmurou ela —, uma seda de cinco francos e sessenta nunca valerá uma de quinze, nem mesmo uma de dez.

— Ela parece bem ordinária — repetia a senhora Marty. — Tenho medo que não tenha corpo suficiente para um mantô.

Esse comentário fez o vendedor intervir. Ele tinha uma polidez exagerada de homem que nunca se engana.

— Mas, senhora, a leveza é a qualidade desta seda. Ela não amarrota... É definitivamente do que a senhora precisa.

Impressionadas com tal segurança, as senhoras se calaram. Elas tinham retomado o tecido e o examinavam de novo quando sentiram alguém tocá-las no ombro. Era a senhora Guibal, que andava pela loja havia uma hora, em ritmo de passeio, oferecendo a seus olhos a alegria das riquezas em exposição, sem comprar nem ao menos um metro de percalina. E houve mais uma vez uma torrente de conversa fiada.

— Ora! É a senhora!

— Sim, apenas um pouco atordoada.

— É verdade! Tem tanta gente, não dá para circular... E o salão oriental?

— Deslumbrante!

— Meu Deus! Que sucesso!... Fique conosco, iremos juntas lá para cima.

— Não, obrigada, acabo de vir de lá.

Hutin esperava, escondendo sua impaciência sob um sorriso que não abandonava seus lábios. Elas iriam segurá-lo ali por muito tempo? As mulheres realmente não se incomodavam, era como se estivessem lhe roubando dinheiro do bolso. Enfim, a senhora Guibal se afastou e continuou seu lento passeio dando uma volta em torno do grande mostruário de sedas com um ar encantado.

— Em seu lugar, eu compraria o mantô já pronto — disse a senhora Desforges, voltando-se à Paris-Paraíso. — Vai lhe custar menos.

— É verdade que com os enchimentos e o corte... — murmurou a senhora Marty. — Depois, tem escolha.

As três se ergueram. E a senhora Desforges, de pé diante de Hutin, retomou:

— Queira nos conduzir até as confecções.

Ele ficou estupefato, não estando habituado a tais derrotas. Como! A senhora morena não compraria nada? Seu faro o enganara dessa vez? Ele abandonou a senhora Marty e insistiu junto a Henriette, tentando usar sobre ela seu poder de bom vendedor.

— E a senhora, não desejaria olhar nossas sedas, nossos veludos? Estamos com descontos extraordinários.

— Obrigada, uma outra vez — respondeu ela tranqüilamente, não olhando mais para ele do que olhara para Mignot.

Hutin teve de pegar os artigos da senhora Marty e andar na frente das senhoras para levá-las às confecções. Mas ele ainda teve a contrariedade de ver que Robineau estava vendendo à senhora Boutarel uma bela metragem de seda. Decididamente, ele não tinha mais seu faro, e não conseguiria juntar quatro soldos. Um sentimento de raiva de homem espoliado, defraudado pelos outros, amargava-lhe o paladar sob a correta amabilidade de seus modos.

— No primeiro andar, senhoras — disse sem parar de sorrir.

Alcançar a escada não era mais algo fácil. Uma onda compacta de cabeças rolava ao longo das galerias, alargando-se num rio transbordante no meio do saguão. Toda uma batalha do comércio se elevava, os vendedores tinham à sua mercê essa população de mulheres, passando-as uns aos outros, lutando para não perder tempo. A hora do intenso movimento da tarde chegara, quando a máquina superaquecida comandava a dança das clientes e extraía-lhes o dinheiro da carne. Uma loucura alvoroçava sobretudo a seção de sedas, onde a Paris-Paraíso amotinava uma tal horda que, durante vários minutos, Hutin não pôde dar um passo. Sufocada, Henriette ergueu a cabeça e avistou no alto da escada Mouret, que voltava sempre àquela posição de onde podia apreciar sua vitória. Ela sorriu, esperando que ele descesse para tirá-la de lá. Mas ele não a distinguia em meio à confusão; ainda estava com Vallagnosc, ocupado em lhe mostrar a casa com o rosto radiante de triunfo.

Agora, a trepidação interior sufocava os barulhos da rua; não se ouvia mais nem o andar das carruagens nem a batida das portas; restava somente, além do grande burburinho da venda, o sentimento de uma Paris colossal, de uma imensidão que sempre forneceria compradoras. No ar imóvel, no qual o bafo do aquecedor amornava o cheiro dos tecidos, o alarido das vendas aumentava, composto de milhares de ruídos: do batimento contínuo de pés, das mesmas frases repetidas cem vezes em torno dos balcões, do ouro soando sobre o cobre dos caixas sitiados por um empurra-empurra de bolsas, de caixas rolantes cujas cargas de pacotes caíam sem parar nos porões insaciáveis. E, sob uma fina poeira, tudo começava a se confundir, não se reconheciam mais as divisões das seções: adiante o balcão de aviamentos parecia afogado; mais longe, nas roupas brancas, um raio de sol, entrando pela vitrine da rua Neuve-Saint-Augustin, era como uma flecha de ouro na neve; aqui, na luvaria e nas lãs, uma massa espessa de chapéus e de coques barrava os fundos da loja. Nem mais se viam as vestimentas das freguesas, somente os penteados subsistiam, ataviados de plumas e laços; alguns chapéus masculinos adicionavam manchas pretas à maré movente, enquanto a tez pálida das mulheres, com o cansaço e o calor, ganhava uma transparência de camélia. Finalmente, graças a seus cotovelos vigorosos, Hutin abriu um caminho para as senhoras. No entanto, quando chegou ao alto das escadas, Henriette não mais encontrou Mouret, que acabara de mergulhar Vallagnosc no meio da multidão para terminar de pasmá-lo, tomado de uma necessidade física desse banho de sucesso. Ele perdia deliciosamente o fôlego, sentia a multidão contra si como um forte abraço de toda a sua clientela.

— À esquerda, senhoras — disse Hutin, com uma voz obsequiosa apesar da exasperação que não parava de aumentar.

Em cima, o atravancamento era o mesmo. Até a seção de móveis, normalmente tão calma, fora invadida. Os xales, as peles, a lingerie fervilhavam de gente. Como as senhoras atravessavam a seção de rendas, um novo encontro se produziu. A senhora de Boves estava ali com sua filha Blanche, as duas afundadas em artigos que Deloche lhes mostrava. E, com os pacotes na mão, Hutin teve de fazer mais uma pausa.

— Boa-tarde! Estava pensando nas senhoras.

— Eu a procurei. Mas como a senhora quer que nos encontremos no meio de tanta gente?

— É magnífico, não é?

— Deslumbrante, minha cara. Não estamos mais nos agüentando em pé.

— E estão comprando?

— Oh! Não. Estamos só olhando. Mas sentar nos descansa um pouco.

De fato, tendo em sua bolsa apenas o dinheiro do fiacre, a senhora de Boves tirava das caixas todos os tipos de rendas pelo simples prazer de vê-las e tocá-las.

Ela sentira em Deloche um vendedor iniciante, com uma trapalhice lenta, que não ousava resistir aos caprichos das freguesas; e abusava dessa complacência apavorada, retendo-o havia quase meia hora, sempre pedindo novos artigos. O balcão transbordava, ela mergulhava as mãos nesse fluxo crescente de guipuras, malinas, valencianas, chantilis, com os dedos ávidos de desejo, o rosto pouco a pouco aquecido por uma satisfação sensual; ao seu lado, trabalhada pela mesma paixão, Blanche estava muito pálida, o corpo mole e resfolegante.

Entrementes a conversa continuava. Hutin, com vontade de estapeá-las, esperava imóvel o capricho que as faria continuar.

— Veja! — disse a senhora Marty. — Ela está olhando gravatas e lenços iguais aos meus.

Era verdade, a senhora de Boves, a quem as rendas da senhora Marty atormentavam desde sábado, não conseguira resistir à necessidade de pelo menos tocar os mesmos modelos, já que o embaraço em que seu marido a deixava não lhe permitia levá-las.

Ela enrubesceu ligeiramente e explicou que Blanche tinha querido ver as gravatas espanholas. Depois acrescentou:

— As senhoras estão indo para as confecções... Pois bem, até logo! Nos encontramos no salão oriental?

— Muito bem, no salão oriental... Sublime, não?

Elas se separaram no meio da confusão produzida pela venda dos entremeios e dos pequenos enfeites a preços baixos. Deloche, feliz de estar ocupado, voltara a esvaziar as caixas diante da mãe e da filha. Enquanto isso o inspetor Jouve caminhava lentamente no meio dos grupos prensados ao longo dos corredores, com seu aspecto de militar, ostentando sua condecoração, tomando conta dessas mercadorias preciosas e finas tão fáceis de se esconderem dentro de uma manga. Quando ele passou por trás da senhora de Boves, surpreso de vê-la com os braços mergulhados num tal dilúvio de rendas, lançou um olhar atento para suas mãos febris.

— À direita, senhoras — disse Hutin, retomando a marcha.

Ele estava completamente enraivecido. Não fora suficiente fazê-lo perder uma venda embaixo? Eis que agora elas se atardavam em cada canto da loja! E em sua irritação havia ademais o rancor das seções de tecido contra as seções de artigos confeccionados, que viviam uma batalha permanente, disputando-se clientes, usurpando-se porcentagens e comissões. Na seda, ainda mais do que nas lãs, os caixeiros ficavam furiosos quando deviam conduzir às confecções uma senhora que se decidira por um mantô já pronto depois de ela ter feito com que eles lhe mostrassem crepes e tafetás para um modelo.

— Senhorita Vadon! — disse Hutin com uma voz irritada quando finalmente chegou à seção.

Mas esta passou sem ouvi-lo, ocupada com uma venda a qual se dedicava ligeiramente. A sala estava abarrotada, um mundo de gente a atravessava de um canto ao outro, entrando e saindo pela porta das rendas e da lingerie, que se situavam lado a lado. Enquanto no fundo do salão clientes experimentavam roupas, as costas arqueadas diante dos espelhos. O carpete vermelho abrandava o barulho dos passos, os ruídos altos e longínquos do térreo dissipavam-se, não eram nada mais que um burburinho discreto.

— Senhorita Prunaire! — gritou Hutin.

E, como esta também não parou, ele acrescentou entre seus dentes, de maneira a não ser ouvido:

— Que bando de bruacas!

Ele não gostava nem um pouco delas, sobretudo ao sentir as pernas consumidas de subir as escadas para lhes trazer compradoras, furioso com o ganho que as acusava de tirar assim do seu bolso.

Era uma luta surda, à qual elas traziam o mesmo rancor; no cansaço que compartilhavam, sempre de pé, o corpo quebrantado, os sexos desapareciam, restavam apenas os interesses contrários, irritados pelo frenesi do comércio.

— Então? Não tem ninguém? — perguntou Hutin.

Foi quando avistou Denise. Desde cedo tinham-na ocupado com a dobra dos tecidos, apenas algumas vendas duvidosas lhe haviam sido entregues, que ela perdera, aliás. Quando ele a reconheceu, ocupada em desembaraçar um monte enorme de roupas de uma mesa, correu para buscá-la.

— Aqui, senhorita, ocupe-se destas senhoras, que estão esperando.

Sem pestanejar, ele colocou em seus braços os artigos da senhora Marty que estava cansado de carregar de um lado para o outro. Seu sorriso estava voltando, e nesse sorriso havia a maldade secreta de um vendedor experiente imaginando o embaraço em que ia lançar as senhoras e a jovem. Esta, no entanto, ficara toda emocionada diante desta venda inesperada que se apresentava. Pela segunda vez, Hutin aparecia para ela como um amigo desconhecido, fraternal e terno, como se saído das sombras pronto para salvá-la nas horas de desespero. Seus olhos brilharam de gratidão, ela o acompanhou com um longo olhar enquanto ele abria um caminho para voltar às sedas o mais rápido possível.

— Eu gostaria de um mantô — disse a senhora Marty.

Então Denise a questionou. Que espécie de mantô? Mas a cliente não sabia, não tinha idéia, queria ver os modelos da casa. E a jovem, já muito cansada, atordoada com a multidão, perdeu a cabeça. Na loja de Cornaille, em Valognes, ela servira apenas uma diminuta clientela; aqui ignorava ainda o número de modelos e seu lugar nos armários. Por isso, mal acabara de responder às duas amigas que se impacientavam quando a senhora Aurélie avistou a senhora Desforges, cuja ligação com o patrão devia conhecer, pois se apressou em vir perguntar:

— As senhoras estão sendo atendidas?

— Sim, aquela mocinha que está mexendo ali — respondeu Henriette. — Mas ela não parece muito informada, não encontra nada.

Com isso, a primeira parou Denise, indo lhe dizer à meia-voz:

— A senhorita sabe que não sabe o que fazer. Mantenha-se em seu lugar, eu lhe peço.

E chamou:

— Senhorita Vadon, um mantô!

Ela ficou ali enquanto Marguerite mostrava os modelos. Esta usava com as clientes uma voz secamente polida, uma atitude desagradável de moça pobre vestida de seda que esbarra dia após dia com a bela elegância, pela qual guardava, sem se dar conta, grande ciúme e rancor. Quando ouviu a senhora Marty dizer que não queria ultrapassar duzentos francos, fez uma careta de piedade. Ah! A senhora deveria colocar um pouco mais, é impossível encontrar algo apropriado para a senhora por apenas duzentos francos. E ela lançava sobre o balcão mantôs ordinários, com um gesto que significava: "Veja como é pobre!" A senhora Marty não ousava achá-los bons. Ela se inclinou para murmurar no ouvido da senhora Desforges:

— Não prefere ser servida por homens? A gente fica mais à vontade.

Finalmente, então, Marguerite trouxe um mantô de seda ornada de azeviche, que tratava com grande respeito. E a senhora Aurélie chamou Denise.

— Sirva para alguma coisa ao menos... Coloque isto nos seus ombros.

Denise, sentindo-se apunhalada no coração, perdendo a esperança de jamais conseguir algo na loja, ficara imóvel, sem saber o que fazer com as mãos. Iriam despedi-la sem dúvida, as crianças ficariam sem pão. O alarido da multidão zunia na sua cabeça, ela se sentia vacilar, tinha os músculos mortificados por ter carregado braçadas de roupas, trabalho pesado que nunca fizera. No entanto, era preciso obedecer: teve de deixar Marguerite assentar o mantô sobre si como sobre um manequim.

— Mantenha a postura — disse a senhora Aurélie.

Contudo esqueceram-se quase imediatamente de Denise. Mouret acabava de entrar com Vallagnosc e Bourdoncle. Ele cumprimentou as senhoras e recebeu elogios pela magnífica exposição de moda de inverno. Comentaram obrigatoriamente o salão oriental. Vallagnosc, que terminava seu passeio pelas seções, aparentava mais surpresa do que admiração; afinal de contas, pensava em sua displicência pessimista, não era nada mais do que um monte de pedaços de pano debaixo do mesmo teto. Quanto a Bourdoncle, ele esquecia que era parte do estabelecimento e também felicitava o patrão, a fim de fazê-lo esquecer suas dúvidas e preocupações inquietas da manhã.

— Sim, sim, está indo muito bem, estou contente — repetia Mouret radiante, respondendo com um sorriso aos olhares ternos de Henriette. — Mas não quero atrapalhá-las, senhoras.

Então, todos os olhos se voltaram para Denise. Ela se abandonava nas mãos de Marguerite, que a fazia girar lentamente.

— Então? O que acha? — perguntou a senhora Marty à senhora Desforges.

Esta última decidia, como um árbitro supremo da moda.

— Não é mal, e o corte é original... Mas ele me parece pouco gracioso na cintura.

— Oh! — interveio a senhora Aurélie. — É preciso prová-lo na senhora... As senhoras compreendem, ele não faz nenhum efeito sobre esta menina, que não é nem um pouco encorpada... Acerte a postura, senhorita, dê ao mantô toda a sua importância.

Todas sorriram. Denise ficou pálida. Estava tomada de vergonha de ser assim transformada num autômato que examinavam e de que riam livremente. A senhora Desforges, que cedia a uma antipatia de natureza contrária, agastada pelo rosto doce da moça, acrescentou maldosamente:

— Sem dúvida cairia melhor se o vestido da senhorita estivesse menos largo.

E ela lançou a Mouret um olhar espirituoso de parisiense que o desalinho ridículo de uma provincial alegrava. Este sentiu a carícia amorosa desse olhar, o triunfo da mulher feliz com sua beleza e sua arte. Assim, por gratidão de homem adorado, pensou que devia troçar por sua vez, apesar da benevolência que sentia por Denise, a cujo charme secreto sua natureza galante se rendia.

— Além disso, é preciso que esteja penteada — murmurou ele.

Foi o auge. O diretor ousou rir, todas as vendedoras explodiram. Marguerite arriscou um risinho de moça distinta que se retém; Clara deixara uma venda para se deleitar mais à vontade; mesmo as vendedoras da lingerie tinham vindo, atraídas pelo barulho. Quanto às senhoras, elas se divertiam mais discretamente, com um ar de inteligência mundana. Apenas o perfil imperial da senhora Aurélie não ria, como se os belos cabelos selvagens e os finos ombros virginais da debutante desonrassem a boa imagem de sua seção. Denise empalideceu ainda mais no meio de toda essa gente que zombava dela. Ela se sentia violentada, desnuda, sem defesa. O que fizera de errado para que atacassem assim sua estatura fina demais e seu coque muito pesado? Mas ela sofria principalmente pelo riso de Mouret e da senhora Desforges, advertida por um instinto da conexão entre eles, e sentia o coração desfalecer com uma dor desconhecida. Essa senhora era bem má para atacar assim uma pobre moça que não dizia nada; e ele, decididamente, afligia-a com um temor no qual todos os seus outros sentimentos soçobravam sem que pudesse analisá-los. Então, em seu abandono de pária, ferida em seus pudores femininos mais íntimos e revoltada contra a injustiça, ela segurou os soluços que lhe subiam à garganta.

— Não é verdade? Que ela se penteie amanhã, é inconveniente... — repetia à senhora Aurélie o terrível Bourdoncle, que desde o início havia condenado Denise, cheio de desprezo por seus pequenos membros.

E a primeira veio tirar o mantô dos ombros desta, dizendo-lhe baixinho:

— Pois bem, senhorita, eis um belo começo. Realmente! Se procurava mostrar do que é capaz... Não pôde ser mais tola.

Denise, temendo que as lágrimas lhe jorrassem dos olhos, apressou-se a retornar ao monte de roupas que transportava e classificava sobre um balcão. Ali pelo menos estava perdida na multidão, o cansaço a impedia de pensar. Então sentiu perto de si a vendedora da lingerie que de manhã a defendera. Esta última acabara de acompanhar a cena e lhe murmurou ao ouvido:

— Pobre criança, não seja assim tão sensível. Engula essa ou vão lhe fazer ainda muitas outras iguais... Sei do que estou falando pois também vim do interior, sou de Chartres. Sim, isso mesmo, Pauline Cugnot; e meus pais são moleiros lá... Teriam me devorado nos primeiros dias se eu não me tivesse batido... Vamos, coragem! Dê-me a mão, nós conversaremos gentilmente quando você quiser.

Essa mão que se estendia redobrou o tormento de Denise. Ela a apertou furtivamente e se apressou para pegar uma pesada carga de casacos, ainda temendo estar fazendo algo errado e ser repreendida se soubessem que tinha uma amiga.

Entrementes, a senhora Aurélie acabava de colocar o mantô sobre os ombros da senhora Marty e todos exclamavam: Oh! Muito bem! Deslumbrante! Imediatamente ele tomava corpo. A senhora Desforges declarou que não encontrariam melhor. Mouret se despediu enquanto Vallagnosc, que avistara a senhora de Boves e sua filha nas rendas, apressou-se em ir oferecer seu braço à mãe. Já Marguerite, de pé diante de um dos caixas da sobreloja, chamava as diversas compras da senhora Marty, que pagou e deu ordem para levarem o pacote para seu carro. A senhora Desforges encontrara todos os seus artigos no caixa dez. Em seguida, as senhoras se reencontraram mais uma vez no salão oriental. Elas estavam indo embora, mas foi em meio a uma crise loquaz de admiração. A senhora Guibal se extasiava:

— Oh! Delicioso! Parece que estamos no oriente!

— Não é verdade? Um verdadeiro harém... E não muito caro!

— Os Smyres, ah, os Smyres! Que tons, que delicadeza!

— E este Kurdistão, olhem bem! Um Delacroix!

Lentamente a multidão diminuía. Os sinos já haviam soado as duas primeiras mesas da noite, a terceira seria servida logo. Nas seções, pouco a pouco desertas, restavam apenas algumas clientes esquecidas, para quem a fúria de gastar fazia com que perdessem a hora. Do lado de fora, ouvia-se somente a partida das últimas carruagens em meio à voz rouca de Paris, um ronco de ogro saciado, digerindo as chitas e as lãs, as sedas e as rendas, com as quais fora cevado desde a manhã. O lado de dentro, sob o flamejar dos lampiões que, queimando no crepúsculo, clareavam os frêmitos supremos da venda, era como um campo de batalha ainda fervilhando pelo massacre dos tecidos. Os vendedores, extenuados de cansaço, acampavam no meio do aluvião das prateleiras e dos balcões, que pareciam ter sido assolados pelo sopro furioso de um furacão. Passava-se com dificuldade pelas galerias do térreo, obstruídas pela debandada de cadeiras; na luvaria, era preciso pular por cima de uma barragem de caixas amontoadas em torno de Mignot; nas lãs, não era mais possível passar, Liénard cochilava sobre um dilúvio de peças, cujas pilhas semidestruídas pareciam ruínas sendo carregadas por um rio transbordante; e adiante a neve dos brancos derretera no chão, trombava-se contra banquisas de toalhas, caminhava-se sobre flocos de lenços. A mesma assolação ocorrera nas seções da sobreloja: as peles recobriam os assoalhos; as confecções se amontoavam como capotes de soldados fora de combate; as rendas e a lingerie, desdobradas, amarrotadas, jogadas ao acaso, faziam pensar que um bando de mulheres se teria desvestido ali, tomadas de algum insano desejo. Enquanto isso, nos porões do magazine, o serviço de remessas era o único em plena atividade, ainda despejando na rua os pacotes de que estava explodindo e que carros levavam num último movimento da máquina superaquecida. Mas fora principalmente na seda que as clientes se haviam atirado em massa; fizeram ali uma verdadeira limpeza; passava-se livremente pelo corredor nu onde todo o colossal abastecimento de Paris-Paraíso fora completamente retalhado, varrido, como depois de um vôo de grilos devoradores. E, no meio desse vazio, Hutin e Favier folheavam seus cadernos de débito, calculando suas porcentagens, resfolegantes ao fim do combate. Favier fizera quinze francos; Hutin chegara apenas a treze, derrotado nesse dia, enfurecido com sua má sorte. Porém, os olhos de ambos brilhavam com a paixão do ganho; e toda a loja em torno deles também alinhava cifras e fervilhava com uma nova energia, o júbilo brutal das noites de carnagem.

— E então, Bourdoncle — exclamou Mouret —, ainda está com medo?

Ele voltara a seu posto favorito, no alto das escadas da sobreloja, de pé contra o parapeito; e, diante do massacre dos tecidos que se espalhava sob ele, estampava um sorriso vitorioso. Os temores da manhã, naquele momento de imperdoável fraqueza que ninguém nunca conheceria, provocavam-lhe agora uma necessidade espalhafatosa de cantar seu triunfo. A campanha estava portanto definitivamente ganha, o pequeno comércio do bairro transformado em cacos, o barão Hartmann conquistado, com seus milhões e seus terrenos. Enquanto observava os caixas debruçados em seus registros, adicionando as longas colunas de números, enquanto ouvia o tilintar do ouro caindo de seus dedos nas escudelas de cobre, podia ver o Paraíso das Damas desmedidamente ampliado, seu saguão duplicado, suas galerias prolongadas até a rua do Dix-Décembre.

— E agora — retomou —, está convencido de que a casa é pequena demais? Poderíamos ter vendido o dobro.

Bourdoncle se humilhava, exultante no entanto de não ter estado com a razão. Mas um acontecimento os tornou repentinamente graves. Como todas as noites, Lhomme, o primeiro caixa da venda, centralizava as receitas de cada caixa; depois de tê-las adicionado, ele arrematava as contas da receita total fincando em seu espeto de ferro a folha onde estava inscrita; em seguida, subia a receita para o caixa central, em uma pasta e em sacos, segundo a natureza do numerário. Nesse dia, o ouro e a prata dominavam, ele subia a escada lentamente, carregando três sacos enormes. Privado de seu braço direito, cortado no cotovelo, ele os apertava contra o peito com seu braço esquerdo e os segurava com o queixo para impedir que escorregassem. Podia-se ouvir seu fôlego de longe quando passava, abatido e sublime, em meio ao respeito dos caixeiros.

— Quanto, Lhomme? — perguntou Mouret.

O caixa respondeu:

— Oitenta mil, setecentos e quarenta e dois francos e dez centavos!

Um riso de júbilo remontou o Paraíso das Damas. O número corria. Era o maior número que uma casa de modas jamais atingira em um dia.

E Denise, à noite, quando subia para se deitar, teve de se apoiar contra as paredes do estreito corredor, sob o zinco do telhado. Em seu quarto, com a porta fechada, desmontou sobre a cama, tamanha a dor de seus pés. Durante muito tempo, a moça olhou com um ar desorientado para a mesa de toalete, o armário, toda a nudez de uma pensão barata. Era ali que viveria doravante; e seu primeiro dia se cavava, abominável, sem fim. Tinha a impressão que nunca encontraria coragem para recomeçar. Então lembrou-se que estava vestida de seda; este uniforme lhe pesava e teve a idéia tola de querer colocar seu velho vestido de lã, que ficara no encosto de uma cadeira. Porém, quando entrou nessa pobre roupa, uma emoção inexplicável a sufocou, e os soluços que continha desde cedo rebentaram bruscamente num fluxo quente de lágrimas. Ela caíra novamente na cama e chorava à lembrança de suas duas crianças, e continuou a chorar sem ter força para se descalçar, embriagada de cansaço e tristeza.

# V

No dia seguinte, fazia apenas meia hora que Denise descera para a seção quando a senhora Aurélie lhe anunciou com sua voz seca:

— A senhorita está sendo convocada na direção.

A jovem encontrou Mouret sentado sozinho na grande sala forrada de tecido verde. Ele acabava de se lembrar da "despenteada", como Bourdoncle a chamava; e, mesmo se normalmente repugnava o papel de policial, decidira chamá-la a seu escritório a fim de repreendê-la caso ainda estivesse mal-ajambrada como uma provinciana. Na véspera, apesar dos gracejos, sentira-se contrariado em seu amor-próprio vendo a elegância de uma de suas vendedoras ser discutida diante da senhora Desforges. Era um sentimento confuso, uma mistura de cólera e simpatia.

— Senhorita — começou ele —, nós a aceitamos por consideração a seu tio, no entanto não pode nos colocar na triste necessidade de...

Mas ele se interrompeu. À sua frente, do outro lado da mesa, Denise se encontrava ereta, séria e pálida. Seu vestido de seda já não estava largo, apertava sua cintura arredondada, moldando as linhas puras de seus ombros de virgem; e se a cabeleira, presa em tranças grossas, continuava selvagem, pelo menos parecia estar contida. Depois de ter adormecido toda vestida, os olhos embotados de lágrimas, a jovem acordara por volta das quatro horas envergonhada dessa crise de sensibilidade nervosa. Pusera-se então imediatamente a diminuir o vestido; em seguida, passara uma hora diante do estreito espelho com o pente nos cabelos sem conseguir reduzi-los como desejava.

— Ah! Graças a Deus! — murmurou Mouret. — Sua aparência está melhor esta manhã... Agora faltam apenas essas mechas endiabradas!

Ele se ergueu e foi corrigir o penteado da jovem com o mesmo gesto familiar que a senhora Aurélie tentara na véspera.

— Veja! Coloque isto atrás da orelha... O coque está alto demais.

Ela não abria a boca, deixava ser tratada. Apesar de seu juramento de se manter forte, chegara ao gabinete paralisada, certa de que a chamavam para lhe comunicar sua dispensa. E a evidente benevolência de Mouret não a tranqüilizava, ela continuava a temê-lo, a sentir perto dele um mal-estar que explicava como uma perturbação bem natural diante do homem todo-poderoso, de quem seu destino dependia. Quando ele a notou tão trêmula sob suas mãos que lhe roçavam a nuca, arrependeu-se desse movimento de afabilidade, receando perder sua autoridade.

— Enfim, senhorita — retomou, colocando novamente a mesa entre os dois —, trate de cuidar de sua aparência. Não está mais em Valognes, estude nossas parisienses... Se o nome do seu tio foi suficiente para abrir-lhe a nossa casa, quero acreditar que a senhorita manterá o que sua pessoa me pareceu prometer. Infelizmente nem todos aqui compartilham da minha opinião... Está prevenida. Não me faça mudar de idéia.

Ele a tratava como uma criança, com mais piedade que bondade, mas sua curiosidade pelo feminino foi repentinamente animada pela mulher perturbadora que sentia nascer nessa menina pobre e desajeitada. E enquanto recebia o sermão, ao avistar o retrato da senhora Hédouin, cujo belo rosto regular sorria gravemente numa moldura de ouro, a jovem foi retomada por um tremor incontrolável apesar das palavras encorajadoras que o patrão lhe dirigia. Era a senhora morta, aquela que o bairro o acusava de ter matado para edificar a loja sobre o sangue de seus membros.

Mouret continuava a falar.

— É isso — concluiu enfim, sentado e pondo-se a escrever.

Ela se foi e soltou no corredor um suspiro de profundo alívio.

A partir desse dia, Denise mostrou sua grande coragem. Sua razão agia sem cessar sobre as crises de sensibilidade, demonstrando uma bravura de pessoa frágil e abandonada, obstinando-se alegremente ao dever que se impunha. Ela fazia pouco barulho, ia sem desvios na boa direção, direto a seu objetivo, passando por cima dos obstáculos; e isso de maneira simples e natural, pois essa docilidade invisível fazia parte de sua natureza.

Primeiro teve de superar a terrível fadiga de sua seção. Os pacotes de roupas que devia carregar lhe destruíam os braços a ponto de, durante as seis primeiras semanas, gritar à noite se revirando, arrebentada, os ombros moídos. Porém, sofreu ainda mais com seus sapatos, sapatos pesados trazidos de Valognes, que a falta de dinheiro a impedia de substituir por botas mais leves. Sempre de pé, andando de um lado para o outro de manhã à noite, repreendida se a viam se apoiar um minuto em algum balcão, tinha os pés inchados, seus pezinhos de menina pareciam triturados em borzeguins de tortura; os calcanhares ardiam, a sola, cuja pele em carne viva se colava às meias, estava coberta de bolhas. Além disso, sentia um desgaste em todo o corpo, os membros e os órgãos enfraquecidos pelo cansaço das pernas, causando bruscos tremores em sua delicada estrutura feminina que as pálidas cores de sua carne traíam. Embora tão magra, com o ar tão frágil, ela resistiu, enquanto muitas vendedoras acabavam deixando o comércio tomadas de esgotamento. Sua boa resistência ao sofrimento, a obstinação de sua valentia mantinham-na sorridente e firme, enquanto no íntimo desfalecia, no limite de suas forças, extenuada por um trabalho ao qual muitos homens teriam sucumbido.

Em seguida, seu tormento foi ter a seção toda contra si. Ao martírio físico, acrescentava-se a surda persecução de suas colegas. Depois de dois meses de paciência e docilidade, não conseguira ainda desarmá-las. Eram palavras ofensivas, invenções cruéis, uma exclusão que, em sua necessidade de carinho, era como uma punhalada no coração. Durante muito tempo troçaram de seu início desastrado; as palavras "caipira" e "espantalho" circulavam; aquelas que perdiam uma venda eram "enviadas" para Valognes; ela era, enfim, a idiota do balcão. Quando se revelou mais tarde uma vendedora notável, familiarizada afinal com os mecanismos da loja, houve um estupor indignado. A partir de então as vendedoras se conchavaram de maneira a nunca lhe deixar uma cliente importante. Marguerite e Clara a perseguiam com um ódio instintivo, estreitando as fileiras a fim de não serem passadas para trás por uma recém-chegada, a qual temiam sob uma afetação de desdém. Quanto à senhora Aurélie, sentia a reserva orgulhosa da moça como uma afronta, pois esta não girava em torno de suas saias com o ar de admiração lisonjeira das outras vendedoras; assim, ela a abandonava à antipatia de suas favoritas, as preferidas de sua corte, sempre em reverência, ocupadas em alentá-la com uma constante adulação, que era necessária ao enlevo de sua forte pessoa autoritária. Por algum tempo a segunda, a senhora Frédéric, pareceu não fazer parte do complô; mas fora sem dúvida por inadvertência, pois passou a mostrar-se igualmente dura assim que percebeu o apuro no qual suas boas maneiras poderiam colocá-la. Então o abandono foi completo, era uma constante perseguição contra a "despenteada", e esta vivia em uma batalha de cada hora, conseguindo apenas, com toda a sua coragem, sobreviver na seção.

Esta era a sua vida agora. Era preciso sorrir, mostrar-se forte e graciosa num vestido de seda que não lhe pertencia; e ela agonizava de fadiga, mal alimentada, maltratada, sob a ameaça permanente de ser brutalmente despedida. Seu quarto era seu único refúgio, o único lugar onde se abandonava a suas crises de lágrimas quando sofria demais durante o dia. Mas um frio terrível atravessava o zinco do telhado coberto pelas neves de dezembro; ela tinha de se encolher em sua cama, jogar as roupas sobre si, chorar sob a coberta para que a friagem não lhe rachasse o rosto.

Mouret não lhe dirigia mais a palavra. Quando ela encontrava o olhar severo de Bourdoncle durante seu serviço, era tomada por um grande tremor, pois sentia nele um inimigo natural que não lhe perdoaria a mais leve falta. E, em meio a essa hostilidade geral, a estranha benevolência do inspetor Jouve a espantava; sorria para ela quando a encontrava, procurava sempre uma palavra amável; duas vezes ele lhe evitara reprimendas, sem que ela lhe demonstrasse gratidão, mais perturbada do que sensibilizada por essa proteção.

Certa noite, depois do jantar, como as vendedoras arrumavam os armários, Joseph veio avisar Denise que um jovem a chamava embaixo. Ela desceu, muito inquieta.

— Ora, vejam! — disse Clara. — A despenteada tem então um namorado?

— É preciso estar necessitado — disse Marguerite.

Embaixo Denise encontrou seu irmão Jean. Ela lhe proibira formalmente de se apresentar assim na loja, o que produzia um efeito terrível. Mas não ousou repreendê-lo, tanto ele parecia fora de si, sem chapéu, sem fôlego de ter vindo correndo desde o *faubourg* do Temple.

— Tens dez francos? — balbuciou o rapaz. — Precisas me dar dez francos ou sou um homem perdido.

Essa grande criança travessa, de cabelos louros ao vento, parecia tão engraçada com seu belo rosto de menina, lançando essa frase de melodrama, que ela sorriu, esquecendo-se momentaneamente da angústia em que os pedidos de dinheiro a colocavam.

— Como? Dez francos? — murmurou ela. — Mas o que houve?

Ele corou e explicou que encontrara a irmã de um colega. Denise fez com que se calasse, tomada pelo embaraço do rapaz, não querendo saber mais do que isso. Já duas vezes ele lhe acorrera assim para pedir empréstimos semelhantes; mas tratava-se somente de vinte e cinco soldos da primeira vez e de trinta soldos da segunda. Ele sempre voltava com suas aventuras amorosas.

— Não posso te dar dez francos — retomou ela. — O mês de Pepe ainda não está pago e o dinheiro está todo contado. Mal vai sobrar para eu comprar as botas de que estou precisando tanto... Ah! Mas Jean! Não és sensato. És um mau menino.

— Então estou perdido — concluiu este com um gesto trágico. — Escuta, irmãzinha: é uma bela morena, fomos ao café com o irmão, eu não tinha idéia que as consumações...

Ela o interrompeu de novo e, como lágrimas subiam aos olhos do querido desmiolado, tirou seu moedeiro, pegou uma moeda de dez francos e deslizou-a em sua mão. Imediatamente ele riu.

— Eu sabia... E, palavra de honra, nunca mais! Seria preciso ser um belo malandro.

E ele retomou seu caminho, depois de tê-la beijado nas bochechas como um louco. Na loja, os empregados se espantaram.

Naquela noite, Denise dormiu um sono ruim. Desde a sua entrada no Paraíso das Damas o dinheiro era a sua cruel preocupação. Ela permanecia sem salário fixo; e como as moças da seção a impediam de vender, conseguia justinho pagar a pensão de Pepe graças às clientes sem conseqüência que lhe abandonavam. Era uma miséria negra, a miséria em vestido de seda. Freqüentemente tinha de passar a noite cosendo sua roupa branca, remendando suas camisas como se fossem renda; sem contar que recompusera a sola de seus sapatos tão habilmente como um sapateiro teria feito. Às vezes lavava a roupa em sua bacia. Mas seu velho vestido de lã a inquietava especialmente; ela não tinha outro, era obrigada a recolocá-lo toda noite quando retirava seu uniforme de seda, gastando-o assim terrivelmente; uma pequena mancha causava-lhe febre, o menor rasgo tornava-se uma catástrofe. E nada restava para ela, nem um tostão, nada para comprar os pequenos objetos necessários a uma mulher; teve de esperar quinze dias para renovar sua provisão de linhas e agulhas. Assim, era um verdadeiro desastre quando Jean, com suas aventuras amorosas, despencava sem aviso e saqueava seu orçamento. Uma moeda de vinte soldos que ele levava era um precipício que se cavava. Quanto a encontrar dez francos no dia seguinte, era inimaginável. Teve pesadelos toda a madrugada, vendo Pepe ser despejado na rua, enquanto ela revirava paralelepípedos com seus dedos remoídos para ver se não encontrava algum dinheiro debaixo.

No dia seguinte, teve de sorrir, teve de encenar seu papel de moça elegante. Clientes conhecidas vieram à seção, a senhora Aurélie a chamou várias vezes, colocando mantôs em seus ombros para que ela fizesse valer os novos cortes. E enquanto se posicionava, procurando a graciosidade imposta nas gravuras de moda, pensava nos quarenta francos da pensão de Pepe que prometera pagar à noite. Podia usar ainda suas botas naquele mês; mas, juntando os quatro francos colocados de lado, tostão a tostão, aos trinta francos que lhe restavam, conseguia apenas trinta e quatro francos; e onde arranjaria mais seis francos para completar a soma? Era uma angústia que desfalecia seu coração.

— Note como os ombros ficam livres — disse a senhora Aurélie. — É distinto e muito confortável... Veja como é possível cruzar os braços.

— Ah! Perfeitamente — acrescentava Denise, que mantinha seu ar amável. — Quase não se sente... A senhora ficará muito satisfeita.

Agora ela se condenava por ter ido à casa da senhora Gras no outro domingo para levar Pepe para passear nos Champs-Élysées. A pobre criança saía tão raramente com ela! Mas foi preciso comprar-lhe um pão de mel e uma pá de brinquedo, depois levá-lo para ver as marionetes; e, quando vira, tinha gasto vinte e nove soldos. Realmente, Jean não pensava nem um pouco no pequeno quando fazia suas trapalhadas. Depois tudo recaía sobre ela.

— Mas se ele não agrada à senhora... — retomou a primeira. — Aqui, senhorita, vista o balandrau para que a senhora julgue.

E Denise andava a passos curtos, com o balandrau nos ombros, dizendo:

— É mais quente... É a moda deste ano.

Até a noite, por trás da boa graça do ofício, ela se torturou assim para saber onde encontrar o dinheiro. As colegas, sobrecarregadas naquele dia, haviam-lhe deixado fazer uma venda importante; mas era terça-feira ainda, teria de esperar quatro dias antes de receber sua semana. Depois do jantar, decidiu adiar para o dia seguinte sua visita à senhora Gras. Ela se desculparia, diria que fora retida; e até lá talvez conseguisse os seis francos.

Como Denise evitava as menores despesas, sempre subia para se deitar bem cedo. O que podia fazer nas calçadas sem um tostão e sempre amedrontada pela cidade grande, onde conhecia apenas as ruas vizinhas da loja? Depois de se arriscar até o Palais-Royal para tomar ar, ela voltava rápido, trancava-se em seu quarto e punha-se a costurar ou a lavar roupa. Ao longo do corredor dos quartos havia uma promiscuidade de caserna; moças geralmente malcuidadas papagueando sobre perfumes e roupa suja, todo um amargor que se canalizava em contínuas bulhas seguidas de reconciliação. Eram, além do mais, proibidas de subir durante o dia; não viviam ali, apenas se abrigavam à noite, chegando sempre no último minuto e escapando cedo, ainda adormecidas, nem bem despertas após uma rápida lavagem do rosto; e o vento que varria sem parar o corredor, o cansaço das treze horas de trabalho que as jogava na cama sem um sopro faziam da mansarda um albergue de estrada dominado pelo mau humor extenuado de um bando de viajantes. Denise não tinha amigas. De todas as moças que ali se alojavam, apenas uma, Pauline Cugnot, dava-lhe algum carinho; porém, como as seções das confecções e da lingerie, instaladas lado a lado, se encontravam em guerra aberta, a simpatia das duas vendedoras tivera até então de se limitar a raras palavras, trocadas na correria. Pauline ocupava o quarto vizinho, à direita do quarto de Denise; mas como aquela desaparecia no final do jantar e não voltava antes das onze, esta última apenas a ouvia se colocar na cama, sem nunca encontrá-la fora das horas de trabalho.

Naquela noite, Denise se resignara a dar uma de sapateiro mais uma vez. Ela segurava suas botinas, as examinava, observava como poderia fazê-las durar até o fim do mês. Então, com uma agulha forte, recosturou as solas, que ameaçavam soltar-se da gáspea. Durante esse tempo, deixara um colarinho e um par de mangas de molho na bacia cheia de água e sabão.

Todas as noites ela ouvia os mesmos barulhos, as moças que voltavam uma a uma, curtas conversas cochichadas, risinhos, às vezes uma briga, que tentavam sufocar. Depois, as camas estalavam, havia bocejos; e os quartos caíam num sono pesado. Sua vizinha da esquerda sonhava muitas vezes em voz alta, o que a assustara no início. Talvez outras, por sua vez, também velassem para consertar suas coisas, apesar do regulamento; mas tinha de ser com as mesmas precauções tomadas por Denise, com gestos lentos, evitando os menores estalos, pois um silêncio aterrador era tudo o que saía das portas cerradas.

Onze horas tinham soado havia dez minutos quando um barulho de passos a fez erguer a cabeça. Mais uma das moças estava atrasada! E ela reconheceu Pauline, ouvindo-a abrir a porta ao lado. De repente levou um susto: a vendedora da lingerie voltava silenciosamente e batia à sua porta.

— Rápido, sou eu.

Era proibido às vendedoras se receberem nos quartos. Assim, Denise girou a chave ligeiramente para que sua vizinha não fosse surpreendida pela senhora Cabin, que velava pela estrita observância do regulamento.

— Ela estava lá? — perguntou fechando a porta.

— Quem? A senhora Cabin? — perguntou Pauline. — Ah! Não é dela que tenho medo... Com cem soldos...

Então acrescentou:

— Faz tempo que estou querendo conversar. Mas embaixo é impossível... E depois você me pareceu tão triste esta noite à mesa!

Denise agradeceu e a convidou para sentar, tocada pelo seu ar de boa moça. Porém, na ansiedade que esta visita inesperada a deixava, não soltara a botina que estava costurando; e os olhos de Pauline caíram sobre o sapato. Esta balançou a cabeça, olhou em volta, avistou as mangas e o colarinho na bacia.

— Pobre menina, eu estava adivinhando — retomou ela. — Vamos! Eu sei o que você está passando. Nos primeiros tempos, quando cheguei de Chartres e que meu pai não me mandava um tostão, lavei muitas camisas! Sim, sim, até as minhas camisas! Eu tinha duas, você sempre encontraria uma de molho.

Ela se sentara sem fôlego por ter corrido. Seu rosto largo, com pequenos olhos vivos e uma boca delicada, tinha uma certa graça sob a espessura dos traços. E, sem transição, de repente, começou a contar sua história: a juventude no moinho, como seu pai, arruinado por um processo, a enviara a Paris para fazer fortuna com vinte francos no bolso; em seguida, seu início como vendedora, primeiramente no fundo de uma loja dos Batignolles, depois no Paraíso das Damas, um início terrível, cheio de sofrimento e privações; enfim, sua vida atual, os duzentos francos que ganhava por mês, os prazeres que se oferecia, a despreocupação com que deixava transcorrer seus dias. Bijuterias, um broche e uma corrente de relógio brilhavam sob seu vestido de lãzinha azul ajustado vaidosamente na cintura; e ela sorria sob seu barrete de veludo ornado com uma grande pluma cinza.

Ainda com o sapato na mão, Denise ficou muito vermelha. Queria balbuciar uma explicação.

— Pois isso aconteceu comigo! — repetia Pauline. — Ora, apesar de não parecer sou mais velha que você, tenho vinte e seis anos e meio... Conte-me suas histórias.

Então Denise cedeu diante desta amizade que se oferecia tão francamente. Ela se sentou com sua anágua e um velho xale amarrado nos ombros perto de Pauline, ainda com roupa de rua; e uma boa conversa se iniciou entre elas. Estava gelado no quarto, o frio parecia escorrer das paredes de uma nudez de prisão; mas elas não percebiam que seus dedos estavam entorpecidos, haviam-se atirado inteiramente em suas confidências. Pouco a pouco Denise foi se abrindo, falou de Jean e de Pepe, contou como a questão do dinheiro a torturava, o que levou as duas a criticar as senhoritas das confecções. Pauline desabafava.

— Ah! As malvadas! Se elas fossem boas colegas, você poderia fazer mais de cem francos.

— Todo mundo me odeia, sem que eu saiba o motivo — dizia Denise, tomada de lágrimas. — O senhor Bourdoncle me vigia sem parar, só para me pegar em falta, como se eu o incomodasse... Só mesmo o seu Jouve...

A outra a interrompeu.

— Aquele velho macaco de inspetor! Ah! Minha cara, não se deixe enganar... Você sabe como são os homens com narizes grandes demais! Por mais que ostente sua condecoração, contam um caso que teria acontecido lá na lingerie... Mas como você é criança se entristecendo desse jeito! É muito dolorido ser assim tão sensível! Deus! O que está acontecendo com você acontece com todas: é o seu presente de boas-vindas!

Ela pegou as mãos de Denise e beijou-as, levada por seu bom coração. A questão do dinheiro era mais grave. Certamente uma pobre moça não podia sustentar seus dois irmãos, pagar a pensão do pequeno e regalar as namoradas do grande, simplesmente recolhendo os poucos soldos duvidosos que as outras não queriam; pois era de se temer que não a contratassem com salário fixo antes da retomada dos negócios, em março.

— Escute, é impossível que você agüente isso por muito mais tempo — disse Pauline. — Eu, em seu lugar...

Mas um barulho vindo do corredor fez com que se calasse. Talvez fosse Marguerite, que acusavam de passear de camisola para dedurar o sono das outras. A vendedora da lingerie, que continuava apertando as mãos da amiga, fitou-a um instante em silêncio, com o ouvido atento. Depois recomeçou baixinho, com um ar de terna convicção.

— No seu lugar, eu arrumaria alguém.

— Como, alguém? — murmurou Denise, sem compreender de imediato.

Quando enfim entendeu, retirou as mãos e ficou atônita. Esse conselho a incomodava como uma idéia que não lhe tivesse jamais passado pela cabeça e da qual não via a vantagem.

— Ah! Não — respondeu ela simplesmente.

— Então — continuou Pauline —, não vai sair desse buraco, sou eu quem lhe diz! Os números estão aí: quarenta francos para o pequeno, moedas de cem soldos de tempos em tempos para o grande; e por último você, que não pode continuar vestida como uma pobretona, com sapatos que são a chacota das outras vendedoras. Sim, isso mesmo, seus sapatos testemunham contra você... Arrume alguém, será muito melhor.

— Não — repetiu Denise.

— Você não está sendo sensata... Tem de acontecer, minha cara, é tão natural! Todas nós passamos por isso. Veja eu! Trabalhava sem fixo como você. Nem um vintém. Tudo bem que somos abrigadas e alimentadas; mas tem também a roupa e outras coisinhas... e depois é impossível viver sem um tostão no bolso, fechada em seu quarto, olhando as moscas voarem. Então, meu Deus! Tem de se deixar levar...

E ela falou de seu primeiro amante, um auxiliar de cartório que conhecera em um passeio a Meudon. Depois desse ela se entendeu com um funcionário dos correios. Enfim, desde o outono, estava saindo com um vendedor do Bon Marché, um rapaz alto, muito gentil, na casa de quem passava todas as suas horas livres. Apenas um por vez, aliás. Ela era honesta, indignava-se quando falavam dessas moças que se entregam ao primeiro que aparece.

— Não estou lhe dizendo para se conduzir mal, veja bem! — retomou vivamente. — Por isso não gostaria de ser encontrada na companhia da Clara, por medo de me acusarem de estar farreando com ela. Mas, quando se está tranqüilamente com uma boa pessoa, não há de que se reprovar... Isso lhe parece errado?

— Não — respondeu Denise. — Simplesmente não é para mim.

Houve um novo silêncio. No pequeno quarto gelado, as duas se sorriam, enternecidas com essa conversa à meia-voz.

— Mas antes você precisa ter amizade com alguém — retomou ela, com as faces rosadas.

A vendedora da lingerie espantou-se. Acabou então rindo e beijou Denise uma segunda vez; depois disse:

— Mas, minha querida, quando as pessoas se encontram e se gostam! Como você é engraçada! Ninguém a forçará... Ora, você quer que Baugé nos leve domingo a algum lugar no campo? Ele poderá levar um de seus amigos.

— Não — repetiu Denise com teimosa doçura.

Então Pauline não insistiu mais. Cada qual que agisse segundo seu gosto. O que dissera fora por bondade de coração, pois sentia verdadeira tristeza de ver uma colega assim tão infeliz. E, como ia soar meia-noite, ela se ergueu para partir. Antes, porém, obrigou Denise a aceitar os seis francos que lhe faltavam, suplicando-lhe para não se incomodar, devolveria apenas quando ganhasse mais.

— Agora — acrescentou —, apague sua vela para que não vejam a porta abrir... Você acende de novo depois.

Apagada a vela, as duas se apertaram as mãos mais uma vez. Pauline saiu discretamente e entrou em seu quarto, sem deixar outro ruído além do farfalhar de sua saia no meio do sono assolado de fadiga dos outros pequenos quartos.

Antes de deitar na cama, Denise quis acabar de costurar seu sapato e lavar sua roupa. O frio estava ficando mais vigoroso à medida que a noite avançava. Mas ela não o sentia mais, essa conversa tinha revirado todo o sangue de seu coração. Ela não estava revoltada, aceitava que cada qual vivesse como bem entendesse quando estava só e livre no mundo. Ela nunca se submetera a idéias preconcebidas, sua razão justa e sua natureza íntegra mantinham-na simplesmente na honestidade em que vivia. Por volta da uma da manhã ela finalmente se deitou. Não, ela não amava ninguém. Então para que complicar sua vida, estragar o devotamento maternal que dedicava a seus dois irmãos? No entanto, ela não conseguia pegar no sono, calafrios lhe subiam pela nuca, a insônia fazia passar diante de suas pálpebras fechadas formas indistintas que se evaporavam na noite.

A partir desse dia Denise passou a se interessar pelos casos amorosos de sua seção. Fora das horas de trabalho pesado, vivia-se uma preocupação constante acerca de homens. Mexericos corriam, pequenas aventuras alegravam as moças durante toda a semana. Clara era um escândalo, ao que diziam, tinha três protetores, sem contar a fila de amantes ocasionais que arrastava atrás de si; e se não deixava a loja, onde trabalhava o menos possível, cheia de desdém por um dinheiro ganho mais agradavelmente em outros lugares, era para se encobrir aos olhos de sua família; tinha um imenso pavor do pai, que ameaçava vir a Paris para lhe quebrar os braços e as pernas a tamancadas. Marguerite, ao contrário, se comportava bem, não sabiam de nenhum namorado dela; isso causava surpresa na seção, onde todas comentavam sua aventura passada, a gravidez que viera esconder em Paris. Como poderia ter feito esse bebê se era tão virtuosa? E algumas falavam que fora um acaso, acrescentando que ela se guardava agora para um primo de Grenoble. As moças riam também da senhora Frédéric, atribuindo-lhe relações discretas com grandes figuras; a verdade era que nada sabiam de suas histórias de coração; ela desaparecia à noite, toda tesa em sua rabugice de viúva, com o ar apressado, sem que ninguém pudesse dizer para onde corria tão decididamente. Quanto às paixões da senhora Aurélie, seu pretenso apetite por rapazes obedientes, eram certamente falsas: vendedoras descontentes inventavam tais histórias como simples pretexto para rir. Talvez em outros tempos a primeira tenha demonstrado maternidade demais em relação a algum amigo de seu filho, mas agora ela ocupava no comércio de moda uma situação de mulher séria, que não se distraía mais com tais criancices. Depois vinha a manada, a debandada da noite, nove entre dez moças, cujos amantes esperavam à porta da loja. Na praça Gaillon, ao longo da rua de la Michodière e da rua Neuve-Saint-Augustin, formava-se toda uma fileira de homens imóveis, vigiando com o canto do olho; e, quando o desfile começava, cada um estendia o braço, tomava a sua e desaparecia conversando com uma tranqüilidade marital.

Mas o que mais perturbou Denise foi surpreender o segredo de Colomban. Via-o o tempo todo do outro lado da rua, na soleira do Velho Elbeuf, com a cabeça erguida e um olhar incansável sobre as moças das confecções. Quando se sentia vigiado por ela, corava, virava a cabeça, como se temesse que a jovem o denunciasse à prima Geneviève, ainda que não houvesse mais nenhuma relação entre os Baudus e a sobrinha desde sua entrada no Paraíso das Damas. Inicialmente, ela pensou que ele estivesse apaixonado por Marguerite, ao notar seus ares transidos de amante que desespera; pois Marguerite, bem-comportada e dormindo na loja, não era fácil. Ficou então estupefata quando obteve a certeza que os olhares ardentes do caixeiro se dirigiam a Clara. Havia meses que ele ardia assim, na calçada da frente, sem encontrar coragem para se declarar, embora ela fosse uma mulher livre, que morava na rua Louis-le-Grand e que ele poderia abordar antes de ela lançar-se a cada noite nos braços de um novo homem! A própria Clara não parecia ter dúvidas quanto a sua conquista. A descoberta de Denise encheu-a de uma aflição dolorosa. O amor seria assim tão idiota? Como! Esse rapaz que tinha a felicidade sob as mãos estragando assim a vida a adorar uma mulherzinha dessas como ao santo sacramento! A partir desse dia, passou a sentir um aperto no coração cada vez que avistava, por trás dos vidros esverdeados do Velho Elbeuf, o perfil pálido e sofredor de Geneviève.

No final do dia, Denise ficava pensando assim enquanto observava as moças irem-se com seus amantes. As que não dormiam no Paraíso das Damas desapareciam até o dia seguinte, trazendo então às suas seções o odor da rua em suas saias, todo um mundo desconhecido e perturbador. A jovem às vezes respondia com um sorriso ao sinal de cabeça amigável com o qual a cumprimentava Pauline, que Baugé esperava regularmente às oito e meia na esquina da praça Gaillon. E depois de sair por último e dar seu furtivo passeio pelo bairro, sempre só, ela voltava antes de todas, trabalhava ou se deitava, a mente ocupada com sonhos, tomada de curiosidade por essa existência parisiense que ignorava completamente. Não que invejasse as outras moças, estava feliz em sua solidão, na reserva em que vivia, enclausurada, como num refúgio distante; mas sua imaginação a conduzia longe, procurava adivinhar o que se passava, evocava os prazeres contados diante dela, os cafés, os restaurantes, os teatros, os domingos passados à beira d'água nos cafés dançantes. Remanescia um cansaço mental, um desejo mesclado de lassidão; e quase se sentia saciada com esses divertimentos que nunca experimentara.

Contudo, havia pouco espaço para devaneios imprudentes em meio à labuta de sua existência. Na loja, no assolamento das treze horas de trabalho, não se pensava absolutamente em amores entre vendedores e vendedoras. Se a inexorável batalha do dinheiro não apagara os sexos, para matar o desejo bastaria o afã de cada minuto, que dominava as mentes e quebrava o corpo. Mal se podia citar alguma rara ligação amorosa em meio às hostilidades e camaradagens entre homens e mulheres. Pois eram apenas pequenas peças daquela enorme engrenagem, levados pelo movimento da máquina, abdicando de sua personalidade, adicionando simplesmente suas forças a esse banal e poderoso falanstério. Somente na rua a vida individual era retomada, num brusco despertar da fogueira das paixões.

Um dia, no entanto, Denise viu Albert Lhomme, o filho da primeira, deslizar um bilhete na mão de uma moça da lingerie, depois de ter atravessado a seção várias vezes com um ar de indiferença. Estavam então na estação morta do inverno, que ia de dezembro a fevereiro, e a jovem tinha alguns momentos de descanso, horas passadas à toa, com os olhos perdidos nas profundezas da loja, a espera de clientes. As vendedoras das confecções conviviam sobretudo com os caixeiros das rendas, sem que a intimidade forçada fosse mais longe do que gracejos trocados em voz baixa. O segundo das rendas era um galhofeiro que perseguia Clara com confidências abomináveis, simplesmente para rir, tão indiferente na realidade que nem sequer procurava encontrá-la fora do expediente. E havia assim, entre os rapazes e as moças de um balcão a outro, olhares de inteligência, palavras que apenas os envolvidos compreendiam, às vezes conversas abafadas, as costas ligeiramente viradas, o ar sonhador, para dissimular qualquer intenção ao terrível Bourdoncle. Quanto a Deloche, contentou-se durante muito tempo em sorrir ao ver Denise; depois, encheu-se de coragem e passou a murmurar-lhe palavras de amizade cada vez que a encontrava. No dia em que a jovem avistou o filho da senhora Aurélie dando o bilhete à vendedora da lingerie, Deloche justamente lhe perguntava se ela tinha almoçado bem, em sua simples necessidade de se interessar por ela, e não encontrando nada mais amável para dizer. Ele também percebeu a mancha branca da carta, olhou para a jovem e os dois coraram com essa intriga atada diante deles.

Mas apesar dessa aura quente que pouco a pouco despertava nela a mulher, Denise ainda mantinha uma paz infantil. Encontrar Hutin era a única coisa que lhe agitava o coração. Mas, a seus olhos, era apenas um sentimento de gratidão, e acreditava ser a única tocada pela polidez do rapaz. Ele não podia levar uma cliente à seção sem que ela ficasse confusa.

Muitas vezes, voltando de um caixa, ela se surpreendia fazendo um desvio para atravessar inutilmente a seção das sedas, com o peito inflado de emoção. Ali, certa tarde, ela encontrou Mouret, que parecia acompanhá-la com um sorriso. Ele não lhe dava mais atenção, somente lhe dirigia a palavra de tempos em tempos para aconselhá-la sobre sua toalete ou fazer alguma graça, chamando-a de moleca, de garota campestre a quem ele nunca transformaria em coquete apesar de toda a sua ciência de homem do mundo. Ele ria, permitia-se gracejos, sem querer confessar a si mesmo a perturbação que lhe causava essa pequena vendedora com o cabelo tão engraçado. Diante desse sorriso mudo, Denise estremeceu, como se tivesse feito algo errado. Será que ele sabia por que ela atravessava as sedas, quando ela mesma não poderia explicar o que a levava a dar essa volta?

Hutin, aliás, não parecia absolutamente notar os olhares reconhecedores da jovem. As moças da loja não faziam seu tipo, ele afetava desprezá-las, gabando-se mais do que nunca das aventuras extraordinárias com as clientes: em sua seção, uma baronesa caíra perdidamente apaixonada, e a mulher de um arquiteto lançara-se em seus braços num dia em que fora a casa dela para corrigir um erro de metragem. Sob essa prosa normanda, ele escondia simplesmente moças encontradas em cervejarias e cafés-concerto. Como todos os rapazes do comércio, ele tinha gana de gastar, batendo-se a semana inteira em sua seção, com uma cupidez de avaro, com a única ambição de jogar o dinheiro pela janela no domingo, nas pistas de corrida, nos restaurantes e bailes; jamais uma economia, jamais um adiantamento, tudo era gasto imediatamente depois de recebido, com uma despreocupação total do dia seguinte.

Favier não tomava parte desses divertimentos. Hutin e ele, tão ligados na loja, despediam-se à saída e não se falavam mais. Muitos vendedores em contato permanente uns com os outros tornavam-se de repente estranhos, ignorando suas respectivas vidas assim que colocavam os pés na rua. Mas Hutin tinha Liénard como amigo íntimo. Os dois moravam no mesmo hotel, o Hotel de Smyrne, na rua Sainte-Anne, uma casa escura inteiramente ocupada por empregados do comércio. Chegavam juntos de manhã; e no final do dia, o primeiro a acabar, quando as dobras de seu balcão estavam feitas, ia esperar o outro no café Saint-Roch, um pequeno café onde os caixeiros do Paraíso das Damas se reuniam geralmente, berrando e bebendo, jogando cartas em meio à fumaça dos cachimbos. Freqüentemente eles ficavam por ali e partiam apenas por volta da uma hora, quando, exausto, o patrão do estabelecimento os botava para fora. Havia aliás um mês que, três vezes por semana, passavam as noites num café-concerto barato de Montmartre; eles levavam os colegas e faziam o sucesso da senhorita Laure, grande cantora, a última conquista de Hutin, cujos talentos eles exaltavam com golpes de bengala e clamores tão violentos que por duas vezes a polícia tivera de intervir.

O inverno passou assim. Denise obteve enfim trezentos francos de salário fixo. Não era sem tempo: seus grossos sapatos não agüentavam mais. No último mês, ela evitara até sair à rua para não destruí-los de vez.

— Meu Deus! A senhorita faz um barulho estrondoso com seus sapatos! — repetia sempre a senhora Aurélie, com um ar irritado. — É insuportável... O que usa nos pés?

No dia em que Denise desceu calçada com suas novas botas de tecido, pelas quais pagara cinco francos, Marguerite e Clara se espantaram à meia-voz, mas de maneira a serem ouvidas.

— Quem diria! A despenteada largou as galochas — disse uma.

— Ah! — retomou a outra —, ela deve ter chorado muito... Eram as galochas de sua mãe.

Aliás, um levante geral se produziu contra Denise. A seção descobrira sua amizade com Pauline, e viam uma bravata nessa afeição oferecida à vendedora de uma seção inimiga. As moças falavam de traição, acusavam-na de ir repetir ao lado suas menores palavras. A guerra da lingerie e das confecções ficou mais violenta, nunca foi tão rude: ofensas foram trocadas, duras como balas, e certa noite, atrás das caixas de camisas, houve até um tapa. O motivo dessa antiga rixa talvez fosse porque as moças da lingerie usavam vestidos de lã, enquanto as das confecções se vestiam de seda. Em todo caso, aquelas falavam de suas vizinhas fazendo caretas revoltadas de moças honestas; e os fatos lhes davam razão: o uso da seda parecia ter alguma influência nos excessos das confeccionistas. Clara era acusada de ter uma tropa de amantes, jogavam na cara de Marguerite o bebê que tivera, enquanto imputavam à senhora Frédéric paixões dissimuladas. Tudo isso por causa dessa Denise!

— Senhoritas, nada de impropriedades, contenham-se! — dizia a senhora Aurélie com um ar grave em meio às cóleras desenfreadas de sua pequena corte. — Mostrem quem vocês são.

Ela preferia lavar as mãos. Como confessou certo dia, respondendo a uma questão de Mouret, as moças de uma seção não valiam mais do que as da outra. Bruscamente, porém, ela se exaltou, ao saber pela boca de Bourdoncle que este encontrara seu filho, no subsolo, beijando uma das jovens da lingerie, a vendedora a quem passava cartas. Era abominável, e ela acusou a moça de ter feito Albert cair numa emboscada; sim, o golpe fora definitivamente contra ela: quando se convenceram que sua seção era inatacável, quiseram desonrá-la corrompendo uma criança sem experiência. Mas ela apenas esbravejava assim para atarantar as coisas, pois não tinha ilusão nenhuma sobre seu filho, sabendo-o capaz de todas as idiotices.

A certa altura, o caso quase se tornou realmente grave: o luveiro Mignot entrou no meio da confusão! Ele era amigo de Albert e favorecia as amantes que este último lhe dirigia, moças sem chapéu que remexiam as caixas de luvas durante horas. Além disso, envolvera-se numa história de luvas de camurça, dadas à mocinha da lingerie, que ficara por isso mesmo. Finalmente o escândalo foi sufocado por consideração à primeira das confecções, que o próprio Mouret tratava com deferência. Bourdoncle, uma semana mais tarde, contentou-se em despedir, sob um pretexto qualquer, a vendedora culpada de se ter deixado beijar. Se fechavam os olhos para as farras acontecidas na rua, os patrões não toleravam o menor indecoro dentro da loja.

E foi Denise quem sofreu com a aventura. Ainda que bem informada sobre o acontecido, a senhora Aurélie guardou-lhe um terrível rancor: ela a vira rir com Pauline e concluiu que eram desaforos, fofocas sobre os amores de seu filho. Então isolou a jovem ainda mais na seção. Havia algum tempo que planejava levar as moças para passar um domingo perto de Rambouillet, onde comprara uma propriedade com seus primeiros cem mil francos de economia; bruscamente decidiu, como uma maneira de punir Denise, deixá-la abertamente de lado. Esta última foi a única a não ser convidada. Quinze dias antes do evento a seção só falava disso: observavam o céu morno pelo sol de maio, já ocupavam cada hora do dia, prometiam-se todos os prazeres, cavalos, leite, pão de mel. E apenas mulheres, o que era ainda mais divertido! Era como a senhora Aurélie geralmente ocupava seus dias de folga, passeando com outras senhoras, pois tinha tão pouco hábito de se encontrar em família, sentia-se tão pouco à vontade, tão fora do lugar nas raras noites em que podia jantar em casa com seu filho e seu marido, que mesmo em tais noites preferia sair de casa e jantar num restaurante. Lhomme fugia por seu lado, encantado por retomar sua existência de solteiro, e Albert, aliviado, corria para suas raparigas. Desacostumados com a casa, os três incomodavam-se e entediavam-se quando juntos aos domingos, e nada faziam além de atravessar o apartamento, como se fosse um hotel banal em que se deita à noite. Para a excursão de Rambouillet, a senhora Aurélie declarou simplesmente que conveniências impediam Albert de fazer parte e que o pai também mostraria tato recusando-se a acompanhá-las, com o que os homens ficaram deleitados. Todavia, o belo dia se aproximava e as moças não se cansavam mais de falar no assunto, contavam-se os preparativos de toalete, como se estivessem partindo para uma viagem de seis meses; enquanto Denise ficava ouvindo-as, pálida e silenciosa em seu abandono.

— Então? Elas a deixam com raiva? — disse-lhe Pauline. — Eu em seu lugar as faria engolir suas palavras! Elas se divertem, eu me divertiria, por Deus! Venha comigo no domingo, Baugé vai me levar a Joinville.

— Não, obrigada — respondeu a jovem com sua tranqüila obstinação.

— Mas por quê? Ainda tem medo que algum homem a tome à força?

E Pauline riu a valer. Denise sorriu por sua vez. Ela sabia bem como as coisas aconteciam: cada uma das moças conhecera seu primeiro amante, um amigo levado como que por acaso, em passeios semelhantes; ela não queria.

— Ora — retomou Pauline —, eu juro que Baugé não levará ninguém. Seremos apenas os três... Não vou tentar casá-la se isso a desagrada.

Denise hesitava; atormentada por tal desejo, um fluxo de sangue subia por suas faces. Desde que suas colegas ostentavam seus prazeres campestres, ela sufocava, tomada de uma necessidade de céu aberto, sonhando com os matos em que se enfiava até os ombros, árvores gigantes cujas sombras caíam como água fresca. Sua infância, passada nas grandes regiões verdejantes de Cotentin, despertava com a saudade do sol.

— Está bem, vamos lá! — disse ela enfim.

Tudo foi acertado. Baugé viria buscar as moças às oito horas na praça Gaillon; de lá, eles iriam de fiacre para a estação de trem de Vincennes. Denise, cujos vinte e cinco francos de salário fixo eram a cada mês devorados pelas crianças, pudera apenas reacomodar o velho vestido de lã preto, adornando-o com um viés de popeline xadrez; e ela mesma fizera um chapéu para si, com um modelo de capuz recoberto de seda e enfeitado com uma fita azul. Nessa simplicidade, ela tinha o ar ainda mais jovem, um ar de menina que crescera rápido demais, com um asseio de moça pobre, um pouco envergonhada com o luxo transbordante de seus cabelos, que extrapolavam da nudez de seu chapéu. Ao contrário, Pauline ostentava um vestido de seda primaveril, com listras violetas e brancas, uma touca ornada de plumas, bijuterias no pescoço e nas mãos, toda uma riqueza de comerciante abastada. A seda do domingo era para ela como uma revanche contra a semana, quando era condenada à lã de sua seção; enquanto Denise, que carregava sua seda do uniforme de segunda a sábado, retomava no domingo a leve lã de sua miséria.

— Ali está Baugé — disse Pauline, apontando um grande rapaz que esperava perto do chafariz.

Ela apresentou seu amante, e imediatamente Denise se sentiu à vontade, pois ele lhe pareceu um rapaz de bem. Baugé, enorme, com uma força lenta de boi na labuta, tinha um longo rosto flamengo, no qual olhos vazios riam com uma puerilidade infantil.

Nascido em Dunquerque, filho mais novo de um merceeiro, ele viera a Paris quase que expulso pelo pai e irmão, que o achavam idiota demais. No entanto, no Bon Marché ele ganhava três mil e quinhentos francos. Ele era meio abobalhado, mas bom com os tecidos; e as freguesas o achavam gentil.

— E o fiacre? — perguntou Pauline.

Foi preciso ir até o bulevar. O sol já estava esquentando, a bela manhã de maio ria sobre os paralelepípedos das ruas; e nem uma nuvem no céu, uma alegria festiva flutuava no ar azul de uma transparência de cristal. Um sorriso involuntário entreabria os lábios de Denise; ela respirava fortemente, parecia que seu peito se libertava de um sufocamento de seis meses. Finalmente não sentia mais sobre si o ar enclausurado e as pedras pesadas do Paraíso das Damas! Tinha diante dela um dia inteiro de campos abertos! E isso representava para a jovem uma nova saúde, uma felicidade infinita, a qual usufruía com as sensações de uma garotinha. Contudo, no fiacre ela virou os olhos, encabulada, quando Pauline deu um grande beijo nos lábios de seu namorado.

— Olhem! — disse, com a cabeça ainda na janela. — É o senhor Lhomme... Como ele vai rápido!

— Ele está com a sua trompa — acrescentou Pauline, que se inclinara. — Êta velho maluco! Parece até que está correndo para um encontro!

Com o estojo do instrumento debaixo do braço, Lhomme realmente andava a passo acelerado ao longo do Ginásio, rindo sozinho à idéia do prazer que se prometia. Estava indo passar o dia na casa de um amigo, que tocava flauta num pequeno teatro, onde aos domingos, desde o café da manhã, amadores faziam música de câmara.

— Às oito horas! Que energia ele tem! — retomou Pauline. — E a senhora Aurélie deve ter pego o trem de Rambouillet que partiu às seis e vinte e cinco com toda a sua patota... Com certeza o marido e a mulher não vão se encontrar.

As duas conversaram sobre o passeio de Rambouillet. Elas não desejavam a chuva para as outras, pois também ficariam sob o pé-d'água; mas se uma nuvem pudesse romper por lá, sem que os respingos viessem até Joinville, seria engraçado. Então a conversa caiu sobre Clara, uma mão-furada que não sabia como gastar o dinheiro de seus protetores: pois não comprava ela três pares de bota por vez, que jogava fora no dia seguinte, depois de tê-las cortado com uma tesoura porque davam bolhas nos pés? Aliás, as moças do comércio não se mostravam nem um pouco mais sensatas que os rapazes: elas devoravam tudo, jamais um tostão de economia, gastavam duzentos a trezentos francos por mês em artigos de toalete e guloseimas.

— Mas ele só tem um braço! — exclamou de repente Baugé. — Como faz para tocar trompa?

Ele não tirava os olhos de Lhomme. Então Pauline, que se divertia às vezes com sua simplicidade, contou-lhe que o primeiro caixa apoiava o instrumento contra uma parede; e ele acreditou perfeitamente, achando a idéia bastante engenhosa. Depois, quando tomada de remorsos ela lhe explicou de que maneira Lhomme adaptara a seu coto um sistema de pinças que lhe serviam como uma mão, ele abanou a cabeça, tomado de ceticismo, declarando que não lhe fariam engolir essa aí.

— Você é bobo demais! — disse ela, rindo. — Não tem importância, eu o amo assim mesmo.

O fiacre progredia, estavam chegando à estação de Vincennes bem na hora de um trem. Foi Baugé quem pagou, mas Denise declarou que pretendia arcar com sua parte dos gastos; eles acertariam à noite. Embarcaram em segundos, um burburinho alegre escapava dos vagões. Em Nogent, um grupo animado desembarcou em meio a risadas. Enfim eles desceram em Joinville e passaram imediatamente para a ilha a fim de encomendar o almoço. Ficaram então por lá, junto à água, sob os altos choupos que beiravam o rio Marne. A sombra estava fresca, uma brisa assoprava suavemente, avigorando ao longe, na outra margem, a pureza límpida dos campos. Denise se demorava atrás de Pauline e seu amante, que caminhavam abraçados; ela colhera um maço de margaridas e olhava feliz a água passar, o coração leve, abaixando a cabeça cada vez que Baugé se inclinava para beijar a nuca de sua amiga.

Lágrimas lhe subiram aos olhos. Entretanto ela não sofria. O que tinha sufocado dentro de si? E por que esse vasto campo, onde se prometera tanta tranqüilidade, a enchia de uma vaga nostalgia da qual não sabia dizer a causa? Na hora do almoço, os risos barulhentos de Pauline a atordoaram. Esta, que adorava os arrabaldes com uma paixão de cabotina no ar espesso das multidões, quisera comer sob um toldo, apesar da frescura do vento. Ela se alegrava com as rajadas bruscas que levantavam a toalha, achava graça na pérgula, ainda nua, com sua treliça repintada, cujos losangos se destacavam sobre a mesa. Além disso, ela devorava de tudo com uma gulodice esfomeada de garota que, mal alimentada na loja, regalava-se no domingo ingerindo tudo de que gostava; era o seu vício, gastava todo o seu dinheiro em bolos, frutas frescas, pequenos pratos degustados lepidamente nas horas vagas. Como Denise parecia já ter comido o suficiente da refeição de ovos, fritura e frango refogado, ela se conteve e não ousou pedir morangos, uma iguaria ainda cara nessa época do ano, temendo aumentar demais a conta.

— O que vamos fazer agora? — perguntou Baugé quando o café foi servido.

Normalmente, Pauline e ele voltavam à tarde para jantar em Paris e acabar o dia em um teatro. Mas, atendendo ao desejo de Denise, decidiram ficar em Joinville; seria divertido, tomariam um banho completo de roça. E a tarde inteira eles desbravaram os campos. A certa altura, a idéia de um passeio de canoa foi discutida; depois a abandonaram: Baugé remava mal demais. Mas a caminhada deles ao acaso nas trilhas sempre acabava no Marne; eles se interessavam pela vida no rio, pelas ioles, pequenos veleiros e as equipes de canoagem que o povoavam. O sol caía, e eles estavam voltando para Joinville quando duas ioles, descendo a correnteza e disputando uma corrida, começaram a trocar injúrias, entre as quais predominavam os gritos repetidos de "gazeteiro" e de "mascate".

— Vejam! — disse Pauline. — É o senhor Hutin.

— É mesmo — disse Baugé, protegendo o rosto do sol —, estou reconhecendo a iole acaju... A outra deve ser de uma equipe de estudantes.

E ele explicou o velho ódio que colocava freqüentemente a juventude das escolas e os empregados do comércio em conflito. Ao ouvir o nome de Hutin, Denise parou, e com os olhos fixos acompanhou a estreita embarcação, procurando o jovem entre os remadores, sem distinguir nada além das manchas brancas de duas mulheres, uma das quais, sentada ao leme, tinha um chapéu vermelho. As vozes se perderam no meio do barulho da correnteza.

— À água, gazeteiros!

— Mascates, à água, à água!

No final do dia, eles retornaram ao restaurante da ilha. Mas o vento ficara forte demais, e foi preciso comer em uma das duas salas fechadas, onde a umidade do inverno ainda embebia as toalhas com uma frescura de roupa lavada. A partir das seis horas, mesas começavam a faltar, os passeadores se apressavam, procuravam um canto; e os garçons sempre traziam mais cadeiras, bancos, aproximavam os pratos, amontoavam as pessoas. O ambiente estava asfixiante agora e resolveram abrir as janelas. Do lado de fora, o dia empalidecia, um crepúsculo esverdeado caía tão rápido através dos choupos que o dono do restaurante, mal-equipado para essa refeição do lado de dentro, teve de colocar uma vela em cada mesa devido à falta de lampiões. O barulho era ensurdecedor: risos, gritos, louças se entrechocando; com o vento das janelas, as velas estremeciam e derretiam; enquanto insetos noturnos batiam as asas no ar aquecido pelo cheiro das carnes, que pequenos sopros gelados atravessavam.

— Como eles se divertem, não? — disse Pauline, metida num ensopado de peixe que estava achando extraordinário.

Ela se inclinou para acrescentar:

— Estão reconhecendo o senhor Albert ali?

De fato, era o jovem Lhomme entre três mulheres duvidosas: uma velha senhora de chapéu amarelo, com a aparência vil de uma alcoviteira, e duas menores, duas garotinhas de treze ou quatorze anos, desavergonhadas, embaraçosamente atrevidas. Ele, já bastante bêbado, batia seu copo na mesa, ameaçava surrar o garçom se este não trouxesse as bebidas imediatamente.

— Isso sim — retomou Pauline —, isso é que é uma família! A mãe em Rambouillet, o pai em Paris e o filho em Joinville... Não correm o risco de se trombarem.

Denise, que detestava barulho, sorria ainda assim, saboreando a alegria de não mais pensar, no meio de tal balbúrdia. Mas, de repente, na sala vizinha houve um estrondo de vozes que cobriu o resto. Eram urros, que tapas devem ter seguido, pois se ouviram cadeiras caindo, toda uma luta na qual recomeçaram os gritos dados anteriormente no rio:

— À água, mascates!

— Gazeteiros, à água, à água!

E quando a voz grossa do botequineiro acalmou a batalha, Hutin apareceu bruscamente. De blusa vermelha e barrete virado para trás, ele tinha nos braços a grande moça branca, aquela do balcão, que, para estampar as cores da iole, enfeitara-se com um maço de papoulas atrás da orelha. Clamores e aplausos acolheram a entrada deles; e o rapaz irradiava, inflava o peito gingando com o balanço dos marinheiros, e ostentava um murro que lhe arroxeara o rosto, todo inflado pela alegria de ser notado. Atrás deles a equipe seguia. Uma mesa foi tomada de assalto, a algazarra ficou impressionante.

— Parece — explicou Baugé, depois de ter ouvido a conversa atrás de si —, parece que os estudantes reconheceram a mulher de Hutin, uma velha conhecida do bairro, que canta num café-concerto de Montmartre. Então bateram-se por ela... esses estudantes nunca pagam as mulheres!

— Em todo caso — disse Pauline, com um ar de desdém —, ela é bem feiosa, essa aí com cabelos de cenoura... Sinceramente, não sei onde o senhor Hutin as apanha, mas cada uma é mais suja do que a outra.

Denise empalidecera. Ela sentia um frio de gelo dentro de si, como se, gota a gota, o sangue de seu coração se tivesse retirado. Já na beira do rio, diante da rápida iole, ela sentira um primeiro estremecimento; e agora ela não podia duvidar, essa mulher estava mesmo com Hutin. A garganta apertada, as mãos tremendo, ela não comia mais.

— O que você tem? — perguntou sua amiga.

— Nada — murmurou ela —, está um pouco quente.

Mas a mesa de Hutin era vizinha, e quando ele avistou Baugé, que conhecia, iniciou uma conversa com uma voz estridente para continuar a ocupar a sala.

— E então — perguntou —, continua virtuoso no Bon Marché?

— Nem tanto assim — respondeu o outro, todo vermelho.

— Deixe estar! Eles só empregam virgens, e têm um confessionário permanente para os vendedores que olham para elas... Uma loja onde fazem casamentos não é para mim!

Risos se ergueram. Liénard, que estava no grupo, acrescentou:

— Não é como no Louvre... onde há uma parteira vinculada ao balcão das confecções. Palavra de honra!

A alegria redobrou. Até Pauline gargalhava, tanto a idéia de uma parteira lhe parecia engraçada. Mas Baugé permanecia vexado com as piadas sobre a inocência de sua loja. Ele se lançou de repente.

— Vocês é que estão bem no Paraíso das Damas: jogados na rua por uma palavra! E um patrão que tem cara de abocanhar as clientes!

Hutin não o ouvia mais, começara a elogiar o Praça Clichy. Ele conhecia uma moça de lá que era tão respeitável que as compradoras não ousavam se dirigir a ela, com medo de ofendê-la. Em seguida, ele aproximou seu prato e contou que fizera cento e cinqüenta francos durante a semana. Ah! Uma semana fabulosa: Favier ficara nos cinqüenta e dois francos. E ele devorava o dinheiro, não se deitaria antes de ter liquidado cada centavo. Então, como estava ficando bêbado, caiu em cima de Robineau, aquele segundo escanifrado, que afetava não se envolver a ponto de não querer andar com seus vendedores na rua.

— Cale-se — disse Liénard. — Está falando demais, meu caro.

O calor aumentara, as velas derretiam sobre as toalhas manchadas de vinho; e, pelas janelas abertas, quando o barulho dos convivas diminuiu bruscamente, entrou uma voz longínqua, prolongada, a voz do rio e dos grandes choupos que adormeciam na noite calma. Baugé pediu a conta por ver que Denise não estava se sentindo melhor, toda branca, o queixo convulsionado pelas lágrimas que tentava conter; mas o garçom não aparecia de novo e ela teve que agüentar ainda mais os estalos da voz de Hutin. Agora ele se dizia mais chique do que Liénard, pois este esbanjava somente o dinheiro do seu pai, enquanto ele esbanjava dinheiro suado, o fruto de sua inteligência. Finalmente, Baugé pagou e saiu com as duas mulheres.

— Ali vai uma do Louvre — murmurou Pauline na primeira sala, olhando para uma grande moça esbelta que vestia um mantô.

— Você não a conhece, não pode saber — disse Baugé.

— Ora! E essa maneira de se arrumar? É da seção da parteira, pode apostar! Se ela ouviu, deve estar contente!

Eles saíram. Denise deu um suspiro de alívio. Ela pensara que morreria naquele calor sufocante, no meio daqueles gritos; e continuava a explicar seu mal-estar pela falta de ar. Agora ela respirava. Um frescor caía do céu estrelado. Quando as duas moças deixavam o jardim do restaurante, uma voz tímida murmurou na sombra:

— Boa-noite, senhoritas.

Era Deloche. Elas não o haviam visto no fundo da primeira sala, onde jantara sozinho depois de ter vindo de Paris a pé, pelo simples prazer de andar. Reconhecendo essa voz amiga, Denise, desalentada, cedeu automaticamente à necessidade de um braço amigo.

— Senhor Deloche, volte conosco — disse ela. — Dê-me seu braço.

Pauline e Baugé caminhavam à frente. Eles se espantaram. Não pensaram que isso aconteceria assim, especialmente com esse rapaz. No entanto, como tinham ainda uma hora antes de pegar o trem, foram até a ponta da ilha seguindo a margem sob as grandes árvores. De vez em quando, eles se viravam e murmuravam:

— Mas onde estão eles? Ah! Ali estão... Que situação mais engraçada.

De início, Denise e Deloche mantiveram silêncio. Lentamente o alvoroço do restaurante foi se extinguindo e se tornou uma música suave no fundo da noite. Eles se enfiavam cada vez mais sob o frio das árvores, ainda febris daquela fornalha, cujas velas se apagavam uma a uma atrás das folhas. Diante deles era como um muro de trevas, uma massa de sombra, tão compacta que mal distinguiam o traço pálido da trilha. No entanto, eles iam com vagar, sem medo. Aos poucos seus olhos se acostumaram, e eles enxergaram à direita troncos de choupos semelhantes a colunas escuras portando com seus galhos a abóbada crivada de estrelas; enquanto isso, à esquerda, a água tinha no escuro um brilho de espelho de estanho. O vento diminuía, eles ouviam apenas o ronco do rio.

— Fiquei muito contente de encontrar vocês — balbuciou Deloche, que decidira ser o primeiro a falar. — Não sabe o prazer que me dá passeando comigo.

E como as trevas ajudavam, depois de várias palavras embaraçadas, ele ousou dizer que a amava. Havia muito tempo que ele queria lhe escrever, e ela talvez nunca ficasse sabendo sem essa bela noite cúmplice, sem essa água cantante e essas árvores que os cobriam com a cortina de suas sombras. Entretanto ela não respondeu, continuou a andar ainda de braço com ele, com o mesmo passo de sofrimento. Ele tentava ver seu rosto quando ouviu um leve soluço.

— Oh! Meu Deus! — retomou ele. — A senhorita está chorando, chorando... Eu a magoei?

— Não, não — murmurou ela.

Ela tentava conter suas lágrimas, mas não conseguia. Desde que estava à mesa, ela pensava que seu coração iria explodir. E agora ela se abandonava nessa sombra, soluços sufocavam-na ao pensar que, se Hutin se encontrasse no lugar de Deloche e lhe dissesse as mesmas palavras doces, ela ficaria sem forças. Essa confissão que finalmente se fazia enchia-a de confusão. Uma vergonha queimava seu rosto, como se ela tivesse caído sob estas árvores nos braços deste rapaz que se esbaldava com mulheres.

— Eu não queria ofendê-la — repetia Deloche, sensibilizado pelas lágrimas dela.

— Não, ouça — disse ela com a voz ainda trêmula —, não estou com raiva. Apenas, eu lhe peço, não me fale mais como acaba de fazer... O que me pede é impossível. Oh! Você é um bom rapaz, quero ser sua amiga, mas não mais do que isso... Você entende, sua amiga!

Ele estremecia. Depois de alguns passos em silêncio, ele balbuciou:

— Então você não me ama?

E, como ela evitava o peso de um não brutal, ele retomou com uma voz doce e aflita:

— No fundo eu esperava por isso... Nunca tive sorte, sei que não posso ser feliz. Na minha casa, batiam em mim. Em Paris, sempre sou o bode expiatório. Veja, quando não se sabe conquistar as amantes dos outros, e que se é tão desajeitado que não se chega perto de ganhar tanto dinheiro quanto eles, o melhor é se jogar num canto e esquecer... Ah! Fique tranqüila, eu não a atormentarei mais. Quanto a amá-la, não pode me impedir, não é? Eu a amarei sem pedir nada, como um bichinho... Pronto, não me resta mais nada. É o meu papel na vida.

Ele chorou por sua vez. Ela o consolava e, em sua efusão amigável, descobriram que eram da mesma província, ela de Valognes, ele de Briquebec, a treze quilômetros. Foi mais uma coisa em comum. O pai dele, pequeno oficial de justiça empobrecido, de um ciúme doente, espancava-o chamando-o de bastardo, exasperado com a longa figura pálida e os cabelos de palha do rapaz que, segundo afirmava, não eram da família. Eles falaram dos grandes campos envoltos de heras vivas, das trilhas cobertas que se perdiam sob os olmos, dos caminhos gramados como alamedas de parque. Em volta deles, a noite empalidecia ainda mais, eles distinguiam os juncos da margem, a renda das sombras, negra sob o cintilar das estrelas; e uma paz os envolveu, eles esqueciam seus males unidos pela má sorte em uma amizade de bons colegas.

— E então? — perguntou vivamente Pauline, puxando Denise de lado quando chegaram diante da estação.

A jovem compreendeu o que ela queria dizer pelo sorriso e o afetuoso tom de curiosidade. Ela ficou muito vermelha ao responder:

— Nunca, minha cara! Eu disse que não queria! Ele é da minha terra. Apenas conversamos sobre Valognes.

Pauline e Baugé ficaram perplexos, confusos em suas idéias, não sabendo mais em que acreditar. Deloche os deixou na praça da Bastilha; como todos os vendedores residentes, ele dormia na loja, onde devia estar às onze horas. Não querendo voltar com ele, Denise, que conseguira uma permissão para ir ao teatro, aceitou acompanhar Pauline à casa de Baugé. Este, para se aproximar de sua amante, viera morar na rua Saint-Roch. Pegaram um fiacre. Denise ficou estupefata quando soube, no caminho, que sua amiga iria passar a noite com o rapaz. Nada mais fácil, era só dar cinco francos à senhora Cabin; todas as moças faziam isso. Baugé fez as honras de seu quarto, mobiliado com velhas peças estilo Império que lhe haviam sido enviadas por seu pai. Ele se zangou quando Denise falou em acertar as contas, depois acabou aceitando os quinze francos e sessenta que ela colocou sobre a cômoda; mas quis então oferecer-lhe uma xícara de chá, e acabou brigando com a chaleira e sendo obrigado a descer para comprar açúcar. Soava meia-noite quando ele encheu as xícaras.

— Preciso ir andando — repetia Denise.

E Pauline respondia:

— Daqui a pouco... Os teatros não fecham tão cedo.

Denise sentia-se incomodada nesse quarto de rapaz. Ela vira sua amiga se colocar em anágua e corpete, ela a observava preparar a cama, descobri-la, bater nos travesseiros com seus braços nus; e essas pequenas preparações à noite de amor, feitas assim sob seus olhos, a perturbavam, deixavam-na embaraçada, despertando mais uma vez em seu coração ferido a lembrança de Hutin. Enfim, à meia-noite e quinze ela os deixou. E partiu ainda mais abismada quando, em resposta a um inocente desejo de boa-noite, Pauline exclamou animadamente:

— Obrigada, a noite será boa!

A porta particular que levava ao apartamento de Mouret e aos quartos do pessoal situava-se na rua Neuve-Saint-Augustin. A senhora Cabin a encostava e depois ficava à espreita para marcar a volta de cada um. Uma lamparina clareava fracamente o saguão. Denise, tomada de ansiedade, hesitou ao aproximar-se dessa luz, pois ao dobrar a esquina vira a porta se fechar sobre a sombra indistinta de um homem. Devia ser o patrão voltando de sua noitada. E a idéia de encontrá-lo ali, no escuro, esperando-a talvez, causava-lhe uma dessas angústias estranhas com que ele ainda a afligia sem nenhum motivo razoável. Alguém se mexeu no primeiro andar, botas estalaram. Então ela perdeu a cabeça, empurrou a porta que dava para a loja e que deixavam aberta para as rondas de vigilância. Encontrou-se no meio da seção de estampados.

— Meu Deus! O que faço agora? — balbuciou em meio à sua emoção.

Lembrou-se que no último andar havia uma porta de comunicação com os quartos. Porém, seria preciso atravessar a loja toda. Ela preferiu essa viagem, apesar da escuridão que afogava as galerias. Nem um lampião queimava, havia apenas pequenas luminárias a óleo penduradas de longe em longe nas hastes dos lustres; e essas claridades dispersas, semelhantes a manchas de ouro, pareciam com lanternas penduradas em minas. Grandes sombras pairavam, mal distinguia-se os amontoados de mercadorias formando perfis apavorantes, colunas desmoronadas, animais dissimulados, ladrões de tocaia. O silêncio pesado, cortado de respirações longínquas, intensificava ainda mais a escuridão.

Entretanto, ela se orientou: a seção de brancos, à sua esquerda, formava uma massa pálida; ela quis atravessar imediatamente o grande saguão, mas trombou contra uma pilha de calicô e achou mais seguro seguir pela malharia e depois pelas lãs. Lá, um trovão a assustou, o ronco sonoro de Joseph, o contínuo, que dormia atrás dos artigos de luto. Ela se lançou rapidamente no saguão, que a cobertura de vidro enchia com uma luminosidade crepuscular; ele parecia maior, cheio da desolação noturna das igrejas, com a imobilidade de suas prateleiras e as silhuetas dos grandes metros, que desenhavam cruzes abandonadas. Agora ela fugia. Nos aviamentos, na luvaria, ela quase topou de novo com os contínuos adormecidos, e só se acreditou salva quando encontrou enfim a escada. No alto, porém, diante das confecções, um terror a invadiu ao avistar uma lanterna cujo brilho chamejante avançava: era uma ronda, dois vigias marcando sua passagem nos quadros indicadores. Ela ficou um minuto sem compreender, e observou-os passar dos xales aos móveis, depois à lingerie, assustada com a estranha manobra que faziam, com a chave que rangia, as portas de ferro que batiam com um barulho massacrante. Quando eles se aproximaram, ela se refugiou no fundo do salão das rendas, de onde um brusco chamado a fez imediatamente sair e a levou aos solavancos até a porta de comunicação. Ela reconhecera a voz de Deloche, que dormia em sua seção, numa pequena cama de ferro que ele mesmo montava todas as noites. Ele ainda não estava dormindo; revivia, com os olhos abertos, as horas doces do passeio no bosque.

— Ora! É a senhorita! — disse Mouret, que Denise encontrou diante dela, na escada, com uma pequena vela na mão.

Ela balbuciou, quis explicar que viera buscar algo na seção. Mas ele não estava zangado, olhava-a com seu ar ao mesmo tempo paternal e curioso.

— Você tinha permissão para ir ao teatro?

— Sim, senhor.

— E divertiu-se? A que teatro foi?

— Senhor, eu fui ao campo.

Isso o fez rir. Depois ele perguntou, acentuando a palavra:

— Sozinha?

— Não, senhor, com uma amiga — respondeu ela, as faces coradas, embaraçada com o pensamento que ele sem dúvida tivera.

Então ele se calou. Mas ainda olhava para ela, em seu pequeno vestido preto, penteada com um chapéu ornado apenas com uma fita azul. Será que essa moleca acabaria por se tornar uma moça bonita? O passeio ao ar puro lhe fizera bem, ela estava encantadora com seus belos cabelos revoltos sobre o rosto. E ele, que a tratava como criança havia seis meses, que a aconselhava às vezes, cedendo à curiosidade de fazer experimentos, à vontade maldosa de saber como uma mulher brotava e se perdia em Paris, não ria mais, foi tomado por um sentimento indefinido de surpresa e receio, mesclado de carinho. Era sem dúvida um amante que a embelezava assim. Em seguida a esse pensamento, sentiu como se seu pássaro favorito, com o qual gostava de brincar, o tivesse bicado até sangrar.

— Boa-noite, senhor — murmurou Denise, continuando a subir, sem esperar.

Ele não respondeu, apenas observou-a desaparecer. Então, voltou-se e seguiu para seu apartamento.

# VI

Quando a estação morta do verão chegou, um vento de pânico soprou pelo Paraíso das Damas. Era o desespero dos licenciamentos, das demissões em massa com as quais a direção varria a loja, vazia de clientes durante o calor de julho e agosto.

Todas as manhãs, ao fazer sua inspeção com Bourdoncle, Mouret chamava à parte os chefes de seção, que incitara no inverno a contratar mais vendedores do que precisavam para não prejudicar a venda, mesmo que isso significasse ter de se desfazer deles em seguida. Tratava-se agora de baixar os custos devolvendo às ruas um bom terço dos balconistas, os fracos que se deixaram devorar pelos fortes.

— Vejamos — dizia ele —, tem certamente gente demais nesta seção... Não podemos mantê-los assim de mãos abanando.

E se o chefe da seção hesitava, sem saber quem sacrificar:

— Vire-se, seis vendedores são mais do que o suficiente... Em outubro pode pegar mais, eles estão sobrando nas ruas!

Era Bourdoncle quem se encarregava das execuções. Com seus lábios finos, ele tinha uma terrível maneira de dizer: "Passe no caixa!", que caía como um golpe de machado. Tudo lhe servia de pretexto para desentulhar a casa. Ele inventava infrações, especulava sobre as mais leves negligências: "O senhor estava sentado: passe no caixa!", "O senhor respondeu: passe no caixa!", "Seus sapatos não estão engraxados: passe no caixa!" E mesmo os mais valentes tremiam diante do massacre que ele deixava atrás de si. Porém, como a mecânica não estava funcionando suficientemente rápido, imaginou um estratagema com o qual, em alguns dias, poderia decapitar sem cansaço a quantidade de vendedores previamente condenada. Antes das oito horas ele se posicionava à porta da loja com seu relógio na mão; e com três minutos de atraso o implacável "Passe no caixa" ceifava os jovens resfolegantes. Resolvia o assunto de maneira rápida e certeira.

— Você aí, sua cara é muito feia! — disse um dia a um pobre diabo cujo nariz atravessado o incomodava. — Passe no caixa!

Os protegidos obtinham quinze dias de férias não pagas, o que era uma maneira um pouco mais humana de diminuir os gastos. E os vendedores aceitavam a situação precária por força da necessidade e do hábito. Desde que haviam desembarcado em Paris, eram jogados de um lado para o outro: começavam a aprendizagem à direita, terminavam à esquerda, eram mandados embora ou iam por conta própria, de repente, ao acaso dos interesses. Se não havia trabalho, suprimia-se o pão dos operários; e isso passava pela engrenagem indiferente da máquina, as peças inúteis sendo tranqüilamente jogadas de lado como ruelas pelas quais não se guarda nenhum reconhecimento dos serviços prestados. Azar daqueles que não sabiam criar seu espaço!

Não se falava em outra coisa nas seções. Cada dia novas histórias circulavam. Nomeavam os vendedores despedidos como em tempo de epidemia se contam os mortos. Foram atingidas sobretudo as seções dos xales e das lãs: sete balconistas desapareceram em uma semana. Então um drama transtornou a lingerie: uma compradora que passou mal acusou a moça que a servia de comer alho; esta foi enxotada na hora, mesmo se, mal alimentada e sempre esfomeada, estivesse simplesmente terminando com uma provisão de crostas de pão atrás do balcão. A direção se mostrava impiedosa diante da menor reclamação das clientes; nenhuma desculpa era admitida, o empregado nunca tinha razão, devia desaparecer como uma ferramenta defeituosa que prejudicava o bom mecanismo da venda; e os colegas abaixavam a cabeça, nem tentavam alguma defesa. No pânico que soprava, cada um tremia por si: um dia que Mignot tirava um pacote de seu casaco, apesar do regulamento, quase foi surpreendido e pensou na hora estar na rua; Liénard, cuja preguiça era famosa, deveu à situação de seu pai no comércio não ser mandado embora uma tarde que Bourdoncle o encontrou dormindo de pé entre as pilhas de veludo inglês. Mas os Lhommes eram os mais preocupados, esperando a cada manhã a demissão do filho Albert: estavam muito descontentes com a maneira como ele mantinha seu caixa; mulheres vinham distraí-lo; e duas vezes a senhora Aurélie teve de ir falar com a direção.

Entrementes, no meio dessa limpeza, Denise estava tão ameaçada que vivia na contínua expectativa de uma catástrofe. Por mais corajosa que fosse, lutando com toda a sua boa vontade e toda a sua razão para não ceder às crises de sua natureza delicada, lágrimas a cegavam assim que fechava a porta de seu quarto, e ficava desolada, vendo-se na rua, brigada com o tio, não sabendo aonde ir, sem um tostão de economia e tendo duas crianças sob os braços. As sensações das primeiras semanas renasciam, tinha a impressão de ser um grão de milho numa poderosa mó; e sentia um abandono sem fim ao se perceber tão insignificante nessa grande máquina pronta para esmagá-la com tranqüila indiferença. Nenhuma ilusão era possível: se quisessem se desfazer de uma vendedora das confecções, seria ela a designada. Era evidente que durante o passeio de Rambouillet suas colegas haviam feito a cabeça da senhora Aurélie, pois esta última a tratava desde então com uma severidade em que entrava uma espécie de rancor. Não lhe perdoavam, aliás, ter ido a Joinville no mesmo dia; viam nisso uma afronta, uma maneira de escarnecer da seção inteira ao ir passear com uma vendedora do balcão inimigo. Denise nunca sofrera tanto na seção, e agora desesperava-se para conquistá-la.

— Não ligue para elas! — repetia Pauline. — Umas afetadas estúpidas como gansos!

Mas eram justamente os ares de dama que intimidavam a jovem. Quase todas as vendedoras, em sua convivência cotidiana com a clientela rica, adquiriam os modos da sociedade; e assim acabava-se criando uma classe indefinida, flutuando entre a operária e a burguesa.

Sob sua arte de se vestir, sob suas maneiras cuidadas e frases aprendidas, freqüentemente havia apenas uma falsa instrução, a leitura de jornalecos, as tiradas de teatro de vaudeville, as bobagens comuns das ruas de Paris.

— Sabiam que a despenteada tem uma criança? — disse Clara, certa manhã, ao chegar na seção.

E como se espantavam:

— Pois eu a vi ontem passeando com o moleque! Ela deve escondê-lo em algum lugar.

Dois dias depois, ao voltar do jantar, Marguerite contou outra novidade.

— Acabo de ver o amante da despenteada... Um operário, imaginem! Sim, um operariozinho de nada, com cabelos amarelos, espiando-a atrás das vidraças.

Foi doravante uma verdade assumida: Denise tinha um obreiro por amante e ocultava um filho no bairro. Crivaram-na de alusões maldosas. Quando atinou pela primeira vez, ficou totalmente pálida diante da monstruosidade de tais suposições. Era abominável, ela quis se explicar, e balbuciou:

— Mas são meus irmãos!

— Ah! Seus irmãos! — disse Clara com sua voz de troça.

Foi preciso a senhora Aurélie intervir.

— Calem-se senhoritas! Fariam melhor se trocassem estas etiquetas. A senhorita Baudu é livre de se comportar como bem entender fora da loja. Se ao menos aqui ela trabalhasse!

Essa defesa seca era uma condenação. Sufocada como se a tivessem acusado de um crime, a jovem tentava em vão elucidar os fatos. As outras riam e sacudiam os ombros. Ela ficou com uma ferida aberta no coração. Quando o rumor se espalhou, Deloche ficou tão indignado que falava em estapear as moças das confecções; apenas o medo de comprometer Denise ainda mais o deteve. Desde a noite de Joinville, tinha por ela um amor submisso, uma amizade quase religiosa, que lhe demonstrava com olhares de cachorro fiel. Ninguém devia suspeitar de sua afeição comum, pois zombariam deles; mas isso não o impedia de pensar em violências heróicas, num murro vingador, se a atacassem na sua frente.

Denise acabou não respondendo mais. Era odioso demais, ninguém queria acreditar nela. Quando uma colega arriscava uma nova alusão, ela se contentava em fitá-la fixamente, com um ar triste e calmo. Ela tinha, de qualquer maneira, outras preocupações, inquietações materiais que a afligiam muito mais. Jean continuava a não ser sensato e assediava-a continuamente com pedidos de dinheiro. Poucas semanas se passavam sem que recebesse dele toda uma história em quatro páginas; e, quando o vagomestre da loja lhe entregava essas cartas escritas com uma grande letra apaixonada, ela se apressava em escondê-las no bolso, pois as vendedoras começavam a rir, cantarolando canções licenciosas. Em seguida, após inventar pretextos para ir decifrar as cartas na outra ponta da loja, ela ficava tomada de terrores: esse pobre Jean parecia perdido. Todas as fábulas funcionavam com ela, aventuras de amor extraordinárias, cuja ignorância que tinha dessas coisas exagerava ainda mais os perigos. Eram moedas de quarenta soldos para escapar dos ciúmes de uma mulher, e de cinco ou seis francos que deviam reparar a honra de uma pobre menina, que seu pai mataria sem isso. Então, como seu salário e sua porcentagem não bastavam, ela teve a idéia de buscar um biscate fora da loja. Ela falou com Robineau, que lhe ficara simpático desde seu primeiro encontro na loja de Vinçard, e ele lhe conseguiu encomendas de nós de gravata a cinco soldos a dúzia. À noite, das nove a uma, ela costurava seis dúzias, o que lhe dava trinta soldos, sobre os quais ela precisava descontar uma vela de quatro soldos. Mas seus vinte e seis soldos por dia mantinham Jean; ela não reclamava da falta de sono, e estimaria-se muito feliz se uma catástrofe não tivesse mais uma vez perturbado seu orçamento.

No final da segunda quinzena, quando se apresentou à comerciante de nós de gravata, encontrou as portas fechadas: uma falência, uma bancarrota que lhe levava dezoito francos e trinta centavos, soma considerável com a qual contava absolutamente havia oito dias. Todas as misérias da seção desapareceram diante desse desastre.

— Você está triste — notou Pauline, que a encontrara na galeria de móveis. — Está precisando de alguma coisa?

Mas Denise já devia doze francos à amiga. Ela respondeu, tentando um sorriso:

— Não, obrigada... Dormi mal, só isso.

Era dia vinte de julho, momento mais forte do pânico das demissões. Dos quatrocentos empregados, Bourdoncle já liquidara cinqüenta; e corria o rumor de que haveria novas execuções. Ela não pensava, no entanto, nem um pouco nas ameaças que pairavam, estava inteiramente imbuída na angústia de uma nova aventura de Jean, mais aterrorizante que as anteriores. Naqueles dias ele precisava de quinze francos, a única coisa que podia salvá-lo da vingança de um marido enganado. Na véspera, ela recebera uma primeira carta, explicando o drama; depois, golpe sobre golpe, vieram mais duas. Na última, que ela estava terminando de ler quando Pauline a encontrou, Jean lhe anunciava sua morte certa naquela noite se não tivesse os quinze francos na mão. Ela se torturava à procura de alguma solução. Impossível tirar da pensão de Pepe que ela pagara dois dias antes. Todos os golpes do destino caíam de uma só vez. Ela esperava, no entanto, recuperar seus dezoito francos e trinta dirigindo-se a Robineau, que conseguiria talvez encontrar a comerciante de nós de gravata; mas Robineau, que recebera férias de duas semanas, não voltara na véspera, como o esperavam.

Entretanto, Pauline ainda a questionava amigavelmente. Quando as duas se encontravam atrás de um balcão afastado, elas conversavam alguns minutos com os olhos sempre atentos. De repente, a vendedora da lingerie fez um movimento de fuga: acabava de avistar a gravata branca de um inspetor que saía da seção de xales.

— Ah! Não tem problema, é o seu Jouve — murmurou com um ar mais tranqüilo. — Não sei o que ele tem, aquele velho, quando nos vê juntas... Em seu lugar, eu ficaria com um pé atrás, pois ele é gentil demais com você! Um cachorro velho, mau como sarna, e que pensa que ainda está falando com seus soldados!

De fato, Jouve era detestado por todos os vendedores pela severidade de sua vigilância. Mais da metade das demissões era fruto de seus relatórios. Seu grande nariz vermelho de antigo capitão pândego humanizava-se apenas nas seções controladas por mulheres.

— Por que eu teria medo? — perguntou Denise.

— Ora! — respondeu Pauline rindo. — Ele exigiria talvez algum reconhecimento... Foi assim com várias moças.

Jouve se afastou, fingindo não as ver; e elas o ouviram cair em cima de um vendedor das rendas, acusado de estar olhando um cavalo abatido na rua Neuve-Saint-Augustin.

— A propósito — retomou Pauline —, você não estava procurando o senhor Robineau? Ele voltou.

Denise acreditou estar salva.

— Obrigada, então vou dar uma volta e passar pela seda... Que seja! Mandaram-me lá para cima, para o ateliê, por conta de um punho.

Elas se separaram. A jovem, com um ar apressado, como se corresse de caixa em caixa, procurando algum erro, ganhou a escada e desceu para o saguão. Eram quinze para as dez, a primeira mesa acabava de soar. Um sol pesado aquecia as vidraças, e apesar das cortinas de tela cinza, o calor invadia o ar imóvel. De tempos em tempos um sopro fresco subia dos assoalhos, que os contínuos regavam com respingos de água. Sentia-se uma sonolência geral, uma sesta de verão, no meio do vazio dos balcões, semelhantes a capelas, onde a sombra dorme depois da última missa. Vendedores apáticos estavam ali parados, algumas raras clientes seguiam as galerias, atravessavam o saguão, com o passo abandonado das mulheres incomodadas pelo sol.

No momento em que Denise descia, Favier estava justamente mostrando para a senhora Boutarel, que desembarcara na véspera do Midi, um vestido de seda leve, de bolinhas cor-de-rosa. Desde o começo do mês, as provinciais dominavam, viam-se apenas senhoras todas ataviadas, com xales amarelos, saias verdes, a investida em massa do interior. Os caixeiros, indiferentes, nem riam mais. Favier acompanhou a senhora Boutarel aos aviamentos e, quando voltou, disse a Hutin:

— Ontem, todas eram da Auvergne, hoje são todas da Provence... Estou com dor de cabeça.

Mas Hutin se precipitou, era sua vez e ele reconhecera "a bela dama", aquela loura charmosa que a seção assim chamava, não sabendo nada dela, sequer seu nome. Todos lhe sorriam, não se passava nem uma semana sem que ela entrasse no Paraíso, sempre desacompanhada. Desta vez, ela vinha com um menininho de quatro ou cinco anos. Foi o comentário geral.

— Ela é casada então? — perguntou Favier quando Hutin voltou do caixa, onde fizera debitar trinta metros de cetim duquesa.

— É possível — respondeu o último —, ainda que esse moleque não prove nada. Pode ser de uma amiga... O certo é que ela deve ter chorado. Ah! Uma tristeza só, e olhos vermelhos!

Um silêncio reinou. Os dois vendedores olhavam vagamente para os fundos da loja. Então Favier retomou com uma voz lenta:

— Se ela é casada, seu marido talvez lhe tenha dado uns tapas.

— É possível — repetiu Hutin —, a menos que seja um amante que a deixou esperando.

E depois de um novo silêncio ele concluiu:

— Mas não estou nem aí!

Nesse momento Denise atravessava a seção das sedas, diminuindo a marcha e olhando à sua volta para encontrar Robineau. Ela não o viu, foi para a galeria do branco, depois atravessou as sedas uma segunda vez. Os dois vendedores perceberam seus movimentos.

— Ali está ela de novo, a desossada — murmurou Hutin.

— Ela está procurando Robineau — disse Favier. — Não sei o que esses dois fuxicam um com o outro. Nada de interessante sem dúvida, Robineau é bobo demais para isso... Dizem que ele encontrou um biscate para ela, nós de gravata. Uau! Que negócio!

Hutin cogitava uma maldade. Quando Denise passou perto dele, ele a deteve dizendo:

— Sou eu que a senhorita está procurando?

Ela ficou toda vermelha. Desde a noitada de Joinville, ela não ousava ouvir seu coração, onde se chocavam sentimentos confusos. Ela o via sem parar com aquela mulher de cabelos ruivos, e ainda estremecia diante dele, talvez fosse de mal-estar. Ela o teria algum dia amado? Ainda o amava? Não queria em absoluto remexer nessas coisas, que eram por demais doloridas.

— Não, senhor — respondeu embaraçada.

Então Hutin se divertiu com seu constrangimento.

— Se a senhorita deseja ser servida... Favier, sirva, por favor, Robineau à senhorita.

Ela o fitava fixamente, com o mesmo olhar triste e calmo com o qual recebia as alusões das moças de sua seção. Ah! Ele era mau, ele a apunhalava como os outros! E ela sentia um imenso desgosto com esse último elo que se rompia. Seu rosto exprimiu um tal sofrimento que Favier, normalmente pouco delicado, veio em seu socorro.

— O senhor Robineau está no estoque — disse. — Voltará sem dúvida para almoçar... A senhorita o encontrará esta tarde, se quiser falar com ele.

Denise agradeceu e voltou às confecções onde a senhora Aurélie a esperava numa cólera fria. Como! Ela partira havia meia hora! De onde saía? Evidentemente não era do ateliê! A jovem abaixava a cabeça, pensava nessa perseguição da infelicidade. Se Robineau não voltasse seria o fim de tudo. No entanto, ela se prometeu descer novamente.

Nas sedas, o retorno de Robineau provocara uma revolução. A seção havia pensado que ele não voltaria, agastado com os aborrecimentos que lhe criavam sem parar. Na realidade, pressionado por Vinçard, que insistia em lhe passar seu comércio, a certa altura ele quase cedera. O surdo trabalho de Hutin, a cova que este cavava havia longos meses sob os pés do segundo iria finalmente estourar. Durante as longas férias deste último, como o substituíra no posto de primeiro vendedor, Hutin se esforçara para denegri-lo junto aos chefes, com excessos de zelo, a fim de instalar-se em seu lugar: eram pequenas irregularidades descobertas e tornadas públicas, projetos de melhoria submetidos, novos desenhos que ele imaginava. Aliás, todos na seção, desde o contínuo que sonhava em se tornar vendedor, até o primeiro cobiçando a situação de gerente, todos tinham apenas uma idéia fixa: desalojar o colega acima de si para subir um degrau, abatendo-o se ele se tornasse um obstáculo. E essa batalha de ambições, esse choque de uns contra os outros, servia ao bom funcionamento da máquina: era o que inflamava a venda, acendia a chama do sucesso da loja de que Paris tanto se espantava. Atrás de Hutin havia Favier, e depois os outros, numa fila ávida. O rumor se estabelecera de forma permanente: Robineau estava condenado, cada um já imaginava seu proveito. Assim, quando o segundo reapareceu, houve um rosnado geral. Era preciso resolver o caso. E a atitude dos vendedores lhe pareceu tão ameaçadora que o chefe da seção, para dar à direção tempo para tomar um partido, resolveu mandar Robineau ao estoque.

— Preferimos ir todos embora a ficar com ele — declarou Hutin.

O caso desagradava a Bouthemont, cujo humor se acomodava mal a essas contrariedades internas. Ele sofria de só ter à sua volta rostos crispados. Contudo, queria ser justo.

— Ora, deixem-no em paz, ele não lhes fez nada.

Mas os protestos explodiram.

— Como? Ele não nos fez nada? Um ser insuportável, sempre nervoso, e que passaria por cima de um corpo caído, de tanto que é orgulhoso!

Era o grande rancor da seção. Robineau, com seus nervos femininos, tinha rigores e suscetibilidades inaceitáveis. Contavam todo tipo de histórias: um rapazinho que caíra doente, e até clientes que ele humilhara com comentários inapropriados.

— Enfim, senhores — disse Bouthemont —, não posso tomar uma decisão sozinho... Avisei a direção, vou conversar com eles daqui a pouco.

A segunda mesa acabava de soar, uma badalada de sino subia do subsolo, longínqua e surda no ar marasmado da loja. Hutin e Favier desceram. Vendedores chegavam de todas as seções, um a um, apertando-se embaixo na entrada estreita do corredor da cozinha, um corredor úmido iluminado continuamente por lampiões. A manada se apressava, sem um riso, sem uma palavra, em meio ao ruído crescente de louça e o cheiro forte de comida. De repente, no fundo do corredor, havia uma parada brusca diante do guichê. Flanqueado de pilhas de pratos, armado de garfos e colheres que mergulhava em bacias de cobre, um cozinheiro distribuía as porções. Quando ele se afastava, atrás de sua barriga coberta por um avental branco, avistava-se a cozinha flamejante.

— Ora, que coisa! — murmurou Hutin ao consultar o cardápio, escrito em um quadro-negro acima do guichê. — Carne ao molho picante ou arraia... Nunca tem carne assada nesta barraca! Esse cozido e esse peixe que eles fazem não enchem nem balão!

O peixe, aliás, era geralmente desprezado, a bacia ficava cheia. Favier optou, no entanto, por uma porção de arraia. Atrás dele Hutin se adiantou dizendo:

— Carne ao molho picante.

Com seu gesto mecânico, o cozinheiro espetou um pedaço de carne, depois o cobriu com uma colher de molho. Hutin, sufocado por ter recebido no rosto o sopro ardente da cozinha, mal seguia com sua porção que já atrás deles as palavras "carne ao molho picante... carne ao molho picante..." se seguiam como ladainhas; enquanto, sem sossego, o cozinheiro espetava os pedaços e os cobria de molho, com o movimento rápido e ritmado de um relógio bem regulado.

— Essa arraia está fria! — declarou Favier, cuja mão não sentia nenhum calor no prato.

Todos agora avançavam com os braços estendidos, equilibrando o prato, temendo se chocar contra alguma coisa. Dez passos adiante, abria-se o bar, um outro guichê com um balcão de estanho brilhante, onde estavam colocadas as partes de vinho, pequenas garrafas sem rolha, ainda úmidas da lavagem. E cada um, com a mão vazia, recebia uma dessas garrafas ao passar; depois, já totalmente carregado, ganhava sua mesa com um ar sério, com a atenção fixada em manter o equilíbrio.

Hutin resmungava surdamente:

— Um belo passeio, com esta louça na mão!

A mesa onde ele e Favier se sentavam encontrava-se no final do corredor, na última sala do refeitório. Todas as salas se pareciam, eram antigas adegas, de quatro por cinco metros, onde haviam passado massa corrida e que transformaram em refeitórios; mas a umidade estava machucando a pintura, as paredes amarelas se marmoreavam de manchas esverdeadas; e, do poço estreito dos respiradouros, que abriam para a rua na altura da calçada, caía uma claridade lívida, atravessada incessantemente pelas sombras vagas dos passantes. Em julho como em dezembro, o lugar era sufocante, uma nuvem quente, carregada de odores nauseabundos, que a proximidade da cozinha assoprava.

Hutin entrou na salinha. Sobre a mesa, selada à parede e coberta de uma toalha encerada, havia apenas os copos, os garfos e as facas marcando os lugares. Pilhas de pratos se erguiam em cada extremidade; enquanto, no meio, estendia-se um grande pão atravessado por uma faca. Hutin se desembaraçou de sua garrafa e colocou o prato diante de si; após pegar um guardanapo sobre a prateleira, que era o único ornamento das paredes, sentou-se soltando um suspiro.

— Isso tudo me deu uma fome! — murmurou ele.

— É sempre assim — disse Favier, instalado à sua esquerda. — Não tem nada quando se está faminto.

A mesa estava se enchendo rapidamente. Ela tinha vinte e dois lugares. De início, ouvia-se apenas o tilintar violento dos garfos, uma glutonaria de homenzarrões com os estômagos furados por treze horas de fadigas cotidianas. Antes, os caixeiros, que tinham uma hora para comer, podiam ir tomar um café fora da loja; assim, eles devoravam o almoço em vinte minutos a fim de ganhar a rua o quanto antes. Mas isso os agitava demais, e eles voltavam distraídos, a cabeça afastada da venda. A direção decidira então que não poderiam mais sair, que pagariam três soldos adicionais por uma taça de café, se quisessem uma. Assim, eles agora arrastavam a refeição, pouco preocupados em voltar para a seção antes da hora.

Muitos, enquanto engoliam grandes garfadas, liam um jornal dobrado e apoiado contra a garrafa. Outros, quando a primeira fome era satisfeita, conversavam ruidosamente; e aí voltavam aos eternos assuntos: a comida ruim, o dinheiro que ganhavam, o que tinham feito no domingo anterior e o que fariam no próximo.

— E então, e essa do Robineau? — perguntou um vendedor a Hutin.

A luta entre os vendedores da seda contra o segundo ocupava todas as seções. Discutia-se a questão todos os dias até a meia-noite no Café Saint-Roch. Hutin, que se precipitava sobre seu pedaço de carne, contentou-se em responder:

— Pois bem, ele voltou, o Robineau.

Depois, enraivecendo-se de repente:

— Deus do céu! Eles me deram carne de asno! Sem brincadeira, é nojento, palavra de honra!

— Não reclame! — disse Favier. — E eu que fiz a besteira de pegar a arraia? Ela está estragada.

Todos falavam ao mesmo tempo, se indignavam, riam. Num canto da mesa, contra a parede, Deloche comia silenciosamente. Ele tinha um apetite excessivo, que não conseguia satisfazer, e, como ganhava muito pouco para comprar suplementos, cortava fatias enormes de pão e engolia os pratos menos apetitosos com um ar de gulodice. Assim, todos se divertiam com ele, gritando:

— Favier, passe sua arraia para o Deloche... Ele gosta dela assim mesmo.

— E a sua carne, Hutin, o Deloche quer para a sobremesa.

O pobre rapaz dava de ombros, nem respondia. Não era sua culpa se morria de fome. Aliás, os outros podiam cuspir no prato, mas se empanturravam assim mesmo.

Súbito, um leve assobio fez com que se calassem. Perceberam a presença de Mouret e de Bourdoncle no corredor. Havia algum tempo que as reclamações dos empregados eram tais que a direção resolvera descer para julgar por si a qualidade da comida. Dos trinta soldos que ela dava ao *chef*, por dia e por cabeça, este devia pagar tudo: provisões, carvão, gás, pessoal; e, ao ouvir que o resultado não era muito bom, os diretores espantavam-se de forma ingênua. Ainda naquela manhã, cada seção delegara um vendedor; Mignon e Liénard se encarregaram de falar em nome de seus colegas. Assim, no brusco silêncio, os ouvidos ficaram atentos, e todos se puseram a escutar as vozes saindo da sala vizinha, onde Mouret e Bourdoncle acabavam de entrar. Este declarava a carne excelente; e Mignot, estupefato com essa tranqüila afirmação, repetia: "Experimente mastigar para ver"; enquanto Liénard, atacando-se à arraia, dizia com delicadeza: "Mas ela fede, senhor!" Então Mouret se desmanchou em palavras cordiais: ele faria tudo pelo bem-estar de seus empregados, era o pai deles, e preferiria comer pão seco a vê-los mal alimentados.

— Eu prometo estudar a questão — concluiu, aumentando o tom de voz de maneira a ser ouvido de uma ponta à outra do corredor.

Quando terminou a enquete da direção, o barulho de talheres recomeçou. Hutin então murmurou:

— Pois sim! Podem contar com isso, e bebam água! Ah! Eles não são avaros de boas palavras. Querendo promessas, é com eles mesmo! Alimentam-nos com solas de sapato e nos mandam para a rua como cachorros!

O vendedor que o questionara antes sobre Robineau repetiu:

— Você estava dizendo que o Robineau...

Mas um retinir de louças cobriu a voz dele. Os próprios caixeiros trocavam seus pratos, à esquerda e à direita as pilhas diminuíam. E, como um ajudante de cozinha trazia grandes travessas de ferro branco, Hutin exclamou:

— Arroz gratinado, está completo!

— Bom para dois soldos de cola! — disse Favier ao se servir.

Alguns adoravam, outros achavam grudento demais. E os que liam mantinham-se silenciosos, mergulhados no folhetim do jornal, nem ao menos notando o que estavam comendo. Todos enxugavam a testa, o estreito porão se enchia de um vapor espesso, enquanto as sombras dos passantes corriam continuamente como barras negras sobre as mesas ocupadas.

— Passem o pão para o Deloche — exclamou um brincalhão.

Cada um cortava seu pedaço, depois replantava a faca na casca até o cabo; e o pão continuava circulando.

— Quem troca meu arroz pela sobremesa? — perguntou Hutin.

Quando ele concluiu a transação com um pequeno rapaz magro, tentou também vender seu vinho; mas ninguém quis, todos o achavam horrível.

— Eu dizia que Robineau voltou — continuou ele, em meio aos risos e conversas que se cruzavam. — Ah! Seu caso é grave... Imaginem que ele perverte as vendedoras! Sim, procura para elas nós de gravatas!

— Silêncio! — murmurou Favier. — Estão julgando-o neste exato momento.

Com uma olhada de canto de olho ele mostrou Bouthemont, que caminhava no corredor entre Mouret e Bourdoncle, os três compenetrados, falando agitadamente à meia-voz. O refeitório dos chefes de seção e dos segundos ficava justamente defronte. Quando Bouthemont viu Mouret passar, levantou-se da mesa e começou a contar os problemas de sua seção, de como sentia-se desconfortável, sem saber como agir. Os dois outros o escutavam, recusando-se ainda a sacrificar Robineau, um vendedor de primeira, que datava dos tempos da senhora Hédouin. Mas, quando a história dos nós de gravata veio à tona, Bourdoncle irritou-se. Esse rapaz estaria louco de servir como intermediário, dando trabalho suplementar às vendedoras? A loja pagava bastante caro o tempo dessas moças; se elas trabalhavam por conta própria à noite, trabalhavam menos durante o dia na loja, era óbvio; elas os roubavam, portanto, arriscando a saúde que não lhes pertencia. A noite era feita para dormir, todas deviam dormir, ou então ir para o olho da rua!

— Está esquentando! — notou Hutin.

Cada vez que os três homens passavam diante do refeitório em seus passos lentos, os caixeiros os espreitavam, comentando os menores gestos. Terminaram esquecendo-se do arroz gratinado, no qual um caixa acabara de encontrar um botão de calça.

— Eu ouvi a palavra "gravata" — disse Favier. — E notaram como o nariz de Bourdoncle ficou branco de repente?

Mouret compartilhava a indignação do diretor. Uma vendedora reduzida a trabalhar à noite lhe parecia um ataque contra a própria organização do Paraíso. Quem era a idiota que não sabia se bastar com seus benefícios sobre a venda? Mas, quando Bouthemont nomeou Denise, ele se abrandou e encontrou até desculpas. Ah! Sim, aquela mocinha: ela ainda não era muito hábil e tinha dependentes, garantiam. Bourdoncle o interrompeu para declarar que era preciso mandá-la imediatamente embora; eles nunca conseguiriam tirar nada de uma tosca igual àquela, era o que sempre afirmara. E com tais palavras parecia saciar um velho rancor. Então, um tanto constrangido, Mouret riu. Meu Deus! Que homem mais severo! Não se podia perdoar uma vez? Eles chamariam a culpada e ralhariam com ela. Em suma, era Robineau quem tinha toda a culpa, pois deveria tê-la dissuadido, ele, um vendedor antigo, a par dos hábitos da casa.

— Ora vejam! Agora o patrão está rindo! — retomou Favier, espantado, quando o grupo passou de novo diante da porta.

— Por Deus! — jurou Hutin. — Se eles continuarem a colar Robineau no nosso rabo, verão a alegria que lhes daremos!

Bourdoncle encarou Mouret. Então fez simplesmente um gesto de desdém, como se para dizer que compreendia enfim e que era idiotice. Bouthemont retomara as reclamações: os vendedores ameaçavam partir e havia excelentes entre eles. Mas o que pareceu tocar os diretores mais do que tudo foi o rumor das boas relações entre Robineau e Gaujean: este, diziam, incentivava o segundo a se estabelecer por conta própria no bairro, e oferecia-lhe créditos mais generosos a fim de atacar diretamente o Paraíso das Damas. Houve um silêncio. Ah!

Esse Robineau sonhava com guerra? Mouret ficou bruscamente sério; agora demonstrava desprezo, evitou tomar uma decisão, como se o caso tivesse pouca importância. Eles veriam, falariam depois. E logo em seguida brincou com Bouthemont, cujo pai, que desembarcara na antevéspera de sua butique de Montpellier, quase sufocara de estupor e indignação ao entrar no enorme saguão onde seu filho reinava. Riam ainda do velhote, que, recuperando seu aprumo de meridional, se pusera a denegrir o que via e a asseverar que com uma bagunça dessas tudo iria parar na sarjeta.

— Justamente, ali está Robineau — murmurou o chefe de seção. — Eu o enviei ao estoque para evitar um conflito deplorável... Perdoem-me se insisto, mas as coisas estão num estado tão crítico que é preciso agir.

Nesse instante, Robineau acabava de entrar e passava por eles cumprimentando-os. Mouret se contentou em repetir:

— Muito bem, veremos o que fazer.

Eles partiram. Hutin e Favier esperavam avistá-los novamente. Quando não os viram reaparecer, sentiram-se aliviados. Será que agora a direção desceria a cada refeição para contar suas mastigadas? Só faltava essa, nem terem mais um tempo livre na hora de comer! A verdade era que tinham acabado de ver Robineau entrar, e que o bom humor do patrão sobre a conclusão da luta engajada por eles os preocupava. Eles abaixaram a voz, e procuraram novas motivos de queixa.

— Mas estou morrendo! — continuou Hutin em voz alta. — A gente fica com mais fome ainda ao sair da mesa!

No entanto, ele comera duas partes de geléia, a sua e a que ele trocara pela porção de arroz. De repente, exclamou:

— Caramba! Estou esbanjando humor! Victor, uma terceira geléia!

O garçom estava acabando de servir as sobremesas. Trouxe o café em seguida, e os que tomavam davam-lhe os três soldos na hora. Alguns vendedores tinham se levantado, e passeavam à toa pelo corredor, procurando os cantos escuros para fumar um cigarro. Os outros enlanguesciam diante da mesa coberta de louça suja: enrolavam bolinhas de miolo de pão, recomeçavam as mesmas histórias no calor de estufa que lhes corava as orelhas e em meio ao cheiro pesado de resto de comida, que já não sentiam mais. As paredes transpiravam, um abafamento lento descia da abóbada mofada. Encostado à parede, Deloche, entupido de pão, digeria em silêncio, os olhos erguidos para o respiradouro; todos os dias depois do almoço sua recreação era observar os pés dos passantes que andavam a passos rápidos na calçada, os pés cortados nos calcanhares, botinas grosseiras, botas elegantes, botinhas femininas delicadas, um vaivém contínuo de pés vivos, sem corpo e sem cabeça. Nos dias de chuva era muito sujo.

— Como! Já? — exclamou Hutin.

Um sino soava na outra ponta do corredor, era preciso deixar o lugar para a terceira mesa. Os moleques da limpeza chegavam com seus baldes de água morna e grandes esponjas para lavar as toalhas enceradas. Lentamente, as salas se esvaziavam, os vendedores subiam de novo para suas seções, arrastando-se pelas escadas. Na cozinha, o chefe retomara seu lugar no guichê, entre suas bacias de arraia, de carne e de molho, armado com seus garfos e colheres, pronto para encher novos pratos, com seu movimento ritmado de relógio bem regulado.

Como Hutin e Favier demoravam, viram Denise descer.

— O senhor Robineau voltou, senhorita — disse o primeiro, com uma polidez zombeteira.

— Ele está almoçando — acrescentou o outro. — Mas se está com muita pressa, pode entrar.

Denise continuou a descer sem responder, sem virar a cabeça. No entanto, quando passou diante do refeitório dos chefes de seção e dos segundos, não pôde se impedir de dar uma espiada. Robineau realmente estava ali. Ela tentaria falar com ele à tarde; e continuou a seguir o corredor para chegar à sua mesa, que ficava na outra ponta.

As mulheres comiam separadamente, em duas salas reservadas. Denise entrou na primeira. Era também uma antiga adega transformada em refeitório; mas fora arranjada com um pouco mais de conforto. Na mesa oval, no meio da sala, os quinze lugares eram mais espaçados, e o vinho era servido em jarras; uma travessa de arraia e uma travessa de carne ao molho picante ficavam em cada ponta. Garçons de avental serviam as moças, evitando-lhes o desconforto de elas mesmas terem de ir ao guichê pegar suas porções. A direção achara isso mais decente.

— Desceu por outro caminho? — perguntou Pauline, já sentada e cortando um pedaço de pão.

— Sim — respondeu Denise corando —, estava acompanhando uma cliente.

Ela mentia. Clara cutucou o braço de uma vendedora ao seu lado. O que a despenteada tinha hoje? Estava toda cheia de mistérios. Recebia cartas de seu amante uma depois da outra; depois corria a loja como uma perdida, usando como pretexto comissões no ateliê, onde simplesmente não ia. Certamente alguma coisa estava acontecendo. Então, enquanto comia sua arraia sem aversão, com a despreocupação de menina outrora alimentada com toucinho ranço, Clara começou a comentar um drama medonho, cujos detalhes enchiam os jornais.

— Vocês leram sobre esse homem que guilhotinou a amante com uma lâmina de barbear?

— Sim! — notou uma mocinha da lingerie, com o rosto doce e delicado. — Ele a encontrou com outro. Muito bem feito.

Pauline, porém, indignou-se:

— Como assim!? Porque não se ama mais uma pessoa, seria permitido cortar o seu pescoço! Ah, não! Ora essa! — Mas se interrompeu, e virando-se para o garçom: — Pierre, não consigo engolir esta carne... Eu queria um pequeno suplemento. Uma omelete, por exemplo! E bem molinha, se possível.

Enquanto esperava, como sempre tinha algo para beliscar no bolso, pegou umas pastilhas de chocolate e comeu com o pão.

— É claro que um homem desses não dá — retomou Clara. — E tem muitos ciumentos por aí! Ainda outro dia foi um operário que jogou a mulher num poço!

Ela não tirava os olhos de Denise, e pensou ter adivinhado algo vendo-a empalidecer. Evidentemente, essa santa do pau oco estava com medo de levar uns tapas de seu namorado, que a devia estar enganando.

Seria engraçado se ele a acossasse até a loja, como ela parecia temer. Mas a conversa mudava de rumo, uma vendedora estava dando receita para tirar mancha de veludo. Em seguida, falaram de uma peça no Teatro da Gaité, na qual menininhas encantadoras dançavam melhor que as pessoas grandes. Pauline, triste por um instante à vista de sua omelete que estava cozida demais, retomou o bom humor ao não achá-la de todo ruim.

— Passe-me o vinho — pediu ela a Denise. — Você deveria pedir uma omelete.

— Ah! A carne é suficiente — respondeu a jovem, que, para não gastar um tostão, contentava-se com a comida da loja, por mais repugnante que fosse.

Quando o garçom trouxe o arroz gratinado, as moças protestaram. Elas o tinham deixado no prato na semana anterior, e esperavam que ele não aparecesse de novo. Distraída e preocupada com Jean por causa das histórias de Clara, Denise foi a única a comer; e todas olharam para ela com um ar de nojo. Houve um esbanjamento de suplementos, elas se encheram de geléia. Era para elas sinal de elegância poderem alimentar-se bem com o dinheiro ganho.

— Sabem que os homens reclamaram — disse a delicada mocinha da lingerie —, e que a direção prometeu...

Interromperam-na com risos, agora só falavam da direção. Todas tomavam café, menos Denise, que não podia suportá-lo; era o que dizia. E elas se demoravam diante de suas taças, as vendedoras da lingerie vestidas de lã, com uma simplicidade de pequenas burguesas, e as das confecções em seda, com o guardanapo em volta do pescoço para não se sujarem, como damas que teriam descido para comer na cozinha com suas criadas de quarto. Tinham aberto a janela envidraçada do respiradouro a fim de fazer circular o ar sufocante e empestado; mas foi preciso fechá-la logo em seguida, pois as rodas dos fiacres pareciam passar sobre a mesa.

— Psiu! — soprou Pauline. — Lá vem a besta velha!

Era o inspetor Jouve. Lá pelo fim das refeições ele perambulava assim à vontade pelo lado das moças. Ele era o responsável pela vigilância das salas femininas. Com os olhos sorridentes, ele entrava, dava uma volta em torno da mesa; às vezes até puxava uma conversa, queria saber se elas tinham almoçado com bom apetite. Mas, como ele as entediava e intimidava, todas se apressavam em fugir, mesmo que o sino não tivesse soado, Clara desapareceu primeiro; outras a seguiram. Logo sobraram somente Denise e Pauline. Esta, depois de ter bebido seu café, terminava suas pastilhas de chocolate.

— Bem! — disse, erguendo-se. — Vou mandar um contínuo buscar laranjas para mim... Você vem?

— Daqui a pouco — respondeu Denise, que mordiscava um pedaço de pão, resolvida a ficar por último, de maneira a poder abordar Robineau quando ele subisse.

Entretanto, quando ficou sozinha com Jouve, sentiu um certo mal-estar; e, contrariada, finalmente deixou a mesa. Mas, ao vê-la dirigir-se para a porta, ele lhe barrou a passagem:

— Senhorita Baudu...

De pé na sua frente, ele sorria com um ar paterno. Seus grandes bigodes grisalhos, seus cabelos cortados em escovinha davam-lhe um ar de grande honestidade militar. E ele estufava o peito, onde ostentava sua faixa vermelha.

— O que foi, senhor Jouve? — perguntou ela, mais tranqüila.

— Eu a avistei mais uma vez esta manhã conversando atrás dos tapetes. Sabe que é contra o regulamento, e se eu fizesse meu relatório... Sua amiga Pauline gosta bastante de você, não é?

Seus bigodes remexeram, uma chama incendiou seu nariz enorme, um nariz oco e recurvado, com apetites de touro.

— Então? O que vocês duas têm para se gostarem assim?

Denise, sem compreender, começava a ressentir o mal-estar. Ele se aproximava demais, quase a lhe cuspir no rosto.

— É verdade, estávamos conversando, senhor Jouve — balbuciou a moça —, mas não há mal em conversar um pouquinho... O senhor é muito bom para mim, obrigada de qualquer forma.

— Eu não deveria ser bom — disse ele. — A justiça, é só o que conheço... Mas quando se é tão boazinha...

E ele se aproximava ainda mais. Então, ela ficou realmente abalada. As palavras de Pauline lhe voltavam à memória, ela se lembrava das histórias que corriam, das vendedoras aterrorizadas por Jouve, comprando sua boa vontade. Na loja, aliás, ele se contentava com pequenos gestos de familiaridade, passava suavemente seus dedos nas faces inchadas das moças complacentes, segurava-lhes as mãos, depois as guardava, como se as tivesse esquecido entre as suas. Isso parecia paternal, e ele só punha as mangas de fora quando aceitavam comer um pãozinho com manteiga em sua casa, na rua dos Moineaux.

— Deixe-me — murmurou a jovem, recuando.

— Ora — disse ele —, não vai dar uma de espevitada com um amigo que está sempre do seu lado. Seja gentil, venha esta noite tomar um chazinho com um pedaço de pão. É de bom coração.

Agora ela se debatia.

— Não, não!

A sala continuava vazia, o garçom não aparecera de novo. Jouve, com o ouvido atento ao barulho de passos, lançou vivamente o olhar à sua volta; e, muito excitado, saindo de sua postura, ultrapassando suas familiaridades de pai, quis beijar o pescoço da jovem.

— Menina má, quanta braveza... Quando se tem cabelos assim, pode-se ser tão tolinha? Venha esta noite, é para a gente se divertir.

Mas ela se afobava, em uma revolta aterrorizada, com a aproximação desse rosto fervente, cujo hálito quente ela podia sentir tão perto. De repente, ela o empurrou, com um esforço tão brusco que ele perdeu o equilíbrio e quase caiu sobre a mesa. Felizmente ele aterrissou em uma cadeira; mas o choque fez rolar uma garrafa de vinho, que respingou na gravata branca e encharcou a faixa vermelha. E ele ficou ali, sem se enxugar, sufocado de cólera, diante de tal brutalidade. Como? Quando menos esperava, quando não estava usando força alguma e que oferecia simplesmente sua bondade!

— Ah, senhorita! Vai se arrepender, palavra de honra!

Denise fugira. Naquele momento, soava o sino e, atordoada, ainda trêmula, ela esqueceu Robineau e subiu à seção. Depois não ousou descer novamente. Quando durante a tarde o sol aquecia a fachada da praça Gaillon, sufocava-se nas salas da sobreloja, apesar das cortinas. Algumas clientes vieram e fizeram as moças suar ainda mais sem nada comprar. Toda a seção bocejava sob os grandes olhos sonolentos da senhora Aurélie. Enfim, por volta das três horas, vendo a primeira toscanejar, Denise escapou discretamente e recomeçou sua volta pela loja com seu ar atarefado. Para despistar os curiosos, que podiam segui-la com os olhos, não desceu diretamente para a seda; a princípio, ela pareceu ter algo a fazer nas rendas, abordou Deloche, fez-lhe uma pergunta qualquer; em seguida, no térreo, atravessou a seção de estampados e entrou nas gravatas, quando um sobressalto a deteve bruscamente. Jean estava diante dela.

— Jean? — murmurou ela, toda pálida.

Ele estava com sua blusa de trabalho e sem chapéu, com seus cabelos louros em desordem, cujos cachos despencavam sobre sua pele de moça. De pé diante de uma prateleira de gravatas pretas finas, ele parecia refletir profundamente.

— O que estás fazendo aqui? — perguntou ela.

— Ora! — respondeu ele. — Estava te esperando. Tu me proíbes de vir ver-te. Então entrei, mas não disse nada a ninguém. Oh! Fica tranqüila. Finge que não me conheces, se preferires.

Alguns vendedores já os observavam com o ar espantado. Jean abaixou a voz.

— Ela quis me acompanhar. Sim, está na praça, junto da fonte... Dê-me rápido os quinze francos ou estamos acabados, assim como o sol nos ilumina!

Então Denise ficou realmente perturbada. Já estavam rindo, ouviam a aventura toda. E, como havia uma escada para o subsolo atrás da seção das gravatas, ela empurrou seu irmão para dentro e o fez descer rapidamente. Embaixo, ele continuou a história, constrangido, explicando os fatos, temendo que ela não acreditasse.

— O dinheiro não é para ela. Ela é distinta demais... E seu marido, bem, ele não dá a mínima para quinze francos! Não venderia sua mulher nem por um milhão. São fabricantes de cola, eu lhe disse? Pessoas verdadeiramente de bem... Não, o dinheiro é para um crápula, um conhecido dela que nos viu; e, tu entendes, se não lhe dou os quinze francos esta noite...

— Cala-te — murmurou Denise. — Daqui a pouco... Vai andando!

Eles tinham descido para o serviço de remessas. A baixa estação adormecia o vasto porão sob a claridade lívida dos respiradouros. Estava fresco, um silêncio pesado caía da abóbada. No entanto, um contínuo juntava os poucos pacotes destinados ao bairro da Madeleine em um dos compartimentos; e sobre a grande mesa de triagem, Campion, o chefe de serviço, estava sentado com as pernas para cima e os olhos semicerrados.

Jean recomeçou a falar:

— O marido, que tem uma faca enorme...

— Vai-te logo! — repetiu Denise, empurrando-o sem parar.

Eles seguiram por um dos corredores estreitos, onde o gás queimava continuamente. À direita e à esquerda, no fundo das furnas obscuras, as mercadorias em estoque criavam sombras atrás das paliçadas. Finalmente, ela parou diante de uma das grades de madeira. Certamente ninguém apareceria ali; mas era proibido, e ela tremia.

— Se esse crápula fala — retomou Jean —, o marido que tem uma faca enorme...

— Mas onde tu queres que eu encontre quinze francos? — exclamou Denise, desesperada. — Não podes ser sensato? Estás sempre metido em coisas tão estranhas!

Ele se bateu no peito. Em meio a suas invenções romanescas, ele mesmo não sabia mais onde estava a verdade exata. Ele dramatizava simplesmente suas necessidades de dinheiro, tinha sempre alguma necessidade imediata.

— Sobre o que há de mais sagrado, desta vez é a pura verdade... Eu a segurava assim, e ela me beijava...

Ela o fez se calar de novo. Estava brava, torturada, levada ao extremo.

— Eu não quero saber. Guarda para ti mesmo a tua má conduta. É muito feio, entendes! E tu me atormentas a cada semana, eu me mato para te procurar moedas de cem soldos. Sim, passo as noites a... Sem contar que tu tiras o pão da boca do teu irmão.

Jean estava estupefato, ficou pálido. Como? Era feio? Não estava entendendo nada, desde criança tratara sua irmã como uma amiga, parecia-lhe bem natural abrir seu coração para ela. Mas o que o pasmava acima de tudo era descobrir que ela passava as noites trabalhando! A idéia de que a estava matando e que comia a parte de Pepe o transtornou tanto que ele chorou.

— Tens razão, sou um patife — exclamou ele. — Mas não é feio, vai! Ao contrário, e é por isso que acabo fazendo de novo... Essa daí, sabes, já tem vinte anos. Ela achava que era uma brincadeira porque só tenho dezessete... Meu Deus! Como estou furioso comigo! Eu me daria uns tapas!

Ele segurava as mãos de sua irmã, beijava-as, molhava-as de lágrimas.

— Me dá os quinze francos, vai ser a última vez, eu juro... Ou melhor, não! Não me dê nada, prefiro morrer. Se o marido me assassinar, ficarás livre de mim.

E, como ela também chorava, ele sentiu remorsos.

— Eu digo isso, mas não sei de nada. Talvez ele não queira matar ninguém. A gente vai se virar, eu prometo, irmãzinha. Bom, adeus, vou embora.

Mas um barulho de passos, do outro lado do corredor, os assustou. Ela o empurrou contra o estoque, para um canto escuro. Por um instante, eles só ouviram o assobio de um lampião perto deles. Depois, os passos se aproximaram; e, esticando a cabeça, ela reconheceu o inspetor Jouve, que acabava de entrar no corredor, com seu ar duro. Ele estaria lá por acaso? Algum outro vigia de plantão o teria avisado? Ela foi tomada de um tal pavor que perdeu a cabeça: empurrou Jean para fora do buraco escuro onde se escondiam e balbuciou:

— Vai embora! Vai embora!

Os dois galopavam, ouvindo atrás deles a respiração de Jouve, que corria também. Eles atravessaram de novo o serviço de remessas e chegaram aos pés da escada cuja porta envidraçada dava para a rua de la Michodière.

— Vai logo! — repetia Denise. — Vai! Se eu conseguir enviarei os quinze francos assim mesmo.

Jean fugiu atordoado. Sem fôlego, o inspetor, que estava chegando, distinguiu apenas uma ponta da blusa branca e os cachos louros balançando ao vento da calçada. Ele parou um instante para respirar, para recuperar a correção de sua aparência. Estava usando uma gravata branca nova, que pegara na seção de lingerie, e cujo nó resplandecia como a neve.

— Pois bem! Muito bonito, senhorita! — disse com os lábios trementes. — Sim, é bonito, muito bonito... Se espera que eu tolere uma coisa dessas aqui no subsolo...

E ele a perseguia com essa palavra, enquanto ela subia novamente para a loja, a garganta apertada de emoção, sem encontrar uma palavra para a sua defesa. Agora ela se arrependia de ter corrido. Por que não explicar, mostrar seu irmão? Iam imaginar ainda outras infâmias, e ela poderia jurar o que quisesse que ninguém acreditaria nela. Mais uma vez ela esqueceu Robineau e voltou diretamente para sua seção.

Sem esperar, Jouve foi para a direção fazer seu relatório. Mas o contínuo lhe disse que o diretor estava ocupado com o senhor Bourdoncle e o senhor Robineau: os três estavam conversando havia quinze minutos. A porta ficara aberta; ouvia-se Mouret perguntar alegremente ao caixeiro se ele passara boas férias; não era questão de uma demissão, a conversa ao contrário caiu sobre certas medidas a tomar na seção.

— Deseja alguma coisa, senhor Jouve? — perguntou Mouret. — Entre.

Mas um instinto advertiu o inspetor. Como Bourdoncle saíra, Jouve preferiu contar tudo a ele. Lentamente, eles seguiram pela galeria dos xales, andando lado a lado, um inclinado e falando baixinho, o outro escutando, sem que um traço de seu rosto severo deixasse entrever suas impressões.

— Isso é tudo — terminou o último por dizer.

E, como tinham chegado diante das confecções, eles entraram. Nesse momento, a senhora Aurélie estava zangando com Denise. De onde ela estava vindo? Desta vez ela não ousaria dizer que fora ao ateliê. Realmente, esses sumiços contínuos não podiam mais ser tolerados.

— Senhora Aurélie! — chamou Bourdoncle.

Ele decidira agir por contra própria, não queria consultar Mouret, temendo uma fraqueza. A primeira avançou e a história foi contada mais uma vez em voz baixa. Toda a seção esperava, farejando uma catástrofe. Enfim, a senhora Aurélie se voltou com o ar solene.

— Senhorita Baudu...

E sua máscara empastada de imperador tinha a imobilidade inexorável do poder supremo.

— Passe no caixa!

A terrível frase soou alto na seção então vazia de clientes. Denise ficara tesa e branca, sem respirar. Depois, ela balbuciou umas palavras entrecortadas.

— Eu? Eu? Por quê? O que eu fiz?

Bourdoncle respondeu duramente que ela sabia muito bem, que seria melhor não dar uma explicação; ele falou das gravatas e comentou que maravilha seria se todas as moças se encontrassem com homens no subsolo.

— Mas era meu irmão! — exclamou ela com a cólera dolorosa de uma virgem violentada.

Marguerite e Clara riram, enquanto a senhora Frédéric, habitualmente tão discreta, balançou também a cabeça com um ar incrédulo. Sempre o irmão! Era realmente uma tola!

Denise então olhou para cada um: Bourdoncle, que desde o primeiro minuto não a quisera na loja; Jouve, que lá ficara como testemunha, e de quem ela não esperava nenhuma justiça; em seguida, as colegas, as quais não conseguira sensibilizar depois de nove meses de convivência sorridente, essas moças finalmente felizes de vê-la partir. Para que se debater então? Por que querer se impor quando ninguém gostava dela? E ela se foi sem acrescentar nenhuma palavra, não lançou sequer um último olhar para o salão onde lutara por tanto tempo.

Mas assim que se viu sozinha diante da rampa do saguão, um sofrimento mais vivo apertou seu coração. Ninguém gostava dela, e a lembrança repentina de Mouret acabou por lhe retirar toda a resignação. Não! Ela não podia aceitar essa demissão. E se ele acreditasse nessa história escabrosa, nesse encontro às escondidas com um homem no fundo do porão? Ficou torturada de vergonha com esta idéia, uma angústia que nunca sentira a envolveu completamente. Ela queria encontrá-lo, explicar-lhe as coisas, simplesmente para informá-lo; pois tanto fazia para ela partir quando ele soubesse a verdade. E seu antigo temor, a agitação que a gelava diante dele, rebentou de repente numa necessidade ardente de vê-lo, de não deixar a loja sem lhe jurar que ela não pertencera a um outro.

Eram quase cinco horas, o magazine retomava um pouco de vida, no ar mais fresco do final da tarde. Rapidamente, ela se dirigiu para lá. Mas, quando chegou diante da porta da sala de Mouret, uma tristeza desesperada a invadiu novamente. Sua língua a atrapalhava, todo o peso da existência recaía sobre seus ombros. Ele não acreditaria nela, riria como os outros; e esse medo a fez perder as forças. Tudo estava acabado, ela estaria melhor sozinha, desaparecida, morta. Então, sem mesmo prevenir Deloche e Pauline, ela se dirigiu imediatamente ao caixa.

— Senhorita — disse o empregado —, você tem vinte e dois dias, isso dá dezoito francos e sessenta, aos quais é preciso acrescentar sete francos de porcentagem e de comissão. A conta esta correta?

— Sim, senhor... Obrigada.

E Denise estava indo embora com seu dinheiro quando encontrou Robineau. Ele já soubera de sua demissão e lhe prometeu reencontrar a comerciante de gravatas. Baixinho, ele a consolava e se indignava:

que vida! Se ver continuamente à mercê de um capricho! Ser jogado na rua de uma hora para outra, sem sequer mesmo poder exigir o salário do mês inteiro! Denise subiu para prevenir a senhora Cabin que viria buscar sua mala à noite. Cinco horas soavam quando ela se encontrou na calçada da praça Gaillon, atordoada no meio dos fiacres e da multidão.

Na mesma noite, na hora de voltar para casa, Robineau recebeu uma carta da direção comunicando-o em quatro linhas que, por razões de ordem interna, viam-se forçados a renunciar a seus serviços. Ele estava no magazine havia sete anos; naquela mesma tarde conversara com os patrões; foi um balde de água fria. Hutin e Favier cantavam vitória na seda, com o mesmo barulho que Marguerite e Clara triunfavam nas confecções. Já era sem tempo! As vassouradas criam mais espaço! Apenas Deloche e Pauline, quando se encontraram no meio da confusão das seções, trocaram palavras desoladas, sentindo por Denise, tão doce, tão honesta.

— Ah! — disse o rapaz. — Se ela não conseguir algo bom em outro lugar, eu gostaria que ela voltasse para cá só para lhes fazer engolir esse bando de injúrias!

E foi Bourdoncle que, nesse caso, recebeu o choque violento de Mouret. Quando este descobriu que Denise fora despedida, ficou bastante irritado. Normalmente, ele se ocupava muito pouco do pessoal; mas desta vez viu ali uma usurpação de poder, uma tentativa de escapar à sua autoridade. Por acaso ele não era mais o patrão ali, para que se permitissem dar ordens assim? Tudo deveria passar sob o seu crivo, absolutamente tudo; e ele quebraria como uma palha qualquer um que resistisse. Mais tarde, ao fazer uma enquete pessoal, zangou-se novamente sob um tormento nervoso que não podia controlar. Ela não mentia, a pobre menina: era seu irmão. Campion o reconhecera perfeitamente. Então por que despedi-la? Ele falou até em readmiti-la.

Entretanto, Bourdoncle, cuja força estava na resistência passiva, esperava a tempestade passar enquanto estudava Mouret. Enfim, um dia que encontrou o patrão mais calmo, ousou dizer com uma voz cheia de significado:

— Foi melhor para todo mundo ela ter partido.

Mouret ficou embaraçado, com sangue no rosto.

— Palavra de honra — respondeu rindo —, talvez você tenha razão... Vamos ver a venda. Isso alegra os ânimos: fizemos quase cem mil francos ontem.

# VII

Por um momento Denise ficou atordoada no meio da rua sob o sol ainda quente das cinco horas. Julho aquecia as calçadas, Paris reslumbrava sua ofuscante luminosidade de verão. A catástrofe fora tão brusca, tinham-na mandado embora tão rudemente, que ela permanecia ali imobilizada, apenas remexendo no fundo de seu bolso seus vinte e dois francos e setenta centavos com uma mão maquinal, perguntando-se onde ir e o que fazer.

Uma fila de fiacres a impedia de sair da calçada do Paraíso das Damas. Quando enfim se arriscou entre as rodas, atravessou a praça Gaillon como se quisesse ir para a rua Louis-Le-Grand; em seguida, mudou de opinião e desceu pela rua Saint-Roch. Mas ela não tinha ainda nenhum projeto, e parou na esquina da rua Neuve-des-Petits-Champs, que seguiu depois de olhar à sua volta com um ar indeciso. Ao ver a passagem Choisel, entrou ali; encontrou-se então na rua Monsigny, sem saber como, e finalmente recaiu na rua Neuve-Saint-Augustin. Um grande zunido enchia sua cabeça, a idéia de sua mala lhe voltou ao avistar um representante comercial. Mas onde mandar entregá-la, e por que ter de lidar com tudo isso, se uma hora mais cedo ela ainda tinha uma cama onde dormir à noite?

Então, com os olhos erguidos para as casas, ela examinou as janelas. Anúncios de todos os tipos desfilavam. Ela os via confusamente, arrebatada pelo movimento interior que a agitava inteira. Seria possível? De um minuto para o outro ficara só, perdida nessa grande cidade desconhecida, sem apoio, sem recursos! Precisava, no entanto, comer e dormir. As ruas se sucediam, a rua dos Moulins, a rua Saint-Anne. Ela andava pelo bairro, indo e vindo sobre seus próprios passos, sempre voltando ao único cruzamento que conhecia bem. Bruscamente ficou estupefata: estava novamente diante do Paraíso das Damas; e, para escapar a essa obsessão, entrou na rua de la Michodière.

Felizmente, Baudu não estava à porta de sua lojinha; o Velho Elbeuf parecia morto atrás de suas vitrines escuras. Ela nunca ousaria ir à casa de seu tio, pois ele afetava não mais reconhecê-la, e ela não queria ser-lhe um fardo agora que se encontrava na fatalidade que ele lhe predissera. Mas, do outro lado da rua, uma placa amarela a deteve: "Aluga-se quarto mobiliado". Era o primeiro anúncio que não lhe dava medo tanto a casa parecia miserável. Então ela a reconheceu, com seus dois andares baixos, sua fachada cor de ferrugem, espremida entre o Paraíso das Damas e a antiga mansão Duvillard. Na soleira da loja de guarda-chuvas, o velho Bourras, cabeludo e barbudo como um profeta, de pincenê no nariz, estudava o marfim de uma ponta de bengala. Locatário de toda a casa, ele sublocava os dois andares de cima para economizar no aluguel.

— O senhor tem um quarto? — perguntou Denise, obedecendo a um impulso instintivo.

Ele ergueu os olhos semicobertos por espessas sobrancelhas e ficou surpreso de vê-la. Todas as vendedoras do Paraíso lhe eram conhecidas. E, depois de observar seu vestidinho limpo, seu aspecto honesto, ele respondeu:

— Não serve para você.

— Quanto custa? — retrucou Denise.

— Quinze francos por mês.

Então ela quis visitar. Na lojinha estreita, como ele ainda a encarava com um ar espantado, ela contou como saíra do magazine e seu desejo de não incomodar o tio. O velho foi buscar uma chave em uma prateleira nos fundos, uma salinha escura onde ele cozinhava e dormia; adiante, atrás de uma vidraça poeirenta, via-se a claridade esverdeada de um pátio interior com apenas dois metros de largura.

— Vou na frente para você não cair — disse Bourras ao penetrar no corredor úmido que ladeava a loja.

Ele tropeçou num degrau e foi subindo, multiplicando as advertências. Cuidado! O corrimão estava do lado da parede, tinha um buraco na curva, às vezes os locatários deixavam cestos de lixo ali. Denise, em meio a uma escuridão completa, não distinguia nada, sentia apenas a friagem das velhas pedras molhadas. No primeiro andar, no entanto, uma pequena janela dando para o pátio permitiu-lhe entrever vagamente, como no fundo de um açude adormecido, a escada truncada, as paredes pretas de sujeira, as portas empenadas e com a pintura lascada.

— Se pelo menos um destes dois quartos estivesse livre! — retomou Bourras. — Você ficaria bem... Mas eles estão sendo ocupados por senhoras.

No segundo andar, a luz entrava um pouco mais, aclarando com uma palidez crua o destroço do prédio. Um aprendiz de padeiro ocupava o primeiro quarto; e era o outro, o dos fundos, que estava vago. Quando Bourras o abriu, teve de ficar no corredor para que Denise pudesse visitá-lo à vontade. A cama, ao lado da porta, mal deixava passagem para uma pessoa. Contra a parede do fundo havia uma pequena cômoda de nogueira, uma mesa de pinho escurecido e duas cadeiras. Os locatários que cozinhavam tinham de se ajoelhar diante da lareira ou arranjar um fogareiro.

— Por Deus! — disse o velho. — Não é rico, mas a janela é alegre, dá para ver as pessoas na rua.

E como Denise olhava com surpresa o canto do teto acima da cama, onde alguma hóspede escrevera seu nome, Ernestine, com a chama de uma vela, ele acrescentou com um ar bonachão:

— Se eu reparasse em cada detalhe, nunca fecharia as contas... Enfim, é o que tenho para oferecer.

— Vou ficar muito bem — declarou a jovem.

Ela pagou um mês adiantado, pediu roupas de cama — um par de lençóis e duas toalhas — e logo fez sua cama, contente, aliviada de saber onde dormiria à noite. Uma hora mais tarde mandou um moleque buscar sua mala: estava instalada.

Foram a princípio dois meses de um terrível desconforto. Não podendo mais pagar a pensão de Pepe, ela o pegou de volta e o colocava para dormir em uma velha poltrona emprestada por Bourras. Precisava rigorosamente de trinta soldos por dia, incluindo o aluguel, e passou a viver de pão seco para dar um pouco de carne à criança. Na primeira quinzena, as coisas ainda andaram: ela começou com os dez francos que lhe restavam, depois teve a sorte de reencontrar a comerciante de gravatas que lhe pagou os dezoito francos e trinta que lhe devia.

Mas a partir de então sua penúria foi completa. Embora tivesse se apresentado nas principais lojas da cidade — Praça Clichy, Bon Marché, Louvre —, a baixa estação parara os negócios por toda parte e sempre mandavam-na voltar no outono. Mais de cinco mil empregados do comércio, despedidos como ela, batiam as ruas sem encontrar vagas. Então ela tratou de arranjar biscates. Contudo, em sua ignorância de Paris, não sabia em que portas bater, aceitava tarefas ingratas, nem sempre recebia pagamento. Algumas noites, ela dava o jantar a Pepe, uma sopa, dizendo-lhe que comeria fora; e ia para a cama com a cabeça zunindo, alimentada apenas pela febre que lhe queimava as mãos. Quando Jean aparecia no meio dessa miséria, ele se dizia um criminoso, com uma tal violência e desespero que ela preferia mentir. Várias vezes ela ainda encontrava meios de lhe soltar uma moeda de quarenta soldos para lhe provar que tinha algumas economias. Ela nunca chorava na frente das crianças. Aos domingos, quando podia cozinhar um pedaço de vitela na lareira, ajoelhada no azulejo, o cômodo estreito reverberava com uma alegria de garotos brincando, despreocupados com a vida. No final do dia, quando Jean voltava para seu patrão e Pepe adormecia, ela passava a noite petrificada, na angústia do dia seguinte.

Outros temores a mantinham desperta. As duas mulheres do primeiro andar recebiam visitas até muito tarde; e às vezes algum homem se enganava, subia e batia em sua porta. Como Bourras lhe disse para simplesmente não responder, ela enfiava a cabeça no travesseiro a fim de não ouvir as injúrias gritadas. Depois, seu vizinho padeiro resolveu se divertir com ela, e ao voltar para casa de manhã espreitava-a quando ela ia buscar seu balde de água; ele até fazia buracos no gesso para observá-la se lavar, o que a forçava a prender suas roupas ao longo da parede.

Mas ela sofria ainda mais com as importunidades da rua, com a contínua impertinência dos passantes. Ela não podia descer para comprar uma vela, nas calçadas enlameadas onde rodava a devassidão dos bairros antigos, sem sentir atrás de si um sopro ardente, sem ouvir palavras cruas de lascívia; e os homens a perseguiam até o fundo da alameda escura, encorajados pelo aspecto sórdido da casa. Por que ela não arrumava um amante? Todos se espantavam com isso, parecia ridículo. Um dia ela não teria alternativa senão sucumbir. Ela mesma não saberia explicar como ainda resistia, sob a ameaça da fome e em meio à turbulência de luxúria que aquecia o ar em torno dela.

Certa noite, Denise não tinha sequer pão para a sopa de Pepe, quando um senhor condecorado a seguiu. Diante da alameda ele se tornou brutal, e foi com náusea e revolta que ela lhe bateu a porta na cara. Depois, em seu quarto, ela se sentou com as mãos tremendo. O pequeno estava dormindo. O que ela responderia se ele despertasse e pedisse para comer? No entanto, bastaria ter consentido. Sua miséria acabaria, ela teria dinheiro, vestidos, um belo quarto. Era fácil: diziam que todas acabavam assim, pois em Paris uma mulher não podia viver de seu trabalho. Mas uma delicadeza de seu ser protestava, sem indignação contra as outras, repugnando simplesmente as coisas sujas e insensatas. Ela tinha da vida uma idéia de lógica, de sabedoria e de coragem.

Muitas vezes Denise se inquiriu assim. Uma antiga balada ressoava em sua memória: a da noiva de um marinheiro cujo amor a protegia contra as provações da espera. Em Valognes, ela cantarolava o refrão sentimental fitando a rua deserta. Teria ela também alguém no coração para se manter tão valente? Ela ainda pensava em Hutin com um grande mal-estar. Ela o via passar todos os dias sob sua janela. Agora que galgara a segundo, ele caminhava só, em meio ao respeito dos simples vendedores. Ele nunca erguia a cabeça, e ela pensava sofrer pela vaidade desse rapaz; acompanhava-o então com os olhos sem medo de ser surpreendida.

E, assim que ela avistava Mouret, que passava ali também todas as noites, uma tremura a agitava, e ela se escondia rápido, com o colo palpitante. Não era necessário que ele descobrisse onde ela morava; depois, ela morria de vergonha da loja, e sofria pelo que ele podia pensar dela, ainda que nunca mais se encontrassem.

Aliás, Denise vivia ainda no ritmo do Paraíso das Damas. Uma simples parede separava seu quarto de sua antiga seção; e desde a manhã ela revivia seus dias no magazine, pelo ronco borbotoante da venda sentia a multidão subir. Os menores ruídos estremeciam o velho casebre colado ao flanco do colosso, cujos enormes pulsos palpitavam. Além disso, Denise não podia evitar certos encontros. Duas vezes ela se viu diante de Pauline, que lhe ofereceu ajuda, consternada de sabê-la tão desgraciada; foi preciso mesmo mentir para evitar ter de receber sua amiga ou ter de visitá-la, um domingo, na casa de Baugé. Porém, ela se defendia mais dificilmente contra a afeição desesperada de Deloche; ele a vigiava, não ignorava nenhuma de suas inquietações, esperava por ela na rua. Uma noite ele quis lhe emprestar trinta francos, as economias de um irmão, disse ele, corando muito. E esses encontros faziam-na voltar à loja, ocupavam-na com a vida que ali levavam, como se ela não a tivesse deixado.

Ninguém subia ao quarto de Denise. Certa tarde, ela foi surpreendida com o som de batidas na porta. Era Colomban. Ela o recebeu de pé. Muito constrangido, ele balbuciou de início, pediu notícias, falou do Velho Elbeuf. Talvez fosse o tio Baudu quem o enviava, arrependido de tanta dureza, pois continuava sem ao menos cumprimentar a sobrinha, ainda que não ignorasse a miséria em que ela se encontrava. Mas, quando ela questionou diretamente o balconista, ele pareceu ainda mais embaraçado: não, não, não era o patrão que o enviava;

e ele acabou dizendo um nome; Clara, queria simplesmente conversar sobre Clara. Pouco a pouco, ele foi ganhando mais coragem, pedia conselhos, pensando que Denise poderia ser-lhe útil junto a antiga colega. Em vão ela o dissuadiu, repreendendo-o por fazer Geneviève sofrer por uma moça sem coração. Ele voltou a subir um outro dia e acabou criando o hábito de ir vê-la. Isso bastava a seu amor tímido, e sem se dar conta ele recomeçava toda vez a mesma conversa, palpitando de alegria de estar com uma mulher que estivera próxima de Clara. E assim Denise viveu ainda mais no Paraíso das Damas.

Foi por volta dos últimos dias de setembro que a jovem conheceu a miséria negra. Pepe caíra doente, uma terrível gripe que preocupava. Era preciso alimentá-lo com caldos e ela nem tinha pão. Certa noite em que, vencida, ela soluçava caída num desses estados de abatimento sombrio que levam as moças a se lançarem na sarjeta ou no Sena, o velho Bourras bateu suavemente em sua porta. Ele trazia um pão e uma lata cheia de caldo.

— Tome! É para o pequeno — disse ele com seu jeito brusco. — Não chore tão forte, incomoda meus locatários.

E como ela o agradecia numa nova crise de lágrimas:

— Cale-se agora! Amanhã venha falar comigo. Tenho trabalho para você.

Bourras, depois do golpe terrível que o Paraíso das Damas lhe infligira ao criar uma seção de guarda-chuvas e sombrinhas, não empregava mais ninguém. Ele fazia tudo sozinho para diminuir seus custos: as limpezas, os remendos, as costuras. Sua clientela, aliás, diminuíra ao ponto de às vezes lhe faltar trabalho. Assim, no dia seguinte, ele teve que inventar tarefas para Denise quando a instalou em um canto de sua loja. Ele não podia deixar as pessoas morrerem em sua casa.

— Você receberá quarenta soldos por dia — disse ele. — Quando achar coisa melhor, vá embora.

Ela tinha medo dele, e acabava seu trabalho tão rápido que o velho se atrapalhava para inventar outro. Eram peças de seda a costurar, rendas a remendar. Nos primeiros dias ela não ousava erguer a cabeça, envergonhada de senti-lo perto dela com sua crina de velho leão, seu nariz ganchoso e seus olhos perfurantes sob os tufos pesados de suas sobrancelhas. Ele tinha uma voz dura, gestos agitados — as mães do bairro assustavam seus filhos ameaçando-os de mandar buscá-lo, como se mandam buscar policiais. Assim as crianças nunca passavam diante de sua porta sem gritar-lhe algum desaforo, que ele parecia sequer ouvir. Toda a sua cólera de maníaco se exalava contra os miseráveis que desonravam seu ofício, vendendo barato demais, porcarias, artigos que, dizia ele, cachorros não usariam. Denise tremia quando ele gritava furiosamente:

— A arte acabou, percebe! Não há mais um cabo decente. Fazem varetas, mas belos cabos, isso acabou! Encontre um cabo de verdade e eu lhe dou vinte francos!

Era seu orgulho de artista, nenhum artesão de Paris era capaz de criar um cabo como os seus, leve e sólido. Ele esculpia sobretudo o castão com uma fantasia encantadora, renovando sempre os temas, flores, frutas, animais, cabeças, tratando-os de uma maneira viva e livre. Um canivete lhe bastava, viam-no durante dias inteiros, o nariz ornado com seu pincenê, escavando um pedaço de buxo ou de ébano.

— Um bando de ignorantes — dizia ele —, que se contentam em colocar seda em baleias! Eles compram seus cabos no atacado, todos fabricados... E isso vende como pão! Você entende, a arte acabou.

Denise finalmente se sentiu mais à vontade. Bourras quis que Pepe brincasse na loja, pois adorava crianças. Quando o pequeno engatinhava, não dava mais para se mexer, ela no seu canto fazendo os remendos, ele na vitrine, esculpindo a madeira com a ajuda de seu canivete. Agora, cada dia trazia as mesmas tarefas e a mesma conversa. Enquanto trabalhava, Bourras sempre recaía sobre o Paraíso das Damas, explicando sem se cansar em que estágio estava em seu terrível duelo. Desde 1845 ele ocupava a casa pela qual tinha um contrato de trinta anos, com um aluguel de mil e oitocentos francos; como recuperava mil francos com seus quartos alugados, ele pagava na verdade oitocentos francos pela loja. Era pouco, ele não tinha outros custos, ainda podia agüentar bem. Pelo que dizia, ele não tinha dúvidas de sua vitória, devoraria o monstro. Bruscamente se interrompia.

— Eles têm lá cabeças de cachorro como esta?

E piscava os olhos atrás de seus óculos para examinar a cabeça de dogue que estava cuidadosamente esculpindo, a boca entreaberta, os dentes para fora, num grunhido cheio de vida. Pepe, em êxtase diante do cachorro, chegava perto, apoiava seus bracinhos nos joelhos do velho.

— Desde que eu feche as contas, não estou nem aí com o resto — retomava ele, atacando delicadamente a língua com a ponta de seu canivete. — Os patifes mataram meus lucros; mas, se não ganho mais, ainda não estou perdendo, ou pelo menos pouca coisa. E estou decidido a deixar minha pele antes de ceder.

Ele brandia sua ferramenta, seus cabelos brancos revoavam sob um movimento de cólera.

— Mas — arriscava docemente Denise, sem erguer os olhos —, se lhe oferecessem uma boa quantia, seria mais sensato aceitar.

Então sua obstinação feroz estourava.

— Nunca! Mesmo com a cabeça sob a espada eu direi não, por Deus do céu! Ainda tenho um contrato de dez anos, eles não terão a casa antes de dez anos, mesmo que eu tenha que morrer de fome entre as quatro paredes vazias... Já por duas vezes eles vieram tentar me enrolar. Ofereceram-me doze mil francos de meu fundo e os anos a correr do contrato, dezoito mil francos, ao todo trinta mil... Nem por cinqüenta! Eu os tenho nas minhas mãos, quero vê-los lamber o chão na minha frente!

— Trinta mil francos é um bocado — retomou Denise. — O senhor poderia se estabelecer em outro lugar... E eles comprariam a casa?

Bourras, que terminava sua língua de dogue, ficou um minuto absorto, com um riso de criança vagamente estampado em seu rosto alvejado de Pai Eterno. Depois, ele respondeu.

— A casa, não tem perigo! Eles falavam em comprá-la no ano passado, ofereceram oitenta mil francos, o dobro do que ela vale hoje.

Mas o proprietário, um antigo fruteiro, um tratante como eles, tentou extorqui-los. E, aliás, eles me receiam, sabem muito bem que eu cederia ainda menos... Não! Não! Aqui estou, aqui fico! Nem com todos os seus canhões o imperador me desalojaria.

Denise não ousou mais dizer nada. Ela continuava a trabalhar com sua agulha, enquanto o velho soltava outras frases entrecortadas entre dois talhes do seu canivete: estava apenas começando, veriam mais tarde coisas extraordinárias, ele tinha idéias que liquidariam a seção de guarda-chuvas deles; e, no alto de sua obstinação, troava a revolta do pequeno artesão contra a invasão banal dos artigos de bazar.

Pepe, entrementes, escalava os joelhos de Bourras; e esticava mãos impacientes na direção da cabeça de dogue.

— Dá para mim, senhor.

— Daqui a pouco, meu pequeno — respondia o velho com uma voz repentinamente suave. — Ele ainda não tem olhos. Eu preciso fazer os olhos agora.

E, enquanto caprichava num olho, dirigia-se novamente a Denise.

— Está ouvindo? Ainda roncam aí do lado. É isso que me exaspera mais, palavra de honra, tê-los às costas sem parar, com sua bendita música de locomotiva.

Sua mesa tremia, dizia ele. Toda a lojinha balançava, ele passava suas tardes sem um cliente, ao lado da trepidação da multidão que se amassava no Paraíso das Damas. Era uma repetição enfadonha. Mais um bom dia para eles, ouviam-se batidas através da parede, a seção de seda devia ter feito dez mil francos. Mas às vezes ele jubilava, a parede ficava fria, uma pancada de chuva matava a receita do vizinho. E os menores rumores, os sopros mais fracos lhe forneciam comentários sem fim.

— Escute, alguém escorregou. Ah! Se todos pudessem quebrar as costas! Isso, minha cara, são senhoras discutindo. Isso mesmo! Melhor assim! Está ouvindo os pacotes caírem no subsolo? É revoltante!

Denise não podia discutir suas convicções, pois ele a lembrava da maneira indigna como a haviam colocado para fora. Depois, ela tinha de lhe contar, pela centésima vez, sua passagem pelas confecções, os sofrimentos do início, os quartinhos insalubres, a péssima comida, a guerra permanente entre os vendedores. E os dois, de manhã à noite, falavam assim só do grande magazine, absorviam-no a cada hora no mesmo ar em que respiravam.

— Dá para mim, senhor — repetia ardentemente Pepe, com as mãos ainda estendidas.

A cabeça de dogue estava terminada, Bourras a recuava, avançava, com uma ruidosa alegria.

— Cuidado, ele vai te morder... Toma, pode brincar, e tenta não quebrá-la.

Então, retomando sua idéia fixa, ele brandia o punho contra a parede.

— Podem empurrar o quanto quiserem para fazer minha casa cair... Mas não a terão, ainda que invadam a rua inteira!

Denise agora tinha pão todos os dias. Ela guardava uma imensa gratidão pelo velho comerciante, de quem sentia o bom coração sob as estranhezas violentas. Seu mais ardente desejo era encontrar trabalho em outro lugar, pois via como ele inventava pequenas tarefas para ela, sabia que ele não tinha necessidade de uma operária, na degradação de seu comércio, e que ele a empregava por pura caridade.

Seis meses se passaram, chegavam novamente à estação morta do inverno. Ela se desesperava para arrumar algo antes de março, quando, uma noite de janeiro, Deloche, que a esperava sob uma porta, deu-lhe um conselho. Por que ela não ia à loja de Robineau, onde talvez estivessem precisando de ajuda? Em setembro, Robineau decidira comprar o fundo de comércio de Vinçard, mesmo temendo comprometer os sessenta mil francos de sua esposa. Ele pagara quarenta mil pela especialidade de sedas, e se lançava com os vinte mil restantes. Era pouco, mais ele tinha Gaujean por trás, que deveria apoiá-lo com longos créditos. Desde a briga com o Paraíso das Damas, este último sonhava em provocar uma concorrência ao colosso; ele acreditava que a vitória seria certa, se fossem criadas várias especialidades na vizinhança, onde as clientes encontrariam uma escolha variada de artigos. Apenas os grandes fabricantes de Lyon, como Dumonteuil, podiam aceitar as exigências dos magazines; eles se contentavam em alimentar seus teares com as grandes lojas, mesmo tendo que procurar os lucros depois, vendendo para casas menos importantes. Mas Gaujean estava longe de ter as costas sólidas de Dumonteuil. Durante muito tempo simples representante comercial, havia apenas cinco ou seis anos que tinha seus próprios teares, e ainda trabalhava com muitos artesãos, aos quais ele fornecia a matéria-prima e pagava com uma porcentagem pelo metro. Era, aliás, esse sistema que, aumentando seus preços, não lhe permitia lutar contra Dumonteuil pelo fornecimento da Paris-Paraíso. Ele guardava um enorme rancor contra a loja, e via em Robineau o instrumento de uma batalha decisiva a ser travada contra esses bazares de moda, que ele acusava de arruinar a fabricação francesa.

Denise, ao chegar lá, encontrou a senhora Robineau sozinha. Filha de um funcionário de obras públicas, absolutamente ignorante das coisas do comércio, tinha ainda a encantadora falta de jeito de uma pensionista educada num convento de Blois. Ela era morena, muito bonita, com uma doçura bem-humorada que lhe dava um grande charme. Adorava seu marido acima de tudo, e vivia apenas para esse amor. Quando Denise estava deixando seu nome, Robineau voltou, e a aceitou na hora, já que uma de suas vendedoras partira bruscamente na véspera para entrar no Paraíso das Damas.

— Eles não nos deixam nem uma boa pessoa — disse ele. — Enfim, com você ficarei mais tranqüilo, pois você é como eu, não deve gostar nem um pouco deles... Volte amanhã.

À noite, Denise ficou toda embaraçada ao anunciar a Bourras que iria embora. De fato, ele a chamou de ingrata, zangou-se; depois, quando ela se defendeu com lágrimas nos olhos, fazendo-o entender que sabia muito bem de suas caridades, ele se enterneceu por sua vez, gaguejou que tinha muito trabalho, que ela o abandonava justamente no momento em que ele ia lançar um guarda-chuva que acabara de inventar.

— E Pepe? —perguntou ele.

A criança era a grande preocupação de Denise. Ela não ousava colocá-lo novamente na casa da senhora Gras e não podia entretanto deixá-lo só no quarto, fechado de manhã à noite.

— Tudo bem, eu ficarei com ele — retomou o velho. — Ele fica bem na loja comigo, o pequeno... Nós cozinharemos juntos.

E como ela recusava, temendo incomodá-lo:

— Deus do céu! Não confia em mim... Não vou comê-lo, o seu menino!

Denise foi mais feliz na loja de Robineau. Ele pagava pouco, sessenta francos por mês, dava-lhe apenas as refeições e nenhuma porcentagem sobre a venda, como nas velhas casas. Mas ela era tratada com muita gentileza, sobretudo pela senhora Robineau, sempre sorridente em seu balcão. Ele, nervoso, atormentado, era às vezes um pouco brusco. Ao fim de um mês, Denise fazia parte da família, assim como a outra vendedora, uma pequena mulher tísica e silenciosa. Ninguém mais se acanhava na frente dela, falavam de negócios no escritório dos fundos que dava para um grande pátio. E foi ali que uma noite decidiram entrar em guerra contra o Paraíso das Damas.

Gaujean viera jantar. Desde o assado, um pernil, ele abordara a questão, com sua voz monótona de lionês, adensada pelos nevoeiros do Ródano.

— Está ficando impossível — repetia ele. — Eles chegam no Dumonteuil, reservam a propriedade de um desenho, levam trezentas peças de uma vez, exigindo um decremento de cinqüenta centavos por metro; e como pagam à vista ainda se beneficiam de um desconto de dezoito por cento... Em geral, Dumonteuil mal ganha vinte centavos. Ele trabalha para ocupar seus teares, pois todo tear que fica parado é um tear que morre... Então, como querem que nós, com nosso maquinário mais limitado, e sobretudo com nossos artesãos, possamos sustentar a luta?

Robineau, sonhador, esquecia de comer.

— Trezentas peças! — murmurava. — Eu tremo quando pego doze, e com oitenta dias para pagar... Eles podem anunciar um franco, dois francos mais barato que nós. Calculei que tem uma baixa de quinze por cento sobre os artigos de catálogo quando comparados a nossos preços... É o que mata o pequeno comércio.

Ele se encontrava numa dessas horas de terrível desânimo. Sua mulher, inquieta, observava-o com um ar terno. Ela não entendia nada de negócios, sua cabeça doía com tantos números, sem entender por que tantas preocupações, quando era tão fácil rir e se amar. No entanto, bastava que seu marido quisesse vencer: ela se apaixonaria com ele, morreria no balcão.

— Mas por que todos os fabricantes não se entendem juntos? — retomou violentamente Robineau. — Eles fariam a lei em vez de se submeter a ela.

Gaujean, que pedira um outro pedaço de pernil, mastigava com lentidão.

— Ah! Por quê, por quê... É preciso que os teares trabalhem, como eu disse. Quando se tem tecelagens espalhadas por todo lado nas redondezas de Lyon, no Gard, na Isère, não se pode parar um dia sem perdas enormes... Depois, nós que às vezes empregamos artesãos, tendo dez ou quinze teares, somos ainda mais mestres da produção do ponto de vista do estoque; enquanto os grandes fabricantes se vêem obrigados a ter saídas contínuas, as maiores e mais rápidas possíveis... Assim, eles ficam de joelhos diante dos grandes magazines. Conheço três ou quatro que os disputam, que vendem com perda para obter encomendas. E eles se recuperam com as pequenas casas como a sua. Sim, se os fabricantes existem graças aos magazines, eles ganham graças a lojas como a sua... Só Deus sabe como a crise vai terminar!

— É odioso! — concluiu Robineau, que este grito de cólera aliviou.

Denise ouvia em silêncio. Ela era secretamente pelos grandes magazines, em seu amor instintivo pela lógica e pela vida. Todos se calaram, comiam vagem em conserva; e ela acabou por se arriscar a dizer algo com um ar bem-humorado.

— O público não reclama!

A senhora Robineau deu um leve riso, que desagradou a seu marido e a Gaujean. Sem dúvida, o cliente ficava satisfeito, já que, no final das contas, era o cliente que se beneficiava com a baixa dos preços. Só que era preciso que todos vivessem: para onde iríamos se, sob o pretexto da felicidade geral, o benefício do consumidor vier em detrimento do produtor? E uma discussão se engajou. Denise afetava estar brincando, ao mesmo tempo que trazia argumentos sólidos: os intermediários desapareciam, agentes de fábrica, representantes, revendedores, o que contribuía em muito para a queda dos preços; aliás, os fabricantes não podiam mais sequer viver sem os magazines, pois, assim que um deles perdia a clientela, a falência era fatal; enfim, aquilo era uma evolução natural do comércio, ninguém poderia impedir as coisas de irem como deveriam ir, quando todo mundo trabalhava para isso, pelo bem ou pelo mal.

— Então a senhorita é a favor dos que a botaram no olho da rua? — perguntou Gaujean.

Denise ficou toda vermelha. Estava surpresa consigo mesma com a vivacidade de sua defesa. O que ela tinha no coração para que uma tal chama lhe tivesse crescido no peito?

— Meu Deus, não — respondeu ela. — Talvez eu esteja errada, pois os senhores são muito mais competentes. Apenas digo o que me passa pela cabeça. Os preços, no lugar de serem feitos como outrora por meia centena de casas, são agora feitos por quatro ou cinco, que os abaixaram graças ao poder de seus capitais e da força de sua clientela... Melhor para o público, só isso!

Robineau não ficou com raiva, ficou grave e olhou para a toalha. Com freqüência ele sentia o sopro do novo comércio, essa evolução de que falava a jovem; e ele se perguntava, nas horas de visão mais clara, por que resistir com tamanha energia a uma corrente que levaria tudo. A própria senhora Robineau, vendo seu marido pensativo, aprovava Denise com o olhar, e voltou modestamente a seu silêncio habitual.

— Ora — retomou Gaujean para encerrar o assunto —, tantas coisas, tantas teorias... Falemos do nosso negócio.

Depois do queijo, a criada veio servir geléias e pêras. Ele pegou um pouco de geléia e comeu com a colher, com a gulodice inconsciente de homem gordo que adora açúcar.

— Enfim, é preciso atacar seriamente a Paris-Paraíso deles, que este ano fez seu sucesso... Eu me entendi com vários confrades de Lyon e lhe trago uma oferta excepcional, uma seda preta, um crepe, que você poderá vender por cinco francos e cinqüenta... Eles a vendem por cinco e sessenta, não é? Pois bem, será dois soldos mais barato, e isso será o suficiente para afundá-los.

Os olhos de Robineau acenderam de novo. Em seu contínuo tormento nervoso, ele saltava freqüentemente assim do desespero à esperança.

— O senhor tem uma amostra? — perguntou.

E, quando Gaujean tirou de sua pasta um pequeno retalho de seda, ele se exaltou e gritou:

— Mas ela é mais bonita do que a Paris-Paraíso! Em todo caso, faz mais efeito, o grão é mais grosso... O senhor tem razão, é preciso tentar o golpe. Ah! Pronto! Eu os quero a meus pés, onde ficarão desta vez!

A senhora Robineau, compartilhando desse entusiasmo, disse que a seda era sublime. A própria Denise acreditou no sucesso. O fim do jantar foi então muito alegre. Falavam alto, parecia que o Paraíso das Damas agonizava. Gaujean, que terminava o pote de geléia, explicava os sacrifícios enormes que ele e seus colegas teriam que fazer para oferecer esse tecido por um preço tão bom; mas eles preferiam se arruinar, juraram dizimar as grandes lojas. Como traziam o café, a alegria aumentou mais ainda com a chegada de Vinçard. Ele entrava de passagem para dizer olá a seu sucessor.

— Maravilhosa! — exclamou ao apalpar a seda. — Vamos acabar com eles, sou eu quem lhes digo! O senhor está me devendo uma boa, hein! Eu bem que lhe dizia que era um negócio de ouro!

Ele acabara de pegar um restaurante em Vincennes. Era um antigo sonho, alimentado na surdina enquanto se debatia no meio das sedas, tremendo à idéia de não conseguir vender seu comércio antes de um desastre, jurando colocar seu pobre dinheirinho num negócio onde se pudesse roubar à vontade. A idéia de um restaurante lhe viera depois do casamento de um primo: todo mundo tinha de comer, fizeram-nos pagar dez francos por uma água de louça onde nadavam uns macarrõezinhos. E sua alegria de ter transferido para as costas de Robineau um mal negócio, do qual ele desesperava para se desembaraçar, alargava ainda mais seu rosto de olhos redondos e com uma grande boca de leão, que rebentava de saúde.

— E as suas dores? — perguntou educadamente a senhora Robineau.

— Como? Minhas dores? — perguntou ele espantado.

— Sim, seus reumatismos que o atormentavam tanto.

Ele se lembrou, e corou levemente.

— Ah! Ainda sofro com elas... Mas o ar do campo, sabem... Não importa, vocês fizeram um rico negócio. Sem meus reumatismos, eu me aposentaria com dez mil francos de renda antes de dez anos... palavra de honra!

Quinze dias mais tarde começou a luta entre Robineau e o Paraíso das Damas. Uma disputa que ficou famosa e que ocupou por um tempo todo o mercado parisiense da moda. Robineau, usando as armas de seu adversário, fez publicidade nos jornais. Além disso, cuidou de seus mostruários, amontoava em suas vitrines pilhas enormes da famosa seda, anunciava com grandes cartazes brancos, onde se destacava em números gigantes o preço de cinco francos e cinqüenta. Era esse número que alvoroçava as mulheres: dois soldos mais barato do que no Paraíso das Damas, e a seda parecia mais forte. Desde os primeiros dias, um fluxo contínuo de clientes apareceu: a senhora Marty, sob o pretexto de se mostrar econômica, comprou um vestido de que não estava precisando; a senhora Bourdelais achou o tecido lindo, mas preferiu esperar, farejando sem dúvida o que iria acontecer. Na semana seguinte, então, Mouret abaixou em vinte centavos a Paris-Paraíso, vendendo-a por cinco francos e quarenta. Ele tivera uma discussão ardente com Bourdoncle e os diretores antes de convencê-los que era preciso aceitar a batalha, ainda que perdessem sobre a compra. Esses vinte centavos eram uma perda real, uma vez que já vendiam a preço de custo. O golpe foi rude para Robineau, que não acreditava que seu rival baixaria assim o preço, pois esses suicídios da concorrência, essas vendas com perda ainda não tinham exemplos. E o fluxo das clientes, obedecendo ao bom preço, retornou imediatamente para a rua Neuve-Saint-Augustin, enquanto a loja da rua Neuve-des-Petits-Champs se esvaziava. Gaujean acorreu de Lyon, houve uns conciliábulos apressados, acabaram por tomar uma resolução heróica: a seda seria abaixada, deixariam-na a cinco e trinta, preço abaixo do qual ninguém podia descer, sem loucura. No dia seguinte, Mouret colocou seu tecido a cinco e vinte. E desde então foi um frenesi: Robineau replicou com cinco e quinze, Mouret anunciou cinco e dez. Os dois agora só brigavam por um soldo, perdendo somas consideráveis cada vez que faziam um presente ao público. As clientes riam, encantadas com esse duelo, emocionadas com os golpes terríveis que as duas casas se afligiam só para lhes agradar. Enfim, Mouret ousou o valor de cinco francos; em sua loja, o pessoal estava pálido, gelado, com um tal desafio à fortuna. Robineau, aterrado, sem fôlego, parou também nos cinco francos, não encontrando coragem para descer mais. Eles se mantinham em suas posições, face a face, com a hecatombe das mercadorias em volta deles.

Mas, se de um lado e de outro a honra estava salva, a situação se tornava mortífera para Robineau. O Paraíso das Damas tinha adiantamentos e uma clientela que lhe permitia equilibrar seus lucros; enquanto ele, apoiado apenas por Gaujean, não podendo se compensar com outros artigos, ficou esgotado, deslizando cada dia um pouco mais pela rampa da falência. Ele fora completamente afetado por sua temeridade, apesar da numerosa clientela que as peripécias da luta lhe tinham trazido. Um dos seus tormentos secretos era ver essa clientela deixá-lo ao poucos, retornar ao Paraíso, depois do dinheiro perdido e dos esforços que fizera para conquistá-las.

Certo dia, perdeu a paciência. Uma cliente, a senhora de Boves, viera ver os mantôs em sua loja, pois ele acrescentara um balcão de confecções à sua especialidade de sedas. Ela não se decidia, reclamava da qualidade dos tecidos. Enfim ela disse:

— A Paris-Paraíso é muito mais forte.

Robineau se continha, afirmando-lhe, com sua gentileza mercante, que ela estava enganada, exagerando no respeito, pois temia que sua revolta interior estourasse.

— Mas veja a seda deste balandrau! — retomou ela. — Eu juraria que é uma teia de aranha... Por mais que o senhor me diga, a seda a cinco francos deles é couro perto desta.

Ele não respondeu mais; tinha o sangue no rosto, os lábios cerrados. Como imaginara o golpe engenhoso de comprar para suas confecções a seda de seu rival, era então Mouret, e não ele, que perdia sobre o tecido. Ele apenas cortava a beirada para disfarçar a origem.

— A senhora acha realmente a Paris-Paraíso mais firme? — murmurou ele.

— Ah! Cem vezes — disse a senhora de Boves. — Não tem comparação.

Essa injustiça da cliente, depreciando ainda assim a mercadoria, o indignava. E, como ela voltava sempre ao balandrau com seu ar enojado, um pequeno pedaço da beirada azul e prateada, que escapara da tesoura, apareceu sob a bainha. Então, ele não pôde mais se conter, teve de confessar.

— Pois bem, senhora, esta seda é a Paris-Paraíso. Eu mesmo a comprei. Certeza! Veja a beirada.

A senhora de Boves partiu muito vexada. Muitas freguesas o deixaram quando a história correu. E, no meio desta ruína, quando o pavor do dia seguinte o tomava completamente, ele tremia apenas por sua mulher, que crescera numa paz feliz, incapaz de viver na pobreza. O que aconteceria com ela se uma catástrofe os colocasse na sarjeta, com todas essas dívidas? Era sua culpa, ele nunca deveria ter tocado nos sessenta mil francos. E ela era obrigada a consolá-lo: esse dinheiro não era dele como dela? Ele a amava, ela não pedia mais do que isso, ela lhe dava tudo, seu coração, sua vida. Na salinha dos fundos, ouviam-nos se beijar. Pouco a pouco o trem da casa se regularizava: as perdas aumentavam cada vez mais, numa proporção lenta, que adiava a conclusão fatal. Uma esperança tenaz os mantinha de pé, eles sempre anunciavam a quebra próxima do Paraíso das Damas.

— Bah! — disse Robineau. — Ainda somos jovens... O futuro nos pertence.

— E depois, o que importa? Se fez o que tinha de ser feito — retomou ela. — Desde que fique contente, eu fico contente, meu querido.

Denise se tomava de afeição vendo o carinho deles. Contudo ela tremia, sentindo a queda inevitável; mas não ousava mais intervir. Foi ali que acabou por compreender o poder do novo comércio e por se apaixonar por esta força inelutável que transformava Paris. Suas idéias amadureciam, da criança selvagem desembarcada de Valognes, uma graça feminina começava a transparecer. De resto, sua vida era bastante tranqüila, apesar do cansaço e do pouco dinheiro. Depois de passar o dia de pé, era preciso voltar rápido para se ocupar de Pepe, que o velho Bourras, felizmente, se obstinava em alimentar; mas eram ainda muitos outros cuidados, uma camisa para lavar, uma blusa para remendar, sem contar a agitação do menino, que a deixava com a cabeça estourando.

Ela nunca se deitava antes da meia-noite. O domingo era um dia de grandes serviços de casa: ela limpava seu quarto, se ajeitava, tão ocupada, que muitas vezes só se penteava às cinco horas. Às vezes, porém, ela ia passear e levava a criança, fazia-a dar uma grande caminhada a pé, pelos lados de Neuilly; e o prazer deles era tomar uma xícara de leite num sitiozinho, onde os deixavam se sentar no pátio.

Jean desdenhava esses passeios; ele aparecia de vez em quando à noite, depois desaparecia, sob pretexto de outras visitas; ele não pedia mais dinheiro, mas chegava com ares tão melancólicos que sua irmã, inquieta, sempre tinha uma moeda de cem soldos de lado para ele. Este era seu luxo.

— Cem soldos! — exclamava Jean a cada vez. — Puxa! És boa demais! Justamente agora que a mulher do papeleiro...

— Cala-te — interrompia Denise. — Eu não quero saber.

Mas ele pensava que ela o estava acusando de se vangloriar.

— Quando eu lhe digo que ela é a mulher do papeleiro! Ah! Linda!

Três meses se passaram. A primavera estava de volta, mas Denise recusou-se a retornar a Joinville com Pauline e Baugé. Ela os encontrava às vezes na rua Saint-Roch, ao sair da loja de Robineau. Pauline, num desses encontros, confiou-lhe que talvez fosse se casar com seu amante; era ela quem hesitava ainda, pois não gostavam muito de vendedoras casadas no Paraíso das Damas. Essa idéia de casamento surpreendeu Denise, mas ela não ousou aconselhar sua amiga.

Certo dia, Colomban deteve-a perto do chafariz para lhe falar de Clara, quando esta justamente atravessava a praça Gaillon; Denise teve de se esquivar, pois o rapaz lhe suplicava para perguntar a sua antiga colega se ela queria se casar com ele. O que tinham todos? Para que se atormentar assim? Ela se estimava muito feliz de não amar ninguém.

— A senhorita sabe da novidade? — disse-lhe o bengaleiro uma noite, quando ela voltava para casa.

— Não, senhor Bourras.

— Pois bem! Os patifes aí do lado compraram a mansão Duvillard. Estou encurralado!

Ele agitava seus grandes braços, numa crise de furor que eriçava sua crina branca.

— Uma mixórdia que não dá para entender! — retomou ele. — Parece que a mansão pertencia ao Crédito Imobiliário, cujo presidente, o barão Hartmann, acaba de ceder ao nosso famigerado Mouret... Agora eles me têm à direita, à esquerda e por trás, como eu tenho este castão de bengala!

Era verdade, deviam ter assinado a cessão na véspera. A pequena casa de Bourras, comprimida entre o Paraíso das Damas e a mansão Duvillard, agarrada ali como um ninho de andorinha no vão de um muro, parecia a ponto de ser esmagada com um murro no dia em que a loja invadisse a mansão. E esse dia tinha chegado, o colosso se desviava do fraco obstáculo, cingindo-o com sua abundância de mercadorias, e ameaçava engoli-lo, absorvê-lo pela força única de sua inspiração de gigante. Bourras sentia muito bem o aperto que fazia estalar sua lojinha; via-se diminuir, e temia ser ele mesmo sugado para dentro do monstro, passar para o outro lado com seus guarda-chuvas e suas bengalas, tanto a terrível mecânica roncava nessa hora.

— Hein? Ouviu isso? — exclamou ele. — Parece que eles comem muralhas! E no meu porão, no meu sótão, em toda parte, é o mesmo barulho de serra mordendo o gesso... Não importa! Eles não conseguirão me achatar como uma folha de papel. Eu permanecerei, ainda que estourem meu telhado e que chova a cântaros em minha cama!

Foi então que Mouret fez a Bourras uma nova proposta: eles aumentariam o valor do imóvel, comprariam seu comércio e o direito de aluguel por cinqüenta mil francos. Essa oferta redobrou a cólera do velho, que a recusou com injúrias. Era preciso que esses patifes roubassem muita gente para pagar cinqüenta mil francos por uma coisa que não valia dez mil! E ele defendia sua loja como uma moça honesta defende sua virtude, em nome da honra, por respeito próprio.

Denise viu Bourras preocupado durante uns quinze dias. Ele rodava de um lado para o outro febrilmente, media as paredes da casa, observava-a do meio da rua, com ares de arquiteto. Então, uma manhã, operários chegaram. Era a batalha decisiva: ele tivera a idéia temerária de bater o Paraíso das Damas em seu terreno, fazendo concessões ao luxo moderno. As clientes que lhe censuravam a loja escura voltariam certamente quando a vissem brilhando, novinha em folha. Primeiro taparam as fendas e caiaram a fachada; em seguida, repintaram as portas e janelas de verde-claro; e até douraram a insígnia com esplendor. Três mil francos, que Bourras guardava como um recurso supremo, foram gastos. Aliás, o bairro estava em revolução; vinham contemplá-lo em meio a essas riquezas, onde ele perdia a cabeça, não se encontrando em seus hábitos. Ele não parecia mais em casa nesse quadro radiante, sob esses tons suaves, atarefado com sua grande barba e seus cabelos revoltos. Agora, da calçada da frente, os passantes se espantavam ao vê-lo agitar os braços e esculpir seus cabos de guarda-chuva. Ele galopava de agitação, e não sabia mais como se comportar nesse comércio luxuoso do qual não entendia nada.

Então, como na loja de Robineau, foi declarada guerra contra o Paraíso das Damas na loja de Bourras. Ele acabara de lançar sua invenção, o guarda-chuva com babado, que mais tarde viria a se popularizar. Porém, o Paraíso tomou a idéia e aperfeiçoou imediatamente a invenção. Assim a luta passou para os preços. Bourras ofereceu uma peça a um franco e noventa e cinco, em tecido zanella, montado em aço e "o mais duradouro", dizia a etiqueta. Mas ele quis sobretudo bater seu concorrente com seus cabos: cabos de bambu, de corniso, de oliveira, de murta, de ratã, todas as variedades de cabos imagináveis. O Paraíso, menos artístico, cuidava do tecido, louvando suas alpacas e seus angorás, suas sarjas e seus tafetás. E a vitória ficou com o magazine. O velho, desesperado, repetia que a arte estava acabada, que ele estava reduzido a esculpir seus cabos apenas pelo prazer, sem esperança de vendê-los.

— A culpa é minha! — gritava ele para Denise. — Eu deveria ter tentado vender porcarias por um e noventa e cinco? Bem se vê para onde as novas idéias podem conduzir. Eu quis seguir o exemplo desses pilantras, melhor acabar comigo de uma vez!

O mês de julho foi muito quente. Denise sofria em seu quartinho apertado sob a mansarda. Assim, ao sair da loja, ela pegava Pepe com Bourras e, no lugar de subir imediatamente, iam respirar um pouco o ar do jardim das Tuileries até o fechamento das grades. Certa noite, quando se dirigiam para as castanheiras, ela levou um susto: alguns passos adiante, caminhando em sua direção, pareceu reconhecer Hutin. Depois seu coração palpitou violentamente. Era Mouret, que jantara do outro lado do Sena e se apressava para chegar a pé à casa da senhora Desforges. Por causa do movimento brusco que a jovem fez para escapar, ele a avistou. Embora a noite estivesse caindo, ele a reconheceu.

— É a senhorita.

Ela não respondeu, perturbada por ele se ter dignado a parar. Ele, sorrindo, escondia seu embaraço sob um ar de proteção amável.

— Ainda está em Paris?

— Sim, senhor — disse ela, enfim.

Lentamente ela recuava, tentando se despedir para continuar seu passeio. Mas ele voltou sobre seus passos e a seguiu sob as sombras escuras das castanheiras. Uma frescura de final de tarde os envolvia, crianças riam ao longe empurrando aros.

— É seu irmão, não é? — perguntou ele olhando para Pepe.

Este, intimidado pela presença extraordinária de um senhor, caminhava gravemente perto de sua irmã segurando firmemente sua mão.

— Sim, senhor — respondeu ela de novo.

Ela corara, lembrando-se das invenções abomináveis de Marguerite e Clara. Sem dúvida Mouret entendera o motivo de sua mudança de cor, pois logo acrescentou:

— Escute, senhorita, tenho desculpas a lhe pedir... Sim, gostaria de ter lhe dito antes o quanto lastimei o engano que foi cometido. Acusaram-na muito levianamente de um erro... Enfim, o mal está feito, queria apenas lhe dizer que hoje todos na loja sabem de seu carinho por seus irmãos...

Ele continuou com uma polidez respeitosa, à qual as vendedoras do Paraíso das Damas não estavam nem um pouco habituadas. A perturbação de Denise aumentara; mas uma alegria inundou seu coração. Ele sabia então que ela não se entregara a ninguém! Os dois silenciaram, ele ficou perto dela, regulando seus passos aos passinhos da criança; e os sons distantes de Paris desapareciam sob as sombras pesadas das grandes árvores.

— Só poderia me reabilitar com a senhorita de uma forma — retomou ele. — Naturalmente, se desejasse voltar para a loja...

Ela o interrompeu e recusou sem pestanejar.

— Não posso, senhor... Agradeço-lhe muito, mas encontrei outro trabalho.

Ele sabia, tinham-lhe contado havia pouco que ela estava com Robineau. E tranqüilamente, sob um pé de igualdade encantador, ele lhe falou deste último, reconhecendo-lhe os méritos: um rapaz de viva inteligência, porém muito nervoso. Ele culminaria numa catástrofe; Gaujean o metera em um negócio pesado demais, no qual os dois sucumbiriam. Denise, enfim conquistada por esta familiaridade, soltou-se mais, deixou entrever que era a favor dos magazines na batalha travada entre estes e o pequeno comércio. Ela se animava, citava exemplos, mostrava-se a par do assunto, inclusive cheia de idéias amplas e novas. Encantado, ele a ouvia com surpresa. Ele se virava, tentava distinguir seus traços na noite que crescia. Ela parecia a mesma de sempre, trajada com um vestido simples, o rosto doce; mas, dessa singeleza modesta, exalava um perfume cuja fragrância o subjugava. Essa pequena crescera sem dúvida com o ar de Paris, eis que se tornava uma mulher, e uma mulher perturbadora, tão sensata com seus belos cabelos plenos de meiguice.

— Mas se é das nossas — disse ele, rindo —, por que fica com um de nossos adversários? Pois não me disseram também que se hospeda na casa de Bourras?

— Um homem muito digno — murmurou ela.

— Ora, deixe disso! Um velho maluco, um louco que me forçará a lançá-lo na miséria quando eu quiser me desembaraçar dele! Aliás, o lugar da senhorita não é na casa dele, uma casa mal falada, cujos quartos ele aluga para pessoas...

Sentindo a moça confusa, ele se apressou em acrescentar:

— Pode-se ser honesta em todo lugar, e há inclusive mais mérito quando não se é rica.

Eles deram mais alguns passos em silêncio. Pepe parecia escutar com seu ar atento de criança precoce. Em certos momentos ele erguia os olhos para a irmã, cuja mão quente, que tremia levemente, o espantava.

— Pois bem! — retomou alegremente Mouret. — Gostaria de ser minha embaixatriz? Amanhã eu tenho a intenção de aumentar ainda mais a minha oferta, de propor oitenta mil francos a Bourras... Fale com ele primeiro, diga que ele está se suicidando assim. Talvez ele a escute, já que lhe tem amizade, e a senhorita lhe faria assim um verdadeiro favor.

— Por que não? — respondeu Denise, também sorridente. — Farei a proposta, mas duvido que consiga algo.

E o silêncio novamente os envolveu. Nem um nem outro tinham mais nada a dizer. A certa altura, ele tentou conversar sobre o tio Baudu; mas teve de se calar ao ver o mal-estar em que o assunto colocava a jovem. Entretanto, eles continuaram a passear lado a lado, até que finalmente chegaram perto da rua de Rivoli, numa alameda onde ainda batia sol. Ao emergir da sombra das árvores, foi como um brusco despertar. Ele compreendeu que não poderia mais retê-la.

— Boa-noite, senhorita.

— Boa-noite, senhor.

Mas ele não ia embora. Erguendo os olhos, avistou num relance diante dele, na esquina da rua Alger, as janelas iluminadas da senhora Desforges, que o esperava. E ele voltou seu olhar para Denise, que via bem agora, no pálido crepúsculo: ela parecia miúda e sem graça perto de Henriette, mas como lhe aquecia assim o coração? Era um capricho tolo.

— Aí está um menininho cansado — retomou ele para dizer mais alguma coisa. — E lembre-se, está bem? Nossa loja está aberta para a senhorita. Basta bater à porta e lhe darei todas as compensações que desejar... Boa-noite, senhorita.

— Boa-noite, senhor.

Quando Mouret a deixou, Denise voltou para debaixo das castanheiras, sob as sombras. Durante algum tempo ela andou a esmo entre os troncos enormes, com o rosto ardendo em sangue e a cabeça zunindo com idéias confusas. Pepe, ainda pendurado à sua mão, esticava suas perninhas curtas para acompanhá-la. Ela esquecia-se dele, e o pequeno acabou dizendo:

— Estás indo rápido demais, mãezinha.

Então ela se sentou num banco. E, como estava morto de cansaço, o menino adormeceu em seus joelhos. Ela o segurava, apertava-o contra seu peito de virgem, os olhos perdidos no fundo das trevas. Quando, uma hora mais tarde, ela voltou tranqüilamente com ele para a rua de la Michodière, já tinha retomado suas feições serenas de moça sensata.

— Que diabo! — exclamou Bourras, assim que a avistou. — O golpe foi concluído... Esse canalha do Mouret acaba de comprar minha casa.

Ele estava fora de si, batia-se sozinho no meio da loja, com gestos tão desordenados que ameaçava passar através das vitrines.

— Ah! O crápula! O fruteiro me escreveu. E a senhorita sabe por quanto ele vendeu minha casa? Cento e cinqüenta mil francos, quatro vezes o que ela vale! Mais um belo ladrão, esse aí! Imagina que usou como pretexto meus embelezamentos... Sim, argumentou que a casa acabava de ser reformada... Eles não vão parar de debochar na minha cara?

Exasperava-se com essa idéia de que seu dinheiro, gasto em cal e pintura, favorecera o fruteiro. E eis agora que Mouret se tornava seu proprietário: era para esse tratante que deveria pagar os aluguéis! Era na casa dele, de seu concorrente execrado, que se hospedava agora! Tal pensamento transtornava-o inteiramente.

— Bem que eu os ouvia esburacando as paredes... A esta altura já estão entrando aqui, é como se comessem em meu prato!

E, ao bater com seu punho pesadamente sobre o balcão, sacudiu a loja inteira, fazendo dançar os guarda-chuvas e as sombrinhas.

Denise, perplexa, não tivera a chance de dizer nem uma palavra. Ela permanecia imóvel, esperando o fim da crise, enquanto Pepe, muito cansado, cochilava numa cadeira. Enfim, quando Bourras se acalmou um pouco, ela resolveu fazer a proposta de Mouret; sem dúvida, o velho estava irritado, mas o próprio excesso de sua cólera, o impasse onde ele se encontrava, poderiam talvez determiná-lo a uma aceitação brusca.

— Há pouco encontrei uma pessoa — começou ela —, sim uma pessoa do Paraíso e muito bem informada... Parece que amanhã vão lhe oferecer oitenta mil francos...

Ele a interrompeu com um berro terrível:

— Oitenta mil francos! Oitenta mil francos! Agora nem por um milhão!

Ela quis fazê-lo ouvir a voz da razão. Mas a porta da loja se abriu de repente e ela recuou, muda e pálida. Era o tio Baudu, com sua cara amarela, o ar envelhecido. Bourras agarrou os botões do paletó de seu vizinho e gritou-lhe na cara, sem deixá-lo dizer uma palavra, aguilhoado pela sua presença:

— Sabem o que eles têm o topete de me oferecer? Oitenta mil francos! Estão a esse ponto, os bandidos! Pensam que eu vou me vender como uma mulher da vida... Ah! Eles compraram a casa e pensam que me possuem! Pois bem, está decidido, eles não a terão! Talvez eu tivesse cedido, mas agora que ela é deles que tentem então tomá-la de mim!

— Então a novidade é verdadeira? — perguntou Baudu com sua voz lenta. — Contaram-me e eu vim para saber.

— Oitenta mil francos! — repetia Bourras. — Por que não cem mil? É esse dinheiro todo que me deixa indignado. Eles pensam que com o dinheiro deles vão me fazer cometer uma patifaria? Eles não a terão, por Deus do Céu! Nunca, nunca, vocês me ouvem?

Denise saiu de seu silêncio para dizer com seu ar calmo:

— Eles a terão em nove anos, quando o seu contrato acabar.

E, apesar da presença do seu tio, ela conjurou o velho a aceitar. A luta estava ficando impossível, ele estava se batendo contra uma força muito superior, não podia, sem loucura, recusar a fortuna que lhe ofereciam. Mas ele respondia sempre que não. Em nove anos, ele esperava estar morto para não ver isso.

— Está ouvindo, senhor Baudu? — retomou ele. — A sua sobrinha está com eles, foi ela que eles encarregaram de me corromper... Ela está com os bandidos, palavra de honra!

O tio, até então, parecia não ter visto Denise. Ele ergueu a cabeça com o mesmo movimento rabugento que afetava cada vez que ela passava diante de sua porta. Mas lentamente ele se virou e olhou para ela. Seus lábios grossos tremeram.

— Eu sei — respondeu a meia voz.

E ele continuava a fitá-la. Denise, carregada de lágrimas, achou-o transformado pela tristeza. Ele, tomado de um surdo remorso de não tê-la socorrido, pensava talvez na vida de miséria que ela acabara de atravessar. E, ao ver Pepe adormecido na cadeira, em meio aos estrondos da discussão, pareceu ter ficado enternecido.

— Denise — disse simplesmente —, venha amanhã tomar uma sopa com o pequeno... Minha mulher e Geneviève me pediram para convidá-la se eu a encontrasse.

Ela ficou muito vermelha e o beijou. E, quando ele partiu, Bourras, feliz com essa reconciliação, exclamou ainda:

— Trate de corrigi-la, no fundo é uma boa menina... Por mim, a casa pode vir a baixo, vão me encontrar sob os escombros.

— Nossas casas já desmoronaram, vizinho — disse Baudu, com um ar sombrio. — Não vai sobrar nada.

# VIII

Nessa ocasião, o bairro todo só falava da grande avenida que ia ser aberta da nova Ópera até a Bolsa, e que se chamaria rua do Dix-Décembre. Os processos de expropriação tinham sido concluídos, duas equipes de demolidores já atacavam a passagem dos dois lados, uma abatendo os velhos casarões da rua Louis-le-Grand, a outra derrubando os muros leves do antigo Vaudeville. Ouviam-se as picaretas aproximando-se inelutavelmente; a rua de Choisel e a de la Michodière discutiam com paixão o destino das casas condenadas. Antes de quinze dias, a grande derrubada iria substituí-las por um formidável entalhe, cheio de sol e de estardalhaço.

Mas o que agitava o bairro ainda mais eram as obras iniciadas no Paraíso das Damas. Falavam de crescimentos consideráveis, de um magazine gigantesco, ocupando as três fachadas das ruas da Michodière, Neuve-Saint-Augustin e Monsigny. Mouret, diziam, negociara com o barão Hartmann, presidente do Crédito Imobiliário, e ocuparia todo o quarteirão menos a fachada da futura rua do Dix-Décembre, onde o barão queria construir uma concorrência para o Grand-Hôtel. Por toda parte, o Paraíso das Damas adquiria os direitos de locação, as pequenas lojas fechavam, os inquilinos se mudavam; e nos imóveis vazios um exército de operários começava os novos remodelamentos sob nuvens de gesso. No meio de todo esse alvoroço, apenas o estreito casebre do velho Bourras continuava imóvel e intacto, obstinadamente agarrado entre as altas muralhas cobertas de obreiros.

Quando, no dia seguinte, Denise foi com Pepe à casa do tio Baudu, a rua estava obstruída por uma fila de carroças que descarregavam tijolos diante da antiga mansão Duvillard. Parado à soleira de sua loja, o tio observava com um olhar morno. À medida que o Paraíso das Damas aumentava, parecia que o Velho Elbeuf diminuía... A jovem achou as vitrines mais escuras, mais esmagadas sob o baixo mezanino, com as aberturas lúgubres de uma prisão; a umidade tinha desbotado ainda mais a velha insígnia verde, um abandono recobria toda a fachada, anuviada e como que emagrecida.

— Ah! Vocês chegaram — disse Baudu. — Cuidado, eles passariam por cima dos seus corpos.

Na lojinha, Denise experimentou o mesmo aperto no coração. Ela a reencontrava escurecida, ainda mais tomada pela sonolência da ruína. Os cantos vazios perfuravam buracos nas trevas, a poeira invadia os balcões e as estantes; enquanto um odor úmido de porão subia dos pacotes de lã, que ninguém mais mexia. No caixa, a senhora Baudu e Geneviève encontravam-se mudas e imóveis, como num recanto solitário onde ninguém viria perturbá-las. A mãe debruava pedaços de pano no chão. A filha, com as mãos esquecidas nos joelhos, fitava o vazio diante dela.

— Boa-noite, minha tia — disse Denise. — Estou muito feliz em revê-la, e se eu os magoei, por favor, me perdoe.

A senhora Baudu a abraçou, muito emocionada.

— Minha pobre criança — respondeu. — Se eu não tivesse meus pesares, me verias mais alegre.

— Boa-noite, minha prima — retomou Denise, beijando Geneviève nas faces.

Esta despertou como num sobressalto. Ela lhe devolveu os beijos, sem encontrar nada a dizer. Em seguida, as duas mulheres pegaram Pepe, que lhes esticava os bracinhos. E a reconciliação foi completa.

— Pois bem! São seis horas. Vamos para a mesa — disse Baudu. — Por que não trouxeste Jean?

— Mas ele falou que viria — murmurou Denise embaraçada. — Eu o vi justamente esta manhã, ele me prometeu formalmente... Oh! Não é necessário esperar por ele, o patrão deve tê-lo retido.

Ela já imaginava alguma história extraordinária, e queria desculpá-lo antecipadamente.

— Vamos para a mesa — repetiu o tio.

Depois, virando-se para o fundo obscuro da loja:

— Colomban, pode vir jantar conosco. Ninguém virá.

Denise não tinha visto o balconista. A tia lhe explicou que tiveram que despedir o outro caixeiro e a vendedora. Os negócios estavam tão ruins que Colomban bastava; e ainda assim ele passava horas desocupado, alonso, quase caindo de sono com os olhos abertos.

Na sala de jantar o gás queimava, embora ainda estivessem nos longos dias de verão. Denise sentiu um leve estremecer ao entrar, os ombros tomados pelo frescor que caía das paredes. Ela reviu a mesa redonda, a louça posta sobre uma toalha encerada, a janela capturando um pouco de ar e luz do poço empestado do pequeno pátio interno. E, como a loja, as coisas lhe pareciam mais turvas e como que úmidas de lágrimas.

— Pai — disse Geneviève, envergonhada por Denise —, quer que eu feche a janela? O cheiro está ruim.

Ele não sentia nada. Ficou surpreso.

— Feche a janela, se isso a agrada — respondeu enfim. — Mas vamos ficar sem ar.

De fato, sufocava-se. Era um jantar de família muito simples. Depois da sopa, assim que a criada serviu o cozido, o assunto recaiu fatalmente sobre o comércio da frente. O tio se mostrou tolerante de início, permitindo à sobrinha ter uma opinião diferente.

— Meu Deus! És livre de apoiar esses bazares... Cada qual com sua opinião, minha filha... Se não ficaste enojada de ter sido tão injustamente mandada para o olho da rua, é por que deve ter razões sólidas para gostar deles. Poderias inclusive voltar para lá, sabes, eu não ficaria zangado... Não é verdade? Ninguém aqui ficaria zangado?

— Oh! Não — murmurou a senhora Baudu.

Denise cuidadosamente expôs suas razões, como as colocara na loja de Robineau: a evolução lógica do comércio, as necessidades dos tempos modernos, a grandiosidade dessas novas criações, enfim, o bem-estar crescente do público. Baudu, com os olhos minguados, a boca pesada, escutava com uma visível tensão de inteligência. Então, quando ela terminou, ele sacudiu a cabeça.

— Tudo isso são fantasmagorias. Comércio é comércio, não tem nada para se acrescentar aí... Ah! Concordo que eles tenham sucesso, mas isso é tudo. Durante muito tempo, acreditei que eles acabariam por se arruinar; sim, esperava por isso, com paciência, lembra-te? Pois bem, não! Parece que hoje são os larápios que fazem fortuna, enquanto as pessoas honestas morrem na miséria... Este é o ponto em que chegamos, sou obrigado a me inclinar diante dos fatos. E me inclino, meu Deus!, me inclino...

Uma surda cólera o agitava pouco a pouco. De repente, ele brandiu seu garfo.

— Mas o Velho Elbeuf nunca fará concessões! Estás me ouvindo? Eu disse isso para o Bourras: "Vizinho, você está pactuando com charlatões, essas suas pinturecas são uma vergonha."

— Vamos comer — interrompeu a senhora Baudu, inquieta de vê-lo se inflamar assim.

— Espera, eu quero que minha sobrinha saiba bem o meu lema... Escuta, minha filha: eu sou como esta jarra, não me mexo. Eles têm sucesso, pior para eles! Eu protesto, só isso!

A criada trouxe um pedaço de vitela assada. Com suas mãos trementes ele a fatiou; já não tinha mais aquele olhar justo, aquela autoridade para medir as partes. A consciência de sua derrota lhe tirava sua antiga segurança de patrão respeitado. Pepe pensou que o tio estava zangando com ele: foi preciso acalmá-lo dando-lhe imediatamente a sobremesa, biscoitos que se encontravam na frente de seu prato. Então, abaixando a voz, o tio tentou falar de outra coisa. Por um momento falou das demolições, ele aprovava a rua do Dix-Décembre, cuja abertura iria certamente aumentar o comércio do bairro. Mas aí, de novo, ele voltou ao Paraíso das Damas; tudo o fazia voltar, era uma obsessão doentia. Estavam recobertos de gesso, não vendiam nada desde que os carros de materiais obstruíam a rua.

Aliás, de tão grande, o magazine ficaria ridículo; as clientes se perderiam lá dentro, por que não ir ao Mercado Central? E, apesar dos olhares suplicantes de sua mulher, apesar de seu esforço, ele passou das obras ao faturamento da loja. Não era inconcebível? Em menos de quatro anos eles tinham quintuplicado o número: a receita anual, outrora de oito milhões, alcançava agora a soma de quarenta, de acordo com o último inventário. Enfim, uma loucura, uma coisa que nunca se vira, e contra a qual não havia mais como lutar. Eles não parariam de crescer, já eram agora mil empregados, e anunciavam vinte e oito seções. Este número de quase trinta seções, sobretudo, o deixava fora de si. É claro que algumas haviam simplesmente sido subdivididas, mas outras eram completamente novas: por exemplo, uma seção de móveis e uma outra de artigos de Paris. Dava para entender isso? Artigos de Paris? É verdade que esse povo não era orgulhoso, eles acabariam vendendo peixe também. Embora afetando respeitar as idéias de Denise, o tio procurava doutriná-la.

— Francamente, não se pode defendê-los. Podes me imaginar acrescentando uma seção de panelas a meu comércio de lã? Hein? Diriam que sou louco... Confesses ao menos que não os estima.

A jovem se contentou em sorrir, envergonhada, compreendendo a inutilidade de suas boas razões. Ele continuou:

— Enfim, és a favor deles. Não falaremos mais disso, pois é inútil que nos façam brigar de novo. Seria o cúmulo vê-los se meter entre mim e minha família! Volta para eles, se isso te agrada, mas eu te proíbo de me encher os ouvidos com as histórias deles!

Um silêncio reinou. Sua antiga violência se convertera em febril resignação. Como sufocavam na sala estreita, aquecida pelo lampião, a criada teve de reabrir a janela; e a pestilência úmida do pátio assoprou sobre a mesa. Batatas na manteiga apareceram. Serviram-se lentamente, em silêncio.

— Pois bem, olha aqueles dois ali — recomeçou Baudu, apontando para Geneviève e Colomban com sua faca. — Pergunta para eles se eles amam o teu Paraíso das Damas!

Lado a lado, no mesmo lugar onde se encontravam duas vezes por dia havia doze anos, Colomban e Geneviève comiam com medida. Eles não tinham dado uma palavra. Ele, exagerando a espessa simplicidade de seu rosto, parecia esconder, atrás de suas pálpebras caídas, a chama interior que o queimava; enquanto ela, cuja cabeça estava ainda mais encurvada sob sua cabeleira pesada demais, abandonava-se como se devastada por um secreto sofrimento.

— O ano passado foi desastroso — explicou o tio. — Foi preciso adiar novamente o casamento deles... Não, por favor, pergunta para eles o que pensam dos teus amigos.

Denise, para contentá-lo, interrogou os jovens.

— Eu não posso gostar deles nem um pouco, minha prima — respondeu Geneviève. — Mas fica tranqüila, nem todo mundo os odeia.

E ela olhava para Colomban, que enrolava um miolo de pão com um ar absorto. Quando ele sentiu sobre si os olhos da jovem, soltou palavras violentas.

— Uma loja suja! Lá dentro é um mais espertalhão que o outro! Enfim, uma verdadeira epidemia para o bairro!

— Estás ouvindo! Estás ouvindo! — exclamou Baudu encantado. — Este daqui eles nunca levarão! És o último, não farão mais como tu!

Mas Geneviève, com o rosto severo e dolorido, não desviava o olhar de Colomban. Ela penetrava em seu coração, e ele se perturbava; o rapaz renovou então os ataques. A senhora Baudu, à frente deles, fitava um e outro, inquieta e silenciosa, como se tivesse adivinhado uma nova infelicidade. Havia algum tempo que a tristeza de sua filha a assustava, ela a sentia definhar.

— A loja está sozinha — disse ela enfim, levantando-se da mesa, desejosa de fazer cessar a cena. — Vai olhar, Colomban, acho que ouvi alguém.

Haviam terminado, todos se levantaram. Baudu e Colomban foram conversar com um representante que viera pegar pedidos. A senhora Baudu levou Pepe para ver umas imagens. A criada começou a tirar a mesa. Denise esquecia-se de si perto da janela, olhando distraidamente o patiozinho, quando, voltando-se, percebeu Geneviève, ainda em seu lugar, fixando os olhos na toalha ainda úmida da esponja de limpeza.

— Não se sente bem, minha prima? — perguntou-lhe.

A jovem não respondeu, estudando obstinadamente um rasgo na toalha, como se invadida por reflexões que confinava dentro de si. Então ela ergueu a cabeça com dificuldade e fitou o rosto compassivo à sua frente. Os outros tinham ido embora? O que ela ainda estava fazendo na cadeira? E de repente soluços a sufocaram, sua cabeça tombou na beirada da mesa. Ela chorava, encharcava sua manga com lágrimas.

— Meu Deus! O que tem? — exclamou Denise transtornada. — Quer que eu chame alguém?

Geneviève segurou nervosamente seu braço. Detendo-a, balbuciou:

— Não, não, fique... Ah! Que a mamãe não saiba! Tudo bem que você me veja assim; mas não os outros, não os outros! É mais forte do que eu, juro. Quando me vejo sozinha... Pronto, estou melhor, não estou chorando mais.

E as crises a tomavam novamente, sacudiam seu corpo frágil com grandes estremecimentos. Tinha-se a impressão que a pesada cabeleira preta esmagava sua nuca. Como ela revirava sua cabeça sofrida nos braços dobrados sobre a mesa, um grampo se desfez e o cabelo se desmanchou em torno do pescoço, soterrando-a em sua escuridão. Sem fazer barulho, com medo de despertar atenção, Denise tentava acalmá-la. Ela a desabotoou e ficou aterrada com sua magreza sofredora: a pobre moça tinha o peito chato de uma criança, o vazio de uma virgem devorada pela anemia. Com as duas mãos, Denise pegou seus cabelos, cabelos magníficos que pareciam sugar sua vida, e os prendeu fortemente para a desembaraçá-la e dar-lhe um pouco de ar.

— Obrigada, você é muito boa — disse Geneviève. — Ah! Eu estou muito magra, não é? Eu era mais forte, e tudo foi embora... Abotoe meu vestido, a mamãe poderia ver meus ombros. Eu os escondo o tanto que posso... Meu Deus! Não estou muito bem, não estou muito bem.

No entanto, a crise se acalmava. Ela permanecia enfraquecida na cadeira, olhando fixamente para a prima, e, depois de um tempo, perguntou:

— Diga-me a verdade, ele a ama?

Denise sentiu o rosto corar. Ela compreendera perfeitamente que se tratava de Colomban e de Clara. Mas fingiu surpresa.

— De quem está falando, minha cara?

Geneviève balançava a cabeça com um ar incrédulo.

— Não minta para mim, por favor. Faça a gentileza de me dar enfim uma certeza... Eu sinto que você deve saber. Você foi colega daquela mulher, e eu vi Colomban indo atrás de você, vocês falavam em voz baixa. Ele a encarregava de dar recados para ela, não é? Oh! Por Deus, diga-me a verdade, eu juro que isso me fará bem.

Denise nunca sentira um constrangimento igual. Ela abaixou os olhos diante dessa menina sempre tão calada, mas que adivinhava tudo. No entanto, teve ainda forças para tentar dissuadi-la.

— Mas é você que ele ama!

Então Geneviève fez um gesto desesperado.

— Tudo bem se não quer dizer nada... Aliás, tanto faz para mim, eu os vi. Ele sempre sai para a calçada para olhar para ela. Ela, lá de cima, ri como uma infeliz... É claro que eles se encontram fora.

— Isso não, eu lhe juro! — exclamou Denise, esquecendo-se, levada pelo desejo de lhe dar ao menos essa consolação.

A jovem respirou fortemente e abriu um fraco sorriso. Depois, com uma voz enfraquecida de convalescente:

— Eu queria um copo d'água... Desculpe-me se a incomodo. Logo ali no aparador.

E quando pegou a jarra esvaziou num grande copo, que bebeu de um gole só. Com a mão, ela afastava Denise, que temia que ela engasgasse.

— Não, não, deixe, ainda estou com sede... De noite, costumo me levantar para tomar água.

Houve um novo silêncio. Ela retomou suavemente:

— Você sabe, há dez anos estou acostumada à idéia desse casamento. Eu ainda usava vestidos curtos e Colomban já era para mim… Não me lembro mais como as coisas mudaram. Viver sempre juntos, ficarmos aqui fechados um ao lado do outro, sem nunca ter nenhuma distração, eu devo ter acabado considerando-o meu marido antes do tempo. Eu ignorava se o amava, eu era sua mulher, simplesmente… E hoje ele quer ir embora com outra! Oh! Meu Deus! Meu coração está em pedaços. É um sofrimento que eu não conhecia, entende? Sinto no peito e na cabeça, depois vai se espalhando. Isto está me matando.

Lágrimas voltavam para seus olhos. Denise, cujas pálpebras também se molhavam de pena, perguntou:

— A tia suspeita de algo?

— Sim, mamãe suspeita, eu acho… Quanto a papai, ele está atormentado demais, não tem idéia da dor que me causa adiando o casamento… Mamãe me questionou muitas vezes. Está preocupada de me ver assim tão abatida. Ela mesma nunca foi forte, e muitas vezes me diz: "Minha pobre filha, eu não a fiz muito sólida." E depois, nesta loja, não dá para ganhar energia. Mas ela deve achar que emagreci demais nos últimos tempos… Olhe para os meus braços, pode isso?

Com a mão tremendo, ela pegou a jarra de novo. A prima quis impedi-la de beber mais.

— Não, me deixe, estou com muita sede.

Ouviram a voz de Baudu se elevar. Então, cedendo a um impulso do coração, Denise se ajoelhou e envolveu Geneviève em seus braços amigos. Ela a beijou, jurou que tudo ficaria bem, que ela se casaria com Colomban, que se curaria e seria feliz. Teve de se levantar bruscamente, no entanto; o tio a chamava.

— Jean está aqui, vem ver.

Era de fato Jean, que chegava sem fôlego para jantar. Quando lhe disseram que já eram oito horas, ele ficou estupefato. Não era possível! Ele acabava de sair do serviço. Brincaram com ele, sem dúvida ele devia ter pegado um atalho pelo bosque de Vincennes, do outro lado da cidade. Mas, assim que se aproximou da irmã, disse-lhe baixinho:

— Foi uma pequena lavadeira que estava levando a roupa... Estou com um carro alugado. Me dá cem soldos.

Ele saiu um minuto e voltou para jantar, pois a senhora Baudu não queria de jeito nenhum que ele partisse sem ao menos tomar uma sopa. Geneviève reapareceu em seu silêncio e apagamento habituais. Colomban cochilava atrás de um balcão. A noite correu triste e lenta, animada unicamente pelos passos do tio, que caminhava de um lado para o outro na loja vazia. Apenas um lampião estava aceso, a sombra do teto baixo parecia cair aos poucos, como a terra escura numa fossa.

Meses se passaram. Denise vinha quase todos os dias para tentar alegrar Geneviève. Mas a tristeza crescia na casa dos Baudus. As obras da frente eram um tormento contínuo que exacerbava seu desfortúnio. Ainda que tivessem um instante de esperança, uma pequena alegria inesperada, bastavam ouvir uma carroça trazendo tijolos, a serra de um talhador de pedras, ou o simples grito de um operário, para estragar tudo imediatamente. O bairro todo, aliás, estava em polvorosa. Do canteiro de obras, que atravancava três ruas, saía uma atividade furiosa. O arquiteto não se servia das construções existentes, retalhava-as completamente a fim de remodelá-las. E no meio de tudo, no grande vazio dos pátios internos, ele erguia uma galeria central, vasta como uma igreja, que iria desembocar, por uma porta de honra, no centro da fachada da rua Neuve-Saint-Augustin.

No início, tiveram enormes dificuldades para estabelecer as fundações, pois se depararam com infiltrações de esgoto e com montes de terra cheios de ossadas humanas. Em seguida, a perfuração do poço tinha seriamente preocupado as casa vizinhas: este teria cem metros de profundidade e o fluxo de água deveria chegar a quinhentos litros por minuto. Agora, viam-se paredes se erguerem no primeiro andar; andaimes, enormes estruturas de tábuas, fechavam o quarteirão inteiro; ouvia-se sem parar o ranger dos guindastes subindo as pedras da fachada, o descarregamento brusco das placas de ferro, o clamor da população de operários, acompanhado do barulho incessante de picaretas e martelos. Mas o que ensurdecia acima de tudo as pessoas era a trepidação das máquinas; tudo funcionava a vapor, assobios agudos rasgavam o ar; enquanto, ao menor sopro de vento, uma nuvem de gesso esvoaçava e se abatia sobre os telhados em torno, como uma tempestade de neve. Sitiados na própria casa, os Baudus observavam essa poeira implacável penetrar por toda parte, atravessar as portas e janelas mais bem fechadas, sujar os tecidos da loja, entrar até na cama deles, e a idéia de que também a respiravam, que acabariam por morrer contaminados, envenenava sua existência.

Contudo, a situação iria piorar ainda mais. Em setembro, temendo que a obra não ficasse pronta a tempo, o arquiteto decidiu continuar o trabalho à noite. Lâmpadas elétricas poderosas foram instaladas e o movimento não cessou mais: equipes se sucediam, os martelos não paravam, as máquinas assobiavam continuamente, a atroada que continuava insuportavelmente alta parecia levitar sobre o bairro e semear gesso nas casas. Então, exasperados, os Baudus tiveram de renunciar a fechar os olhos: eram sacudidos em sua própria alcova, os barulhos se transformavam em pesadelos assim que o cansaço finalmente os entorpecia. Depois, se eles se levantavam descalços, para acalmar a irritação, e quando espiavam através de uma cortina ficavam aterrorizados diante da visão do Paraíso das Damas em chamas no fundo da escuridão, como uma fornalha descomunal, onde se forjava a ruína deles. No meio das paredes, construídas pela metade e esburacadas de janelas vazias, as lâmpadas elétricas lançavam largos raios azuis, de uma intensidade cegante. Duas horas da manhã soavam, depois três, depois quatro. E, no sono atormentado do bairro, o canteiro de obras, avolumado com essa claridade lunar, que o tornava colossal e fantástico, fervilhava de sombras negras, de operários altissonantes, cujos perfis se recortavam diante da brancura crua das novas fachadas.

Como o tio Baudu predissera, o pequeno comércio das ruas vizinhas recebia mais um golpe aniquilador. Cada vez que o Paraíso das Damas criava novas seções, eram novas baixas entre as lojas das redondezas. O desastre ia crescendo dia a dia, ouvia-se as portas das mais antigas casas comerciais se trancarem. A senhorita Tatin, comerciante de lingerie da passagem Choiseul, acabava de declarar falência; Quinette, o luveiro, mal agüentaria mais seis meses; os peleteiros Vanpouille tinham sido obrigados a sublocar uma parte de suas lojas; se a malharia de Bédoré e Irmã, na rua Gaillon, ainda resistia, era sem dúvida porque dilapidavam as rendas acumuladas no passado. E eis que agora outras baixas iriam se acrescentar a estas ruínas previstas havia muito tempo: a seção de artigos de Paris ameaçava um artesão de bibelôs da rua Saint-Roch, Delingnières, um grandalhão sanguíneo; enquanto a seção de móveis atingia Piot e Rivoire, cuja loja dormitava à sombra da passagem Sainte-Anne. Temia-se inclusive um ataque de apoplexia no bibelotista, que explodia a cada vez que via o Paraíso anunciando moedeiros com trinta por cento de desconto. Os comerciantes de móveis, mais calmos, afetavam rir desses mascates que se metiam a vender mesas e armários; mas as clientes já os estavam deixando, o sucesso da seção se anunciava formidável. Estava acabado, era preciso se submeter: depois desses, outros ainda seriam varridos, e não se via como o restante dos comércios não seria um por um enxotado de seus balcões. Um dia, apenas o Paraíso cobriria o bairro com seu largo telhado.

Agora, de manhã e à noite, quando os mil empregados entravam e saíam do magazine, eles se esticavam numa fila tão longa através da praça Gaillon, que todo mundo parava para observá-los, como se assistissem a um desfile militar. Durante dez minutos, as calçadas ficam obstruídas; e os lojistas, parados à soleira de suas portas, pensavam no único balconista que tinham, e que já não sabiam mais como alimentar. O último inventário do Paraíso, que anunciara quarenta milhões de faturamento, também incomodara a vizinhança. Esse número corria de casa em casa, em meio a gritos de surpresa e cólera. Quarenta milhões! Dava para imaginar? Sem dúvida, o lucro líquido ficava no máximo em quarenta por cento, devido aos custos gerais consideráveis e ao sistema de preços baixos. Mas dezesseis milhões de francos de ganho ainda eram uma bela soma; podia-se se contentar com quatro por cento quando se operava com capitais assim. Diziam que o antigo capital de Mouret, os primeiros quinhentos mil francos acrescidos a cada ano com os lucros, já se transformara dez vezes em mercadorias, e a esta altura devia chegar a quatro milhões. Ao fazer esse cálculo diante de Denise depois da refeição, Robineau ficara um instante estupefato, os olhos fitando o prato vazio: ela tinha razão, era a renovação incessante do capital que fazia a força invencível do novo comércio. Apenas Bourras negava os fatos, recusava-se a entender, orgulhoso e estúpido como um galo. Um bando de ladrões, eis tudo! Gente que mentia! Charlatões que um belo dia recolheriam na sarjeta!

Os Baudus, no entanto, apesar do desejo de nada mudar nos hábitos do Velho Elbeuf, tentavam resistir à concorrência. Como a clientela não vinha mais a eles, eles se esforçavam para ir a ela por meio de representantes comerciais. Havia então, na praça de Paris, um representante com boas relações com todos os grandes alfaiates, e que parecia poder salvar as pequenas lojas de lãs e flanelas quando aceitava representá-las. Naturalmente ele era disputado, e tomava uma importância de figurão; e Baudu, como quis barganhar, teve a infelicidade de vê-lo ir se entender com os Matignon, da rua Croix-des-Petits-Champs. Depois disso, dois outros representantes o roubaram; um terceiro, homem honesto, não fazia nada. Era a morte lenta, sem abalos, uma desaceleração constante dos negócios, freguesas perdidas uma a uma.

Veio o dia em que os vencimentos foram pesados. Até então, tinham vivido com as economias de outrora; agora, começava a dívida. Em dezembro, aterrorizado pelo número de notas promissórias, Baudu se resignou ao mais cruel dos sacrifícios: vender a casa de campo de Rambouillet, que custava um mundo de dinheiro em reformas contínuas, e cujos locatários não lhe pagavam. Essa venda liquidava o único sonho de sua vida, seu coração sangrava como com a perda de um ente querido. E ele teve de ceder, por setenta mil francos, o que lhe custara mais de duzentos mil. Ele ainda foi feliz de encontrar os Lhommes, seus vizinhos, determinados pelo desejo de aumentar suas terras. Os setenta mil francos iriam sustentar a loja por mais algum tempo. Apesar de todos os fracassos, a idéia da luta renascia: com ordem, agora talvez pudessem vencer.

No domingo em que os Lhommes deram o dinheiro, eles aceitaram jantar no Velho Elbeuf. A senhora Aurélie chegou primeiro; foi preciso esperar o caixa central, que veio atrasado, resfolegante depois de toda uma tarde de música; quanto ao jovem Albert, ele aceitara o convite mas não apareceu. Foi, aliás, uma noite difícil. Os Baudus, que viviam sem ar no fundo de sua estreita sala de jantar, sofreram com o vendaval trazido pelos Lhommes, com sua família desmembrada e seu gosto pela livre existência. Geneviève, constrangida pelos ares imperiais da senhora Aurélie, não abriu a boca; enquanto Colomban a admirava, tremendo de prazer ao imaginá-la reinando sobre Clara.

À noite, como a senhora Baudu já estava na cama, Baudu andou por muito tempo de um lado para o outro no quarto. O clima estava ameno, um tempo úmido de desgelo. Do lado de fora, apesar das janelas fechadas e das cortinas abaixadas, ouvia-se o ronco das máquinas das obras da frente.

— Sabe em que estou pensando, Elisabeth? — disse ele enfim. — Pois bem, por mais dinheiro que esses Lhommes ganhem, eu prefiro estar na minha pele do que na deles... Eles têm sucesso, é verdade. A mulher contou, não é, que ganhou quase vinte mil francos este ano, e isso lhe permitiu pagar pela minha pobre casa. Não importa! Eu não tenho casa, mas ao menos não fico tocando música de um lado enquanto você fica zanzando por aí do outro... Não, você entende, eles não podem ser felizes.

Ele ainda sofria a terrível dor de seu sacrifício, e guardava rancor contra as pessoas que lhe haviam comprado seu sonho. Quando chegava perto da cama, ele gesticulava, inclinado em direção a sua mulher; depois, voltando para a janela, calava-se por um instante, escutava o rumor das obras. E então retomava as velhas acusações, as queixas desesperadas em relação aos novos tempos: nunca se vira isso, simples vendedores agora ganhavam mais do que comerciantes, eram os caixas que agora compravam as propriedades dos patrões. Assim, tudo se desmantelava, a família não existia mais, vivia-se num hotel, ao invés de comer honestamente a sopa em casa. Enfim, ele terminou profetizando que o jovem Albert acabaria por dilapidar as terras de Rambouillet com suas atrizes.

A senhora Baudu o ouvia, a cabeça apoiada no travesseiro, tão pálida que seu rosto tinha a cor do lençol.

— Eles nos pagaram — disse ela suavemente.

De repente, Baudu ficou calado. Ele andou por mais alguns segundos, os olhos no chão. Depois retomou:

— Eles pagaram, é verdade; e, depois, o dinheiro deles é tão bom quanto qualquer outro... Seria engraçado reerguer a casa com esse dinheiro. Ah! Se eu não fosse tão velho, tão cansado!

Um longo silêncio reinou. O fanqueiro estava invadido de projetos vagos. Bruscamente, os olhos fitando o teto, sem mexer a cabeça, sua mulher falou:

— Notou sua filha nos últimos tempos?

— Não — respondeu ele.

— Pois bem! Ela me preocupa um pouco... Está empalidecendo, parece se desesperar.

De pé, na frente da cama, ele foi tomado de surpresa.

— Ah é? E por quê? Se está doente, ela devia dizer. Amanhã chamaremos um médico.

A senhora Baudu continuava imóvel. Depois de um longo minuto, ela simplesmente disse com seu ar pensador.

— Esse casamento com Colomban, é melhor resolver isso de uma vez.

Ele olhou para ela, depois se pôs a andar novamente. Fatos lhe vinham a cabeça. Seria possível que sua filha estivesse doente por causa do balconista? Ela o amava a ponto de não poder esperar? Mais uma infelicidade! Isso o transtornava, principalmente porque tinha idéias bem precisas quanto a esse casamento. Não gostaria de concluí-lo nas condições presentes. No entanto, a preocupação o enterneceu.

— Está bem — disse enfim. — Falarei com Colomban.

E, sem acrescentar uma palavra, continuou sua volta pelo quarto. Logo os olhos de sua mulher se fecharam, ela dormia toda branca, como morta. Ele andava ainda. Antes de se deitar, afastou a cortina e lançou um olhar para fora; do outro lado da rua, as janelas escancaradas da antiga mansão Duvillard abriam frestas para o canteiro de obras, onde os operários se agitavam no ofuscamento das lâmpadas elétricas.

Já na manhã seguinte, Baudu levou Colomban para o fundo estreito da loja no mezanino. Na véspera, ele planejara o que iria dizer.

— Meu filho — começou —, sabes que vendi minha propriedade de Rambouillet. Isso vai nos permitir dar uma bela empurrada nos negócios... Mas antes de tudo eu gostaria de conversar um pouco contigo.

O rapaz, que parecia temer a conversa, esperava com um ar acanhado. Os pequenos olhos piscavam em seu largo rosto, e ele tinha a boca aberta, sinal de perturbação profunda.

— Escuta bem — retomou o fanqueiro. — Quando o pai Hauchecorne me cedeu o Velho Elbeuf, a casa era próspera; ele mesmo a recebera outrora em bom estado do velho Finet... Tu conheces minhas idéias: eu acredito que cometeria uma má ação se passasse essa herança de família diminuída a meus filhos; e é por isso que sempre adiei teu casamento com Geneviève... Sim, fui teimoso, esperava trazer de volta a antiga prosperidade, queria colocar os livros debaixo do teu nariz dizendo: "Olha! No ano em que entrei vendemos tanta lã, e este ano, o ano em que saio, vendemos dez mil ou vinte mil francos a mais..." Enfim, entendes, um juramento que eu tinha feito comigo mesmo, o desejo bem natural de me provar que a loja não perdeu nas minhas mãos. Senão, eu teria a impressão de estar te roubando.

Uma emoção apertou sua voz. Ele assoou o nariz para continuar, e perguntou:

— Não dizes nada?

Mas Colomban não tinha nada para dizer. Ele abanou a cabeça, esperava cada vez mais perturbado, pensando adivinhar onde o patrão queria chegar. Era o casamento em breve prazo. Como recusá-lo? Ele nunca teria forças para tal. E a outra? Aquela com quem sonhava à noite, sentindo sua carne queimar com uma tal chama que se jogava nu no azulejo gelado de medo de morrer!

— Hoje — continuou Baudu —, temos aqui um dinheiro que poderá nos salvar. A situação está ficando cada dia pior, mas talvez fazendo um esforço supremo... Enfim, eu queria te avisar. Vamos arriscar tudo pelo tudo. Se formos vencidos, pois bem, isso nos enterrará... Então, meu pobre rapaz, o casamento de vocês deverá ser adiado outra vez com isso, pois não quero lançá-los sozinhos na luta. Seria muito covarde, não é?

Colomban, aliviado, sentou-se sobre umas peças de moletom. Suas pernas ainda tremiam um pouco. Ele temia deixar entrever sua alegria, abaixou a cabeça, rolando os dedos nos joelhos.

— Não dizes nada? — repetiu Baudu.

Não, ele não dizia nada, não encontrava nada para dizer. Então, o fanqueiro retomou com lentidão:

— Eu tinha certeza que isso te entristeceria... Mas é preciso coragem. Vamos, não fica assim desmoronado... Sobretudo, compreende bem minha posição. Posso amarrar no pescoço de vocês uma pedra dessas? No lugar de lhes deixar um bom negócio, eu talvez lhes deixaria uma falência. Não, apenas os patifes se permitem esse tipo de coisa... Sem dúvida, eu desejo apenas a felicidade de vocês, mas nunca me farão ir contra a minha consciência.

E ele falou assim longamente, debatendo-se no meio de frases contraditórias, como um homem que gostaria de ser adivinhado a meia palavra e ter a mão forçada a agir. Já que ele prometera sua filha e a loja, a estrita probidade o obrigava a dar as duas em bom estado, sem taras nem dívidas. Só que ele estava exausto, o fardo lhe parecia pesado demais, as súplicas perfuravam em sua voz balbuciante. As palavras se embaralhavam ainda mais em seus lábios. Ele esperava de Colomban um impulso, um grito do coração, que não vinha.

— Eu sei — murmurou ainda — que os velhos não têm muita chama... Com os jovens, as coisas voltam a brilhar. Vocês têm fogo no corpo, é natural... Mas não, não, eu não posso, palavra de honra! Se eu a cedesse, vocês me repreenderiam mais tarde.

Ele se calou, trêmulo; e, como o rapaz continuava com a cabeça baixa, perguntou-lhe pela terceira vez, depois de um silêncio doloroso:

— Não dizes nada?

Enfim, sem olhar para ele, Colomban respondeu:

— Não há nada a dizer... O senhor é o mestre, tem mais sabedoria do que todos nós. Já que o senhor exige, nós esperaremos, tentaremos ser razoáveis.

Era o fim. Baudu ainda esperava que o caixeiro se lançasse em seus braços gritando: "Pai, descanse, é a nossa vez de lutar, dê-nos a loja como ela está para que nós façamos o milagre de salvá-la!" Então, olhou bem para Colomban e foi tomado de vergonha, acusando-se surdamente de ter querido enrolar seus filhos. A velha honestidade maníaca de comerciante despertou nele; era esse rapaz prudente que tinha razão, pois não há sentimento no comércio, há apenas os números.

— Abraça-me, meu filho — disse enfim para concluir. — Está decidido, falaremos novamente do casamento daqui a um ano. Antes de tudo é preciso pensar nas coisas sérias.

À noite, no quarto deles, quando a senhora Baudu perguntou ao marido o resultado da conversa, este tinha reencontrado sua obstinação no combate solitário. Ele fez um grande elogio a Colomban: um rapaz sólido, firme em suas idéias, educado dentro dos melhores princípios, incapaz por exemplo de rir com as clientes, como os cortejadores do Paraíso. Não, ele era honesto, era da família, não saía apostando na venda como num valor da Bolsa.

— Então, é para quando o casamento? — perguntou a senhora Baudu.

— Mais adiante — respondeu o marido —, quando for possível cumprir minhas promessas.

— Nossa filha morrerá.

Baudu se irritou, tomado de cólera. Era ele que morreria, se o transtornassem assim sem parar! Era sua culpa? Ele amava sua filha, ele doaria seu sangue por ela; não podia, no entanto, fazer com que a casa prosperasse quando ela não queria mais prosperar. Geneviève devia ser mais sensata e esperar com paciência um inventário melhor. Que diabo! Colomban ficaria ali, ninguém iria roubá-lo!

— É inacreditável! — repetia ele. — Uma moça tão bem-educada!

A senhora Baudu não disse mais nada. Ela adivinhara sem dúvida a tortura de Geneviève, mas não ousou confiá-la ao marido. Um curioso pudor feminino sempre a impedira de abordar com ele certos assuntos delicados. Quando ele a viu muda, transferiu sua cólera para os vizinhos da frente, ele estendia os punhos no vazio em direção às obras, onde naquela noite colocavam vigas de ferro com estrondosas marteladas.

Denise decidira voltar para o Paraíso das Damas. Ela percebera que os Robineau, forçados a restringir o pessoal, não sabiam como despedi-la. Para agüentar, ainda teriam de fazer tudo eles mesmos; Gaujean, em seu rancor obstinado contra os grandes magazines, alongava os créditos, prometia encontrar fundos para eles; mas o medo se apoderava do casal, eles queriam mais economia e mais ordem. Durante quinze dias, Denise sentiu que estavam incomodados com ela; e teve de abordar o assunto primeiro, dizer que tinha uma posição em outro lugar. Foi um alívio, a senhora Robineau a beijou, muito comovida, jurando que sentiria sua falta para sempre. Depois, quando a jovem acabou confessando que retornaria para a loja de Mouret, Robineau ficou pálido.

— Tem toda razão! — exclamou violentamente.

Era menos fácil anunciar a novidade ao velho Bourras. Denise teria de sair do quartinho, e ela tremia, pois tinha por ele uma viva gratidão. Bourras não desencolerizava mais, enfiado como estava no meio da zorra das obras vizinhas. Carros de materiais obstruíam sua loja; picaretas batiam em suas paredes; tudo dentro de seu pequeno espaço, os guarda-chuvas, as bengalas, dançava ao batuque dos martelos. Tinha-se a impressão de que o casebre, teimando em permanecer no meio dessas demolições, iria rachar. Mas o pior era que o arquiteto, para conectar as seções existentes da loja com as que estava instalando na antiga mansão Duvillard, imaginara cavar uma passagem sob a pequena casa que as separava. Como a casa pertencia agora à empresa Mouret e Cia. e o contrato indicava que o locatário deveria suportar as obras, operários chegaram certa manhã. Com isso, Bourras quase teve um ataque. Não era suficiente sufocá-lo por todos os lados, à esquerda, à direita e atrás? Tinham também que pegá-lo pelos pés, devorar a terra debaixo dele! E ele enxotara os pedreiros, estava pronto para entrar na justiça. Obras de reparação, tudo bem! Mas essas eram obras de embelezamento. O bairro pensava que ele podia ganhar, sem no entanto botar a mão no fogo. Em todo caso, o processo ameaçava ser longo, todos se apaixonavam por esse duelo interminável.

No dia em que Denise resolveu enfim falar com o velho, Bourras estava precisamente voltando de uma conversa com seu advogado.

— Acredita — exclamou ele — que eles estão agora dizendo que a casa não é sólida, que estão querendo demonstrar que é preciso consertar as fundações... Deus do Céu! Depois de sacudi-la tanto com suas terríveis máquinas, não é de se espantar se a casa corre o perigo de despencar!

Então, quando a moça lhe anunciou que iria partir, que iria retornar ao Paraíso com um salário de mil francos, ele ficou tão estupefato que apenas ergueu para o céu suas velhas mãos trementes. A emoção o fizera cair em uma cadeira.

— Você! Você! — murmurou ele. — Enfim, agora estou só, não sobrou mais ninguém!

Depois de um silêncio, ele perguntou:

— E o pequeno?

— Ele voltará para a casa da senhora Gras — respondeu Denise. — Ela gosta muito dele.

Calaram-se novamente. Ela teria preferido vê-lo furioso, jurando, dando socos; esse velho estarrecido, assolado, a desolava. Mas ele voltou pouco a pouco a si e recomeçou a gritar.

— Mil francos, isso não se recusa... Vai então, deixe-me só. Sim, só, está ouvindo? Tem uma pessoa que nunca abaixará a cabeça... E diga a eles que eu ganharei meu processo, ainda que tenha que usar minha última camisa!

Denise ia deixar Robineau apenas no final do mês. Ela revira Mouret, tudo estava acertado. Certa noite, ela estava subindo para seu apartamento quando foi detida por Deloche, que esperava por ela sob a soleira de uma porta. Ele estava feliz, tinha acabado de saber da grande novidade, a loja inteira só falava disso, dizia ele. E contou alegremente as fofocas dos balcões.

— As moças das confecções estão fazendo uma cara...!

Depois, mudando de assunto:

— A propósito, lembra-se da Clara Prunaire. Pois bem, parece que o patrão sai com ela... Entende?

Ele ficou todo vermelho. Ela, pálida, exclamou:

— O senhor Mouret!

— Gosto estranho, não? — retomou ele. — Uma mulher que parece um cavalo... A pequena da lingerie com quem ele saiu duas vezes no ano passado pelo menos era gentil. Enfim, isso é com ele.

Ao voltar para casa Denise sentiu-se desfalecer. Era com certeza por ter subido rápido demais. Apoiada à janela, ela teve a brusca visão de Valognes, da rua deserta, do calçamento musguento, da paisagem que via de seu quarto de criança; e foi tomada por uma necessidade de voltar a viver lá, uma necessidade de se refugiar no esquecimento e na paz da província. Paris a irritava, ela detestava o Paraíso das Damas, não sabia mais por que aceitara voltar para lá.

Ela certamente sofreria muito ainda, de fato já estava sofrendo com um mal-estar desconhecido desde as histórias de Deloche. Então, bruscamente, uma crise de lágrimas a forçou a abandonar a janela. Ela chorou por muito tempo, mas reencontrou coragem para viver.

No dia seguinte, na hora do almoço, como Robineau a enviara para fazer umas compras, ao passar na frente do Velho Elbeuf ela empurrou a porta e viu Colomban sozinho na loja. Os Baudus estavam almoçando, ouvia-se o barulho dos talheres na salinha dos fundos.

— Pode entrar — disse o balconista. — Eles estão à mesa.

Mas ela o fez se calar e o puxou para um canto. Com a voz baixa, ela começou:

— É com você que quero falar... Você não tem coração? Não vê que Geneviève o ama e que morrerá por causa disso?

Ela tremia, sua febre da véspera a sacudia de novo. Assustado, espantado com este brusco ataque, ele não encontrava nada para dizer.

— Você entende? — continuou ela. — Geneviève sabe que você ama uma outra. Ela me contou, ela soluçou como uma infeliz... Ah! A pobre menina! Ela perdeu muito peso, hein... Se você visse seus bracinhos magros! É de chorar... Você não pode deixá-la morrer assim!

Ele falou finalmente, totalmente transtornado.

— Mas ela não está doente, você está exagerando... Eu não vejo nada... E depois é o senhor Baudu que adia o casamento.

Denise, rudemente, descartou a mentira. Ela sentira que a menor insistência do rapaz faria o tio decidir. Quanto à surpresa de Colomban, esta não era fingida: ele realmente nunca percebera a lenta agonia de Geneviève. Isso foi para ele uma revelação muito desagradável. E, como ele ignorava, não podia realmente receber reprimendas.

— E por quem? — retomou Denise. — Por uma mulher que não vale nada! Pois você ignora quem ama? Até agora eu não quis dizer nada, evitei responder às suas freqüentes questões... Pois bem, ela sai com todo mundo sim, ela ri de você, você nunca a terá, ou você a terá como os outros, por uma noite só.

Muito pálido, ele ouvia; e, a cada uma das frases que ela lhe jogava na cara, sentia um pequeno tremor nos lábios entre seus dentes apertados. Tomada de crueldade, ela cedia a um arrebatamento de que não tinha consciência.

— Enfim — disse ela num último clamor —, se quer saber, ela agora está com o senhor Mouret!

Sua voz tinha se sufocado, ela ficou mais pálida do que ele. Os dois se olharam. Depois, ele balbuciou:

— Eu a amo.

Então Denise ficou embaraçada. Por que falava assim a esse rapaz, e por que se exaltava a este ponto? Ela se calou, as simples palavras que ele acabava de proferir ecoavam em seu coração, como um distante toque de sino que a ensurdecia. "Eu a amo, eu a amo", e o som ia ganhando volume: ele tinha razão, não podia se casar com outra.

Como estava se voltando para sair, ela avistou Geneviève na soleira da sala de jantar.

— Cale-se! — disse ela rapidamente.

Mas era tarde demais, Geneviève devia ter ouvido tudo. Ela não tinha mais sangue no rosto. Justo nesse momento, uma cliente empurrava a porta, a senhora Bourdelais, uma das últimas fiéis ao Velho Elbeuf, onde encontrava artigos sólidos. Havia muito tempo, a senhora de Boves seguira a moda, passando para o Paraíso; a própria senhora Marty não vinha mais, totalmente conquistada pelas seduções das vitrines da frente. E Geneviève foi forçada a avançar e dizer com sua voz sem timbre:

— O que deseja, senhora?

A senhora Bourdelais queria ver as flanelas. Colomban desceu uma peça de uma prateleira, Geneviève mostrou o tecido; e os dois, com as mãos geladas, se encontravam reaproximados atrás do balcão. Entretanto, Baudu saiu da pequena sala, logo atrás de sua mulher, que fora se sentar no banco do caixa. De início, ele não tomou parte na venda, sorriu para Denise, e ficou de pé observando a senhora Bourdelais.

— Ela não é bonita — disse esta. — Mostre-me o que têm de mais forte.

Colomban trouxe para baixo uma outra peça. Houve um silêncio. A senhora Bourdelais examinou o tecido.

— Quanto é?

— Seis francos, senhora — respondeu Geneviève. A cliente fez um brusco movimento.

— Seis francos? Mas ali na frente têm a mesma por cinco francos.

O rosto de Baudu contraiu-se levemente. Ele não pôde deixar de intervir, muito educadamente. A senhora se enganava sem dúvida, este artigo deveria ser vendido por seis francos e cinqüenta, era impossível que o oferecessem por cinco francos. Certamente tratava-se de um outro artigo.

— Não, não — repetia ela, com a teimosia de uma burguesa que se orgulhava em entender do assunto. — É o mesmo tecido. Talvez até um pouco mais grosso.

E a discussão acabou se tornando tensa. Baudu, com a bile no rosto, fazia um esforço enorme para permanecer sorridente. Sua agrura contra o Paraíso queria rebentar em sua garganta.

— Realmente — disse enfim a senhora Bourdelais —, é melhor o senhor me tratar melhor, ou irei para o outro lado da rua, como as outras.

Então, ele perdeu a cabeça e exclamou, arrebatado por sua cólera contida:

— Pois bem! Vá para o outro lado!

Com isso, ela se levantou, muito ofendida, e foi embora, sem se virar, respondendo:

— É o que farei, meu senhor!

Foi um estupor. A violência do patrão alarmou todos. Ele mesmo ficou assustado e tremendo com o que acabara de dizer. A frase saíra sem que se desse conta, na explosão de um longo rancor acumulado. E agora os Baudus, imóveis, os braços caídos, acompanhavam com o olhar a senhora Bourdelais atravessando a rua. Parecia-lhes que ela levava a fortuna que lhes restava. Quando, com seu passo tranqüilo, ela atravessou a alta porta do Paraíso, quando eles viram suas costas se mesclarem à multidão, sentiram-se desmantelar.

— Mais uma que eles nos tomam! — murmurou o fanqueiro.

Depois, voltando-se para Denise, que ele sabia estar no novo emprego:

— Eles te pegaram também... Vai, não estou zangado. Como eles têm dinheiro, são mais fortes.

Nesse momento, esperando ainda que Geneviève não tivesse ouvido Colomban, Denise disse-lhe no ouvido.

— Ele a ama, fique mais alegre.

Mas a jovem lhe respondeu com a voz baixa, uma voz rasgada:

— Para que mentir? Veja! Ele não consegue, já está olhando lá para cima... Eu sei que eles o roubaram de mim, como nos roubam tudo.

E ela se sentou em uma banqueta do caixa, perto de sua mãe. Esta adivinhara sem dúvida o novo golpe que a filha acabava de sofrer, pois seus olhos desconsolados passaram dela para Colomban e depois se dirigiram ao Paraíso. Era verdade, eles lhes roubavam tudo: ao pai, a fortuna; à mãe, sua filha agonizante; à filha, um marido esperado havia dez anos. Diante dessa família condenada, Denise, cujo coração se inundava de compaixão, temeu por um instante estar sendo desalmada. Não estava ela a ponto de dar seu impulso à máquina que esmagava esse pobre mundo? Mas ela sentia-se conduzida por uma força superior, sentia que não havia nada a fazer, e que isso não era fazer o mal.

— Bah! — retomou Baudu para se dar coragem. — Não morreremos por causa disso. Uma cliente perdida, duas achadas... Estás ouvindo, Denise; eu tenho agora sessenta mil francos que vão fazer o seu Mouret passar noites em claro... Vão, vocês todos, não façam essas caras de enterro!

Mas não conseguiu alegrá-los, ele mesmo caía novamente em uma consternação débil. E todos fitavam o monstro, arrebatados, possuídos, tentando recompor-se em sua infelicidade. As obras estavam terminando, já tinham desembaraçado a fachada dos andaimes, toda a colossal fachada do edifício aparecia, com suas paredes brancas, perfuradas de vitrines claras. Ao longo da calçada, finalmente devolvida à circulação, alinhavam-se oito carros, que contínuos carregavam de mercadorias, um depois do outro, na frente do departamento de remessas. Sob o sol claro, cujos raios enveredavam pela rua, as insígnias verdes dos carros, com detalhes amarelos e vermelhos, reluziam como espelhos, enviando reflexos ofuscantes até o Velho Elbeuf. Os cocheiros, vestidos de preto, de aspecto asseado, seguravam os cavalos a curto, atrelagens sublimes, que sacudiam suas cabeçorras ornadas com freios de prata. E, cada vez que um carro estava cheio, ouvia-se um ronco na rua que fazia tremer as pequenas lojas vizinhas.

Então, diante desse desfile triunfal, que eram obrigados a suportar duas vezes por dia, o coração de Baudu fendeu-se. O pai desfalecia, perguntando-se aonde poderia estar indo um tal fluxo de mercadorias; enquanto a mãe, doente pelo tormento da filha, continuava a olhar sem ver, os olhos embebidos de grossas lágrimas.

# IX

Numa segunda-feira, dia 14 de março, o Paraíso das Damas inaugurou suas novas lojas com uma grande exposição de moda de verão que deveria durar três dias. Do lado de fora, uma fria aragem soprava, e os passantes, surpreendidos por esse retorno do inverno, andavam rápido, abotoando seus paletós. Entretanto, uma grande comoção fermentava as lojas da vizinhança e, contra as vidraças, viam-se os rostos pálidos dos pequenos comerciantes, ocupados em contar os carros que iam chegando e parando diante da nova porta de honra, na rua Neuve-Saint-Augustin. Essa porta, alta e profunda como um pórtico de igreja, sobrelevada por um baixo-relevo — a Indústria e o Comércio dando-se as mãos em meio a uma multiplicidade de atributos —, era abrigada sob uma vasta marquise, cujas douraduras frescas clareavam a calçada como um raio de sol. À direita e à esquerda, de uma brancura ainda crua, as novas fachadas se estendiam fazendo a volta das ruas Monsigny e da Michodière, ocupando todo o quarteirão, à exceção do lado da rua do Dix-Décembre, onde o Crédito Imobiliário iria construir um hotel. Ao longo dessa perspectiva de caserna, quando os pequenos comerciantes erguiam a cabeça, avistavam a enorme coleção de mercadorias através das vitrines transparentes, que, do térreo ao segundo andar, abriam a casa à claridade do dia. E esse enorme cubo, esse bazar colossal, tapava-lhes o céu, parecia-lhes ter algum envolvimento no frio que os fazia tremer no fundo de seus balcões gelados.

Mouret se encontrava ali desde às seis horas dando suas últimas ordens. No centro, abrindo-se a partir da porta de honra, uma grande galeria estendia-se de ponta a ponta, flanqueada à direita e à esquerda por duas galerias mais estreitas, a galeria Monsigny e a galeria Michodière. Haviam envidraçado os pátios, transformados assim em claros átrios; e escadas de ferro se elevavam do térreo, pontes de ferro lançavam-se de um lado ao outro nos dois andares. O arquiteto, por acaso inteligente, um jovem apaixonado pelos novos tempos, servira-se de pedras apenas nos subsolos e nos pilares de sustentação, depois montou toda a ossatura em ferro, com colunas suportando a junção das vigas e das traves. Apenas as paredes de distribuição interior eram de tijolo. Por toda parte ganhou-se espaço, o ar e a luz entravam livremente, o público circulava à vontade sob as ousadas estruturas livres.

Era a catedral do comércio moderno, sólida e leve, feita para uma romaria de clientes. No térreo, depois das promoções da porta, a galeria central expunha as gravatas, a luvaria e a seda; a galeria Monsigny era ocupada pelas seções de brancos e de estampados; a galeria Michodière, pela malharia, os aviamentos, as casimiras e as lãs. Depois, no primeiro andar, encontravam-se as confecções, a lingerie, os xales, as rendas e outras seções novas, enquanto no segundo andar haviam posto a roupa de cama, os tapetes, os forros e todos os artigos de grandes dimensões e de manuseamento difícil. Naquele dia, o número de seções chegava a trinta e nove, e contavam-se mil e oitocentos empregados, dos quais duzentas mulheres. Um mundo de sonora vida pululava sob as altas naves metálicas.

A única grande paixão de Mouret era triunfar sobre a mulher. Ele a desejava rainha em sua casa, e erguera esse templo para tê-la à sua mercê. Toda a sua tática era inebriá-la de atenções galantes, extasiá-la em seus desejos, explorar seu fervor. Assim, noite e dia, ele quebrava a cabeça à procura de novas idéias. Querendo evitar o cansaço dos andares para as damas delicadas, ele mandara instalar elevadores forrados de veludo. Também abrira um bufê, onde oferecia gratuitamente refrescos e biscoitos, e um salão de leitura, uma galeria monumental, decorada com um luxo exageradamente rico, na qual ele arriscava até exposições de pinturas. Mas sua idéia mais inusitada era para a mulher sem vaidade: conquistar a mãe pela criança; ele não perdia nenhum impulso, especulava sobre todos os sentimentos, criava seções para meninos e meninas, parava as mães que passavam oferecendo a seus bebês imagens e balões. Um golpe de gênio foi o brinde de balões, distribuídos a cada compradora, balões vermelhos, com uma fina pele de borracha, levando o nome da loja em letras garrafais, e que, presos a longos fios, viajavam pelo ar, passeando pelas ruas como reclames vivos!

O grande poder do magazine era sobretudo a publicidade. Mouret chegava a gastar trezentos mil francos por ano em catálogos, anúncios e cartazes. Para sua grande venda de moda de verão, ele lançara duzentos mil catálogos, dos quais cinqüenta mil no estrangeiro, traduzidos em todas as línguas. Agora, ele os mandava ilustrar com gravuras, acrescentava amostras, coladas nas folhas. Era uma superabundância de mercadorias, o Paraíso das Damas saltava aos olhos do mundo inteiro, invadia os muros, os jornais, até as cortinas de teatro. Ele professava que a mulher não tinha forças contra o reclame, que acabava fatalmente seguindo a agitação. Além disso, depois de estudá-la como um grande moralista, ele lhe preparava armadilhas inteligentes. Assim, ele descobrira que ela não resistia a um desconto, que comprava sem necessidade quando pensava estar fazendo um negócio vantajoso; e sob essa observação ele baseava seu sistema de diminuição de preços, baixando progressivamente artigos não vendidos, preferindo vendê-los com perda, fiel ao princípio da renovação rápida das mercadorias. Então ele penetrara ainda mais fundo no coração da mulher ao imaginar o sistema de "devoluções", uma obra de arte da sedução jesuítica. "Leve de qualquer forma, senhora: poderá nos devolver o artigo se ele deixar de agradá-la." E a mulher que ainda resistia, achava ali uma última desculpa, a possibilidade de voltar atrás sobre uma loucura: ela levava qualquer coisa com a consciência apaziguada. Agora, as devoluções e a baixa dos preços entravam no funcionamento clássico do novo comércio.

Mas onde Mouret se revelava um mestre sem rival era na decoração interior das lojas. Ele tinha como lei que nem um canto do Paraíso das Damas deveria ficar vazio; por toda parte ele exigia barulho, multidão, vida; pois vida, dizia ele, atrai vida, faz brotar e se multiplicar. Dessa lei, ele gerava todo tipo de aplicações. Primeiramente era preciso se apertar para entrar no magazine, era preciso que, da rua, se acreditasse que um motim estava acontecendo; e ele obtinha esse aperto colocando os descontos logo na entrada, estantes e cestas transbordando de artigos a preço de banana; a tal ponto que o povinho se amassava, obstruía a porta, dava a impressão que a loja estourava de gente, quando em geral só estava cheia pela metade. Em seguida, ele tinha a arte de dissimular as seções pouco freqüentadas, como os xales no verão e os calicôs no inverno, localizando-as em torno das seções mais animadas, afogando-as no meio da algazarra geral. Fora ele quem imaginara colocar as seções de tapetes e móveis no segundo andar, locais onde as clientes eram mais raras e cuja presença no térreo teria criado vácuos áridos e frios. Se descobrisse uma maneira, teria feito a rua passar através de sua loja.

Houve um momento em que Mouret foi vítima de uma crise de inspiração. No sábado à noite, quando dava uma última olhada nos preparativos da grande venda de segunda-feira, da qual se ocupavam havia um mês, ele teve de repente consciência de que a organização das seções que adotara até então era inepta. Era, no entanto, uma classificação de uma lógica absoluta, os tecidos de um lado, os objetos confeccionados do outro, uma ordem inteligente que permitiria às clientes se guiarem. Ele sonhara com essa ordem outrora, na bagunça da estreita lojinha da senhora Hédouin; e eis que, no dia em que ele a realizava, sentia-se coberto de dúvidas. Bruscamente, ele exclamou que era preciso "desmantelar tudo". Tinham quarenta e oito horas para mudar de lugar uma parte inteira do magazine. Os funcionários, estarrecidos, tiveram de passar duas noites e o dia inteiro do domingo no meio de um total atabalhoamento. E na segunda-feira pela manhã, uma hora antes da abertura, muitas mercadorias ainda não estavam no lugar. Certamente o patrão estava ficando louco, ninguém entendia nada, era uma consternação geral.

— Vamos, apressem-se! — exclamava Mouret, com a segurança tranqüila de sua genialidade. — Olhem aqui ainda uns costumes que é preciso levar lá para cima... E já instalaram o Japão no patamar central? Um último esforço, minhas crianças, vocês verão uma senhora venda daqui a pouco!

Bourdoncle também estava lá desde o amanhecer. Como os outros, não estava entendendo nada, e seu olhar acompanhava o diretor com uma expressão inquieta. Ele não ousava fazer perguntas pois sabia como eram recebidas em momentos de crise. Ele se decidiu, contudo, e inquiriu com suavidade:

— Era realmente necessário convulsionar tudo assim, bem na véspera da exposição?

De início, Mouret balançou os ombros sem responder. Depois, como o outro insistia, ele estourou:

— Para que as clientes se aglomerem todas no mesmo canto, não é? Que bela idéia de geômetra! Eu nunca teria me consolado... Veja como eu organizava a multidão: uma freguesa entrava, ia diretamente onde queria ir, passava da anágua ao vestido, do vestido ao mantô, depois se retirava, sem sequer ter se perdido um pouco! Nenhuma teria ao menos visto nossa loja!

— Mas — notou Bourdoncle — agora que você misturou tudo e jogou tudo nos quatro cantos, os empregados vão gastar as pernas para conduzir as freguesas de seção em seção.

Mouret fez um gesto soberbo.

— Não dou a mínima para isso! Eles são jovens, isso os fará crescer... E melhor assim se eles passeiam! Parecerão mais numerosos, darão a impressão que a multidão é ainda maior. Que se empurrem de um lado para o outro, tudo será muito melhor!

Ele ria; e, baixando o tom de voz, explicou sua idéia.

— Veja, Bourdoncle, perceba o que vai acontecer... Primeiramente, esse vaivém contínuo de clientes as dispersa por toda a loja, as multiplica e as faz perderem a cabeça; em segundo lugar, como é preciso conduzi-las de um canto da loja para o outro, se elas desejam, por exemplo, o forro depois de terem comprado o vestido, essas viagens para todas as direções triplicam para elas o tamanho da casa; em terceiro lugar, elas são obrigadas a atravessar seções onde não teriam colocado os pés, novas tentações as fisgam de passagem, e elas sucumbem; em quarto lugar...

Bourdoncle ria com ele. Então, Mouret, encantado, parou para gritar aos contínuos:

— Muito bem, crianças! Agora uma última vassourada e olha como está lindo!

Mas, ao voltar-se, ele avistou Denise. Ele e Bourdoncle estavam diante da seção de confecções, que acabava justamente de ser desdobrada, os vestidos e costumes tinham subido para o segundo andar, do outro lado da loja. Denise, que descera antes de todo mundo, arregalava os olhos, perdida no meio das recentes mudanças.

— O que aconteceu? — murmurou ela. — Estamos nos mudando?

Esta surpresa pareceu divertir Mouret, que adorava seus efeitos teatrais. Desde os primeiros dias de fevereiro, Denise tinha voltado ao Paraíso, onde tivera a feliz surpresa de encontrar as colegas corteses e quase respeitosas. A senhora Aurélie sobretudo se mostrava benevolente; Marguerite e Clara pareciam resignadas; até o seu Jouve abaixava a cabeça com um ar embaraçado, como se desejasse apagar as más lembranças de outros tempos. Bastava Mouret dizer uma palavra a ela e todos cochichavam, seguindo-a com o olhar. E, nessa amabilidade geral, ela sentia-se apenas aflita com a tristeza singular de Deloche e os sorrisos inexplicáveis de Pauline.

Entretanto Mouret ainda olhava para ela com seu ar encantado.

— O que está procurando, senhorita? — perguntou ele afinal.

Denise não o tinha visto. Ela enrubesceu ligeiramente. Desde sua volta, ela recebia dele gestos de interesse que a tocavam muito. Pauline, sem que ela soubesse o motivo, havia-lhe contado em detalhes os amores do patrão com Clara, onde ele se encontrava com ela, quanto lhe pagava; e ela voltava ao assunto com freqüência, acrescentava que ele tinha uma outra amante, a senhora Desforges, bem conhecida em toda a loja. Tais histórias agitavam Denise, que diante dele era novamente tomada de seus receios de outrora, de um estranho mal-estar em que o reconhecimento lutava contra a cólera.

— É todo esse mexe-mexe — murmurou ela.

Então Mouret se aproximou para lhe dizer com a voz mais suave:

— Esta noite, depois da venda, passe no meu escritório. Quero falar com a senhorita.

Perturbada, ela inclinou a cabeça sem pronunciar nenhuma palavra.

Ela então entrou na seção, onde as outras vendedoras chegavam. Mas Bourdoncle ouvira Mouret, e o fitou sorrindo. E quando ficaram a sós ousou dizer:

— Essa aí de novo! Cuidado, vai acabar ficando sério!

Mouret se defendeu com vigor, escondendo sua emoção sob um ar superior de displicência.

— De jeito nenhum, é apenas uma brincadeira! A mulher que vai me pegar ainda não nasceu, meu caro!

E, como o magazine enfim foi aberto, ele correu para dar uma última olhada nas diversas seções. Bourdoncle abanava a cabeça. Essa Denise, simples e doce, começava a preocupá-lo. Da primeira vez ele vencera com a demissão brutal. Mas ela reaparecera, e ele a tratava como uma séria inimiga, calado diante dela, esperando uma nova oportunidade. Mouret, que ele alcançou mais adiante, gritava no átrio Saint-Augustin, diante da porta de entrada:

— Estão de brincadeira comigo? Eu disse para colocar as sombrinhas azuis com rendas... Comecem tudo de novo, e rápido!

Ele não quis ouvir nada, uma equipe de contínuos teve de reorganizar toda a exposição de sombrinhas. Ao ver as clientes chegarem, ele mandou fechar as portas por um instante; e repetia que não abriria, preferia isso a deixar as sombrinhas azuis no centro. Estavam matando sua composição. Os vitrinistas mais renomados, Hutin, Mignot e outros, vinham ver, erguiam os olhos, contemplavam; mas afetavam não compreender por serem de uma escola diferente.

Enfim, abriram novamente as portas e a maré de gente entrou. Desde a primeira hora, antes que a loja se enchesse, produziu-se no grande saguão central um empurra-empurra tamanho que foi preciso contar com os recursos da polícia para restabelecer a circulação na calçada. Mouret calculara justo: todas as donas-de-casa, uma tropa serrada de pequenas burguesas e de mulheres de touca, tomavam de assalto as promoções, os descontos e os cortes avulsos, expostos desde a rua. Mãos ávidas apalpavam continuamente as "penduras" da entrada, uma chita a sete soldos, uma mescla de lã e algodão a nove soldos, sobretudo uma orleã a trinta e oito centavos, que estavam esbulhando as pobres bolsas. Era um acotovelamento sem fim, com empurrões frenéticos em torno das estantes e dos cestos, onde as pechinchas transbordantes — rendas a dez centavos, fitas a cinco soldos, ligas a três soldos, luvas, anáguas, gravatas, meias de algodão — desapareciam em um nada de tempo, como se devoradas por uma miríade voraz. Apesar do tempo frio, os caixeiros nas mesas ao ar livre da calçada não estavam dando conta da venda. Uma mulher gorda soltou uns gritos. Duas menininhas quase foram atropeladas.

Durante toda a manhã, esse empurra-empurra não parou de aumentar. Por volta da uma da tarde, filas se criavam, a rua foi obstruída, como em tempos de barricadas. Justo nessa hora, a senhora de Boves e sua filha Blanche se encontravam na calçada do outro lado da rua, hesitantes, quando foram abordadas pela senhora Marty, também acompanhada por sua filha Valentine.

— Que multidão! — disse a primeira. — Estão se matando lá dentro... Eu não ia vir, estava de cama, só me levantei para tomar um ar.

— Eu também — disse a outra. — Prometi a meu marido que iria visitar a irmã dele em Montmartre... Então, ao passar por aqui, lembrei-me que estava precisando de uma metragem de fita. Comprar aqui ou em outro lugar, qual a diferença, não é mesmo? Ah! Não vou gastar um tostão. Não estou precisando de nada mesmo.

Entretanto, seus olhos não abandonavam a porta, tinham sido fisgadas pelo sopro da turba.

— Não, não. Não entrarei. Tenho medo — murmurou a senhora de Boves. — Blanche, vamos embora, seríamos pisoteadas.

Mas sua voz estava enfraquecida, ela cedia pouco a pouco ao desejo de entrar onde todo mundo estava entrando; e seu medo fundia-se com a atração irresistível da efervescência. A senhora Marty também se abandonava. Ela repetia:

— Segura meu vestido, Valentine... Ah! Nunca vi nada igual. Isso atrai a gente. Como será lá dentro?

Arrastadas pela corrente, as senhoras não podiam mais recuar. Como os rios atraem para si as águas errantes de um vale, parecia que o fluxo das freguesas, correndo através do átrio, sugava os passantes da rua, aspirava a população dos quatro cantos de Paris. Elas só conseguiam avançar muito lentamente, espremidas a ponto de perder o ar, mantidas de pé por ombros e barrigas alheias, de quem sentiam o mole calor; mas o capricho enfim satisfeito desfrutava dessa aproximação penosa, que fustigava ainda mais a curiosidade. Era uma baralhada de senhoras vestidas de seda, de pequenas burguesas com pobres vestidos, moças sem chapéu, todas alvoroçadas, inebriadas pela mesma paixão. Alguns homens, afogados sob corpetes transbordantes, lançavam olhares inquietos à sua volta. Uma babá, no centro da algazarra, levava no ombro seu bebê, que ria de alegria. E uma mulherzinha magra se enfurecia sozinha, explodindo em palavras grosseiras, acusando uma vizinha de ter lhe dado um esbarrão.

— Vou acabar perdendo minha saia nessa confusão — repetia a senhora de Boves.

Muda, com o rosto ainda fresco do ar de fora, a senhora Marty se colocava nas pontas dos pés para ver antes das outras, por cima das cabeças, além das profundezas do magazine. As pupilas de seus olhos cinza eram finas como as de uma gata chegando da claridade, e ela tinha a mente atenta, o olhar lúcido de uma pessoa que acaba de despertar.

— Ah! Enfim! — disse soltando um suspiro.

As senhoras se deixaram levar. Tinham alcançado o saguão Saint-Augustin e ficaram extremamente surpresas de encontrá-lo quase vazio. Mas um bem-estar as invadia, parecia que entravam na primavera ao sair do inverno da rua. Enquanto do lado de fora soprava um vento gélido, nas galerias do Paraíso a bela estação amornava com tecidos leves, o brilho florido das nuanças delicadas, a alegria campestre das roupas de verão e das sombrinhas.

— Olhem! — exclamou a senhora de Boves, imobilizada, olhando para cima.

Era a exposição de sombrinhas. Todas abertas, arredondadas como escudos, elas cobriam o átrio, da cúpula de vidro ao cimácio de carvalho. Em torno das arcadas dos andares superiores, desenhavam festões; ao longo das colunas, desciam em guirlandas; sobre as balaustradas das galerias, até as rampas das escadarias, seguiam em linhas apertadas; e, por toda a parte, enfileiradas simetricamente, colorindo as paredes de vermelho, verde e amarelo, pareciam grandes lanternas venezianas, iluminadas para alguma gigantesca festa. Nos cantos, viam-se motivos complicados, estrelas compostas por sombrinhas a trinta e nove centavos, cujos tons claros, azul-pálido, branco-queimado, rosa-bebê, bruniam com a doçura do amanhecer; enquanto, no alto, viam-se imensos pára-sóis japoneses, nos quais gruas douradas revoavam num céu de púrpura, flamejando com reflexos de incêndio.

A senhora Marty procurava uma frase para descrever seu deslumbramento, e encontrou apenas essa exclamação:

— É feérico!

Então, procurando se orientar:

— Vejamos, as fitas ficam nos aviamentos... Vou comprar a minha e escapo.

— Eu a acompanho — disse a senhora de Boves. — Não é, Blanche? A gente atravessa a loja e nada mais?

Mas desde a porta as senhoras estavam perdidas. Elas viraram à esquerda; e, como haviam mudado os aviamentos de lugar, entraram no meio dos rufos e em seguida nas bijuterias. Fazia muito calor sob as galerias cobertas, onde a marcha da multidão ressoava, um calor de estufa, úmido e confinado, carregado do odor insípido dos tecidos.

Então elas voltaram para diante da porta, onde se via o fluxo da saída, todo um desfile interminável de mulheres e crianças sobre as quais flutuava uma nuvem de balões vermelhos. Quarenta mil balões tinham sido preparados, havia contínuos especialmente encarregados da distribuição. Parecia que as compradoras que se retiravam estavam sendo levadas na ponta de fios invisíveis, flutuando no ar, no meio de uma revoada de enormes bolhas de sabão que refletiam o incêndio das sombrinhas. A loja dava a impressão de estar ainda mais iluminada.

— É um mundo — declarou a senhora de Boves. — Não se sabe mais onde se está.

No entanto, as senhoras não podiam ficar paradas na confusão da porta, em meio ao empurra-empurra da entrada e da saída. Felizmente o inspetor Jouve veio socorrê-las. Ele se encontrava no centro do saguão, grave, atento, observando cada senhora que passava. Encarregado de fazer o policiamento interno, farejava as ladras e seguia sobretudo as mulheres gordas quando a algo no olhar delas o alarmava.

— Os aviamentos, senhoras? — perguntou ele cortesmente. — Virem à esquerda. Fica ali, atrás da malharia.

A senhora de Boves agradeceu. Mas a senhora Marty, ao se virar, não mais encontrou a filha Valentine perto de si. Ela começava a se assustar quando a avistou, já longe, na outra ponta do saguão Saint-Augustin, profundamente absorta diante de uma mesa de proposições, sobre a qual se amontoavam gravatas femininas a dezenove soldos. Mouret praticava a proposição, a oferta de artigos em voz alta para fisgar e arrebatar freguesas; pois todos os tipos de reclame eram bons para ele, e ele ria da discrição dos seus confrades cuja opinião era que as mercadorias deveriam falar por si mesmas. Vendedores especiais, parisienses preguiçosos e debochados, escoavam assim quantidades consideráveis de bugigangas.

— Mamãe! — murmurou Valentine. — Olha estas gravatas... Elas têm um passarinho bordado nos cantos.

O balconista enaltecia o artigo, jurava que era seda pura, que o fabricante estava indo à falência e que nunca mais se encontraria uma oportunidade igual.

— Dezenove soldos, será possível? — perguntou-se a senhora Marty, seduzida como sua filha. — Ora! Posso pegar umas duas, não é isso que nos arruinará...

A senhora de Boves estava desdenhosa. Ela detestava a proposição, corria de qualquer vendedor que a interpelasse. Surpresa, a senhora Marty não compreendia esse horror nervoso à blateração, pois tinha natureza oposta, era dessas mulheres felizes em se deixar violentar, em banhar-se na carícia da oferta pública, que tinha prazer em enfiar as mãos por toda a parte e em perder tempo com palavras inúteis.

— Agora — retomou ela —, vamos rápido até minha fita... Não quero ver mais nada.

Entretanto, enquanto atravessava a seção dos lenços e das luvas, seu coração fraquejou novamente. Sob a luz difusa via-se um mostruário com colorações vivas e alegres, criando um efeito deslumbrante. Os balcões, dispostos simetricamente, pareciam platibandas, transformando a galeria num jardim francês, onde sorria uma gama suave de flores. Arranjados diretamente sobre a madeira, em estantes vazadas, buquês de lenços destacavam o vermelho vivo dos gerânios, o branco leitoso das petúnias, o amarelo-ouro dos crisântemos, o azul-celeste das verbenas. No alto dos móveis, sobre caules de cobre, enguirlandava-se uma outra floração, fulares abandonados, fitas desenroladas, uma grinalda que se prolongava em torno das colunas, multiplicando-se nos espelhos. Mas o que amotinava a turba era um chalé suíço construído unicamente com luvas: uma obra-prima de Mignot, que exigira dois dias de trabalho. Luvas pretas eram a fundação; depois, vinham as luvas cor de palha, reseda, sangue-de-boi, distribuídas na fachada, bordando as janelas, desenhando os balcões, substituindo as telhas.

— Em que posso servi-la, senhora? — perguntou Mignot ao ver a senhora Marty plantada diante do chalé. — Temos aqui luvas de camurça a um franco e setenta e cinco, de primeira qualidade...

Ele tinha um estilo de proposição pertinaz, chamando as passantes do fundo do balcão, importunando-as com sua cortesia. Como ela recusava com a cabeça, ele continuou:

— Luvas do Tirol a um franco e vinte e cinco... Luvas de Turim para as crianças, luvas bordadas de todas as cores...

— Não, obrigada. Não estou precisando de nada — declarou a senhora Marty.

Mas ele sentiu a voz dela amolecer e atacou mais rudemente, colocando luvas bordadas sob os olhos da freguesa. Ela perdeu as forças, e comprou um par. Depois, como a senhora de Boves a olhava sorrindo, ela enrubesceu.

— Hein? Sou uma criança, não é? Se não me apressar para comprar minha fita e ir embora, estou perdida.

Infelizmente, havia nos aviamentos um tumulto tal que ela não conseguia que a servissem. As duas esperavam havia dez minutos, e começavam a se irritar. Nisso, encontraram a senhora Bourdelais e seus três filhos. Esta última explicou com seu ar tranqüilo de bela mulher prática que queria mostrar essa novidade aos pequenos. Madeleine tinha dez anos; Edmond, oito; e Lucien, quatro. Eles riam sem parar, era um passeio barato prometido havia muito tempo.

— Elas são tão divertidas: vou comprar uma sombrinha vermelha — disse de repente a senhora Marty, impaciente de ficar ali sem fazer nada.

Ela escolheu uma de quatorze francos e cinqüenta. A senhora Bourdelais, depois de ter acompanhado a compra com um olhar de reprimenda, disse-lhe amigavelmente:

— A senhora fez mal em se precipitar. Em um mês conseguiria a sombrinha por dez francos... Não sou eu que eles vão fisgar!

E ela expôs toda a sua teoria de boa dona de casa. Já que os magazines acabavam por abaixar os preços, bastava esperar. Ela não queria ser explorada por eles, ao contrário, era ela que se aproveitava das verdadeiras barganhas. E tomava isso como um verdadeiro combate, que enfrentava com uma certa malícia, gabando-se de nunca lhes ter deixado um tostão de ganho.

— Enfim — concluiu —, prometi a meu pequeno mundo que lhes mostraria algumas imagens lá em cima no salão... Venham comigo se tiverem tempo.

Então, a fita foi esquecida. A senhora Marty cedeu imediatamente, enquanto a senhora de Boves recusou, preferindo dar uma volta pelo térreo. De qualquer forma, as senhoras combinaram se reencontrar em cima. A senhora Bourdelais procurava uma escada quando avistou um dos elevadores. E empurrou as crianças para dentro dele a fim de completar o passeio. A senhora Marty e Valentine entraram também no estreito compartimento, onde ficaram bem apertadas; mas os espelhos, as banquetas de veludo, a porta de cobre trabalhado ocupavam-nas a tal ponto que elas chegaram ao primeiro andar sem ter sentido o suave movimento da máquina. No andar de cima, aliás, mais um regalo as esperava desde a galeria das rendas. Quando passaram diante do bufê, a senhora Bourdelais não quis deixar de fartar a pequena família com um refresco. Era uma sala apertada com um longo balcão de mármore; dos dois lados, pequenas fontes prateadas deixavam correr um fino fio de água; atrás, acima das mesinhas, alinhavam-se garrafas. Três garçons limpavam e enchiam continuamente os copos. Para conter a clientela alterada, fora preciso estabelecer uma fila, como nas portas dos teatros, com um cordão recoberto de veludo. A multidão se amassava para entrar. Perdendo todo o escrúpulo diante das gulodices gratuitas, as pessoas se empanturravam a ponto de se sentirem mal.

— E agora? Onde estão elas? — perguntou a senhora Bourdelais quando se liberou do povaréu depois de ter limpado as crianças com seu lenço.

Então ela avistou a senhora Marty e Valentine no final de uma outra galeria, muito longe. As duas, afogadas sob um aluvião de saias, continuavam comprando. Não havia mais escapatória: mãe e filha desapareceram no fervor de gastos que as acometia.

Quando chegou enfim ao salão de leitura e correspondência, a senhora Bourdelais pôs Madeleine, Edmond e Lucien diante da grande mesa; em seguida, pegou na biblioteca alguns álbuns de fotografia e levou para eles. A abóbada da ampla sala era recoberta de ouro; nas duas extremidades, lareiras monumentais espelhavam-se; pinturas medíocres, porém ricamente enquadradas, cobriam as paredes; e entre os pilares, diante de cada uma das aberturas arqueadas que davam para o magazine, havia altas plantas verdes em vasos de maiólica. Todo um público silencioso sentava-se em torno da mesa, coberta de jornais e revistas, e guarnecida de papéis de carta e tinteiros. Senhoras tiravam suas luvas, escreviam mensagens nos papéis timbrados da casa, cujos cabeçalhos elas riscavam com um traço de pluma. Alguns homens, enfiados em grandes poltronas, liam jornais. Mas muita gente ficava ali sem fazer nada: maridos esperando suas mulheres voltarem de alguma seção, jovens senhoras discretas espreitando a chegada de um amante, pais idosos deixados ali como na chapelaria para serem apanhados na saída. E essa multidão, sentada molemente, repousava, lançava olhares através das janelas abertas para as profundezas das galerias, cujo zunzum longínquo alcançava o discreto ruído das penas e o farfalhar dos jornais.

— Ora vejam! Quem está aqui! — disse a senhora Bourdelais. — Eu não a estava reconhecendo.

Perto das crianças, uma senhora desaparecia entre as páginas de uma revista. Era a senhora Guibal. Ela pareceu contrariada com o encontro. Mas recompôs-se rapidamente, contando que subira para se sentar um pouco e escapar do tumulto. E, como a senhora Bourdelais lhe perguntou se ela viera fazer compras, ela respondeu com seu ar lânguido, apagando de suas pálpebras o ar arrogante de seu olhar:

— Oh, não... Ao contrário, vim devolver. Não fiquei satisfeita com umas alcatifas. O problema é que tem tanta gente que estou esperando poder me aproximar da seção.

Ela continuou a conversar, comentou como era conveniente esse mecanismo de devolução. Antes ela não comprava nunca, mas agora ela às vezes se deixava tentar. Na verdade, ia devolver quatro objetos de cinco adquiridos recentemente, e estava começando a ficar conhecida em todas as seções por seus negócios volúveis, por seu eterno descontentamento que lhe fazia retornar os artigos um a um, depois de tê-los guardados por vários dias. Mas, enquanto falava, ela não perdia de vista as portas do salão; e pareceu aliviada quando a senhora Bourdelais se voltou novamente para seus filhos a fim de lhes explicar as fotografias. Quase no mesmo instante, o senhor de Boves e Paul de Vallagnosc entraram. O conde, que apresentava o novo magazine ao jovem, trocou com ela um olhar significativo; então ela mergulhou novamente em sua leitura, como se não o tivesse visto.

— Ora, vejam! Paul! — disse uma voz atrás dos senhores.

Era Mouret, fazendo a sua vistoria rotineira dos diversos serviços. As mãos se estenderam, e ele perguntou imediatamente:

— A senhora de Boves nos faz a honra de vir?

— Meu Deus, não! — respondeu o conde vivamente, não sem um grande arrependimento. — Ela está doente. Oh! Nada grave.

Ele então fingiu avistar a senhora Guibal. Escapou da conversa e aproximou-se dela tirando o chapéu, enquanto os outros dois se contentaram em cumprimentá-la de longe. Ela afetou a mesma surpresa. Paul abriu um leve sorriso. Ele finalmente compreendera, e contou em voz baixa a Mouret como o conde, com quem se encontrara por acaso na rua Richelieu, esforçara-se para escapar, e finalmente tomara a iniciativa de carregá-lo para o Paraíso, sob o pretexto que ele precisava absolutamente ver o que estava acontecendo. Havia um ano que ela arrancava do conde todo o dinheiro e prazer que podia; não se escreviam nunca, encontravam-se em lugares públicos — igrejas, museus, lojas.

— Acho que mudam de quarto de hotel a cada encontro — murmurou o jovem. — No outro mês, ele estava numa viagem de inspeção e escrevia para sua mulher de dois em dois dias, de Blois, de Libourne, de Tarbes; no entanto, estou convencido de tê-lo visto entrar numa pensão burguesa de Batignolles... Mas, olha para ele! Não parece apessoado assim diante dela, com sua correção de funcionário público? A velha França, meu amigo, a velha França!

— E o teu casamento? — perguntou Mouret.

Paul, sem largar os olhos do conde, respondeu que ainda estava esperando a morte da tia. Então, com um ar triunfante:

— Hein! Tu vistes? Ele se abaixou e passou-lhe um endereço. E ela aceita, com sua expressão mais virtuosa: uma mulher terrível, essa ruiva delicada de ares despreocupados... Pois bem! Acontecem belas coisas na tua casa!

— Ah! — disse Mouret, sorrindo. — Essas mulheres não estão aqui na minha casa, estão na casa delas.

Em seguida, ele brincou. O amor, como as andorinhas, traz felicidade às casas. É claro que ele sabia das moças que perambulavam pelas galerias, das senhoras que, por acaso, ali encontravam um amigo; mas se elas não compravam, pelo menos faziam número, aqueciam a confusão. Enquanto falava, foi andando com seu antigo condiscípulo e o plantou na soleira do salão, diante da grande galeria central, cujos sucessivos saguões se desenrolavam a seus pés. Atrás deles, o salão mantinha seu recolhimento, com os leves sons de plumas agitadas e de páginas de jornais. Um velho senhor adormecera sobre o *Moniteur*. O senhor de Boves examinava os quadros com a intenção evidente de se perder de seu futuro genro. E, sozinha no meio dessa calma, a senhora Bourdelais alegrava suas crianças, com a voz muito alta, como num país conquistado.

— Vê, aqui elas estão em casa — repetiu Mouret, que mostrava com um gesto amplo o mundaréu de mulheres que se atropelava nas galerias.

Naquele momento, depois de quase ter perdido seu mantô no meio da multidão, a senhora Desforges entrava enfim e atravessava o primeiro saguão. Quando chegou na grande galeria, ela ergueu os olhos. Era como um amplo alpendre de estação de trem, envolto de rampas, cortado de escadarias suspensas, atravessado por pontes. As escadas de ferro em dupla revolução dobravam-se em curvas ousadas, multiplicando os patamares; lá no alto, as pontes de ferro, lançadas no vazio, escapavam em linha reta; e todo esse ferro criava ali, sob a luz branca das clarabóias, uma arquitetura leve, uma renda trabalhada por onde passava a luz do dia, a realização moderna de um palácio de sonhos, de uma Babel empilhando os andares, alargando os salões, abrindo fugas ao infinito para outros andares e outros salões. Aliás, o ferro reinava por toda parte. O jovem arquiteto tivera a honestidade e a coragem de não camuflá-lo sob uma camada de massa imitando pedra ou madeira. Embaixo, para não afetar as mercadorias, a decoração era austera, com grandes áreas lisas em tons neutros; depois, à medida que a armação metálica subia, os capitéis das colunas tornavam-se mais ricos, os rebites formavam florões, as consolas e os modilhões se carregavam de esculturas; no alto, enfim, as pinturas resplandeciam o verde e o vermelho, no meio de uma prodigalidade de ouro, de jatos de ouro, de borbotões de ouro, até as clarabóias, cujos vidros eram esmaltados e nigelados de ouro. Sob as galerias cobertas, os tijolos aparentes dos arcos eram igualmente pintados em cores vivas. Mosaicos e faianças entravam na ornamentação, alegravam as frisas, iluminavam com suas notas frescas a austeridade do conjunto; enquanto as escadarias, com rampas de veludo vermelho, eram adornadas com uma placa de ferro polido, luzindo como o aço de uma armadura.

Mesmo já conhecendo as novas instalações, a senhora Desforges se detivera no meio do caminho, arrebatada pela vida ardente que animava naquele dia a imensa nave. Em volta dela, continuava o movimento da multidão, cuja dupla corrente de entrada e saída se fazia sentir até na seção da seda. Uma população ainda muito heterogênea, para a qual, no entanto, a tarde trazia mais damas do que pequenas burguesas e donas-de-casa. Viam-se também muitas mulheres de luto, cobertas com grandes véus, e babás desorientadas, protegendo seus bebês com poderosos cotovelos. E esse oceano — pontilhado de chapéus coloridos e de cabeças nuas expondo tons louros, morenos, ruivos — se agitava de uma ponta a outra da galeria, confuso e intenso em meio à luminosidade vibrante dos tecidos. A senhora Desforges via por todos os lados grandes cartazes de preços, com números enormes, cujas manchas cruas se destacavam sobre os calicôs vivos, as sedas lustrosas, as lãs escuras. Pilhas de fitas envolviam as cabeças, um muro de flanela avançava em promontório, e por toda parte os espelhos recuavam os balcões, refletiam os mostruários e partes daquele mundaréu: rostos partidos, ombros e braços pela metade; enquanto, à esquerda e à direita, as galerias laterais abriam escapadas, mostrando as reentrâncias nervosas do branco, as profundidades pontilhadas da malharia, distantes, perdidos, iluminados pelo traço de luz de alguma janela, e onde a multidão não era mais do que uma poeira humana. E, quando erguia os olhos, a senhora Desforges via, ao longo das escadarias, sobre as pontes suspensas, em torno das rampas de cada andar, a subida contínua e conturbada de gente, todo um enxame de seres no ar, viajando através dos recortes da enorme armação metálica, delineando-se na claridade difusa dos vidros esmaltados. Grandes lustres dourados desciam do teto; um embandeiramento de tapetes, de sedas bordadas, de tecidos laminados de ouro recobriam as balaustradas de estandartes resplandecentes. De uma ponta à outra, avistavam-se revoadas de rendas, palpitações de musselina, troféus de seda, apoteoses de manequins ricamente vestidos; e, acima de toda essa balbúrdia, lá no alto, a seção de móveis, como que suspensa, exibia pequenas camas de ferro guarnecidas de colchões macios, com brancas cortinas drapejadas, como um dormitório de pensionistas que repousariam em meio à marcha constante da clientela, que ia se tornando mais rara à medida que as seções se elevavam na loja.

— A senhora deseja ligas? Estão em promoção — perguntou um vendedor à senhora Desforges ao vê-la imóvel. — Pura seda, vinte e nove soldos.

Ela não se dignou a responder. À sua volta, proposições guinchavam sem parar, acalorando-se cada vez mais. No entanto, ela queria se orientar. O caixa de Albert Lhomme estava à sua esquerda; ele a conhecia de vista e permitiu-se um sorriso amável, sem nenhuma pressa, em meio ao fluxo de faturas que o sitiava; enquanto, atrás dele, brigando com uma caixa de fios, Joseph não dava conta de empacotar todos os artigos que lhe caíam nos braços. Então ela se localizou: a seda deveria estar bem à sua frente. Mas foram precisos dez minutos para chegar lá tamanha era a multidão, que não parava de crescer. No ar, na ponta de seus fios invisíveis, os balões vermelhos se tinham multiplicado; eles se condensavam em nuvens de púrpura, escapando suavemente pelas portas e espalhando-se dali para toda a Paris. E ela tinha de abaixar a cabeça sob o vôo dos balões carregados por crianças pequenas, que mantinham o fio enrolado em suas mãozinhas.

— Como! A senhora teve coragem de vir! — exclamou alegremente Bouthemont assim que avistou a senhora Desforges.

Introduzido na casa desta senhora pelo próprio Mouret, agora o novo chefe de seção ia lá algumas vezes tomar chá. Ela o achava comum, porém amável, com um bom humor sangüíneo que a surpreendia e divertia. Aliás, na antevéspera, ele lhe contara sem rodeios os amores de Mouret e Clara; não houvera cálculo algum, fora apenas um disparate de rapaz que gosta de rir. Portanto, mordida de ciúmes e escondendo sua ferida sob ares de desdém, ela vinha para tentar descobrir quem era a garota, uma vendedora das confecções, dissera ele simplesmente, recusando-se a nomeá-la.

— A senhora deseja alguma coisa? — retomou ele.

— Certamente, senão eu não teria vindo... Tem fulares para matinês?

Tomada da necessidade de ver a vendedora, ela esperava obter dele o nome da moça. Imediatamente ele chamara Favier; e pôs-se novamente a conversar com ela, esperando que o vendedor acabasse de servir uma freguesa, justamente a "bela dama", aquela mulher loura de que toda a seção falava, sem conhecer a vida dela e sequer o nome.

Desta vez a bela senhora estava em grande luto. Então! Quem teria ela perdido, seu marido ou seu pai? Com certeza não fora o pai, ou ela teria parecido mais triste. Talvez ela não fosse afinal uma cocote, tivera um verdadeiro marido. A menos, no entanto, que estivesse de luto por sua mãe. Durante alguns minutos, apesar do grande trabalho, a seção trocou hipóteses.

— Apresse-se, é insuportável! — exclamou Hutin para Favier, que acabara de conduzir sua cliente a um caixa. — Quando essa senhora está aqui, você não faz mais nada... Ela não lhe dá a mínima!

— Não mais do que eu a ela — respondeu o outro, vexado.

Mas Hutin ameaçou falar com a direção se ele não respeitasse mais a clientela. Ele estava se tornando terrível, de uma severidade rabugenta, desde que a seção se unira em seu favor para tomar o lugar de Robineau. Mostrava-se tão insuportável, apesar das promessas de boa camaradagem com que animara os colegas, que estes, desde então, apoiavam Favier contra ele.

— Vamos, é hora de trabalhar — retomou Hutin severamente. — O senhor Bouthemont pediu para ver alguns fulares com os desenhos mais claros.

No meio da seção, uma exposição de sedas de verão iluminava o saguão com um brilho de aurora, como um nascer do sol nos tons mais delicados de sua luz: rosa-pálido, amarelo-suave, azul-límpido, como a echarpe esvoaçante da deusa Íris. Eram fulares de uma fineza de névoa, surás mais ligeiros que penugens ao vento, xantungues acetinados à tez macia de virgem chinesa. E havia ainda ponjês do Japão, tussores e chercônias das Índias, sem contar as sedas leves, com mil listas, xadrezes, semeadas de flores, todos os desenhos imagináveis, que faziam sonhar com damas em falbalás passeando pelas manhãs de maio sob as grandes árvores de um parque.

— Vou ficar com este aqui, o Luís XV com buquês de rosa — disse enfim a senhora Desforges.

E enquanto Favier media, ela arriscou uma última tentativa com Bouthemont, que ficara junto dela.

— Vou subir para as confecções para ver os mantôs de viagem… Ela é loura, a mocinha da sua história?

O chefe de seção, que a insistência dela começava a preocupar, se contentou em sorrir. Mas justo nesse momento Denise passava por ali. Ela acabava de entregar nas mãos de Liénard, parado junto aos merinos, a senhora Boutarel, aquela senhora da província que desembarcava em Paris duas vezes por ano para jogar nos quatro cantos do Paraíso o dinheiro que ela amealhava em casa. E, como Favier pegava o fular da senhora Desforges, Hutin, pensando contrariá-lo, o interrompeu.

— Não é necessário, a senhorita terá o prazer de conduzir a senhora.

Denise, perturbada, aceitou se encarregar do pacote e da nota de débito. Ela não podia encontrar Hutin face a face sem experimentar um certo embaraço, como se ele lhe lembrasse um antigo pecado. Contudo, se pecara fora apenas em sonho.

— Diga-me — a senhora Desforges perguntou em voz baixa a Bouthemont —, não seria por acaso essa moça tão desajeitada? Ele a readmitiu? Mas é ela a heroína da aventura!

— Talvez — respondeu o chefe de seção, sempre sorrindo e bem decidido a não dizer a verdade.

Então, precedida por Denise, a senhora Desforges subiu lentamente a escadaria. Ela precisava parar de três em três segundos para não ser levada pelo fluxo que descia. Na vibração animada da loja, os degraus de ferro tinham sob os pés um movimento sensível, como se estremecessem sob a respiração da multidão. Em cada degrau, um manequim solidamente afixado exibia as vestimentas mais diversas, costumes, paletós, penhoares; pareciam uma dupla fileira de soldados preparando-se para algum desfile triunfante, com um pequeno cabo de madeira, semelhante ao cabo de um punhal, enfiado no moletom vermelho que sangrava na superfície fresca do pescoço.

A senhora Desforges alcançava enfim o primeiro andar quando um empurrão mais rude que os outros a imobilizou por um instante. Ela via agora, logo abaixo, as seções do térreo apinhadas desse povaréu disperso de clientes que ela acabava de atravessar. Era um novo espetáculo, o mar de cabeças vistas de cima, escondendo os corpetes, fervilhava com a agitação de um formigueiro. Os cartazes brancos dos preços eram agora apenas linhas finas, as pilhas de fitas se amassavam, o promontório de flanela cortava a galeria numa faixa estreita; enquanto os tapetes e as sedas bordadas que embandeiravam as balaustradas pendiam a seus pés como estandartes de procissão dependurados sob o cancelo de alguma igreja. Ao longe, ela avistava os cantos das galerias laterais, como do alto de um campanário se distinguem as esquinas das ruas vizinhas, onde as manchas negras dos passantes circulam. Mas o que a surpreendia sobretudo, na fadiga de seus olhos cegados pela confusão radiante de cores, era sentir quando fechava as pálpebras ainda mais a multidão, com seu barulho surdo de maré montante e o calor humano que exalava. Uma fina poeira se elevava dos assoalhos, carregada do odor da mulher, o odor de sua roupa e de sua nuca, de suas saias e de sua cabeleira, um odor penetrante, invasivo, que parecia o incenso desse templo erguido ao culto de seu corpo.

Enquanto isso, ainda de pé diante do salão de leitura em companhia de Vallagnosc, Mouret respirava esse odor, embriagava-se com ele e repetia:

— Elas estão aqui na casa delas. Conheço algumas que passam o dia aqui, comendo bolos e escrevendo cartas... Só me falta dar-lhes uma cama.

Esta piada fez Paul sorrir, que, no fastio de seu pessimismo, continuava a achar inepta a turbulência dessa humanidade por pedaços de pano. Quando ele vinha visitar seu antigo condiscípulo, ia embora quase vexado de vê-lo tão vibrante de vida em meio a seu mundo de coquetes. Será que alguma delas, com o cérebro e o coração vazios, não lhe ensinaria a besteira e a inutilidade da vida? Justamente naquele dia Octave parecia estar perdendo seu equilíbrio, sendo também arrebatado pela paixão que pouco a pouco fazia arder o magazine. Desde que vira Denise e a senhora Desforges subirem a grande escadaria, ele falava mais alto, fazia grandes gestos; e, enquanto afetava não virar a cabeça para o lado delas, ia se animando ainda mais à medida que as sentia se aproximar. Seu rosto se coloria, seus olhos tinham um pouco do deslumbramento desvairado que fazia vacilar depois de um tempo os olhos das compradoras.

— Devem roubá-lo terrivelmente — murmurou Vallagnosc, que via na multidão ares criminais.

Mouret abrira amplamente os braços.

— Meu caro, isso ultrapassa a imaginação.

E, nervosamente, encantado de ter um assunto, passou a dar detalhes intermináveis, contou casos, desenvolveu uma classificação. Primeiro ele citava as ladras de profissão, as que faziam menos mal, pois a polícia conhecia quase todas. Depois, vinham as ladras por mania, uma perversão do desejo, um neurose nova que um alienista definira ao constatar o resultado agudo da tensão exercida pelas lojas de departamento. E finalmente havia as mulheres grávidas, cujos furtos eram especializados: com uma delas, o comissário de polícia encontrara duzentos e quarenta e oito pares de luvas cor-de-rosa, roubados em todas as lojas de Paris.

— Então é por isso que as mulheres aqui têm olhares tão estranhos! — murmurou Vallagnosc. — Eu as observava com suas caras cúpidas e envergonhadas de criaturas enlouquecidas... Uma bela escola de honestidade!

— É incrível! — respondeu Mouret. — Por mais que as façamos se sentirem em casa, não podemos deixar que levem mercadorias sob os casacos... E pessoas distintas. Na semana passada, pegamos a irmã de um farmacêutico e a esposa de um conselheiro da Corte. Estamos resolvendo os casos.

Ele se interrompeu para mostrar o inspetor Jouve, que precisamente seguia uma mulher grávida logo abaixo deles, na seção das fitas. Essa mulher, cuja enorme barriga sofria com os empurrões do público, estava acompanhada de uma amiga, sem dúvida encarregada de defendê-la contra os choques mais violentos; e, cada vez que ela parava diante de uma seção, Jouve não tirava os olhos dela, enquanto a amiga, perto dela, remexia à vontade os mostruários.

— Ah! Ele as pegará — retomou Mouret. — Ele conhece todas as suas invenções.

Mas sua voz tremeu, ele deu uma risada constrangida. Denise e Henriette, que ele não cessara de espreitar, passavam finalmente atrás dele, depois de terem tido muita dificuldade para se libertar da turba. Ele se voltou então e cumprimentou sua cliente com o aceno discreto de um amigo que não quer comprometer uma mulher ao detê-la no meio das pessoas. No entanto, esta percebera muito bem o olhar com o qual ele primeiramente envolvera Denise. Essa moça devia, decididamente, ser a rival que ela tivera a curiosidade de vir ver.

Nas confecções, as vendedoras perdiam a cabeça. Duas delas estavam doentes, e a senhora Frédéric, a segunda, havia tranqüilamente pedido demissão na véspera, passando no caixa para acertar suas contas, largando o Paraíso de um minuto para o outro, da mesma forma como o Paraíso afastava seus empregados.

Desde cedo, em meio ao frenesi da venda, só se falava nesse fato. Clara, agora na seção pelo capricho de Mouret, achava o caso "muito chique"; Marguerite contava a exasperação de Bourdoncle; enquanto a senhora Aurélie, vexada, declarava que a senhora Frédéric deveria ao menos tê-la prevenido, pois não era possível uma dissimulação igual. Ainda que a antiga segunda nunca se tivesse confiado a ninguém, suspeitavam que ela abandonara as modas para desposar o proprietário de um estabelecimento de banhos que ficava ao lado do mercado central.

— É um mantô de viagem que a senhora deseja? — perguntou Denise à senhora Desforges, depois de lhe oferecer uma cadeira.

— Sim — respondeu secamente esta última, decidida a ser impolida.

As novas instalações da seção eram de uma rica austeridade, com altos armários de carvalho esculpido, espelhos da largura das portas, um carpete vermelho que abafava a marcha ruidosa das freguesas. Enquanto Denise ia buscar os mantôs de viagem, a senhora Desforges, que olhava à sua volta, reconheceu-se num espelho e ficou se contemplando. Estaria ela envelhecendo para a enganarem assim com a primeira garota? O espelho refletia a seção inteira, com sua turbulência, mas ela via apenas seu rosto pálido e não ouvia atrás dela Clara, que contava a Marguerite uma das dissimulações da senhora Frédéric — a maneira como esta fazia a volta, de manhã e à noite, passando pela passagem Choiseul, a fim de dar a impressão que morava na margem esquerda do Sena.

— Aqui estão nossos últimos modelos — disse Denise. — Temos em várias cores.

Ela estendeu quatro ou cinco mantôs. A senhora Desforges os examinou com um ar desdenhoso; e, a cada um, ela ficava mais dura. Para que essas pregas que estreitavam a roupa? E aquele ali, quadrado nos ombros, parecia ter sido cortado a golpes de machado! Por mais que se viaje, ninguém se veste com um capote.

— Mostre-me outra coisa, senhorita.

Denise desdobrava as vestimentas e as redobrava sem se permitir nem um gesto de mau humor. E era essa serenidade paciente que exasperava ainda mais a senhora Desforges. Seu olhar voltava continuamente para o espelho diante dela. Agora ela se observava perto de Denise e estabelecia comparações. Seria possível que a preterissem por causa dessa criatura insignificante? E se lembrava: essa garota era aquela que, outrora, em seu início, fizera figura tão tola, tão desajeitada, como uma guardadora de gansos que acabava de desembarcar de seu vilarejo. Sem dúvida ela se mostrava melhor hoje, com o aspecto altivo e correto em seu vestido de seda. No entanto, que pobreza, que banalidade!

— Vou mostrar outros modelos à senhora— disse tranqüilamente Denise.

Quando ela voltou, a cena recomeçou. Então eram as fazendas, que eram pesadas demais ou não valiam nada. A senhora Desforges se virava, erguia a voz, procurava chamar a atenção da senhora Aurélie, na esperança de fazer a moça ser repreendida. Mas, desde sua volta, Denise conquistara pouco a pouco a seção. Ela estava em casa agora, e a primeira reconhecia nela inclusive qualidades raras de vendedora, a suavidade obstinada, a convicção sorridente. Assim, a senhora Aurélie sacudiu ligeiramente os ombros, evitando intervir.

— Se a senhora pudesse me indicar um estilo? — perguntou de novo Denise, com uma insistência educada, que nada desencorajava.

— Mas não tem nada aqui! — exclamou a senhora Desforges.

Ela se interrompeu, espantada de sentir uma mão pousar sobre seu ombro. Era a senhora Marty, que sua crise de gastos impelia através da loja. Suas compras haviam aumentado tanto desde as gravatas, as luvas bordadas e a sombrinha vermelha, que o último vendedor acabara colocando o pacote sobre uma cadeira, senão lhe teria destruído o braço; e ele a precedia, empurrando a cadeira, na qual se acumulavam saias, lenços, cortinas, uma luminária, três capachos.

— Ora! — disse ela — Está comprando um mantô de viagem?

— Oh, não, meu Deus, não! — respondeu a senhora Desforges. — Eles são medonhos.

Mas a senhora Marty viu um mantô listado que não achou nada mau. Sua filha Valentine já o examinava. Então Denise pediu a Marguerite para apanhar o artigo, um modelo do ano anterior, que esta última, a um olhar da colega, apresentou como uma barganha excepcional. Quando ela jurou que haviam abaixado o preço duas vezes, que de cento e cinqüenta ele fora colocado a cento e trinta, e que estava agora por cento e dez, a senhora Marty ficou sem forças contra a tentação do bom preço. Ela o comprou. O vendedor que a acompanhava deixou a cadeira e todo o pacote de notas de débito junto às mercadorias.

Entretanto, atrás das senhoras, em meio ao empurra-empurra da venda, continuavam as fofocas da seção sobre a senhora Frédéric.

— Verdade? Ela tinha alguém? — perguntava no balcão uma nova vendedorazinha.

— O homem dos banhos, por Deus! — respondeu Clara. — É preciso desconfiar dessas viúvas tranqüilas.

Então, enquanto Marguerite debitava o sobretudo, a senhora Marty virou a cabeça e, designando Clara com um leve movimento de pálpebras, disse em voz baixa à senhora Desforges:

— Veja ali o capricho do senhor Mouret.

A outra, surpresa, encarou Clara e depois levou os olhos para Denise, respondendo:

— Não, não a grande, a pequena!

E como a senhora Marty não ousava afirmar mais nada, a senhora Desforges acrescentou com a voz mais alta, carregada de um desprezo de dama por criadas de quarto:

— Talvez a pequena e a grande, todas as que ele queira!

Denise ouvira. Ela levou seus grandes olhos puros sobre essa senhora que a atacava assim e que ela nem ao menos conhecia. Sem dúvida, era a pessoa de que lhe falaram, a amiga que o patrão via fora da loja. No olhar que elas trocaram, Denise exibiu uma dignidade tão triste, uma tal franqueza inocente, que Henriette sentiu-se incomodada.

— Já que a senhorita não tem nada de bom para me mostrar — disse ela bruscamente, — conduza-me aos vestidos e costumes.

— Então — disse a senhora Marty, — vou acompanhá-la... Eu queria ver um costume para Valentine.

Marguerite pegou a cadeira carregada de compras pelo encosto e a arrastou inclinada sobre os pés de trás.

Denise levava apenas os metros de fular comprados pela senhora Desforges. Era toda uma viagem, agora que os vestidos e costumes se encontravam no segundo andar, na outra ponta da loja.

E começou a grande viagem ao longo das galerias atulhadas de gente. Marguerite caminhava na frente, puxando a cadeira como um carrinho, abrindo caminho com lentidão. Desde a lingerie a senhora Desforges reclamava: não era ridículo esses bazares onde era preciso andar duas léguas para botar as mãos no menor artigo! A senhora Marty se dizia também morta de cansaço, mas desfrutava dessa fadiga, dessa morte lenta de suas forças, em meio à interminável exposição de mercadorias. O lance de gênio de Mouret a fisgara completamente.

No caminho, cada seção a detinha. Sua primeira parada foi diante dos enxovais, tentada pelas camisas que Pauline acabou lhe vendendo. Assim Marguerite se viu desembaraçada da cadeira, e foi

Pauline que teve de acompanhá-la. A senhora Desforges teria podido continuar sua caminhada para liberar Denise mais rápido; mas sentia um certo prazer em sabê-la atrás de si, dócil e paciente, enquanto se delongava alegremente a aconselhar sua amiga. Nas roupinhas para bebês, as senhoras se extasiaram sem nada comprar. Depois, as fraquezas da senhora Marty recomeçaram: ela sucumbiu sucessivamente diante de um corpete de cetim negro, de punhos de pele vendidos com desconto devido à estação, de rendas russas com as quais agora se ornava a roupa de mesa. Tudo isso se empilhava na cadeira, os pacotes subiam, faziam estalar a madeira; e os vendedores que se sucediam puxavam-na com mais dificuldade à medida que a carga ficava mais pesada.

— Por aqui, senhora — dizia Denise sem uma reclamação depois de cada parada.

— Mas é inacreditável! — exclamava a senhora Desforges. — Não chegaremos nunca. Por que não colocar os vestidos e costumes perto das confecções? Mas que desperdício!

A senhora Marty, cujos olhos se dilatavam, embriagada por esse desfile de peças ricas que dançavam diante dela, repetia a meia voz:

— Meu Deus! O que meu marido vai dizer? A senhora tem razão, não tem ordem nessa loja. A gente se perde e faz besteiras.

No grande patamar central, a cadeira teve dificuldade para passar. Mouret acabara justamente de encher o espaço com uma exposição de artigos de Paris — taças montadas sobre zinco dourado, estojos de toalete e garrafinhas de licor a preço de banana — achando que se circulava livremente demais por ali, que a turba não ficava apertada. E também autorizou um de seus vendedores a expor ali, em uma mesinha de curiosidades da China e do Japão, alguns bibelôs baratinhos que as freguesas se arrancavam das mãos. Era um sucesso inesperado, ele até já sonhava em expandir essa venda. Enquanto dois contínuos subiam a cadeira para o segundo andar, a senhora Marty comprou seis botões de marfim, um ratinho de seda e um porta-fósforos esmaltado.

No segundo andar, a peregrinação recomeçou. Denise, que desde a manhã andava assim com as clientes, caía de cansaço; mas ela permanecia correta, com sua suavidade educada. Diante dos tecidos para móveis, ela teve de esperar mais uma vez pelas senhoras, pois uma cretone deslumbrante chamara a atenção da senhora Marty. Depois, na seção de mobiliário, foi uma mesa de costura pela qual esta última sentiu um enorme desejo. Suas mãos tremiam, ela suplicava rindo para que a senhora Desforges a impedisse de gastar mais, quando o encontro com a senhora Guibal trouxe-lhe uma desculpa. Estavam na seção de tapetes e esta acabava finalmente de subir para devolver toda uma compra de alcatifas do Oriente que fizera cinco dias antes! Ela discutia com o vendedor, um rapaz grande, cujos braços de lutador levantavam, de manhã à noite, fardos de matar um touro. Naturalmente ele estava consternado com essa "devolução" que lhe tirava sua porcentagem. Assim, ele procurava constranger a freguesa, farejando alguma desventura, sem dúvida um baile oferecido com as alcatifas do Paraíso, retornadas em seguida a fim de evitar uma locação em um tapeteiro; ele sabia que isso se fazia às vezes na burguesia sovina. Ela deveria ter uma razão para devolvê-las; se eram os desenhos ou as cores que não agradaram à senhora, ele lhe mostraria outras opções, pois havia um sortimento bastante completo. A todas essas insinuações a senhora Guibal respondia tranqüilamente, com seu ar seguro de rainha, que as alcatifas não lhe agradavam mais, sem desdenhar acrescentar uma explicação. Ela recusou-se a olhar outras, e o vendedor foi obrigado a se inclinar, pois tinha ordem de sempre aceitar as mercadorias devolvidas, mesmo se percebesse que tinham sido usadas.

Como as três senhoras se distanciavam juntas, e a senhora Marty voltava com remorsos para a mesa de costura da qual não tinha a menor necessidade, a senhora Guibal disse-lhe com sua voz tranqüila:

— Ora! Basta devolvê-la mais tarde... Viu como fiz? É muito fácil... Deixe que a levem para sua casa. A senhora a coloca na sala, a admira; depois, quando se entediar com ela, traga de volta.

— É uma idéia! — exclamou a senhora Marty. — Se meu marido se zangar demais, eu devolvo tudo.

E foi a desculpa suprema para ela. Parou então de contar e comprou ainda mais, com a surda necessidade de guardar tudo, pois não era do tipo de mulher que se entendia com suas compras.

Enfim chegaram aos vestidos e costumes. Mas, como Denise ia entregar a uma vendedora o fular comprado pela senhora Desforges, esta pareceu pensar melhor e declarou que, decididamente, levaria um dos mantôs de viagem, o cinza-claro; e Denise teve de esperar complacentemente para acompanhá-la de volta às confecções. A moça sentia perfeitamente, nos caprichos de cliente imperiosa, o desejo de tratá-la como uma criada. No entanto, ela jurara para si mesma permanecer em seu dever, e mantinha a mesma atitude calma, apesar dos saltos de seu coração e das revoltas de seu orgulho. A senhora Desforges não comprou nada nos vestidos e costumes.

— Oh! Mamãe — disse Valentine, — aquele pequeno costume ali é do meu tamanho!

Em voz baixa, a senhora Guibal explicava sua tática à senhora Marty. Quando um vestido a agradava numa loja, ela mandava que lhe entregassem, copiava o modelo e depois devolvia. E a senhora Marty comprou o costume para sua filha, murmurando:

— Boa idéia! É muito prática, cara senhora.

Tiveram de abandonar a cadeira, que foi deixada em situação crítica na seção dos móveis, ao lado da mesa de costura. Ela ficara pesada demais, os pés de trás ameaçavam quebrar. A loja decidira que todas as compras seriam centralizadas num caixa e descidas em seguida para o serviço de remessas.

Então, ainda conduzidas por Denise, as senhoras vagabundearam. Viram-nas novamente em todas as seções. A cada instante encontros as detinham. Foi assim que, perto do salão de leitura, reencontraram a senhora Bourdelais com os três filhos. As crianças estavam encarregadas das compras: Madeleine tinha sob os braços um vestido para ela,

Edmond levava uma coleção de sapatinhos, enquanto o mais jovem, Lucien, estava vestindo um novo quepe.

— Até tu! — disse rindo a senhora Desforges à sua amiga de pensão.

— Nem me fales! — exclamou a senhora Bourdelais. — Estou furiosa... Eles nos pegam por meio destes seresinhos agora! Sabes muito bem que não faço loucuras para mim! Mas como posso resistir a bebês que têm vontade de tudo? Vim para passear com eles, e eis que estou saqueando a loja!

Mouret, que se encontrava ali ainda em companhia de Vallagnosc e do senhor de Boves, escutava-a com um ar sorridente. Ela o avistou, reclamou alegremente, com um fundo de irritação real, dessas armadilhas colocadas para as suscetibilidades maternas; o fato de ela ter acabado cedendo à intensidade dos reclames a agastava; e sempre sorrindo, ele se inclinava, experimentava o prazer desse triunfo. O senhor de Boves manobrara de maneira a se aproximar da senhora Guibal, que ele acabou por seguir, tentando uma segunda vez perder Vallagnosc; mas este, cansado do poviléu, apressou-se para alcançar o conde. Denise parara novamente para esperar as senhoras. Ela estava de costas, Mouret afetava não percebê-la. Então, a senhora Desforges, com seu faro delicado de mulher enciumada, não teve mais dúvidas. Enquanto ele a cumprimentava e dava alguns passos para perto dela, como um galante anfitrião, ela refletia, mantendo a compostura, perguntando-se como convencê-lo de sua traição.

Enquanto isso, o senhor de Boves e Vallagnosc, que caminhavam adiante com a senhora Guibal, chegavam na seção de rendas. Era um salão luxuoso perto das confecções, guarnecido de estantes cujas gavetas de carvalho abriam-se em charneira. Em volta das colunas forradas de veludo vermelho, subiam espirais de renda branca; e de uma ponta a outra da sala partiam revoadas de guipura; enquanto sobre os balcões havia quedas de valencianas, malinas, pontilhas. No fundo, duas senhoras estavam sentadas diante de uma peça de seda lilás, sobre a qual Deloche exibia pontas de chantili, que elas olhavam silenciosas sem se decidir.

— Ora! — disse Vallagnosc muito surpreso. — O senhor disse que a senhora de Boves estava doente... Mas ali está ela com a senhorita Blanche.

O conde não pôde conter um sobressalto, lançando um olhar oblíquo para a senhora Guibal.

— É verdade — disse ele.

Fazia muito calor no salão. As clientes, que sufocavam, tinham os rostos pálidos e os olhos brilhantes. Poder-se-ia dizer que todas as seduções da loja culminavam nessa tentação suprema: essa afastada alcova da ruína, esse canto de perdição onde até as mais fortes sucumbiam. As mãos se enfiavam entre as peças transbordantes, que recebiam assim um tremor de embriaguez.

— Acho que elas estão querendo arruiná-lo — retomou Vallagnosc, divertindo-se com o encontro.

O senhor de Boves teve o gesto de um marido tão certo da sensatez de sua mulher, que não lhe dava um tostão. Esta, depois de ter batido todas as seções com a filha sem nada comprar, naufragara nas rendas, numa fúria de desejo insaciado. Quebrada de cansaço, ela se mantinha, no entanto, de pé diante do balcão. Ela remexia nas cestas, suas mãos ficavam moles, calores lhe subiam pelos ombros. Então, bruscamente, como Blanche virava a cabeça e o vendedor se distanciava, ela quis escamotear sob o mantô uma peça de ponto de Alençon. Mas estremeceu de susto e largou a peça ao ouvir a voz de Vallagnosc, que disse alegremente:

— Nós a surpreendemos, senhora.

Durante alguns segundos, ela ficou muda, toda branca. Em seguida, sentindo-se melhor, ela explicou que resolvera tomar um pouco de ar. E, notando enfim que seu marido estava com a senhora Guibal, ela se recompôs completamente e encarou-os com um ar tão digno, que esta última pensou ter de dizer:

— Eu estava com a senhora Desforges e os senhores nos encontraram.

Nesse momento, as outras senhoras se aproximavam. Mouret as acompanhava e as deteve mais um instante para lhes mostrar o inspetor

Jouve, que ainda seguia a mulher grávida e sua amiga. Era muito curioso, não se podia imaginar o número de ladras pegas na seção das rendas. A senhora de Boves, que o ouvia, imaginou-se entre dois policiais, com seus quarenta e cinco anos, seu luxo, a alta situação de seu marido; porém, não tinha remorsos, e pensava que deveria ter deslizado o corte em sua manga. Jouve, nesse instante, decidira colocar as mãos na mulher grávida, louco para pegá-la em flagrante delito; ele suspeitava que ela enchera os bolsos com uma ligeireza de dedos tão hábil, que certamente lhe escapara. Mas, quando a levou para um canto e a revistou, ficou confuso de não encontrar nada com ela, nem uma gravata, nem um botão. A amiga, no entanto, desaparecera. De repente, ele compreendeu: a mulher grávida só estava ali para ocupá-lo, era a amiga que roubava.

A história divertiu as senhoras. Mouret, um pouco vexado, contentou-se em dizer:

— Jouve foi logrado desta vez... Mas ele terá sua revanche.

— Ora! — concluiu Vallagnosc. — Acho que ele não está à altura... De qualquer forma, para que expor tanta mercadoria? É bem feito se te roubam. Não se deve tentar a esse ponto pobres mulheres indefesas.

Foi a última palavra, que soou como a nota amarga do dia, no frenesi crescente da loja. As senhoras se separaram, atravessando uma última vez os corredores tumultuados. Eram quatro horas, os raios do sol poente entravam obliquamente pelas largas vitrines da fachada, iluminando de viés as vidraças das galerias. E nessa claridade de um vermelho de incêndio, subia, como um vapor de ouro, a poeira espessa que desde a manhã fora levantada pelas andanças da multidão. Uma bruma atravessava a grande galeria central, cortando com um fundo de chamas as escadarias, as pontes suspensas, toda aquela renda de ferro que atravessava a loja. Os mosaicos e as faianças dos frisos reverberavam, fazendo iluminar com chamuscos de ouro o verde e o vermelho das pinturas. Era como uma brasa ardente, onde queimavam os mostruários, os palácios de luvas e gravatas, as girândolas de laços e rendas, as altas pilhas de lã e de chita, os assoalhos abrilhantados que floresciam de sedas leves e de fulares. Espelhos resplandeciam. A explosão de sombrinhas, como curvas de escudo, faiscava com reflexos de metal. Nos pontos mais distantes, além dos caudais de sombra, havia balcões perdidos, flamejantes, fervilhando de uma irradiação loura de sol.

E naquela hora derradeira, no meio desse ar superaquecido, as mulheres reinavam. Elas tinham tomado a loja de assalto, acampavam ali como em país conquistado, como uma horda invasora, instalada na derrocada das mercadorias. Os vendedores, ensurdecidos, quebrantados, eram agora apenas suas coisas, de que elas dispunham com a tirania de soberanas. Senhoras gordas empurravam quem viam pela frente. As mais magras guardavam seu território, tornavam-se arrogantes. Todas, de cabeça erguida, com gestos bruscos, sentiam-se em casa, deixavam de lado a cortesia de umas com as outras, abusando da loja tanto quanto podiam, a ponto de levarem a poeira das paredes.

A senhora Bourdelais, querendo compensar seus gastos, conduzira novamente seus três filhos ao bufê; agora a clientela se precipitava para lá com um apetite furioso, as próprias mães se empanturravam de málaga; desde a abertura da loja, noventa litros de refresco e setenta garrafas de vinho haviam sido tragados. Depois de ter comprado o mantô de viagem, a senhora Desforges regalara-se no caixa com algumas idéias. Ela ia agora embora pensando em um meio de levar Denise à sua casa, onde a humilharia na presença de Mouret, para ver a reação dele e tirar alguma certeza de suas hipóteses. Enfim, enquanto o senhor de Boves conseguia se perder na multidão e desaparecer com a senhora Guibal, a senhora de Boves, acompanhada de Blanche e Vallagnosc, tivera o capricho de pedir um balão vermelho, ainda que não tivesse comprado nada. Era sempre alguma coisa, assim não sairia de mãos abanando e se faria amiga da filhinha do zelador. No balcão de distribuição, acabavam de dar o quadragésimo milésimo: quarenta mil balões vermelhos voando no ar quente da loja, toda uma nuvem de balões vermelhos flutuando de uma ponta a outra de Paris, levando ao céu o nome do Paraíso das Damas!

Cinco horas soaram. De todas as senhoras, apenas a senhora Marty permanecera com sua filha no frenesi final da venda. Ela não conseguia se retirar; sentia-se exaurida, mas ao mesmo tempo parecia presa por amarras tão fortes que acabava sempre voltando sobre seus passos sem necessidade, batendo as seções com sua curiosidade insaciável. Era a hora em que a multidão, fustigada de reclames por todos os lados, se encontrava mais desnorteada; os sessenta mil francos de anúncios pagos nos jornais, os dez mil francos de cartazes colados nos muros, os duzentos mil catálogos lançados em circulação, depois de terem esbulhado as bolsas, acabavam de abalar os nervos femininos, sacudidos de embriaguez; e elas permaneciam boquiabertas com todas as invenções de Mouret, os baixos preços, as devoluções, sempre novas galanterias para seu deleite. A senhora Marty se delongava diante das mesas de promoções, entre os gritos roucos dos vendedores, ao som do ouro chegando aos caixas e do rolamento dos pacotes caindo no subsolo. Ela atravessava mais uma vez o térreo, o branco, a seda, a luvaria, a lã; depois, subia novamente, abandonava-se à vibração metálica das escadas suspensas, retornava às confecções, à lingerie, às rendas; avançava em seguida até o segundo andar, na alturas dos móveis e acessórios para casa. Enquanto isso, por toda parte, os caixeiros, Hutin e Favier, Mignot e Liénard, Deloche, Pauline, Denise, com as pernas mortas, davam um último impulso e arrancavam vitórias no ardor derradeiro das freguesas. Este ardor aumentara pouco a pouco desde a manhã, como a excitação que se liberava dos tecidos remexidos. A multidão ardia sob o incêndio do sol das cinco horas. Agora, a senhora Marty tinha o rosto faceiro e agitado de uma criança que bebeu vinho puro. Como entrara com os olhos claros e a pele fresca do frio da rua, sua vista e pele haviam sido pouco a pouco abrasadas com o espetáculo desse luxo, dessas cores violentas, cujo galope contínuo fustigava sua paixão. Quando finalmente partiu, anunciando que pagaria pelas compras em casa, aterrorizada com o valor da fatura, ela tinha os traços repuxados, os olhos vazados de uma doente. Foi preciso lutar para se liberar do empurra-empurra obstinado da porta; matavam-se ali, em meio ao massacre das liquidações. Finalmente na calçada, quando reencontrou a filha que perdera na confusão, ela estremeceu com o ar vivo, completamente atordoada com essa loucura dos grandes bazares.

À noite, quando Denise voltava do jantar, um contínuo a interpelou.

— Senhorita, está sendo convocada na direção.

Ela esquecera a ordem que Mouret lhe dera pela manhã de passar em seu escritório depois da venda. Ele a esperava de pé. Ao entrar, ela não empurrou a porta atrás de si, deixando-a aberta.

— Estamos bastante contentes com a senhorita — começou ele — e pensamos em lhe dar uma prova de nossa satisfação... A senhorita sabe a maneira indigna como a senhora Frédéric nos deixou. A partir de amanhã a senhorita a substituirá como segunda.

Denise o escutava paralisada de surpresa. Finalmente, murmurou com a voz tremendo:

— Mas, senhor, tem vendedoras muita mais antigas do que eu na seção.

— E daí? Que diferença isso faz? — retomou ele. — A senhorita é a mais capaz, a mais séria. É bastante natural que eu a escolha... Não está satisfeita?

Então ela enrubesceu. Ela sentia uma felicidade e um embaraço deliciosos, em meio aos quais seus antigos temores se fundiam. Por que seu primeiro pensamento caíra sobre as suposições indiscretas que certamente acolheriam esse favor inesperado? E ela permanecia confusa, apesar do ímpeto de seu reconhecimento. Sorrindo, ele a observava em seu vestido de seda simples, sem jóias, com o luxo único de sua régia cabeleira loura. Ela amadurecera, com sua pele branca, seu ar grave e delicado. A insignificância franzina de outrora se transformara em uma discrição charmosa e penetrante.

— O senhor é muito bom — balbuciou ela. — Não sei como lhe agradecer...

Mas sua voz foi interrompida. Lhomme estava de pé na porta. Ele segurava com sua mão boa uma grande sacola de couro, e seu braço mutilado apertava contra o peito uma pasta enorme. Atrás dele, seu filho Albert trazia uma carga de sacos que lhe castigava os membros.

— Quinhentos e oitenta e sete mil, duzentos e dez francos e trinta centavos! — exclamou o encarregado do caixa, cujo rosto mole e amadurecido parecia iluminado pelo reflexo de tal soma como por um raio de sol.

Era a receita do dia, a maior que o Paraíso jamais tivera. Ao longe, nas profundezas da loja que Lhomme acabara lentamente de atravessar, com o andar pesado de um boi carregado demais, ouvia-se o diz-que-diz, o mexe-mexe de surpresa e de alegria, deixado por essa receita gigante.

— Mas é extraordinário! — disse Mouret, encantado. — Meu caro Lhomme, coloque isso aqui e descanse, o senhor já não se agüenta sobre as pernas. Vou mandar entregar esse dinheiro no caixa central... Sim, sim, tudo na minha mesa. Quero ver o monte.

Ele sentia uma felicidade de criança. O caixa e seu filho se descarregaram. A sacola fez um barulho claro de ouro. Dois sacos se rasgaram, deixando correr um fluxo de prata e cobre; enquanto da pasta saiam pontas de notas de dinheiro. Praticamente toda a grande mesa ficou coberta, era como o escoamento de uma fortuna, acumulada em dez horas.

Quando Lhomme e Albert se retiraram com os rostos ainda pingando, Mouret permaneceu imóvel, perdido, os olhos pousados sobre o dinheiro. Então, ao erguer a cabeça, notou Denise, que tinha se afastado. Ele sorriu novamente e a encorajou a avançar. E acabou lhe dizendo que o que ela conseguisse pegar em suas mãos seria dela; havia um comércio de amor no fundo da brincadeira.

— Pode botar a mão na sacola. Aposto que conseguirá menos de mil francos, sua mão é tão pequena!

Mas ela se afastou de novo. Seria possível que ele a amasse? Bruscamente ela compreendeu; podia sentir a chama crescente do desejo com que ele a envolvia desde que retornara às confecções. E ela se sentia ainda mais perplexa ao perceber seu próprio coração bater a ponto de se romper. Por que então ele a insultava com todo esse dinheiro quando ela transbordava de gratidão, e que ele a teria feito desfalecer com uma simples palavra amiga? Ele se aproximava, continuando a brincar, quando, para seu grande descontentamento, Bourdoncle apareceu, sob o pretexto de lhe anunciar o público total: o enorme número de setenta mil clientes vindas ao Paraíso naquele dia. E ela se apressou em sair depois de ter agradecido mais uma vez.

# X

O primeiro domingo de agosto era o dia do grande inventário, que deveria ficar pronto na mesma noite. Desde a manhã, como num dia de semana, todos os empregados estavam em seus postos e o trabalho começara na loja vazia de clientes.

Denise não descera às oito horas com as outras vendedoras. Retida desde quinta-feira em seu quarto devido a uma torção de pé, que ocorrera quando subia para o ateliê de costura, ela começava a se sentir bem melhor; mas, como a senhora Aurélie a mimava agora, ela não se apressava, estava acabando de se calçar com dificuldade, resolvida a aparecer na seção. Desde a reforma, os quartos das vendedoras se localizavam no quinto andar dos novos prédios, ao longo da rua Monsigny; eram agora sessenta quartos ocupando os dois lados de um corredor; e, ainda que permanecessem simplesmente mobiliados com uma cama de ferro, um grande armário e uma pequena penteadeira de nogueira, eram muito mais confortáveis. A vida íntima das vendedoras ganhara ali ares de limpeza e elegância, uma afetação por sabonetes caros e roupas de cama finas, toda uma ascensão natural em direção à burguesia à medida que a sorte melhorava, embora se ouvissem ainda chulices e portas batendo na zoeira de pensão que as agitava de manhã e de noite. Aliás, por ser a segunda, Denise tinha um dos quartos maiores, com duas janelas abrindo-se para a rua. Bem remunerada afinal, ela se regalava com luxos: uma colcha vermelha recoberta com um véu de guipura, um pequeno tapete diante do armário, dois vasos de vidro azul sobre a penteadeira, onde rosas feneciam.

Quando acabou de se calçar, ela tentou caminhar dentro do quarto. Foi preciso se apoiar nos móveis, pois ainda estava mancando. Mas depois de se aquecer um pouco ela se sentiu melhor. Ainda assim ela fizera bem em recusar um convite para jantar na casa do tio Baudu naquela noite e em pedir à tia para passear com Pepe, que retornara aos cuidados da senhora Gras. Jean, que viera vê-la na véspera, também jantaria com o tio. Ela continuava cuidadosamente a ensaiar alguns passos, prometendo-se a ir dormir cedo a fim de repousar a perna, quando a vigia, a senhora Cabin, bateu em sua porta com ares de mistério para lhe entregar uma carta.

Fechando a porta atrás de si um tanto espantada com o sorriso enviesado da mulher, Denise abriu a carta. Ela se deixou cair em uma cadeira: era uma carta de Mouret, na qual ele se dizia feliz com seu restabelecimento e a convidava para jantar com ele naquela noite, já que ela não podia sair. O tom do bilhete, ao mesmo tempo familiar e paternal, não tinha nada de ofensivo; mas não havia equívoco possível, o Paraíso conhecia muito bem o verdadeiro significado desses convites, que já eram lenda no magazine: Clara jantara com o patrão, outras também, todas as que Mouret notava. Depois do jantar, como diziam os caixeiros gaiatos, vinha a sobremesa. E as brancas faces da jovem foram pouco a pouco invadidas por um fluxo de sangue.

Então, com a carta abandonada no colo e o coração palpitante, Denise permaneceu imóvel, os olhos fixos na luz ofuscante das janelas. Refletia sobre a confissão que tivera de fazer a si mesma, nesse mesmo quarto, em horas de insônia: se ainda tremia quando o via passar, tinha consciência agora que não era de medo; e seu mal-estar de outrora, sua antiga angústia, só podia ser a ignorância trépida do amor, a efervescência de um afeto nascente em sua rusticidade de menina. Ela não conseguia colocar os pensamentos no lugar, sentia apenas que sempre o amara, desde a hora em que balbuciara pela primeira vez diante dele. Ela o amava quando o temia como mestre impiedoso, ela o amava quando seu coração desnorteado sonhava com Hutin, inconsciente, cedendo a uma necessidade de afeição.

Talvez ela se tivesse entregado a um outro, mas sempre amara apenas esse homem, cujo olhar a aterrorizava. E todo o passado revivia em sua mente, desenrolava-se nessa claridade matinal: a severidade dos primeiros tempos, aquele passeio tranqüilo sob as sombras escuras das Tuileries, enfim, os desejos com que ele a envolvera desde que ela voltara à loja. A carta escorregou para o chão, Denise continuava a olhar para a janela, cujo sol radiante a ofuscava.

De repente, bateram na porta, e ela se apressou em recolher a carta e fazê-la desaparecer em seu bolso. Era Pauline, que escapara de sua seção sob algum pretexto e vinha bater um papo.

— Está melhor, cara amiga? Não nos encontramos mais.

Mas como era proibido subir para os quartos durante o dia, e sobretudo fechar-se ali com alguém, Denise a levou para o final do corredor, onde se encontrava a sala de estar — uma galanteria do diretor para as vendedoras, que podiam conversar ou trabalhar ali enquanto esperavam as onze horas. Branca e dourada, com a nudez banal de uma recepção de hotel, a sala era mobiliada com um piano, poltronas e sofás forrados de tapeçaria branca e um gueridom ao centro. Contudo, depois de algumas noitadas passadas no primeiro fogo da novidade, as moças não podiam mais se encontrar ali sem chegar rapidamente a um bate-boca. Era uma educação a ser feita, faltava concórdia na pequena cidadela falansteriana. E, enquanto este entendimento não vinha, à noite ali só se achava a segunda dos corpetes, Miss Powell, que martelava secamente Chopin no piano, e cujo talento invejado afugentara as outras.

— Como vê, meu pé está melhor — disse Denise. — Eu já estava descendo.

— Quem bom! — exclamou a vendedora da lingerie. — Quanto zelo! Eu ficaria me paparicando se tivesse um pretexto!

As duas tinham se sentado num sofá. A atitude de Pauline mudara desde que sua amiga tornara-se a segunda das confecções. Em sua cordialidade de boa moça, entrava agora uma nuança de respeito, uma surpresa de sentir a pequena vendedora minguada de outrora a caminho da fortuna. Todavia, Denise gostava muito dela e só se confiava a ela, em meio ao galope contínuo de duzentas mulheres que agora a loja ocupava.

— O que aconteceu? — perguntou vivamente Pauline ao notar a perturbação da jovem.

— Não é nada — assegurou a outra com um sorriso constrangido.

— Pois sim! Aconteceu alguma coisa... Não confia mais em mim para não me contar suas tristezas?

Então, na emoção que enchia seu peito e que ela não conseguia acalmar, Denise se abriu. Ela estendeu a carta à amiga, balbuciando:

— Veja! Ele acaba de me escrever.

Elas nunca haviam falado abertamente de Mouret até então. Mas seu silêncio era como uma confissão de suas preocupações secretas. Pauline não ignorava nada. Depois de ler a carta, ela abraçou Denise e, tomando-a pela cintura, murmurou suavemente:

— Minha cara, se quer que eu seja franca, eu pensava que isso já tinha acontecido... Não fique revoltada, mas eu lhe asseguro que a loja toda deve pensar como eu. Ora! Ele a nomeou segunda tão rapidamente, e depois ele está sempre atrás de você, isso salta à vista!

Ela lhe deu um grande beijo na face. Depois a indagou:

— Naturalmente você vai esta noite, não é?

Denise a encarou sem responder. E bruscamente debulhou-se em soluços, a cabeça apoiada no ombro da amiga. Esta ficou surpresa.

— Mas o que é isso? Acalme-se. Não tem nada nesta história para a atormentar assim.

— Não, não, me deixe — gaguejava Denise. — Se soubesse a tristeza que sinto! Desde que recebi a carta, não vivo mais... Deixe-me chorar, isso me alivia.

Apiedada, porém sem compreender, a amiga procurou palavras de consolo. Primeiro, ele não via mais Clara. Diziam que ele saía com uma senhora de fora, mas não estava provado. Depois, ela explicou que não se podia ter ciúmes de um homem em tal posição. Ele tinha dinheiro demais, era o patrão afinal de contas. Denise a ouvia; e, se ela ainda ignorasse seu amor por ele, não poderia mais duvidar agora com todo o sofrimento que o nome de Clara e a alusão à senhora Desforges causaram em seu coração. Ela ouvia a voz maldosa de Clara, ela lembrava da senhora Desforges fazendo-a circular por toda a loja em seu desprezo de mulher rica.

— Você iria? — perguntou ela.

Pauline exclamou sem hesitar:

— Mas sem dúvida! Há outra escolha?

Depois ela refletiu e acrescentou:

— Hoje não, em outros tempos. Pois agora vou me casar com Baugé, e não seria bom neste caso.

De fato, Baugé, que deixara o Bon Marché pelo Paraíso das Damas, ia desposá-la no meio do mês. Bourdoncle não gostava nem um pouco de casais dentro da loja; no entanto, eles obtiveram a autorização para o matrimônio e esperavam até obter umas férias de quinze dias.

— Veja bem — declarou Denise. — Quando um homem a ama, ele a desposa... Baugé vai se casar com você.

Pauline riu.

— Mas, minha cara, não é a mesma coisa. Baugé vai se casar comigo porque é Baugé. Ele é meu igual, é assim que acontece... Enquanto o senhor Mouret... O senhor Mouret iria desposar uma de suas vendedoras?

— Oh, não! Oh, não! — exclamou a moça atarantada com o absurdo da questão. — E é por essa mesma razão que ele não deveria ter me escrito.

Esse raciocínio acabou de espantar a colega. Seu rosto cheio, com pequenos olhos ternos, expressava uma comiseração maternal. Então ela se levantou, abriu o piano e tocou o "Rei Dagoberto" suavemente, com um só dedo, para tentar sem dúvida alegrar a situação. Na nudez do salão, cuja tapeçaria branca parecia aumentar o vazio, subiam ruídos da rua, a cantinela distante de uma feirante anunciando suas ervilhas. Denise se enfiara no fundo do sofá, a cabeça apoiada contra a madeira, sacudida por uma nova crise de soluços que ela se esforçava para sufocar em seu lenço.

— De novo! — retomou Pauline, virando-se. — Você realmente não é sensata... Por que me trouxe aqui? Seria melhor se tivéssemos ficado no seu quarto.

Ela se ajoelhou diante da moça e recomeçou o sermão. Quantas outras não queriam estar em seu lugar! Aliás, se a coisa não lhe agradava, era muito simples: bastava dizer não, já que não tinha nenhum compromisso. O que podia ser tão terrível? E, quando a oratória terminava com brincadeiras cochichadas alegremente, um som de passos veio do corredor.

Pauline correu até a porta para dar uma olhada.

— Psiu! É a senhora Aurélie! — murmurou ela. — Vou embora. E você, enxugue esses olhos. Ninguém precisa saber.

Quando ficou sozinha, Denise se levantou e controlou suas lágrimas. Com as mãos ainda trêmulas, temendo ser assim surpreendida, ela fechou o piano que a amiga deixara aberto. Mas ela ouviu a senhora Aurélie bater em sua porta. Então ela deixou o salão.

— Como! A senhorita se levantou? — exclamou a primeira. — Que imprudência, menina! Subi justamente para saber como você estava passando, e para dizer que não precisamos de você lá embaixo.

Denise lhe assegurou que se sentia melhor e que lhe faria bem se ocupar, se distrair.

— Prometo não me cansar. A senhora pode me instalar em uma cadeira e eu trabalharei escrevendo.

As duas desceram. Muito solícita, a senhora Aurélie obrigou Denise a se apoiar em seu ombro. Ela devia ter notado os olhos vermelhos da moça, pois a examinava de soslaio. Ela sabia sem dúvida de muita coisa.

Fora uma vitória inesperada: Denise havia enfim conquistado a seção. Depois de outrora ter se debatido durante quase dez meses, sofrendo como bode expiatório da seção, sem cansar a má vontade das colegas, ela acabara dominando-as em algumas semanas, pois as via à sua volta complacentes e respeitosas. A repentina amabilidade da senhora Aurélie contribuíra bastante para essa ingrata tarefa de ter as moças bem dispostas em seu favor; dizia-se em voz baixa que a primeira era a facilitadora de Mouret, fazendo-lhe favores delicados; e ela abraçara a moça sob sua proteção tão ternamente, que parecia evidente que a estavam recomendando de uma maneira especial. Mas esta também havia trabalhado com todo seu charme para desarmar as inimigas. E a tarefa ganhara ainda mais dificuldade quando foi preciso fazer com que perdoassem sua nomeação ao posto de segunda. As antigas vendedoras clamavam injustiça, acusavam-na de ter ganho a promoção na sobremesa com o patrão, e ainda acrescentavam detalhes abomináveis. Contudo, apesar de suas revoltas, o título de segunda agia sobre elas: Denise impunha uma autoridade que espantava e abrandava as mais hostis. Logo apareceram aduladoras entre as últimas que chegaram. Sua meiguice e modéstia concluíram a conquista. Até Marguerite se aliou. Apenas Clara continuou a se mostrar desagradável, arriscando-se inclusive a usar a antiga injúria de "despenteada", que já não divertia ninguém. Durante a curta fantasia com Mouret, ela abusara, largando tarefas de lado, com uma preguiça tagarela e vaidosa; depois, como ele se cansara rapidamente, ela nem se deu ao trabalho de recriminá-lo, incapaz de ciúmes na debandada licenciosa de sua vida, simplesmente satisfeita em ter usufruído o benefício de ser tolerada a não fazer nada. O único senão era que ela achava que Denise lhe roubara a sucessão da senhora Frédéric. Ela nunca teria aceitado a posição de qualquer maneira, devido ao transtorno que lhe causaria, mas estava vexada com a falta de delicadeza, pois tinha os mesmos títulos que a outra, e títulos anteriores.

— Ora vejam! Desceram a acamada — murmurou ela ao avistar a senhora Aurélie trazendo Denise apoiada em seu braço.

Marguerite sacudiu os ombros murmurando:

— Se você acha engraçado!

Nove horas soaram. Do lado de fora, um céu de um azul ardente aquecia as ruas, fiacres rodavam em direção às estações, toda a população endomingada partia em longas filas para os bosques nos arredores da cidade. Na loja inundada de sol pelas grandes janelas abertas, o pessoal enclausurado acabava de começar o inventário. Haviam retirado as maçanetas das portas, e gente parava na calçada, olhando através dos vidros, espantados de ver o magazine fechado, uma vez que se distinguia uma atividade extraordinária ali dentro. De uma ponta à outra das galerias, de cima a baixo nos andares, era uma marcha intensa de funcionários, braços no ar, pacotes voando por cima das cabeças; e tudo isso em meio a uma tempestade de berros, de números gritados, uma confusão que só ia crescendo e eclodia numa balbúrdia ensurdecedora. Cada uma das trinta e nove seções fazia seu trabalho separadamente, sem se preocupar com as seções vizinhas. De resto, mal começavam a atacar as estantes; até então só se viam no chão algumas poucas peças de tecido. A máquina teria de se aquecer muito ainda se quisessem terminar tudo naquela tarde.

— Por que desceu? — retomou Marguerite obsequiosamente, dirigindo-se a Denise. — Vai se machucar assim, e já tínhamos as pessoas necessárias.

— Foi o que eu lhe disse — declarou a senhora Aurélie. — Mas ela quis ajudar assim mesmo.

Todas as vendedoras imediatamente rodearam Denise. O trabalho foi interrompido. Cumprimentaram-na, ouviram com exclamações a história de seu pé torcido. Enfim, a senhora Aurélie sentou-a diante de uma mesa e ficou acertado que ela se limitaria a escrever os artigos enumerados. Aliás, nos domingos de inventário, eram requisitados todos os empregados capazes de segurar uma caneta: os inspetores, os caixas, os funcionários da contabilidade, até contínuos; então esses auxiliares do dia eram divididos entre as diversas seções, para liquidar a tarefa o mais rápido possível. Assim, Denise foi instalada ao lado do caixa Lhomme e do empacotador Joseph, que estavam inclinados sobre grandes folhas de papel.

— Cinco mantôs, casimira, com pele, tamanho três, duzentos e quarenta francos! — gritava Marguerite. — Quatro idem, tamanho um, duzentos e vinte francos!

O trabalho recomeçara. Atrás de Marguerite, três vendedoras esvaziavam os armários, classificavam os artigos, entregavam a ela em pacotes; e, depois de enumerá-los, ela os jogava sobre as mesas, onde se acumulavam pouco a pouco em montes enormes. Lhomme inscrevia os produtos e Joseph fazia uma outra lista, para controle. Enquanto isso, com auxílio de três outras vendedoras, a senhora Aurélie em pessoa recenseava as vestimentas de seda, que Denise marcava em suas folhas. Clara estava encarregada de tomar conta das peças jogadas, de arrumá-las e empilhá-las de forma a que ocupassem o menor espaço possível ao longo das mesas. Mas ela pouco se aplicava a sua tarefa, e as pilhas já se desmanchavam.

— Venha cá — disse ela a uma pequena vendedora que começara no inverno, — sabe se vão aumentar seu salário? Pois o salário da segunda vai para dois mil francos, o que lhe gerará quase sete mil, com seus interesses...

A pequena vendedora, sem cessar de contar balandraus, respondeu que se não lhe pagassem oitocentos francos ela largaria a casa. Os aumentos aconteciam no dia seguinte do inventário; era também a época em que, fechado o faturamento do ano, os chefes de seção ganhavam seus interesses sobre o aumento desse número comparado ao número do ano anterior. Assim, apesar da barulheira e da atabalhoação do trabalho, as fofocas apaixonadas continuavam no seu ritmo. Entre dois artigos gritados, não se falava noutra coisa senão em dinheiro. Corria o rumor de que a senhora Aurélie ultrapassaria vinte e cinco mil francos, e uma tal soma excitava imensamente as moças. Marguerite, a melhor vendedora depois de Denise, conseguira fazer quatro mil e quinhentos francos, dos quais mil e quinhentos de salário fixo e aproximadamente três mil de porcentagem; enquanto Clara não chegava a dois mil e quinhentos ao todo.

— Não estou nem aí para os aumentos! — retomava esta, dirigindo-se à pequena vendedora. — Se papai estivesse morto, ah! eu os largaria! Mas uma coisa que me exaspera são os sete mil francos desse toquinho de mulher. Hein! E você?

A senhora Aurélie interrompeu violentamente a conversa, virando-se com seu ar soberbo.

— Calem-se já, senhoritas! Ninguém se ouve aqui, por Deus!

Então ela voltou a gritar:

— Sete capas, siciliana, tamanho um, cento e trinta francos! Três peliças, surá, tamanho dois, cento e cinqüenta francos! Está me acompanhando, senhorita Baudu?

— Sim, senhora.

Então Clara teve de se ocupar com as braçadas de roupas amontoadas sobre as mesas. Ela as empurrou de qualquer jeito e ganhou um pouco de espaço. Mas logo largou tudo de novo para falar com um vendedor que a procurava. Era o luveiro Mignot, que escapara de sua seção. Ele lhe cochichou um pedido de vinte francos. Na realidade, ele já lhe devia trinta, empréstimo feito no dia seguinte de uma corrida, depois de ter perdido toda a sua semana em um cavalo; desta vez ele liquidara antes da hora a comissão recebida na véspera, não lhe restavam nem dez soldos para seu domingo. Clara só tinha com ela dez francos, que emprestou de boa vontade. E eles conversaram sobre um passeio que fariam a um restaurante de Bougival, para o qual as mulheres haviam pago a parte delas: era melhor assim, todo mundo ficava mais à vontade. Então Mignot, que queria seus vinte francos, veio se pendurar à orelha de Lhomme. Interrompido em sua contabilidade, este pareceu invadido de uma grande perturbação. Não ousou contudo recusar, e procurava uma moeda de dez francos em seu moedeiro quando a senhora Aurélie, espantada de não mais ouvir a voz de Marguerite, que tivera de parar o trabalho, avistou Mignot e compreendeu. Ela o despachou rudemente de volta a sua seção: não precisava que viessem distrair suas vendedoras. A verdade era que ela temia o jovem, grande amigo de seu filho Albert, cúmplice das brincadeiras duvidosas que temia ver acabar mal um dia. Assim, quando Mignot pegou os dez francos e se foi, ela disse a seu marido:

— Onde já se viu, ser engambelado dessa maneira!

— Mas, minha cara, eu não podia dizer não a esse rapaz...

Ela lhe calou a boca com um levantar de seus ombros fortes. Então, como as vendedoras se divertiam com essa briga de família, ela retomou com severidade:

— Vamos, senhorita Vadon, não é hora de dormir.

— Vinte paletós, caxemira dobrada, tamanho quatro, dezoito francos e cinqüenta! — lançou Marguerite com sua voz cantante.

Com a cabeça baixa, Lhomme recomeçou a escrever. Pouco a pouco, haviam elevado seu salário a nove mil francos; e ele guardava uma certa humildade diante da senhora Aurélie, que contribuía em casa com quase o triplo.

Durante algum tempo o trabalho rendeu. Os números voavam, pacotes de roupas choviam pesados sobre as mesas. Mas Clara inventou uma nova distração: ela azucrinava Joseph sobre uma paixão que lhe atribuíam por uma das funcionárias do serviço de amostras. Essa moça, de vinte e oito anos, magra e pálida, era uma protegida da senhora Desforges, que quisera que Mouret a contratasse como vendedora, contando-lhe uma história comovente: era órfã, a última dos Fontenailles, da velha nobreza do Poitou, que desembarcara nas ruas de Paris com um pai bêbado, permanecendo honesta nessa decadência, mas com uma educação rudimentar demais, infelizmente, para ser professora ou dar aulas de piano. Mouret normalmente irritava-se quando lhe recomendavam moças pobres da sociedade; não havia — dizia ele — criaturas mais incapazes, mais insuportáveis, de um ânimo mais falso; e, aliás, ninguém podia se improvisar vendedora, era preciso uma aprendizagem, era um ofício complexo e delicado. No entanto, ele colocou a protegida da senhora Desforges no serviço de amostras, como aceitara anteriormente, e, para ser agradável a amigos, duas condessas e uma baronesa no serviço de publicidade, onde elas faziam faixas e envelopes. A senhorita de Fontenailles ganhava três francos por dia, o que dava justinho para viver num pequeno quarto da rua Argenteuil. E fora por vê-la sempre com o ar tão triste, vestida tão pobremente, que Joseph, de temperamento meigo sob a rigidez muda de antigo soldado, sentira o coração tocado. Ele não confessava, mas enrubescia quando as moças das confecções riam dele, pois como o serviço de amostras era numa sala vizinha elas haviam notado que ele estava sempre rodando diante daquela porta.

— Joseph tem suas distrações — murmurou Clara, virando seu nariz em direção à lingerie.

Naquele dia, haviam requisitado a senhorita de Fontenailles para ajudar no inventário dos enxovais. E, como o rapaz não parava de dar olhadas naquela direção, as vendedoras começaram a rir. Ele ficou todo envergonhado e se enfiou dentro de suas folhas; enquanto Marguerite, para sufocar as risadas que lhe faziam cócegas na garganta, gritava ainda mais alto:

— Quatorze jaquetas, casimira inglesa, tamanho dois, quinze francos!

Com isso, a senhora Aurélie, que enumerava os balandraus, teve a voz coberta. E com uma lentidão majestosa voltou-se para a vendedora:

— Um pouco mais baixo, senhorita. Não estamos na feira... E vocês são todas muito pouco sensatas se divertindo com criancices quando o nosso tempo é tão precioso.

Nisso, como Clara não se ocupava mais dos montes, uma catástrofe aconteceu. Os mantôs despencaram, e todas as pilhas da mesa foram levadas junto, caindo umas sobre as outras.

— Eu não disse! — gritou a primeira, fora de si. — Preste um pouco de atenção, senhorita Prunaire. Assim é insuportável!

Então um tremor correu: Mouret e Bourdoncle, que faziam uma ronda de inspeção, acabavam de aparecer. As vozes retomaram, as canetas rangeram, enquanto Clara se apressava em recolher as vestimentas do chão. O patrão não interrompeu o trabalho. Ficou ali alguns minutos, mudo, sorridente; em seu rosto alegre e vitorioso dos dias de inventário apenas seus lábios tremiam ardentemente. Contudo, quando avistou Denise, quase deixou escapar um gesto de espanto. Ela teria então descido? Seus olhos encontraram os da senhora Aurélie. Então, depois de uma curta hesitação, ele se afastou e entrou nos enxovais.

Nesse momento, prevenida pelo leve rumor, Denise erguera a cabeça. E, depois de ter reconhecido Mouret, ela simplesmente se inclinara de novo sobre seus papéis. Desde que se pusera a escrever com uma mão automática, em meio aos gritos regulares dos artigos, uma serenidade se apossara dela. Ela sempre cedera assim ao primeiro excesso de sua sensibilidade: lágrimas a sufocavam, sua emoção duplicava seus tormentos; depois, a razão lhe voltava e ela reencontrava sua calma coragem, sua força de vontade suave e inexorável. Agora, com os olhos límpidos, a pele clara, ela não sentia nenhum tremor, estava totalmente voltada para seu trabalho, resolvida a calar seu coração e a seguir somente sua vontade.

Dez horas soaram, a confusão do inventário aumentava na azáfama das seções. E, entre os gritos lançados sem descanso que se cruzavam por toda parte, a mesma história circulava com uma rapidez surpreendente: cada vendedor já sabia que Mouret escrevera de manhã convidando Denise para jantar. A indiscrição veio de Pauline que ao descer, ainda abalada, encontrara Deloche nas rendas; e, sem notar que Liénard estava conversando com o rapaz, abriu a boca sem pensar.

— Aconteceu, meu caro... Ela acaba de receber a carta. Ele a convida para esta noite.

Deloche ficara branco. Ele compreendera, pois sempre questionava Pauline, os dois conversavam todos os dias sobre a amiga comum, o apego de Mouret, o famoso convite que acabaria por desenlaçar a aventura. Aliás, ela ralhava com ele por amar secretamente Denise, com quem nunca teria nada, e sacudia os ombros quando ele aprovava a resistência da jovem ao patrão.

— Seu pé está melhor, ela vai descer — continuou ela. — Mas não fique com essa cara de enterro... É uma sorte para ela o que está acontecendo. — E voltou apressada à sua seção.

— Ah! — murmurou Liénard, que ouvira tudo. — É a moça que torceu o pé... Você tinha razão em se apressar quando a defendia ontem à noite no café!

Em seguida, ele se foi; mas mal chegou à seção de lãs contou a história da carta a quatro ou cinco vendedores. E de lá, em menos de dez minutos, o caso deu a volta na loja.

A última frase de Liénard referia-se a uma cena que acontecera na véspera, no Café Saint-Roch. Nos últimos tempos, ele e Deloche não se largavam mais. O primeiro pegara o quarto de Hutin no Hotel de Smyre quando este, nomeado segundo, alugara para si um pequeno apartamento de três cômodos; e os dois vendedores vinham todas as manhãs juntos para o Paraíso, e se esperavam à tarde para voltarem. Seus quartos, que se tocavam, davam para o mesmo pátio escuro, um poço estreito cujos odores envenenavam o hotel. Eles se davam bem, apesar de suas diferenças, um liquidando com despreocupação o dinheiro que ganhava do pai, o outro, sem um tostão, torturado com maneiras de fazer economias. Eles tinham em comum, no entanto, a total incapacidade como vendedores, que os fazia vegetar em seus balcões sem ganhar nenhuma comissão. Ao sair da loja, eles passavam o tempo, em geral, no Café Saint-Roch. Vazio de clientes durante o dia, o café se enchia por volta das oito e meia com um fluxo de empregados do comércio, o fluxo solto na rua pela alta porta da praça Gaillon. A partir de então, estourava um barulho ensurdecedor de dominós, de risos, de vozes estridentes, em meio a uma fumaça espessa de cachimbos. A cerveja e o café rolavam sem parar. No canto da esquerda, Liénard pedia coisas caras, enquanto Deloche se contentava com um caneco que ele demorava quatro horas para beber. Fora ali que ele ouvira, numa mesa vizinha, Favier contar abominações sobre Denise, a maneira como ela tinha "feito" o patrão, remexendo-se quando subia uma escada na frente dele. Ele se contivera para dar uns tapas nele. Então, como o outro continuava, dizendo que a jovem descia todas as noites para encontrar seu amante, ele o chamara de mentiroso, explodindo de raiva.

— Que indivíduo sujo! Ele está mentindo!

E, emocionado, desabafou com a voz gaguejante, esvaziando seu coração.

— Eu a conheço, eu sei muito bem... Ela só teve amizade por um homem: sim, pelo senhor Hutin. E este nem mesmo percebeu, não pode nem ao menos se vangloriar de tê-la encostado com a ponta dos dedos.

A narrativa dessa briga, aumentada, desnaturada, já divertia a loja quando a história da carta de Mouret começou a circular. Foi justamente a um vendedor da seda que Liénard confiou em primeiro lugar a notícia. Nessa seção o inventário estava funcionando redondamente. Em cima de escadas, Favier e dois balconistas esvaziavam as estantes e passavam as peças de tecido para Hutin, que, de pé sobre uma mesa, gritava os números depois de consultar as etiquetas; em seguida, ele jogava as peças no chão, que enchiam pouco a pouco o assoalho, subindo como uma maré de outono. Outros empregados escreviam, Albert Lhomme ajudava os rapazes, o rosto azoinado por uma noite passada em claro num baile da Chapelle. Um raio de sol entrava pelas vidraças do saguão, que deixavam ver o azul ardente do céu.

— Fechem as cortinas! — exclamou Bouthemont, ocupado em acompanhar a tarefa. — O sol está insuportável!

Favier, tentando se erguer mais para alcançar uma peça, resmungou surdamente:

— Onde já se viu enclausurar pessoas com esse tempo maravilhoso! Não tem perigo de chover em dia de inventário! E eles nos mantêm aqui trancafiados como forçados quando Paris inteira está passeando!

Ele passou a peça para Hutin. Na etiqueta, a metragem era remarcada a cada venda com a quantidade vendida, o que simplificava bastante o trabalho. O segundo gritou:

— Seda de imitação, xadrez, vinte e um metros, seis francos e cinqüenta!

E a seda caiu para encher o monte no chão. Então ele retomou uma conversa iniciada anteriormente dizendo a Favier:

— Então ele quis bater em você?

— Pois é. Eu estava tranqüilamente bebendo minha cerveja... E veja como valeu a pena desmentir! A garota acaba de receber uma carta do patrão convidando-a para jantar... A loja inteira está falando.

— Como? Já não tinha acontecido?

Favier lhe entregou uma nova peça.

— Pois é... Podia-se colocar a mão no fogo. Já parecia notícia de ontem.

— Idem, vinte e cinco metros! — lançou Hutin.

Ouviu-se o barulho surdo da peça caindo enquanto ele acrescentou em voz baixa:

— Sabia que ela fez a vida na casa daquele maluco do Bourras?

Agora toda a seção se alegrava sem que o trabalho fosse interrompido com isso. Só se murmurava o nome da jovem. Até Bouthemont, que se divertia com histórias licenciosas, soltou uma piada, cujo mau gosto o fez estourar de rir. Albert, agora desperto, jurou ter visto a segunda das confecções entre dois militares no bairro do Gros-Caillou. Justo nessa hora, Mignot estava descendo com os vinte francos que acabara de pedir emprestado. Ele parou para deixar dez francos na mão de Albert, marcando de encontrá-lo à noite, em uma festinha planejada durante a semana, que havia sido entravada pela falta de dinheiro, mas que era enfim possível apesar da medíocre soma. E, quando o belo Mignot descobriu o envio da carta, fez uma reflexão tão grosseira, que Bouthemont se viu forçado a intervir.

— Chega agora, senhores. Isso não nos interessa... Continue, senhor Hutin.

— Seda de imitação, xadrez, trinta e dois metros, seis francos e cinqüenta! — exclamou este último.

As plumas mexiam-se de novo, os artigos caíam regularmente, a maré de tecidos continuava a subir, como se as águas de um rio ali desaguassem. E o grito das sedas de imitação não cessava, Favier, a meia voz, comentou que o estoque seria bonito, a direção ficaria contente, e que esse grande idiota do Bouthemont talvez fosse o melhor comprador de Paris, mas como vendedor nunca se vira tamanho pateta. Hutin sorria, encantado, aprovando com um olhar amigável; já que, depois de ter ele mesmo introduzido Bouthemont ao Paraíso das Damas para ficar no lugar de Robineau, ele o minava por sua vez, com o objetivo obstinado de tomar seu lugar. Era a mesma guerra de antes, insinuações pérfidas sussurradas na orelha dos chefes, excessos de zelo a fim de se fazer notar, toda uma campanha conduzida com uma afável malícia. Favier, entretanto, a quem Hutin oferecia uma nova condescendência, o olhava de esguelha; magro e frio, a bile no rosto, com cara de estar esperando que o colega devorasse Bouthemont para devorá-lo em seguida. Ele contava obter o posto de segundo se o outro obtivesse o de chefe de seção. Então ele veria. E os dois, animados pelo frenesi que agitava todos os cantos da loja, conversavam sobre os prováveis aumentos, sem cessar de gritar o estoque de sedas de imitação. Previam que Bouthemont alcançaria trinta mil francos naquele ano; Hutin ultrapassaria dez mil; Favier estimava seu fixo mais a porcentagem em cinco mil e quinhentos. A cada estação os negócios da seção aumentavam, os vendedores subiam de nível e duplicavam seus apontamentos, como oficiais em tempos de campanha.

— Caramba, essas sedas de imitação não acabam mais? — disse bruscamente Bouthemont, com um ar agastado. — Mas também que primavera! Só água... Compraram apenas sedas pretas.

Sua figura gorda e jovial se ensombrecia, ele olhava o monte aumentar no chão, enquanto Hutin repetia mais alto, com uma voz sonora, na qual soava triunfo:

— Seda de imitação, xadrez, vinte e oito metros, seis francos e cinqüenta!

Havia ainda uma prateleira inteira. Favier, com os braços quebrantados, ia muito devagar. Quando entregou, no entanto, as últimas peças a Hutin, retomou em voz baixa:

— É mesmo, estava me esquecendo... Contaram-lhe que a segunda das confecções teve uma queda por você?

O jovem pareceu muito surpreso.

— Ah, é? Como assim?

— Pois é, foi o grande idiota do Deloche que nos fez a confidência... Eu me lembro agora como antes ela o olhava de soslaio.

Desde que era segundo, Hutin largara as cantoras de café-concerto e se exibia com professorinhas. No fundo muito lisonjeado, ele respondeu com um ar de desprezo:

— Eu gosto delas mais cheinhas, meu caro; e depois a gente não sai com todo mundo que aparece, como o patrão.

Ele se interrompeu e gritou:

— Tafetá de senda branca, trinta e cinco metros, oito francos e setenta e cinco!

— Ah! Enfim! — murmurou Bouthemont aliviado.

Então um sino soou, era a segunda mesa, da qual Favier fazia parte. Ele desceu para a sala de refeições e um outro vendedor tomou seu lugar; porém, precisou passar por cima do vagalhão de tecidos que se elevara ainda mais no chão. Agora, em todas as seções, inundações semelhantes recobriam o solo; as estantes, as caixas, os armários esvaziavam-se pouco a pouco, enquanto as mercadorias se alastravam por toda parte, sob os pés, entre as mesas, numa contínua maré montante. Na galeria dos brancos, ouviam-se as pesadas quedas das pilhas de calicô; nos aviamentos, era um constante tinido de caixinhas; e arrastões vinham da seção de móveis. Todas as vozes soavam ao mesmo tempo, vozes agudas, vozes roucas, números assobiavam no ar, um clamor crepitante preenchia a imensa nave, como o clamor das florestas em janeiro quando o vento assopra através dos galhos.

Favier finalmente conseguiu vencer os obstáculos e pegou a escada para os refeitórios. Desde a reforma do Paraíso das Damas, estes se encontravam no quarto andar dos prédios novos. Como ele se apressava, acabou alcançando Deloche e Liénard, que haviam subido antes dele; então ele se virou para Mignot, que vinha logo atrás.

— Diabos! — disse ele no corredor da cozinha, diante do quadro-negro no qual o cardápio estava escrito. — Vê-se bem que é dia de inventário. A festa está completa. Frango ou picadinho de carneiro e alcachofra no óleo! Esse carneiro está com cara de que vai fazer o maior sucesso!

Mignot ria murmurando:

— Só se a galinha estiver com alguma doença.

Nesse momento, Deloche e Liénard serviram-se de suas porções e encaminharam-se para a mesa. Favier, inclinado no guichê, disse em voz alta:

— Frango.

Mas ele teve de esperar: um dos garçons que desmembravam o frango acabara de cortar o dedo, o que criou um alvoroço. Favier permaneceu com a cara na janela observando a cozinha, uma instalação gigante, com um forno central, sobre o qual dois trilhos fixados no teto traziam, por um sistema de correias e correntes, as colossais marmitas que quatro homens não conseguiriam erguer. Cozinheiros, parecendo fantasmas diante do vermelho escuro do fogão, vigiavam o guisado da noite, trepados em escadas de ferro e armados com escumadeiras na ponta de grandes bastões. Contra a parede havia grelhas boas para assar mártires, panelões para ensopar um carneiro inteiro, um rechô monumental, uma bacia de mármore que permanecia cheia graças a um fio contínuo de água. À esquerda, avistava-se ainda uma área de limpeza, com pias de pedra grandes como piscinas; enquanto, do outro lado, encontrava-se uma despensa, na qual entreviam-se carnes vermelhas penduradas em ganchos de aço. Uma máquina de descascar batatas funcionava com um tique-taque de relógio. Dois carrinhos cheios de salada limpa atravessavam a sala, empurrados por ajudantes de cozinha para serem colocados num lugar fresco, sob uma bica.

— Frango — repetiu Favier, impaciente. Então, virando-se, acrescentou em voz baixa: — Um se cortou... É nojento, está pingando na comida.

Mignot quis ver. A fila de vendedores crescia, havia risadas, empurrões. Agora os dois jovens, com a cabeça para dentro do guichê, comunicavam-se suas reflexões diante dessa cozinha de falanstério, onde os menores utensílios, até os espetos e colheres, eram gigantescos. Era preciso servir dois mil almoços e dois mil jantares todos os dias, sem contar com o aumento do número de empregados a cada semana. Era um imenso sorvedouro; em um dia devorava-se ali 1600 litros de batatas, cento e vinte libras de manteiga, seiscentos quilos de carne; e a cada refeição tinham que abrir três tonéis de vinho, perto de setecentos litros eram consumidos no balcão de bebidas.

— Ah! Enfim — murmurou Favier quando o cozinheiro de serviço reapareceu com uma bacia, da qual tirou uma coxa.

— Frango — disse Mignot atrás dele.

E, com os pratos nas mãos, os dois entraram no refeitório depois de pegar um copo de vinho. Enquanto isso, atrás deles, a palavra "frango" era repetida sem descanso, regularmente, e ouvia-se um pequeno som rápido e cadenciado do garfo do cozinheiro espetando os pedaços.

Agora o refeitório dos caixeiros era uma imensa sala onde os quinhentos lugares de cada uma das três séries cabiam à vontade. Os talheres se encontravam alinhados em longas mesas de acaju dispostas paralelamente, no sentido da largura; nas duas pontas da sala, mesas iguais eram reservadas para os inspetores e os chefes de seção; e, no meio, havia um bufê para os suplementos. Grandes janelas, à direita e à esquerda, clareavam com uma luminosidade branca esse salão, cujo teto, apesar dos quatro metros de altura, parecia baixo, esmagado pelo tamanho desmesurado das outras dimensões. Nas paredes, pintadas a óleo num tom amarelo-claro, os únicos ornamentos eram as prateleiras para os guardanapos. Logo após esse primeiro refeitório, vinha o dos contínuos e cocheiros, onde as refeições eram servidas sem regularidade, à medida das necessidades do serviço.

— Como! Você também ganhou uma coxa, Mignot! — exclamou Favier quando se sentou diante de seu colega.

Outros vendedores se instalavam em volta deles. Não havia toalhas, os pratos faziam um estalido seco no acaju; e todos se espantavam com o prodigioso número de coxas.

— Vejam só, essas aves só têm patas! — notou Mignot.

Os que tinham pedaços de carcaça se zangavam. No entanto, a comida melhorara bastante desde a reforma. Mouret não contratava mais um fornecedor por uma soma fixa; ele gerenciava também a cozinha, onde criara um serviço organizado como as seções da loja, com um chefe, subchefes, um inspetor; e, se desembolsava mais, obtinha mais produtividade de um pessoal melhor alimentado, cálculo de um humanitarismo prático que consternara Bourdoncle por muito tempo.

— Ora, a minha pelo menos está macia — retomou Mignot. — Passem o pão!

O grande pão fazia a volta da mesa, e após cortar uma fatia para si, Mignot replantou a faca na casca. Retardatários acorriam à fila. Um apetite feroz, duplicado pelo trabalho intenso da manhã, corria ao longo das mesas, de uma ponta a outra do refeitório. Era um tinido crescente de garfos, gluglus de garrafas se esvaziando, choques de copos colocados na mesa com entusiasmo, o barulho de mó de quinhentos maxilares triturando com energia. E as poucas palavras emitidas se sufocavam nas bocas cheias.

Sentado entre Baugé e Liénard, Deloche estava quase na frente de Favier, a alguns lugares de distância. Os dois tinham trocado olhares de rancor. Vizinhos cochichavam, a par da briga da véspera. E riam da má sorte de Deloche, sempre faminto, e sempre ficando, por um maldito acaso do destino, com os piores pedaços da mesa. Dessa vez, ele recebera um pescoço e um resto de carcaça. Silencioso, ele deixava que rissem, e engolia o pão com grandes bocadas, descascando o pescoço com a arte infinita de um rapaz que tem respeito pela carne.

— Por que não reclama? — perguntou Baugé.

Mas ele sacudiu os ombros. Para quê? Sempre acontecia alguma coisa. Quando ele não se resignava, as coisas pioravam.

— Sabiam que os bobineiros têm um clube, agora? — contou de repente Mignot. — É o Clube-Bobin... Eles se reúnem na casa de um mercador de vinho da rua Saint-Honoré, que lhes aluga uma sala aos sábados.

Ele falava dos vendedores dos aviamentos. Então a mesa inteira se animou. Entre dois pedaços, com a voz empastada, cada um lançava um comentário, acrescentava um detalhe; e só os leitores obstinados permaneciam mudos, perdidos, com o nariz mergulhado num jornal. Todos estavam de acordo; a cada ano os empregados do comércio ganhavam mais qualidade. Agora, quase a metade falava alemão ou inglês. O chique não era mais fazer fuzuê na noite parisiense ou rodar os cafés-concerto para vaiar as cantoras feias. Não, vinte jovens se reuniam e fundavam um círculo.

— Eles têm um piano como os toalheiros? — perguntou Liénard.

— Se o Clube-Bobin tem um piano? Acho que sim! — exclamou Mignot. — E eles tocam e cantam! Tem até um, o pequeno Bavoux, que lê poesia.

A animação duplicou, riam do pequeno Bavoux; no entanto, havia sob os risos uma grande consideração. Então, falaram de uma peça de teatro de revista, na qual um caixeiro fazia o papel do vilão; muitos se zangaram, enquanto outros se preocupavam com a hora que os deixariam ir embora, pois tinham planos para uma noitada nas famílias burguesas. E de todos os cantos da sala imensa partiam conversas similares, em meio ao estampido crescente da louça. Para expulsar o cheiro da comida, e o vapor quente que subia de quinhentos pratos abandonados, abriram as janelas, cujas cortinas baixas estavam queimando com o sol pesado de agosto. Baforadas ardentes vinham da rua, reflexos de ouro amarelavam o teto, banhando os convivas suados com uma luminosidade avermelhada.

— Onde já se viu, enclausurar a gente assim num domingo com um tempo desses! — repetia Favier.

Essa reflexão fez com que os rapazes retomassem o assunto do inventário. O ano fora maravilhoso. E dali a conversa saltou para os salários, os aumentos, o eterno tema, a questão apaixonante que revolvia todos. Era sempre a mesma coisa em dias de frango, uma superexcitação, o barulho acabava se tornando insuportável. Quando os garçons trouxeram as alcachofras ao óleo, ninguém mais se ouvia. O inspetor de serviço tinha ordem de ser tolerante.

— A propósito — exclamou Favier, — sabem da novidade?

Mas ele teve a voz coberta pela de Mignot, que perguntava:

— Quem não gosta de alcachofra? Eu troco minha sobremesa por uma alcachofra.

Ninguém respondeu. Todo mundo gostava de alcachofra. Esse almoço contara entre os bons, pois haviam visto pêssegos para a sobremesa.

— Ele a convidou para jantar, meu caro — disse Favier a seu vizinho da direita, terminando sua história. — Você não sabia?

A mesa inteira sabia, estavam cansados de discutir o caso desde a manhã. E as piadas, sempre as mesmas, passaram de boca em boca. Deloche estremecia, seus olhos se fixaram em Favier, que repetia com insistência:

— Se ele ainda não a ganhou, vai ganhá-la agora... E não vai ser o primeiro. Ah, não, não será o estreante.

Ele também olhava para Deloche. E acrescentou com um ar provocativo:

— Os que gostam de carne magra podem pagar cem soldos por ela.

Bruscamente, ele abaixou a cabeça. Deloche, cedendo a um movimento irresistível, acabara de lhe lançar seu último gole de vinho na cara, gaguejando:

— Toma! Mentiroso! Eu deveria ter te molhado ontem!

Foi uma celeuma. Algumas gotas tinham respingado nos vizinhos de Favier, cujos cabelos ficaram ligeiramente molhados: o vinho, lançado com uma mão forte demais, atingira o outro lado da mesa. Todos se irritaram. Teria ele algum caso com ela para defendê-la assim? Que selvagem! Merecia um par de bofetadas para aprender a se comportar. No entanto, as vozes baixaram, pois o inspetor se aproximava, e era inútil se meter na briga. Favier apenas disse:

— Se ele tivesse me acertado, vocês veriam que confusão!

Então, tudo acabou com caçoadas. Quando, ainda tremendo, Deloche quis beber para esconder sua perturbação, e pegou o copo vazio com uma mão vacilante, gargalhadas estouraram. Ele repousou o copo desajeitadamente e se pôs a chupar uma folha de alcachofra que já tinha comido.

— Passem a garrafa para o Deloche — disse tranqüilamente Mignot. — Ele está com sede.

As risadas duplicaram. Os rapazes pegavam pratos limpos das pilhas que se erguiam sobre a mesa, enquanto os garçons davam a volta com a sobremesa: pêssegos em cestas. E todos se dobraram de rir quando Mignot acrescentou:

— Cada um com seu gosto. Deloche come pêssegos ao vinho.

Este não se mexia. A cabeça baixa, como um surdo, ele parecia não ouvir as piadas, sentindo um arrependimento desesperado pelo que acabara de fazer. Eles tinham razão: a que título ele a defendia? Iriam agora pensar todas as maldades possíveis sobre ela. Ele queria se bater por tê-la assim comprometido ao tentar inocentá-la. Era sua sina: por que não acabar com tudo ali mesmo se não podia sequer ceder aos impulsos de seu coração sem fazer besteiras? Lágrimas lhe subiam aos olhos. Não era também sua culpa se a loja inteira falava da carta escrita pelo patrão? Ele os ouvia gracejar com palavras cruas sobre esse convite — que apenas Liénard ouvira em confidência — e acusava-se: não deveria ter deixado Pauline falar na frente dele, sentia-se responsável pela indiscrição cometida.

— Por que espalhou para todo mundo? — murmurou enfim com uma voz dolorosa. — Você foi muito mal.

— Eu? — respondeu Liénard. — Mas só contei para uma ou duas pessoas, exigindo segredo... A gente não tem idéia como essas coisas correm!

Quando Deloche decidiu beber um copo d'água a mesa inteira explodiu de novo. Haviam terminado de comer. Largados em suas cadeiras, os funcionários esperavam o toque do sino, conversando de longe após a refeição. No grande bufê central, haviam pedido poucos suplementos, já que naquele dia era a casa quem pagava o café. As taças fumegavam, os rostos molhados de suor brilhavam sob os leves vapores, que subiam como fumaças azuis de cigarro. Nas janelas, as cortinas caíam imóveis, sem nenhuma oscilação. Uma delas entreabriu-se e um raio de sol atravessou a sala, incendiando o teto. O burburinho de vozes batia na parede com uma tal intensidade que o toque do sino só foi ouvido inicialmente pelas mesas próximas à porta. Todos se levantaram, a debandada da saída encheu longamente os corredores.

Deloche, no entanto, ficara para trás para escapar às piadas espirituosas que continuavam. Até Baugé saiu antes dele; e Baugé em geral era o último a deixar a sala, pois dava uma volta para encontrar Pauline no momento em que esta se dirigia ao refeitório das mulheres: era uma manobra estabelecida entre eles, a única maneira de se verem por um minuto durante as horas de trabalho. Mas naquele dia, como eles se beijavam na boca, em um canto do corredor, Denise, que subia igualmente para almoçar, os surpreendeu. Ela caminhava com um passo pesado por causa da torção.

— Oh! Minha cara — balbuciou Pauline muito vermelha. — Não diga nada, sim?

Baugé, com seus grandes membros, seu porte de gigante, tremia como um menino. Ele murmurou:

— Eles nos poriam no olho da rua... Por mais que nosso casamento tenha sido anunciado, eles não compreendem que a gente se beije, esses animais!

Denise, toda embaraçada, fingiu não os ter visto. E Baugé ia escapar quando surgiu Deloche, que se demorara. Ele quis se desculpar, balbuciou frases que Denise inicialmente não entendeu. Depois, como ele recriminava Pauline por ter falado na frente de Liénard, e que esta ficou constrangida, a moça teve enfim a explicação das palavras que cochichavam nas suas costas desde a manhã. Era a história da carta que circulava. Ela foi novamente tomada do estremecimento que a carta lhe causara, sentindo-se nua diante de todos os homens do magazine.

— Eu não sabia — repetia Pauline. — Aliás, não tem nenhum mal nisso... Deixe que falem, é pura dor-de-cotovelo, por Deus!

— Minha cara — disse enfim Denise com seu ar sensato, — não estou zangada com você... Você só contou a verdade. Eu recebi uma carta, é a minha vez de responder.

Deloche foi embora consternado, tendo compreendido que a moça aceitava a situação e que iria ao encontro naquela noite. Quando as duas vendedoras acabaram de almoçar, em uma pequena sala, vizinha da grande, onde as mulheres eram servidas mais confortavelmente, Pauline teve de ajudar Denise a descer, pois seu pé se cansava.

Embaixo, no calor da tarde, o inventário roncava com ainda mais energia. Chegara a hora do esforço final, quando, diante do trabalho pouco avançado da manhã, todas as forças se tendiam para acabá-lo à noite. As vozes se elevavam ainda mais, via-se apenas a gesticulação dos braços, ainda esvaziando armários, jogando mercadorias no chão. Não se podia mais andar, a maré de pilhas e pacotes no assoalho subia à altura dos balcões. Um marulho de cabeças, punhos estendidos, membros ao ar, parecia se perder no fundo das seções, em uma distante confusão de motim. Era uma azáfama geral, a máquina a ponto de explodir. Enquanto, ao longo dos espelhos polidos, em volta da loja fechada, continuavam a passar raros pedestres, desgastados pelo tédio sufocante do domingo. Na calçada da rua Neuve-Saint-Augustin, três mocinhas sem chapéu, com aspecto enxovalhado, se tinham plantado diante da loja, colando suas caras na vitrine na maior cara-de-pau, tentando ver a confusão de dentro.

Quando Denise voltou às confecções, a senhora Aurélie deixou Marguerite acabar a chamada das vestimentas. Faltava fazer um trabalho de controle, para o qual, desejosa de silêncio, ela se retirou para a sala de amostras, levando a jovem consigo.

— Venha, vamos fazer a conferência. E a senhorita fará a soma final.

Mas como ela preferiu deixar a porta aberta, a fim de vigiar as vendedoras, a balbúrdia entrava e não se ouvia nada no fundo da sala. Era um vasto cômodo quadrado, guarnecido apenas de algumas cadeiras e três longas mesas. Em um canto, ficavam as grandes facas mecânicas para cortar as amostras. Peças inteiras passavam por ali, expediam-se por ano mais de sessenta mil francos de tecidos, recortados em tiras. De manhã à noite, as facas retalhavam a seda, a lã, o algodão, com um zunido desafinado. Em seguida, era preciso montar os cadernos, colá-los e costurá-los. E havia ainda, entre as duas janelas, uma pequena prensa para as etiquetas.

— Falem mais baixo! — gritava de tempos em tempos a senhora Aurélie, que não ouvia Denise ler os artigos.

Quando a colação das primeiras listas terminou, ela deixou a moça em uma das mesas, mergulhada nas adições. Mas a primeira reapareceu logo em seguida para instalar ali a senhorita de Fontenailles, de quem os enxovais não estavam mais precisando. Esta última somaria também para que ganhassem mais tempo. Mas a aparição da "marquesa", como a chamava maldosamente Clara, agitara a seção. Não paravam de rir de Joseph, lançando palavras ferinas que atravessavam a porta.

— Não se afaste, a senhorita não me incomoda de maneira nenhuma — disse Denise, tomada de uma grande piedade. — Tome! Meu tinteiro é suficiente, pode pegar a tinta comigo.

A senhorita de Fontenailles, no embotamento de sua decadência, nem ao menos encontrou uma palavra de gratidão. Ela devia beber, sua magreza tinha colorações de chumbo, e apenas suas mãos, brancas e finas, sugeriam a distinção de sua origem.

Bruscamente os risos pararam. Podia-se ouvir o trabalho retomar seu ronco regular. Era Mouret que fazia uma nova ronda nas seções. Mas ele se deteve ali procurando Denise, surpreso de não vê-la. Com um sinal, ele chamou a senhora Aurélie e os dois se afastaram para conversar um instante em voz baixa. Ele parecia interrogá-la a respeito da jovem, pois ela designou a sala das amostras com os olhos e retomou suas contas. Ela relatara, sem dúvida, que a moça chorara de manhã.

— Perfeito! — disse Mouret em voz alta, aproximando-se. — Mostre-me as listas.

— Por aqui, senhor — respondeu a primeira. — Estamos tentando fugir do alarido.

Ele a seguiu para o cômodo vizinho. Clara não se deixou enganar pela manobra e murmurou que era melhor buscarem uma cama imediatamente. Mas Marguerite lhe lançava roupas com a mão mais viva para ocupá-la e fazê-la se calar. A segunda não era afinal uma boa colega? Seus negócios não interessavam ninguém. A seção tornava-se cúmplice, as vendedoras se agitavam ainda mais, as costas de Lhomme e de Joseph se curvavam como se estivessem surdos.

E o inspetor Jouve, tendo notado de longe a tática da senhora Aurélie, veio caminhar diante da porta das amostras com o passo regular de um sentinela guardando o bom prazer de um superior.

— Dê as listas ao senhor Mouret — disse a primeira ao entrar.

Denise as entregou e manteve os olhos erguidos. Ela tivera um ligeiro sobressalto, mas se controlara e mantinha agora uma bela calma, apesar das faces pálidas. Por um instante Mouret pareceu absorto na enumeração dos artigos, sem olhar para a moça. O silêncio reinava. Então a senhora Aurélie, aproximando-se da senhorita de Fontenailles, que não havia nem ao menos virado a cabeça, pareceu descontente com suas adições e lhe disse a meia voz.

— Vá ajudar com os pacotes... A senhorita não tem prática com números.

Esta se levantou e retornou à seção, onde cochichos a receberam. Joseph, sob os olhos jocosos das vendedoras, escrevia de atravessado. Clara, encantada com essa ajuda que lhe chegava, tratou-a no entanto com aspereza, no ódio que tinha contra todas as mulheres da loja. Não era idiota de cair de amores por um proletário quando se é uma marquesa! E ela invejava esse amor.

— Muito bem! Muito bem! — repetia Mouret, ainda afetando ler.

Entretanto, a senhora Aurélie não sabia como sair de uma maneira decente. Ela andava de um lado para o outro, ia olhar as facas mecânicas, furiosa que seu marido não inventasse uma história para chamá-la; mas ele nunca prestava atenção nos negócios sérios, ele morreria de sede do lado de um lago. Foi Marguerite que teve a inteligência de pedir uma informação.

— Já vou — respondeu a primeira.

E, com sua dignidade doravante coberta, pois tinha um pretexto aos olhos das vendedoras que a espreitavam, ela deixou enfim Mouret e Denise a sós. Ela saiu com um passo tão majestoso, o perfil tão nobre, que as vendedoras não ousaram nem ao menos esboçar um sorriso. Lentamente, Mouret repousara as listas sobre a mesa. Ele observava a moça, que permanecera sentada, com a pluma na mão. Ela não evitou o olhar, apenas empalideceu ainda mais.

— A senhorita vai esta noite? — perguntou ele a meia voz.

— Não, senhor — respondeu ela. — Não poderei. Meus irmãos estarão na casa de meu tio, e eu prometi jantar com eles.

— Mas o seu pé! Ainda caminha com dificuldade.

— Oh! Conseguirei chegar lá. Sinto-me bem melhor desde de manhã.

Ele ficou pálido diante desta recusa tranqüila. Uma revolta nervosa agitava seus lábios. Ele se conteve, contudo, e retomou seu ar de patrão obsequioso que se interessa simplesmente por uma de suas vendedoras.

— Ora, se eu lhe pedisse... A senhorita sabe a estima que tenho por si.

Denise guardou sua atitude respeitosa.

— Estou muito tocada, senhor, com sua bondade por mim, e agradeço-lhe o convite. Mas, repito, é impossível: meus irmãos estão me esperando esta noite.

Ela teimava em não entender. A porta continuava aberta, e ela sentia a loja inteira impelindo-a a aceitar. Pauline a tratara amigavelmente de tola, as outras zombariam dela se recusasse o convite. A senhora Aurélie, que saíra da sala, Marguerite, cuja voz ela ouvia atravessar o ar, o imóvel e discreto Lhomme, cujas costas ela avistava, todos queriam sua queda, todos a abandonavam ao leão. E o ronco distante do inventário, esses milhões de mercadorias, gritados ao vento, remexidos por todos os lados, eram como um hálito quente que insuflava sua paixão.

Houve um silêncio. Em certos momentos, o barulho cobria as palavras de Mouret, que acompanhava a formidável algazarra de uma fortuna de rei conquistada em batalhas.

— Então, quando vai? — perguntou ele novamente. — Amanhã?

Esta simples questão perturbou Denise. Ela perdeu sua calma por um instante e balbuciou:

— Não sei... Não sei...

Ele sorriu, tentou pegar-lhe uma mão, que ela retirou.

— De que tem medo afinal?

Mas ela já erguera a cabeça novamente e o fitava de frente. Sorrindo com seu ar suave e corajoso, ela disse:

— Não tenho medo de nada, senhor... Fazemos apenas o que queremos, não é? Eu não quero, eis tudo.

Quando ela se calou, um estalo a surpreendeu. Ela se virou e viu a porta se fechar com lentidão. Era o inspetor Jouve que achara uma boa idéia encostá-la. As portas faziam parte de seu serviço, nenhuma deveria ficar aberta. E ele recomeçou gravemente a montar guarda. Ninguém pareceu notar esta porta fechada de maneira tão natural. Apenas Clara soltou uma palavra crua na orelha da senhorita de Fontenailles, que ficou lívida, com o rosto semelhante ao de uma morta.

Denise então se ergueu. Mouret lhe disse com uma voz baixa e vacilante:

— Ouça, eu a amo... A senhorita sabe há muito tempo, não jogue esse jogo cruel de fingir ignorar... E não tema nada. Vinte vezes eu tive vontade de chamá-la a meu escritório. Nós teríamos estado a sós, eu só teria que passar a tranca. Mas eu não quis. Veja como eu lhe falo aqui onde qualquer um pode entrar... Eu a amo Denise...

Ela estava de pé, o rosto branco, escutando, fitando-o sempre de frente.

— Diga-me, por que recusa? A senhorita não precisa de nada? Seus irmãos lhe custam bastante. Tudo o que me pedisse, tudo o que exigisse de mim...

Com uma palavra ela o interrompeu:

— Obrigada, eu ganho agora tanto quanto preciso.

— Mas é a liberdade que eu lhe ofereço. É uma existência de prazeres e luxo... Eu a colocaria em um apartamento, eu lhe asseguraria uma pequena fortuna.

— Não, obrigada, eu me entediaria se não fizesse nada... Eu não tinha dez anos e já ganhava minha vida.

Ele fez um gesto abismado. Era a primeira que não lhe cedia. Ele tivera apenas que se inclinar para apanhar as outras, todas se rendiam a seu capricho como criadas submissas; e esta dizia não, sem ao menos dar uma desculpa razoável. Seu desejo, contido havia tanto tempo, fustigado agora pela resistência, exasperava-se. Talvez ele não tivesse oferecido bastante; e ele redobrou suas ofertas, pressionando-a ainda mais.

— Não, não, obrigada — respondia ela a cada vez sem nenhuma hesitação.

Então ele deixou escapar este grito do coração:

— Não percebe como estou sofrendo! Sim, parece uma bobagem, mas estou sofrendo como uma criança!

Lágrimas molharam seus olhos. Um novo silêncio reinou. Pôde-se ouvir novamente, do outro lado da porta fechada, o ronco abrandado do inventário. Era como a extinção do clamor do triunfo, um acompanhamento discreto para a derrota do mestre.

— Se eu quisesse, entretanto! — disse ele com uma voz ardente, tomando-lhe as mãos.

Ela abandonou suas mãos, seus olhos empalideceram, suas forças a deixavam. Um calor vinha das mãos quentes desse homem e enchiam-na de uma fraqueza deliciosa. Meu Deus! Como ela o amava, e que prazer teria em se pendurar em seus braços, em se repousar em seu peito!

— Eu quero, eu quero — repetia ele transtornado. — Eu a esperarei esta noite, ou tomarei algumas medidas...

Ele se tornava brutal. Ela soltou uma leve exclamação, a dor que sentia nos punhos deu-lhe mais coragem. Com um movimento brusco das mãos, ela se soltou. Depois, aprumada, com um aspecto revigorado em sua franqueza, replicou:

— Não, deixe-me... Não sou uma Clara que podem largar no dia seguinte. E, depois, o senhor ama alguém sim, mas é aquela senhora que vem sempre aqui... Fique com ela. Eu não compartilho.

A surpresa o imobilizou. O que ela estava dizendo e o que queria? As moças apanhadas por ele nas seções nunca se preocuparam em ser amadas. Era risível, porém essa atitude de orgulho delicado transtornava seu coração.

— Senhor — retomou ela, — abra a porta. Não é de bom tom ficarmos fechados assim.

Mouret obedeceu. Com as têmporas zunindo, não sabendo como esconder seu tormento, ele chamou novamente a senhora Aurélie, enfureceu-se com o estoque de balandraus, disse que era preciso abaixar os preços e continuar a abaixá-los até que não sobrasse nenhum. Era a regra da casa, tudo devia desaparecer a cada ano. Vendiam com sessenta por cento de perda antes de guardar um modelo antigo ou um tecido desbotado. Nisso, à procura do diretor, Bourdoncle esperava havia algum tempo diante da porta fechada por Jouve, que lhe lançara uma palavra no ouvido com um ar grave. Ele se impacientava, sem encontrar no entanto a coragem de atrapalhar o *tête-à-tête*. Seria possível? Num dia como este, com essa criatura tão minguada? Quando a porta finalmente se abriu, Bourdoncle falou das sedas de imitação cujo estoque era enorme. Foi um alívio para Mouret, uma desculpa para gritar à vontade. Em que Bouthemont estava pensando para se encher assim de seda de imitação? Ele se afastou declarando que não admitia que um comprador não tivesse faro a ponto de cometer a besteira de se abastecer acima das necessidades da venda.

— O que aconteceu? — murmurou a senhora Aurélie, toda agitada com as reprimendas.

E as vendedoras se olhavam surpresas. Às seis horas o inventário terminou. O sol ainda ardia, um louro sol de verão, cujo reflexo de ouro caía através dos vidros das galerias. No ar pesado das ruas, famílias cansadas voltavam do campo carregadas de buquês e arrastando crianças. Uma a uma, as seções foram silenciando. Somente se ouviam, no fundo das galerias, os gritos atardados de algum caixeiro esvaziando uma última caixa. Depois, até essas vozes se calaram, e da balbúrdia do dia restou apenas um grande suspiro pairando acima da formidável derrocada das mercadorias. Agora, as prateleiras, as gavetas, as caixas, tudo se encontrava vazio: nem um metro de seda nem o menor objeto haviam permanecido em seu lugar. A vasta loja oferecia somente a carcaça de sua renovação, os grandes armários e estantes estavam absolutamente limpos, como no dia da instalação.

Essa nudez era uma prova visível do levantamento completo e exato do inventário. E no chão amontoavam-se dezesseis milhões de artigos, um oceano em maré alta que submergia as mesas e os balcões. Os caixeiros, afogados até os ombros, começavam a recolocar alguns artigos no lugar. Esperava-se terminar por volta das dez horas.

Quando a senhora Aurélie, que era da primeira mesa, desceu do refeitório, anunciou o faturamento realizado no ano, o número que a soma das diversas seções davam naquele instante. O total era de oitenta milhões, dez milhões a mais do que no ano anterior. Só houvera uma diminuição nas sedas de imitação.

— Se o senhor Mouret não está contente, não sei do que ele precisa — acrescentou a primeira. — Vejam, ele está lá, no alto da grande escadaria, com um ar furioso.

As vendedoras foram ver. Ele estava imóvel, só, com o rosto sombrio, sobranceando os milhões apinhados a seus pés.

— Senhora — veio perguntar Denise nesse instante, — poderia me dar licença para me retirar? Não sirvo para mais nada por causa de meu pé, e como vou jantar na casa do meu tio, com meus irmãos...

Foi um espanto geral. Ela não cedera então? A senhora Aurélie hesitou, pareceu a ponto de proibi-la de sair, a voz seca e descontente; enquanto Clara erguia os ombros, incrédula. Deixe estar! Era bem simples, ele não queria mais nada com ela! Quando Pauline soube do desenrolar da história, encontrava-se na frente dos enxovais com Deloche. A brusca alegria do rapaz a encolerizou: de que isso lhe servia? Ele talvez estivesse feliz que sua amiga fosse tola o bastante para descartar sua fortuna? E Bourdoncle, que não ousava ir atrapalhar Mouret em seu isolamento esquivo, passeava no meio dos rumores, ele mesmo cheio de preocupação.

Então Denise desceu. Quando chegou embaixo da pequena escada da esquerda, apoiando-se suavemente à rampa, ela se deparou com um grupo de vendedores que riam. Seu nome foi pronunciado, ela sentiu que ainda falavam de sua aventura. Não a tinham visto.

— Ora! Que maneiras! — disse Favier. — Cheia de vícios... Sim, eu conheço alguém que ela quis tomar à força.

E ele encarava Hutin, que, para conservar sua dignidade de segundo, estava a quatro passos, sem se misturar às piadas. Porém, este ficou tão lisonjeado com o ar de inveja com que os outros o consideraram, que desdenhou murmurar:

— Mas como me encheu aquela lá!

Denise, atingida no coração, deteve-se na rampa. Deveriam tê-la visto afinal, pois todos se dispersaram com risos. Hutin tinha razão, e ela se acusava de sua ignorância de outrora, de quando sonhava com ele. Mas como ele era covarde e como ela o desprezava agora! Uma grande perturbação se apoderara dela: não era estranho que tivesse encontrado pouco a pouco a força para resistir a um homem adorado, quando outrora se sentira tão fraca diante desse miserável rapaz, cujo amor ela apenas imaginara? A razão e a valentia soçobravam nessas contradições do seu ser, o qual ela era incapaz de entender claramente. Ela se apressou para atravessar o saguão.

Então, um instinto a fez erguer a cabeça, enquanto um inspetor abria a porta principal, fechada desde a manhã. E ela avistou Mouret. Ele ainda se encontrava no alto da escada, diante do grande patamar central, dominando a galeria. Esquecera o inventário, não via seu império, sua loja estourando de riquezas. Tudo desaparecera, as vitórias barulhentas de ontem, a fortuna colossal de amanhã. Com um olhar desesperado, ele acompanhava Denise, e quando esta passou pela porta não houve mais nada, e a casa ensombreceu.

# XI

Naquele dia, Bouthemont foi o primeiro a chegar ao chá das quatro horas na casa da senhora Desforges. Ainda sozinha em seu grande salão Luís XVI, cujos bronzes e o brocado ofereciam uma jovialidade clara, ela se levantou com um ar de impaciência, dizendo:

— Então?

— Então! — respondeu o jovem. — Quando eu lhe disse que ele provavelmente viria cumprimentá-la, prometeu formalmente comparecer.

— O senhor o fez entender que o barão estaria aqui hoje?

— Sem dúvida... Foi isso que pareceu decidi-lo.

Eles falavam de Mouret. No ano anterior, este último se tomara de um grande afeto por Bouthemont, a ponto de admiti-lo em seus divertimentos. Ele o havia assim introduzido à casa de Henriette, feliz de ter uma companhia simpática, que alegrava um pouco um caso que começava a cansá-lo. Foi dessa forma que o primeiro da seda se tornou confidente de seu patrão e da bela viúva: ele fazia pequenas visitas, conversava com um e com o outro, os reconciliava às vezes. Henriette, em suas crises de ciúme, abandonava-se a uma intimidade que o deixava surpreso e embaraçado, pois ela deixava de lado suas prudências de mulher da sociedade que usa toda sua arte para salvar as aparências.

Ela exclamou violentamente:

— Era preciso trazê-lo. Eu teria certeza.

— Puxa! — disse o rapaz com um riso bonachão. — Não será culpa minha se ele escapar agora. Ah! Mas ele gosta de mim. Sem ele, eu estaria com dificuldades na loja.

De fato, sua situação no Paraíso das Damas estava ameaçada desde o último inventário. Por mais que ele usasse como pretexto a estação chuvosa, não lhe perdoavam o estoque considerável de sedas de imitação; e como Hutin explorava a aventura, minando-o diante dos chefes com um exagero de raiva dissimulada, ele sentia muito bem o chão estalar sob seus pés. Mouret o condenara, sem dúvida por estar agora aborrecido com essa testemunha que o atrapalhava no rompimento com Henriette, cansado de uma familiaridade sem benefícios. Mas, segundo sua tática habitual, ele colocava a culpa em Bourdoncle: era este último e os outros diretores que exigiam sua dispensa a cada conselho; enquanto ele mesmo resistia, dizia, defendia seu amigo energicamente, arriscando-se a se colocar numa situação constrangedora.

— Enfim, vou esperar — retomou a Sra. Desforges. — O senhor sabe que aquela moça deve estar aqui às cinco horas… Quero colocá-los face a face. Preciso ouvir o segredo deles.

E ela rememorou esse plano longamente meditado, repetiu, em seu ardor, que pedira à senhora Aurélie para lhe enviar Denise a fim de ver um mantô que não caíra bem. Quando estivesse com a moça em seu quarto, ela encontraria algum meio de chamar Mouret e agiria em seguida.

Bouthemont, sentado diante dela, observava-a com seus belos olhos risonhos, que tentava tornar graves. Esse alegre comensal de barba de cor negra de tinta, esse pândego cujo sangue gascão enrubescia o rosto, pensava que as mulheres da sociedade não eram muito boas e despejavam sabão demais quando ousavam lavar roupa-suja em casa. As amantes de seus amigos, mocinhas do comércio, certamente não fariam tais tipos de confidências.

— Ora — arriscou-se —, que diferença isso vai fazer se posso lhe jurar que não há absolutamente nada entre eles?

— Justamente! — exclamou ela. — Ele a ama, aquela lá… Eu não estou nem aí com as outras, simples encontros, acasos de um dia!

Ela falou de Clara com desdém. Haviam-lhe dito que, depois da recusa de Denise, Mouret se relançara sobre a grande ruiva com cabeça de cavalo; sem dúvida por estratégia, pois mantinha-na na seção para ostentar, enchendo-a de presentes. Aliás, havia três semanas ele levava uma vida exorbitante de prazeres, semeando dinheiro com uma prodigalidade de que se falava: ele comprara uma mansão para uma mulher da comédia, e estava sendo consumido por duas ou três outras raparigas ao mesmo tempo, que pareciam rivalizar caprichos custosos e frívolos.

— É culpa dessa criatura — repetia Henriette. — Sinto que ele se arruína com as outras por ter sido rejeitado por ela... De resto, o que me importa seu dinheiro? Eu teria gostado mais dele pobre. O senhor sabe como o amo, o senhor que se tornou nosso amigo.

Ela se interrompeu, sufocada, perto de estourar em lágrimas; e, num movimento de abandono, estendeu-lhe as duas mãos. Era verdade, ela adorava Mouret por sua juventude e seus triunfos, nunca um homem a possuíra assim tão completamente, num arroubo de sua carne e de seu orgulho. E, à idéia de perdê-lo, ela ouvia soar o dobre fúnebre da quarentena, e ela se perguntava com terror como substituir esse grande amor.

— Oh! Eu me vingarei — murmurou ela —, eu me vingarei, se ele se comportar mal!

Bouthemont continuava a segurar suas mãos. Ela ainda era bela. Mas devia ser uma amante incômoda, e ele não gostava nem um pouco desse gênero. A coisa merecia no entanto reflexão, haveria talvez interesse em arriscar alguns aborrecimentos.

— Por que o senhor não se estabelece? — perguntou ela de repente, soltando as mãos.

Ele levou um susto. Então respondeu.

— Mas seria preciso fundos consideráveis... No ano passado, uma idéia bem que andou pela minha cabeça. Estou convencido que ainda há em Paris clientela para mais um ou dois magazines; é uma questão de escolher o bairro. O Bon Marché, na margem esquerda do Sena, o Louvre, no centro da cidade; no Paraíso, dominamos os bairros ricos do oeste. Falta o norte, onde se poderia criar uma concorrência para o Praça Clichy. E eu tinha até identificado um sítio sublime perto da Ópera...

— E então?

Ele riu ruidosamente.

— Imagine a senhora que tive a besteira de falar no assunto com meu pai... Sim, fui ingênuo o bastante para lhe rogar que procure acionistas em Toulouse.

E ele contou jovialmente a cólera do velho, no fundo de sua lojinha de província, enfurecido contra os grandes bazares parisienses. O velho Bouthemont, que os trinta mil francos ganhos pelo filho assombravam, respondera que daria seu dinheiro e o de seus amigos aos hospícios antes de contribuir com um tostão para um desses magazines que eram as casas de tolerância do comércio.

— De qualquer maneira — concluiu o jovem —, seria preciso milhões.

— E se fossem arranjados? — perguntou simplesmente a senhora Desforges.

Subitamente, ele a encarou sério. Seria isso apenas palavras de uma mulher enciumada? Mas ela não lhe deu tempo de indagá-la e logo acrescentou:

— Enfim, sabe o quanto me interesso pelo senhor... Voltaremos a nos falar.

O sino da antecâmara soou. Ela se ergueu e, num movimento instintivo, ele também afastou sua cadeira, como se desde já pudessem ser surpreendidos. Um silêncio reinou no salão com tinturas joviais, adornado com uma tal profusão de plantas verdes que era como um pequeno bosque entre as duas janelas. De pé, o ouvido à escuta da porta, ela esperava.

— É ele — murmurou.

O criado anunciou:

— Senhor Mouret, senhor de Vallagnosc.

Ela não pôde conter um gesto de cólera. Por que ele não vinha sozinho? Ele devia ter ido buscar o amigo com medo de um possível *tête-à-tête*. Então ela abriu um sorriso e estendeu a mão aos dois homens.

— Como está se tornando raro! E digo isso ao senhor também, senhor de Vallagnosc.

Seu desespero era engordar, ela se apertava em vestes de seda negra a fim de dissimular as dobras que iam aparecendo. Contudo, o rosto delicado, coroado de belos cabelos escuros, guardava sua fineza amável. E Mouret pôde lhe dizer familiarmente, envolvendo-a com o olhar:

— É inútil perguntar como tem passado, a senhora está fresca como uma rosa.

— Oh! Vou muito bem — respondeu ela. — De resto, eu poderia morrer e o senhor não saberia.

Ela o examinava também, achava-o nervoso e cansado, as pálpebras abatidas, a tez de chumbo.

— Pois bem — retomou a anfitriã com um tom que procurou tornar agradável —, não lhe devolverei o elogio, o senhor não está com uma cara muito boa esta tarde.

— O trabalho! — disse Vallagnosc.

Mouret fez um gesto vago, sem responder. Ele acabara de avistar Bouthemont e dirigia-lhe um sinal amigável com a cabeça. Nos tempos de grande intimidade, ele mesmo o buscava na seção para levá-lo à casa de Henriette durante o trabalho da tarde. Mas os tempos tinham mudado, e ele lhe disse a meia voz:

— Saiu cedo hoje... Sabe que perceberam sua saída e estão furiosos na loja.

Ele se referia a Bourdoncle e aos outros diretores como se não fosse o patrão.

— Ah! — murmurou Bouthemont, inquieto.

— Sim, tenho que falar com você... Espere-me, iremos embora juntos.

Entretanto, Henriette sentara-se novamente e, enquanto ouvia Vallagnosc, que lhe anunciava a visita provável da senhora de Boves, não largava Mouret de vista. Este, que ficara mudo, olhava os móveis, parecia procurar algo no teto. Então, como ela reclamava rindo de ter apenas homens em seu chá das quatro, ele se deixou levar a ponto de soltar esta frase:

— Pensei que encontraria o barão Hartmann.

Henriette empalideceu. Ela sabia por certo que ele viera unicamente para se encontrar com o barão; mas ele poderia ter evitado lançar-lhe assim na cara sua indiferença. Nesse instante, a porta se abriu e o criado aproximou-se dela. Quando ela o interrogou com um movimento de cabeça, ele se inclinou e lhe disse em voz baixa:

— É sobre o mantô. A senhora pediu para preveni-la... A mocinha da loja está aqui.

Então ela ergueu a voz de maneira a ser ouvida. Todo o seu sofrimento enciumado se aliviou nessas palavras de uma secura desdenhosa:

— Que ela espere!

— Devo fazê-la entrar no gabinete da senhora?

— Não, não, que fique na antecâmara!

Quando o criado saiu, ela retomou tranqüilamente a conversa com Vallagnosc. Mouret, que se enfastiava novamente, escutava com um ouvido distraído, sem compreender. Bouthemont refletia, preocupado com a aventura. Mas quase imediatamente a porta voltou a se abrir e duas senhoras entraram.

— Imaginem — disse a senhora Marty, — que eu descia do carro quando vi a senhora de Boves entrar sob as arcadas.

— Sim — explicou esta —, o dia está tão bonito. E como meu médico quer que eu caminhe...

Então, após uma troca geral de apertos de mão, ela perguntou a Henriette:

— A senhora está com uma nova criada?

— Não — respondeu esta, espantada —, por quê?

— É que acabo de ver uma mocinha na antecâmara...

Henriette a interrompeu rindo.

— Não é mesmo? Essas moças do comércio têm todas uma cara de criada... Sim, é uma vendedora que veio acertar um mantô.

Mouret a encarou fixamente, tomado de brusca suspeita. Ela continuou com uma jovialidade forçada, contando que comprara essa confecção no Paraíso das Damas na semana anterior.

— Verdade!? — disse a senhora Marty. — Então não é mais Sauveur que a veste?

— Sim, minha cara. Quis apenas fazer uma experiência. Tinha ficado bastante satisfeita com uma primeira compra, um mantô de viagem... Mas desta vez não deu certo. Por mais que se diga o contrário, essas lojas são um achamboado. Oh! Não tenho papas na língua, falo mesmo na frente do senhor Mouret... Vocês nunca vestirão uma mulher mais distinta.

Mouret não defendeu sua loja. Mantinha o olhar sobre Henriette, estudando-a, dizendo-se que ela não teria ousado. E foi Bouthemont quem teve de defender a causa do Paraíso.

— Se todas as senhoras da boa sociedade que se vestissem conosco se vangloriassem — replicou ele alegremente —, a senhora ficaria surpresa com a nossa clientela... Encomende conosco uma vestimenta sob medida, ela valerá as de Sauveur, e a senhora pagará a metade do preço. Mas aí está o problema, é justamente porque é mais barato que parece ser menos bom.

— Mas essa confecção não lhe caiu bem? — retomou a senhora de Boves. — Oh! Agora me lembrei da moça... Estava um pouco escuro na antecâmara.

— Sim — acrescentou a senhora Marty —, estava tentando me lembrar onde eu vira aquele rosto... Pois bem, minha cara, não se incomode por nós.

Henriette fez um gesto de desdenhosa displicência.

— Oh! Daqui a pouco, não há pressa.

As senhoras continuaram a discussão sobre as roupas dos grandes magazines. Então a senhora de Boves mencionou seu marido, que, dizia ela, acabava de partir para inspecionar um depósito de cavalos em Saint-Lô; e justamente Henriette contava que a doença de uma tia chamara na véspera a senhora Guibal para a mesma região, da

Franche-Comté. Aliás, naquele dia ela também não contaria com a senhora Bourdelais, que se trancava com uma costureira todos os fins de mês, a fim de passar em revista a rouparia de seu pequeno mundo. Entretanto, a senhora Marty parecia agitada por uma surda inquietação. A situação do senhor Marty estava ameaçada no liceu Bonaparte, em conseqüência das aulas que o pobre homem tinha de dar em instituições duvidosas, onde se fazia todo um negócio sobre os diplomas de bacharel; ele tentava arrumar dinheiro como podia, ardorosamente, para conseguir sustentar os furacões de despesas que assolavam seu lar; e ela, vendo-o chorar à noite por medo de ser mandado embora, tivera a idéia de pedir a amiga Henriette para falar com um diretor do Ministério da Instrução Pública que ela conhecia. Henriette tranqüilizou-a com uma palavra. De resto, o senhor Marty viria em pessoa conhecer sua sorte e fazer seus agradecimentos.

— Está com um ar indisposto, senhor Mouret — notou a senhora de Boves.

— O trabalho! — repetiu Vallagnosc com sua fleuma irônica.

Embora desolado, Mouret levantara-se vivamente, pois não era homem de se deixar abandonar assim. Tomou então seu lugar habitual no meio das senhoras e recobrou seu charme. A moda de inverno o ocupava. Ele mencionou uma chegada considerável de rendas, e a senhora de Boves o questionou sobre o preço do ponto de Alençon: talvez ela comprasse um pouco. Agora, ela estava reduzida a economizar até os trinta soldos de um carro de aluguel, e ficava doente a cada vez que parava diante de vitrines. Trajando um mantô que já datava de dois anos, ela experimentava em sonho, sobre seus ombros de rainha, todos os tecidos caros que via; então, como se os roubassem de sobre sua pele, ela despertava em seus vestidos reacomodados, sem esperança de jamais satisfazer sua paixão.

— O senhor barão de Hartmann — anunciou o criado.

Henriette notou com que feliz aperto de mão Mouret acolheu o recém-chegado. Este cumprimentou as senhoras e fitou o jovem comerciante com um ar fino que clareava por momentos sua gorda figura alsaciana.

— Ainda no meio dos panos! — murmurou com um sorriso.

Então, familiar da casa, permitiu-se acrescentar:

— Tem uma mocinha bastante charmosa na antecâmara... Quem é?

— Oh! Ninguém — respondeu a senhora Desforges com sua voz maldosa. — Uma vendedora que está esperando.

Mas a porta permanecera entreaberta, o criado servia o chá. Ele saía, entrava novamente, colocava no gueridom o serviço de louça chinesa, depois pratos com sanduíches e biscoitos. No vasto salão, uma luz viva, suavizada pelas plantas verdes, iluminava os bronzes, banhava com uma jovialidade terna a seda dos móveis; e, cada vez que a porta se abria, avistava-se um canto obscuro da antecâmara, iluminada apenas pelos vidros polidos. Ali no escuro, uma forma umbrosa aparecia, imóvel e paciente. Denise mantinha-se de pé; havia um banquinho revestido de couro no minúsculo cômodo, mas um orgulho a retinha. Ela sentia a injúria. Ela estava ali havia meia hora, sem um gesto, sem uma palavra; as senhoras e o barão haviam-na mirado de passagem; agora, as vozes do salão chegavam-lhe em leves bafejos, todo um luxo sedutor a golpeava com sua indiferença; e ela continuava sem se mexer.

Bruscamente, num entreabrir da porta, ela reconheceu Mouret. Ele enfim a avistou.

— É uma de suas vendedoras? — perguntou o barão Hartmann.

Mouret conseguiu esconder sua grande perturbação. A emoção fez apenas sua voz tremer levemente.

— Sem dúvida, mas não sei qual.

— É a pequena loura das confecções — apressou-se a completar a senhora Marty. — A que é segunda, eu acho.

Henriette o fitava.

— Ah! — disse simplesmente ele.

E pôs-se a falar das festas oferecidas ao rei da Prússia desde a véspera em Paris. Mas o barão retomou com malícia o assunto das vendedoras dos magazines. Ele parecia querer saber mais e fazia perguntas: de onde vinham em geral? Era verdade que tinham maus modos, como se dizia? E começou toda uma discussão.

— Realmente — repetia ele —, o senhor acha que são honestas?

Mouret defendia a virtude delas com uma convicção que fazia Vallagnosc rir. Então Bouthemont interveio para salvar seu chefe. Por Deus, havia um pouco de tudo entre elas, raparigas e boas moças. Todavia o nível da moralidade tendia a crescer. Outrora, só havia desclassificadas no comércio, apenas moças vagas e pobres despencavam nas modas; enquanto agora famílias da rua de Sèvres, por exemplo, educavam positivamente suas filhas para o Bon Marché. Em suma, quando elas queriam conduzir-se bem, elas podiam; pois não eram, como as operárias parisienses, obrigadas a pagar por sua alimentação e hospedagem: elas tinham casa e comida, sua existência estava assegurada, ainda que fosse bastante dura. O pior era sua situação neutra, mal determinada, entre a criada e a dama. Assim lançadas no luxo, freqüentemente sem instrução, elas formavam uma classe à parte, inominada. Suas misérias e vícios vinham de lá.

— Eu — disse a senhora de Boves — não conheço criaturas mais desagradáveis... Às vezes dá vontade de estapeá-las.

E as senhoras exalaram seu rancor. Devoravam-se atrás dos balcões, mulheres apunhalando mulheres, uma rivalidade de dinheiro e beleza. Era uma inveja impertinente das vendedoras contras as clientes alinhadas, as damas cujos ares elas se esforçavam para copiar, e uma inveja ainda mais azeda das clientes malpostas, as pequenas burguesas contra as vendedoras, essas moças vestidas de seda de quem as outras queriam obter uma humildade de criada por uma compra de dez soldos.

— Deixem para lá! — concluiu Henriette. — Um bando de infelizes à venda, como suas mercadorias!

Mouret teve a força de sorrir. O barão o examinava, tocado por sua elegância na derrota. Então desviou a conversa, retomando o assunto das festas oferecidas ao rei da Prússia: elas seriam sublimes, todo o comércio parisiense iria aproveitar. Henriette calara-se, ela meditava, dividida entre o desejo de esquecer ainda mais Denise na antecâmara e o medo de que Mouret, agora prevenido, fosse embora. Enfim, levantou-se de sua cadeira.

— Permitam-me.

— Mas é claro, minha cara! — disse a senhora Marty. — Eu farei as honras na sua ausência.

Ela se ergueu, pegou a chaleira e encheu as xícaras. Henriette voltara-se para o barão Hartmann.

— O senhor vai ficar ainda alguns minutos, não?

— Sim, tenho que trocar uma palavras com o senhor Mouret. Vamos invadir seu pequeno salão.

Então ela saiu e, ao roçar a porta, seu vestido de seda preta ruflou como uma serpente fugindo entre os arbustos. Imediatamente, o barão encaminhou Mouret ao salão contíguo, deixando as senhoras com Bouthemont e Vallagnosc. Ali eles puseram-se a conversar diante da janela, de pé, a meia voz. Tratava-se de um novo negócio. Havia muito tempo que Mouret acariciava o sonho de realizar seu antigo projeto: a invasão do quarteirão inteiro pelo Paraíso das Damas, da rua Monsigny à rua de la Michodière, e da rua Neuve-Saint-Agustin à rua do Dix-Décembre. Do enorme bloco, havia ainda um vasto terreno de bordura que ele não possuía nesta última via, e isso bastava para solapar seu triunfo. Ele vivia perpetuamente torturado pela necessidade de completar sua conquista, de erigir ali, como uma apoteose, uma fachada monumental. Enquanto a entrada de honra se encontrasse na rua Neuve-Saint-Augustin, em uma rua escura da velha Paris, sua obra permaneceria enferma, sem lógica. Ele queria ostentá-la diante da nova Paris, em uma dessas jovens avenidas por onde entrava a efervescência do fim de século. E ele via seu magazine dominar, impor-se como o palácio gigante do comércio, lançando mais sombra na cidade do que o velho Louvre. Porém, até então ele se chocara contra a teima do Crédito Imobiliário, que se apegava à primeira idéia de erguer, ao longo daquele terreno, uma concorrência ao Grand-Hôtel. Os planos estavam prontos, esperavam apenas a desobstrução da rua do Dix-Décembre para começarem a cavar as fundações. Enfim, num último esforço, Mouret quase convencera o barão Hartmann.

— Pois bem — começou este. — Tivemos um conselho ontem, e eu vim pensando em encontrá-lo para mantê-lo a par... Eles continuam a resistir.

O jovem deixou escapar um gesto nervoso.

— Mas não faz sentido... O que eles dizem?

— Meu Deus! Eles dizem o que eu mesmo lhe disse, o que eu ainda penso um pouco... Sua fachada é apenas um ornamento, as novas construções só aumentariam um décimo da superfície da loja, e você quer lançar uma soma bem gorda num simples reclame.

Com isso Mouret explodiu.

— Um reclame! Um reclame! Em todo caso seria de pedra pelo menos, e nos enterraria todos. Entenda que se trata de nossos negócios decuplicados! Em dois anos recuperamos o dinheiro investido. Que importa o que os senhores chamam de terreno perdido, se esse terreno lhes rende um juro enorme! O senhor verá a multidão quando nossa clientela não tiver mais de se esmagar para entrar pela rua Neuve-Saint-Augustin, podendo se precipitar livremente pela via mais larga, onde seis carros passarão à vontade.

— Sem dúvida — retomou o barão. — Mas você é um poeta em seu gênero. Os senhores do banco pensam que seria perigoso expandir ainda mais seus negócios. Eles querem trabalhar com prudência.

— Como? Prudência? Não compreendo mais nada... Os números não estão aí e não mostram a progressão constante de nossas vendas? Para começar, a partir de um capital de quinhentos mil francos eu produzi dois milhões em negócios. Esse capital foi empregado quatro vezes. Então, ele se tornou quatro milhões; em seguida, empreguei-o mais dez vezes, produzindo quarenta milhões de faturamento. Enfim, após aumentos sucessivos, acabo de constatar, no último inventário, que o faturamento alcançou um total de oitenta milhões; e o capital, que praticamente não aumentou, pois é de apenas seis milhões, foi transformado portanto mais de doze vezes em mercadorias atrás de nossos balcões.

Ele erguia a voz, batendo com os dedos de sua mão direita sobre a palma da mão esquerda, esmigalhando os milhões como teria quebrado nozes. O barão o interrompeu.

— Eu sei, eu sei... Mas você não espera continuar crescendo sempre assim?

— E por que não? — disse Mouret ingenuamente. — Não há razão nenhuma para isso parar. O capital pode ser investido quinze vezes, prevejo isso há muito tempo. Inclusive, em algumas seções, ele será empregado vinte e cinco ou trinta vezes... Depois, ora!, depois, descobriremos mais um truque para fazê-lo crescer ainda mais.

— Então você acabará bebendo o dinheiro de Paris como se bebe um copo de água?

— Sem dúvida. Paris não é das mulheres? E as mulheres não são nossas?

O barão pousou as duas mãos sobre os ombros do jovem e o fitou com um ar paternal.

— Pois sim! É um bom rapaz, eu o amo... É impossível resisti-lo. Vamos esmiuçar a idéia seriamente, e espero fazê-los entender sua razão. Até agora só temos a nos louvar do que vem fazendo. Os dividendos causam espanto na Bolsa... Você deve estar com a razão: melhor colocar mais dinheiro em sua máquina do que arriscar a concorrência com o Grand-Hôtel, que é duvidosa.

A excitação de Mouret se abrandou, ele agradeceu o barão, mas sem mostrar o entusiasmo costumeiro. E este o viu dirigir os olhos para a porta do quarto vizinho, tomado novamente da surda preocupação que tentava esconder. Entretanto, Vallagnosc aproximara-se, compreendendo que eles não falavam mais de negócios. Ele se pôs de pé entre os dois e escutou o barão, que murmurava com seu ar galante de antigo folgazão:

— Pois bem, acho que elas se vingarão.

— Quem? — perguntou Mouret, embaraçado.

— Ora, as mulheres... Elas se cansarão de serem suas, e você ficará à mercê delas, meu caro: um belo troco!

Ele ria, estava a par dos amores barulhentos do jovem. A mansão comprada para a mulher de comédia, as somas enormes desperdiçadas com raparigas recolhidas em casas particulares alegravam-no como uma volta às loucuras que ele mesmo fizera outrora. Sua velha experiência se deleitava.

— Realmente, eu não entendo — repetia Mouret.

— Ah! Entende muito bem. Elas têm sempre a última palavra... Por isso, eu pensava: não é possível, ele se vangloria, mas não pode ser tão forte! E pronto! Tire portanto tudo da mulher, explore-a como uma mina de carvão, que ela o explorará em seguida, o fará devolver tudo à força! Preste atenção, pois elas lhe tirarão mais sangue e dinheiro do que você lhes terá sugado.

Ele ria ainda mais, e Vallagnosc, perto dele, sorria sem dizer uma palavra.

— Meu Deus! É preciso experimentar de tudo — confessou Mouret, fingindo alegrar-se igualmente. — Dinheiro é uma bobagem se não se gasta.

— Com isso estou de pleno acordo — retomou o barão. — Divirta-se, meu caro, não serei eu quem lhe fará a moral, nem que tremerá pelos gordos interesses que nós lhe confiamos. Temos que farrear um pouco, depois a cabeça fica mais fresca... E não há nada de mal em se arruinar quando se é homem capaz de reconstruir sua fortuna... Mas se dinheiro é uma bobagem, os sofrimentos, por outro lado...

— Ah! Quanto a sofrer, isso não é minha especialidade — disse Mouret, em tom de bravata. — Pagar caro já é o suficiente.

O barão o fitou em silêncio por alguns segundos. Sem querer insistir, acrescentou lentamente:

— Não pretenda ser mais insensível do que realmente é... Acabará por deixar atrás de si mais do que dinheiro. Sim, deixará sua carne, meu amigo. Ele se interrompeu para perguntar, gracejando novamente:

— Não é verdade, senhor de Vallagnosc, que isso acontece?

— Dizem que sim, senhor barão — declarou simplesmente este último.

E justamente nesse momento a porta do quarto se abriu. Mouret, quando ia responder, teve um leve sobressalto. Os três homens se voltaram. Era a senhora Desforges, com um ar muito jovial, chamando com uma voz apressada:

— Senhor Mouret! Senhor Mouret!

Então, quando ela os avistou:

— Oh! Senhores, permitam-me, vou roubar-lhes o senhor Mouret por um minuto. O mínimo que pode fazer, já que me vendeu um mantô tão medonho, é me emprestar seus lampejos. Essa vendedora é uma tonta que não tem uma idéia na cabeça... Vamos, estou esperando.

Ele hesitava, vencido, recuando diante da cena que estava prevendo. Mas teve de obedecer. O barão lhe dizia com seu ar ao mesmo tempo paternal e trocista:

— Vamos, vamos logo, meu caro. A senhora está precisando dos seus serviços.

Então Mouret a seguiu. A porta fechou-se atrás deles, e ele pensou ter ouvido o riso de Vallagnosc sufocado pelas tapeçarias. Aliás, sua coragem estava esvaecida. Desde que Henriette deixara o salão, e que ele sabia que Denise estava no apartamento entre mãos ciumentas, ele sentia uma ansiedade crescente, um tormento nervoso que lhe fazia ouvir tudo, como se atento para um som distante de lágrimas. O que podia inventar essa mulher para torturá-lo? E todo o seu amor, esse amor que ainda o surpreendia, ia para a jovem, como um apoio e um consolo. Ele nunca amara assim antes, com esse charme poderoso em meio ao sofrimento. Suas afeições de homem atarefado, a própria Henriette, tão fina, tão bela, e cuja posse satisfazia seu orgulho, não eram nada mais que agradáveis passatempos, às vezes interesse, no qual ele buscava unicamente um prazer proveitoso. Ele saía tranqüilo da casa de suas amantes, voltava para se deitar feliz com sua liberdade de rapaz solteiro, sem um arrependimento nem uma preocupação no coração. Enquanto agora seu coração batia de angústia, sua vida estava transtornada, ele não tinha mais o esquecimento do sono, em sua grande cama solitária. Denise o possuía continuamente. Naquele minuto mesmo, ele tinha só ela no coração, e enquanto seguia a outra com medo de uma cena desagradável pensava que era melhor estar ali para protegê-la.

Primeiro eles atravessaram o quarto de dormir, silencioso e vazio. Depois, empurrando uma porta, a senhora Desforges passou para o gabinete, onde Mouret entrou atrás dela. Era um cômodo bastante vasto, forrado de seda vermelha, mobiliado com uma penteadeira de mármore e um armário de três corpos, com largos espelhos. Como a janela dava para o pátio, já estava um tanto escuro. Haviam acendido duas luminárias, cujos braços niquelados se alongavam à direita e à esquerda do armário.

— Vejamos — disse Henriette —, talvez funcione melhor agora.

Ao entrar, Mouret encontrou Denise ereta no meio de uma viva luz. Ela estava muito pálida, modestamente cintada em uma jaqueta de caxemira, penteada com um chapéu preto; e ela segurava em um braço o mantô comprado no Paraíso. Quando ela viu o jovem senhor, suas mãos tremeram levemente.

— Quero que o senhor julgue — retomou Henriette. — Ajude-me, senhorita.

E, aproximando-se, Denise entregou-lhe o mantô. Numa primeira prova, ela colocara alfinetes nos ombros, que não iam bem. Henriette se virava, estudava sua imagem diante do armário.

— Será possível? Diga francamente.

— Realmente, senhora, ele está com problemas — disse Mouret, para ser direto. — É muito simples: a senhorita vai tomar suas medidas e nós lhe faremos um outro.

— Não, eu quero este, estou precisando imediatamente — retomou Henriette com energia. — O problema é que ele me aperta o busto, ao mesmo tempo que faz um bolso aqui, entre os ombros.

Depois, com sua voz seca:

— Não adianta apenas me olhar, senhorita, isso não corrigirá o defeito! Vamos, procure alguma coisa, é o seu trabalho.

Sem abrir a boca, Denise recomeçou a colocar alfinetes. Isso durou muito tempo: ela precisava passar de um ombro para o outro; um instante ela teve mesmo de se abaixar, quase se ajoelhar, para puxar a frente do mantô. Acima dela, abandonando-se a seus cuidados, a senhora Desforges tinha o rosto duro de uma patroa difícil de contentar. Feliz de rebaixar a moça a essa tarefa de criada, ela lhe dava ordens breves, espreitando no rosto de Mouret as menores dobras nervosas.

— Coloque um alfinete aqui. Ora, não, aí não. Aqui, perto da manga. Mas não compreende? Não é isso, olhe como o bolso volta a aparecer... E tome cuidado, está me alfinetando agora!

Em duas ocasiões ainda, Mouret tentou em vão intervir para fazer cessar a cena. Seu coração saltitava sob a humilhação de seu amor; e ele amava Denise ainda mais, com uma ternura emocionada diante do belo silêncio que ela guardava. Se as mãos da jovem ainda tremiam um pouco, de ser assim tratada na frente dele, ela aceitava as necessidades do ofício com a resignação orgulhosa de uma trabalhadora de coragem. Quando a senhora Desforges compreendeu que eles não se trairiam, procurou outra coisa, inventou de sorrir para Mouret, de exibi-lo como seu amante. Então, os alfinetes acabaram:

— Olhe ali, meu amigo, veja na caixinha de marfim, sobre a penteadeira... Realmente! Ela está vazia? Seja amável, veja então sobre a lareira do quarto: você sabe, no canto do espelho.

E ela o colocava em casa, instalava-o como um homem que dormira ali, que conhecia o lugar dos pentes e escovas. Quando ele voltou com um punhado de alfinetes, ela os pegou um por um e forçou-o a ficar de pé perto dela, fitando-o e lhe dizendo em voz baixa.

— Parece até que sou corcunda!... Dê-me sua mão, apalpe meus ombros, por favor. Eu sou realmente assim?

Denise erguera os olhos lentamente, ainda mais pálida, e em silêncio espetava novamente os alfinetes. Mouret conseguia ver apenas seus pesados cabelos louros erguidos sobre a nuca delicada; e, no estremecimento que os eriçava, ele pensava ver mal-estar e vergonha no rosto dela. Agora ela o repeliria definitivamente, ela o reenviaria a essa mulher, que nem ao menos escondia seu amante diante de estranhos.

E ele sentia o punho estremecer de furor, e teria batido em Henriette. Como fazê-la se calar? Como dizer a Denise que a adorava, que apenas ela existia nessa hora, que ele lhe sacrificaria todas as suas antigas paixões de um dia? Uma boa moça não teria as mesmas familiaridades equívocas dessa burguesa. Ele retirou sua mão e repetiu:

— Engana-se em se obstinar, senhora, já que eu mesmo acho que essa roupa está com defeito.

Uma das luminárias começou a assobiar; e no ar sufocante e úmido do cômodo não se ouvia mais nada além desse sopro ardente. Os espelhos do armário refletiam os largos raios de claridade viva nas tapeçarias de seda vermelha, sobre as quais dançavam as sombras das duas mulheres. Um frasco de verbena, que haviam esquecido de tampar, exalava um cheiro vago e perdido de buquê que se fana.

— Isto é tudo o que posso fazer, senhora — disse enfim Denise, levantando-se.

Ela se sentia no limite de suas forças. Duas vezes ela espetara as mãos com os alfinetes, como cega, os olhos embaçados. Seria um complô? Teria ele a feito vir até ali para se vingar de sua recusa, mostrando-lhe que outras mulheres o amavam? E esse pensamento a gelava, ela não se lembrava de quando precisara de tanta coragem para continuar, nem mesmo nas horas terríveis de sua vida quando o pão lhe faltara. Não era nada ser assim humilhada, mas vê-lo quase nos braços da outra, como se ela não estivesse ali! Henriette se examinava diante do espelho. E explodiu mais uma vez em palavras duras.

— Isso é uma piada, senhorita! Está pior do que antes... Olhe como ele me aperta o busto. Estou parecendo uma ama-de-leite.

Então, não se agüentando mais, Denise soltou uma frase atravessada.

— A senhora é um pouco forte... Não podemos fazer nada para que fique menos forte.

— Forte, forte — repetiu Henriette, que empalidecia por sua vez. — Está se tornando insolente, senhorita... Com que direito pensa poder julgar os outros!

As duas se contemplavam, face a face, frementes. Não havia mais ali nem dama nem vendedora de loja. Eram apenas duas mulheres igualadas em sua rivalidade. Uma retirara violentamente o mantô para jogá-lo sobre uma cadeira; enquanto a outra lançava ao acaso sobre a penteadeira os poucos alfinetes que lhe restavam entre os dedos.

— O que me espanta — retomou Henriette — é que o senhor Mouret tolere uma tal insolência... Eu acreditava, senhor, que era mais duro com seu pessoal.

Denise retomara sua calma corajosa e respondeu suavemente:

— Se o senhor Mouret me mantém em sua loja é porque não tem nada a me recriminar... Estou pronta a lhe pedir desculpas, se ele exigir.

Mouret escutava, arrebatado por essa rixa, não encontrando o que dizer para acabar com aquilo. Ele tinha horror a essas explicações entre mulheres, cujo amargor feria sua contínua necessidade de boas maneiras. Henriette queria arrancar dele a frase que condenaria a moça; e como ele permanecia mudo, ainda dividido, ela lançou-lhe uma última injúria:

— Muito bem, senhor, se é preciso que eu sofra em minha casa as insolências de suas amantes! Uma garota recolhida em alguma sarjeta.

Duas grandes lágrimas brotaram dos olhos de Denise. Elas as segurava havia algum tempo, mas todo o seu ser desfalecia com o insulto. Quando ele a viu chorar assim, sem responder com alguma violência, com uma dignidade muda e desesperada, Mouret não hesitou mais, seu coração pendeu para ela com uma imensa ternura. Ele pegou as mãos dela e balbuciou:

— Vá logo, minha menina, esqueça esta casa.

Henriette, estupefata, sufocada de cólera, os fitava.

— Espere — continuou, dobrando ele mesmo o mantô. — Leve esta peça. A senhora comprará um novo em outro lugar. E por favor não chore mais. Sabe a estima que tenho pela senhorita.

Ele a acompanhou até a porta, que fechou em seguida atrás de si. Ela não pronunciara nem uma palavra; apenas uma chama rosa lhe subira às faces, enquanto seus olhos se molhavam com novas lágrimas, de uma suavidade deliciosa.

Henriette, que sufocava, pegara seu lenço e apertava seus lábios. Era o revés de seus cálculos, presa na armadilha que ela própria preparara. Ela se desolava de ter levado as coisas longe demais, torturada de ciúmes. Ser abandonada por uma tal criatura! Ser desdenhada na frente dela! Seu orgulho sofria mais que seu amor.

— Então, é essa garota que o senhor ama? — disse ela dolorosamente quando ficaram a sós.

Mouret não respondeu imediatamente. Ele caminhou da janela à porta, procurando controlar sua violenta emoção. Enfim parou, e muito educadamente, com uma voz que procurava tornar fria, disse com simplicidade:

— Sim, senhora.

A luminária assobiava ainda no ar sufocante do gabinete. Agora, os reflexos dos espelhos não eram mais atravessados de sombras dançantes, o cômodo parecia nu, caído numa pesada tristeza. E Henriette se largou bruscamente em uma cadeira, torcendo seu lenço entre dedos febris, repetindo em meio a seus soluços:

— Meu Deus! Como sou infeliz!

Ele a fitou por alguns segundos sem se mover. Então, tranqüilamente, saiu do quarto. Sozinha, ela chorou no silêncio, diante dos alfinetes largados sobre a penteadeira e no assoalho. Quando Mouret entrou no pequeno salão, encontrou apenas Vallagnosc, o barão retornara para junto das senhoras. Como se sentia ainda bastante agitado, ele sentou num sofá do fundo da sala. Seu amigo, vendo-o desfalecer assim, plantou-se caridosamente diante dele para escondê-lo dos olhares curiosos. Primeiro eles se contemplaram sem trocar uma palavra. Então Vallagnosc, que a perturbação de Mouret parecia no íntimo alegrar, perguntou com sua voz zombeteira:

— Está se divertindo?

Mouret não pareceu compreender imediatamente. Mas, quando se lembrou de suas antigas conversas sobre a besteira vazia e a inútil tortura da vida, respondeu:

— Sem dúvida, nunca vivi com mais ardor... Ah! Meu velho, não deboche, as horas mais curtas são as que se morre de sofrimento!

Ele abaixou a voz e continuou jovialmente sob lágrimas mal enxutas:

— Adivinhas tudo, não é? As duas ao mesmo tempo acabam de me triturar o coração. Mas ainda assim é bom, sabes, quase tão bom como carícias, os ferimentos que elas provocam... Meu coração está partido, não agüento mais; mas o que importa? Tu não imaginas como amo a vida! Ah! Eu ainda a conquistarei, essa menina que não me quer!

Vallagnosc disse simplesmente:

— E depois?

— Depois? Ora! Eu a possuirei! Não é o bastante? Se te consideras forte porque recusa-te a fazer besteiras e sofrer, és apenas um tolo, nada mais! Experimenta desejar alguém e enfim possuí-la: isso paga em um minuto todas as misérias.

Mas Vallagnosc exagerava seu pessimismo. Para que trabalhar tanto se o dinheiro não dava tudo? Ele já teria fechado as portas da loja e se deitado confortavelmente para não mexer mais um dedo sequer no dia em que reconhecesse que com milhões não se podia nem mesmo comprar a mulher desejada! Mouret, ao escutá-lo, tornava-se grave. Então atalhou violentamente, acreditando na onipotência de sua vontade.

— Eu a quero e eu a terei! E se ela me escapar, verás o tamanho dá máquina que construirei para me curar. Será sublime! Tu não compreendes essa língua, meu velho: se compreendesse saberias que a ação contém em si sua recompensa. Crer, agir, bater-se contra os obstáculos, vencê-los ou ser vencido por eles, toda a alegria e toda a saúde humana estão nisso!

— Simples maneira de se atordoar — murmurou o outro.

— Pois bem! Prefiro me atordoar... Morrer por morrer, prefiro morrer de paixão a morrer de tédio!

Os dois riram, aquilo lhes lembrava suas velhas discussões dos tempos de escola. Vallagnosc, com uma voz mole, deleitou-se então a declarar a banalidade das coisas. Ele colocava uma espécie de fanfarronada na imobilidade e no vazio de sua vida. Sim, ele se entediaria no ministério no dia seguinte, como se entediara na véspera; em três anos, haviam aumentado seu salário em seiscentos francos, ele ganhava agora três mil e seiscentos, nem ao menos o suficiente para fumar charutos decentes; isso se tornava cada vez mais inepto, e se ninguém se matava era por simples preguiça, para evitar aborrecimentos. Quando Mouret lhe perguntou sobre seu casamento com a senhorita de Boves, ele respondeu que, apesar da obstinação de sua tia em não morrer, o negócio seria concluído; ao menos era o que acreditava, os pais estavam de acordo e ele afetava não se importar. Para que querer ou não querer, já que nunca nada acontecia como se desejava? Ele deu como exemplo seu futuro sogro, que imaginara encontrar na senhora Guibal uma loura indolente, o capricho de uma hora, e que esta agora o conduzia a chicotadas, como um velho jumento do qual se tenta tirar as últimas forças. Enquanto pensavam que estava inspecionando os cavalos de Saint-Lô, ela o devorava em uma casinha alugada por ele em Versalhes.

— Ele é mais feliz que tu — disse Mouret, erguendo-se.

— Ah! Certamente! — declarou Vallagnosc.

Mouret se restabelecera. Ele pensava em escapar dali, mas não queria que sua partida tivesse cara de fuga. Assim, resolveu tomar uma xícara de chá, e entrou no grande salão com seu amigo, os dois rindo. O barão Hartmann lhe perguntou se o mantô ficara melhor; e, sem se perturbar, Mouret respondeu que renunciava por sua conta. Houve uma exclamação. Enquanto a senhora Marty se apressava para servi-lo, a senhora de Boves acusava as lojas de terem sempre roupas muito pequenas. Finalmente, ele pôde se sentar perto de Bouthemont, que não se mexera.

Esqueceram-se deles. E, desejoso de conhecer sua sorte, o primeiro da seda encheu Mouret de questões inquietantes. Este último decidiu então não esperar que saíssem dali, e informou-lhe que os senhores do conselho haviam decidido se privar de seus serviços. Entre uma frase e outra ele bebia um gole de chá, ao mesmo tempo em que protestava sua lástima. Ah! Uma decisão da qual ele ainda estava se recuperando, pois deixara a sala de reuniões fora de si. Mas o que podia fazer? Ele não podia indispor-se com os senhores do conselho por uma simples questão de pessoal. Bouthemont, muito pálido, foi ainda obrigado a lhe agradecer.

— Meu Deus! Esse mantô deve ser terrível mesmo! — notou a senhora Marty. — Henriette não sai mais de lá.

Realmente, a ausência prolongada começava a incomodar todo mundo. Mas nesse mesmo instante a senhora Desforges reapareceu.

— Desistiu também? — exclamou jovialmente a senhora de Boves.

— Como assim?

— O senhor Mouret nos disse que a senhora não conseguia se acertar.

Henriette mostrou a maior surpresa.

— O senhor Mouret estava brincando. O mantô serviu perfeitamente.

Ela parecia muito calma, sorridente. Passara sem dúvida água nas pálpebras, pois elas estavam frescas e claras. Enquanto todo o seu ser tremia e sangrava ainda, ela encontrava forças para esconder sua tortura sob a máscara de sua boa simpatia mundana. Foi com seu sorriso habitual que ofereceu sanduíches a Vallagnosc. Apenas o barão, que a conhecia bem, notou uma leve contração em seus lábios e o fogo sombrio que ela não conseguira apagar do fundo dos olhos. Ele adivinhou toda a cena.

— Por Deus! Cada um com seu gosto — disse a senhora de Boves, aceitando também um sanduíche. — Eu conheço mulheres que não comprariam uma fita se não fosse no Louvre. Outras só juram pelo Bon Marché... É uma questão de temperamento, sem dúvida.

— O Bon Marché é provinciano — murmurou a senhora Marty —, e a gente é tão empurrada no Louvre!

As senhoras tinham voltado ao assunto das grandes lojas. Mouret teve de dar sua opinião, ele voltou para o meio delas procurando ser justo. O Bon Marché era uma excelente casa, sólida, respeitável; mas o Louvre tinha certamente uma clientela mais brilhante.

— Enfim, você prefere o Paraíso das Damas — disse o barão sorrindo.

— Definitivamente — respondeu tranqüilamente Mouret. — Lá, nós amamos nossas freguesas.

Todas as senhoras presentes foram da mesma opinião. Era isso mesmo, elas se sentiam como numa reunião de amigas no Paraíso, recebendo uma contínua carícia de afagos, uma adoração que retinha as mais honestas. O sucesso enorme da loja vinha dessa sedução galante.

— A propósito — perguntou Henriette, que queria mostrar uma grande liberdade de espírito —, e a minha protegida, o que tem feito com ela, senhor Mouret? O senhor sabe, a senhorita de Fontenailles.

E voltando-se para a senhora Marty:

— Uma marquesa, minha cara, uma pobre menina que caiu na desgraça.

— Pois — disse Mouret — ela ganha seus três francos por dia para cozer cadernos de amostras. E acho que vou fazê-la se casar com um dos meus contínuos.

— Que horror! — exclamou a senhora de Boves.

Ele a encarou e retomou com sua voz branda:

— Mas por quê, senhora? Não vale mais a pena para ela desposar um rapaz de bem, um bom trabalhador, do que correr o risco de ser recolhida por algum vagabundo na calçada?

Vallagnosc interveio rindo:

— Não o incentive, senhora. Ele vai acabar lhe dizendo que todas as antigas famílias da França deveriam vender chita.

— Certamente — declarou Mouret — para muitas delas seria ao menos um fim honroso.

Todos riram, o paradoxo parecia um tanto exagerado. Por sua vez, ele continuava a celebrar o que chamava de aristocracia do trabalho. Um leve rubor colorira as faces da senhora de Boves, que a vergonha de estar reduzida à subsistência a deixava fora de si; enquanto a senhora Marty, ao contrário, aprovava, tomada de remorsos, pensando em seu pobre marido. Nisso, o criado introduziu o professor, que viera buscá-la. Ele estava mais seco, mais acabado pelos duros lavores, em uma magra sobrecasaca brilhante de tanto uso. Quando ele agradeceu a senhora Desforges por ter falado em seu favor no ministério, ele lançou a Mouret o olhar espavorido de um homem que encontra o mal do qual morrerá. E ficou estupefato de ouvir este último dirigir-lhe a palavra.

— Não é verdade, caro senhor, que o trabalho a tudo leva?

— O trabalho e a poupança — respondeu ele com um leve calafrio por todo o corpo. — Acrescente a poupança, senhor.

Entrementes, Bouthemont permanecia imóvel em sua poltrona. As palavras de Mouret ainda soavam em seus ouvidos. Ele se ergueu enfim e veio falar com Henriette a meia voz:

— A senhora sabe que ele acaba de me comunicar minha demissão. Oh! Mas muito gentilmente... Ao diabo se ele não se arrepender! Acabo de encontrar o nome para o novo magazine: As Quatro Estações, e instalo-me perto da Ópera!

Ela o fitou, seus olhos se ensombreceram.

— Conte comigo, estou... Espere.

E ela puxou o barão Hartmann para perto de uma janela. Sem esperar, ela lhe recomendou Bouthemont, apresentando-lhe como um rapaz que iria revolucionar Paris quando se estabelecesse por conta própria. Quando ela falou de um empréstimo para seu novo protegido, o barão, que não se espantava com mais nada, não pôde reprimir um gesto agastado. Era o quarto rapaz genial que ela lhe confiava, e ele se sentia ridículo. Mas não recusou de imediato, a idéia de fazer nascer uma concorrência para o Paraíso das Damas até que o agradava; pois, em matéria de banco, ele já propusera a criação de concorrências para desencorajar outras. Depois, a aventura o divertia. Ele prometeu examinar o caso.

— Precisamos conversar esta noite — Henriette voltou para dizer no ouvido de Bouthemont. — Às nove horas, sem falta... O barão é nosso.

Nesse momento, a vasta sala se enchia de vozes. Mouret, ainda de pé no meio das senhoras, reencontrara seu bom estilo: ele se defendia alegremente de arruiná-las com pedaços de pano, e demonstrava, na ponta do lápis, que as fazia economizar trinta por cento em suas compras. O barão Hartmann o observava, retomado de uma admiração fraternal de antigo aventureiro. Pronto! O duelo estava terminado. Henriette fora à terra, não seria ela a mulher que o conquistaria. E ele pensou rever o perfil modesto da mocinha que ele notara ao atravessar a antecâmara. Ela estivera ali, paciente, sozinha, aterradora em sua doçura.

# XII

No dia 25 de setembro, começaram as obras da nova fachada do Paraíso das Damas. Segundo sua promessa, o barão Hartmann ganhara o caso de Mouret na última reunião geral do Crédito Imobiliário. E este estava quase vivendo enfim a realização de seus sonhos: essa fachada que iria se erguer na rua do Dix-Décembre era como a floração de sua fortuna. Por isso ele quis festejar a colocação da primeira pedra. Ele organizou uma cerimônia, distribuiu gratificações para os funcionários, à noite serviu-lhes pernil e champanhe. Notaram seu humor feliz no canteiro de obras, o gesto vitorioso com o qual selou a pedra com um golpe de pá. Fazia semanas que ele se mostrava inquieto, agitado com um tormento nervoso que nem sempre conseguia esconder; e esse triunfo trazia uma trégua, uma distração para seu sofrimento. Durante toda a tarde ele pareceu ter retomado sua jovialidade de homem saudável e abastado. Mas no jantar, quando atravessou o refeitório para beber uma taça de champanhe com seu pessoal, ele reapareceu perturbado, sorrindo com um ar dolorido, os traços repuxados pelo mal inconfesso que o corroía. Ele voltara a seu estado de angústia.

No dia seguinte, nas confecções, Clara Prunaire resolveu se mostrar desagradável com Denise. Tendo percebido o amor desaurido de Colomban, ela teve a idéia de zombar dos Baudus. Como Marguerite apontava seu lápis enquanto esperava alguma freguesa, ela lhe disse em voz alta:

— Sabe o apaixonado ali da frente... Eu fico com uma pena dele, tão triste naquela lojinha escura onde nunca entra ninguém.

— Ele não é tão infeliz — respondeu Marguerite —, vai se casar com a filha do patrão.

— Ora! — retomou Clara. — Seria engraçado roubá-lo, então! Vou fazer uma boa brincadeira, você vai ver!

E ela continuou, feliz em notar Denise revoltada. Esta última lhe perdoava tudo, mas a idéia de sua prima Geneviève definhando, assolada por mais essa crueldade, a deixava fora de si. Nesse momento, uma cliente se apresentava, e como a senhora Aurélie descera ao subsolo ela tomou a direção da seção convocando Clara.

— Senhorita Prunaire, faria melhor em atender esta senhora ao invés de ficar conversando.

— Não estava conversando.

— Queira se calar, por favor, e atenda agora a senhora.

Clara se resignou, amansada. Quando Denise agia com firmeza, sem elevar o tom, ninguém resistia. Ela conquistara uma autoridade absoluta devido a sua amabilidade. Por um instante ela caminhou em silêncio entre as vendedoras, que ficaram imediatamente sérias. Marguerite voltou a apontar o lápis, cuja ponta se quebrava sem parar. Ela era a única a aprovar a resistência da segunda a Mouret. Abanando a cabeça, sem confessar a criança que fizera por acaso, declarava que, se as pessoas se dessem conta dos aborrecimentos causados por um deslize, conduziriam-se muito melhor.

— Está zangada? — disse uma voz atrás de Denise.

Era Pauline, que atravessava a seção. Ela vira a cena e falava baixo, sorrindo.

— Mas é o único jeito — respondeu Denise da mesma maneira. — Tenho que manter a ordem desse pessoal.

A vendedora da lingerie ergueu os ombros.

— Deixe estar, será nossa rainha quando quiser.

Ela ainda não compreendia a recusa da amiga. No final de agosto ela se casara com Baugé, uma verdadeira tolice, repetia alegremente. O terrível Bourdoncle a tratava agora como sola de sapato, uma mulher perdida para o comércio. Seu temor era que um belo dia os mandassem se amar fora da loja, pois a direção decretara o amor execrável e mortal à venda. Então, quando ela encontrava Baugé nas galerias, fingia não o conhecer. Justo agora, ela acabava de levar um susto: por pouco o inspetor Jouve não a surpreendera conversando com seu marido atrás de uma pilha de toalhas.

— Ele continua a me seguir — acrescentou ela depois de contar, toda efusiva a aventura para Denise. — Parece até que fica me farejando com seu grande nariz!

Jouve, de fato, vinha saindo das rendas, corretamente engravatado de branco, com o nariz à espreita de alguma falta. Contudo, quando avistou Denise, aprumou-se e passou com um ar amável.

— Salva! — murmurou Pauline. — Minha cara, você o fez engolir essa... Se alguma desgraça viesse a acontecer, você interviria por mim, não é? Sim, sim. Não me venha com esse seu ar espantado, todos sabem que uma palavra sua sacudiria a casa.

E ela se apressou a voltar para sua seção. Denise enrubescera, perturbada com essas alusões amigáveis. Era verdade, aliás. Ela sentia uma vaga sensação de poder diante das lisonjas que a cercavam. Quando a senhora Aurélie voltou e encontrou a seção tranqüila e ativa sob a supervisão da segunda, sorriu-lhe amigavelmente. De resto, ela abandonava o próprio Mouret, sua amabilidade aumentava cada vez mais por uma pessoa que poderia, um belo dia, ambicionar sua situação de primeira. Era o início do reinado de Denise.

Bourdoncle era o único a não se desarmar. Na guerra surda que mantinha contra a moça, havia antes de mais nada uma antipatia natural. Ele a detestava por sua meiguice e seu charme. Além disso, ele a combatia como uma influência nefasta que colocaria a casa em perigo no dia em que Mouret sucumbisse. Parecia-lhe que as faculdades comerciais do patrão soçobrariam junto a essa afeição absurda: tudo o que haviam ganho com as hordas de mulheres poderia ir por água abaixo por causa desta única mulher. Todas as mulheres, aliás, deixavam-no frio, ele as tratava com um desdém de homem sem paixão, cujo ofício era sangrá-las, tendo perdido as derradeiras ilusões ao vê-las a nu, nas misérias do mercantilismo. No lugar de embriagá-lo, o eflúvio de setenta mil freguesas lhe causava intoleráveis enxaquecas; e ele batia em suas amantes assim que chegava em casa. Mas o que o inquietava sobremaneira diante dessa pequena vendedora que se tornava pouco a pouco tão temível era que ele não acreditava nem um pouco no desinteresse dela, na franqueza da sua recusa. Para ele, ela estava representando o mais hábil dos papéis; pois se tivesse se entregado no primeiro dia, Mouret sem dúvida a teria esquecido no dia seguinte; ao passo que, ao recusar, ela fustigara seu desejo, ela o deixara louco, capaz de todas as besteiras. Uma brejeira, uma rapariga calculista não teria agido de maneira diferente dessa inocente. Assim, Bourdoncle não podia vê-la com seu rosto doce, seus olhos claros, toda sua atitude simples e meiga, sem ser tomado de um verdadeiro medo, como se estivesse diante de uma devoradora de carne disfarçada, do enigma obscuro da mulher, da morte sob os traços de virgem. De que maneira baldar a tática dessa falsa ingênua? Tudo o que queria agora era penetrar em seus artifícios, na esperança de revelá-los à luz do dia. Ela cometeria sem dúvida algum erro, ele a surpreenderia com um de seus amantes, e ela seria expulsa de novo, a casa reencontraria mais uma vez seu bom funcionamento de máquina bem regulada.

— Seja vigilante, senhor Jouve — repetia Bourdoncle ao inspetor. — Eu o recompensarei.

Mas Jouve colocava moleza na tarefa, pois ele praticara com as mulheres, e preferia se colocar do lado dessa menina que bem poderia ser a mestra soberana do dia seguinte. Se não ousava mais tocá-la, achava-a terrivelmente atraente. Seu coronel, outrora, tinha se matado por uma mocinha parecida, uma figura insignificante, delicada e modesta, sobre a qual um único olhar revirava corações.

— Estou vigiando, estou vigiando — respondia ele. — Mas, palavra de honra, não descubro nada!

Entretanto, histórias circulavam, e havia uma corrente de rumores abomináveis sob as lisonjas e o respeito que Denise sentia crescer à sua volta. A loja inteira, a essa altura, contava que Hutin fora outrora seu amante; não ousavam jurar que a ligação continuava, somente suspeitavam de ainda se verem de tempos em tempos. E Deloche também dormia com ela: eles se encontravam o tempo todo em cantos escuros, falavam durante horas. Um verdadeiro escândalo!

— Então, nada com o primeiro da seda, nada com o rapaz das rendas? — repetia Bourdoncle.

— Não, senhor, nada ainda — afirmava o inspetor.

Era sobretudo com Deloche que Bourdoncle contava surpreender Denise. Certa manhã, ele mesmo os avistara rindo no subsolo. Enquanto isso, ele tratava a moça de igual para igual, pois não a desdenhava mais, sentia-a suficientemente forte para derribá-lo, apesar dos seus dez anos de serviço, se ele perdesse a batalha.

— Eu o aconselho a vigiar o rapaz das rendas — concluía ele a cada vez. — Eles estão sempre juntos. Se o senhor os surpreender, é só me chamar e eu me encarregarei do resto.

Mouret, entrementes, vivia na angústia. Seria possível que uma menina o torturasse a esse ponto! Ele sempre a revia em seu primeiro dia no Paraíso, com suas grandes botas, seu vestido preto usado, seu ar selvagem. Ela gaguejava, todos riam dela, ele mesmo a achara feia de início. Feia! Ela agora o teria feito se ajoelhar diante dela com um simples olhar, ele só a via dentro de uma luminescência! Mais tarde ela fora considerada a última da casa, repudiada, debochada, tratada por ele mesmo como um animal curioso. Durante meses ele quisera estudar como uma pequena provinciana desabrochava, ele se divertira com a experiência, sem compreender que jogava ali seu coração. Pouco a pouco a mocinha cresceu e tornou-se forte. Talvez ele a tivesse amado desde o primeiro minuto, mesmo na época em que pensava sentir apenas piedade. E, contudo, ele só se sentira possuído por ela na tarde do passeio que fizeram sob as castanheiras das Tuileries. Era como se sua vida começasse ali, ele ouvia os risos de um grupo de meninas, o borbulhar distante de uma fonte, enquanto, na sombra quente, ela caminhava a seu lado, silenciosa. Em seguida, ele não sabia mais; seu ardor havia aumentado de hora em hora, todo seu sangue, todo seu ser se entregara. Uma menina, seria possível? Agora, quando ela passava, o ruflo leve de seu vestido parecia-lhe tão poderoso que ele cambaleava.

Durante muito tempo ele se revoltara, às vezes ainda se indignava, queria se libertar dessa obsessão tola. O que ela tinha afinal para cativá-lo assim? Ele não a vira praticamente de pés no chão? Ela não havia entrado ali quase que por caridade? Se ao menos se tratasse de uma dessas criaturas sublimes que amotinam a turba! Mas essa garotinha, esse nada? Ela tinha uma dessas figuras apagadas que não oferecem coisa alguma. Ela não devia nem mesmo ser muito inteligente, pois ele se lembrava de seu péssimo começo como vendedora.

Então, após cada uma de suas cóleras, havia nele uma nova queda de paixão, como um terror sagrado de ter insultado um ídolo. Ela possuía tudo o que se procura numa mulher: coragem, alegria, simplicidade; e de sua doçura vinha um charme sem igual, de uma sutileza penetrante de perfume. Era possível não notá-la a princípio, tratá-la como uma moça qualquer; mas logo seu charme agia com uma força lenta, invencível; e pertencia-se a ela para sempre se ela desdenhasse sorrir. Tudo se iluminava então em seu rosto alvo, seus olhos de violeta, suas faces e seu queixo marcados com deliciosas covinhas; e seus pesados cabelos louros pareciam também clarear com uma beleza régia e conquistadora. Ele se confessava vencido. Ela era tão inteligente quanto bela, e sua inteligência vinha do melhor do seu ser. Enquanto as outras vendedoras da loja tinham apenas uma educação superficial, um verniz que acabava por se descascar, ela, sem falsas elegâncias, mantinha sua graça, o sabor de sua origem. As idéias comerciais mais amplas nasciam da prática, sob sua fronte estreita, cujas linhas puras anunciavam um interesse e um amor pela ordem. E ele teria juntado as duas mãos para lhe pedir perdão por blasfemar em suas horas de revolta.

Entretanto, por que ela se recusava com tanta obstinação? Vinte vezes ele lhe suplicara, aumentando suas ofertas, oferecendo dinheiro, muito dinheiro. Então, ele pensou que ela devia ser ambiciosa e prometeu nomeá-la primeira assim que uma posição vagasse. E ela recusava, recusava ainda! E ele ficava pasmado nessa luta na qual o desejo se enfurecia a cada dia. O caso lhe parecia impossível, essa menina acabaria cedendo, pois ele sempre considerara a honestidade de uma mulher como uma coisa relativa. Ele não via outra conclusão, tudo mais desaparecia nesta simples necessidade: levá-la enfim para casa, sentá-la em seus joelhos, beijar-lhe os lábios. A essa visão, o sangue de suas veias fervia, ele tremia, transtornado .

Doravante todos os seus dias se passavam numa mesma obsessão dolorosa. A imagem de Denise despertava com ele. Ela aparecia em seus sonhos à noite, e ao amanhecer seguia-o até a mesa de seu escritório, na qual ele assinava duplicatas e mandados das nove às dez — tarefa que executava mecanicamente, sem cessar de senti-la presente a dizer sempre "não" com seu ar tranqüilo. Então, às dez horas, era o conselho, um verdadeiro conselho de ministros, uma reunião com os doze diretores da casa, na qual discutiam-se as questões internas, examinavam-se as compras, determinavam-se os novos rumos. E ela continuava ali, ele ouvia sua voz suave entre um número e outro, ele via seu claro sorriso nas situações financeiras mais complicadas. Depois do conselho ela o acompanhava ao gabinete da direção, ficava perto de sua cadeira das duas às quatro, enquanto ele recebia toda uma horda de interessados: fabricantes da França inteira, altos industriais, banqueiros, inventores. Era um vaivém contínuo de riqueza e inteligência, a dança enlouquecida dos milhões, entrevistas rápidas nas quais tratavam-se os maiores negócios do mercado parisiense. Se ele a esquecia um minuto, enquanto decidia sobre a ruína ou a prosperidade de alguma indústria, ele logo a reencontrava diante dele, a um lance de seu coração. Sua voz se extinguia, ele se perguntava para que ficar remexendo nessa fortuna se ela não a queria. Enfim, quando cinco horas soavam, ele tinha de assinar a correspondência, o trabalho mecânico de sua mão recomeçava, enquanto ela se erigia ainda mais dominante, capturando-o por inteiro, para possuí-lo em exclusividade durante as horas solitárias e ardentes da noite. E no dia seguinte a mesma rotina recomeçava, seus dias tão ativos, tão cheios de uma colossal labuta, que a sombra delgada de uma menina bastava para assolar de angústia.

Mas era sobretudo durante sua inspeção cotidiana das lojas que ele sentia sua miséria. Ter erguido essa máquina gigante, reinar sobre um tal mundo e agonizar de dor porque uma menina o rejeitava! Ele se desprezava, ele se arrastava com o peso do ardor e do vexame de seu mal. Em alguns dias o desespero o atacava de tal forma que era tomado de náuseas de um lado ao outro das galerias. Outras vezes, ele tinha vontade de expandir ainda mais seu império, torná-lo tão grande que talvez ela se entregasse a ele, por admiração ou por medo.

Começando a inspeção pelo subsolo, ele parava diante da rampa de entrada de mercadorias, que se encontrava ainda na rua Neuve-Saint-Augustin; mas fora preciso ampliá-la, ela tinha agora uma profundidade de rio, pelo qual o fluxo contínuo de artigos rolava com o gorgolejo das grandes águas. Eram entregas do mundo inteiro, filas de caminhões vindos de todas as estações de trem, um descarregamento incessante, um turbilhão de caixas e pacotes escorrendo para debaixo da terra, sugado por uma casa insaciável. Ele observava essa torrente infiltrar sua propriedade e pensava que era um dos líderes da fortuna pública, que detinha em suas mãos o destino da fabricação francesa, e que ainda assim não podia comprar o beijo de uma de suas vendedoras.

Então ele passava para o serviço de recepção, que a essa altura ocupava a parte dos subsolos na bordura da rua Monsigny. Vinte mesas se estendiam sob a claridade pálida dos respiradouros; todo um mundo de funcionários se acotovelava, esvaziando caixas, verificando mercadorias, marcando tudo com números determinados; e podia-se ouvir sem parar o ronco vizinho da rampa que dominava as vozes. Chefes de seção vinham falar com o patrão, ele tinha de resolver problemas, confirmar ordens. Esse porão cavernoso enchia-se do brilho terno dos cetins, da brancura das telas, de uma coleção prodigiosa de mercadorias, na qual as peles se misturavam às rendas, os artigos de Paris aos tapetes do Oriente. Ele caminhava a passos lentos no meio dessas riquezas jogadas desordenadamente, amontoadas em estado bruto. Em cima, elas iriam se iluminar nas vitrines, soltar o galope do dinheiro através dos balcões, sendo adquiridas tão rápido quanto subiam, na furiosa voragem de venda que atravessava a casa. E ele pensava que oferecera à jovem sedas, veludos, tudo o que ela quisesse tirar desses montes enormes, e que ela recusara com um leve aceno de sua cabeça loura.

Em seguida, ele se rendia à outra ponta do subsolo para fazer sua ronda costumeira do serviço de remessas. Intermináveis corredores clareados a gás se estendiam sob a terra. À direita e à esquerda, fechados com grades, os estoques pareciam pequenas lojas subterrâneas, todo um bairro comerciante dormindo na sombra, com armarinhos, luvarias, malharias. Mais adiante, encontrava-se um dos três caloríferos; e ainda mais no fundo um posto de bombeiros guardava o medidor de gás central, fechado em sua gaiola de ferro. Nas remessas, ele encontrava mesas de triagem cobertas de pacotes e embrulhos de todos os tamanhos, cestas desciam sem cessar do andar de cima. Campion, o chefe de serviço, informava-o sobre a tarefa do momento, enquanto os vinte homens colocados sob suas ordens distribuíam os pacotes em compartimentos de acordo com os bairros de Paris. De lá, entregadores subiam-nos para os carros enfileirados ao longo da calçada. Ouviam-se gritos de nomes de ruas, recomendações especiais, todo um alarido, uma agitação de paquete pronto para levantar âncora. E ele ficava um momento imóvel, observando essa evacuação de mercadorias, das quais ele acabava de ver a casa se abarrotar na extremidade oposta dos subsolos: a forte correnteza terminava ali, saía por ali para a rua, depois de ter depositado ouro no fundo dos caixas. Seus olhos se embaçavam, essa remessa colossal não tinha nenhuma importância, oferecia-lhe apenas uma vaga idéia de viagem, a idéia de partir para países distantes, de abandonar tudo, se ela se obstinasse em dizer não.

Então ele subia novamente e continuava sua ronda, falando e agitando-se ainda mais, sem poder se distrair. No segundo andar, ele visitava o serviço de expedições e exasperava-se contra a regularidade perfeita da máquina que ele próprio regrara. Esse serviço era o que tomava a cada dia uma importância mais considerável: exigia agora duzentos empregados, uns que abriam, liam e classificavam as cartas vindas da província e do estrangeiro, outros que reuniam em estantes as mercadorias encomendadas pelas signatárias. E o número de cartas crescia a tal ponto que não as contavam mais, pesavam-nas, e chegavam a quase cem libras por dia. Ele atravessava impaciente as três salas do serviço, questionava Levasseur, o chefe, sobre o peso da correspondência: oitenta libras, noventa às vezes, às segundas, cem. O número subia sempre, ele deveria ficar radiante. Mas continuava irrequieto em meio à balbúrdia que a equipe vizinha dos embaladores fazia ao pregar as caixas. Em vão ele perambulava pela casa: uma única idéia fixa permanecia entre seus olhos, e à medida que seu poder se exibia diante de si, que o mecanismo dos serviços e o exército de seu pessoal desfilavam à sua frente, ele sentia mais profundamente a injúria de sua impotência. Encomendas da Europa inteira afluíam, era preciso um carro especial dos Correios para levar os pacotes; e ela dizia não, sempre não.

Ele descia novamente, visitava o caixa central, onde quatro funcionários guardavam os dois cofres-fortes gigantes, nos quais no ano anterior haviam passado oitenta e oito milhões de francos. Ele entrava no escritório de verificação das faturas, que ocupava vinte e cinco empregados, escolhidos entre os mais sérios. Ele vistoriava o escritório de contagem, um serviço de trinta e cinco rapazes encarregados de controlar as notas de débito e de calcular a porcentagem dos vendedores. Ele voltava para o caixa central, irritava-se à vista dos cofres-fortes, caminhava no meio desses milhões, cuja inutilidade o deixava louco. Ela dizia não, sempre não.

Sempre não, em todas as seções, nas galerias de venda, nos saguões, na loja inteira! Ele ia da seda à malharia, dos aviamentos às rendas; subia os andares, parava sobre as pontes volantes, prolongava sua inspeção com uma minúcia maníaca e dolorosa. A casa crescera desmesuradamente, ele havia criado essa seção, aquela outra, ele governava um novo reino, estendia seu império sobre mais uma indústria, a última conquistada; e era não, sempre não, apesar de tudo.

Hoje, seu pessoal teria povoado uma pequena cidade: havia mil e quinhentos vendedores, mil outros empregados de todos os tipos, entre os quais quarenta inspetores e setenta caixas; só a cozinha ocupava trinta e dois homens; contavam dez empregados para a publicidade, trezentos e cinqüenta contínuos uniformizados, vinte e quatro bombeiros permanentes. E nos estábulos reais, instalados na rua Monsigny, do outro lado da rua, encontravam-se cento e quarenta e cinco cavalos, todo um luxo de atrelagem já famoso. Os quatro primeiros carros que haviam revolucionado o comércio do bairro pouco tempo antes, quando a casa ocupava apenas a esquina da rua Gaillon, tinham pouco a pouco se multiplicado até atingir o número de setenta e dois: pequenos carros de braço, carros com um cavalo, pesadas carroças de dois cavalos. E eles sulcavam Paris continuamente, conduzidos com cuidado por cocheiros vestidos de negro, passeando a tabuleta de ouro e púrpura do Paraíso das Damas. Eles chegavam a atravessar as portas da cidade e corriam os subúrbios; encontravam-nos nos caminhos do Bicêtre, ao longo das margens do rio Marne, até sob as sombras do bosque de Saint-Germain. Às vezes, ao longo de uma estradinha ensolarada em pleno descampado, em pleno silêncio, via-se surgir um, passando ao trote de seus animais maravilhosos, lançando à paz misteriosa da grande natureza o reclame violento de seus painéis envernizados. Ele sonhava em lançá-los ainda mais longe, nos departamentos vizinhos; ele teria querido ouvi-los correr por todas as estradas da França, de uma fronteira à outra. Mas agora nem ao menos descia para visitar os cavalos que adorava. Para que conquistar todo o mundo se era não, sempre não?

À noite, quando chegava diante do caixa de Lhomme, ele ainda olhava por força do hábito para o número da receita inscrito em um cartão que o caixa enfiava num espeto de ferro a seu lado; raramente o número caía abaixo dos cem mil francos, e subia às vezes a oitocentos ou novecentos mil, nos dias de grande venda; e esse número não soava mais em seu ouvido como um toque de trombeta, ele se arrependia de ter olhado, sentindo apenas um amargor, um ódio e um desprezo pelo dinheiro.

Mas os sofrimentos de Mouret iriam aumentar: ele se tornou ciumento. Certa manhã, antes do conselho, Bourdoncle ousou lhe dar a entender que a mocinha das confecções zombava dele.

— Como assim? — perguntou o patrão, muito pálido.

— Pois sim! Ela tem amantes aqui mesmo.

Mouret teve a força de sorrir.

— Eu não penso mais nela, meu caro. Pode falar... Quem são esses amantes?

— Hutin, asseguram, e ainda um vendedor das rendas, Deloche, aquele rapazote estúpido... Eu não afirmo nada, não os vi. Parece que está na boca do povo.

Houve um silêncio. Mouret afetava organizar os papéis em cima de sua mesa para esconder o tremor de suas mãos. Enfim ele disse sem erguer a cabeça:

— Preciso de provas, veja se me traz provas... Ah! Quanto a mim, repito, não me importo, pois ela já me cansou. Mas não podemos tolerar tais coisas aqui dentro.

Bourdoncle respondeu simplesmente:

— Fique tranqüilo, terá provas qualquer dia desses. Estou vigilante.

Mouret então perdeu toda a tranqüilidade. Não teve coragem de voltar ao assunto, passou a viver na espera constante de uma catástrofe, com a qual seu coração ficaria esmigalhado. E seu tormento o tornou terrível, a casa inteira tremeu. Desdenhava agora ocultar-se atrás de Bourdoncle, fazia ele mesmo as execuções, numa necessidade nervosa de rancor, aliviando-se com o abuso de seu poder, desse poder que não trazia nada para o contentamento de seu único desejo. Cada uma de suas inspeções era um massacre, não o viam mais aparecer sem que um bafo de pânico soprasse de seção em seção. Nessa época, entravam na estação morta do inverno, e ele varria as seções, amontoava as vítimas, mandando para o olho da rua quem se metesse no seu caminho. Sua primeira idéia fora enxotar Hutin e Deloche; depois pensou que se não os mantivesse nunca saberia de nada. Outros então pagaram por eles, todo o pessoal estremecia. De noite, quando se encontrava só, lágrimas lhe inchavam as pálpebras.

Um dia, sobretudo, o terror reinou. Um inspetor pensou ter notado que o luveiro Mignot roubava. Mulheres com ares estranhos pareciam sempre rodar diante de seu balcão; e acabavam de deter uma delas com os quadris cheios e o colo empanturrado de sessenta pares de luvas. A partir de então uma vigilância foi organizada e o inspetor pegou Mignot em flagrante delito, facilitando as manobras de uma grande loura, uma antiga vendedora do Louvre que fora jogada nas ruas. O estratagema era simples, ele ia experimentando luvas nas mãos da moça até que ela se enchesse de pares, e levava-a em seguida ao caixa, onde ela pagava por apenas um par. Justo nesse dia Mouret estava lá. Em geral, ele preferia não se envolver nesse tipo de aventuras, que eram freqüentes; pois, apesar do bom funcionamento da máquina, uma grande desordem reinava em certas seções do Paraíso das Damas, e não se passava uma semana sem que um empregado fosse mandado embora por furto. A direção preferia, aliás, fazer o maior silêncio possível em torno desses furtos, julgando inútil colocar a polícia na história, o que causaria um dano fatal aos grandes magazines. Naquele dia no entanto, Mouret sentia a necessidade de se enfurecer, e tratou violentamente o belo Mignot, que tremia de medo, seu atraente rosto lívido e decomposto.

— Eu devia chamar a polícia — gritava ele no meio dos outros vendedores. — Vamos, responda! Quem é essa mulher? Juro que vou mandar buscar o comissário se não me disser a verdade.

Haviam levado a mulher, duas vendedoras a desvestiam. Mignot balbuciou:

— Senhor, eu não a conheço... Foi ela que veio...

— Não minta! — interrompeu Mouret com um pouco mais de violência. — E ninguém aqui para nos informar! Todos vocês se entendem, com certeza! Estamos numa verdadeira floresta de Bondy, roubados, pilhados, saqueados! Desse jeito não poderemos deixar ninguém mais sair sem ser revistado!

Ouviram-se murmúrios. As três ou quatro freguesas que compravam luvas ficaram aterrorizadas.

— Silêncio! — retomou ele furiosamente. — Ou eu mando a casa toda para a rua!

Mas Bourdoncle acorrera, preocupado com o escândalo. Ele murmurou algumas palavras no ouvido de Mouret, o caso estava tomando uma gravidade excepcional; e ele decidiu conduzir Mignot para o escritório dos inspetores, uma sala situada no térreo, perto da porta Gaillon. A mulher se encontrava ali, recolocando tranqüilamente seu corpete. Ela acabara de acusar Albert Lhomme. Mignot, interrogado novamente, perdeu a cabeça, soluçou: ele não era culpado, era Albert, que lhe enviava suas amantes. A princípio ele simplesmente lhes dera vantagens, fizera com que tirassem proveito das ocasiões; depois, quando elas passaram a roubar, ele já estava comprometido demais para informar a direção. E esses aprenderam toda uma série de furtos extraordinários: mercadorias levadas por mulheres que as prendiam debaixo de suas saias nos luxuosos toaletes instalados perto do bufê, entre as plantas verdes; compras que um vendedor negligenciava informar ao caixa quando conduzia uma freguesa, e cujo valor ele dividia com o caixa; até falsas "devoluções", artigos anunciados como tendo retornado à loja, para embolsar o dinheiro devolvido ficticiamente; sem contar o furto clássico, de pacotes que saíam à noite sob um casaco, enrolados em torno da cintura, às vezes mesmo pendurados ao longo das pernas. Havia quatorze meses que graças a Mignot — e sem dúvida a outros vendedores que este se recusava a nomear — isso acontecia no caixa de Albert, um verdadeiro covil, todo um descarado desperdício de somas, cujo número exato nunca foi conhecido.

Entrementes, a novidade se espalhara pelas seções. As consciências inquietas tremiam, as honestidades mais seguras de si temiam uma vassourada geral. Avistaram Albert desaparecer dentro da sala dos inspetores. Em seguida, Lhomme entrou, resfolegante, o sangue subira ao rosto, a garganta apertada por uma crise de apoplexia. Então, a própria senhora Aurélie foi chamada; e, com a cabeça erguida diante da afronta, ela tinha o inchaço mole e lívido de uma máscara de cera. A explicação durou muito tempo, ninguém soube dos detalhes exatos. Contavam que a primeira das confecções aplicara no filho um tapa de revirar a cabeça, e que o bom e velho pai chorara, enquanto o patrão, que abandonara todos os seus hábitos galantes, praguejava como um cocheiro, querendo de qualquer jeito levar os culpados aos tribunais. Entretanto, sufocaram o escândalo. Apenas Mignot foi posto no olho da rua de imediato. Albert só foi embora dois dias mais tarde; sua mãe conseguira sem dúvida que não desonrassem a família com uma execução imediata. Mas o pânico soprou ainda por muitos dias, após a cena Mouret caminhara de uma ponta à outra do magazine com o olhar terrível, degolando sem rodeios os que ousavam simplesmente erguer os olhos.

— O que está fazendo aí olhando as moscas? Pode passar no caixa!

Enfim, a tempestade estourou um dia na cabeça do próprio Hutin. Favier, nomeado segundo, minava por sua vez o primeiro, a fim de desalojar sua vaga. Era a mesma e velha tática, relatórios dissimulados dirigidos à direção, ocasiões exploradas para pegar o chefe da seção em erro. Então, certa manhã, quando atravessava a seda, Mouret parou, surpreso de ver Favier modificando as etiquetas de toda uma coleção de veludo preto.

— Por que está abaixando os preços? — perguntou ele. — Quem lhe deu a ordem?

O segundo, que fazia um barulho enorme em torno desse trabalho, como se tivesse querido chamar a atenção do diretor, prevendo a cena, respondeu com um ar ingenuamente surpreso:

— Mas foi o senhor Hutin, senhor.

— O senhor Hutin! E onde está o senhor Hutin?

E quando este subiu de volta da recepção, onde um vendedor fora buscá-lo, uma viva explicação foi dada. Como! Ele abaixava agora os preços por conta própria! Mas Hutin pareceu muito espantado, pois apenas comentara sobre essa baixa com Favier, sem dar uma ordem definitiva. Então este último tomou o ar triste de um empregado que se vê na obrigação de contradizer seu superior. Ele aceitaria a culpa, se era o caso de tirar o primeiro de um mau passo. Com isso as coisas se deterioraram ainda mais.

— Escute, senhor Hutin! — exclamou Mouret. — Eu nunca tolerei essas tentativas de independência... Apenas nós decidimos sobre os preços.

Ele continuou com uma voz seca, com entonações agressivas que surpreenderam os vendedores, pois em geral esse tipo de discussão acontecia afastada, e o caso podia aliás ter realmente sido o resultado de um mal-entendido. Percebia-se no patrão um rancor inconfesso que ele queria satisfazer: ele pegava finalmente em falta esse Hutin, que diziam amante de Denise! E Mouret aliviou-se um pouco, fazendo o caixeiro sentir duramente quem era o mestre! E ele exagerava as coisas, insinuava que a baixa dos preços escondia intenções pouco honestas.

— Senhor — repetia Hutin —, eu pretendia submeter-lhe essa baixa... Ela é necessária, o senhor sabe, pois esses veludos não estavam vendendo bem.

Mouret cortou de forma curta, com uma última dureza.

— Muito bem, examinaremos o caso... E não recomece, se tem apego à casa.

Ele virou as costas. Hutin, atordoado, furioso, encontrando apenas Favier em quem esvaziar seu coração, jurou-lhe que iria enfiar sua demissão na cara daquele bruto. Depois não falou mais em ir embora, mas não parava de remexer todas as acusações abomináveis que circulavam entre os vendedores contra os chefes. E Favier, o olhar brilhante, defendia-se com grandes demonstrações de simpatia. Ele tivera de responder, não é verdade? E depois, quem podia esperar uma tal carnificina por causa de uma besteira? Sobre o que estava dormindo o patrão havia algum tempo que se tornara tão execrável?

— Ah! Sobre o que ele dorme, nós sabemos — atalhou Hutin. — É minha culpa se aquela rapariga das confecções o faz subir pelas paredes? Pois é, meu caro, o golpe vem de lá. Ele sabe que eu dormi com ela, e odeia a idéia; ou então é ela que quer me fazer ir para o olho da rua porque a incomodo... Juro que ela terá notícias minhas se começar a se meter comigo.

Dois dias depois, como Hutin subira para o ateliê das confecções, sob a mansarda, para recomendar uma operária, ele teve um leve sobressalto ao avistar na ponta de um corredor Denise e Deloche encostados numa janela aberta, tão entretidos numa conversa íntima que nem viraram a cabeça. A idéia de fazer com que fossem surpreendidos veio-lhe bruscamente quando percebeu que Deloche chorava. Então ele se retirou sem fazer barulho e, ao encontrar Bourdoncle e Jouve na escada, contou-lhes uma história, que a porta de um dos extintores parecia ter sido arrancada. Assim, eles subiriam e logo se deparariam com os outros dois. Bourdoncle os descobriu primeiro. Ele parou bruscamente e disse a Jouve para buscar o diretor, enquanto ele mesmo ficava ali. O inspetor teve de obedecer, muito contrariado de se comprometer num caso desses.

Era um canto perdido dentro do vasto mundo onde se agitava a população do Paraíso das Damas. Chegava-se ali por um emaranhado de escadas e corredores. Os ateliês ocupavam o sótão, uma seqüência de salas baixas, iluminadas por largas janelas talhadas no zinco, mobiliadas unicamente com longas mesas e grandes aquecedores de ferro; trabalhavam, uns aos lados dos outros, costureiras, rendeiras, tapeceiros, alfaiates, vivendo o verão e o inverno num calor sufocante, no meio do cheiro particular do ofício. E para chegar ali tinham de seguir um longo corredor, virar à esquerda perto das costureiras, subir cinco degraus, antes de alcançar aquela ponta afastada das mansardas. As raras clientes que um vendedor trazia às vezes para uma prova retomavam o ar, quebrantadas, estarrecidas, com a sensação de estarem dando voltas há horas e de se encontrarem a cem léguas da rua.

Denise encontrara várias vezes Deloche esperando por ela ali. Como segunda, ela era encarregada das relações da seção com o ateliê, onde aliás só se faziam os modelos e os consertos; e ela subia ali com freqüência para dar ordens. Ele a espreitava, inventava um pretexto, corria atrás dela; então, ao encontrá-la na porta das costureiras, fingia surpresa. Ela acabara achando engraçado, era como encontros marcados. O corredor ladeava o reservatório, um enorme cubo de zinco contendo sessenta mil litros de água; sobre o telhado havia um outro de tamanho igual, ao qual se chegava por uma escada de ferro. Naquele momento, Deloche conversava apoiado com um ombro contra o reservatório, no abandono permanente de seu grande corpo curvado de cansaço.

Ruídos de água sibilavam, sons misteriosos cuja vibração musical reverberava no zinco. Apesar de seu profundo silêncio, Denise se voltava inquieta, pensando ter visto passar uma sombra sobre as paredes nuas pintadas de amarelo-claro. Mas logo a janela os atraiu novamente e eles se acotovelaram, esquecidos em palavreados risonhos, em lembranças sem fim da região de sua infância. Abaixo deles, estendia-se a cobertura transparente da galeria central, um lago de vidro cercado pelos telhados negros como por falésias rochosas. E mais além era apenas o céu, um grande lençol pálido que refletia na água dormente dos vidros o vôo de suas nuvens e a luminosidade terna de seu anil.

Naquele dia, Deloche falava de Valognes.

— Eu tinha seis anos, minha mãe me levava em uma carriola para o mercado da vila. São treze bons quilômetros, era preciso partir de Briquebec às cinco horas... É muito bonito lá para os nossos lados. Já passou por lá?

— Sim, sim — respondia lentamente Denise, o olhar perdido. — Fui uma vez, mas era bem pequena... Estradas com gramados à direita e à esquerda, não é? E, de tempos em tempos, carneiros soltos nas colinas...

Ela se calava, e logo retomava com um vago sorriso:

— Nossas estradas são retas durante léguas, com grandes árvores fazendo sombra ao longo... Temos campos cercados por sebes maiores do que eu, onde pastam cavalos e vacas... Temos um pequeno rio, e a água é muito fria, escondido atrás de uns arbustos, num lugar que conheço bem.

— É como nós! É como nós! — exclamava encantado Deloche. — São plantas por todos os lados, as propriedades são cercadas com olmos e pilriteiros, e a gente fica tranqüilo em casa no meio do verde. Ah!, um verde que não existe aqui em Paris... Meu Deus! Como brinquei no caminho da colina, descendo do moinho!

E as vozes desfaleciam, e eles fitavam olhos esquecidos sobre o lago ensolarado dos vidros. Dessa água ofuscante, erguia-se como que uma miragem: eles viam os pastos no infinito, o rio Contentin cheio pelos sopros do oceano e banhado de um vapor luminoso que fundia o horizonte num cinza delicado de aquarela. Embaixo, no saguão das sedas, sob a colossal estrutura metálica, roncava a venda, a trepidação da máquina em atividade; toda a casa vibrava com a marcha incessante da multidão, a pressa dos vendedores, a vida de trinta mil pessoas que se apertavam ali. E os dois jovens, transportados por seu sonho comum, sentindo o surdo e profundo clamor que tremia a casa, pensavam ouvir o vento do oceano passar sobre os campos, sacudindo as grandes árvores.

— Oh, senhorita Denise — balbuciou Deloche. — Por que não é mais gentil comigo? Eu a amo tanto!

Lágrimas lhe subiram aos olhos e, quando ela quis interrompê-lo com um gesto, ele continuou energeticamente:

— Não, deixe-me dizer tudo mais uma vez... Nós nos entendemos tão bem! Sempre se tem do que conversar quando se é do mesmo lugar.

Ele perdeu o fôlego, ela pôde dizer suavemente:

— Você não está sendo sensato, tinha me prometido não mais falar disso... É impossível. Tenho muita amizade por você, porque é um bom rapaz; mas quero ficar livre.

— Sim, sim, eu sei — atalhou ele com uma voz quebrada —, a senhorita não me ama. Ah! Pode dizer, eu compreendo isso, não tenho nada para que me ame... Sabe, houve apenas uma hora boa na minha vida, a noite em que a encontrei em Joinville, lembra-se? Um instante, sob as árvores, onde estava tão escuro, pensei que seu braço tremia, fui estúpido o bastante para me imaginar...

Mas ela cortou de novo sua fala. Seu ouvido fino acabara de escutar os passos de Bourdoncle e de Jouve na outra ponta do corredor.

— Preste atenção, estou ouvindo passos.

— Não — disse ele, impedindo-a de deixar a janela. — É o reservatório: sempre sai daí uns ruídos estranhos, a gente tem impressão que tem gente dentro.

E ele continuou suas queixas tímidas e afáveis. Ela não o ouvia mais, retomada de um devaneio a esse embalo de amor, passeando seu olhar sobre o telhado do Paraíso das Damas. À direita e à esquerda do saguão envidraçado, outras galerias luziam ao sol, entre as mansardas esburacadas de janelas e dispostas simetricamente como alas de caserna. Estruturas metálicas se erigiam, escadas, pontes, recortando sua renda no azul do ar; enquanto a chaminé das cozinhas exalava uma grande fumaça de fábrica, e o grande reservatório cúbico, suportado em pleno céu por pilares de ferro, delineava um estranho perfil de construção bárbara, elevado a esse lugar pelo orgulho de um homem. Ao longe, Paris troava.

Quando Denise voltou desses espaços, dessa perspectiva quase infinita do Paraíso, onde seus pensamentos flutuavam como num mar de solidão, ela viu que Deloche apoderara-se de suas mãos. E ele tinha o rosto tão transtornado, que ela não as retirou.

— Perdoe-me — murmurou ele. — Acabou agora, serei muito infeliz se me punir retirando sua amizade... Juro que só vou lhe dizer mais uma coisa. Sim, prometi a mim mesmo que compreenderia a situação, que seria razoável...

Suas lágrimas corriam novamente, ele tentava firmar a voz.

— Pois eu sei qual é o meu quinhão na vida. Não é agora que minha sorte vai mudar. Maltratado em casa, maltratado em Paris, maltratado por toda parte. Já estou aqui há quatro anos e sou ainda o último da seção... Então, eu queria lhe dizer para não ficar triste por minha causa. Eu não a incomodarei mais. Seja feliz, ame um outro; sim, isso me dará prazer. Se for feliz, eu serei feliz... Será minha felicidade.

Ele não conseguiu continuar. Como para selar sua promessa, ele pousara seus lábios sobre a mão da moça, que beijava com um humilde beijo de escravo. Ela estava muito tocada, e disse simplesmente, com uma terna fraternidade, que atenuava a piedade das palavras:

— Meu pobre rapaz!

Bruscamente eles estremeceram e se voltaram. Mouret estava diante deles.

Por dez minutos Jouve procurara o diretor na loja, e acabou por encontrá-lo nas obras da nova fachada, na rua do Dix-Décembre. Ele passava ali longas horas todos os dias, tentando se interessar pelo trabalho com o qual sonhara por tanto tempo. Era seu refúgio contra os tormentos, entre os pedreiros que erigiam os muros de pedra, e os serralheiros que montavam os ferros da grande estrutura do telhado. A fachada já começava a indicar o vasto pórtico, as janelas do primeiro andar, um frontispício de palácio em estado de rascunho. Mouret subia pelas escadas, discutia com o arquiteto a ornamentação, que deveria ser totalmente nova, passava por cima de ferros e tijolos, descia até os porões; e o ronco de máquina a vapor, o tique-taque dos cabrestantes, as pancadas dos martelos, o clamor da população de operários através dessa grande jaula coberta de tábuas sonoras chegavam a atordoá-lo por um instante. Ele saía dali branco de gesso, preto de limalha, os pés molhados pelas torneiras d'água, tão longe de estar curado de seu mal que a angústia voltava e atacava seu coração com batidas cada vez mais retumbantes à medida que o alarde do canteiro se apagava atrás dele. Precisamente naquele dia uma distração devolvera-lhe a jovialidade: ele se encantava com um álbum que continha os desenhos dos mosaicos e das cerâmicas esmaltadas que deviam decorar as frisas, quando Jouve veio buscá-lo sem fôlego, muito contrariado de sujar seu casaco no meio dos materiais da obra. Primeiro, ele gritara que podiam muito bem esperar; depois, a uma palavra a meia voz do inspetor, ele o seguiu, tremendo, inteiramente transtornado. Nada mais existia, a fachada desmoronava antes de estar de pé: para que esse triunfo supremo de seu orgulho se o simples nome de uma mulher murmurado em voz baixa o torturava a esse ponto!

Em cima, Bourdoncle e Jouve acharam prudente desaparecer. Deloche fugira. Apenas Denise permanecia diante de Mouret, mais branca que de hábito, porém com o olhar francamente erguido para ele.

— Senhorita, queira me acompanhar — disse ele com uma voz dura.

Ela o seguiu, eles desceram dois andares, atravessaram as seções dos móveis e dos tapetes, sem dizer uma palavra. Quando chegou diante de seu gabinete, ele abriu a porta.

— Entre, senhorita.

Então fechou a porta atrás de si e caminhou até sua mesa. O novo gabinete do diretor era mais luxuoso que o antigo, uma tapeçaria de veludo verde substituíra o simples repes, uma bela biblioteca incrustada de marfim ocupava todo um lado da sala; e na parede via-se ainda apenas o retrato da senhora Hédouin, uma jovem com um belo rosto calmo, que sorria em sua moldura dourada.

— Senhorita — disse ele enfim, procurando mostrar uma severidade fria. — Há coisas que não podemos tolerar... Conduzir-se bem é a primeira regra da casa...

Ele se interrompeu. Procurava as palavras para não ceder à cólera que lhe subia pelas entranhas. Como podia ser! Seria esse moleque que ela amava, esse miserável vendedorzinho, a chacota de sua seção! Ela preferia o mais humilde e o mais atrapalhado de todos ao invés dele, o chefe! Pois ele os vira muito bem, ela abandonava sua mão, ele cobria essa mão de beijos.

— Fui muito bom para a senhorita — continuou ele, fazendo um novo esforço. — Não esperava ser recompensado dessa maneira.

Denise, desde a porta, tivera os olhos atraídos pelo retrato da senhora Hédouin; e, apesar de sua grande perturbação, continuava seduzida por ele. Cada vez que entrava na sala da direção, seu olhar cruzava com o da dama pintada. Ela tivera um pouco de medo no início, mas sentia-a muito boa. Desta vez, ela encontrou uma proteção em sua imagem.

— Realmente, senhor — respondeu ela suavemente —, fiz mal em parar para conversar, e peço-lhe que me desculpe por essa falta... O rapaz é da minha região...

— Eu vou demiti-lo! — exclamou Mouret, colocando todo o seu sofrimento nesse grito furioso.

E, transtornado, saindo de seu papel de diretor repreendendo uma vendedora culpada de uma infração ao regulamento, fundiu-se em palavras violentas. Ela não tinha vergonha? Uma moça como ela se entregar a um ser daqueles! E ele despejou acusações atrozes, recriminou Hutin, outros ainda, num tal jorro de palavras que ela não podia nem ao menos se defender. Mas ele iria limpar a casa, colocaria todos para fora a pontapés. A explicação severa que se prometera fazer enquanto seguia Jouve caía nas brutalidades de uma cena de ciúmes.

— Sim, seus amantes! Bem que me diziam, e eu fui estúpido o bastante para duvidar... Eu era o único! Eu era o único!

Denise, sufocada, atordoada, ouvia essas acusações horrendas. Ela não compreendera de início. Meu Deus! Ele a tomava então por uma qualquer? A uma palavra mais dura ela se dirigiu para a porta, silenciosamente. E respondeu a um gesto que ele fez para interrompê-la:

— Deixe, senhor, vou-me embora... Se o senhor realmente pensa o que está dizendo, não quero ficar mais um segundo nesta casa.

Mas ele se precipitou para a frente da porta.

— Defenda-se ao menos! Diga alguma coisa!

Ela permanecia ereta, num silêncio gelado. Durante algum tempo ele a pressionou com perguntas, com uma ansiedade crescente; e a dignidade muda dessa virgem parecia uma vez mais um plano inteligente de uma mulher dedicada aos estratagemas da paixão. Ela não poderia jogar um melhor jogo para lançá-lo a seus pés, ainda mais dilacerado pelas dúvidas, mais desejoso de ser convencido.

— Vamos, a senhorita diz que ele é da sua região... Talvez tenham se encontrado lá... Jure-me que nada se passou entre vocês dois.

Então, como ela se obstinava em seu silêncio, e ainda pretendia abrir a porta e ir-se, ele acabou perdendo a cabeça. Ele teve uma explosão suprema de dor.

— Meu Deus! Eu a amo, eu a amo... Por que sente tanto prazer em me martirizar assim? Vê muito bem que nada mais existe, que as pessoas de que lhe falo só me tocam por sua causa, que é a única que me importa no mundo... Sacrifiquei meus prazeres para contentá-la. Disseram-lhe que eu tinha amantes, pois bem, já não tenho mais, mal saio à rua. Não a preferi na casa daquela senhora? Não rompi com ela para ser apenas seu? Esperava algum agradecimento, um pouco de gratidão... E, se teme que eu volte à casa dela, pode ficar tranqüila: ela está se vingando, ajudando antigos empregados a fundar uma casa rival... Diga-me, será preciso que me coloque de joelhos para tocar seu coração?

Ele estava a esse ponto. Esse homem que não tolerava um pecadilho de suas vendedoras, que as jogava na calçada ao menor capricho, encontrava-se agora reduzido a suplicar uma delas para não partir, para não abandoná-lo em sua miséria. Ele defendia a porta contra ela, estava pronto a perdoá-la, a fechar os olhos se ela desdenhasse mentir. E ele dizia a verdade, ele sentia horror às raparigas encontradas nos bastidores dos pequenos teatros e nos restaurantes da noite, ele não via mais Clara, ele não pusera mais os pés na casa da senhora Desforges, onde Bouthemont reinava agora enquanto esperava a abertura do novo magazine: As Quatro Estações, que já enchia os jornais de reclames.

— Diga, devo me colocar de joelhos? — repetiu ele, a garganta presa de lágrimas contidas.

Ela o interrompeu com a mão, também não podendo esconder sua perturbação, profundamente tocada por essa paixão sofredora.

— O senhor faz mal em sofrer assim — respondeu ela enfim. — Juro que essas histórias são mentiras... Esse pobre rapaz é tão pouco culpado quanto eu.

E ela dizia isso com sua bela franqueza, seus olhos claros fitando direto à sua frente.

— Está bem, acredito — murmurou ele. — Não demitirei nenhum dos seus colegas, já que protege todo esse mundo... Mas então por que me rejeita se não ama ninguém?

Um acanhamento repentino, um pudor inquieto tomou conta da moça.

— Ama alguém, não é verdade? — retomou ele com uma voz trêmula. — Ah! Pode dizer, não tenho nenhum direito sobre suas afeições... Ama alguém!

Ela foi ficando muito vermelha, seu coração palpitava em seus lábios, e ela sentia a mentira impossível, com essa emoção que a traía, essa repugnância de mentir que colocava a verdade em seu rosto de qualquer maneira.

— Sim — confessou ela fracamente. — Eu lhe suplico, senhor, deixe-me. O senhor vai acabar me magoando.

Por sua vez ela sofria. Não era já o bastante ter de se defender contra ele? Teria de se defender contra si mesma, contra os elãs de ternura que lhe arrancavam por momentos toda a coragem? Quando ele lhe falava assim, quando ela o via tão emocionado, tão transtornado, ela não sabia mais por que se recusava; e só se lembrava mais tarde, no fundo mesmo de sua natureza de moça honesta, do orgulho e da razão que a mantinham firme, em sua teimosia de virgem. Era sobretudo por um instinto de felicidade que ela se obstinava, para satisfazer sua necessidade de uma vida tranqüila, e não para obedecer a uma idéia de virtude. Ela cairia nos braços desse homem, a carne arrebatada, o coração seduzido, se não sentisse uma revolta, quase uma repulsa, à idéia do dom definitivo de seu ser podendo ser abandonado ao desconhecido no dia seguinte. Um amante lhe daria medo, o medo louco que esmorece a mulher à aproximação do macho.

No entanto, Mouret tivera um gesto de leve desalento. Ele não compreendia. Ele voltou para sua mesa onde folheou papéis, que repousou em seguida, dizendo.

— Eu não vou retê-la mais, senhorita, não posso mantê-la se não quer ficar.

— Mas não peço para ir embora — respondeu ela sorrindo. — Se o senhor me acredita honesta, eu fico... Deve-se sempre acreditar nas mulheres honestas, senhor. Existem muitas, eu lhe asseguro.

Os olhos de Denise, involuntariamente, tinham-se erguido para o retrato da senhora Hédouin, essa senhora tão bela e respeitável, cujo sangue, diziam, trazia sorte à casa. Mouret estremecera ao seguir o olhar da moça, pois acreditara ter ouvido sua esposa morta pronunciar essa frase, uma frase dela, que ele reconhecia. E foi como uma ressurreição, ele reencontrou em Denise o bom senso, o justo equilíbrio daquela que ele perdera, até a voz doce, avara de palavras inúteis. E ele ficou impressionado, mais triste ainda.

— Sabe que eu lhe pertenço — murmurou ele para concluir. — Faça de mim o que desejar.

Então ela retomou sua jovialidade:

— Isso mesmo, senhor. O conselho de uma mulher, por mais humilde que ela seja, é sempre útil escutar, quando ela tem um pouco de inteligência... Eu farei do senhor um homem respeitável, se quiser se colocar nas minhas mãos.

Ela gracejava, com seu ar simples que tinha tanto charme. Ele abriu por sua vez um fraco sorriso, e a reconduziu até a porta como uma dama.

No dia seguinte, Denise foi nomeada primeira. A direção dividira a seção de vestidos e costumes, criando especialmente em seu favor uma seção de costumes para crianças, que foi instalada perto do balcão das confecções. Desde que seu filho fora embora, a senhora Aurélie tremia, pois sentia os patrões se tornarem frios, e ela via a cada dia crescer o poder da jovem. Não iriam sacrificá-la em favor desta última aproveitando-se de um pretexto qualquer? Sua máscara de imperador inchada de gordura parecia ter emagrecido com o vexame que maculava a dinastia dos Lhommes: e ela voltava agora todas as noites para os braços de seu marido, os dois reaproximados pelo infortúnio, compreendendo que o mal vinha da debandada de seu lar. Enquanto o pobre homem, mais afetado do que ela, no medo doentio de que suspeitassem dele mesmo de roubo, contava duas vezes as receitas, ruidosamente, fazendo milagres com seu braço ruim. Assim, quando viu Denise passar a primeira nos costumes para crianças, ela sentiu um alívio tão vivo que começou a exibir os sentimentos mais afetuosos em relação à moça. Era muito generoso não ter lhe tomado o lugar. E ela a acumulava de bondades, tratava-a doravante como uma igual, ia freqüentemente conversar com ela na seção vizinha, com um ar de pompa, como uma rainha mãe visitando uma jovem rainha.

Denise estava agora em seu apogeu. Sua nomeação para primeira abatera à sua volta as últimas resistências. Se ainda ladravam pela loja, devido a esse comichão de língua que assola toda confluência de homens e mulheres, inclinavam-se agora muito baixo, até o chão. Marguerite, que passara a segunda nas confecções, desfazia-se em elogios. Até mesmo Clara, invadida de um grande respeito diante dessa fortuna que ela era incapaz de conquistar, inclinara a cabeça. Mas a vitória de Denise era mais completa ainda entre os homens da casa: sobre Jouve, que só lhe falava agora curvado em dois, sobre Hutin, tomado de preocupação ao sentir sua situação abalada, sobre Bourdoncle, finalmente reduzido à impotência. Quando este último a vira sair do gabinete da direção, sorridente, com seu ar tranqüilo, e que no dia seguinte o diretor exigira do conselho a criação da nova seção, ele se inclinara, vencido sob o terror sagrado da mulher. Ele sempre cedera assim diante da autoridade de Mouret, reconhecendo-o como seu superior, apesar de seus desvarios de genialidade e de suas paixonites imbecis. Desta vez, a mulher estava sendo mais forte, e ele só podia aguardar a hora em que seria atingido pelo desastre.

Todavia, o triunfo de Denise era pacífico e encantador. Ela se sentia tocada pelas marcas de consideração, vendo nelas uma simpatia pela miséria de seu início e o sucesso final de sua longa trilha de coragem. Assim, ela acolhia com uma jovialidade sorridente os menores testemunhos de amizade, o que a fez ser realmente amada por muitos, tanto era doce e afável, sempre pronta a dar seu coração. Ela só mostrou uma invencível repulsa por Clara, pois descobrira que a moça, quando anunciara rindo seu projeto, tinha realmente se divertido levando Colomban para sua casa uma noite; e o balconista, arrebatado por sua paixão finalmente satisfeita, não dormia mais em casa agora, enquanto a triste Geneviève agonizava. Isso era comentado por toda parte no Paraíso, achavam a aventura engraçada.

Mas essa tristeza, a única que sentia em seu coração, não alterara o humor de Denise. Bastava vê-la reinando em sua seção, em meio a seus súditos de bambinos de todas as idades. Ela adorava crianças, não podiam tê-la colocado em melhor lugar. Às vezes, contavam ali umas cinqüenta menininhas, quase tantos garotinhos, todo um pensionato turbulento, soltos nos desejos de uma vaidade nascente. As mães perdiam a cabeça. Ela, conciliante, sorria e alinhava esse mundinho em cadeiras miniaturas. E quando havia no grupo uma garotinha rosa, cujo belo rostinho a cativava, ela queria servi-la pessoalmente, trazia um vestido, experimentava-o nos ombros roliços com as precauções ternas de uma irmã mais velha. Risos claros soavam, leves gritinhos de êxtase partiam em meio a vozes zangadas. Às vezes, uma menina já grande, de nove ou dez anos, com um casaco de casimira nos ombros, estudava-o diante do espelho, virava-se com a expressão absorta, os olhos luzindo com a necessidade de agradar. E as peças enchiam os balcões: vestidos em tela da Ásia rosa ou azul para crianças de um a cinco anos, costumes de marinheiro em zefir, saias plissadas e blusas ornadas com apliques de percal, costumes Luís XV, mantôs, jaquetas, um circo de roupas pequenas, radiante em sua graça infantil, algo como o roupeiro de uma coleção de bonecas tirado dos armários e abandonado à pilhagem. Denise tinha sempre no fundo de seu bolso alguns doces, e acalmava com eles os choros de algum guri revoltado por não levar calças vermelhas. Ela vivia ali entre os pequenos, como em sua família natural, rejuvenescida com essa inocência e esse frescor renovados constantemente em torno de suas saias.

Agora tinha longas conversas amigáveis com Mouret. Quando ia à direção para receber ordens ou dar alguma informação, ele a retinha para conversar, pois gostava de escutá-la. Era o que ela chamava rindo de "fazer dele um homem respeitável". Em sua cabeça sensata e avisada de normanda, nasciam todos os tipos de projetos, idéias sobre o novo comércio, que ela ousara aflorar desde quando estava com Robineau, e que expressara algumas na bela noite do passeio nas Tuileries. Ela não podia se ocupar de alguma coisa, assistir a uma tarefa em execução, sem sentir necessidade de ajustar o procedimento, melhorar o mecanismo. Assim, desde sua entrada no Paraíso das Damas, ela sentia-se sobretudo incomodada com a sorte precária dos vendedores. As demissões bruscas a indignavam, ela as considerava desastradas e perversas, nocivas a todos, tanto à casa quanto ao pessoal. Seus sofrimentos do início a machucavam ainda, uma piedade agitava seu coração a cada recém-chegada que encontrava nas seções, os pés quebrantados, os olhos cheios de lágrimas, arrastando sua miséria sob o vestido de seda, no meio da persecução azeda dos antigos. Essa vida de cachorro batido tornava ruins as melhores; e o triste desfile começava: sangradas pelo ofício antes dos quarenta anos, elas não tinham nenhum futuro, caíam no desconhecido, muitas assoladas pela labuta, tísicas ou anêmicas, mortas de cansaço ou de friagem, algumas caídas na sarjeta, as mais felizes casadas e enterradas no fundo de uma lojinha de província. Podia ser considerada humana, justa, essa terrível consumação de carne que os grandes magazines promoviam a cada ano? E ela defendia a causa da qualidade das peças que faziam mover a máquina não por razões sentimentais, mas com argumentos tirados do interesse mesmo dos patrões. Quando se quer uma máquina sólida, emprega-se bom ferro; se o ferro quebra ou é quebrado, há uma interrupção do trabalho, despesas adicionais para fazê-la voltar a funcionar, todo um desperdício de força. Às vezes, ela se animava e vislumbrava o imenso bazar ideal, o perfeito falanstério do comércio, onde cada um teria sua parte exata dos benefícios, segundo seus méritos, com a certeza do dia seguinte assegurada por meio de um contrato. Mouret então se animava apesar de sua dor. Ele a acusava de socialismo, embaraçava-a ao lhe mostrar as dificuldades de execução; pois ela falava com a simplicidade de sua alma, e remetia-se bravamente ao futuro quando percebia um buraco perigoso em seu raciocínio prático de coração delicado. Entretanto, ele era seduzido por essa voz jovem, ainda trêmula pelos males enfrentados, tão convencida de suas idéias quando propunha reformas que deviam consolidar a casa. E, gracejando, ele a escutava: o destino dos vendedores melhorou pouco a pouco, substituíram as demissões em massa por um sistema de férias concedidas durante as estações mortas; decidiram criar um caixa de seguro coletivo, que colocaria os empregados ao abrigo dos desempregos forçados, e lhes asseguraria uma aposentadoria. Era o embrião das grandes sociedades operárias do século XX.

Aliás, Denise não se limitava a querer curar as chagas vivas de que ela mesma sangrara: delicadas idéias femininas, sopradas a Mouret, encantaram a clientela. Ela também fez a felicidade de Lhomme, ao apoiar um projeto que ele alimentava havia muito tempo, o de criar um corpo de música, cujos executantes seriam escolhidos dentro do pessoal. Três meses mais tarde, Lhomme tinha cento e vinte músicos sob sua direção, o sonho de sua vida estava realizado. E uma grande festa foi dada na loja, um concerto e um baile, para apresentar a música do Paraíso à sua clientela, ao mundo inteiro. Os jornais noticiaram, o próprio Bourdoncle, enlouquecido com essas inovações, teve de se inclinar diante da enorme propaganda. Em seguida, instalaram uma sala de jogos para os vendedores, dois bilhares, mesas de gamão e de xadrez. Passaram a oferecer cursos noturnos na casa, cursos de inglês e de alemão, cursos de gramática, aritmética e geografia; chegaram até a dar lições de equitação e de esgrima. Uma biblioteca foi criada, com dez mil volumes à disposição dos empregados. E acrescentaram ainda um médico permanente, que dava consultas gratuitas, banhos, bufês e um salão de cabeleireiro. A vida era completa ali, tinha-se de tudo sem precisar sair, o estudo, a mesa, a roupa, a cama. O Paraíso das Damas se bastava, prazeres e necessidades, no meio da grande Paris, dessa constante balbúrdia, dessa cidade do trabalho que crescia tão amplamente no estrume das velhas ruas, abertas enfim à luz do sol.

Então um novo movimento de opinião se fez em favor de Denise. Como Bourdoncle, vencido, repetia com desalento a seus familiares que teria dado muito para deitá-la ele mesmo na cama de Mouret, ficou assumido que ela não cedera, que todo o seu poder resultava de suas recusas. E a partir desse momento ela se tornou ainda mais popular. Não ignoravam as amenidades que lhe deviam, admiravam-na por sua força de vontade. Ali estava uma, ao menos, que trazia o patrão pelo cabresto, e que vingava todos, e que sabia tirar dele mais do que promessas! Tinha enfim chegado aquela que o fazia respeitar um pouco os pobres diabos! Quando ela atravessava os corredores, com sua cabeça fina e obstinada, seu ar terno e invencível, os vendedores lhe sorriam, orgulhosos dela, teriam-na com prazer mostrado à multidão.

Feliz, Denise se deixava levar por essa simpatia que só aumentava. Seria possível, meu Deus? Ela chegara numa saia pobre, assustada, perdida no meio das engrenagens da terrível máquina. Durante muito tempo tivera a sensação de não ser nada, apenas um grão de milho sob a mó que triturava um mundo. E hoje ela era a própria alma desse mundo, só ela importava, com uma palavra ela podia precipitar ou reter o colosso, abatido sob seus pequenos pés. Contudo, ela não quisera essas coisas, ela simplesmente se apresentara, sem maiores intenções, com o único charme da sua doçura. Sua soberania lhe causava às vezes uma surpresa inquieta: o que tinham todos para lhe obedecer assim? Ela não era nem um pouco bonita, ela não se zangava. Então ela sorria, o coração apaziguado, somente com bondade e raciocínio, um amor pela verdade e pela lógica que era toda a sua força.

Uma das grandes alegrias de Denise foi poder ser útil a Pauline. Esta estava grávida, e tremia, pois em quinze dias duas vendedoras tiveram de partir no sétimo mês de gravidez. A direção não tolerava esses acidentes, a maternidade era suprimida como embaraçosa e indecente; a rigor, permitiam o casamento, mas proibiam filhos. Pauline tinha sem dúvida um marido na casa; no entanto, ela estava ressabiada, e para retardar uma provável demissão ela se apertava até sufocar, resolvida a esconder a gravidez o tanto que pudesse. Uma das duas vendedoras demitidas acabava justamente de dar a luz a uma criança morta por ter torturado assim sua cintura; e agora desesperavam para salvar a pobre mãe. Entretanto, Bourdoncle observava a tez de Pauline mudar de cor, enquanto notava uma tensão em seu caminhar. Certa manhã, ele estava perto dela nos enxovais quando um contínuo, que carregava um pacote, esbarrou nela com uma tal força que ela levou as duas mãos para a barriga, soltando um grito. Imediatamente, ele a levou para seu escritório, tirou sua confissão, submeteu a questão de sua demissão ao conselho, sob o pretexto de que ela tinha necessidade de um bom ar do campo: a história da trombada ia se espalhar, o efeito seria desastroso sobre o público se ela perdesse a criança, como acontecera com uma vendedora da malharia no ano anterior. Mouret, que não assistira a esse conselho, só pôde dar sua opinião à noite. Mas Denise tivera tempo para intervir, e ele calou a boca de Bourdoncle em nome dos próprios interesses da casa. Queriam então amotinar as mulheres com filhos, melindrar as jovens mães da clientela? Pomposamente, foi decidido que toda vendedora casada que ficasse grávida seria colocada junto a uma parteira especial assim que sua presença na seção ferisse os bons costumes.

No dia seguinte, quando Denise subiu à enfermaria para ver Pauline, acamada em razão do golpe recebido, esta a beijou ruidosamente nas duas bochechas.

— Como você é boa! Sem você, eles me teriam posto na rua... E não se preocupe, o médico disse que não acontecerá nada.

Baugé, que escapara de sua seção, estava ali, do outro lado da cama. Ele também balbuciou agradecimentos, perturbado diante de Denise, que ele tratava agora como uma pessoa bem-sucedida e de uma classe superior. Ah! Se ouvisse mais uma calúnia sobre ela, ele calaria o bico dos ciumentos! Mas Pauline o mandou embora, sacudindo amigavelmente os ombros.

— Pobre querido, tu só dizes besteiras... Vai, deixa a gente conversar.

A enfermaria era uma longa sala clara, onde doze camas se alinhavam, com suas cortinas brancas. Tratavam ali os vendedores residentes da casa, quando não desejavam se reunir a suas famílias. Mas naquele dia apenas Pauline se encontrava ali deitada, perto de uma das grandes janelas que abriam para a rua Neuve-Saint-Augustin. E as confidências, as palavras ternas e sussurradas vieram imediatamente, entre esses cândidos lençóis, nesse ar entorpecido, perfumado com um vago aroma de lavanda.

— Quer dizer que ele ainda faz tudo o que você quer? Como você é dura punindo-o assim! Vamos, me explique isso, já que ouso abordar o assunto. Você o detesta?

Ela pegava a mão de Denise, sentada ao lado da cama, debruçada no travesseiro. E esta, tomada por uma súbita emoção, as faces repentinamente coradas, sentiu uma fraqueza por causa dessa pergunta tão direta e inesperada. Seu segredo lhe escapou, e ela escondeu a cabeça no travesseiro, murmurando:

— Eu o amo!

Pauline ficou estupefata.

— Como? Você o ama? Mas é bem simples: diga sim.

Com o rosto ainda escondido, Denise respondeu que não com um enérgico movimento da cabeça. Ela dizia não justamente porque o amava, sem explicar isso. Era obviamente ridículo, mas ela sentia assim, não podia fazer nada. A surpresa da amiga aumentava. Ela perguntou enfim:

— Então tudo isso é para que ele case com você?

Com isso a moça se ergueu. Ela estava atônita.

— Ele, casar-se comigo? Oh, não! Oh! Juro-lhe que nunca quis tal coisa! Não, jamais tal idéia entrou na minha cabeça, e você sabe que tenho horror a mentira!

— Pois, minha cara — retomou docemente Pauline —, se tivesse a idéia de se casar, não teria agido de outra maneira... Um dia isso vai ter de acabar, e só haveria casamento agora, já que você não quer outra coisa... Escute, tenho de preveni-la que todo mundo tem o mesmo pensamento: sim, estão persuadidos que você o mantém de cabresto curto apenas para levá-lo diante do juiz de paz... Meu Deus! Que mulher estranha você é!

E ela teve de consolar Denise, que deixara a cabeça cair novamente sobre o travesseiro, soluçando, repetindo que acabaria partindo já que lhe atribuíam sem parar todo tipo de histórias que nem ao menos podiam lhe entrar no cérebro. Sem dúvida, quando um homem amava uma mulher, ele devia desposá-la. Mas ela não estava pedindo nada, ela não planejava nada, ela suplicava apenas que a deixassem viver tranqüila, com suas tristezas e suas alegrias, como todo mundo. Ela iria embora.

No mesmo minuto, embaixo, Mouret atravessava o magazine. Ele quisera se distrair visitando as obras mais uma vez. Meses haviam passado, a fachada revelava agora suas linhas monumentais atrás da vasta estrutura de pranchas que a escondiam do público. Todo um exército de decoradores colocara-se à obra: marmoristas, ceramistas, mosaicistas. Douravam agora o grupo central, acima da porta, enquanto sobre o acrotério já selavam os pedestais que deviam receber as estátuas das cidades manufatureiras da França. De manhã à noite, ao longo da rua do Dix-Décembre, aberta havia pouco tempo, estacionava uma multidão de curiosos, os narizes erguidos, não vendo nada, mas preocupados com as maravilhas que contavam sobre essa fachada cuja inauguração iria revolucionar Paris. E foi nesse canteiro de obras efervescente de trabalho, no meio dos artistas que concluíam a realização de seu maior sonho, que Mouret sentiu mais amargamente do que nunca a futilidade de sua fortuna. O pensamento de Denise apertou-lhe bruscamente o peito, esse pensamento que sem parar o atravessava como uma chama, com a dor lancinante de um mal incurável. Ele teve de fugir, temendo mostrar suas lágrimas, deixando atrás de si o desgosto do triunfo. Essa fachada, que se encontrava enfim de pé, parecia-lhe pequena, igual a um desses muros de areia que as crianças constroem. E podiam prolongá-la de um bairro a outro da cidade, elevá-la até as estrelas, que ela não encheria o vazio de seu coração, que apenas o "sim" de uma menina podia preencher.

Quando Mouret voltou a seu gabinete, ele sufocava em soluços contidos. O que ela queria então? Ele não ousava mais lhe oferecer dinheiro, a idéia confusa de um casamento brotava em meio às suas revoltas de jovem viúvo. E, no enervamento de sua impotência, lágrimas rolaram. Ele era infeliz.

# XIII

Numa manhã de novembro, Denise dava as primeiras ordens em sua seção quando a criada dos Baudus veio lhe dizer que a senhorita Geneviève passara uma noite muito ruim e que queria ver sua prima imediatamente. Havia algum tempo que a moça se enfraquecia dia após dia, e tivera de se acamar dois dias antes.

— Diga que desço logo, logo — respondeu Denise muito preocupada.

O golpe que abatia Geneviève fora o desaparecimento repentino de Colomban. Primeiro, seduzido por Clara, ele dormira fora de casa uma vez; depois, cedendo à loucura de desejo dos rapazes dissimulados e castos, tornou-se o cachorro obediente dessa garota e não voltara para casa na segunda-feira — simplesmente escrevera ao patrão uma carta da adeus, feita com frases cuidadosas de um suicida. Talvez, no fundo desse ataque de paixão, houvesse também o plano esperto de um rapaz feliz em renunciar a um casamento desastroso; a loja dos Baudus ia tão mal como sua prometida, a hora era boa para romper por uma tolice. E todo o mundo falava dele como uma vítima fatal do amor.

Quando Denise chegou ao Velho Elbeuf, a senhora Baudu se encontrava só. Ela estava imóvel atrás do caixa, com sua pequena figura branca devorada pela anemia, guardando o silêncio e o vazio da loja. Não havia mais vendedores; a criada espanava as estantes, e era questão de substituí-la por uma faxineira. Um frio sombrio caía do teto; horas se passavam sem que uma freguesa viesse atrapalhar essa obscuridade, e as mercadorias que ninguém mexia estavam cada vez mais tomadas pelo salitre das paredes.

— O que houve? — perguntou vivamente Denise. — Geneviève está muito mal?

A senhora Baudu não respondeu imediatamente. Seus olhos se encheram de lágrimas. Então ela balbuciou:

— Não sei de nada, não me dizem nada... Ah! Tudo está acabado, acabado...

E seu olhar afogado fazia a volta da loja escura, como se ela sentisse a filha e a casa partirem juntas. Os setenta mil francos provenientes da venda da propriedade de Rambouillet tinham se dissolvido em menos de dois anos na voragem da concorrência. Para lutar contra o Paraíso, que dispunha agora de fazendas masculinas, veludos de caça, librés, o fanqueiro fizera sacrifícios consideráveis. Enfim, ele acabava de ser definitivamente assolado sob os moletons e as flanelas do rival, uma provisão tal que ainda não existia igual na praça. Pouco a pouco, a dívida aumentara; ele decidira, como salvatério supremo, hipotecar o antigo imóvel da rua de la Michodière, onde o velho Finet, o ancestral, fundara a casa. Agora era só uma questão de dias, os últimos recursos se acabavam, até o teto estava para desmoronar e esfarelar-se em poeira, como uma construção carcomida, pronta para ser levada pelo vento.

— O pai está no quarto — retomou a senhora Baudu com sua voz quebrada. — Passamos cada um duas horas com ela; é preciso que alguém fique por aqui, oh!, por simples precaução, pois na verdade...

Seu gesto completou a frase. Eles teriam fechado as portas sem o velho orgulho comercial que ainda os mantinha de pé diante do bairro.

— Então vou subir, minha tia — disse Denise, cujo coração se apertava nesse desespero resignado que as peças de lã exalavam.

— Sim, sobe, minha filha, sobe ... Ela está esperando. Ela pediu por ti a noite toda. É alguma coisa que quer te dizer.

Mas nesse exato momento Baudu desceu. A bile esverdeava seu rosto amarelo, onde os olhos se manchavam de sangue. Ele mantinha o passo sufocado com o qual deixara o quarto, e murmurou, como se pudessem escutá-lo lá de cima:

— Ela dormiu.

Então, sentindo as pernas quebradas, sentou-se em uma cadeira. Com um gesto mecânico ele enxugou a testa como um homem esfalfado após o término de uma rude labuta. Um silêncio reinou. Enfim ele disse a Denise:

— Tu a verás daqui a pouco... Quando ela dorme, temos a impressão que está curada.

O silêncio voltou. Frente a frente, o pai e a mãe se contemplavam. Então, à meia voz, ele remoeu suas dores, sem dizer nome de ninguém, não se dirigindo a ninguém.

— Minha cabeça sob a faca, nunca teria acreditado! Ele era o último, eu o criara como meu filho. Se tivessem vindo me dizer: "Eles o pegarão também, tu o verás cair na desgraça", eu teria respondido: "Então é que não há bom Deus!". E ele caiu, caiu na desgraça. Ah! O infeliz, que estava tão bem inteirado do verdadeiro comércio, que tinha todas as minhas idéias! Por uma bruaca, um desses manequins que desfilam nas vitrines das casas de má reputação! Não, isso confunde a razão!

Ele sacudia a cabeça, os olhos vagos tinham se abaixado e fitavam as pedras úmidas do chão usadas por gerações de clientes.

— Querem saber? — continuou ele com a voz mais baixa. — Pois bem, há momentos em que me sinto o único culpado pela nossa infelicidade. Sim, é minha culpa se nossa pobre filha está lá em cima, devorada pela febre. Eu deveria tê-los casado imediatamente, sem ceder a meu orgulho besta, à minha teimosia de não passar adiante uma casa menos próspera. Agora ela teria alguém para amá-la, e talvez a juventude dos dois teria realizado o milagre que eu não soube realizar... Mas sou um velho louco, não vi nada, não imaginei que alguém pudesse cair doente por uma coisa dessas... Realmente! Esse rapaz era extraordinário: com um dom para a venda e uma probidade sem iguais, uma simplicidade nos modos, uma ordem em todas as coisas, enfim, meu discípulo...

Ele ergueu a cabeça, defendendo ainda suas idéias no vendedor que o traíra. Denise não podia mais ouvi-lo se acusar daquele modo; então resolveu lhe dizer tudo, levada por sua emoção, vendo-o assim tão humilde, os olhos cheios de lágrimas, ele que outrora reinava ali, o mestre ralhador e absoluto.

— Meu tio, não o desculpe, eu lhe peço... Ele nunca amou Geneviève, e teria fugido mais cedo se o senhor tivesse querido acelerar o casamento. Eu mesma falei com ele e comprovei sua plena consciência de que minha pobre prima sofria por causa dele, e o senhor vê que isso não o impediu de partir... Pergunte à minha tia.

Sem abrir os lábios, a senhora Baudu confirmou as palavras com um aceno de cabeça. Então o fanqueiro empalideceu ainda mais, enquanto as lágrimas o cegavam. Ele gaguejou:

— Devia estar no sangue, o pai morreu no ano passado de tanto correr atrás de mulheres de boa vida.

E seu olhar deu automaticamente a volta por todos os cantos obscuros, passando dos balcões nus às estantes cheias, vindo se fixar enfim em sua mulher, que se mantinha ereta no caixa, na esperança vã de uma freguesa desaparecida.

— Pois sim, está acabado — retomou ele. — Eles mataram nosso comércio, e agora uma de suas raparigas mata nossa filha.

Ninguém mais falou. O rolamento dos carros, que sacudia por instantes a laje, passava como uma bateria fúnebre de tambores pelo ar imóvel, sufocado sob o teto baixo. E no meio dessa tristeza morna das velhas lojas agonizantes, ouviram-se golpes surdos, saídos de algum lugar da casa. Era Geneviève que acabava de acordar e batia no chão com um bastão deixado a seu lado.

— Vamos subir rápido — disse Baudu, levantando-se num susto. — E tente sorrir, ela não pode saber.

Ele mesmo esfregava rudemente os olhos para apagar os traços de suas lágrimas. Assim que se aproximaram da porta do quarto puderam ouvir uma voz fraca, uma voz desvairada exclamando:

— Oh! Não quero ficar sozinha... Oh! Não me deixem sozinha... Oh! Tenho medo de ficar sozinha...

Então, quando viu Denise, Geneviève se acalmou e abriu um sorriso de contentamento.

— Chegou! Como eu a esperei desde ontem! Já estava achando que me abandonava também!

Era uma desolação. O quarto da moça dava para o pátio, um quarto pequeno no qual entrava uma claridade lívida. De início, os pais haviam deitado a doente em seu próprio quarto, com frente para a rua; mas a vista do Paraíso das Damas a atormentava, e eles tiveram de levá-la de volta para seu quartinho. Lá, ela estava deitada, tão minguada sob os cobertores, que não se percebia mais a forma e a existência de um corpo. Seus braços magros, queimados pela febre ardente das tísicas, tinham um movimento perpétuo de procura ansiosa e inconsciente; enquanto seus cabelos negros, pesados de paixão, pareciam ter se encorpado ainda mais e devorar com um vício voraz seu pobre rosto, no qual agonizava a degenerescência derradeira de uma longa família arrastada para a obscuridade, nesse porão do velho comércio parisiense.

Entretanto, com o coração partido de piedade, Denise a fitava. Preferia não falar, temendo deixar rolar suas lágrimas. Enfim, ela murmurou:

— Vim imediatamente... Pedia por mim? Quer que eu fique com você? Como posso lhe ser útil?

Geneviève, o fôlego curto, as mãos ainda errantes nas dobras do cobertor, não a largava de vista.

— Não, obrigada, não preciso de nada... Queria apenas beijá-la.

O choro inchou suas pálpebras. Então, vivamente, Denise se inclinou e beijou-a no rosto, tremendo por sentir nos lábios a chama dessas faces vazias. Mas a doente a segurara e apertava-a entre seus braços fracos num abraço desesperado. Então, os olhares foram para seu pai.

— Quer que eu fique? — repetiu Denise. — Se tiver algo que eu possa fazer?

— Não, não.

Os olhos de Geneviève se viravam obstinadamente para seu pai, que continuava de pé, o ar aparvalhado, a garganta presa. Ele acabou por compreender e se retirou sem pronunciar uma palavra; ouviram-se seus passos descerem pesadamente os degraus.

— Diga-me, ele está com aquela mulher? — perguntou a doente imediatamente, tomando a mão da prima, que ela fez sentar-se na borda da cama. — Sim, eu queria vê-la, é a única que pode me dizer... É verdade que estão morando juntos?

Denise, surpresa com as perguntas tão diretas, balbuciou, teve de confessar a verdade, os rumores que corriam pela loja. Entediada com esse rapaz que lhe caía nas costas, Clara já lhe fechara sua porta; e Colomban, desolado, a perseguia por toda parte, tentando obter um encontro de tempos em tempos, com uma humildade de cachorro batido. Asseguravam que ele ia entrar no Louvre.

— Se o ama tanto, ele ainda pode voltar — continuou a moça, para aquietar a moribunda com uma última esperança. — Cure-se logo, ele reconhecerá seus erros e casará com você.

Geneviève a interrompeu. Ela escutara com todo o seu ser, com uma paixão muda que a empertigava. Mas ela recaiu na fraqueza em seguida.

— Não, deixe, sei muito bem que está terminado... Não digo nada, pois escuto papai chorar e não quero deixar mamãe ainda mais doente. Mas sei que estou indo, sabe, e se pedia por você esta noite era por medo de ir antes do dia nascer... Meu Deus! E pensar que ele nem ao menos está feliz!

Denise interrompeu-a, assegurando-lhe que seu estado não era tão grave; mas ela lhe cortou novamente as palavras, rejeitando de súbito o cobertor com um gesto casto de virgem que não tem mais nada a esconder na morte. Descoberta até a cintura, ela murmurou:

— Olhe para mim! Não é o fim?

Trêmula, Denise abandonou a borda da cama como se temesse destruir essa nudez miserável com um sopro. Era o fim da carne, um corpo de noiva usado na espera, retornado à infância franzina dos primeiros anos.

Lentamente Geneviève se recobriu e repetiu:

— Você vê, não sou mais uma mulher... Seria mau desejar ainda.

As duas se calaram. Elas se fitavam novamente, não encontrando mais nada a dizer. Foi Geneviève que retomou:

— Vamos, não fique aí, você tem seus negócios. E obrigada, eu estava atormentada com a necessidade de saber; agora estou contente. Se o vir, diga-lhe que o perdôo... Adeus, minha boa Denise. Beije-me, pois será a última vez.

A jovem a beijou, protestando.

— Não, não, não fale assim; você só precisa de cuidados, nada mais.

Mas a doente fez um aceno obstinado de cabeça. Ela sorria, sabia o que ia acontecer. E, quando sua prima se dirigia enfim para a porta, acrescentou:

— Espere, bata com esse bastão para papai subir... Tenho muito medo de ficar sozinha.

Então, quando Baudu chegou nesse pequeno quarto morno onde passava horas em uma cadeira, ela tomou um ar de alegria e exclamou para Denise:

— Não venha amanhã, é inútil. Mas domingo eu a espero, passará a tarde comigo.

No dia seguinte ao amanhecer, às seis horas, Geneviève expirava, após quatro horas de uma terrível agonia. O enterro foi num sábado, num tempo escuro, um céu de fuligem que pesava sobre a cidade. Um lençol branco pendurado diante da fachada do Velho Elbeuf clareava a rua com uma mancha alva; e as velas, queimando no dia sombrio, pareciam estrelas afogadas no crepúsculo. Coroas de pérolas e um grande buquê de rosas brancas cobriam o caixão, um caixão estreito de mocinha, colocado na entrada obscura da casa, na beira da calçada, tão perto do córrego que os carros já tinham respingado os lençóis de lama. Todo o velho quarteirão transpirava a umidade, exalava um cheiro embolorado de porão, com o perpétuo empurra-empurra de passantes na rua lamacenta.

Às nove horas Denise já estava junto de sua tia. Mas, como o cortejo estava pronto para partir, esta, que não chorava mais, os olhos queimados de lágrimas, rogou-a para seguir o corpo e tomar conta do tio, cujo abatimento mudo, a dor hebetada inquietava todos. Embaixo, a jovem encontrou a rua cheia de gente. O pequeno comércio do bairro queria dar aos Baudus um testemunho de simpatia; e nessa solicitude havia também uma espécie de manifestação contra o Paraíso das Damas, que acusavam da longa agonia de Geneviève. Todas as vítimas do monstro estavam ali, Bédoré e Irmã, os malheiros da rua Gaillon, os peleteiros Vanpouille e Deslignières, o artesão de bibelôs, e Piot e Rivoire, os vendedores de móveis; até a senhorita Tatin, a comerciante de lingerie, e o luveiro Quinette, varridos havia muito tempo pela falência, sentiram-se no dever de vir, ela das Batignolles e o outro da Bastilha, onde tiveram que se empregar na casa de outros. Enquanto esperava o carro fúnebre, atrasado por algum problema, essa gente vestida de negro andava de um lado para o outro na lama, erguia olhares de ódio em direção ao Paraíso, cujas vitrines claras, os mostruários radiantes de alegria, pareciam-lhes um insulto diante do Velho Elbeuf, ainda mais soturno em seu luto. Algumas cabeças de vendedores curiosos apareciam atrás das vidraças; mas o colosso mantinha sua indiferença de máquina lançada a todo vapor, inconsciente dos mortos que pudesse ter feito pelo caminho.

Denise procurou com os olhos seu irmão Jean e o avistou diante da loja de Bourras, onde se reuniu a ele para pedir que caminhasse perto do tio e o sustentasse se ele sentisse dificuldade para andar. Havia algumas semanas Jean estava grave, parecendo atormentado com alguma preocupação. Naquele dia, apertado numa casaca preta, homem feito a esta altura e ganhando jornadas de vinte francos, ele parecia tão digno e tão triste que sua irmã ficou espantada, pois não suspeitava que ele amasse a prima a esse ponto. Querendo evitar tristezas inúteis a Pepe, ela o deixara na casa da senhora Gras, prometendo-se ir buscá-lo à tarde para que beijasse o tio e a tia.

Entretanto, o carro fúnebre ainda não chegara. Denise, muito emocionada, olhava as velas queimarem quando estremeceu ao som conhecido de uma voz que falava atrás dela. Era Bourras. Ele chamara com um sinal o vendedor de castanhas instalado em frente, em uma estreita janelinha tomada da loja de um vendedor de vinho, e lhe disse:

— Vigouroux, faça-me um favor... Está vendo, vou trancar a porta... Se alguém aparecer, diga para passar um pouco mais tarde. Mas não se preocupe pois ninguém virá mesmo.

Então ele ficou de pé na beirada da calçada, esperando com os outros. Denise, envergonhada, olhara a loja. Agora Bourras a abandonava, não se via no mostruário nada além de uma debandada miserável de guarda-chuvas carcomidos pelo ar e bengalas pretas de gás. As melhorias que fizera outrora, a pintura verde-claro, os espelhos, a insígnia dourada, tudo se estragava, se sujava, tinha uma decrepitude rápida e lamentável do falso luxo, maquiado sobre ruínas. Entretanto, se as antigas fissuras reapareciam, se as manchas de umidade haviam brotado novamente sob as douraduras, a casa se mantinha ainda de pé, obstinada, colada ao flanco do Paraíso das Damas como uma verruga desonrosa que, ainda que toda rachada e podre, recusava-se a cair.

— Ah! Os miseráveis — resmungou o velho —, não querem nem mesmo que a levem!

O carro fúnebre, que finalmente chegara, foi cortado por um carro do Paraíso, cujos painéis envernizados pareciam voar ao trote rápido de dois cavalos sublimes, deixando um brilho de astro na bruma. O velho bengaleiro lançava para Denise um olhar oblíquo, iluminado, sob o matagal de suas sobrancelhas.

Lentamente, o cortejo se pôs em movimento, chafurdando nas poças d'água, em meio ao silêncio dos carros e bondes bruscamente interrompidos. Quando o corpo recoberto de branco atravessou a praça Gaillon, os olhares sombrios do séquito mergulharam uma vez mais através dos vidros do magazine, onde apenas duas vendedoras tinham vindo ver o movimento, encantadas com essa distração. Baudu seguia o carro fúnebre com um passo pesado e mecânico; ele recusara com um aceno o braço de Jean, que caminhava a seu lado. Em seguida, depois da fila de gente, vinham três carros de luto. Como ocupavam a rua Neuve-des-Petits-Champs, Robineau acorreu para se juntar ao cortejo, muito pálido, o ar envelhecido.

Em Saint-Roch, muitas mulheres esperavam, as pequenas comerciantes do bairro, que temeram o atravancamento da rua. A manifestação tornava-se uma insurreição. E quando, depois do serviço, o séqüito se repôs em marcha, todos os homens seguiram de novo, ainda que fosse uma longa corrida da rua Saint-Honoré ao cemitério Montmartre. Tiveram de subir novamente pela rua Saint-Roch e passar uma segunda vez diante do Paraíso das Damas. Era uma obsessão, esse pobre corpo de menina sendo passeado em torno do magazine como a primeira vítima caída sob as balas de uma revolução. À porta da loja, flanelas vermelhas estalavam ao vento como bandeiras, um mostruário de tapetes resplandecia em uma floração sangrenta de enormes rosas e peônias abertas.

Entretanto Denise subira num carro. Estava agitada por dúvidas tão pungentes, o peito contraído por uma tal tristeza, que não tinha mais forças para andar. Houve então uma parada na rua do Dix-Décembre, diante dos andaimes da nova fachada, que atrapalhavam ainda a circulação. E a jovem notou o velho Bourras, que ficara para trás, arrastando a perna, ao lado das rodas do carro onde ela se encontrava só. Ele nunca chegaria ao cemitério assim. Ele ergueu a cabeça, olhou para ela. Então, subiu.

— São meus terríveis joelhos — murmurou ele. — Mas não se afaste! Por acaso é você que odeiam?

Ela o sentiu amigável e furioso, como outrora. Ele resmungava, dizia que esse diabo do Baudu era muito sólido para continuar assim, depois de tais golpes na cabeça. O séqüito retomara sua marcha lenta; e, inclinando-se, ela via o tio se obstinar atrás do carro fúnebre com seu passo pesado, que parecia regular o ritmo surdo e penoso do cortejo. Então ela ficou em seu canto escutando as palavras sem fim do velho bengaleiro, no embalo melancólico do carro.

— A polícia deveria desobstruir a via pública! Já faz mais de dezoito meses que eles nos atravancam com essa fachada, onde um homem morreu no outro dia. Que importa! Quando quiserem crescer ainda mais, terão que lançar pontes por cima das ruas... Dizem que vocês são dois mil e setecentos empregados e que o faturamento alcançará cem milhões este ano... Cem milhões! Meu Deus! Cem milhões!

Denise não tinha nada para responder. O cortejo estava na rua da Chaussée-d'Antin, onde um engarrafamento o atrasava. Bourras continuou, os olhos vagos, como se agora sonhasse em voz alta. Ele ainda não compreendia o triunfo do Paraíso das Damas, mas confessava a derrota do antigo comércio.

— Esse pobre Robineau está acabado, está com uma cara de homem que se afoga... E os Bédorés e os Vanpouilles não se agüentam mais em pé. Estão como eu, com as pernas quebradas. Deslignières vai terminar com um ataque do coração, Piot e Rivoire tiveram icterícia. Ah! Somos bem bonitos, oferecemos um belo cortejo de carcaças à pobre criança! Deve ser engraçado para quem olha o desfilar dessa renque de falências... Aliás, parece que a limpeza vai continuar. Os tratantes criam seções de flores, de modas, de perfumaria, de sapataria, sei lá o que mais! Grognet, o perfumista da rua Grammont, já pode se mudar, e eu não daria dez francos pela sapataria Naud, na rua d'Antin. O cólera assopra até a rua Sainte-Anne, onde Lacassagne, que vende plumas e flores, e a senhora Chadeuil, cujos chapéus são no entanto famosos, serão liquidados antes de dois anos... Depois desses, outros, e mais outros! Todos os comércios do bairro perecerão. Quando os mascates se metem a vender sabão e galochas, eles podem acabar tendo a ambição de vender batatas fritas. Verdade! Não sei mais para onde o mundo vai!

O carro fúnebre atravessou então a praça da Trinité. Do canto sombrio do carro, onde Denise escutava a queixa contínua do velho comerciante, embalada pelo ritmo soturno do cortejo, ela pôde ver, ao sair da rua da Chaussée-d'Antin, o corpo subindo já a ladeira da rua Blanche. Atrás do tio, com o andar cego e mudo de um boi desancado, ela tinha a impressão de ouvir a marcha de uma manada sendo conduzida ao abatedouro, toda a bancarrota das lojas do bairro, o pequeno comércio arrastando sua ruína com um barulho molhado de galochas na lama negra de Paris. Entretanto, Bourras continuava a falar com uma voz mais rouca, como que diminuída pela subida rude da rua Blanche.

— Estou no fim da linha... Mas ainda assim eu os tenho na mão e não os largo. Eles já perderam mais uma apelação. Ah! Isso me custou um tanto: perto de dois anos de processo, e os notários e os advogados! Não importa, ele não passará debaixo da minha loja, os juízes decidiram que uma tal obra não tinha o caráter de uma reparação motivada. Quando se pensa que ele falava em criar, embaixo de mim, um salão de luzes, para julgar a cor dos tecidos à luz do gás, uma sala subterrânea que iria ligar a malharia às lãs! E ele não me incomoda mais, não pode engolir que um velho arruinado da minha espécie lhe barre o caminho, quando todo mundo fica a seus pés diante de seu dinheiro. Nunca! Eu não quero! Está fechado. É possível que eu acabe na sarjeta. Desde que passei a ter de brigar com os oficiais de justiça, sei que o patife está investigando minhas dívidas, com certeza na intenção de vir para cima de mim com alguma outra surpresa. Não há de ser nada, ele diz sim, eu digo não, e continuarei a dizer, por Deus do céu! Mesmo quando estiver pregado entre quatro pranchas, como a pequena que vai ali adiante.

Quando chegaram no bulevar de Clichy, o carro andou mais rápido, pôde-se ouvir o esfalfamento das pessoas, a urgência inconsciente do cortejo, apressado para acabar logo com aquilo. O que Bourras não dizia diretamente era a miséria negra na qual ele caíra, a cabeça perdida nos aborrecimentos sem fim de um pequeno lojista que soçobra mas se obstina para se manter sob o temporal de protestos. Denise, a par da situação, rompeu finalmente o silêncio, murmurando com uma voz de prece:

— Senhor Bourras, pare de ser cruel... Deixe-me acertar as coisas.

Ele a interrompeu com um gesto violento.

— Não diga mais nada, isso não interessa a ninguém... Você é uma boa menina, sei que resiste bem a esse homem que a acreditava à venda como minha casa. Mas o que responderia você se eu a aconselhasse a dizer sim? Hein? Você me mandaria passear... Pois bem! Quando digo não, não enfie seu nariz na história.

Quando o carro parou na entrada do cemitério, ele desceu com a moça. O jazigo dos Baudus se encontrava na primeira rua, à esquerda. Em poucos minutos, a cerimônia terminou. Jean afastara o tio, que fitava o buraco com um ar abobado. A fila do cortejo se espalhou entre os túmulos vizinhos, os rostos de todos esses lojistas, empobrecidos de sangue no fundo de suas lojas malsãs, ganhavam uma feiúra sofredora sob o céu cor de lama. Quando o caixão desceu lentamente, faces escoriadas de roséola empalideceram, narizes pinçados de anemia se abaixaram, pálpebras amarelas de bile abatidas pelo números se fecharam.

— Deveríamos todos nos colar a esse buraco — disse Bourras a Denise, que ficara perto dele. — É todo o bairro que estão enterrando com essa pequena... Oh! Sei o que estou dizendo, o antigo comércio pode se juntar a essas rosas brancas que jogam sobre ela.

Denise levou seu tio e seu irmão de volta em um carro de luto. O dia foi para ela de uma tristeza negra. Primeiro ela começava a se inquietar com a palidez de Jean; e, quando ela compreendeu que se tratava de um novo caso com alguma mulher, ela quis calá-lo, abrindo-lhe sua bolsa. Mas ele sacudiu a cabeça, ele recusava, era sério desta vez, a sobrinha de um doceiro muito rico, que não aceitava sequer buquês de violetas. Em seguida, quando foi buscar Pepe na casa da senhora Gras à tarde, esta lhe disse que a criança estava ficando grande demais para ela continuar cuidando dele. Mais um aborrecimento, seria preciso encontrar uma escola, talvez afastar o menino. E, enfim, ao levar Pepe para beijar os Baudus, ela sentiu a alma rasgada pela dor morna do Velho Elbeuf. A loja estava fechada, o tio e a tia se encontravam no fundo da pequena sala, na qual esqueceram de acender o gás apesar da obscuridade completa desse dia de inverno. Não havia mais ninguém além deles, eles permaneciam face a face, na casa lentamente esvaziada pela ruína. E a morte da filha cavava ainda mais os cantos de trevas, era como o estalido supremo que iria fazer se romperem as velhas vigas carcomidas pela umidade. Sob esse esmagamento, sem conseguir parar, o tio caminhava em volta da mesa, com seu passo de cortejo, cego e mudo; enquanto a tia também não dizia nada, largada em uma cadeira, com a face branca de um ferido cujo sangue brotava gota a gota. Eles nem choraram quando Pepe cravejou grandes beijos em suas bochechas frias. Denise sufocava em lágrimas.

Naquela mesma noite, Mouret mandou chamar a moça para conversar sobre uma roupa de criança que ele queria lançar, uma mistura de escocês e de zuavo. E, ainda trêmula de compaixão, revoltada com tanto sofrimento, Denise não se conteve. Ela ousou primeiro falar de Bourras, desse pobre homem que estavam a ponto de degolar. Mas, ao nome do bengaleiro, Mouret se irritou. O velho maluco, como ele o chamava, desolava sua vida, estragava seu triunfo com sua obstinação idiota de não ceder a casa, aquele cortiço ignóbil cujo gesso sujava o Paraíso das Damas, o único pedaço do vasto quarteirão que escapara à sua conquista. O caso estava virando um pesadelo; afora a jovem, qualquer um que falasse em favor de Bourras se arriscava a ser mandado embora, tamanha era a tortura de Mouret pela necessidade doente de abater o casebre a pontapés. Enfim, o que queriam que ele fizesse? Ele podia deixar esse monte de escombros pregado ao flanco do Paraíso? Era preciso que ele desaparecesse, e a loja devia sumir junto. Pior para o velho louco! E ele lembrava suas ofertas, propusera até cem mil francos. Não era razoável? Ele não barganhava, daria o dinheiro exigido; mas que ao menos tivessem um pouco de inteligência, que deixassem terminar sua obra! Será que se metiam a parar as locomotivas nas estradas de ferro? Ela o escutava, os olhos baixos, não encontrando outras razões além das do coração. O pobre coitado era tão velho, poderiam esperar sua morte, uma falência o mataria. Então ele declarou que já não era mais o responsável para impedir as coisas, Bourdoncle se ocupava do caso, pois o conselho resolvera acabar com aquilo. Ela não teve nada a acrescentar, apesar de sua comiseração dolorosa.

Após um silêncio pesado, foi o próprio Mouret quem falou dos Baudus. Ele começou por lamentar muito a perda de sua filha. Eram pessoas muito boas, muito honestas, perseguidos pela falta de sorte. Então ele retomou seus argumentos: no fundo, eles tinham corrido atrás de sua infelicidade, pois não se podia se obstinar da maneira como fizeram numa barraca carcomida do antigo comércio; não era de se estranhar que a casa lhes caísse sobre a cabeça. Vinte vezes ele predissera; ela devia se lembrar que ele a encarregara de avisar o tio sobre um desastre fatal, se este insistisse em suas velharias ridículas. E a catástrofe chegara, ninguém no mundo poderia agora impedi-la. Não se podia razoavelmente exigir que ele se arruinasse a fim de poupar o bairro. De resto, se ele fizesse a loucura de fechar o Paraíso, uma outra grande loja iria brotar ao lado, pois a idéia assoprava dos quatro cantos, o triunfo das cidades operárias e industriais fora semeado pelo vendaval do século, que acabava de derrubar o edifício decrépito das velhas eras. Pouco a pouco Mouret se empolgava, encontrando uma emoção eloqüente para se defender contra o ódio de suas vítimas involuntárias, o clamor das lojinhas moribundas, que ele ouvia subir à sua volta. Não se guardavam os mortos, era preciso enterrá-los. E com um gesto ele lançava à terra, varria e jogava na fossa comum o cadáver do antigo comércio, cujos restos esverdeados e empestados se tornavam a vergonha das ruas ensolaradas na nova Paris. Não, não, ele não tinha nenhum remorso, ele fazia simplesmente a tarefa de sua idade, e ela o sabia bem, ela que amava a vida, que tinha a paixão pelos negócios vastos, concluídos à luz da publicidade. Reduzida ao silêncio, ela escutou muito tempo. Depois se retirou com a alma invadida de tormenta.

Naquela noite, Denise não pôde dormir. Uma insônia atravessada de pesadelos a revirava sob o cobertor. Parecia-lhe que era ainda criança e se debulhava em lágrimas no fundo de seu jardim em Valognes vendo toutinegras devorarem aranhas, que por sua vez devoravam moscas. Seria então verdade, a necessidade da morte para revitalizar o mundo, a luta pela vida é que empurrava os seres para o sepulcro da eterna destruição? Em seguida, ela se revia diante da cova para onde descia Geneviève, ela avistava seu tio e sua tia, sozinhos no fundo de sua sala de jantar obscura. No profundo silêncio, um barulho surdo de desmoronamento atravessava o ar morto: era a casa de Bourras que despencava, como minada pelas grandes águas. O silêncio recomeçava, mais sinistro, e um novo desabamento ressoava, mais outro e mais outro: os Robineaus, Bédoré e Irmã, os Vanpouilles também estalavam e ruíam. Todo o pequeno comércio do bairro Saint-Roch ia embora sob uma picareta invisível, com bruscos trovões de carroças descarregando. Então uma tristeza imensa a despertou em sobressalto. Meu Deus! Apenas torturas! Famílias que choram, velhos largados nas calçadas, todos os dramas pungentes da ruína! E ela não podia salvar ninguém, tinha consciência de que aquilo era bom, que esse estrume de misérias era necessário à saúde da Paris de amanhã. Quando o dia raiou, ela se acalmou, uma grande tristeza resignada mantinha seus olhos abertos, virados para a janela cujo vidro se iluminava. Sim, era a parte de sangue, toda revolução exigia mártires, só se caminhava para frente sobre os corpos dos mortos. Seu temor de ser uma alma ruim, de ter trabalhado para a morte de seus próximos, fundia-se agora numa piedade desolada diante desses males irremediáveis, que são o nascimento doloroso de cada gestação. Ela procurou consolos possíveis, sua bondade considerou muito tempo os meios para salvar pelo menos os seus do desastre final.

Mouret agora se aprumava diante dela, com seu rosto apaixonado, os olhos cheios de carinho. Ele não lhe recusava nada, ela tinha certeza que ele concederia todos os ressarcimentos razoáveis. E seu pensamento se perdeu, passou a julgá-lo. Ela conhecia sua vida, não ignorava suas antigas manobras calculistas em questões de amor, sua contínua exploração da mulher, amantes escolhidas para atingir seus objetivos, sua ligação com a senhora Desforges visando unicamente a chegar ao barão Hartmann, e todas as outras, as Claras de uma noite, o prazer recebido, pago, abandonado em seguida na calçada. Contudo, seus sucessos como aventureiro do amor, com que a loja se divertia, acabavam se perdendo na genialidade desse homem, em seu charme vitorioso. Ele era pura sedução. O que ela não queria lhe perdoar era sua falsidade de outrora, sua frieza de amante sob a comédia galante de sua prestimosidade. Mas ela não sentia mais rancor, pois via como ele agora sofria por ela. Esse sofrimento o tinha feito crescer. Quando ela o via torturado, expiando tão duramente seu desdém pela mulher, parecia-lhe remido de seus pecados.

Naquela mesma manhã, Denise obteve de Mouret as compensações que ela julgava legítimas para o dia em que o velho Bourras e os Baudus sucumbissem. Semanas se passaram, ela ia ver o tio quase todas as tardes, escapando alguns minutos, trazendo seu sorriso, sua coragem para alegrar a sombria loja. A tia sobretudo a inquietava, ela exibia um estupor lívido desde a morte de Geneviève; parecia que sua vida esvaía-se a cada hora; e, quando a questionavam, ela respondia com um ar espantado que não estava sofrendo, sentia simplesmente muito sono. No bairro, abanavam a cabeça: a pobre senhora não ficaria muito tempo longe de sua filha.

Um dia Denise saía da casa dos Baudus quando, na esquina da praça Gaillon, ouviu um forte grito. A horda se precipitava, um golpe de pânico assoprava, como um vento de medo e de piedade que amotina bruscamente a rua. Era um bonde, um dos carros que fazia o trajeto da Bastilha aos Batignoles. Suas rodas acabavam de passar sobre o corpo de um homem na saída da rua Neuve-Saint-Augustin, diante da fonte. De pé em seu assento, com movimentos furiosos, o cocheiro tentava controlar os dois cavalos negros, que empinavam, soltando todos os xingamentos que lhe vinham à boca.

— Meu Deus! Meu Deus! Prestem atenção, malditos descontrolados!

O bonde finalmente parou. A multidão se precipitava em torno do ferido, um guarda se encontrava ali por acaso. Ainda de pé, chamando como testemunhas os passageiros do bonde, que também tinham se levantado para ver o sangue, o cocheiro se explicava com gestos exasperados, a garganta sufocada de uma cólera crescente.

— Mas que idéia! De onde apareceu esse energúmeno? Ele estava parado ali como se estivesse em casa. Eu gritei, e eis que ele se enfia sob minhas rodas!

Então um operário, um pintor de prédios, acorreu com seu pincel de uma casa vizinha, e disse com uma voz estridente, no meio dos clamores:

— Não fique nervoso assim! Eu o vi, ele se jogou debaixo do bonde, por Deus! Olhem, ele se jogou de cabeça assim. Mais um entediado, só pode ser!

Outras vozes se ergueram, entravam em acordo sobre a idéia de um suicídio, enquanto o guarda autuava. Muito pálidas, senhoras desciam apressadamente do bonde, levando, sem se voltarem para trás, o horror do sacolejo com o qual a brusca parada lhes remexera as entranhas ao passar sobre o corpo. Entretanto, atraída pela piedade ativa que a fazia se envolver em todos os acidentes, cachorros atropelados, cavalos abatidos, telhadores caídos das alturas, Denise se aproximou. E a seus pés ela reconheceu o infeliz, desmaiado, o mantô maculado de lama.

— É o senhor Robineau! — exclamou ela em seu espanto doloroso.

Imediatamente, o guarda veio interrogar a moça. Ela deu seu nome, profissão e endereço. Graças à energia do cocheiro, o bonde desviara e apenas as pernas de Robineau ficaram sob as rodas. Havia contudo o temor que elas se rompessem. Quatro homens de boa vontade transportaram o ferido até uma botica de farmácia da rua Gaillon, enquanto o bonde retomava lentamente sua marcha.

— Deus do céu! — disse o cocheiro enquanto atiçava seus cavalos com um golpe de chicote. — Que belo dia!

Denise seguira Robineau até o boticário. Este, na espera de um médico, que não conseguiam encontrar, declarou que não havia nenhum perigo imediato e que o melhor era levar o ferido para casa, já que ele morava na vizinhança. Um homem foi ao posto de polícia pedir uma maca. Então a moça teve a boa idéia de partir na frente a fim de preparar a senhora Robineau para esse golpe terrível.

Mas ela teve todas as penas do mundo para ganhar a rua, através da multidão que se espremia diante da porta. A turba, ávida de morte, aumentava de minuto em minuto; crianças, mulheres, todos agüentavam firme apesar dos empurrões brutais; e cada recém-chegado inventava seu acidente; a esta altura já era um marido que o amante da mulher jogara pela janela. Na rua Neuve-des-Petits-Champs, Denise avistou de longe a senhora Robineau na porta de sua especialidade de sedas. Isso lhe deu um pretexto para parar, ela jogou conversa fora por um instante, procurando uma maneira de amortecer a terrível notícia. A loja sentia a desordem e o abandono dos últimos combates, de um comércio que morre. Era o epílogo previsto da grande batalha de duas sedas rivais: a Paris-Paraíso liquidara a concorrência após uma nova baixa de cinco centavos — era vendida agora por apenas quatro francos e noventa e cinco —, e a seda de Gaujean encontrara sua Waterloo. Havia dois meses que Robineau levava uma vida de inferno para impedir uma declaração de falência.

— Vi seu marido na praça Gaillon — murmurou Denise ao entrar na loja.

A senhora Robineau, que uma grande inquietação parecia levar continuamente o olhar para a rua, disse vivamente:

— Ah! Agora há pouco, não foi? Estou esperando por ele, já devia ter chegado. Essa manhã o senhor Gaujean veio e saíram juntos.

Ela continuava muito delicada e alegre; mas uma gravidez avançada já a cansava, e ela estava mais atrapalhada, mas perdida do que nunca no meio dos negócios, os quais sua natureza terna não apreendia, e que iam de mal a pior. Ela repetia sempre: para que tudo isso? Não seria mais fácil viver tranqüilamente no fundo de sua casinha, onde só se comeria pão?

— Minha cara menina — retomou ela com um sorriso que entristecia —, não temos nada a lhe esconder... Não estamos indo nada bem, meu pobre querido não dorme mais. Hoje ainda, esse Gaujean o atormentou a propósito de umas faturas atrasadas... Eu me sentia morrer de preocupação, de ficar aqui sozinha...

E ela retornava em direção à porta quando Denise a interrompeu. Esta ouvira ao longe o rumor da multidão. Imaginou a maca sendo trazida, a corrente de curiosos que não largara o acidentado. Então, com a garganta seca, não encontrando as palavras consoladoras que buscava, teve de falar:

— Não se preocupe, não há perigo imediato... Sim, vi o senhor Robineau, aconteceu-lhe algo... Estão trazendo-o para casa, mas não se preocupe, por favor.

A jovem esposa escutava, toda branca, sem compreender direito ainda. A rua se enchera de gente, os carros parados praguejavam, homens colocaram a maca diante da entrada da loja para poderem abrir as portas.

— Foi um acidente — continuou Denise, decidida a esconder a tentativa de suicídio. — Ele estava na calçada e escorregou sob as rodas de um bonde... Oh! Apenas os pés. Estão procurando um médico. Não se preocupe.

Um grande estremecimento sacudia a senhora Robineau. Ela soltou dois ou três gritos inarticulados; então não falou mais e se lançou para a maca da qual afastou as telas com mãos tremendo. Os homens que o trouxeram esperavam na frente da casa para levá-lo novamente quando encontrassem enfim um médico. Não ousavam mais encostar em Robineau, que retomara consciência, e cujos sofrimentos se tornavam atrozes ao menor movimento. Quando este viu sua mulher, duas grossas lágrimas rolaram em sua face. Ela o beijava e chorava, fitando-o com olhos desvairados. Na rua, a confusão continuava, os rostos se espremiam como num espetáculo, com os olhos luzindo; operárias que escaparam de um ateliê ameaçavam atravessar os vidros das vitrines para ver melhor. A fim de fugir dessa febre de curiosidade, e julgando aliás que não era conveniente deixar a loja aberta, Denise teve a idéia de baixar a cortina metálica. Ela mesma foi virar a manivela, a engrenagem fazia um ruído estridente, as folhas de ferro desciam com lentidão, assim como um veludo pesado caindo sobre o desenlace de um quinto ato. E quando ela voltou e fechou atrás de si a pequena porta redonda, encontrou a senhora Robineau ainda apertando o marido entre seus braços, sob a semiclaridade que vinha de duas estrelas cortadas no ferro da cortina. A loja arruinada parecia deslizar em direção ao nada, apenas as duas estrelas luziam sobre essa catástrofe rápida e brutal das ruas parisienses. Enfim, a senhora Robineau recobrou a palavra.

— Oh! Meu querido... Oh! Meu querido! Oh! Meu querido...

Ela só encontrava essas palavras. Ele sufocou por sua vez e, numa crise de remorsos, confessou-se ao vê-la assim ajoelhada, atônita, com sua barriga de mãe apertando-se contra a maca. Quando não se mexia, ele sentia apenas o peso inflamado de suas pernas.

— Perdoa-me, eu devia estar louco... Quando o notário me disse diante de Gaujean que publicariam a falência amanhã, senti chamas dançarem, como se as paredes tivessem queimando... E depois, não me lembro mais: eu descia a rua de la Michodière, tive a impressão que o pessoal do Paraíso zombava de mim, essa grande casa de horrores me esmagava... Então, quando o bonde virou, eu pensei em Lhomme, em seu braço, e me joguei debaixo...

Lentamente, a senhora Robineau caiu sentada no assoalho, no horror dessas confissões. Meu Deus! Ele quisera morrer. Ela pegou a mão de Denise, que se tinha inclinado para ela, toda comovida por essa cena. O ferido, que sua emoção esgotava, acabava de perder a consciência mais uma vez. E esse médico que não chegava! Dois homens já tinham batido o bairro, o zelador do prédio também pusera-se em campanha.

— Não se preocupe — repetia Denise mecanicamente, soluçando ao mesmo tempo.

Então, sentada no chão, a cabeça na altura da maca, o rosto contra a lona onde jazia seu marido, a senhora Robineau aliviou seu coração.

— Oh! Se eu lhe contasse... Foi por mim que ele quis morrer. Ele me dizia sem parar: "Eu te roubei, o dinheiro era teu." E, à noite, ele sonhava com os sessenta mil francos, ele acordava banhado em suor, acusava-se de incapaz. Quando não se tem cabeça, não se arrisca a fortuna dos outros. Sabe como ele sempre foi nervoso, a mente atormentada. Ele via coisas que me davam medo, ele me via na rua, em farrapos, mendigando, eu, que ele ama tanto, que ele desejava rica e feliz...

Mas, virando a cabeça, ela o encontrou com os olhos abertos; e continuou com sua voz gaguejante:

— Oh! Meu querido, por que fizestes isso? Tu me achas assim tão má? Ora, não faz diferença para mim se ficamos arruinados. Desde que fiquemos juntos, nunca seremos infelizes... Deixa que peguem tudo. Vamos para outro lugar onde não ouvirás mais falar deles. Tu trabalharás de qualquer maneira, tu verás como ainda será bom.

Sua fronte caíra para junto do rosto pálido do marido, os dois se calavam agora, na ternura de sua angústia. Houve um silêncio, a loja parecia dormir, entorpecida no crepúsculo lívido que a afogava, enquanto esperavam atrás do ferro fino da cortina, o tumulto da rua, a vida da cidade fluindo com o ronco dos carros e o vaivém das calçadas. Enfim, Denise, que ia a cada minuto dar uma olhada pela portinha que abria para o vestíbulo, voltou gritando:

— O médico!

Era um jovem rapaz de olhos vivos que o zelador trazia. Ele preferiu visitar o ferido antes de o deslocarem. Apenas uma das pernas, a esquerda, estava quebrada, logo acima da canela. A ruptura era simples, não se temia nenhuma complicação. E iam levar a maca para o quarto quando Gaujean chegou. Ele vinha fazer o relatório de uma última diligência, a qual aliás fracassara também: a declaração de falência era definitiva.

— Mas o que é isso? — murmurou ele. — O que aconteceu?

Com uma palavra Denise o informou. Então ele ficou embaraçado. Robineau disse-lhe fracamente.

— Não estou zangado com o senhor, mas tudo isso é um pouco sua culpa.

— Meu Deus! Meu caro — respondeu Gaujean —, era preciso alguém mais afortunado que nós... Pois eu também não estou indo muito melhor.

Ergueram a maca. O ferido encontrou ainda forças para dizer:

— Não, não, de qualquer jeito qualquer fortuna teria sido destruída... Eu compreendo que os velhos obstinados, como Bourras e Baudu, se acabem; mas nós, que somos jovens, que aceitamos o novo ritmo das coisas! Sabe, Gaujean, é o fim de uma era.

Levaram-no. A senhora Robineau abraçou Denise num impulso em que quase havia alegria de estar finalmente desembaraçada dos aborrecimentos dos negócios. E como Gaujean se retirava com a moça, ele lhe confessou que esse pobre diabo de Robineau tinha razão. Era estúpido querer lutar contra o Paraíso das Damas. Ele, pessoalmente, se arruinaria também se não se voltasse para o lado deles. Desde a véspera já fizera uma diligência secreta junto a Hutin, que justamente ia partir para Lyon. Mas ele desesperava, e tentava interessar Denise, a par sem dúvida do poder da jovem.

— Palavra de honra! — repetia ele. — Tanto pior para a indústria! Ririam de mim se eu me arruinasse lutando pelo interesse dos outros, quando os fabricantes disputam quem fabricará mais barato... Meu Deus! Como a senhorita dizia outrora, a indústria tem mais é que acompanhar o progresso, com uma melhor organização e novos procedimentos. Tudo se acertará, basta que o público fique contente.

Denise sorria. Ela respondeu:

— Pois vá dizer isso ao senhor Mouret em pessoa... Sua visita lhe dará prazer, ele não é homem de guardar rancor, se o senhor lhe oferecer um lucro de apenas um centavo por metro.

Foi em janeiro que a senhora Baudu expirou, numa clara tarde de sol. Fazia quinze dias que ela não podia mais descer para a loja, que uma diarista tomava conta. Ela ficava sentada no meio de sua cama, o dorso sustentado por travesseiros. Em seu rosto branco, apenas os olhos ainda viviam; e, cabeça ereta, ela os virava obstinadamente para o Paraíso das Damas, em frente, através das finas cortinas das janelas. Baudu, sofrendo da mesma obsessão, da fixação desesperada desses olhares, queria às vezes fechar as grandes cortinas. Mas, com um gesto suplicante, ela o interrompia, ela se obstinava a olhar para o prédio, até seu último suspiro. O monstro lhe tomara tudo, sua casa, sua filha; ela mesma estava definhando pouco a pouco como o Velho Elbeuf, perdendo sua vida à medida que este perdia sua clientela; no dia em que ele arquejava, ela perdia o fôlego.

Quando ela se sentiu morrer, teve ainda forças para exigir de seu marido que ele abrisse as duas janelas. O tempo estava suave, um raio alegre de sol dourava o Paraíso, enquanto o quarto da antiga residência estremecia na sombra. A senhora Baudu permanecia com o olhar fixo, cheio dessa visão do monumento triunfante, de vidraças límpidas, atrás das quais passava um galope de milhões. Lentamente seus olhos empalideceram, invadidos de trevas, e quando se apagaram na morte permaneceram abertos, olhando ainda, afogados por grossas lágrimas.

Mais uma vez todo o pequeno comércio arruinado do bairro desfilou no cortejo. Ali estavam os irmãos Vanpouille, lívidos de seus vencimentos de dezembro, pagos com um supremo esforço que eles não poderiam recomeçar; Bédoré apoiava-se em uma bengala, agoniado de preocupação, que sua doença de estômago agravava; Deslignières tivera um ataque; Piot e Rivoire caminhavam em silêncio, nariz no chão, como homens acabados. E não ousavam se interrogar sobre os que não apareceram, Quinette, a senhorita Tatin, outros ainda que, de manhã à noite, soçobravam, carregados na avalanche dos desastres; sem contar Robineau, deitado em sua cama com a perna quebrada. Mas eram sobretudo os novos comerciantes atingidos pela peste que se mostravam com um ar de curiosidade: o perfumista Grognet, a modista senhorita Chadeuil, Lacassagne, o florista, e Naud, o sapateiro, ainda de pé, tomados apenas da ansiedade do mal que também deveria varrê-los. Atrás do carro fúnebre, Baudu caminhava com o mesmo passo de boi desancado com o qual acompanhara a filha. Enquanto no fundo do primeiro carro de luto percebiam-se os olhos fumegantes de Bourras, sob os tufos de suas sobrancelhas e cabelos, de um branco de neve.

Denise sentia uma terrível tristeza. Havia quinze dias ela estava assolada de preocupações e cansaço. Precisou colocar Pepe no colégio, e Jean a estava deixando maluca, tão apaixonado pela sobrinha do doceiro que suplicara a irmã para pedi-la em casamento. Em seguida, a morte da tia, essas aflições repetidas terminavam por estafar a jovem. Mouret se colocara novamente à sua disposição: o que ela fizesse por seu tio e pelos outros seria bom. Numa manhã ela teve uma conversa com ele, depois da notícia que Bourras fora posto na rua e que Baudu ia fechar sua loja. Então ela saiu depois do almoço com a esperança de aliviar esses males.

Na rua de la Michodière, Bourras estava de pé, plantado na calçada na frente de sua casa, da qual o haviam despejado na véspera, em conseqüência de uma bela reviravolta, uma brecha descoberta pelo notário: como Mouret possuía letras de crédito, ele obtivera facilmente a falência do mercador de guarda-chuvas, depois ele comprara por quinhentos francos o direito ao aluguel, na venda feita pelo proprietário; de maneira que o velho cabeça-dura acabou deixando escapar por quinhentos francos o que não quisera largar por cem mil. Aliás, o arquiteto, que chegara com seu bando de demolidores alguns dias antes, tivera de requerer o comissário de polícia para colocá-lo para fora. As mercadorias estavam vendidas, os quartos limpos, mas ele se obstinava em não sair do canto onde dormia, e de onde não ousavam expulsá-lo por uma última piedade. Assim os demolidores atacaram o telhado sobre sua cabeça. Retiraram as ardósias podres, os tetos desmoronavam, as paredes estalavam, e ele permaneceu ali, sob as velhas estruturas nuas, no meio dos escombros. Enfim veio a polícia, e ele tivera de abandonar a casa. Mas já na manhã seguinte ele reaparecera na calçada da frente, depois de ter passado a noite numa pensão da vizinhança.

— Senhor Bourras — disse suavemente Denise.

Ele não ouvira, seus olhos inflamados devoravam os demolidores, cujas picaretas atacavam a fachada do cortiço. Agora, pelas janelas vazias, via-se o interior da construção, os quartos miseráveis, a escada escura, onde o sol não penetrara por duzentos anos.

— Ah! É a senhorita — respondeu ele enfim, quando a reconheceu. — Hein? Estão fazendo um belo trabalho, esses ladrões!

Ela não ousava mais falar, abalada pela tristeza deplorável da velha morada, não podendo também desligar os olhos das pedras emboloradas que caíam. Em cima, em um canto do teto de seu antigo quarto, avistou ainda o nome Ernestine em letras pretas e vacilantes, escrito com a chama de uma vela; e a lembrança dos dias de miséria lhe voltaram, cheias de um condoimento por todas as tragédias. Mas, a fim de abater a muralha com um golpe, os operários tiveram a idéia de atacá-la na base. Ela chancelava.

— Se ele pudesse esmagar cada um que aparecesse! — murmurou Bourras com uma voz selvagem.

Ouviu-se então um estrondo terrível. Os operários apavorados correram para a rua. Ao despencar, a muralha da frente movimentara toda a ruína. Não havia dúvida que o cortiço não se sustentava mais: um empurrão bastara para fendê-lo de alto a baixo. Foi um desmoronamento lastimoso, a queda de uma casa de lama, amolecida pelas chuvas. Nem uma parede ficou de pé, só restou um amontoado de escombros, o estrume do passado caído em pedaços.

— Minha Nossa Senhora! — gritou o velho, como se o golpe tivesse acertado suas entranhas.

Ele permaneceu estupefato, nunca pudera imaginar que terminaria tão rápido. E ele fitava o entalhe aberto, esse espaço vazio enfim no flanco do Paraíso das Damas, desembaraçado da verruga que o desonrava. Era a mosca esmagada, o último triunfo sobre a obstinação pungente do infinitamente pequeno, todo o quarteirão fora conquistado. Passantes aglomerados conversavam em voz alta com os demolidores, que se enraiveciam contra essas velhas construções, boas para matar gente.

— Senhor Bourras — repetiu Denise, tentando afastá-lo dali. — O senhor sabe que não será abandonado. Todas as suas necessidades serão...

Ele se endireitou.

— Não tenho necessidades... São eles que a enviam, não é? Pois bem! Diga-lhe que o pai Bourras ainda sabe trabalhar, e que encontrará trabalho onde quiser... Deveras! Seria muito cômodo fazer caridade às pessoas que assassinam!

Então ela o suplicou.

— Por favor, aceite, não me deixe esta tristeza.

Mas ele sacudia sua cabeça cabeluda.

— Não, não, acabou, até mais ver... Viva feliz, a senhorita que é jovem, e não impeça os velhos de partirem com suas idéias.

Ele lançou uma última olhada para o monte de escombros, depois foi embora, dolorosamente. Ela acompanhou suas costas no meio do empurra-empurra da calçada. As costas viraram na esquina da praça Gaillon, e foi tudo.

Por um instante Denise ficou imóvel, os olhos perdidos. Enfim, ela entrou na casa de seu tio. O fanqueiro estava só na sala escura do Velho Elbeuf. A empregada vinha apenas de manhã e à tarde para trabalhar um pouco na cozinha e ajudá-lo a retirar e a recolocar as venezianas. Ele passava as horas no fundo dessa solidão sem que ninguém nunca o perturbasse, estarrecido e não encontrando as mercadorias quando uma cliente ainda se arriscava. E ali, no silêncio, à meia-luz, ele caminhava sem parar, com o mesmo passo pesado de seus lutos, cedendo a uma necessidade doente, uma verdadeira crise de caminhada forçada, como se ele quisesse acalentar e adormecer sua dor.

— O senhor está melhor, meu tio? — perguntou Denise.

Ele parou por apenas um segundo, e andou novamente, indo do caixa a um canto obscuro.

— Sim, sim, muito bem... Obrigado.

Ela procurava um assunto consolador, palavras alegres, mas não encontrava nada.

— Ouviu esse barulho? A casa foi abaixo.

— Ora, é verdade — murmurou ele com um ar espantado. — Então foi a casa... Eu senti o chão tremer... Hoje de manhã, vendo-os no telhado fechei a porta.

E ele fez um gesto vago, para dizer que essas coisas não o interessavam mais. Cada vez que voltava para diante do caixa, ele olhava para a banqueta vazia, essa banqueta de veludo usado, na qual sua mulher e sua filha cresceram. Depois, quando sua contínua marcha o levava para a outra ponta, ele olhava as estantes afogadas na sombra, nas quais terminavam de mofar algumas peças de tecido. A casa ficara viúva, os que ele amara haviam partido, seu comércio sucumbira a um fim vergonhoso, apenas ele restara, passeando seu coração morto e seu orgulho abatido em meio a esses restos de catástrofe. Ele erguia os olhos para o teto escuro, escutava o silêncio que saía das trevas da pequena sala de jantar, o canto familiar do qual outrora ele gostava até do cheiro de mofo. Nem mais um sopro na antiga morada, seu passo regular e pesado fazia soar as velhas paredes, como se ele caminhasse sobre o túmulo de suas afeições.

Enfim, Denise abordou o assunto que a levara ali.

— Meu tio, o senhor não pode ficar assim. É preciso tomar rumo.

Ele respondeu sem se interromper:

— Sem dúvida, mas o que queres que eu faça? Eu tentei vender, ninguém veio... Meu Deus! Uma manhã eu fecharei a loja e irei embora.

Ela sabia que uma falência não era mais o que amedrontava. Os credores haviam preferido se entender, diante de uma tal perseguição do destino. Tudo pago, o tio iria simplesmente se encontrar na rua.

— Mas o que o senhor fará em seguida? — murmurou ela, procurando uma transição para chegar à oferta que ela não ousava formular.

— Não sei — respondeu ele. — Alguém me recolherá.

Ele mudara seu trajeto, e caminhava da sala de jantar às janelas da frente. Agora considerava com um olhar morno as vitrines lamentáveis, com seu mostruário esquecido. Seus olhos nem ao menos se erguiam para a fachada triunfante do Paraíso das Damas, cujas linhas arquitetônicas se perdiam à direita e à esquerda, dos dois lados da rua. Era um aniquilamento, ele não encontrava mais forças para se enfurecer.

— Escute, meu tio — acabou dizendo Denise embaraçada —, talvez haja um lugar para o senhor...

Ela se atalhou, e gaguejou:

— Sim, estou encarregada de lhe oferecer um posto de inspetor.

— Onde? — perguntou Baudu.

— Meu Deus! Ali na frente... Conosco... Seis mil francos, um trabalho sem cansaço.

Bruscamente, ele parou diante dela. Mas, no lugar de se irritar como ela temia, ele ficou muito pálido, sucumbindo a uma emoção dolorosa, a uma resignação amarga.

— Ali na frente, ali na frente — balbuciou ele repetidamente. — Queres que eu entre ali na frente?

Denise ficara igualmente emocionada. Ela revia a longa luta das duas lojas, ela assistia novamente aos cortejos fúnebres de Geneviève e da senhora Baudu, ela tinha sob os olhos o Velho Elbeuf aniquilado, liquidado, posto à terra pelo Paraíso das Damas. E a idéia de seu tio entrando ali, caminhando pelo magazine com gravata branca, fazia saltar seu coração de piedade e revolta.

— Ora, Denise, minha filha, uma coisa dessas é possível? — disse ele simplesmente, enquanto cruzava suas pobres mãos trêmulas.

— Não, não, meu tio! — exclamou ela em um impulso de todo o seu ser justo e bom. — Seria mal... Perdoe-me, eu lhe suplico.

Ele retomou sua marcha, seu passo remexia novamente o vazio sepulcral da casa. E, quando ela o deixou, ele andava, ele continuava andando, numa locomoção obstinada dos grandes desesperos que giram em torno deles mesmos, sem nunca poder sair.

Naquela noite Denise teve mais uma insônia. Ela acabara de alcançar o fundo de sua impotência. Nem em favor dos seus ela encontrava um alívio. Até o final, ela precisou assistir à obra invencível da vida, que quer a morte para a nova semeadura. Ela não se debatia mais, aceitava essa lei da vida; mas sua alma feminina se enchia de uma bondade lacrimosa, de uma ternura fraternal, à idéia da humanidade sofredora. Ela mesma estava presa havia anos entre as engrenagens da máquina. Não havia ela mesma sangrado ali dentro? Não a haviam maltratado, rejeitado, arrastado na calúnia? Hoje ainda ela se apavorava às vezes quando se sentia escolhida pela lógica dos fatos. Por que ela, tão sem graça? Por que sua pequena mão parecendo de repente tão pesada no meio da faina do monstro? E a força que varria tudo carregava-a por sua vez, ela, cuja aparição na loja era como uma revanche. Mouret inventara essa mecânica de esmagar o mundo, cujo funcionamento brutal a indignava; ele semeara o bairro de ruínas, despojara uns, liquidara outros; e ela o amava ainda assim pela grandiosidade de sua obra, ela o amava ainda mais a cada um dos excessos de seu poder, apesar do fluxo de lágrimas que a faziam insurgir-se diante da miséria dos vencidos.

# XIV

A rua do Dix-Décembre, novinha em folha, com seus prédios de uma brancura de giz e os últimos andaimes de algumas construções atrasadas, alongava-se sob um límpido sol de fevereiro. Um fluxo de carros passava como um longo desfile de conquistadores no meio da larga fenda de luz que cortava a sombra úmida do velho bairro Saint-Roch. E entre a rua de la Michodière e a rua de Choisel havia uma aglomeração, um empurra-empurra da turba aquecida por um mês de reclames, as cabeças erguidas, as bocas abertas diante da fachada monumental do Paraíso das Damas, cuja inauguração acontecia naquela segunda-feira, por ocasião da grande exposição de roupas brancas.

Em sua frescura alegre, a fachada formava um vasto conjunto de arquitetura policromada, realçada de ouro, anunciando a agitação e o brilho do comércio em seu interior, fisgando os olhos como um gigantesco mostruário que parecia incendiar com as cores mais vivas. No térreo, para não brigar com os tecidos das vitrines, a decoração era sóbria: uma base de mármore verde-mar, pilares recobertos de mármore negro, cuja severidade era iluminada com cártulas douradas; e o resto era vidro polido, montado em caixilhos de ferro, nada além de vidro, que parecia abrir as profundezas das galerias à luz da rua. Mas, à medida que os andares subiam, os tons radiantes se iluminavam. O friso do térreo desenhava mosaicos, uma guirlanda de flores vermelhas e azuis, alternadas com placas de mármore, onde estavam gravados os nomes das mercadorias, cingindo o colosso ao infinito. Em seguida, o envasamento do primeiro andar, em tijolos esmaltados, suportava de novo vidros de largas janelas até o friso, feito de brasões dourados às armas das cidades da França e com motivos em cerâmica, cujo esmalte repetia os tons claros do envasamento. Enfim, no alto, o entablamento brotava como a floração ardente da fachada inteira, os mosaicos e as faianças reapareciam com colorações mais quentes, o zinco das calhas era recortado e dourado, o acrotério alinhava uma legião de estátuas, as grandes cidades industriais e manufatureiras francesas, que destacavam em pleno céu suas finas silhuetas. E os curiosos se maravilhavam sobretudo diante da porta central, de uma altura de arco de triunfo, igualmente decorada com uma profusão de mosaicos, faianças, azulejos, sobrelevada de um grupo alegórico cujo ouro novo resplandecia: a Mulher vestida e beijada por uma revoada risonha de pequenos Cupidos.

Por volta das duas horas, guardas tiveram de fazer circular a multidão e assegurar o estacionamento dos carros. O palácio estava construído, o templo erigido para a loucura esbanjadora da moda. Ele dominava, cobria o bairro com sua sombra. A chaga deixada em seu flanco pela demolição do cortiço de Bourras já fora cicatrizada, e procurar-se-ia em vão o lugar daquela antiga verruga, pois as quatro fachadas se estendiam ao longo das quatro ruas sem lacuna em uma sublime perspectiva.

Na outra calçada, desde a entrada de Baudu em uma casa de repouso, o Velho Elbeuf estava fechado, murado como um túmulo atrás das janelas que não abriam mais. Pouco a pouco rodas de fiacres as haviam enlameado, cartazes as cobriam, colando-as entre si, uma maré montante de publicidade que parecia a última porção de terra jogada sobre o velho comércio. E no meio dessa fachada morta, suja com os escarros da rua, colorida com os trapos da babel parisiense, como uma bandeira plantada em império conquistado, estirava-se um imenso cartaz amarelo, todo fresco, anunciando em letras de dois pés a grande venda de brancos do Paraíso das Damas. Parecia que o colosso, após suas sucessivas expansões, tomado de vergonha e repugnância pelo bairro escuro onde modestamente nascera, e que mais tarde degolara, terminava de lhe virar as costas, deixando a lama das ruas estreitas para trás, apresentando sua face de novo rico às vias espalhafatosas e ensolaradas da nova Paris. Agora, como mostrava a gravura dos reclames espalhados por toda parte, ele tinha engordado como o ogro dos contos de fada, cujos ombros ameaçavam fazer estalar as nuvens. No primeiro plano da gravura, a rua do Dix-Décembre, as ruas da Michodière e Monsigny, cheias de figurinhas pretas, se alargavam desmedidamente como para dar passagem à clientela do mundo inteiro. Então, eram os próprios prédios, de uma imensidão exagerada, vistos de cima com seus telhados que desenhavam as galerias cobertas, os pátios envidraçados dentro dos quais se adivinhavam saguões, todo o infinito desse lago de vidro e zinco luzindo ao sol. Mais adiante Paris se espalhava, uma Paris apequenada, devorada pelo monstro: as casas, de uma humildade de choupana na vizinhança, espelhavam-se ao longe em uma poeira de chaminés indistintas; os monumentos pareciam fundir, à esquerda, dois traços para a Notre-Dame, à direita, um acento circunflexo para os Invalides, ao fundo, o Panthéon, acanhado e perdido, menor que uma lentilha. O horizonte se desfazia, não era nada mais que uma moldura desdenhada, até as alturas de Châtillon, até os vastos campos, cujas longínquas nogueiras indicavam a servidão.

A confusão aumentava desde a manhã. Nenhuma loja agitara antes a cidade com um tal alvoroço de publicidade. Agora, o Paraíso gastava a cada ano perto de seiscentos mil francos em cartazes, anúncios, reclames de todos os tipos; o número de catálogos enviados chegava a quatrocentos mil, punham em pedaços mais de cem mil francos de tecidos para as amostras. Era a invasão definitiva dos jornais, dos muros, das orelhas do público, como uma monstruosa trombeta de bronze que, sem parar, assoprava aos quatro cantos da terra o alarde das grandes vendas. E essa imensa fachada, diante da qual as pessoas se esmagavam, tornava-se doravante um reclame vivo, com seu luxo multicolor e resplandecente de bazar, suas vitrines largas a expor o poema inteiro das vestimentas femininas, suas insígnias prodigalizadas, pintadas, gravadas, talhadas, desde as placas de mármore do térreo, até as folhas de ferro arredondadas em arco acima dos telhados, desenrolando o ouro de suas bandeirolas onde o nome da casa se lia em letras cor do tempo, recortadas sobre o azul do ar. Para festejar a inauguração, haviam acrescentado brasões e bandeiras; cada andar estava enfeitado com flâmulas e estandartes com as armas das principais cidades da França; enquanto no alto, pavilhões dos povos estrangeiros, içados em mastros, batiam ao vento do céu.

Nas vitrines exteriores, enfim, a exposição de brancos oferecia uma intensidade de tom ofuscante. Nada além do branco, um enxoval completo e uma montanha de lençóis de cama se apresentavam à esquerda. Entre as "penduras" da porta — peças de tela, popeline e musselina caindo em camadas, como uma avalanche de neve —, estavam plantadas gravuras construídas em papelão claro, uma jovem noiva e uma dama em vestido de baile, as duas em tamanho natural, adornadas com tecidos reais, seda e renda, sorrindo com suas faces pintadas. Um círculo de curiosos se refazia sem parar, manifestando o desejo crescente da multidão embevecida.

O que amotinava ainda mais a curiosidade em torno do Paraíso das Damas era o acidente terrível do qual Paris inteira falava: o incêndio das Quatro Estações, o magazine que Bouthemont abrira perto da Ópera havia apenas três semanas. Os jornais transbordavam de detalhes: o fogo, que nascera de uma explosão de gás durante a noite; a fuga desesperada das vendedoras, em camisola; o heroísmo de Bouthemont, que salvara cinco sobre seus ombros. De resto, as perdas enormes se encontravam cobertas, e o público começava a sacudir os ombros, dizendo que a publicidade fora excelente. Mas, naquele dia, enfeitiçada com as histórias que corriam, ocupada até a obsessão com esses bazares cuja importância tomava um lugar tão importante na vida pública, a atenção refluía completamente para o Paraíso. Esse Mouret tinha definitivamente a fortuna a seu lado! Paris saudava sua estrela, acorria para vê-lo, já que até as chamas se encarregavam agora de varrer a concorrência para ele. E já cifravam os ganhos da estação, estimavam o fluxo aumentado da horda que ia acorrer às suas portas com o fechamento forçado da casa rival. Por um momento Mouret se inquietara, perturbado de sentir contra si uma mulher, a senhora Desforges, a quem ele devia um pouco sua fortuna. O diletantismo financeiro do barão Hartmann, colocando dinheiro nos dois negócios, o enervava também. Todavia, ele ficara sobretudo exasperado de não ter tido a idéia genial de Bouthemont: esse bom galhardo não fizera benzer suas lojas pelo cura da Madeleine, seguido de todo seu clero? Uma cerimônia espetacular, uma pompa religiosa que passara vagarosamente das sedas às luvas, Deus caído nas calças e nos corpetes da mulher; o que não impedira que tudo se queimasse, mas que valia um milhão de anúncios, tamanho o impacto sobre a clientela mundana. Mouret, desde então, sonhava em ter o arcebispo! Entretanto, três horas soavam no relógio que sobrelevava a porta. Era a horda da tarde, perto de cem mil freguesas se apertavam nas galerias e nos saguões. Do lado de fora, os carros estacionavam de uma ponta a outra da rua do Dix-Décembre; e, do lado da Ópera, uma outra massa compacta ocupava a rua sem saída, onde devia começar a futura avenida. Simples fiacres se misturavam a carruagens sublimes, cocheiros esperavam entre as rodas, filas de cavalos relinchavam, sacudiam as faíscas de suas barbelas, iluminadas de sol. Sem parar, as filas se refaziam, em meio aos gritos dos contínuos, do empurra-empurra dos animais que, por conta própria, apertavam a fila, enquanto novos carros se acrescentavam continuamente aos ali estacionados. Os pedestres desapareciam sob abrigos em bandos apreensivos, as calçadas estavam pretas de gente, na perspectiva em fuga da via larga e reta. E um clamor subia entre os prédios brancos, esse rio humano correndo sobre a alma de Paris, um sopro enorme e suave, cuja carícia gigante podia-se sentir.

Diante da vitrine, acompanhada de sua filha Blanche, a senhora de Boves olhava com a senhora Guibal um mostruário de costumes semiconfeccionados.

— Oh! Veja ali — disse ela —, esses costumes de tela por dezenove francos e oitenta e cinco!

Em suas caixas quadradas, os costumes, presos com uma fita, estavam dobrados de maneira a apresentar apenas os adornos, bordados de azul e vermelho; e, ocupando o canto de cada cartão, uma gravura mostrava a vestimenta já pronta sobre uma jovem pessoa com ares de princesa.

— Meu Deus! Não valem mais do que isso — murmurou a senhora Guibal. — Verdadeiros farrapos, assim que os pegamos nas mãos!

Agora elas eram íntimas, desde que o senhor de Boves ficara pregado em uma poltrona, com um acesso de gota. A esposa suportava a amante, preferindo que a coisa acontecesse em sua casa, pois assim ela ganhava um pouco de dinheiro trocado, somas que o marido a deixava surrupiar, por necessidade de tolerância.

— Pois bem, vamos entrar — retomou a senhora Guibal. — Temos que ver a explosão... Seu genro não marcou um encontro com você aí dentro?

A senhora de Boves não respondeu, o olhar desvairado, o ar absorto pela fila de carros, que, um a um, abriam as portas e soltavam ainda mais freguesas.

— Sim — disse enfim Blanche com sua voz mole. — Paul deve vir nos pegar às quatro horas na sala de leitura, assim que sair do ministério.

Eles estavam casados havia um mês, e Vallagnosc, após uma licença de três semanas passadas no Midi, acabava de voltar a seu posto. A jovem esposa já ganhara a corpulência de sua mãe, a carne inchada e como que engrossada pelo casamento.

— Veja, é a senhora Desforges! — exclamou a condessa, fitando uma carruagem que parava.

— Oh! É mesmo? — murmurou a senhora Guibal. — Depois de todas as histórias... Ela deve ainda chorar o incêndio das Quatro Estações.

Era sim Henriette em pessoa. Ela avistou as senhoras, avançou com um ar jovial, escondendo sua derrota sob a naturalidade mundana de suas maneiras.

— Meu Deus! Sim, tinha de vir ver. É melhor saber por si mesma, não é verdade? Oh! Ainda somos bons amigos, eu e o senhor Mouret, ainda que digam que ele está furioso desde que me interessei por essa casa rival... Só tem uma coisa que não lhe perdôo, é ter estimulado esse casamento, sabem, esse Joseph com a minha protegida, a senhorita de Fontenailles...

— Como? Aconteceu? — interrompeu a senhora de Boves. — Que horror!

— Pois sim, minha cara, e unicamente para nos incomodar. Eu o conheço, ele quis dizer que nossas filhas da sociedade são boas apenas para casar com contínuos de loja.

Ela se animava. As quatro continuavam na calçada, no meio do acotovelamento da entrada. Pouco a pouco, no entanto, o fluxo as envolveu; e elas só tiveram de se abandonar à corrente, e passaram pela porta como que carregadas, sem se darem conta, falando mais alto para se ouvirem. Agora, elas pediam notícias da senhora Marty. Contavam que o pobre senhor Marty, na seqüência de violentas cenas, fora abatido pelo delírio das grandezas: ele extraía com mãos cheias os tesouros da terra, esvaziava minas de ouro, carregava carroças de diamantes e pedras preciosas.

— Pobre homem! — disse a senhora Guibal. — Sempre tão usado, com sua humildade de pequeno assalariado! E a mulher?

— Ela explora um tio agora — respondeu Henriette —, um bom e velho tio, que se retirou na casa dela quando ficou viúvo... Aliás, ela deve estar aqui, vamos vê-la.

Uma surpresa imobilizou as senhoras. Diante delas estendiam-se as lojas, as mais amplas do mundo, como diziam os reclames. A essa altura, a grande galeria central ia de ponta a ponta, abria-se da rua do Dix-Décembre à rua Neuve-Saint-Augustin; enquanto, à direita e à esquerda, como naves laterais de uma igreja, as galerias Monsigny e Michodière, mais estreitas, partiam também ao longo das duas ruas, sem uma interrupção. De espaço em espaço, saguões alargavam avenidas, sob a estrutura metálica das escadas suspensas e das passarelas.

Haviam virado a disposição interior: agora as barganhas ficavam perto da rua do Dix-Décembre, a seda se encontrava no meio, a luvaria ocupava, no fundo, o saguão Saint-Augustin; e do novo átrio de honra, quando se erguiam os olhos, avistava-se ainda a seção de roupas de cama, que mudara de uma extremidade à outra do segundo andar. O número enorme de seções elevava-se a cinqüenta; muitas estavam sendo inauguradas naquele dia; outras, como ficaram importantes demais, foram divididas em duas para facilitar a venda; e, diante desse aumento contínuo dos negócios, para a nova estação o pessoal fora elevado a três mil e quarenta e cinco empregados.

O que deteve as senhoras foi o espetáculo prodigioso da grande exposição de brancos. Elas se encontravam no meio do átrio principal, iluminado por vidros claros, com o chão de mosaicos, no qual os mostruários de barganhas retinham a turba voraz. À sua frente, as galerias mergulhavam numa brancura radiante, uma escapada boreal, toda uma imensidão de neve, desenrolando ao infinito estepes recobertas de arminho, vastas geleiras iluminadas pelo sol. Reencontravam ali o branco das vitrines exteriores, mais avivado, colossal, flamejante de uma ponta à outra da enorme nave, como a chama translúcida de um incêndio que se alastra. Nada além dessa cor, todos os artigos brancos de cada seção, um exagero de clareza, um astro incandescente cuja resplandecência fixa cegava de início, sem que se pudesse distinguir detalhes no meio dessa brancura única. Logo os olhos se acostumavam: à esquerda, a galeria Monsigny alongava os promontórios brancos de telas e de popelines, as rochas alabastrinas de lençóis, toalhas e lenços; enquanto a galeria Michodière, à direita, ocupada pelos aviamentos, a malharia e as lãs, expunha construções caiadas de botões de madrepérola, um grande cenário erguido com meias cândidas, toda uma sala recoberta de moletom branco, aclarada ao longe por um raio de luz. Mas o foco da luminosidade ardia sobretudo da galeria central, onde as seções desapareciam sob a alvura das sedas e dos laços, das luvas e dos fichus. Em torno dos pilares de ferro, elevavam-se peças bufantes de musselina branca, presas de espaço em espaço por fulares brancos.

As escadas estavam ornadas de tecidos cor de marfim, tecidos de piquê e de basim alternados, que se perfilavam ao longo das rampas, enrolavam-se pelos corredores até o segundo andar; e essa ascensão do branco ganhava asas, flutuava e se perdia, como uma revoada de cisnes. Então, os brancos despencavam das abóbadas como uma garoa de frouxéis, uma suave queda de largos flocos de neve: cobertores e acolchoados leitosos caíam como pendões de igreja; longos jatos de guipura atravessavam o ar, parecendo suspender um enxame de borboletas peroladas; rendas tremeluziam por toda parte, flutuando como filandras ao sol de verão, enchendo o ar com seu hálito alveado. Mas a grande maravilha, o altar dessa religião do branco, era, no grande saguão central, logo acima da seção das sedas, uma tenda feita de cortinas brancas que desciam da cobertura de vidro. Musselinas, gazes, filós escorriam levemente, enquanto tules bordados, muito ricos, e peças de seda oriental, lamês de prata, serviam de fundo para essa decoração gigante, que tinha um pouco de tabernáculo e um pouco de alcova. Parecia um grande leito de lis, cuja enormidade virginal esperava, como nas lendas, a princesa alva, aquela que deveria chegar um dia, toda poderosa, sob o véu lácteo das noivas.

— Oh! Extraordinário! — repetiam as senhoras. — Maravilhoso!

Elas não se cansavam dessa canção do branco, que os tecidos de toda a casa celebravam. Mouret ainda não havia feito nada tão grandioso, era o apogeu de sua arte de exposição. Sob o desabamento de tantas brancuras, na aparente desordem dos tecidos, caídos como que por acaso das estantes, havia uma frase harmônica, a clara tonalidade repetida e desenvolvida em todas as suas nuanças, nascendo, crescendo, desabrochando, como a complexa orquestração de uma fuga de mestre, cujo desenvolvimento contínuo transporta as almas em um vôo cada vez mais alto. Nada além do branco, e nunca o mesmo branco, todos os brancos, elevando-se uns sobre os outros, opondo-se, completando-se, chegando à resplandecência mesma da luz. Partia-se das matizes foscas do calicô e da tela, dos tons opacos da casimira e da flanela; então vinham os veludos, as sedas, os cetins, uma gama crescente, o branco pouco a pouco iluminado, acabando em pequenas faíscas a ponto de acender; e o branco levantava vôo com a transparência das cortinas, tornava-se uma claridade livre com as musselinas, as guipuras, as rendas, os tules sobretudo, tão leves que eram como a nota extrema e perdida; enquanto a prata das peças de seda oriental cantava mais alto, no fundo da alcova gigante.

Entrementes, a loja fervilhava, as pessoas invadiam os elevadores, apertavam-se no bufê e no salão de leitura, todo um enxame zunia no meio desses espaços recobertos de neve. E a multidão cerrava-se e empurrava-se, pareciam patinadores de um lago da Polônia em dezembro. No térreo, havia uma onda escura, agitada de um refluxo incessante, na qual só se distinguiam os rostos deslumbrados das mulheres. Entre os vãos das estruturas de ferro, ao longo das escadas, sobre as passarelas, era uma ascensão sem fim de pequenas figuras, parecendo perdidas no alto de picos gelados. Um calor de estufa, sufocante, surpreendia nessas alturas glaciais. O zumbido das vozes fazia um barulho enorme, como uma correnteza de rio. No teto, a profusão dourada, os vidros anielados de ouro e as rosáceas douradas pareciam um raio de sol fulgurando nos Alpes da grande exposição de branco.

— Bom — disse a senhora de Boves —, precisamos avançar um pouco. Não podemos ficar paradas aqui.

Desde que entrara na loja, o inspetor Jouve não a largara de vista. Quando ela se virou, seus olhares se encontraram. Então, como ela se punha em marcha, ele deixou uma distância e a seguiu de longe, sem parecer se ocupar mais dela.

— Olhem! — disse a senhora Guibal, logo parando diante do primeiro caixa, em meio aos empurrões. — Que idéia simpática, essas violetas!

Era a mais nova idéia de Mouret, que ele anunciara com espalhafato nos jornais, um brinde de pequenos ramalhetes de violetas brancas, compradas aos milhares em Nice e distribuídas a todas as freguesas que fizessem uma compra. Perto de cada caixa, contínuos usando libré entregavam o brinde sob a vigilância de um inspetor. E pouco a pouco a clientela se encontrava florida, as lojas se enchiam desses buquês nupciais, e um perfume penetrante de flor acompanhava cada mulher.

— Sim — murmurou a senhora Desforges, com uma voz ciumenta —, a idéia é boa.

Porém, assim que começaram a se afastar, as senhoras ouviram dois vendedores fazendo piadas a propósito das violetas. Um magricela se espantava: o casamento do patrão com a primeira dos costumes infantis já estaria marcado? Enquanto um gordinho respondia que ninguém sabia, mas que pelos menos as flores tinham sido compradas.

— Como! — disse a senhora de Boves. — O senhor Mouret vai se casar?

— São as últimas notícias — respondeu Henriette, que pretendia indiferença. — Aliás, é assim que tudo sempre termina.

A condessa lançara um olhar oblíquo à sua nova amiga. Agora, as duas compreendiam por que a senhora Desforges viera ao Paraíso das Damas apesar das hostilidades do rompimento. Sem dúvida ela cedia à necessidade invencível de ver por si mesma e de sofrer.

— Vou andando com a senhora — disse a senhora Guibal, que a curiosidade despertava. — Encontraremos a senhora de Boves no salão de leitura.

— Pois muito bem! — declarou esta última. — Tenho coisas para fazer no primeiro andar... Vens comigo, Blanche?

E ela subiu acompanhada da filha, enquanto o inspetor Jouve, sempre atrás dela, tomou uma outra escada para não chamar a atenção sobre si. As duas outras se perderam na multidão compacta do térreo.

Todas as seções, no meio do acotovelamento da venda, só conversavam sobre os amores do patrão. A aventura, que havia meses ocupava os vendedores, encantados com a longa resistência de Denise, chegava de repente a um ponto crítico: descobriram na véspera que, apesar das súplicas de Mouret, a moça ia deixar o Paraíso, sob o pretexto de uma grande necessidade de repouso. E as apostas tinham sido abertas:

ela partiria mesmo? Não partiria? De seção em seção apostavam cem soldos, para o domingo seguinte. Os temerários colocavam um almoço sobre a carta do casamento final; contudo, os que acreditavam na partida, também não arriscavam seu dinheiro sem boas razões. Certamente a jovem tinha a força de uma mulher adorada e inatingível; mas o patrão, por seu lado, tinha a força de sua riqueza, de sua feliz viuvez, de seu orgulho, que uma derradeira exigência podia exasperar. De resto, uns como os outros estavam de acordo que essa vendedorazinha conduzira o assunto com a ciência de uma bela finória, jogando a partida de forma suprema, colocando suas últimas cartas na mesa: case-se comigo ou vou-me embora.

Denise, contudo, não pensava nem um pouco nessas coisas. Ela nunca tivera nem uma exigência nem um cálculo. Foram justamente os julgamentos sobre sua conduta, para sua contínua surpresa, que a fizeram tomar a decisão de partir. Ela jamais quisera tudo isso? Jamais se mostrara ardilosa, coquete, ambiciosa? Ela simplesmente viera lutar pela sua existência, e era a primeira a se espantar que alguém pudesse amá-la assim. E ficava ainda mais incrédula com a idéia de verem uma manobra em sua resolução de deixar o Paraíso. Era tão natural, no entanto! Ela chegava a sentir um mal-estar nervoso, angústias intoleráveis, no meio das fofocas que brotavam continuamente na casa, das obsessões ardentes de Mouret, dos combates que tinha de travar contra si mesma. Ela preferira então se afastar, temerosa de ceder um dia e de se arrepender em seguida por toda a sua vida. Se havia uma tática inteligente, ela a ignorava, ela se perguntava com desespero o que devia fazer para não ter o ar de uma caçadora de maridos. A idéia de um casamento a irritava agora, ela estava decidida a dizer não de novo, sempre não, no caso de ele levar a loucura até lá. Só ela devia sofrer. A necessidade da separação a deixava em lágrimas; mas ela se repetia, com sua grande coragem, que era preciso, que não teria mais repouso nem alegrias se agisse de outra forma.

Quando Mouret recebeu sua demissão, ficou mudo e gelado no esforço que fazia para se conter. Então, ele declarou secamente que lhe oferecia oito dias de reflexão antes de lhe deixar cometer tal tolice. Depois de oito dias, quando ela voltou ao assunto, expressando a vontade formal de ir embora após a grande venda, ele não se zangou mais, afetou falar com a razão: ela estava jogando sua fortuna pela janela, não encontraria em nenhum outro lugar a posição que ocupava ali. Ela já teria outra posição em vista? Ele estava disposto a dar as vantagens que ela esperava obter em outro lugar. E como a jovem respondeu que não procurara outra posição, que queria descansar primeiro um mês em Valognes, graças às economias que fizera, ele perguntou o que a impediria de voltar em seguida para o Paraíso, se era apenas o cuidado de sua saúde que a obrigava a partir. Ela se calava, torturada por esse interrogatório. Então, ele imaginou que ela ia encontrar um amante, um marido talvez. Ela não lhe confessara, certa vez, que amava alguém? Desde então, ele levava no meio do coração, fincada como uma faca, essa confissão arrancada em uma hora de tormenta. E se esse homem devia desposá-la, se ela abandonava tudo para ir com ele, isso explicava sua obstinação. Estava terminado. Ele acrescentou simplesmente com sua voz glacial que não a retinha mais, já que ela não podia lhe confiar as verdadeiras causas de sua partida. Essa conversa dura, sem cólera, a transtornou ainda mais que a cena violenta que ela temia.

Durante a semana que Denise teve ainda de passar na loja, Mouret manteve sua rígida palidez. Quando atravessava as seções, fingia não vê-la; ele nunca parecera mais indiferente, mais enfurnado no trabalho; e as apostas começaram, apenas os mais valentes ousavam arriscar um almoço na carta do casamento. Entretanto, sob essa frieza tão pouco habitual nele, Mouret escondia uma terrível crise de indecisão e sofrimento. Furores lhe batiam o crânio com um fluxo de sangue: ele via vermelho, sonhava em pegar Denise num abraço, prendê-la entre seus braços, sufocando seus gritos. Em seguida, ele tentava raciocinar, procurava meios práticos para impedi-la de atravessar a porta; mas esbarrava sempre em sua impotência, com ódio da inutilidade de seu poder e de seu dinheiro. Uma idéia, contudo, crescia no meio de seus loucos projetos, impondo-se pouco a pouco, apesar de suas revoltas. Depois da morte da senhora Hédouin, ele jurara não se casar novamente: por dever a uma mulher sua primeira chance, estava desde então resolvido a extrair sua fortuna de todas as outras mulheres. Como Bourdoncle, ele sentia como uma forte superstição que o dono de um grande magazine devia ser solteiro se quisesse manter a realeza masculina sobre os desejos desvairados de seu séqüito de freguesas: uma mulher a seu lado transformaria o ar, expulsaria as outras ao trazer seu cheiro. E ele resistia à invencível lógica dos fatos, e preferia morrer a ceder, tomado de repentinas cóleras contra Denise, sentindo que ela era a predestinada revanche, temendo tombar vencido sobre seus milhões, esmigalhado como uma casca de pão pelo eterno feminino, no dia em que a desposasse. Então, lentamente, ele tornava-se covarde novamente, discutia suas repugnâncias consigo mesmo. Para que temer? Ela era tão doce, sensata. Ele podia se abandonar a ela sem medo. Vinte vezes por hora, o combate recomeçava em seu ser atormentado. O orgulho irritava a ferida, ele perdia o pouco de razão que ainda tinha quando pensava que, mesmo depois dessa última submissão, ela podia dizer não, sempre não, se ela amava outra pessoa. Na manhã da grande venda, ele não tinha ainda decidido nada, e Denise partiria no dia seguinte.

Naquele dia, quando Bourdoncle entrou em seu gabinete por volta das três horas, segundo seu costume, ele o surpreendeu com os cotovelos na mesa, os punhos nos olhos, tão absorto que o diretor teve de tocá-lo no ombro. Mouret ergueu seu rosto molhado de lágrimas, os dois se olharam, seus braços se estenderam, e houve um brusco aperto de mãos entre esse homens que haviam travado juntos tantas batalhas comerciais. Aliás, havia um mês que a atitude de Bourdoncle tinha se modificado completamente: ele se dobrava diante de Denise, empurrava discretamente o patrão ao casamento. Com certeza só manobrava assim para não ser varrido por uma força que reconhecia agora como superior. Mas podia-se encontrar também, no fundo dessa transformação, o despertar de uma antiga ambição, a esperança temerária de devorar Mouret, diante de quem por tanto tempo ele se curvara. Isso estava no ar da casa, a batalha pela sobrevivência e prevalência, cujos massacres contínuos aqueciam a venda em torno deles. Ele era impulsionado pelo jogo da máquina, tomado do apetite dos outros, da voracidade que, de cima a baixo, jogava os pequenos para serem exterminados pelos grandes. Apenas uma espécie de temor religioso, a religião da sorte, o impedira até então de dar sua dentada. E se o patrão queria voltar a ser criança, escorregar para um casamento imbecil, matar sua chance, estragando seu charme sobre a freguesia, por que ele o dissuadiria? Pois ele poderia tão facilmente arrebatar a sucessão desse homem acabado, abatido nos braços de uma mulher. Assim, era com a emoção de um adeus, a piedade de uma velha camaradagem, que ele apertava as mãos de seu chefe, repetindo:

— Ora, vamos, coragem, que diabo! Case-se com ela e acabe logo com isso.

Mouret já sentia vergonha de seu minuto de abandono. Ele se levantou e protestou.

— Não, não, é uma tolice... Venha, vamos fazer nossa ronda. Está indo bem, não é? Acho que o dia será magnífico.

Eles saíram e começaram a inspeção da tarde no meio das seções lotadas de gente. Bourdoncle lançava em sua direção olhares oblíquos, inquieto com essa derradeira energia, estudando-o nos lábios, para surpreender neles as menores marcas de dor.

A venda, de fato, arrancava faíscas num ritmo de inferno, que tremia a casa, com um estrondo de grande navio usando todas as máquinas. Na seção de Denise, uma horda de mães se acotovelava, arrastando bandos de menininhas e garotinhos, afogados sob as roupas que os fazia experimentar. A seção dispusera todos os artigos brancos, e ali, como por toda parte, era um esbanjar de alvura, ideal para vestir uma revoada de Cupidos com frio: paletós de casimira branca, vestidos brancos de piquê, nanzuque, calicô, roupinhas brancas de marinheiro e até de zuavo. No centro da sala, como decoração, e ainda que a época não tivesse chegado, encontrava-se uma exposição de costumes de primeira comunhão, o vestido e o véu de musselina branca, os sapatinhos de cetim branco, uma floração leve e alegre, abrindo ali um enorme buquê de inocência e de cândido encantamento. A senhora Bourdelais, diante de seus três filhos, sentados por ordem de tamanho, Madeleine, Edmond e Lucien, zangava-se com este último porque ele se debatia enquanto Denise se esforçava para lhe colocar uma jaqueta de musselina de lã.

— Quieto, menino! A senhorita não acha que ela está um pouco estreita?

E, com seu claro olhar de mulher a quem não se pode enganar, ela estudava o tecido, julgava o corte, revirava as costuras.

— Não, está boa — retomou ela. — É toda uma produção quando é preciso vestir esse mundinho... Agora, eu preciso de um mantô para esta mocinha.

Denise tivera de se colocar na venda, na tomada de assalto da seção. Ela procurava o mantô pedido quando soltou uma exclamação de surpresa.

— Como! És tu? O que houve?

Seu irmão Jean estava diante dela com um pacote nas mãos. Ele casara oito dias antes, e no sábado, sua mulher, uma pequena morena com um rosto exótico e encantador, visitara longamente o Paraíso das Damas para fazer compras. O jovem casal iria acompanhar Denise a Valognes: uma verdadeira viagem de núpcias, um mês de férias nas lembranças de outrora.

— Imagina — respondeu ele — que Thérèse esqueceu um monte de coisas. Tem coisas para trocar, outras para comprar. Então, como ela está com pressa, mandou-me com este pacote... Vou te explicar...

Mas ela o interrompeu ao avistar Pepe.

— Mas Pepe também! E o colégio?

— Pois é — disse Jean —, depois do jantar de ontem não tive coragem de levá-lo de volta. Ele irá hoje à noite... O coitadinho já está bem triste de ficar enclausurado em Paris quando nós formos passear por lá.

Denise sorria para eles, apesar de seu tormento. Ela deixou a senhora Bourdelais com uma de suas vendedoras e voltou para eles, em um canto da seção que felizmente se esvaziava. Os pequenos, como ela ainda os chamava, eram a esta altura grandes rapazes. Pepe, com doze anos, já era quase da sua altura, ainda calado e vivendo de carícias, parecia um bebê em sua túnica de colegial; enquanto Jean, os ombros largos, muito mais alto que ela, guardava sua beldade feminina, com sua cabeleira loura escapando sob a boina dos operários artistas. E ela, que permanecera magra, não maior que uma cotovia, como ela dizia, conservava entre eles sua autoridade inquieta de mãe, tratava-os como crianças de quem é preciso cuidar permanentemente, abotoando o casaco de Jean para que ele não tivesse o ar de um vagabundo, assegurando que Pepe tivesse sempre um lenço limpo. Naquele dia, quando viu os grandes olhos desse último, ela ralhou suavemente:

— Sê razoável, meu pequeno. Não se pode interromper os estudos. Eu te levarei a Valognes nas tuas férias... Queres alguma coisa de lá? Preferes que eu te deixe umas moedas talvez?

Então ela voltou para o outro.

— Também, tu botas coisas na cabeça do pequeno, tu o fazes crer que vamos nos divertir! É bom que tenhas um pouco de sensatez.

Ela dera ao mais velho quatro mil francos, a metade de suas economias, para que pudesse instalar sua casa nova. O mais novo lhe custava bastante no colégio. Todo o seu dinheiro ia para eles, como outrora. Eles eram sua única razão de viver e de trabalhar, já que, novamente, ela jurava que não se casaria nunca.

— Enfim, aqui está — retomou Jean. — Neste pacote tem o paletó havana que Thérèse...

Mas ele se interrompeu, e Denise, virando-se para ver o que o intimidava, viu Mouret atrás deles. Havia um instante que ele a observava fazer seus negócios de pequena mãe entre os dois rapagões, zangando com eles, beijando-os, revirando-os como bebês quando são trocados. Bourdoncle ficara afastado, o ar interessado pela venda; mas ele não tirava os olhos da cena.

— São seus irmãos, não é? — perguntou Mouret após um silêncio.

Ele tinha voz glacial, a atitude rígida com a qual lhe falava nos últimos tempos. A própria Denise fazia um esforço para ficar igualmente fria. Seu sorriso se apagou, ela respondeu:

— Sim, senhor... Eu casei o mais velho, e sua mulher o mandou aqui para resolver pequenas providências.

Mouret continuou a olhar os três. E retomou:

— O mais jovem cresceu bastante. Eu o reconheço, lembro-me de tê-lo visto uma noite nas Tuileries com a senhorita.

E sua voz, que diminuía, teve um leve tremor. Ela, sufocada, abaixou a cabeça sob o pretexto de arrumar o cinto de Pepe. Os dois irmãos, enrubescidos, sorriam para o patrão da irmã.

— Eles se parecem com a senhorita — disse ele ainda.

— Oh! — exclamou ela. — São muito mais bonitos que eu.

Por um momento ele pareceu comparar os rostos. Mas estava no limite de suas forças. Como ela os amava! Ele deu alguns passos para sair dali; mas voltou para lhe dizer ao ouvido:

— Suba a meu gabinete depois da venda. Gostaria de lhe falar antes de sua partida.

Desta vez Mouret se afastou e retomou sua inspeção. A batalha recomeçava nele, pois esse encontro marcado o irritava agora. A que impulso cedera ele enfim ao vê-la com seus irmãos? Estava ficando louco, já que não encontrava mais forças para agir por vontade própria. Enfim, só teria de sofrer o inconveniente de lhe dizer uma palavra de adeus. Bourdoncle, que se reunira a ele, parecia menos inquieto, ao mesmo tempo em que continuava a estudá-lo com vagas olhadas.

Entrementes, Denise voltara para perto da senhora Bourdelais.

— E o mantô, caiu bem?

— Sim, sim, muito bem... Por hoje já é o bastante. É uma ruína com esses pequenos!

Então, esquivando-se dela, Denise escutou as explicações de Jean e o acompanhou às seções onde ele certamente teria perdido a cabeça. Primeiro foi o paletó havana, que Thérèse, depois de refletir, queria trocar por um paletó de fazenda branca, do mesmo tamanho, com o mesmo corte. E a jovem, com o pacote já nas mãos, foi às confecções seguida dos dois irmãos.

A seção estava expondo as vestimentas de cor clara, jaquetas e mantilhas de verão, em seda leve, em lã de imitação. Mas a venda não estava acontecendo ali, as clientes estavam relativamente esparsas. Quase todas as vendedoras eram novas. Clara desaparecera havia um mês, levada, segundo uns, pelo marido de uma compradora, caída na devassidão da rua, segundo outros. Quanto a Marguerite, ela iria finalmente retornar para ocupar a direção da pequena loja de Grenoble, onde seu primo a esperava. E apenas a senhora Aurélie permanecia ali, imutável, na couraça redonda de seu vestido de seda, com sua máscara imperial que mantinha o empastamento amarelado de um mármore antigo. Entretanto, a má conduta de seu filho Albert a assolava, e ela teria se retirado para o campo se não fossem os rombos feitos nas economias da família por esse malandro, cuja terrível voracidade ameaçava inclusive levar, pedaço a pedaço, a propriedade de Rambouillet. Era como uma revanche do lar destruído, enquanto a mãe recomeçara suas excursões entre mulheres, e o pai continuava a tocar trompa. Bourdoncle já começava a ver a senhora Aurélie com um ar descontente, surpreso que ela não tivesse o tato de partir para sua aposentadoria: velha demais para a venda! Esse dobre iria logo soar, varrendo definitivamente a dinastia dos Lhommes.

— Ah! É a senhorita — disse ela a Denise, com uma amabilidade exagerada. — Sim, quer trocar este paletó? Mas imediatamente... Ah! Aí estão seus irmãos. Verdadeiros homens agora!

Apesar de seu orgulho, ela teria se colocado de joelhos para fazer a corte à jovem. Como nas outras seções, nas confecções não se falava noutra coisa além da partida de Denise; e a primeira estava doente com isso, pois contava com a proteção de sua antiga vendedora. Ela abaixou a voz.

— Dizem que a senhorita nos deixa... Mas como é possível?

— Sim — respondeu a moça.

Marguerite a escutava. Desde que haviam marcado seu casamento, ela passeava seu rosto de leite talhado com expressões ainda mais enojadas. Ela se aproximou, dizendo:

— Tem toda a razão. Auto-estima antes de tudo, não é mesmo? Adeus, então, minha cara.

Clientes chegavam. A senhora Aurélie mandou que ela fosse cuidar da venda. Então, como Denise pegava o paletó para fazer ela mesma a "devolução", a primeira a interpelou e chamou uma auxiliar. Esta era justamente uma inovação assoprada pela jovem a Mouret, mulheres encarregadas de levar os artigos, o que aliviava o cansaço das vendedoras.

— Acompanhe a senhorita — disse a primeira, entregando-lhe o paletó.

E voltando-se a Denise:

— Por favor, pense bem... Estamos desolados com sua partida.

Jean e Pepe, esperando sem pressa, sorriam em meio a esse fluxo de mulheres e seguiram a irmã. Agora precisavam ir aos enxovais pegar seis camisas de baixo, parecidas com a meia dúzia que Thérèse comprara no sábado. Mas, entre os balcões da lingerie, onde a exposição de branco nevava de todas as prateleiras, sufocava-se e era muito difícil avançar. Primeiro, nos corpetes, uma pequena insurreição aglomerava a multidão. A senhora Boutarel, que desta vez subira do Midi com o marido e a filha, percorria desde cedo as galerias na busca de um enxoval para esta última, que ia se casar. O pai era consultado a cada etapa, era interminável. Enfim, a família desabou na seção de lingerie; e, enquanto a filha estudava profundamente as calças de baixo, a mãe desapareceu, tendo ela mesma o capricho de um corpete.

Quando o senhor Boutarel, um homem grande e sanguíneo, largou assustado a filha e saiu à procura da mulher, encontrou-a em um provador, diante do qual foi-lhe oferecido polidamente um assento. Essas cabinas eram estreitas células, fechadas com vidros polidos, onde os homens, mesmo os maridos, não podiam entrar por uma exagerada decência da direção. Vendedoras saiam e entravam, deixando a cada vez, no rápido abrir e fechar de portas, que se vislumbrasse senhoras em camisa e em anágua, o pescoço nu, os braços nus, gordas cuja carne branqueava, magras com o tom de velho marfim. Uma fila de homens esperava nas cadeiras com o ar entediado. E o senhor Boutarel, quando compreendeu, zangou-se de verdade, gritando que queria sua mulher, que pretendia saber o que faziam com ela, que certamente não a deixaria se desvestir sem ele. Em vão tentavam acalmá-lo: ele parecia acreditar que aconteciam lá dentro coisas indecorosas. A senhora Boutarel teve de reaparecer, enquanto as pessoas discutiam e riam.

Então Denise pôde passar com seus irmãos. Toda a lingerie feminina, as roupas brancas normalmente ocultas, estava exposta em uma seqüência de salas classificadas em diversas subseções. Os corpetes e as crinolinas ocupavam um balcão, corpetes costurados, corpetes longos, corpetes armados e sobretudo corpetes de seda branca, para os quais haviam feito nesse dia um mostruário especial: um exército de manequins sem cabeça e sem pernas, apenas os torsos alinhados, bustos de boneca dissimulados sob a seda, de uma lubricidade perturbadora; e, perto dali, em outros suportes, as crinolinas de crina e de chitão prolongavam a esbeltez das varas com ancas enormes e marcadas, cujo perfil ganhava uma indecência caricatural. Mas, em seguida, o desnudamento elegante começava, um desnudamento que juncava as vastas salas, como se um grupo de moças bonitas se tivesse despido balcão após balcão, até o cetim nu de sua pele. Aqui, artigos de fina lingerie, punhos e gravatas brancas, fichus e colarinhos brancos, uma variedade infinita de fanfreluches leves, uma espuma branca que escapava das caixas e subia como ovos em neve. Ali, camisolas, corseletes, robes e penhoares, de tela, nanzuque, renda, longas roupas brancas, soltas e finas, nas quais se podia sentir as manhãs preguiçosas que seguiam noitadas de amor. E as roupas de baixo apareciam, caíam uma a uma: anáguas brancas de todos os comprimentos, anáguas marcadas nos joelhos, anáguas com cauda, uma maré montante de anáguas, nas quais as pernas se afogavam; então vinham calças de percal, de tela, de piquê, largas calças brancas onde dançariam pernas de um homem; camisas de baixo, enfim, abotoadas no pescoço para a noite, descobrindo o busto de dia, não se prendendo mais do que com estreitas dragonas, em simples calicô, em tela irlandesa, em batista, o último véu branco que escorregava do pescoço ao longo dos quadris. Nos enxovais, era uma exposição indiscreta, a mulher revirada e vista pelo lado de baixo, desde a pequena burguesa com telas lisas, até a rica senhora acaçapada em rendas, uma alcova publicamente aberta, cujo luxo escondido, de plissados, bordados, valencianas, era como uma depravação sensual, à medida que transbordava ainda mais em fantasias custosas. A mulher se revestia em seguida, a espuma branca dessa queda de lingerie entrava no mistério tremeluzente das saias, da camisa esticada pelos dedos da costureira, da calça fria ainda com as dobras da caixa, todo um mundo de percal e de batista mortos, parecendo esquecidos sobre os balcões, jogados, empilhados, iam se fazer vivos com o calor da carne, perfumados e aquecidos pelo aroma do amor, uma névoa branca que ficaria sagrada, banhada pela noite, e cujo menor esvoaçar, deixando entrever o lampejo rosado do joelho camuflado sob as brancuras, devastava o mundo. Então, havia ainda outra sala, o enxoval infantil, onde o branco voluptuoso da mulher concluía no branco cândido da criança: uma inocência, uma pureza, a amante que desperta mãe, camisolinhas de piquê, toucas de flanela, camisas e calças grandes como brinquedos, e vestidos de batizado, peliças de casimira, a penugem branca do nascimento, semelhante a uma garoa de plumas brancas.

— Sabe, são as camisas de amarrar — disse Jean, que esse desnudamento, essa enchente de peças íntimas onde ele se enfiava encantava de prazer.

Nos enxovais, Pauline acorreu imediatamente quando avistou Denise. E antes mesmo de saber o que ela desejava, falou-lhe em voz baixa, muito emocionada com os rumores que circulavam na loja inteira. Em sua seção, duas vendedoras tinham inclusive brigado, uma afirmando e a outra negando a partida.

— Fica conosco, não é? Eu apostei minha cabeça... O que será de mim?

E como Denise respondeu que partiria no dia seguinte:

— Não, não, você acredita nisso, mas eu sei o contrário... Meu Deus! Agora que tenho um bebê, preciso que me nomeie segunda. Baugé está contanto com isso, minha cara.

Pauline sorria com um ar convencido. Em seguida, ela deu as seis camisas; e Jean, como disse que eles iam agora para os lenços, ela chamou uma auxiliar para levar as camisas e o paletó deixado pela auxiliar das confecções. A moça era a senhorita de Fontenailles, casada recentemente com Joseph. Ela acabara de obter de favor esse posto de criada, para o qual ela vestia uma grande blusa preta, marcada no ombro com um número em lã amarela.

— Siga a senhorita — disse Pauline.

Então, voltando-se e abaixando a voz de novo:

— Hein? Eu sou segunda, está acertado!

Denise prometeu rindo, para gracejar por sua vez. E ela se foi. Desceu com Pepe e Jean, os três acompanhados pela auxiliar. No térreo, eles caíram nas lãs, um canto de galeria inteiramente forrado de moletom e flanela brancos. Liénard, que seu pai chamava em vão de volta para Angers, conversava com o belo Mignot, que se tornara representante e ousava reaparecer despudoradamente no Paraíso das Damas. Certamente falavam de Denise, pois os dois se calaram para cumprimentá-la com um ar solícito. Aliás, à medida que ela avançava através das seções, os vendedores se agitavam e se inclinavam, na dúvida do que ela seria no dia seguinte. Cochichavam, achavam-na triunfante; e foi uma nova rodada de apostas, arriscaram nela vinho de Argenteuil e frituras. Ela entrou pela galeria do branco para chegar aos lenços, que estavam na outra ponta. O branco desfilava: a pureza do algodão nos basins, madapolões, piquês, calicôs; a finura das gazes, nanzuques, musselinas, tarlatanas; a opacidade das telas, em pilhas enormes, erigidas com peças alternadas como blocos de mármore, telas fortes, telas finas, de todas as larguras, brancas ou cruas, em linho puro, branqueadas no prado. Então tudo recomeçava, os balcões se sucediam para cada tipo de tecido, tecido para cama, para mesa, para copa e cozinha, uma catarata cheia de peças brancas, lençóis, fronhas, inúmeros modelos de guardanapo, toalhas de mesa, aventais, panos de prato. E os cumprimentos continuavam, alinhavam-se à passagem de Denise, Baugé se precipitou ao balcão das telas para sorrir para ela, como à boa rainha da casa. Enfim, depois de ter atravessado os cobertores, uma sala embandeirada de pendões brancos, ela entrou nos lenços, cuja decoração engenhosa pasmava a multidão: eram apenas colunas brancas, pirâmides brancas, castelos brancos, uma complexa arquitetura, unicamente construída com lenços, de linho, de batista, de cambraia, de tela irlandesa, de seda da China, bordados em plumetis, ornados de rendas, com debruns, monogramas e fímbrias, toda uma cidade de tijolos brancos de uma variedade infinita cortando-se em uma miragem sob um céu oriental, aquecido a branco.

— Disseste mais uma dúzia? — perguntou Denise a seu irmão. — Do tipo Cholet, não é?

— Sim, acho que sim, iguais a este aqui — respondeu ele mostrando um lenço do pacote.

Jean e Pepe não largavam a saia dela, apertando-se sempre contra a irmã, como outrora, quando tinham acabado de chegar a Paris, quebrantados pela viagem. Perturbava-os essas vastas galerias, onde ela se encontrava em casa; e eles se abrigavam à sua sombra, remetiam-se à proteção da mãezinha deles, em um despertar instintivo da infância. E todos no magazine seguiam-nos com os olhos, sorriam ao ver passar esses dois rapagões filando sobre os passos dessa mocinha magra e grave, Jean estarrecido com sua barba, Pepe assustado em sua túnica, os três do mesmo louro, um louro que fazia murmurar à sua passagem, de uma ponta a outra das seções.

— São seus irmãos... São seus irmãos...

Mas, enquanto Denise procurava um vendedor, houve um novo encontro. Mouret e Bourdoncle entravam na galeria; e, como o primeiro parava novamente diante da moça, sem aliás lhe dirigir a palavra, a senhora Desforges e a senhora Guibal passaram. Henriette reprimiu um susto de que toda a sua carne estremeceu. Ela fitou Mouret e depois Denise. Eles também olharam para ela, foi o desenlace mudo, o fim comum dos grandes dramas do coração, um olhar trocado no empurra-empurra da multidão. Mouret já se afastava, enquanto Denise se perdia no fundo da seção, acompanhada de seus irmãos, ainda à procura de um vendedor livre. Então, tendo reconhecido a senhorita de Fontenailles na auxiliar que acompanhava o trio, com seu número amarelo no ombro e sua máscara engrossada e terrosa de criada, Henriette pôde se aliviar, dizendo com uma voz irritada para a senhora Guibal:

— Veja o que ele fez a essa infeliz... Não é chocante? Uma marquesa! E ele a força a seguir como um cachorro as criaturas recolhidas na calçada por ele!

Ela tentou se acalmar, afetou acrescentar com ar de indiferença:

— Vamos agora ver o mostruário da seda.

A seção das sedas era como um grande quarto de amor, forrado de branco por um capricho de amante à nudez de neve, querendo lutar de brancura. Todos os tons leitosos de um corpo adorado se encontravam ali, desde os veludos das costas, até a seda fina das coxas e o cetim reluzente do busto. As peças de veludo estavam estendidas entre as colunas, sedas e cetins se destacavam nesse fundo de branco cremoso em painéis de uma alvura de metal e porcelana. E havia ainda, formando arcetes, tafetás de seda e sicilianas a grãos grossos, fulares e surás leves, indo do branco intenso de uma loura da Noruega, ao branco transparente, aquecido de sol, de uma ruiva da Itália ou da Espanha.

Nessa hora, Favier media um fular branco para a "bela dama", aquela loura elegante, costumeira do balcão, que os vendedores só designavam por essas palavras. Fazia anos que ela vinha e não se sabia ainda nada dela, nem sua vida, nem seu endereço, sequer seu nome. Ninguém aliás procurava descobrir, ainda que todos, em cada uma de suas aparições, levantavam hipóteses, simplesmente para ter do que falar. Ela emagrecia, ela engordava, ela dormira bem, ou ela devia ter se deitado tarde na véspera; e cada pequeno fato de sua vida desconhecida, eventos de fora, dramas internos, tinha uma reação longamente comentada. Nesse dia, ela parecia muito alegre. Assim, quando Favier voltou do caixa, onde a conduzira, comunicou suas reflexões a Hutin.

— Talvez ela se case novamente.

— Ela é viúva? — perguntou o outro.

— Não sei... Mas você deve se lembrar da vez que estava de luto... A menos que tenha ganhado dinheiro na Bolsa.

Um silêncio reinou. Em seguida ele concluiu:

— Isso é com ela... Se a gente fizesse amizade com todas as mulheres que vêm aqui...

Mas Hutin estava pensativo. Ele tivera, na antevéspera, uma conversa viva com a direção, e se sentia condenado. Depois da grande venda, sua demissão estava certa. Fazia muito tempo que sua situação estalava sob seus pés. No último inventário, haviam-no censurado por ter ficado abaixo do faturamento fixado anteriormente; e era ainda, e sobretudo, a lenta ação dos apetites subalternos que o devoravam por sua vez toda a guerra dissimulada da seção que o enxotava para fora, no movimento normal da máquina. Ouvia-se o trabalho surdo de Favier, um grande barulho de maxilares, sufocado debaixo da terra. Este já tinha a promessa de ser nomeado primeiro. Hutin, que sabia das coisas, no lugar de cuspir em seu antigo camarada, encarava-o agora como um forte adversário. Um rapaz tão sem graça, o ar obediente, de quem ele se servira para se desfazer de Robineau e de Bouthemont! Isso o espantava com uma surpresa onde entrava um certo respeito.

— A propósito — retomou Favier —, sabe que ela vai ficar? Acabam de ver o patrão trocar olhares com ela... Vou sair com uma garrafa de champanhe.

Ele falava de Denise. De uma seção à outra, os rumores sopravam mais forte através da corrente ininterrupta de clientes. A seda sobretudo estava em revolução, pois apostavam ali coisas caras.

— Por Deus! — soltou Hutin, despertando como de um sonho. — Como fui estúpido de não dormir com ela! Hoje eu seria chique!

Então ele enrubesceu com essa confissão ao ver Favier rir. E ele afetou rir igualmente, e acrescentou, para consertar sua frase, que essa criatura o denegrira no ânimo da direção. Entretanto, uma necessidade de violência o tomava, e ele se zangou com os vendedores debandados sob o assalto da clientela. Mas, de repente, voltou a sorrir: acabara de avistar a senhora Desforges e a senhora Guibal atravessando lentamente a seção.

— Não precisa de nada hoje, senhora?

— Não, obrigada — respondeu Henriette. — Como o senhor vê, estou passeando, vim apenas por curiosidade.

Quando a deteve, ele abaixou a voz. Todo um plano germinava em sua mente. E ele a bajulou, denegriu a casa: já não agüentava mais aquele lugar, preferia ir embora do que continuar a fazer parte de uma tal desordem. Ela escutava, encantada. Foi ela então que, pensando roubá-lo ao Paraíso, ofereceu-lhe ser contratado por Bouthemont como primeiro da seda quando as lojas das Quatro Estações fossem reabertas. O negócio foi concluído, os dois cochichavam muito baixo, enquanto a senhora Guibal se interessava pelo mostruário.

— Posso lhe oferecer um buquê de violetas? — retomou Hutin em voz alta, mostrando em uma mesa três ou quatro buquês de brinde que ele pegara para si a fim de dar presentes pessoais.

— Ah! Não, veja se pode! — exclamou Henriette com um movimento de recuo. — Não quero ser parte do casório.

Eles se compreenderam e se separaram rindo novamente, com olhares inteligentes.

Como a senhora Desforges procurava a senhora Guibal, exclamou ao avistar a senhora Marty. Esta última, seguida da filha Valentine, estava na loja havia duas horas, carregada por uma de suas crises de gastos, das quais saía quebrada e confusa. Ela batera a seção de móveis, que uma exposição de peças laqueadas de branco transformava em vasto quarto de moça, as fitas e os fichus adornando colunatas brancas revestidas de vélum branco; passara pelos aviamentos e pela passamanaria, com seus fios brancos que enquadravam engenhosos brasões pacientemente compostos com cartões de botão e pacotes de agulha; atravessara a malharia, onde se sufocava nesse ano, para ver o imenso motivo de decoração, o nome resplandecente do Paraíso das Damas, com letras de três metros de altura, feitas com meias brancas, sobre um fundo de meias vermelhas. Mas a senhora Marty estava sobretudo agitada com as novas seções. Não se podia abrir uma nova seção sem que ela a inaugurasse; ela se precipitava, comprava qualquer coisa. Ela passara uma hora na chapelaria, instalada em um salão novo do primeiro andar, fazendo esvaziar as estantes, pegando os chapéus em seus apoios de palissandra que recobriam duas mesas, experimentado todos nela e em sua filha, chapéus brancos, capotas brancas, toucas brancas. Então ela descera para a sapataria, no fundo de uma galeria do térreo, atrás das gravatas, uma seção aberta naquele dia, da qual ela revirara os mostruários, tomada de desejos doentios diante dos chinelos de seda branca ornados de plumas de cisne, dos sapatos e botas de cetim branco montados sobre grandes saltos Luís XV.

— Oh! Minha cara — gaguejava ela —, você não tem idéia! Eles têm uma extraordinária variedade de capotas. Escolhi uma para mim e uma para minha filha... E os sapatos, hein, Valentine?

— É maravilhoso! — Acrescentava a jovem, com sua ousadia feminina. — Tem botas por vinte francos e cinqüenta. Ah! Que botas!

Um vendedor as seguia, arrastando a eterna cadeira, onde se amontoava já todo um lote de artigos.

— Como vai o senhor Marty? — perguntou a senhora Desforges.

— Nada mal, eu acho — respondeu a senhora Marty, assustada com essa brusca pergunta que caía maldosamente sobre sua febre de gastos. — Ele continua lá, meu tio foi vê-lo esta manhã...

Mas ela se interrompeu, soltando uma exclamação de êxtase.

— Olhem ali! É adorável!

As senhoras, que haviam dado alguns passos, se encontravam diante da nova seção de flores e plumas, instalada na galeria central, entre a seda e as luvas. Sob a luz viva da cobertura de vidro, havia uma enorme floração, uma gavela branca, alta e larga como um carvalho. Arranjos de flores ornavam a parte de baixo, violetas, lírios, jacintos, margaridas, todas as brancuras delicadas das platibandas. Então os buquês subiam, com rosas brancas, suavizadas com um toque de cor-de-rosa, grande peônias brancas, levemente matizadas de carmim, crisântemos brancos, em leves feixes estrelados de amarelo. E as flores continuavam a subir, os grandes lírios místicos, ramos de macieira de primavera, braçadas de lilás perfumados, um desabrochar contínuo que sobrelevavam, à altura do primeiro andar, penachos de plumas de avestruz, plumas brancas que eram como o sopro desse canteiro de flores brancas. Todo um canto apresentava grinaldas e coroas de flores de laranjeira. Havia flores metálicas, cardos de cobre, espigas prateadas. Entre as folhagens e as corolas, no meio dessa musselina, dessa seda e desse veludo, onde gotas de goma faziam as gotas de orvalho, voavam pássaros para chapéus: tangarás púrpura com a calda preta, e saíras-de-sete-cores com o peito colorido como o arco-íris.

— Vou comprar um ramo de macieira — retomou a senhora Marty. — Não é? É delicioso… e esse passarinho, olha aqui, Valentine. Oh! Vou levá-lo!

Entretanto, a senhora Guibal se entediava de ficar imóvel no remoinho da turba. Ela então disse:

— Pois bem! Vamos deixá-la fazer suas compras. Nós duas vamos subir.

— Oh, não! Esperem por mim! — exclamou a outra. — Eu também vou subir… Lá em cima está a perfumaria. Eu preciso ver a perfumaria.

Essa seção, criada na véspera, era ao lado do salão de leitura. A senhora Desforges, para evitar o atravancamento das escadas, falou em pegar o elevador; mas tiveram de desistir, faziam fila na porta do aparelho. Enfim, elas chegaram no andar de cima, passaram diante do bufê público, onde a horda era tal que um inspetor era obrigado a refrear os apetites, só deixando entrar a clientela glutona em pequenos grupos por vez. E desde o bufê as senhoras começaram a sentir as fragrâncias da perfumaria, um cheiro penetrante de sachê que invadia toda a galeria. Disputava-se ali um sabonete, o sabonete Paraíso, a especialidade da casa. Nos balcões envidraçados e nas prateleiras de cristal das estantes, alinhavam-se potes de pomadas e de pastas, caixas de pós e de ruges, frascos de óleo e de água-de-toalete; enquanto escovas finas, pentes, tesouras, frascos de bolso ocupavam um armário especial. Os vendedores decoraram a exposição com todos os potes de porcelana branca, todos os frascos de vidro branco de que dispunham. O que encantava era, no centro, uma fonte de prata com uma Pastora de pé sobre uma messe de flores, e da qual corria um fio contínuo de água de violeta, que ressoava musicalmente na bacia de metal. Um aroma delicioso se espalhava em torno, as senhoras molhavam seus lenços ao passar.

— Pronto! — disse a senhora Marty quando se encheu de loções, dentifrícios, cosméticos. — Agora terminei, sou toda sua. Vamos nos encontrar com a senhora de Boves.

Mas, no patamar da grande escadaria central, o Japão também as deteve. Essa seção crescera desde o dia em que Mouret se divertira a arriscar, no mesmo espaço, uma mesinha de promoções coberta de bibelôs desbotados, sem ter ele mesmo previsto o sucesso. Poucas seções tiveram um início tão modesto, e agora ela transbordava de velhos bronzes, de velhos marfins, de velhas peças de laca, faturava um milhão e meio por ano; para abastecê-la, ele revirava todo o Extremo Oriente, onde viajantes vasculhavam palácios e templos para ele. Aliás, as seções continuavam a brotar. Haviam tentado duas novas em dezembro, a fim de tapar os vazios da estação morta de inverno: uma seção de livros e uma de brinquedos de criança, que deviam certamente crescer também e varrer ainda mais os comércios vizinhos. Quatro anos bastaram ao Japão para atrair toda a clientela artística de Paris. Dessa vez, até a senhora Desforges, apesar de seu rancor que lhe fizera jurar não comprar nada, sucumbiu diante de uma figurinha de marfim de uma fineza encantadora.

— Envie-o para mim — disse ela rapidamente a um caixa vizinho. — Noventa francos, não é?

Ao ver a senhora Marty e sua filha enfiadas em uma escolha de porcelanas baratas, ela retomou, levando a senhora Guibal:

— As senhoras nos encontrarão na sala de leitura... Eu realmente preciso me sentar um pouco.

No salão de leitura, elas tiveram de ficar de pé. Todas as cadeiras em torno da grande mesa coberta de jornais estavam ocupadas. Homens gordos liam, esparramados, expondo suas barrigas, sem ter a amável idéia de ceder o lugar. Algumas mulheres escreviam, com o nariz enfiado em suas frases, como para esconder o papel sob as flores de seus chapéus. De resto, a senhora de Boves não estava lá, e Henriette se impacientava, quando avistou Vallagnosc, que também procurava sua mulher e sua sogra. Ele as cumprimentou e disse:

— Elas estão certamente nas rendas, não dá para tirá-las de lá. Vou ver.

E ele teve a gentileza de procurar duas cadeiras antes de se afastar.

O aperto das rendas era maior a cada minuto. A grande exposição de brancos triunfava ali, em suas texturas mais delicadas e mais caras. Era a tentação sublime, o golpe de loucura do desejo que desafiava as mulheres mais fortes. Haviam transformado a seção em uma capela branca. Tules e guipuras prendiam-se no alto criando um céu alvo, um desses véus de nuvens cuja fina rede empalidece o sol matinal. Em torno das colunas, desciam volantes de malina e valenciana, saias brancas de dançarina, desenroladas num tremor pálido até o chão. Então, de todas as partes, sobre todas as mesas, o branco nevava: espanholas leves como um sopro, aplicações de Bruxelas com suas flores largas em malha fina, pontos de agulha e pontos de Veneza com desenhos mais pesados, pontos de Alençon e rendas de Bruges de uma riqueza régia e como que religiosa. Parecia que um deus dos paramentos tinha ali seu tabernáculo.

Depois de ter passeado longamente com a filha, rodando diante dos mostruários, com a necessidade sensual de colocar as mãos em todos os tecidos, a senhora de Boves pediu que Deloche lhe mostrasse um ponto de Alençon. Primeiro, ele mostrara a imitação; mas ela quis ver o Alençon verdadeiro, e ela não se contentava com as pequenas peças de trezentos francos por metro, exigia os altos volantes de mil, os lenços e leques de setecentos ou oitocentos. Logo o balcão foi coberto por uma fortuna. Em um canto da seção, o inspetor Jouve, que não perdia a senhora de Boves de vista apesar de seu aparente borboleteio, mantinha-se imóvel no meio do tumulto, a atitude indiferente, o olhar sempre sobre ela.

— E o senhor teria gorjeiras em ponto de agulha? — perguntou a condessa a Deloche. — Mostre-me, por favor.

O caixeiro, que ela segurava havia vinte minutos, não ousava resistir a seus grandes ares, seu porte e voz de princesa. Então ele hesitou, pois recomendavam aos vendedores não amontoar assim rendas preciosas, e ele deixara que roubassem dez metros de malina na semana precedente. Mas ela o perturbava, ele cedeu, e abandonou por um instante um amontoado de pontos de Alençon para pegar em uma prateleira atrás de si as gorjeiras solicitadas.

— Olha aqui, mamãe — disse Blanche, que remexia ao lado uma caixa cheia de pequenas valencianas a preços baixos —, podemos pegar isso para os travesseiros.

A senhora de Boves não respondia. Então, virando o rosto mole, a filha viu sua mãe com a mão no meio das rendas, fazendo desaparecer na manga de seu mantô os volantes de ponto de Alençon. Ela não pareceu surpresa, fez um movimento instintivo para escondê-la, quando Jouve apareceu bruscamente entre elas. Ele se inclinou e murmurou no ouvido da condessa com uma voz polida.

— Senhora, queira me acompanhar.

Ela teve uma curta revolta.

— Mas por quê, senhor?

— Queira me acompanhar, senhora — repetiu o inspetor sem elevar o tom.

O rosto embriagado de angústia, ela lançou um rápido olhar em torno de si. Então, ela se resignou, retomou seu porte altivo, caminhando perto dele como uma rainha que desdenha se confiar aos bons cuidados de um ajudante-de-ordens. Nenhuma das clientes aglomeradas ali percebera a cena. Deloche, que se virara novamente para o balcão com as gorjeiras, observava-a ser levada, de boca aberta: Como? Essa também? Essa senhora tão nobre? Não dava para confiar em ninguém! E Blanche, que deixaram livre, seguia de longe a mãe, andando devagar no meio da marola de ombros, lívida, dividida entre o dever de não abandoná-la e o terror de ser levada com ela. Ela a viu entrar no gabinete de Bourdoncle e se contentou em perambular diante da porta.

Bourdoncle, do qual Mouret acabava de se desembaraçar, se encontrava ali naquele momento. Era ele justamente quem julgava esse tipo de furto, cometido por pessoas honrosas. Jouve espreitava essa aí havia muito tempo, tendo colocado o diretor a par de suas suspeitas; assim, este último não se espantou quando o inspetor explicou-lhe o acontecido em uma palavra; casos tão extraordinários lhe passavam pelas mãos todos os dias, que ele dizia que a mulher era capaz de tudo quando a loucura do consumo a arrebatava. Como ele não ignorava as relações mundanas do patrão com a ladra, também mostrou uma perfeita polidez.

— Senhora, nós desculpamos esses momentos de fraqueza... Rogo-lhe apenas que considere aonde um tal esquecimento de si mesma poderia conduzi-la. Se alguma outra pessoa a tivesse visto camuflar essas rendas...

Mas ela o interrompeu com indignação. Ela, uma ladra! Por quem a tomavam? Ela era a condessa de Boves, seu marido, o inspetor geral dos haras, freqüentava a Corte.

— Eu sei, eu sei, minha senhora — repetia calmamente Bourdoncle. — Tenho a honra de conhecê-la. Queira antes de mais nada devolver as rendas que a senhora tem consigo...

Ela revoltou-se de novo, não o deixava dizer mais uma palavra, colérica, ousando ir às lágrimas da grande dama ultrajada. Qualquer outro temeria alguma repercussão deplorável, pois ela o ameaçava de se dirigir aos tribunais para vingar tal injúria.

— Atenção, senhor! Meu marido irá até o ministro.

— Vamos, a senhora não é mais razoável que as outras — declarou Bourdoncle impaciente. — Vamos ter de revistá-la, já que é preciso.

Ela não vacilou, e disse com sua segurança soberba:

— Isso mesmo, pode me revistar... Mas eu lhe advirto, está arriscando sua casa.

Jouve foi buscar duas vendedoras de corpetes. Quando voltou, avisou Bourdoncle que a filha da senhora, que ficara livre, continuava diante da porta, e perguntou se era preciso convidá-la para entrar também, ainda que não a tivesse visto pegar nada. O diretor, muito correto, decidiu, em nome da moral, que não a fariam entrar, para não forçar uma mãe a se enrubescer diante da filha. Então os dois homens se retiraram para a sala vizinha enquanto as vendedoras revistavam a condessa e lhe tiravam até o vestido, a fim de checar o busto e os quadris. Além dos volantes de ponto de Alençon, doze metros de mil francos, escondidos no fundo da manga, elas encontraram no busto, achatados e quentes, um lenço, um leque, uma gravata, um total de quatorze mil francos aproximadamente em rendas. Fazia um ano que a senhora de Boves furtava assim, assolada de uma necessidade furiosa, irresistível. As crises pioravam, aumentavam até se tornarem uma voluptuosidade necessária à sua existência, levando todas as considerações de prudência, satisfazendo-se com uma fruição tanto mais amarga que ela arriscava, sob os olhos da turba, seu nome, seu orgulho, a alta situação de seu marido. Agora que este último a deixava esvaziar as gavetas, ela roubava com o bolso cheio de dinheiro, ela roubava por roubar, como se ama por amar, sob o golpe de chicote do desejo, no desvario da neurose que seus apetites de luxo insatisfeitos tinham desenvolvido nela, outrora, por meio da enorme e brutal tentação dos grandes magazines.

— É um embuste! — exclamou ela quando Bourdoncle e Jouve voltaram. — Enfiaram essas rendas nas minhas roupas! Oh! Diante de Deus, eu juro!

Agora ela chorava lágrimas de raiva, caída em uma cadeira, sufocando em seu vestido mal abotoado. O diretor mandou as vendedoras saírem. Então retomou com seu ar tranqüilo:

— Estamos dispostos, senhora, a abafar esse caso desagradável por consideração à sua família. Mas antes a senhora precisa assinar um papel com esse texto: "Eu furtei rendas no Paraíso das Damas", e o detalhe das rendas, a data do dia... De resto, eu lhe devolverei esse papel assim que a senhora nos trouxer dois mil francos para os pobres.

Ela se ergueu e declarou em uma nova revolta.

— Nunca assinarei isso, prefiro morrer.

— A senhora não morrerá. Mas eu a previno que vou mandar buscar o comissário de polícia.

Então houve uma cena terrível. Ela o injuriava, balbuciava que era covardia homens torturarem assim uma mulher. Sua beleza de Juno, seu grande corpo majestoso se fundiam num furor de lavadeira. Em seguida, ela tentou a compaixão, ela lhes suplicava em nome de suas mães, falava em se arrastar a seus pés. E, como eles permaneciam frios, em função do hábito, ela se sentou de repente e escreveu a nota com uma mão vacilante. A pluma cuspia; as palavras "eu roubei", apoiadas raivosamente, quase furaram o fino papel, enquanto ela repetia, com a voz embargada:

— Pronto, senhor, aqui está... Eu cedo à força...

Bourdoncle pegou o papel, dobrou-o com cuidado, trancou-o diante dela em uma gaveta dizendo:

— A senhora vê que ele tem companhia, pois as senhoras que os escrevem, depois de terem falado em morrer antes de assiná-los, em geral se esquecem de vir buscar seus bilhetinhos... Enfim, eu o tenho à sua disposição. A senhora julgará se ele vale dois mil francos.

Ela acabou de abotoar o vestido, e reencontrou toda a sua arrogância agora que pagara.

— Posso sair? — perguntou num tom breve.

Bourdoncle já se ocupava de outra coisa. Baseado no relatório de Jouve, ele decidiu demitir Deloche: esse vendedor era estúpido, ele se deixava continuamente roubar, nunca teria autoridade sobre as freguesas. A senhora de Boves repetiu a pergunta, e como os dois a dispensavam com um aceno afirmativo envolveu-os com um olhar assassino. No fluxo de injúrias que ela refreava, um grito melodramático lhe subiu aos lábios.

— Miseráveis! — disse ela batendo a porta.

Entretanto, Blanche não se afastara do gabinete. Sua ignorância do que estava acontecendo lá dentro, as idas e vindas de Jouve e as duas vendedoras, a transtornavam; ela evocava os gendarmes, o tribunal, a prisão. De repente levou um susto: Vallagnosc estava diante dela, esse marido de um mês cujo tratamento formal ainda a incomodava; e ele a questionava espantando-se com seu estupor.

— Onde está tua mãe? Vocês se perderam? Vamos, responde, tu me preocupas.

Nenhuma mentira razoável veio-lhe aos lábios. Aflita, disse em voz baixa:

— Mamãe, mamãe... Ela roubou...

Como! Roubou? Enfim ele compreendeu. O rosto inchado de sua mulher, essa máscara lívida, devastada pelo medo, o assustava.

— Renda, assim, na manga — continuou ela a balbuciar.

— Tu a viste então? Tu a olhavas? — murmurou ele, gelado por senti-la cúmplice.

Eles tiveram de se calar, as pessoas já viravam a cabeça. Uma hesitação cheia de angústia manteve Vallagnosc imóvel por um momento. O que fazer? E ele decidia entrar no gabinete de Bourdoncle quando avistou Mouret, que atravessava a galeria. Ele ordenou a sua mulher que esperasse, pegou o braço de seu velho camarada, que pôs a par da situação em palavras entrecortadas. Este apressou-se a levá-lo a seu gabinete, onde o tranqüilizou sobre as soluções possíveis. Ele lhe assegurava que não precisaria intervir, explicando de que maneira as coisas iriam certamente se passar, sem parecer se abalar particularmente com esse roubo, como se o tivesse previsto havia muito tempo. Mas Vallagnosc, como não temia mais uma prisão imediata, não aceitou a aventura com a mesma tranqüilidade. Ele se abandonou no fundo da poltrona e, agora que podia raciocinar, desfazia-se em lamentos sobre si mesmo. Seria possível? Eis que ele entrara em uma família de ladras! Um casamento estúpido que precipitara para ser agradável ao pai! Surpreso com essa birra de criança doente, Mouret o observava se lamentar, lembrando-se da antiga pose de seu pessimismo. Ele não lhe ouvira defender vinte vezes o vazio final da vida, na qual apenas a maldade tinha alguma graça? Assim, para distraí-lo, ele se divertiu um minuto lhe aconselhando indiferença num tom de gracejo amigável. E com isso Vallagnosc se irritou: ele não podia mais resguardar com firmeza sua filosofia comprometida, toda a sua educação burguesa rebrotava em indignações virtuosas contra sua sogra. Assim que era tocado pela experiência, à menor roçadela da miséria humana, da qual ele zombava a frio, o cético fanfarrão tombava e sangrava. Era abominável, arrastavam na lama a honra de sua raça, o mundo parecia afundar a seus pés.

— Vamos, te acalma — concluiu Mouret tomado de piedade. — Eu não te direi mais que tudo acontece e que nada acontece, já que isso parece não te consolar neste momento. Mas acho que tu deverias oferecer teu braço à senhora de Boves, o que seria mais sensato do que fazer um escândalo... Que diabo! Tu que professavas a flegma do desprezo diante da patifaria universal!

— Ora! — exclamou ingenuamente Vallagnosc. — Quando acontece com os outros!

Entretanto ele se levantou e seguiu o conselho de seu antigo condiscípulo. Os dois retornavam à galeria quando a senhora de Boves saiu da sala de Bourdoncle. Ela aceitou com majestade o braço do genro e, como Mouret a cumprimentava com um ar galantemente respeitoso, ele a ouviu dizer:

— Eles me pediram desculpas. Realmente, esses equívocos são odiosos.

Blanche se reunira a eles e caminhava atrás. Eles se perderam no tumulto.

Então, sonhador, Mouret atravessou novamente as lojas. Essa cena, que o distraíra do combate que o afligia, aumentava agora seu ardor, concluía nele a luta suprema. Toda uma vaga relação entre as coisas se criava em sua mente: o furto dessa infeliz, essa loucura derradeira da cliente conquistada, abatida aos pés do tentador, evocava a imagem orgulhosa e vingadora de Denise, cujo salto vitorioso ele sentia no peito. Ele se deteve no alto da escadaria central e fitou por bastante tempo a imensa nave onde se espremia sua grei de mulheres.

Seis horas iam soar. O dia, que baixava do lado de fora, retirava-se das galerias cobertas, já escuras, empalidecendo o fundo dos saguões, invadidos de lentas trevas. E nesse dia ainda não completamente apagado, iluminavam-se uma a uma as lâmpadas elétricas, cujos globos de uma brancura opaca constelavam de luas intensas as profundidades longínquas das seções. Era uma claridade branca, de uma fixidez ofuscante, dispersa como uma reverberação de astro descolorido, e que matava o crepúsculo. Então, quando todas se acenderam, houve um murmúrio encantado da multidão, a grande exposição de branco ganhava um esplendor feérico de apoteose sob essa nova iluminação. Parecia que esse colossal esbanjamento de branco acendia também, tornava-se luz. A canção do branco alçava vôo na brancura inflamada de uma aurora. Uma centelha branca reverberava das telas e dos calicôs da galeria Monsigny, como a camada viva que embranquece o céu do lado do Oriente nos primeiros momentos do amanhecer; enquanto ao longo da galeria Michodière os aviamentos e a passamanaria, os artigos de Paris e as fitas lançavam reflexos de encostas afastadas, o brilho branco de botões de madrepérola, de bronze prateados e de puras pérolas. Mas a nave central celebrava sobretudo o branco em chamas: os bufantes de musselina branca em torno das colunas, os basins e os piquês brancos que adornavam as escadas, os cobertores brancos presos como pendões, as guipuras e as rendas brancas revoando no ar abriam um firmamento de sonho, um vale cândido na brancura resplandecente de um paraíso, onde se celebrava as núpcias de uma rainha desconhecida. A tenda do saguão das sedas era a alcova gigante, com suas cortinas alvas, suas gazes transparentes, seus tules imaculados, cujo brilho defendia contra os olhares a nudez na noiva. Havia agora apenas esse ofuscamento, um clarão de luz onde todos os brancos se fundiam, uma poeira de estrelas nevava na claridade luminescente.

E Mouret continuava a observar seu séqüito de mulheres no meio dessa cintilação. As sombras escuras elevavam-se com vigor sob os tetos pálidos. Longos remoinhos quebravam a turba, a efervescência desse dia de grande venda passava como uma vertigem, revirando a ondulação desordenada de cabeças. Começavam a ir embora, o saque dos tecidos juncava os balcões, o ouro soava nos caixas; enquanto a clientela, despojada, violentada, partia semivencida, com a voluptuosidade satisfeita e o embaraço de um desejo contentado no fundo de um hotel duvidoso. Era ele que as possuía dessa maneira, que as tinha assim à sua mercê, graças à sua renovação contínua de mercadorias, sua baixa de preços e suas devoluções, sua galanteria e sua propaganda. Ele conquistara até as mães, ele reinava sobre todas com a brutalidade de um déspota cujos caprichos arruinavam lares. Sua criação trazia uma nova religião. As igrejas, que a fé vacilante fazia desertar pouco a pouco, eram substituídas por seu bazar nas almas doravante desocupadas. A mulher vinha passar em sua loja suas horas vazias, as horas intensas e inquietas que vivia outrora no fundo das capelas: gasto necessário de paixão nervosa, luta renascente de um deus contra o marido, culto sem cessar renovado do corpo, com o além divino da beleza. Se ele fechasse suas portas, haveria uma insurreição na calçada, o grito desesperado das beatas às quais estariam suprimindo o altar e o confessionário. Em seu luxo multiplicado nos últimos dez anos, ele as via, apesar da hora, obstinarem-se através das enormes estruturas metálicas, ao longo das escadarias suspensas e das passarelas. A senhora Marty e a filha, arrebatadas ao extremo, vagabundeavam ainda entre os móveis. Retida por seu pequeno mundo, a senhora Bourdelais não podia mais se arrancar dos artigos de Paris. Depois, vinha o bando: a senhora de Boves, ainda dando o braço a Vallagnosc, e seguida de Blanche, parava em cada seção, ousando ainda olhar os tecidos com seu ar soberbo. Mas, no meio da clientela apertada, nesse mar de corpetes inchados de vida, palpitantes de desejo, recobertos de buquês de violetas, como para as núpcias populares de alguma soberana, ele distinguiu apenas o corpete desflorecido da senhora Desforges, que se detivera na luvaria com a senhora Guibal. Apesar de seu rancor ciumento, ela também comprava, e ele se sentiu o mestre uma última vez, ele as tinha a seus pés, sob o ofuscamento das luzes elétricas, como um rebanho do qual ele extraíra sua fortuna.

Num passo mecânico, Mouret seguiu as galerias absorto de tal maneira que se abandonava ao empurra-empurra da multidão. Quando ergueu a cabeça, estava novamente na seção de modas, cujas janelas davam para a rua do Dix-Décembre. E lá, a testa contra o vidro, ele parou mais uma vez, observando a saída. O sol poente alaranjava as cumeeiras brancas das casas, o céu azul desse belo dia empalidecia, refrescado por um grande sopro puro; e, enquanto o crepúsculo afogava a rua, as lâmpadas elétricas do Paraíso das Damas lançavam um brilho fixo de estrelas acesas no horizonte, no declínio do dia. Tanto na direção da Ópera e quanto na da Bolsa, formava-se uma fila tripla de carros imóveis, recobertos pela sombra, e cujos arreios guardavam reflexos da viva luz, o clarão de uma lanterna, a faísca de um freio prateado. A cada segundo, ressoava um chamado de um contínuo em libré, e um fiacre avançava, um cupê se destacava, pegava uma cliente, depois se afastava num trote sonoro. As filas diminuíam agora, seis carros rodavam na frente, de uma ponta à outra, em meio ao batimento das portas, ao estalo dos chicotes, ao murmurinho dos pedestres, que se enfiavam por entre as rodas. Era uma debandada contínua, uma dispersão da clientela que retornava aos quatro cantos da cidade, esvaziando a loja com o clamor roncante de uma represa. Entrementes, os carros do Paraíso, com suas grandes letras de ouro, as flâmulas içadas em pleno céu, flamejavam ainda ao reflexo do incêndio do poente, tão colossais nessa iluminação oblíqua, que evocavam o monstro dos reclames, o falanstério cujas asas, multiplicadas ao infinito, envolviam e devoravam os bairros, até os bosques longínquos do subúrbio. E a alma dispersa de Paris, um sopro enorme e doce, adormecia na serenidade da tarde, cobria com longas e suaves carícias os últimos carros, escapando pela rua pouco a pouco desembaraçada de gente, perdendo-se no negro da noite.

Com o olhar perdido, Mouret sentiu passar por ele algo magistral; e nesse estremecimento do triunfo de que sua carne vibrava, diante da Paris devorada e da mulher conquistada, ele sentiu uma súbita fraqueza, um desfalecimento de sua vontade, que o fazia tombar sob uma força superior. Era uma necessidade insensata de ser vencido em sua vitória, o paradoxo de um homem de guerra dobrando-se ao capricho de uma menina, no dia seguinte de suas conquistas. Ele, que se debatia havia um mês, que de manhã ainda jurara sufocar sua paixão, cedia de repente, tomado de uma vertigem das alturas, feliz de fazer o que pensava ser uma tolice. Sua decisão, tão rápida, tomara de um minuto a outro uma tal energia que ele não via mais nada de útil e necessário no mundo.

À noite, após a última mesa, esperou em seu gabinete. Tremendo como um rapazote que vai apostar sua felicidade, ele não podia permanecer no lugar, voltava sem parar para a porta a fim de escutar os rumores da loja, onde os vendedores dobravam os destroços, mergulhados até os ombros no saque da venda. A cada barulho de passos, seu coração se acelerava. De repente, sentiu uma brusca emoção, precipitou-se, pois ouvira de longe um surdo murmúrio, que ia aumentando pouco a pouco.

Era a aproximação de Lhomme, carregado com a receita. Naquele dia, ela pesava tanto, havia tanto cobre e prata no numerário registrado, que ele veio acompanhado de dois contínuos. Atrás dele, Joseph e um de seus colegas se dobravam sob os fardos, bolsas enormes, jogadas sobre as costas como sacolas de gesso. Caminhando na frente, o primeiro caixa carregava as notas e o ouro, uma pasta inchada de cédulas e duas sacolas penduradas no pescoço, cujo peso puxava para a direita, do lado de seu braço cortado. Lentamente, suando e arfando, ele vinha do fundo da loja através da emoção crescente dos vendedores. As luvas e a seda tinham se oferecido rindo para ajudá-lo, as flanelas e as lãs esperavam um tropeço, que semearia o ouro nos quatro cantos das seções. Depois, ele tivera de subir uma escada, atravessar uma passarela, subir mais um pouco, virar na altura das estruturas metálicas, onde os olhares das seções de branco, malharia e aviamentos acompanhavam-no com a boca aberta de êxtase diante dessa fortuna viajando pelo ar. No primeiro andar, as confecções, a perfumaria, as rendas, os xales tinham se enfileirado com devoção, como diante da passagem de um bom deus. Pouco a pouco o burburinho se elevava, tornava-se um clamor de povo saudando a vitela de ouro.

Então Mouret abriu a porta. Lhomme apareceu, seguido dos dois contínuos que cambaleavam; e, com falta de ar, ele ainda teve a força de anunciar:

— Um milhão, duzentos e quarenta e sete francos e noventa e cinco centavos!

Era enfim o milhão. Um milhão de francos recolhidos em um dia, o número com que Mouret sonhava havia tanto tempo! Mas ele fez um gesto de cólera, e disse com impaciência, com o ar desapontado de um homem que um importuno vem perturbar em sua espera.

— Um milhão, pois bem. Coloque ali.

Lhomme sabia que ele gostava de ver em sua mesa as grandes receitas, antes que fossem levadas ao caixa central. O milhão cobriu a mesa, esmagou os papéis, quase virou a tinta; e o ouro, a prata, o cobre, caindo dos sacos, transbordando das sacolas, formavam uma grande pilha, a receita bruta, tal como saíra das mãos da clientela, ainda quente e viva.

No momento em que o caixa se retirava, desapontado com a indiferença do patrão, Bourdoncle chegou, exclamando jovialmente:

— Hein! Nós o alcançamos desta vez! Ele foi desencantado: o milhão!

Mas ele notou a ardente preocupação de Mouret, compreendeu e se acalmou. Uma alegria iluminara seu olhar. Depois de um curto silêncio, ele retomou:

— Não se decidiu ainda, não é? Meu Deus! Eu o aprovo.

Bruscamente Mouret se plantou diante dele, e com sua voz terrível de dias de crise exclamou:

— Ora veja, meu bravo, está bastante alegre, não é mesmo? Acha que estou acabado, e seus dentes se arregaçam. Cuidado, ninguém me engole!

Perplexo com o rude ataque desse diabo de homem que adivinhava tudo, Bourdoncle balbuciou:

— O quê? Está brincando! Eu que tenho tanta admiração pelo seu trabalho!

— Não minta! — atalhou Mouret mais violentamente. — Escute, nós éramos estúpidos com essa superstição de que o casamento nos faria afundar. Não é ele a saúde necessária, a força e a ordem mesma da vida? Pois bem, sim, meu caro, vou me casar com ela, e o meto no olho da rua se começar a se insinuar demais. Com certeza! Passará no caixa como qualquer outro, Bourdoncle!

E ele o dispensou com um gesto. Bourdoncle se sentiu condenado, varrido por essa vitória da mulher. Ele se foi. Denise entrava nesse instante, ele se inclinou em uma saudação profunda, a cabeça perdida.

— Enfim! É a senhorita! — disse Mouret suavemente.

Denise estava pálida de emoção. Ela acabava de sentir uma última tristeza, Deloche lhe anunciara sua demissão; e, como ela tentava retê-lo, oferecendo-se para falar em seu favor, ele se obstinara em clamar sua má sorte, ele queria desaparecer, para que insistir em ficar? Para que incomodar as pessoas felizes? Denise lhe dissera em lágrimas um adeus fraternal. Ela mesma não aspirava ao esquecimento? Tudo ia acabar, ela só pedia às suas forças esgotadas a coragem da separação. Em alguns minutos, se ela fosse valente o bastante para controlar o coração, poderia ir embora sozinha, chorar ao longe.

— O senhor desejava me ver — disse ela com seu ar calmo. — Aliás, eu gostaria de agradecê-lo por todas as suas bondades.

Ao entrar, ela avistara o milhão sobre a mesa, e a crua exibição desse dinheiro a feria. Acima dela, como se observasse a cena, o retrato da senhora Hédouin, em sua moldura de ouro, guardava um sorriso eterno em seus lábios pintados.

— Ainda está decidida a nos deixar? — perguntou Mouret, cuja voz tremia.

— Sim, senhor, é preciso.

Então ele pegou suas mãos, e disse em uma explosão de afeto, depois da longa frieza que se impusera:

— E se eu a desposasse, Denise, partiria assim mesmo?

Mas ela retirara suas mãos, ela se debatia como sob o golpe de uma dor lancinante.

— Oh! Senhor Mouret, por favor, cale-se! Oh! Não me magoe ainda mais! Eu não posso! Não posso! Deus é testemunha que ia embora para evitar uma infelicidade dessas!

Ela continuava a se defender com palavras entrecortadas. Ela já não sofrera o bastante com a maledicência da casa? Ele queria agora que ela fosse vista pelos outros e por si própria como uma vendida? Não, não, ela seria mais forte que ele, ela o impediria de fazer tal tolice. Torturado, ele a escutava, e repetia com paixão:

— Eu quero... eu quero...

— Não, é impossível... E meus irmãos? Eu jurei nunca me casar, não posso lhe entregar duas crianças, não é?

— Eles serão meus irmãos também. Diga sim, Denise.

— Não, não. Oh! Deixe-me, o senhor me tortura!

Pouco a pouco ele desfalecia, esse último obstáculo o deixava louco. Como era possível! Mesmo a esse preço ela ainda o recusava? Ao longe, ouvia-se o clamor de seus três mil empregados remexendo sua real fortuna a braçadas. E esse milhão imbecil largado em cima da mesa! Ele sofria como de uma ironia, teria jogado-o pela janela.

— Pois parta, então! — exclamou ele num fluxo de lágrimas. — Vá se encontrar com aquele que a senhorita ama... Essa é a razão, não é? A senhorita me havia prevenido, eu deveria saber e não atormentá-la ainda mais.

Ela ficou atarantada diante da violência de seu desespero. Seu coração se fundiu. Então, com a impetuosidade de uma criança, ela se lançou em seus braços, e soluçou também, gaguejando:

— Oh! Senhor Mouret, é o senhor que eu amo!

Um último rumor subiu do Paraíso das Damas, a aclamação distante de uma multidão. O retrato da senhora Hédouin continuava a sorrir com seus lábios pintados. Mouret caíra sentado na mesa, sobre o milhão, que não via mais. Ele não soltava Denise, apertava-a fortemente contra seu peito, dizendo-lhe que podia partir agora, que ela passaria um mês em Valognes, o que fecharia a boca de todos, e que ele iria em seguida buscá-la em pessoa, para lhe trazer de volta a seu lado, toda-poderosa.

# VIDA E OBRA DE ZOLA

*Joana Canêdo*

As obras de Zola estão assinaladas em português entre colchetes 1) com um asterisco, quando editadas no Brasil, ou 2) numa tradução literal apenas a título informativo, exceto se o sentido do título é evidente.

1840 Zola nasce em Paris em 2 de abril, filho de um engenheiro italiano, François Zola, e de mãe borgonhesa, Émilie Aubert.

1843 A família se instala em Aix-en-Provence, onde o pai é contratado para construir um aqueduto para a cidade.

1847 François Zola morre e a família começa a enfrentar dificuldades financeiras. Émile entra como interno na pensão Notre-Dame onde conhece Marius Roux, futuro jornalista, e Philippe Solari, futuro escultor.

1852 Émile obtém uma bolsa para estudar no colégio Bourbon, onde terá Paul Cézanne, o grande pintor impressionista, e Jean-Baptistin Baille como colegas. Nunca mais se esquecerá do local, de que se servirá em vários romances.

1858 A família Zola muda-se para Paris. Émile freqüenta o Lycée Saint-Louis e tem dificuldades de adaptação na capital. Escreve suas primeiras peças de teatro: uma comédia, um drama em versos, um provérbio e o plano de uma tragédia em três atos. Escreve também poesia, algumas dedicadas a seus amigos de Aix-en-Provence.

1859 As dificuldades financeiras da família se acentuam. Em dez anos os Zolas mudam treze vezes de apartamento. Émile visita o Salão de Pintura pela primeira vez. A pedido de sua mãe, pretende tornar-se advogado, mas não passa no exame para a faculdade. Continua a escrever e tem alguns contos publicados no jornal *La Provence*.

1860 Zola decide abandonar seus estudos a fim de não ser mais um peso para a mãe e vai morar sozinho. Procura um emprego que lhe permita viver como escritor, mas tem dificuldades e passa por uma terrível crise moral. É influenciado pelos românticos, entre eles Musset, Hugo, Michelet e George Sand.

1862 Aproxima-se finalmente do mundo literário ao começar a trabalhar para a editora Hachette; começa como empacotador e torna-se rapidamente chefe de publicidade. Entra em contato com escritores de seu tempo e descobre o mercado literário. Sua vida melhora financeiramente e ele volta a morar com a mãe. Obtém a nacionalidade francesa, requisitada no ano anterior. Seu amigo Cézanne o apresenta a outros pintores, dentre os quais Camille Pissarro.

1863 Primeiros artigos de jornal. Publica dois contos na *Revue du Mois*, de Lille. Passa a viver com Gabrielle-Alexandrine Melay.

1864 Conhece Sainte-Beuve, Duranty, Taine e Littré na Hachette. Estabelece amizade com Émile Deschanel, autor de *Essai de critique naturelle* [Ensaio de crítica natural], futura inspiração para a teoria dos temperamentos de que se serve em *Thérèse Raquin**. Escreve e publica seu primeiro livro, *Contes à Ninon* [Contos luminosos*].

1865 Uma importante resenha sobre *Germine Lacerteux*, dos irmãos Goncourt, o aproxima dos dois autores. Publica *La Confession de Claude*, seu primeiro romance.

1866 Zola deixa a Hachette para viver de sua escrita. Colabora com vários jornais, dentre os quais *L'Événement* e *Le Figaro*. Seduzido pelas idéias do crítico literário Taine e do médico e biólogo Claude Bernard, Zola evolui rapidamente para o realismo, ou naturalismo, como acaba preferindo denominar a escola de que faz parte.

1867 Novamente com dificuldades financeiras, Zola trabalha sem parar. Escreve *Thérèse Raquin** de manhã e *Les Mystères de Marseille*, romance seriado, à tarde. Começa a aprimorar sua técnica narrativa. Amigo de Manet desde o último Salão de Pintura, pede que o pintor ilustre uma nova edição de *Contes à Ninon*, mas não consegue que seja publicada.

1869 Desenvolve o projeto para uma "grande história natural e social de uma família no Segundo Império", que virá a ser a saga em vinte volumes conhecida como "Rougon-Macquart" [a partir de agora, cada volume da série será indicado com seu número]. Começa a escrever o primeiro volume: *La Fortune des Rougon* [v. 1].

1870 Casa-se com sua companheira Gabrielle-Alexandrine. Publica artigos polêmicos contra o Império e a guerra que acaba de começar entre a França e a Prússia. Zola vai para Marselha escapando do cerco de Paris e ali funda um jornal popular, *La Marseillaise*, que vende três meses depois, mas com o qual continua a colaborar. A publicação em folhetim de *La Fortune des Rougon* é interrompida por causa da guerra, mas será retomada no ano seguinte, quando por fim o livro será lançado em dois volumes. A maior parte de seus livros, daí em diante, será publicada primeiramente de maneira seriada em jornais ou revistas. Começa a preparar o próximo volume da série, *Le Curé* [O pároco, v. 2].

1871 Trabalha como jornalista em vários jornais escrevendo sobre os trabalhos da Assembléia Nacional, primeiramente em Bordeaux e depois em Paris. Seu padrão de vida melhora.

1872 Assina contrato com o editor Charpentier, que ficará conhecido como o "editor do naturalismo", para dois volumes de sua saga familiar.

1873 Entra como crítico de teatro no *Avenir national*. O drama baseado em *Thérèse Raquin* tem nove apresentações. Publicação de *Le Ventre de Paris* [As entranhas de Paris, v. 3]. Continua a colaborar com vários jornais, escrevendo cada vez mais artigos polêmicos de grande repercussão.

1874 *La Conquête de Plassans* [A conquista de Plassans, v. 4]; *Le Forgeron* [O ferreiro]; *Les Héritiers Rabourdin* [Os herdeiros Rabourdin], comédia em três atos; *Nouveaux contes à Ninon* [Novos contos para Ninon].

1875 *La Faute de l'abbé Mouret* [O erro do abade Mouret, v. 5].

1876 Zola passa a escrever no *Bien Public* como crítico de teatro. *Son Excellence Eugène Rougon* [v. 6].

1877 Graças ao sucesso de *L'Assommoir* [A taberna*, v. 7], pode comprar uma casa em Médan. A partir de então Zola torna-se famoso, principalmente por causa do escândalo em torno da série. *Une Page d'amour* [Uma página de amor, v. 8].

1878 Enorme sucesso com a adaptação para o teatro de *L'Assommoir*. Os escritores da "escola naturalista" passam a se reunir regularmente em Médan.

1879 Os artigos no *Messager de l'Europe* fazem cada vez mais barulho. Nessa época escreve sobre os romancistas contemporâneos, a literatura francesa e sua teoria do "romance experimental".

1880 Grave crise moral e física em razão do excesso de trabalho e de várias mortes, dentre as quais a de sua mãe e a de Flaubert. Passa a escrever mais seriamente sobre política, atacando violentamente os políticos republicanos. Lança *Nana** [v. 9], *Les Soirées de Médan* [Noites em Médan] e uma antologia de artigos que se tornará sua mais importante obra teórica sobre o naturalismo: *Le Roman expérimental* [O romance experimental*].

1881 Eleito conselheiro municipal de Médan. Publica várias antologias de artigos teóricos, dentre as quais *Le Naturalisme au théâtre* [O naturalismo no teatro*].

1882 Cessam as colaborações regulares com jornais. É reconhecido internacionalmente e estabelece importantes relações com jornalistas e literatos de toda a Europa. *Pot-Bouille* [v. 10].

1883 *Au Bonheur des Dames* [v. 11].

1884 *La Joie de vivre* [A alegria de viver, v. 12]; *Naïs Micoulin*; três peças de teatro tiradas de romances, escritas por William Busnach e com prefácios de Zola. Pesquisa de campo para seu romance sobre os trabalhadores de minas de carvão, que virá a ser *Germinal** [v. 13], lançado no ano seguinte.

1886 *L'Œuvre* [Obra*, v. 14].

1887 *La Terre* [v. 15].

1888 Zola recebe a Légion d'Honneur, importante condecoração francesa. Começa seu caso com Jeanne Rozerot, lavadeira contratada pela senhora Zola, que lhe dará seus dois filhos, Denise (1889) e Jacques (1891). *Le Rêve* [Sonho*, v. 16].

1889 Apresenta-se pela primeira vez à Academia Francesa de Letras e continuará a se candidatar por mais oito anos, em vão. *La Bête humaine* [A besta humana*, v. 17].

1891 A senhora Zola descobre o caso de seu marido. Grave crise conjugal. *L'Argent* [O dinheiro, v. 18].

1892 *La Débâcle* [A derrocada*, v. 19].

1893 *Le Docteur Pascal* [v. 20] e *L'Attaque du moulin* [O ataque ao moinho], drama lírico em quatro atos. Festa pelo fim da série "Rougon-Macquart" promovida por seu editor, Charpentier.

1894 *Lourdes*, primeiro volume da série "Les Trois Villes" [As três cidades], provoca escândalo e é proibido pelas autoridades francesas.

1896 *Rome*, segundo volume de "Les Trois Villes". Primeiros contatos com o caso Dreyfus, sobre o oficial judeu condenado por traição.

1897 Sofre um acidente de fiacre. Envolve-se totalmente com o caso Dreyfus: publica dois artigos importantes no *Figaro* e um em brochura. *Messidor* (drama lírico em quatro atos).

1898 *Lettres à la France* [Cartas à França] e *J'accuse!* [Eu acuso!*], os dois textos mais importantes sobre o caso Dreyfus. O ministro da Guerra abre contra Zola um processo por difamação. É condenado a um ano de prisão e sofre outros processos iniciados por diversos envolvidos no caso. Zola perde sua condecoração da Légion d'Honneur. Parte para a Inglaterra. *Paris*, último volume de "Les Trois Villes".

1899 Em seu processo, Dreyfus perde novamente na apelação à instância superior. No dia seguinte ao anúncio da sentença, Zola publica mais um importante artigo, "Le Cinquième Acte" [O quinto ato]. *Fécondité* [Fecundidade], primeiro volume da série "Quatre Évangiles".

1901 *L'Ouragan* [O vendaval], drama lírico; *La Vérité en marche* [A verdade caminha], antologia de artigos sobre o caso Dreyfus; *Travail* [Trabalho], da série "Quatre Évangiles", que lhe garante um banquete em homenagem ao romance, oferecido por associações de operários.

1902 Morte do escritor por asfixia em virtude de um problema na lareira de seu quarto em Paris. A senhora Zola se salva por pouco. Alguns acreditam em crime promovido por contrários a Dreyfus. Em seus obséquios, Anatole France pronuncia uma oração fúnebre em nome da Academia Francesa de Letras. Suas cinzas serão transferidas ao Panthéon em 1908.

1907 A pedido de Gabrielle-Alexandrine, viúva de Zola, um decreto autoriza Denise e Jacques, filhos de Jeanne Rozerot, a usar o nome do pai.

* * *

Os dados desta compilação foram tirados em sua maior parte de:

BECKER, Colette. *Émile Zola*. Paris: Hachette, 1994.

BERNARD, Marc. *Zola par lui-même*. Paris: Éditions du Seuil, 1957. (Écrivains de toujours).

LAGARDE, André & MICHARD, Laurent. *XIXème siècle. Les Grands auteurs français du programme*. Paris: Bordas, 1966.

## CLÁSSICOS DA LITERATURA MUNDIAL NA ESTAÇÃO LIBERDADE

HONORÉ DE BALZAC

Ilusões perdidas
A mulher de trinta anos
O pai Goriot

A. VON CHAMISSO

A história maravilhosa de Peter Schlemihl

GUSTAVE FLAUBERT

Bouvard e Pécuchet

J. W. GOETHE

Os sofrimentos do jovem Werther

VICTOR HUGO

O último dia de um condenado

XAVIER DE MAISTRE

Viagem à roda do meu quarto

STENDHAL (HENRI BEYLE)

Armance

ÉMILE ZOLA

Thérèse Raquin
O Paraíso das Damas

## PRÓXIMOS LANÇAMENTOS

HONORÉ DE BALZAC

Eugénie Grandet
Tratados da vida moderna

THEODOR FONTANE

Effie Briest

ESTE LIVRO FOI COMPOSTO EM GATINEAU CORPO 10
POR 14 E IMPRESSO SOBRE PAPEL OFF-SET 75 $g/m^2$
NAS OFICINAS DA GRÁFICA ASSAHI, SÃO BERNARDO DO
CAMPO - SP, EM SETEMBRO DE 2008